Voleurs

Christopher Cook

Voleurs

Traduit de l'anglais (États-Unis)
par Pierre Bondil

Collection dirigée par
François Guérif

Rivages/Thriller

Titre original : *Robbers*
(Carroll & Graf, New York

106, boulevard Saint-Germain – 75006 Paris

ISBN : 2-7436-0970-2
ISBN : 0990-3151

Pour Corinne, Jan
et tous les autres braves gens.

NOTE DU TRADUCTEUR

La typographie adoptée ainsi que la présence de néologismes sont conformes au texte d'origine et aux souhaits exprimés par l'auteur.

Je rêvais d'un passé au rachat toujours
ouvert :
Mais que ce fût songerie honnête ou
mensongère
J'implore le pardon de la mort. Et pleure
les défunts.

Richard Wilbur, *Le pardon*

PREMIÈRE PARTIE

1

Eddie n'avait pas l'intention de le tuer, ce type. Il ne voulait pas le voler non plus. En fait...

Ils roulaient peinards vers le sud, dans Lamar Street, après avoir mangé une côtelette désossée en sandwich et bu de la bière à la T-Bones Bar-B-Q House. Sans destination particulière par une journée paresseuse du mois de mai. Paisible sous un ciel bleu layette dans lequel flottait un soleil semblable à une noix de beurre chaude. Ils dépassaient à vitesse modérée des parkings de voitures d'occasion dont les bannières en plastique flottaient au vent, des supermarchés de nourriture bio, des magasins de disques, des saloons. S'avançaient dans la lumière éblouissante et la chaleur estivale du Sud, avec les gaz d'échappement âcres qui montaient de l'asphalte, les hypnotiques brumes postpotatives de l'aprèsmidi.

Eddie et Ray Bob, qui prenaient leur pied à vitesse de croisière. Radio en sourdine, Lyle Lovett.

Ils poursuivirent dans la même direction, franchissant le seuil commercial de la ville, traversant le pont sur la rivière Colorado scintillante aux eaux turquoise. Vers l'amont, les hautes berges plantées d'arbres verts en flanquaient le cours, une coque solitaire hérissée de rames courait à la surface ridée par le vent, un millepattes flottant. Vers l'aval, les ponts de First Street et de Congress Avenue, la denture irrégulière du centre ville aux parois de verre.

Austin, capitale de l'État, ville universitaire. Ancien aimant de la contreculture et refuge de glandeurs, aujourd'hui lancée raide défoncée à fond la caisse. Suffoquant sous l'avalanche du fric, orgie agressive de galeries marchandes enjambant la faille Balcones. Les jours sereins relax relevant d'un passé mythique. Silicon Gulch désormais, ravine d'hystérie hightech et d'afflux californiens, cité dominée par les cybermigrants du Middlesud rebondissant deux générations après le plongeon vers l'Ouest hors de la cuvette de poussière, s'en revenant bourrés de fric, pillards aux poches remplies de pièces d'or.

De retour pour prendre le courant dominant d'Austin. Avec succès. À l'exception de rares vestiges chevelus retranchés dans les enclaves universitaires encanyonnées, les seuls instincts horslaloi survivants surfent sur la féconde tendance musicale dans le quartier des boîtes du centre ville turbulent. Une jeunesse rebelle tatouée, en ces lieux, détentrice d'idées de mutinerie et d'amples loisirs. Ailleurs, politiciens sans scrupules en quête de créatures cool accro du capitole, aventuriers.com caressant expansion tumescente matinée de phobie récessive. Luxure de la libre économie orientée profit, toutes entraves ôtées.

Débarquent dans ce décor Eddie et Ray Bob, visiteurs de passage arrivés de la frontière rurale, des bourgades paumées oubliées à l'écart du paysage médiatique urbain. Vauriens venus user la gomme sur l'asphalte de la ville, observant de quoi il retourne, nullement impressionnés : gonzes et gonzesses godillant pour palper des dollars, point barre. Deux gars jeunes arrivés d'un ailleurs, au milieu de lointains congénères, sans emploi, fauchés, traînant leur ennui après un tardif déjeuner gras. Reluquant la rue bordée de restorapides et de dépôt-ventes dans une Eldorado décapotable au moteur gonflé.

Quand Ray Bob demande, Hé, gars, envoie une clope.

Eddie sortit le paquet de sa poche de teeshirt, l'écrasa, le jeta par dessus bord. Il dit, J'en ai plus, gare-toi devant le 7-Eleven.

Ray Bob braqua, rentra la Caddy sur le parking, s'arrêta le nez contre les doubles portes en verre placardées de panneaux publicitaires vantant le RC Cola par packs de douze. Ramena le levier de vitesse automatique au point mort, laissa le moteur tourner.

Écoute, dit-il, tu prends pas ces saloperies que t'avais. T'achètes des filtres.

Eddie, sur le trottoir, posa un pied sur le parechocs, fit rouler son Zippo sur le dos de sa main. Mec, tu sais que je fume que des sansfiltre. Tu veux des filtres, t'allonges les thunes.

Je suis raide.

Eddie haussa les épaules. Tout ce que j'ai, c'est quatre dollars, j'achète des normales.

Va te faire mettre.

Ah ouais ? Ben moi, je t'encule à sec, trouduc.

Fais-toi sucer par ta mère.

Déjà essayé.

Ça me surprend pas, dit Ray Bob. Comment c'était ? Le visage grave.

La tienne, c'était mieux, dit Eddie. Elle avait pas de dents.

Fourre-lui dans la chatte, la prochaine fois.

Ce genre d'échange, ils l'avaient parce qu'ils taillaient la route ensemble.

Quand Eddie pénétra dans le magasin, des cloches de vache en cuivre carillonnèrent à la porte. Spectacle kaléidoscopique : le *soixanteneuf*[1] du consommateur. Tout ce qu'on pouvait désirer, à l'intérieur, concentré sur des rayonnages pour séduire l'œil et aller vite. Il s'arrêta, secoua la tête. S'avança jusqu'au comptoir entre le présentoir des jeux de hasard et un lot de porteclefs aux couleurs du Texas, disant, Je veux un paquet de Camel sansfiltre.

L'employé, jeune homme grassouillet à la peau brunbronze et à la moustache noire, soit indien, soit pakistanais, posa le paquet sur le comptoir et l'enregistra. Quatre dollars et un cent, dit-il.

Eddie jeta un coup d'œil sur la somme affichée à la caisse. J'ai quatre dollars tout rond, là, mon gars. Où c'est qu'elle est, la réserve de pièces en rab ?

L'employé désigna un cendrier en plastique vide. On est ratissé.

Hé, c'est pas grave, je ferai l'appoint la prochaine fois.

L'employé posa la main sur le paquet de Camel, le ramena à lui. En disant, C'est quatre dollars et un cent.

Eddie le regarda. Tu vas m'empêcher d'acheter mon paquet pour un cent ?

Le jeune homme ajusta le col de sa chemise rouge 7-Eleven, le regard perdu quelque part au dessus de l'épaule gauche d'Eddie, comme préoccupé par autre chose. Comme s'il en avait rien à fiche. Disant, C'est le prix.

Eddie fronça les sourcils, il y croyait pas. Il ouvrit et referma le couvercle de son Zippo d'une seule main. *Clac, clac.* Hé, gusse, tu me pompes, là.

Je ne pompe personne.

Mon cul, oui. Comment il s'appelle, le pays de merde d'où tu viens ?

Un pays très bien. L'employé croisa un instant son regard avant de se tourner et de ranger le paquet sur son étagère. Il revint au comptoir, plaqua ses mains marron foncé dessus. Ongles de la même couleur ivoire que l'os. Cheveux noirs comme le goudron, traits affichant une ferme résolution. Un défi, peutêtre. Un très beau pays, dit-il. Où on paie pour avoir ce qu'on veut.

---

1. En français dans le texte. (*N.d.T.*)

Une bouffée de chaleur. Un spasme qui parcourut en diagonale les épaules d'Eddie, remonta dans sa nuque, atteignit sa mâchoire. Il dévisagea le type. Tu me fous les boules, mon pote. Écoute-moi. On est en Amérique ici. File-moi ces clopes.

Quatre dollars et un cent.

J'y crois pas.

Sauf que le type voulait pas en démordre. Sans un mot, il restait planté là comme l'image du citoyen modèle respectueux des lois. Le coin de sa bouche se relevant légèrement, un sourire suffisant ou un tic.

Putain de bordel de merde, dit Eddie.

C'est alors que, levant une jambe, il plongea la main dans sa botte. En sortit un revolver calibre vingtdeux, un vieux Colt Police Positive qui avait l'air d'un jouet avec son canon de dix centimètres. Le pointa sur le type. Le bras bien tendu, le doigt sur la détente. Disant, File-moi ces saloperies de clopes.

Au voleur, gueula l'employé. Il fixait le revolver, yeux noirs papillonnant, dents plantées dans sa lèvre supérieure, mâchoire jetée en avant. J'appelle la police. J'ai relevé le numéro de la plaque.

Et donc Eddie appuya sur la détente. Une détonation sèche, le canon qui se relevait. La balle frappa l'employé en plein front. Sa tête partit en arrière, un petit trou noir dans la courbure bronze. Il resta là un instant les mains posées à plat, avec les yeux qui louchaient, puis il s'affaissa et disparut.

Eddie se pencha au dessus du comptoir, regarda vers le sol. Le type était allongé sur le côté sur un épais tapis en caoutchouc, la tête en travers du bras comme s'il piquait un petit somme. Pauvre connard, fit Eddie, c'est de ta faute. Il tendit le bras au dessus du vide pour prendre un paquet de Camel sur l'étagère, laissa les quatre dollars sur le comptoir. Rangea le revolver dans sa botte et sortit, les cloches carillonnant derrière lui. Monta dans la Caddy.

Qu'est-ce t'as fait, putain? demanda Ray Bob. T'as descendu quelqu'un?

Cet enfoiré voulait pas me donner les clopes.

Tu déconnes, là?

Parce qu'il me manquait un cent.

Ray Bob poussa un grognement. Un mec qui veut s'en griller une, faut pas l'emmerder.

C'est pas vrai, dit Eddie, je croyais qu'ils leur donnaient une formation à ces vendeurs de pipes. T'hallucines pas, toi, putain?

Si. Où il est, le fric?

Je l'ai laissé sur le comptoir.

Pas ce fric là, enculé. Ray Bob qui tambourinait sur le volant avec la paume de ses mains. Le fric de la caisse.

Dans la caisse, tiens, où tu veux qu'il soit ? Eddie tassa le paquet sur son poignet, déchira la cellophane avec ses dents. Ses mains tremblaient. Je suis entré chercher des cigarettes, dit-il, je les ai.

Des sansfiltre, en plus, bordel. Ray Bob secoua la tête. Je t'avais dit des filtres, enfoiré. Merde, faut tout que je fasse moi-même. Il ouvrit la portière de la Caddy dont le moteur tournait toujours au ralenti, se rendit dans le magasin en râlant. Une minute plus tard il revenait avec un sac en plastique gonflé de billets, de rouleaux de pièces et de petite monnaie en vrac, une cartouche de Marlboro coincée sous l'aisselle. Il s'assit au volant pour compter l'argent.

Eddie souffla un fin filet de fumée, ouvrant et refermant son Zippo dans un claquement. Tu crois pas qu'on devrait s'arracher ?

Une petite minute.

Hé, mec, tu le compteras plus tard, ce fric, il va pas s'envoler.

Pareil pour l'A-rabe qu'est à l'intérieur. Il est mort.

Un peu, oui. Il se l'est goinfrée en pleine tête.

Ray Bob eut un petit rire. Sûr que ça pardonne pas. Il enfonça le sac plastique sous son siège, effectua une marche arrière, écrasa le frein. À travers le parebrise, il observa la boutique. Disant, Bordel de merde, j'aurais dû prendre de la bière.

J'ai pas soif, dit Eddie. On décolle.

Ils prirent à nouveau Lamar Sud en restant sur la file lente, la douceur du ciel tendu au dessus d'eux, transparent et sans nuages, d'un bleu pâle d'altitude illimitée, le soleil accroché tout là haut. La radio en sourdine, Dwight Yoakam qui chantait l'amour fugace. Ils ne l'écoutaient ni ne parlaient. Ils étaient en mouvement et cela leur suffisait. Ils allaient n'importe où, partout, nullepart plutôt qu'ailleurs. Le moteur de la Caddy ronronnait sous le capot.

Près du centre commercial de Brodie Oaks, Eddie dit, Hé, mec, c'est pas un temps super qu'on a ?

Ray Bob hocha la tête. Ça, c'est sûr, gars. Passe-moi une clope. Ouvre-la, la cartouche.

Eddie déchira l'extrémité de la boîte cartonnée, tendit un paquet de Marlboro à Ray Bob. Ses mains tremblaient toujours. Combien y a, dans le sac ? demanda-t-il.

Ray Bob haussa les épaules. Pas fini de compter tellement t'étais pressé. Pas beaucoup. Sûrement qu'il venait de faire un dépôt. Il arracha la cellophane du paquet, se pencha de côté afin que le vent l'emporte derrière son épaule. Quarante ou cinquante dollars, peutêtre moins.

Merde, dit Eddie. Tu me rends complice de vol pour aussi peu ?
C'était pas du vol. On peut pas voler un mort.
Tu parles qu'on peut pas.
Non.
Mon cul que si, dit Eddie. Ils ont une loi pour tout.

2

Il gara le pickup Dodge Ram sur le parking du 7-Eleven, mit pied à terre, rectifia le pli de son Stetson d'éleveur. Grand gaillard maigre portant cravate lacet noire, chemise de coton blanche à manches longues, pantalon western et bottes noires en peau d'anguille. Étoile en argent épinglée sur le devant de la chemise. Ceinture en cuir double largeur, Colt quarantecinq modèle réglementaire sanglé sur le côté, boucle grosse comme le poing. Visage tanné, buriné par le vent, pattes d'oies encadrant des yeux marron foncé.

La loi.

Il plissa les paupières face au soleil. La pause noble et solitaire, l'image Marlboro parfaite à l'exception du visage long et étroit et du menton pointu.

Au delà de l'aire de stationnement en béton, un clochard aux épaules avachies, sac plastique à la main, fouillait dans la benne à ordures. Le regard de l'arrivant se porta dans cette direction puis balaya la pente derrière le magasin. Des habitations se nichaient sur la colline au milieu des arbres, à demi cachées dans les zones d'ombre. Austin Sud, anciennes maisons de la classe laborieuse entassées sur de minuscules terrains, retapées et rafraîchies pour le très lucratif marché des cols blancs. Bains chauds et jardins paysagés adaptés à la sécheresse, terrasses en pourtour, vérandas vitrées. Les unes sur les autres, néanmoins, épaule contre hanche. Alors qu'à quelques mètres de là, un sans domicile fixe cherchait sa nourriture dans les poubelles.

La raison pour laquelle il vivait en dehors de la ville.

Il traversa le parking à grandes enjambées vers la porte où se tenait le seul agent de faction, jeune homme non sevré doté d'un soupçon de moustache, poulain d'un an aux joues duveteuses comme les pêches qui tentait de paraître sur le quivive. Il lui adressa un signe de tête et entra, ne vit personne à l'intérieur, entendit un bruit derrière le comptoir. Appuyant le coude sur le dessus en Formica, il se pencha, baissa le regard vers le corps étendu à même le tapis en caoutchouc. Accroupi à ses côtés, un personnage corpulent en costume.

Alors, c'est qui ?

Abraham Krishna.

Merde, où il est allé chercher un nom comme ça ?

Pareil que tout le monde, répondit Bernie Rose qui travaillait à la brigade criminelle d'Austin. On lui a donné.

Rule Hooks toucha le bord de son Stetson et dit qu'à son avis, ça lui paraissait pas faux. Dit qu'en général, c'était le cas, y avait pas de doute là dessus. Personne était en position de choisir son nom, pas plus que les gens, ils choisissaient de naître. Il dit que c'était quand même sûrement pour ça que le type qu'était allongé par terre était parti si loin de chez lui. Y a de quoi foutre le camp de son pays d'origine, quand on porte un nom à la con comme ça.

Moi, j'en sais foutrement rien, répliqua Rose, je suis pas devin. L'obèse enquêteur lâcha un soupir, tira sur les jambes de son pantalon, s'agenouilla par terre. Il approcha son visage pour étudier le trou dans le front de la victime. Une indentation arrondie de taille restreinte remplie d'un faible conglomérat noir violacé de magma sanguinolent. Il grogna. Petit calibre, probablement un vingtdeux ou un vingtcinq.

Le policier courba la tête encore plus près du tapis de sol, ses grosses joues se colorant d'un rouge foncé. Rule déplaça son pistolet sur sa hanche et observa, disant, Nous fais pas un infarctus, Bernie. Une idée sur celui qu'a fait ça ?

Ben, d'après les éléments de preuves qu'on a, je dirais un maigrichon d'environ un mètre soixantedixhuit à un mètre quatrevingts, portant teeshirt avec poche et bluejean, avec un anneau assez grand à l'oreille gauche et des cheveux foncés et raides ramenés en queue de cheval.

Sans blague, Sherlock. Comment il s'appelle ?

Rose leva les yeux. Dit, Je suis pas devin, bordel de merde.

Non, dit Rule, mais t'as cette sorte d'absence dans le regard. Tu fermes juste les yeux et tu fredonnes entre tes lèvres, Bernie, tu dis la première chose qui te passe par la tête.

L'enquêteur sourit. Je sais pas, mais il ressemble à un des gars dans un groupe de rock, Mick Jagger, peutêtre, avec ses lèvres qui débordent de partout, ou ce type d'Aerosmith qui gigote du cul.

Rule fixa Bernie Rose comme s'il donnait dans la glossolalie. Le gros policier grimaça, dit, Je les connais parce que ma fille est chez moi, elle regarde tout le temps MTV. En équilibre instable sur un bras, il leva l'autre pour le pointer, derrière son épaule. Rule suivit la direction indiquée jusqu'à la caméra de vidéosurveillance montée en hauteur à l'angle des murs.

Il tira sur sa lèvre inférieure. Elle a tout enregistré, hein ?

Rose baissa à nouveau la tête et appuya sur la peau, autour de l'impact de la balle. Disant, Soit il le savait pas, soit il s'en foutait. Il se cachait pas. Son copain non plus. Le tireur fout le camp, son copain se pointe une minute plus tard, il pique une cartouche de Marlboro et vide le tiroir caisse. Tout est sur la bande.

Comment tu sais qu'ils font équipe ?

Le policier haussa les épaules et se redressa, époussetant ses jambes de pantalon. Disant, Bon Dieu, regarde-moi ça. Il désignait un chewing gum collé à un de ses genoux. C'est un costume neuf, en plus. Il passa devant Rule en claudiquant, tenant sa jambe de pantalon, se dirigea vers le distributeur de sodas où il appuya sur le bouton des glaçons, se saisit d'un gros fragment au milieu de la bruyante cascade et l'appliqua sur le chewing gum, un truc d'Héloïse Bonconseil. Il le maintint en place.

J'en sais rien, dit-il, c'est possible qu'ils soient pas ensemble. Je crois pas que le vol, c'était le mobile, de toute façon. Tout ce qu'on a c'est l'image vidéo en noir et blanc, pas le son. Mais on dirait qu'y a eu une sorte d'altercation avec celui qu'a eu tiré. Pour un paquet de cigarettes, peutêtre. Ou peutêtre que c'est quelque chose de complètement différent. C'est ce que pense l'adjoint au chef.

Depuis quand il s'est mis à penser ?

Le policier corpulent inspecta sa jambe de pantalon en fronçant les sourcils. Ben, ça le prend par crises. Tu sais comment ça fonctionne. Mais il a un argument, là. Tu sais combien on en a eu, dans le mois, des employés de magasins d'alimentation générale d'origine indienne qui se sont fait descendre à Austin ?

Rule répondit qu'il en savait rien, qu'il avait pas compté. Il s'approcha des vitrines réfrigérées, préleva une bouteille en plastique d'un demi litre de Dr Pepper. Prit un sachet de cacahuètes salées sur une étagère, en déchira le haut avec ses dents, but une gorgée de soda, plaça sa main en entonnoir et vida les cacahuètes dans la bouteille. Il enfonça son pouce dans le goulot avant de secouer l'ensemble. Le cocktail terroir se mit à pétiller et à faire des bulles.

Ben moi, je suis bien placé pour le savoir, dit Rose. Trop, la voilà ta réponse, beaucoup trop pour que ça soit une coïncidence.

Écran de fumée et jeux de miroirs, dit Rule. Entourloupes de statisticiens et pas autre chose. Question d'interprétation des chiffres. La majorité des accidents de voiture se produisent dans des véhicules qui roulent, ce genre de truc. T'as jamais remarqué que la plupart des gens qui meurent étouffés en bouffant des saucisses de Francfort, c'est des Allemands ? Les décès dus aux têtes d'écrevisses, c'est les Cajuns. Pour les Mexicains, c'est les couteaux, pour les ados noirs, les AK-47. Dans les 7-Eleven, t'as les hindous tués par balle.

Rose le dévisageait.

Rule secoua encore son Dr Pepper, le regarda pétiller. Il dit, La carrière d'employé de supérette s'accompagne d'un taux de mortalité élevé quelle que soit la manière dont tu considères les choses. C'est pour ça que la paye est aussi intéressante. Il fit un clin d'œil, porta la boisson à sa bouche, engloutit la moitié de la bouteille, s'essuya avec le dos de la main. En plus, si t'es un de ces hindous, t'as droit à une partie gratuite de toute façon. Ça te permet d'avoir une chance de venir refaire un tour de piste, autant de fois que tu veux. C'est pas si horrible, vu sous cet angle là. Rule eut un large sourire. C'est assez pratique, on pourrait dire, c'est probablement pour ça que tu les retrouves dans les 7-Eleven.

Le visage du policier se plissa en une grimace. Ouais, ben, va raconter ça à l'adjoint au chef. C'est un baptiste pur et dur, lui, il est persuadé que le tour de piste qu'on fait là, c'est le grand, le seul. En plus, il se fait souffler dans les bronches, en ville. Paraîtrait que ça risquerait de bloquer sa nomination au poste de chef. Rose fronça les sourcils et tira sur le chewing gum qui continuait à adhérer à sa jambe de pantalon. Chierie de merde, gémit-il, ça fait peau de balle, la glace.

De la main qui tenait la bouteille de soda, Rule désigna le chewing gum. Je vais te dire un autre truc qui marche, Rosie. Le liquide de freins.

Ouais ? Le liquide de freins ? Sans déconner, Beth, elle dit de la glace. L'enquêteur suivit la travée jusqu'à la section des fournitures automobiles, ouvrit un bidon de liquide de freins, en versa un soupçon sur le chewing gum. Enfin bon, dit-il, les défenseurs des droits civiques font un sacré foin. Ils écrivent des lettres, appellent le maire, téléphonent aux émissions de débats à la radio. Ils font du bruit, ils prétendent qu'il faut y voir une profonde manifestation de haine. Une conspiration. Des péquenauds organisés qui truffent de plomb les étrangers. Le Klan, les néonazis, les skinheads, va savoir. Ce genre de truc, raciste

Ce n'est pas exclu, on ne sait jamais. C'est pour ça que je suis là ?

Rose haussa une épaule préoccupée, les yeux toujours collés sur le chewing gum. Je suppose. Le chef a dit qu'il demanderait peutêtre au maire d'appeler le gouverneur pour qu'il fasse intervenir les Rangers.

Vous représentez une telle élite, vous autres, avec votre formation hyperpointue au travail d'enquête. Scotland Yard, bottes et accent texan en prime. Pour pas ajouter que ça va en jeter à la télé.

Faut croire que le maire a décroché son bigophone alors, dit Rule. Le gouverneur appelle le colonel, qui appelle le capitaine, qui appelle le lieutenant. Qui m'appelle moi. Le circuit habituel à la mords moi le nœud. Enfin bon, me voilà à pied d'œuvre. Une urgence, un Ranger.

Rose leva le regard, inclina la tête. Hésita, puis la formule lui revint. Il dit, Surpris que ça soit toi, Rule, n'empêche. On m'avait dit que t'étais suspendu de tes fonctions.

Le Ranger fit tourner son cocktail dans la bouteille. À cause du Mexicain, à Red Rock ? Faut pas croire tout ce que t'entends, Rosie. J'ai pris un congé temporaire, c'est tout, dans l'attente de l'enquête. Et elle est finie.

Courte, comme enquête.

Il était armé.

Ça aussi, j'ai entendu dire. Un revolver calibre trentehuit. Sauf que tu lui as troué la peau avec un fusil, d'une distance de cent mètres.

Ce type avait violé et tué trois femmes. Rule leva le menton comme si cela expliquait tout. Faut pas prendre de risques avec une crapule pareille. En plus, tu sais que j'applique consciencieusement la procédure, je fais tout dans les règles.

Hum. Rose roula des yeux. On connaît tous ta réputation.

Tant mieux pour toi, alors. Rule fit un large sourire. Bon, je vais chercher le matériel.

Il repoussa son Stetson sur l'arrière de son crâne, sortit du magasin en passant devant l'agent de faction. Le jeunot claqua des talons, se figea au garde à vous. Le romantisme du Ranger. Rule, à demi amusé, pensa, Seigneur. Il pensa, trop de télé. Grigri Chuck Norris.

Sur le parking, il ouvrit la portière passager du pickup, prit par terre à l'intérieur le nécessaire servant au relevé d'indices, referma. Le regard à nouveau attentif, les yeux plissés. Le vagabond était toujours occupé à fouiller dans la benne du magasin, il disposait maintenant de deux sacs. Là haut, un ciel d'un bleu uni. La journée qui tournait à la chaleur plus qu'intense. La ville transformée en évier torride avec toutes ces surfaces pavées.

Il resta un moment à observer la circulation sur Lamar Sud. Se souvint d'une chose qu'il avait lue. Il y avait des millions d'années, tout cela était une immense mer intérieure. Soulèvement techtonique, eaux projetées dans les airs, lit de roche calcaire exposé, puis collines et plaines non peuplées. De rares Indiens peutêtre. Maintenant, bruit et béton partout, le soleil de l'aprèsmidi se réfléchissant sur les vitres et les chromes des voitures. Surprenant, que personne n'ait rien vu. La rue, ici, était un carrefour commercial très actif. Et pourtant, pas un seul renseignement sur le véhicule que le tireur conduisait. Pareil pour l'autre individu. S'ils étaient ensemble. Et s'ils étaient motorisés. Peut-être qu'ils étaient venus à pied. Ou en bicyclette. En rollers, déguisés en travelos. À Austin, tout était possible.

Il verrouilla la portière du pickup, rentra dans le magasin. Cette fois, il eut droit à un salut énergique de la bleusaille. Idée délire : vendre un autographe de Ranger au jeunot, donner l'argent à l'adepte de l'apnée en poubelles. Une obole picole. Freine. Tire sur les rênes.

Concentre-toi.

Rule déposa la mallette par terre près d'Abraham Krishna. Il déboucla sa ceinture de pistolet qu'il déposa sur le côté, s'agenouilla pour libérer le fermoir de la trousse. En disant, C'est parti, mon gaillard, voyons voir si tu nous as laissé des indices. Voyons voir s'il reste quelque chose d'exploitable sur les lieux du crime, après tout ce cirque.

Une heure plus tard, il retira les gants en latex, rangea son matériel et referma la trousse. Dans le cabinet de toilette, il se lava les mains, puis humidifia une serviette en papier et essuya, sur la peau d'anguille de ses bottes, la poudre polymère servant au relevé d'empreintes. Il rectifia sa cordelière, rééquilibra son couvrechef, s'étudia dans la glace. C'était pas des conneries, il avait bien une ressemblance avec Porter Wagoner, la mise en plis exceptée. C'était une femme qui lui avait dit ça, l'autre soir, au Moyeu Brisé, elle était venue tout droit à sa table, whisky sour à la main, et elle lui avait dit, Vous ressemblez en tous points à Porter Wagoner, vous jouez de la guitare et vous chantez ? Non, m'ââme, avait-il répondu, mais pour sûr que j'aimerais bien avoir son fric. Porter étant une des célébrités de Nashville, un cowboy chantant à l'ancienne, il avait même eu son propre show télé pendant un temps. Sauf que Rule n'était pas tout à fait aussi grand que Porter, qui, lui, aurait pu jouer au basket. Pas tout à fait la même longueur de mâchoire, non plus, ce qui n'était pas grave, c'était même une foutue chance. Par ailleurs, Porter aimait les costumes clinquants, avec assez de paillettes et de strass pour faire saliver Liberace[1]. Rule jeta un dernier regard dans la glace et sortit.

Rose se tenait devant le comptoir, près du présentoir des jeux de hasard, tirant sur le genou de son pantalon qu'il inspectait du regard.

1. Wladziu Valentino Liberace (1919-1987) pianiste vedette du petit écran au talent souvent éclipsé par ses tenues flamboyantes. (*N.d.T.*)

Une authentique consternation sur le visage. Une grande tache sombre s'élargissait sur le tissu gris.

Bordel de Dieu, Rule, vise un peu cette saloperie ! Le liquide de freins, il m'a eu salopé mon pantalon.

Le Ranger posa un regard. Ben ça alors, ça m'en a foutrement l'air.

C'est un costume tout neuf, en plus. Même qu'il a coûté la peau des fesses, c'est Beth qui me l'a acheté elle-même. Chierie de liquide de freins. Où c'est qu'on t'a raconté ça ?

Je peux pas vraiment dire que je m'en souviens, Rosie. Rule remit sa ceinture, ferma la boucle. Faut croire que ça marche, quand même. Ça a fait partir le chewing gum.

Merde, elle va me tuer, Beth.

Ben comme ça, ça nous fera un crime qu'aura un mobile et des éléments de preuves. Parce que je vais te dire, mon vieux, pour ce qui est de celui qu'on a là, on a peau de balle.

Rien de rien ? Le policier paraissait déçu.

Nan, pas rien de rien. Ce qu'on a, c'est trop de trucs. J'ai trouvé qu'une centaine d'empreintes exploitables ou partielles. Combien tu t'imagines qu'y a de gens qui se penchent sur ce comptoir chaque jour ?

Et la caisse ?

Ben, on va y regarder de plus près au labo, voir ce qu'on peut en tirer. Peutêtre avec le laser. Mais je serais surpris qu'on trouve autre chose que notre ami Abe ici présent et un ou deux autres employés.

On a la vidéo. La voix du policier était pleine d'espoir.

Ouais, t'as raison, c'est vrai qu'on a ça. C'est un début, acquiesça Rule, on va l'étudier de près, rentrer les images dans le système. Il prit sa mallette et se dirigea vers la porte. Je reste en contact, Rosie. Dis bonjour à Beth de ma part.

Il s'éloignait au volant du pickup Dodge rouge quand Rose sortit et s'immobilisa sur le bitume du parking. Chaleur rayonnante de fin d'aprèsmidi, vagues aveuglantes montant du tarmac. Il épongea son large front à l'aide d'un mouchoir. À l'ouest, au dessus des collines en balcons, soleil rouge sang au ras de la cime des arbres. Dans son dos, il entendit la sentinelle solitaire racler ses semelles sur le sol.

Ça doit être important si on fait appel aux Texas Rangers, dit l'agent. Paraît qu'ils sont mieux entraînés qu'au FBI, à part qu'ils sont beaucoup moins nombreux. Vous l'avez eu vu, son badge ? L'étoile, elle est emboutie dans une pièce d'argent mexicaine, une qui date de 1948. Paraît qu'elles ont un aigle, au dos.

L'enquêteur posa sur lui un bref regard contemplatif. Suffisamment jeune pour être son fils, un gosse, quasiment. Tout juste s'il en tombait pas dans les pommes.

Qu'est-ce qu'il a trouvé, alors, inspecteur ? On a quelque chose ?

Pas grand chose, marmonna Rose.

Inspecteur ?

J'ai dit pas grand chose. Pas grand chose du tout.

Il lança un regard sur sa jambe de pantalon, contempla les feux de position du Dodge qui disparaissait dans Lamar Sud. Dit, Je peux vous apprendre un truc qui vaut la peine d'être su, n'empêche. Si un jour vous avez du chewing gum qu'est collé sur votre futal, utilisez pas du liquide de freins pour l'enlever, bordel.

Putain, ça risque pas, déclara le jeunot. Il secoua la tête. Ça ferait que laisser une tache, inspecteur, c'est sûr et certain. Vous avez déjà essayé ?

3

Un exercice de comptabilité...

Un rouleau de pièces de vingtcinq cents contre deux de dix... un de dix contre deux de cinq plus un billet d'un dollar... c'est tout pour les rouleaux. Les miens, les tiens. Tiens, la petite monnaie, garde-la.

Ray Bob qui jouait au caissier.

Eddie posa un regard sur les deux piles distinctes, dit, Faut qu'on aille à la banque, mec. Je vais pas me traîner partout avec des rouleaux de pièces de cinq cents dans les poches. J'aurais l'air con avec toutes ces bosses.

T'as qu'à prendre les pièces de dix, alors, le rouleau est plus petit.

Rien à foutre, moi, je les porte à la banque même si tu le fais pas. Où est le problème ?

J'aime pas ça, comme endroit, déclara Ray Bob. Je me suis fait choper en en dévalisant une, de banque.

Eddie le regarda. Je croyais que t'avais jamais rien braqué avant, à ce que tu disais.

C'était un mensonge.

Pourquoi ?

J'ai besoin d'une raison ? Si ça te plaît pas, appelle les flics.

C'est pas illégal de mentir, dit Eddie.

Ça c'est vrai. Ray Bob eut un sourire satisfait. Mais de toute façon je le fais.

C'est toi qui vois. N'empêche que je me traîne pas avec ces rouleaux de pièces dans les poches. On pourrait s'en servir pour se payer à bouffer, n'empêche, je commence à avoir la dalle.

Ils étaient là à discuter parce que Ray Bob aimait ça, et parce que Eddie avait les nerfs.

Ils se perchèrent sur une avancée de calcaire lisse, dans Zilker Park, en aval par rapport à la route de Barton Springs, les jambes pendant dans le vide. La corniche de pierre avançait droit au dessus de la berge sous un grand pacanier. Quasiment le crépuscule, doux en plus. Des martinets pourprés traçaient des arcs de cercles réguliers au dessus de l'eau en braconnant des insectes sur un souffle de vent. En amont, le courant sans profondeur murmurait sur les roches rongées par les eaux, se ridait dans sa course. Après, la rivière s'enfonçait entre les rives qui tombaient à pic, les roches plongaient sous la surface et l'eau, plus profonde, s'apaisait.

Eddie tira sur son anneau d'oreille, regarda deux cygnes qui glissaient le long du rivage. Gros amas de plumes blanches au cou délié tout en courbes. Bon, dit-il, sur quoi t'as menti à part ça ?

Ray Bob eut un grand sourire. Hé, gars, reprends pied dans la réalité. J'ai plus de braquages à mon actif que tu peux en compter sur tes doigts. Au cas où tu t'en serais pas rendu compte, je suis pas un boyscout.

Je l'ai été, moi, sauf qu'y m'ont foutu à la porte.

T'avais fait quoi, dégommé le chef des éclaireurs ?

Nan, c'est sa grosse qu'a fait ça. Elle l'a surpris au plume avec sa sœur, elle les a descendus tous les deux. Avec un calibre douze, chargé de chevrotines. Ce gros branleur, il a crevé en tringlant. Un vrai enculé, en plus, il était toujours à gueuler sur nos uniformes, sur l'allure qu'on avait. On aurait dû lui donner l'ordre du mérite, à sa femme, pour avoir rempli son devoir civique.

Ou pour son adresse au tir. Ray Bob ricana. Il rangea les billets en tas, en décorna les coins.

C'est pour ça que j'ai jamais été plus loin que les louveteaux, n'empêche, poursuivit Eddie. J'aimais pas toutes ces règles qu'ils avaient, les engueulades. T'avais le galure de travers, un faux pli à ton froc, il t'aboyait à la gueule, ce gusse.

Ray Bob alluma une cigarette, la laissa pendre à la commissure de ses lèvres tandis qu'il s'attaquait au partage des billets, de un dollar surtout. Il fermait un œil à cause de la fumée. Disant, Peutêtre qu'il y a plus de *dinero* là dedans que je croyais. Dans le temps, ta grosse elle venait t'emmerder, tu pouvais la dessouder, y avait personne pour venir te chercher des poux. Crime passionnel.

T'as que douze ans et tu te retrouves comme si t'étais chez ces enfoirés de marines, fit Eddie en regardant les cygnes disparaître vers l'aval. Qui c'est qui peut encaisser ça ? Alors je me suis fait jeter, attitude négative, qu'ils ont dit.

Elle s'en est tiré, je suis sûr ?

Eddie haussa les épaules. Je me souviens plus. Ils m'ont lourdé à coups de pieds au cul, n'empêche. Moi, je voulais être bon à quelque chose.

Être bon à rien c'est être bon à quelque chose.

Ça a pas de sens.

N'empêche, c'est vrai.

T'as une logique bizarre. Hé, vise un peu là bas, fit Eddie en pointant le doigt vers la rivière.

Deux filles passaient à leur hauteur dans un canoë en aluminium et ils s'arrêtèrent de parler pour les observer. L'une était une blonde joufflue avec les cheveux courts, l'autre une brune mince aux cheveux longs et raides. Toutes les deux en short et débardeur, les rames posées sur les cuisses.

Laquelle tu prends ? demanda Ray Bob. Il se gratta sous l'aisselle.

J'aime les blondes, dit Eddie. Ça me gêne pas qu'elles soient un peu enrobées.

Merde, elle est pas un peu enrobée. Elle est obèse.

J'aime bien quand y a un peu de viande sur les os.

Ce genre de barbaque, ça te fait monter le taux de cholestérol, dit Ray Bob. Moi, je préfère la viande maigre.

Dans ce cas, t'as qu'à prendre le fil de fer.

D'accord.

Ray Bob enfourna les billets et les rouleaux de pièces dans le sac plastique, ôta son teeshirt dont il entoura le sac. Un épais tapis de poils roux frisait sur son torse pâle et sur son ventre. C'était pour ça qu'on l'appelait le Rouge au pénitencier. Il était court sur pattes avec des épaules larges, une taille mince et des muscles saillants. Il portait les cheveux ras et avait une pépite d'or dans chaque oreille.

Viens, dit Eddie, elles se tirent.

Elles vont nullepart, dit Ray Bob. C'est moi qui parle.

Les voilà tous les deux partis à pinces sur le chemin de terre abrité par les arbres en bord de rivière. L'air, en ce début d'été, était doux et sec, des cigales chantaient dans la verdure au dessus de leurs têtes. Quand ils arrivèrent à la hauteur des filles, Ray Bob se mit à gueuler, Ého, les jolis p'tits lots ! Ça vous dirait, une bière ?

Les filles se consultèrent du regard puis la brune, à l'arrière, roula des yeux dans ses orbites. Elles plongèrent leurs rames dans l'eau et commencèrent à pagayer. Leur progression était maladroite, les pales des rames giflant la surface, les manches raclant contre les plats bords de l'embarcation. Elles se rapprochèrent du rivage opposé.

On a de la bière ! barrit Eddie.

Qu'est-ce que j'avais dit, putain, gronda Ray Bob, c'est moi qui parle.

Ah ouais, hé ben, tu m'as eu montré comme tu sais t'y prendre. Elles en peuvent plus d'attendre, regarde-les un peu se tirer.

Je t'ai dit qu'elles vont nullepart. Magne-toi le train.

Ils continuèrent leur progression hâtive sur la piste étroite au bord de l'eau, sautant par dessus les racines des arbres, se courbant pour passer sous un peuplier faux tremble abattu, restant à la hauteur des filles dans le canoë. Ray Bob leur lança : Il a l'air de faire rudement chaud, là bas ! Vous voulez de la bière fraîche ? On veut juste vous causer, les filles. Allez, quoi, ralentissez !

À l'endroit où la route de Barton Springs enjambait la rivière, ils se laissèrent glisser sur la pente en se retenant aux branches des saules nains sous les arches du pont en béton. Un couple de canards colvert qui se laissaient dériver le long du rivage en quête de nourriture, soulevés par les vagues, déployèrent leurs ailes et déguerpirent en pleine panique. Les filles collaient à la berge opposée, brassant l'eau en un tandem mal accordé, les rames cognant contre le bateau, heurtant brutalement la surface pour projeter dans les airs des jets d'écume semblables à des queues de coq. La blonde qui se trouvait à l'avant commença à glousser, mais l'autre lui ordonna de ramer plus vite. Au ton de sa voix, elle semblait effrayée.

Y a aucune raison d'avoir peur ! beugla Ray Bob. On est juste deux gars qui veulent discuter un peu !

Le chemin qui suivait la pente s'acheva en cul de sac face au rempart de terre d'une passerelle dominant la rivière, et ils escaladèrent le terrain abrupt à courtes enjambées rapides, enfonçant la pointe de leurs chaussures dans la surface dure et reculant d'un pas chaque fois qu'ils avançaient de deux. Ils parvinrent enfin au sommet et firent halte sur l'étroit tablier, la respiration haletante. Le canoë était déjà plus bas, il progressait vers l'embouchure où le cours d'eau s'évasait sous le surplomb des arbres pour se jeter dans le fleuve.

Merde, je te l'avais dit, fit Eddie, ce coup là elles se sont tirées.

Nan, tu rigoles.

Laisse-les partir. Elles veulent pas nous parler de toute façon.

Bien sûr que si qu'elles veulent, dit Ray Bob. Des chiennes en chaleur, pareil l'une que l'autre. Bouge-toi.

Il traversa à la course, les talons durs de ses bottes martelant les planches. Eddie le suivit. À l'autre extrémité du pont à fermes, ils se laissèrent choir par dessus la rambarde sur le chemin de terre et commencèrent à galoper le long de la rive. La piste était large et régulière au milieu des arbres et ils parvinrent bientôt à la hauteur du canoë. Quand les filles entendirent le bruit de leur course, la brune maigrichonne cria et elles ramèrent avec une énergie accrue. La blonde qui était à l'avant avait cessé de ricaner. Son souffle s'échappait maintenant par petits hoquets précipités. Quand elle se pencha brusquement sur un côté pour enfoncer davantage sa rame, l'embarcation plongea et tangua. Elle regagna vite le milieu du canoë qui s'inclina très fort de l'autre côté, le plat bord s'enfonçant jusqu'à la surface. Les deux filles firent des mouvements désordonnés pour retrouver l'équilibre, le bord du bateau pencha violemment vers la surface, s'enfonça une fois, deux fois, trois fois. Il commença à embarquer de l'eau. Puis il bascula pour de bon. Elles tombèrent par dessus bord et se mirent à fouetter la surface de leurs bras et de leurs jambes.

Ray Bob se laissa glisser sur la pente couverte d'herbe basse et s'élança pour attraper la brune. Toi, t'attrapes l'autre, dit-il à Eddie.

Ce dernier hésita un moment puis s'avança dans la rivière. La fille manqua de le noyer. Elle lui jeta les bras autour du cou et il sentit ses pieds se dérober sous lui car le fond était vaseux. Ils coulèrent tous les deux mais elle se raccrochait tellement fort qu'il ne parvenait pas à sortir la tête de l'eau. Il but la tasse, suffoqua. Il finit par ancrer ses pieds sur le fond pour pousser en direction de la rive et la fille vint avec lui. Elle était lourde, son corps mou, un poids mort inerte à l'exception de l'étau que formaient ses bras. Il tira sur ses jambes, poussa, força, hissa une dernière fois et ils s'affalèrent sur le bord, elle toujours agrippée si fort à son cou qu'il lui cogna sur le sommet du crâne pour se libérer. Elle lâcha prise, roula sur le côté en sanglotant.

Allons, allons, dit Eddie. Il était à quatre pattes au dessus d'elle, il ruisselait. T'as rien du tout, t'as eu peur, c'est tout. Tiens, laisse-moi t'aider à te débarrasser de ça.

Il entreprit de relever le débardeur mouillé au dessus de ses seins et elle serra ses bras sur sa poitrine pour l'en empêcher mais il les écarta. Disant, Du calme, du calme voyons, y a pas de quoi se mettre dans des états pareils. Puis le corps de la jeune fille se fit tout mou et elle recommença à pleurer, elle gémit, Me faites pas de mal, me faites pas de mal, je vous en supplie, me faites pas de mal.

Merde, je vais pas te faire de mal, dit-il. Il releva le débardeur autour de son cou. Elle avait des seins lourds et tendres qui s'affaissaient de part et d'autre à cause de leur poids. Les pointes étaient de grosses pépites d'un marronrose, les aréoles qui les entouraient des cercles plus grands encore, d'un rose plus clair, et il prit la droite entre ses lèvres, entreprit de la sucer. La jeune fille demeura inerte, elle geignait doucement. Il baissa sa braguette mais son zob était flasque et le resta. Il se caressa un moment mais comme il ne voulait pas durcir, il finit par abandonner et s'allongea à côté d'elle. Se disant qu'il ne pouvait pas bander parce qu'il trouvait que ce n'était pas bien. Il savait que ce n'était pas bien.

Je suis vraiment désolé, dit-il, sûrement que je dois pas être si décontracté que ça.

Ça ne fait rien, dit-elle, toujours allongée sur le dos, les yeux fixés sur le ciel. Ça arrive plus souvent qu'on le croit. Sa voix était contenue, maintenant, basse et monocorde, dépourvue de sentiment. Allongée là, vêtue de son seul short, immobile, les mains croisées sur le ventre. Si ses yeux n'avaient pas été ouverts, il aurait pu croire qu'il était en présence d'un cadavre. Ça lui fichait la trouille de la regarder. Elle commença à dire autre chose mais sa voix se brisa et elle se tut. Au bout d'un moment, elle leva les bras et rabattit son débardeur sur ses seins.

Je voulais pas te faire peur, dit Eddie. Parlant doucement. Pas de réponse. Faut croire que j'avais pas réfléchi, dit-il.

Quelques minutes plus tard il se leva et trouva Ray Bob sur l'herbe de la berge, de l'autre côté d'un saule pleureur ployant au dessus de l'eau. Il était allongé sur le dos, les chevilles croisées, il tenait son pistolet dans une main et se tripotait de l'autre. Près de lui gisait la brune maigre, les jambes écartées sur l'herbe. Elle était nue, sans connaissance, elle avait l'intérieur des cuisses maculé de sang, près de la touffe de poils sombres. Eddie resta là à regarder, il essayait de voir si elle respirait. Impossible à déterminer. Elle avait la bouche tordue sur le côté, la lèvre inférieure affreusement enflée.

Merde, mec, tu l'as pas tuée, hein ?

Nan, répondit Ray Bob. Il remonta sa braguette et se leva, appliqua une tape sur ses hanches, chercha du regard le ballot d'argent dans le teeshirt. Elle a perdu connaissance, c'est tout. Juste au moment où j'ai joui y a ses yeux qui se sont révulsés. Ça arrive tout le temps. Il eut un grand sourire. La tienne, elle était comment ?

Eddie tira sur son anneau d'oreille. Ben, elle a pas beaucoup participé.

Les grosses, c'est paresseux.

Eddie réfléchit. La raison, je crois, c'est qu'elle avait peur.

Un peu qu'elle avait peur, bordel. Allez, gars, j'ai faim. On va bouffer.

Ils remontèrent la piste, dépassèrent la blonde, recroquevillée dans l'herbe sur le côté, le front dans les genoux. Muette, ses épaules grasses agitées de tremblements. Après qu'ils furent passés, Eddie dit à Ray Bob de l'attendre une seconde et retourna la voir. Il s'accroupit et se pencha au dessus d'elle, les mains sur les rotules. Hé, dit-il, je suis vraiment désolé parce que t'es une chouette de jolie fille.

Elle s'immobilisa.

Eddie hésita, il se pencha encore, il se racla la gorge. Tira sur son anneau d'oreille et parla bas, presque dans un murmure. Écoute, je sais que c'était mal et je suis vraiment désolé. Je le pense vraiment. Je sais pas ce qui m'a pris. T'as tous les droits d'avoir peur. T'es pas la seule à ressentir ça, personne ira dire le contraire. Mais ça va aller, tu vas voir.

Qu'est-ce que tu fous, connard? appela Ray Bob. Tu t'excuses? Allez, amène-toi.

Eddie se redressa, hésitant. Il n'était pas certain qu'elle l'ait écouté ou entendu. Comme elle ne le regardait toujours pas, il se tourna et remonta la piste. Ils suivirent le chemin vers le pont, dans le crépuscule. Leurs habits étaient mouillés, l'eau clapotait dans leurs chaussures. Ils s'arrêtèrent et s'assirent sur le bord de la piste pour les vider sous un platane d'Occident. Les cigales murmuraient dans les arbres, les criquets dans les herbes. À l'est, un mince croissant de lune flottait au dessus de l'horizon. L'air était encore chaud après cette longue journée.

Hé, mec, qu'est-ce que j'aime ce temps, dit Ray Bob.

C'est sympa, répondit Eddie. Son ton de voix était indifférent, distrait.

Où tu veux manger?

Tout me convient.

Moi je veux un steak frit.

Eddie ne dit rien.

Avec de la sauce à la crème. Des frites. Et des petits pains avec du beurre dessus.

Eddie leva les yeux, ferma les paupières. Merde, ça donne envie.

Si on allait à ce resto qu'est plus loin sur la route, dit Ray Bob. Threadgill's, il s'appelle.

Ils ont de la musique?

Des fois.

Quel genre?

J'en sais foutrement rien, moi, dit Ray Bob. De la musique musicale. Avec des guitares et tout le bordel.

Eddie hocha la tête, dit que ça avait l'air bien. Dit qu'avant, il jouait de la guitare lui aussi. Dans un groupe de rock.

Ah ouais?

Mec, on était vraiment bons, en plus. Il aspira à fond, se mordit la lèvre inférieure, tout à ses souvenirs. Du boogie du Sud, du rythm and blues, du blues rock, comme les Allman Brothers. Des concerts dans plein d'endroits. J'aurais bien voulu continuer.

Vas-y, dit Ray Bob, des souhaits, tu peux en faire autant que tu veux. Moi y a plein de choses que j'aurais bien aimé. Les souhaits, c'est comme une pièce de cinq cents, tu peux t'acheter peau de balle, avec.

Ils se levèrent, reprirent leur marche. Les bois étaient silencieux à l'exception des insectes qui se faisaient la cour et d'un souffle d'air qui murmurait haut dans les ramures. À la lumière déclinante, ils traversèrent le pont à fermes, se laissèrent glisser sur la pente raide de la digue de soutien pour rejoindre la piste. Ils la suivirent sur la berge, Ray Bob en premier, portant l'argent roulé dans le teeshirt. Silhouette trapue progressant d'un pas décidé à travers les ombres.

Ouais, ben moi, c'est pas pour ça que je vais m'arrêter d'en avoir, des souhaits, dit Eddie qui fermait la marche. C'est chouette d'être musicien. On se sent bien quand on joue. C'est comme quand tu fais quelque chose qui compte. Les gens aiment bien, les femmes sont sympa. Tu baises beaucoup, t'as pas besoin de rien faire pour ça. La bière est gratuite, en plus. C'est mieux que de dévaliser des magasins.

Ray Bob s'arrêta brusquement et se retourna. Il gratta sa poitrine dénudée avec les articulations de ses deux mains, comme s'il s'activait sur une planche à laver. Ce qui me fait penser, tête de nœud, que tu m'as dit que t'avais jamais tué personne.

C'est vrai, dit Eddie.

Hé bien, maintenant, c'est fait.

Je voulais pas. Eddie secoua la tête, il plissa le front. J'en avais pas l'intention non plus. Pas du tout. J'avais rien prévu de pareil, tout ce que je voulais, c'était les cigarettes.

Ray Bob grogna. N'empêche que tu t'es descendu un métèque.

C'était pas ça. C'est la façon qu'il se l'est joué, ce type, à le prendre de haut comme il l'a fait, comme si j'étais qu'un resquilleur à la manque... je sais pas, ça a été un réflexe. Eddie continua à plisser le front, à secouer la tête. Comme si j'avais raté une vitesse, mec. Mais c'est pas mon truc, y a pas à chier. J'avais même jamais tiré sur personne avant. Jamais. La seule raison que j'avais ce flingue, c'est que tu me l'avais donné.

Alors pourquoi t'es allé en taule ?

Je t'ai dit. Vol de bagnole.

Merde, c'est vrai. Ray Bob émit un bruit méprisant. Tu t'es fait poisser en piquant une tire.

Je me suis pas fait poisser, pas moi. C'est un autre. Eddie marqua un temps d'arrêt. Le problème, c'est que lui, il a ouvert sa gueule.

Aïe aïe aïe, fit Ray Bob. Le jour où y a un fils de pute qui me balance... Il passa l'index en travers de sa gorge.

Ils continuèrent leur marche dans le jour déclinant, franchirent la saillie calcaire où ils avaient compté l'argent et grimpèrent la colline plantée de bouquets de pacaniers pour regagner la Caddy garée sur le parking. Ray Bob ouvrit le coffre et ils enfilèrent des jeans de rechange secs. Eddie trouva un autre teeshirt, ôta le sien qui était mouillé. Ray Bob observa son torse maigre et glabre, sa peau blanche lisse. Au dessus du sein gauche, il avait un de ces tatouages bleu foncé qui trahissent les maisons d'arrêt. Cinq courtes lignes horizontales avec des notes de musique.

Alors, tu lui as réglé son compte, à ce fils de pute ?

À qui ?

Au salaud qui t'a donné.

Nan, fit Eddie. J'ai jamais pu le trouver.

Comment il s'appelle ?

Ledoux. DeReese Ledoux.

Qu'est-ce que c'est, un nom de mal blanchi ?

Un Cajun de Lafayette.

Hé ben, on va le retrouver, cet enfoiré, dit Ray Bob. On va lui perforer un deuxième trou de balle.

Eddie passa le vêtement sec au dessus de sa tête, glissa les bras dans les manches. Il dit, Il y est plus. Il s'est tiré à Houston.

Chierie. Ray Bob grimaça un sourire. Houston, gare à tes miches, nous voilà.

Qu'est-ce que t'en as à foutre, de toute façon ? demanda Eddie. Il enfonça le bas du teeshirt dans son jean. C'est pas ton problème.

Mon cul. Ray Bob le dévisagea comme s'il était stupide. On fait équipe ou quoi ?

Eddie haussa les épaules. Se disant maintenant, au bout d'une quinzaine de jours, que c'était peutêtre pas une si bonne idée que ça, y avait qu'à voir, merde, à flinguer des gens, presque à violer des femmes. Se disant qu'il faudrait peutêtre qu'il réexamine la situation.

Mais disant, Ouais.

Bon, alors. Ray Bob fit à nouveau son grand sourire, ferma le poing et braqua un index massif sur lui. Qu'est-ce que t'as d'autre à faire ?

Eddie réfléchit à ça, aussi. Pas lerche.

4

Du poste de la police criminelle au centre ville, Bernie Rose appela sa femme, Beth, lui suggéra de le retrouver pour dîner au Jalisco. Quand elle lui demanda ce qu'ils fêtaient, il lui répondit rien de particulier, juste un désir soudain de Tex Mex. Une envie de s'éclater dans le luxe, un désir d'épate chicano. Histoire de claquer deux billets de dix en *tacos* en compagnie de la femme de mes rêves, dit-il, une envie de romantisme, si tu veux. Un caprice, si tu veux.

Il la baratinait, il trouvait ça agréable. Il se disait, Maintenant que les enfants ont pris de l'âge et le large, ils devraient sortir plus souvent pour manger, ils avaient davantage d'argent pour le faire. Il se disait qu'en général, l'idée venait de lui ; Beth lui demandait toujours ce qu'ils fêtaient, elle avait du mal à mettre le nez dehors. Le syndrome du nid vide. La lassitude de l'enseignante. La transition entre deux âges, une crise rarement mentionnée. Il se disait que ça aussi, ça passerait.

Tu as d'autres plans, chérie ? demanda-t-il.

Hé bien, j'espérais retrouver un homme que je connais, dit-elle tranquillement. J'attendais ça avec impatience.

À quoi il ressemble ?

Beau gosse mal dégrossi.

Affable ? Comme moi ?

Un vrai séducteur.

T'essayes de me rendre jaloux ?

Ça marche ?

Y a intérêt. En plus, je suppose qu'il t'a déjà invitée à dîner.

Exactement, dit Beth.

Merde. Tu dis qu'il est beau gosse ? Laisse-moi deviner. Il s'appelle Bernie.

Comment tu le sais ?

Bernie Rose sourit largement. T'as la vue qui baisse, ma jolie, mais pour ce qu'est de parler, tu sais toujours.

Et ce que je sais, ça s'arrête pas là.

Bernie se disant, Ça alors, Beth qui drague, un bon signe. Qui m'allume, qui déclenche cette bonne vieille vibration. Érection alerte rouge. Il poussa un cri d'enthousiasme et ses collègues de bureau regardèrent dans sa direction. Il leur tourna le dos, parlant bas, lui disant qu'ils avaient tout le temps d'en arriver là, qu'ils allaient commencer par dîner, qu'ils y viendraient par étapes. Dans l'immédiat, c'était à une ambiance sud de la frontière qu'il pensait. Il pensait à des frites avec de la salsa épicée et une Modelo froide. Il pensait à des *fajitas* cuites au gril, bien juteuses, avec ou sans graisse. Sans compter qu'ils avaient les mariachi ce soir, ajouta-t-il. Chachacha. Comme s'il envisageait de l'inviter à danser. Ce à quoi elle répondrait non merci. Et il lui en serait reconnaissant. Sa souplesse et son agilité, elles étaient quinze kilos derrière lui.

D'accord, dit Beth, le Jalisco. Quelle heure ?

Je t'y retrouve dans trente minutes.

Je t'aime.

Mi tambien.

Il raccrocha le téléphone fixe, regarda la tache sur sa jambe de pantalon. Seigneur, il allait y avoir droit. Une chance que Beth soit d'humeur pétillante. Branchée câlin coquin. De quoi lui emballer le compte tour. *Vroummm.* Érection alerte rouge. *Très* bon signe. D'autant qu'ils n'étaient plus franchement des néophytes. Un nouveau regard sur son pantalon. Au moins, le Jalisco était plutôt sombre à l'intérieur, elle ne s'en apercevrait peutêtre pas dans l'immédiat. S'il avait de la chance.

Il en termina avec le travail administratif, babilla un moment avec Blaine, s'arrêta devant le bureau de Garcia pour pratiquer un peu son espagnol, avant de raccrocher pour la journée. Au volant de la voiture de service, il grimpa la rampe d'accès de la Sixième Rue et s'engagea sur la I-35 direction sud, franchit la Colorado qui prenait en cet endroit le nom de lac Urbain tant elle était large, retenue par le barrage de Longhorn. L'étroite frange verte du rivage, côté centre ville, s'estompa en contrebas dans le crépuscule, puis les vastes eaux s'étalèrent, noires et lisses, entre les berges envahies d'ombres. Une lune en forme de cimeterre était suspendue à l'est vers l'aval, au dessus de la rivière, mince éclat de platine pâle parmi les étoiles précoces.

Sur la rive opposée, il bifurqua dans Riverside pour s'enfoncer à l'ouest dans des courbes gagnées d'ombres denses. C'était le moment de la journée qu'il préférait, travail effectué, la soirée devant lui, un temps pour le silence et la contemplation. Le temps, d'ailleurs, où il en était précisément arrivé dans sa vie. Il pourrait décider brusquement de prendre sa retraite, voir comment ça se passe. Beth serait d'accord, fatiguée des élèves râleurs, des écoles publiques devenues zones de combats. Il roulait lentement, vitres baissées, à l'écoute du vrombissement bas des sauterelles dans l'herbe, des cigales dans les arbres. Un bruit agréable, fondamental. Celui, pensa-t-il, du Créateur, allongé dans un fauteuil de détente inclinable, tenant dans sa main un verre de bière aux parois couvertes de condensation.

Il roulait sans se hâter, réfléchissant à cette toute dernière représentation. Quand le téléphone de la voiture sonna. Rule Hooks, qui l'appelait du labo de l'État.

Mi amigo, dit Bernie. *Que pasa ?*

Tu parles d'un accent, commenta Rule.

Ouais, bon, j'y travaille. Peutêtre que je vais tirer un trait et m'acheter une maison à Cancun, Playa del Carmen, voir ce que c'est que cette *siesta* dont on parle. J'ai une vidéo, apprenez sans peine en dix leçons. *Como esta ? Quiero uno cerveza frio*. Tout comme ça.

Tu es trop vieux, Rosie. C'est l'oreille qui lâche en premier.

Qui c'est qui dit ça ?

Katie. Elle suit des cours d'espagnol à l'université, elle me dit qu'elle est trop vieille et elle n'a que dixneuf ans.

Comment elle se débrouille ?

Pas mal, je crois. Je la vois pas beaucoup. Pas de temps à consacrer à son vieux père.

Ouais, c'est comme ça, les gamins. Ils ont des étapes. Elle changera.

Peutêtre, sauf que je suis pas sûr que ça soit une question d'âge. Peutêtre qu'elle a tout du loup solitaire, comme moi.

Parfois même les solitaires se sentent seuls.

T'as sûrement pas tort.

Et Dieu a donné Ève à Adam, poursuivit Bernie. T'as jamais envisagé de te remarier ?

Rule se tut un moment, il s'éclaircit la gorge, il dit, On est rudement loin du sujet, là, Rosie. Écoute un peu, y a Moline, au labo, qui dit que l'un de ces jeunots qui sont sur l'enregistrement vidéo lui rappelle quelque chose. J'ai pensé que ça pourrait t'intéresser.

Le policier transféra l'appareil à son autre oreille. Sans blague, il connaît le nom ?

Pas encore. Mais il y réfléchit. Moline a cette mémoire photographique qu'ont certains. Sauf qu'elle est pas rapide.

Bernie hocha la tête et déplaça ses fesses sur le siège. Se disant qu'il fallait vraiment qu'il perde du poids. Un temps pour se mettre au régime. Pour s'arrêter dans une librairie afin de jeter un coup d'œil sur la dernière mode sans douleur. S'acheter le livre, histoire d'aller déjà mieux. Un processus mental. Après les *fajitas. Mañana.* Il dit, Je suppose que vous leur avez scanné les images de la vidéo ?

Tout ça, c'est parti par le réseau, collègue. Mais moi, c'est sur Moline que je mise. Rule fit entendre un bruit désobligeant. Si les mauvais garçons apprennent un jour à quel point ils sont pourris, ces putains d'ordinateurs, on sera tous dans la merde.

Et les empreintes ?

Comme je t'ai dit. On en a quelques unes. Oh, m'est avis qu'on doit bien en avoir une centaine qui sont potentiellement exploitables, ou partielles, toutes différentes. Tu veux te taper la série ?

Putain, fit Bernie.

On en est là, dit Rule. Vous avez fait mieux, vous autres ?

Non.

Ça ne me surprend pas. On se tient au courant. Il raccrocha.

Bernie reposa le combiné sur son socle et, sans ralentir, passa à l'orange au croisement de South Congress. Il s'approcha de l'intersection avec la route de Barton Springs et vit le Jalisco, un vaste bâtiment blanc en pisé avec un liseré rouge, l'idée qu'un constructeur gringo se faisait de l'architecture mexicaine. On aurait dit un Fort Alamo qui se serait fait tirer les chairs pour pas cher. Sur la gauche, les lumières clignotantes de Threadgill's. Une turne qui appartenait à un restaurateur local spécialisé dans la cuisine familiale à la petite semaine, à des prix de weekend raisonnables en ville. C'était de là que Jim Hightower, agitateur populiste, mouche à merde de la classe politique, diffusait en direct *Chat & Chew,* son programme radio repris par plusieurs chaînes. Le resto numéro deux sur la liste des préférences de Bernie. Au moment où il passait devant, deux types, sous les lumières du parking, descendirent d'une vieille Eldorado décapotable. Il ralentit pour mater la Caddy, une caisse de collection, en profita pour jeter un deuxième coup d'œil aux passagers qui traversaient le parking. Tous les deux en jean et teeshirt, l'un mince avec une queue de cheval, l'autre petit et râblé. Trop nuit pour en apprendre plus, de toute façon. À Austin, la moitié des gusses ont une queue de cheval.

Obéissant à son instinct, Bernie vira à gauche et traversa la rue pour s'engager sur l'allée d'accès à Threadgill's. Il s'arrêta à côté de l'entrée latérale, le pied sur le frein. Les deux types s'approchèrent et firent un crochet pour passer derrière la Ford. Bernie se pencha à la fenêtre.

Hé, les gars !

Ils s'immobilisèrent et le regardèrent.

C'est bon, la bouffe, ici ? demanda-t-il.

Le petit trapu longea la voiture et s'arrêta à la vitre du conducteur, le regard à l'intérieur, les pouces glissés dans les poches de son jean. Tu devrais le savoir, dit-il, t'es flic, non ?

Bernie sourit. Je suis pas d'ici.

Le maigre s'amena alors et dit, Nous non plus on est pas d'ici. Il portait un anneau en or à l'oreille gauche.

C'est vrai ? D'où vous êtes, les gars ?

La queue de cheval détourna un instant le regard. El Paso.

Je suppose que tu veux voir des papiers, maintenant, dit l'autre. Il avait les cheveux roux coupés courts, deux clous en forme de pépites d'or dans les oreilles, des taches de rousseur.

Bernie sourit à nouveau. Décontracté, genre amical. Ça serait peut-être pas une mauvaise idée.

Cheveux roux haussa les épaules et dit, Bon, d'accord, mon portefeuille est dans ma botte. Il leva la jambe et plongea la main sous le cuir avant que le policier ait pu dire, Hé là, minute. Il en retira un flingue qu'il passa par la vitre et colla sur la figure de Bernie, lui enfonçant brutalement le canon dans la joue, le long du nez.

Bernie avait toujours les deux mains sur le volant, il avait à peine eu le temps de reconnaître la marque du pistolet, un Walther neuf millimètres, avant que le Rouquin n'appuie sur la détente. Le bruit sec de la détonation fut étouffé car l'extrémité de l'arme était au contact des chairs. Comme si on avait tiré avec un pistolet à amorce. Bernie eut un sursaut et s'effondra sur son siège. Son pied glissa du frein, la voiture commença à avancer. Le Rouquin l'accompagna dans sa progression, tendit l'arme à l'intérieur du véhicule, contre la tempe du policier, et lui tira une deuxième balle. Puis il rangea le pistolet dans sa botte et regarda la voiture rouler lentement sur l'allée qui menait à l'arrière du parking.

Putain de ta mère, s'exclama Eddie. Ce coup là, t'as gagné.

Comme si je le savais pas. Ray Bob récupéra les douilles éjectées sur la chaussée, il resta immobile à regarder le mur de briques et de tôle ondulée du restaurant. Pour le dîner, c'est foutu.

Seigneur, s'écria Eddie. C'est pas ce que je veux dire.

Ce que je voulais dire, corrigea Ray Bob. Il glissa la main sous son teeshirt pour se gratter le ventre, les yeux fixés sur le resto. Merde, j'en ai presque le goût à la bouche, de ce steak haché frit. Ils le font bien, ici.

Ben, ça va devoir attendre. Eddie était là à danser sur place, à tourner la tête en tous sens, à vérifier qui était où. Seigneur Dieu.

Saloperie de flic, marmonna Ray Bob.

Mec, on a intérêt à s'arracher de là et à *tracer grave*. Eddie déjà en mouvement, rebroussant chemin. Ray Bob qui continuait à se gratter le ventre, qui ne bougeait même pas.

À ce moment là un homme d'une quarantaine d'années sortit du restaurant par la porte latérale, s'arrêta sur le trottoir, sous l'auvent, pour allumer une cigarette. Il portait un costume coupe western foncé et des bottes de cowboy. Ray Bob s'éloigna alors discrètement au milieu des voitures garées et ils s'éclipsèrent dans les profondeurs du parking, courbés en deux entre les rangées de véhicules pour rejoindre la Caddy. Eddie disant, Alors pourquoi tu crois qu'il nous a arrêtés ?

Pour nous demander comment était la bouffe.

On s'en fout de ça, c'est pas pour ça qu'il nous a arrêtés.

Si tu sais, c'est pas la peine de demander.

Quand ils arrivèrent à la Caddy, ils entendirent un bruit métallique assourdi et un froissement de tôles qui provenait du fond du parking. Puis un klaxon qui ne voulait plus s'arrêter. L'homme qui fumait sur le devant se retourna pour observer. Au bout d'un moment, il commença à se diriger de ce côté là d'un pas tranquille. Ray Bob attendit qu'il soit près de la Ford, puis il lança le moteur et prit Riverside Drive en direction de l'autoroute. Il conduisit avec les coudes tout en allumant une cigarette.

Alors, qu'est-ce que t'en dis, fit-il. Maintenant on est à égalité.

On est pas à égalité, dit Eddie. Il tripotait son anneau d'oreille, tirait dessus et, quand il le lâchait, il remontait comme au bout d'un ressort, et il recommençait. Il jeta un regard par dessus son épaule, clignant des yeux. C'était un flic, là, bordel. T'es largement en avance.

Ray Bob eut un grand sourire, il dit qu'il était d'accord. Il dit, Tu sais même pas à quel point j'en ai, de l'avance, gars. Ajoutant, Je savais pas non plus que t'étais d'El Paso.

C'est pas vrai.

T'as menti comme un dément.

Eddie haussa les épaules. Je suppose que tu voulais que je dise Dallas. Eddie pensait à Dallas parce que c'était là que leurs chemins s'étaient croisés dans un bar du quartier sud, là qu'ils s'étaient mis en cheville séance tenante. Ray Bob, tout juste sorti d'un séjour en taule, ne tenant pas en place, pressé de passer à l'action. Eddie en roue libre, sans but, tonifié par l'énergie de l'autre. Ils étaient devenus copains aussi vite que ça, aussi facilement que ça, c'était tout juste s'ils en avaient même parlé, c'est comme ça que font les gens qui n'ont pas d'attaches.

Chierie de Dallas, dit Ray Bob. Rien que des nazis du Rotary avec leurs costumes à rayures, toute la ville elle est pareil. C'est de là que t'es ?

Nan, de Louisiane. La région des marais et des bayous. Et toi ?

Moi, je suis de nullepart.

Ouais, ben, j'y suis passé aussi, dit Eddie. Tu peux en être sûr. Partout et nullepart.

Ray Bob tambourinait sur le volant. Bon, alors. Tu sais.

Ils négocièrent les virages de Riverside, sombres et enserrés dans la végétation avant que les arbres ne s'écartent de la chaussée et que celle ci ne vire pour s'élancer à l'assaut de la pente vers l'intersection avec l'autoroute. Ray Bob fonça se mêler à la circulation qui s'éloignait de la ville en direction du sud.

Je vais te le dire, ce que je sais, dit Eddie. Il se vautra dans le fauteuil, appuya la tête sur le côté et se démancha le cou. J'y crois pas, mais j'ai encore faim. C'est ça que je sais.

Parce que t'as le goût à ce genre de truc, dit Ray Bob. Y a rien qui donne faim à quelqu'un comme une bonne journée de travail. Regarde, y a un Denny's un peu plus loin, prochaine sortie.

Moi, je mange pas dans un Denny's. J'ai pas faim à ce point là, bordel.

Ils doivent bien avoir quelque chose de correct, argumenta Ray Bob. On en voit partout.

Comme les virus. Où on va ?

Où tu veux aller ?

Je sais pas. Mais vaudrait mieux que ça soit loin. En plus, si tu vois un McDonald, tu t'arrêtes. Tu me chopes un burger. Eddie se pencha en avant pour contrer les perturbations du vent s'infiltrant autour du parebrise et allumer une Camel. Tu crois vraiment qu'ils avaient de la musique, là bas ?

Probable. C'est ce qu'on m'a dit.

Merde.

Il alluma la radio du tableau de bord, tourna le bouton, s'arrêta sur un prédicateur qui s'époumonait en rythme, qui mettait en garde contre le nouveau millénaire. Le diable il chôme pas, ça non, les temps ils vont encore empirer. Je vois que ça s'en vient, préparez-vous. Une prostituée, nue comme un ver, montée sur une bête à sept têtes. Écoutez-la criailler, écoutez-la rire. La bête qu'a l'écume à la gueule. La terre en proie à des fléaux et à d'atroces souffrances. Les gens qui tombent comme des mouches. Babylone engloutie dans le sang.

T'entends ça ? dit Eddie. Les mauvaises nouvelles qui se multiplient.

Il tourna à nouveau le cadran, regrettant que la FM ne marche pas, se rendit compte qu'il était quasiment impossible de trouver du rythm and blues sur les stations AM, qu'il n'y avait que des blablas ou de la country and western. Il adopta un émetteur de country, baissa les basses et poussa le volume. George Strait qui chantait le Texas, le fait que toutes ses ex y habitaient. Ça avait pas l'air de le rendre trop triste quand même, plutôt content, comme si en fait c'était plutôt pratique.

Ils foncèrent sur l'autoroute, toit rabattu en arrière sous le ciel étoilé du début de soirée. Des immeubles de bureaux assombris qui défilaient à toute vitesse au dessus des talus pentus de la I-35. Des panneaux de motels qui affichaient des tarifs bas. Un dixhuit roues immobilisé sur l'accotement avec ses feux de détresse. Une voiture de police de la ville braquant son radar, garée sur un passage enjambant les voies. La lune au croissant argenté qui montait dans le ciel.

Au bout d'une minute, Eddie dit, À propos de temps qui touchent à leur fin, j'ai entendu dire qu'y a plus de deux cents millions d'êtres humains qu'ont été tués durant le siècle écoulé dans les guerres, les camps de concentration et tout.

Sans déconner ? dit Ray Bob. Ça inclut les femmes et les enfants ?

Tu m'en demandes trop. C'est juste un chiffre que j'ai entendu. Eddie tendit le bras et lissa sa queue de cheval. Je vais te dire un autre truc que j'ai entendu. Y a beaucoup d'horloges qu'ont arrêté de fonctionner en l'an 2000. Au moment précis où il a débuté. À minuit.

Ray Bob hocha la tête. Comme s'il avait entendu dire la même chose. Puis il dit, Pourquoi, putain ?

Je sais pas. Un truc en rapport avec les zéros. Ça a niqué un sacré paquet d'ordinateurs aussi.

Sans blague ?

C'est ce que j'ai entendu. Ça les a complètement ratissés. Tout ce qu'y avait dedans a disparu, perdu définitivement.

Les ordinateurs de la police aussi ?

Eddie hocha la tête. À ce qu'on m'a dit, ça leur fout pas mal le bordel.

Merde, j'espère bien, dit Ray Bob. Qu'ils l'ont paumé, mon casier.

Mec, j'y avais même pas pensé, à ça. Eddie tripota son anneau. Il dit, T'imagines un peu, mon pote, un casier vierge. Putain. Je me trouve une guitare et je me remets à la musique. Qu'est-ce que tu vas faire, toi ?

Ce que je vais faire ? Ray Bob eut un large sourire. Je vais me braquer un 7-Eleven et recommencer à zéro. Pareil que toi, gars.

Il expédia un coup de poing dans l'épaule d'Eddie.

Pareil que toi.

5

Rule Hooks se tenait à côté de la portière ouverte, dans la nuit, et il étudiait le corps de Bernie Rose qui gisait en travers du siège. Préserver l'aspect clinique des choses. Visage et tempe, travail effectué à bout touchant. Pas énormément de sang, compte tenu des dégâts. Il dirigea le rayon de sa torche le long du sol, en parcourut le tableau de bord.

Quelqu'un l'a bougé ?

Le type qui l'a trouvé.

C'est qui ?

Un bouseux de Dripping Springs qui s'était sapé pour un rendez-vous. Il dit qu'il était appuyé sur le klaxon. Quand il l'a tiré en arrière, il a basculé.

Le lieutenant Blaine haussa les épaules, il se tenait près de l'aile arrière gauche de la Ford où il se frottait l'arête du nez entre le pouce et l'index.

Rule se pencha et orienta le faisceau de la torche sur le siège arrière, puis dehors, le long de la chaussée, près de la voiture. Personne n'a rien vu ?

Le lieutenant secoua la tête, alluma une cigarette. Un type osseux à la figure décharnée, marquée par la petite vérole, sous un crâne couvert de cheveux noirs raides plaqués en arrière avec du gel. Un gosse de la cambrousse qui s'approchait de la soixantaine, détenteur d'un poste de responsabilité au sein de la police criminelle d'Austin. Costume en crépon de coton blanc très ample, deux tailles de trop pour lui.

Beth est venue et elle l'a vu après, faut dire, déclara Blaine. Elle était de l'autre côté de la rue au Jalisco, à l'attendre, elle a vu l'agitation. Elle dit qu'elle sait pas pourquoi Bernie était de ce côté ci.

Rule agita la tête, entrechoqua ses dents, orienta le rayon de la torche sous la conduite intérieure. Vous l'avez vue ?

Un peu que je l'ai vue. Blaine plaqua sa main sur son front, se frotta l'œil avec la base de la paume. Elle s'est évanouie, c'est une serveuse du resto qui lui a fait reprendre connaissance avec de la glace. Quand je suis arrivé, elle était en état de choc, elle titubait dans tous les sens comme un zombie. Il jeta sa cigarette, à moitié consumée.

Où elle est maintenant ?

Une voiture de patrouille l'a conduite chez sa sœur à Round Rock.

Blaine s'écarta, il inclina la tête en arrière, regarda le ciel. Des étoiles pâles à la dérive, un mince éclat de lune, l'aurore boréale de la cité nocturne illuminée. Aucun souffle de vent, il s'était calmé au coucher du soleil. Une nuit beaucoup trop tranquille, sous une chape de silence surnaturelle. Il secoua une main maigre d'un geste d'impuissance.

Vous savez, dit Blaine, j'ai parlé à Bernie, aujourd'hui, au poste. Il avait l'air d'aller. Il baragouinait son espagnol de contrebande, il râlait parce qu'il avait bousillé un costume tout neuf. Il m'a parlé de liquide de frein. Faut pas mettre du liquide de frein, il m'a dit, deux ou trois fois. Autrement, de bonne humeur. Vous connaissez Bernie. Il a dit que vous travailliez sur cette affaire du 7-Eleven.

Rule éteignit la torche et repoussa son chapeau. Il passa ses deux pouces sous sa ceinture de pistolet, observa l'enquêteur. À votre avis, ça serait lié ?

Merde, comment je pourrais le savoir ? L'accent du terroir de Blaine déformé par l'indignation, l'appréhension. Il croisa les bras et respira à fond. Doucement, il dit, Ça va, maintenant, ça va. S'exhortant à se contrôler. Disant ensuite, Moi et Bernie, on se connaît depuis vingtcinq ou trente ans. Il soupira. Foutue saloperie.

Rule regarda derrière son interlocuteur les badauds qui s'agitaient sur le parking bondé au delà des bandes de plastique jaune délimitant les lieux du crime. Projos de la télé, journalistes à l'affût. Des clients ayant fini de manger ou s'apprêtant à pénétrer dans le resto, en groupes imprécis près des lumières de l'entrée, discutant de l'événement, demandant ce qui s'était passé. Quelque chose à voir, un spectacle inattendu, megadélire, présents sur le plateau de prises de vue d'un film criminel pour de vrai. Plusieurs agents en uniforme, disposés juste en deçà du périmètre protégé, se tenaient stoïques et rigides comme des piquets, les bras croisés, ou décrivaient des cercles serrés, ignorant les questions. Agités, effrayés, un collègue policier à terre, raide mort. Rule dirigea un regard vers les deux camions de la télévision garés sur le parking et vit l'adjoint au chef qui s'adressait aux caméras.

Qu'est-ce qu'il a à leur raconter ?

Blaine plissa le front, jeta un regard par dessus son épaule. Qui ? Le chef ? Comme d'habitude, faut croire. Il va parler pour ne rien dire du début à la fin. C'est son boulot.

Tant que vous l'empêchez de venir dans mes pattes.

Ça, c'est pas mon boulot.

Rule frappait avec la torche contre sa cuisse sans regarder Blaine. Tout le monde sur les nerfs, furieux. Trip grave venu d'ailleurs. Il regarda le gradé qui avait un geste de gêne face à la caméra. Trop loin pour entendre, mais il aurait pu prendre en note ce qu'il déblatérait : Un de nos hommes a été abattu mais nous ne pouvons rien dire de plus à l'heure qu'il est. L'enquête suit son cours. Dès que je disposerai de renseignements supplémentaires, je ferai une déclaration. Non, je ne peux pas révéler l'identité du policier dans l'immédiat. Donnez-nous quelques minutes afin que nous puissions prévenir la famille. Nous vous communiquerons les informations appropriées aussitôt que ce sera fait.

Etcetera.

Rule cracha sur le côté et se tourna vers Blaine. En disant, D'accord, mais empêchez quand même les reporters d'approcher.

J'ai besoin qu'on me le dise, à votre avis ?

Je ne fais qu'appliquer la procédure. Je vais chercher ma mallette.

Il s'éloigna à l'oblique et se baissa pour passer sous la bande jaune, loin de la foule (un murmure soutenu par là bas, quelqu'un qui émettait un gloussement de nervosité stupide), traversa une allée entre deux rangées de voitures pour arriver à son camion. Une fois dans la cabine il composa sur son portable le numéro du laboratoire du siège général. Moline était parti. Il appela un autre numéro et Moline décrocha. Où t'es, collègue ? demanda Rule.

Presque chez moi. Round Rock est la prochaine sortie. Qu'est-ce qu'on a ?

Ça y est, ça t'est revenu, le jeunot ? La queue de cheval ?

Pas encore.

Me laisse pas tomber, hein ?

J'y travaille.

Bernie Rose y travaillait aussi.

Moline ne dit rien pendant un moment. Puis, C'est un nom que j'ai déjà entendu. Il bosse à la criminelle, en ville.

Il y bossait.

Seigneur. Dans l'exercice de ses fonctions ?

Ça se pourrait.

Et tu penses à la queue de cheval.

Peutêtre. Par balle, tout près et à bout touchant.

Putain. Moline se tut un instant. Le type auquel je pense, c'était pas un flingueur, n'empêche. Il marqua une nouvelle pause. Vol de voiture, c'est plutôt à ça que je pense.

À travers le parebrise, Rule regardait de l'autre côté du parking. Un autre camion de la télé s'avançait sur l'allée d'accès, bloquait le parking en klaxonnant, chassait la foule pour s'ouvrir un passage. Une journaliste en descendit et entreprit de retoucher sa coiffure dans le rétroviseur extérieur pendant que le cameraman préparait son matériel. L'adjoint au chef s'approcha et serra la main de la femme en souriant.

Bon, continue à chercher, Moline. Peutêtre que le jeunot à la queue de cheval, il est monté en grade.

Je t'appellerai quand ça me reviendra.

Rule reposa le téléphone, revint vers la Ford avec sa trousse. Il couvrit les lieux pendant presque une heure, résultat néant. Le légiste allait devoir retirer les balles du corps, voir ce qu'elles auraient à raconter. Un calibre trentehuit ou un neuf millimètres, ça se ressemble. Rule était à genoux sur le bitume, occupé à ranger, quand le lieutenant Blaine s'approcha très près en disant, Le voilà. Rule jeta un coup d'œil et vit l'adjoint au chef qui rappliquait. Enjambées courtes et étudiées, trou du cul serré, longs bras oscillant en cadence. D'un geste brusque il bloqua le crochet de fermeture, ramassa la mallette et s'éloigna en diagonale en direction de son camion.

Ranger Hooks.

Rule continua de marcher.

Sergent Hooks, juste une petite minute.

Rule s'arrêta et se retourna, attendant. L'adjoint au chef était grand, il avait les épaules carrées et perdait ses cheveux. Lunettes à fines montures, costume sombre à minces rayures, chemise blanche repassée et cravate bordeaux rebondissant sur une panse bien nourrie. Il avait un maintien de diacre et affichait une expression inquiète. Il s'immobilisa à un mètre de Rule.

Vous avez trouvé quelque chose ?

Que dalle.

L'autre émit un grognement, toucha ses lunettes.

L'inspecteur Rose travaillait sur ces meurtres des 7-Eleven, dit-il. Maintenant Rose est mort, un homme de valeur, une perte irremplaçable. Il se peut qu'il y ait un lien. J'ai cru comprendre que vous aviez personnellement été appelé pour cette enquête. Nous comptons sur vous pour lui consacrer le meilleur de vous-même, sergent.

Chose inattendue chez un individu corpulent, sa voix était aiguë, son ton sentencieux. Ténor dans le chœur de la première église baptiste, conclut Rule. Rat de bureau, budgets et orientations générales, il n'avait pas traîné ses guêtres dans les rues depuis vingt ans. Fréquentation des membres du conseil municipal, repas très intime avec des bureaucrates, discours lors des réunions du club Kiwanis. Un policier politicien. Poignées de main et cameramen, en quête permanente de l'avantage à en tirer. Se coltiner toute la semaine les dures lois de la politique, s'élever au dessus de la mêlée le dimanche. Traverser ce monde sous la bannière de l'autorité, s'insinuer dans le suivant sans se faire remarquer.

Une raison de plus pour laquelle Rule travaillait seul.

Il dévisagea l'adjoint au chef, sentit sa mâchoire se contracter. Puis il dit, Gardez vos conneries pour la presse, mon gars. J'en ai rien à foutre de vos laïus d'encouragement à la con.

L'autre ne tint aucun compte de la remarque, ou il ne l'entendit pas. Il fit tourner la bague de francmac qu'il portait à la main droite, la pierre rouge lança un éclat dans la lumière terne, et il reprit. Il dit, Comme vous le savez peutêtre, ces récents homicides dans les magasins d'alimentation générale inquiètent le public. Ils indiquent une certaine volonté de nuire exercée contre les hindous, les Asiatiques, tout ça. Nous leur accordons la priorité, sergent Hooks. C'est pour ça que vous êtes à pied d'œuvre. Les Rangers peuvent intervenir sur tout le territoire de l'État, ils disposent de ressources spéciales. Vous pouvez ratisser large. On me dit également que l'inspecteur Rose venait de découvrir une piste importante, aujourd'hui.

Il passa une main grasse sur le revers de sa veste. Bon, nous ne tenons pas à ce que ça nous file entre les doigts, pas vrai ?

Rule sentit sa poitrine se contracter comme si son interlocuteur avait enfoncé le poing plus loin que son sternum avant d'imprimer, comme à une vis, une torsion trop forte. Durant un instant, il en fut paralysé. Puis il eut un rictus qui dévoila ses dents, pivota et cracha sur le côté, tourna le dos et repartit. Il soulevait la bande de plastique jaune pour se glisser dessous quand il entendit l'adjoint au chef derrière lui qui s'adressait à Blaine, sa voix forte empreinte de consternation. Mais qu'est-ce qu'il peut bien avoir qui ne tourne pas rond, bon sang ?

Rule n'entendit pas la réponse de Blaine.

Quand il ouvrit la portière du camion il trouva son portable qui sonnait. Il posa la mallette et répondit. C'était Moline.

Tu devrais le porter sur toi, ce téléphone, Rule. C'est à ça que ça sert.

Il mit la clef dans le contact, démarra, baissa la vitre. L'air nocturne et chaud, l'odeur de chèvrefeuille. Il dit, T'as une raison spéciale de m'appeler, Moline ?

J'ai un nom pour toi.

Vas-y, j'écoute.

DeReese Ledoux. Un gars de Louisiane. De Lafayette. Mais il a fait parler de lui en Oklahoma, en Arkansas, peutêtre au Mississippi. Il voyage. J'appellerai Jackson demain. J'ai déjà téléphoné aux Archives, au quartier général, ils interrogent l'ordinateur. On va le mettre sur le NCIC, vérifier le Triple I[1]. Vol de voiture, c'est le souvenir que j'ai, mais on va voir.

Comment t'épelles ça ?

Moline le lui épela. C'est cajun.

Un *coonass*, murmura Rule. Je te remercie, Moline. Bon travail. Bois un whisky à ma santé.

C'est exactement ce que je suis en train de faire.

Rule entendit un tintement de verre en bruit de fond.

Johnny Walker, précisa Moline, label noir. Viens me rejoindre. J'ai un deuxième verre et une grande vieille maison toute vide. Dana est encore sortie.

Une autre fois, mon vieux. Faut que je repasse à la boutique voir ce que les archives ont sur Ledoux. Rule attendit une seconde. Puis, Vas-y mollo avec le whisky.

Dana me manque.

Pas une raison pour se vautrer dans l'alcool, Moline. C'est une garce.

Je sais. Mais c'est la mienne et elle me manque.

Bon débarras.

Elle veut le divorce.

Accorde-le-lui.

Rule appuya sur le bouton et la communication fut coupée. Il enclencha le levier de vitesse automatique et sortit du parking pour se mêler à la circulation du soir. Moline qui se saoulait. Un type bien. Analyste criminologue, servant de liaison entre les Rangers chargés d'enquêtes et le labo criminel de l'État. Un cerveau comme personne n'en avait. Travaillant dur, connaissant bien son métier. Son seul problème, c'était Dana. Rule attendit au feu rouge de Congress Avenue pour tourner.

Non pas qu'il ne puisse pas comprendre. C'était un sacré numéro, bandante et tout. Il se l'était lui-même tirée deux ou trois fois. Et pour gueuler son plaisir, elle était pas en reste.

---

1. NCIC, National Crime Information Center, archives informatiques du FBI. Triple I, Interstate Identification Index, index d'identification inter-États qui renforce l'efficacité du précédent. (*N.d.T.*)

6

Ils quittèrent l'autoroute à Austin Sud, prirent le tronçon de la 71 plein est, suivirent le bord de la vallée et traversèrent les collines striées de nuit. À Bastrop, ils firent le plein dans une station Diamond Shamrock et s'arrêtèrent à un Sonic Drive-In. Ray Bob commanda deux burgers numéro un avec *jalapenos*, Eddie voulait un Coney de trente centimètres avec chili et oignons.

Ray Bob enfonça le bouton de l'interphone. Disant, Et vous nous apportez deux frites avec des rondelles d'oignons frits pour accompagner. Et du ketchup. Il appuya à nouveau. Et deux milkshakes malt chocolat.

Ils payèrent la serveuse en lui donnant trois rouleaux de pièces de dix quand elle leur apporta le plateau. Elle regarda les rouleaux comme si elle allait devoir les rompre et les compter. Une lycéenne, seize ans peutêtre, sexy, pantalon moulant en velours côtelé rouge et chemise Sonic rayée. Ray Bob lui fit un clin d'œil, lui dit de garder la monnaie et l'appela mignonne. Elle sourit, repartit en tortillant son petit cul ferme dans son pantalon serré.

Ils restèrent assis dans la Caddy, se répartirent la nourriture et mangèrent.

À quelle heure tu penses qu'elle termine, demanda Ray Bob. Il enfourna un lot de frites et mâcha.

Eddie répondit qu'ils restaient ouvert tard, probablement minuit.

Ben moi, j'attends pas jusque là.

Quoi ?

Ray Bob avala ses frites, il aspira du lait malté en tirant fort sur sa paille. On est à court de fric, gars. On devrait peutêtre retourner au Diamond Shamrock de toutàl'heure.

Pas question, dit Eddie. Il est en plein centre ville.

T'as une meilleure idée ?

Hum hum. Il se pencha entre ses genoux pour mordre dans son hotdog, essayant d'empêcher sa queue de cheval de tremper dans le chili.

Il y en a un autre exactement pareil plus loin, près de Columbus, juste de ce côté de l'Insterstate 10.

Hé, mec, parle pas quand t'as la bouche pleine. Ray Bob replia une rondelle d'oignon, l'imbiba de ketchup, en mangea la moitié. Dit, D'accord, on se la fait et après on s'enfile l'autoroute. Il regarda Eddie, grimaça. Tu te vois pas, avec ta saloperie de chili. En fous pas dans ma putain de bagnole.

Où ça?

Merde, t'en as partout.

Eddie s'essuya le menton avec une serviette, vérifia son pantalon. Une grosse tache de chili, là, sur le genou gauche. Il la préleva avec son index qu'il lécha. Sauf que lui, tu le descends pas, dit-il.

Ray Bob dit, Je vais descendre personne. J'ai pas besoin. Il appuya sur le bouton de l'interphone et demanda plus de ketchup. Il eut un geste du pouce vers Eddie. C'est ton tour.

Pas question, dit Eddie. J'aime pas descendre les gens. On peut enfermer le caissier dans les chiottes.

Il va nous voir quand même.

Eddie réfléchit, fit claquer ses doigts. Je relève mon teeshirt sur ma tête.

Je vois ça d'ici, connard, dit Ray Bob. Il est où, mon ketchup?

Mais ce fut bien ce qu'ils firent. Une heure de route plus tard, ils attendaient dans le noir, sur le bas côté, qu'un pickup Chevy blanc démarre et s'éloigne des pompes. Ray Bob enclencha alors sa vitesse et ils s'avancèrent lentement sur la station Diamond Shamrock. Ils se garèrent sur le côté, là où l'employé ne pouvait pas les voir. Eddie se couvrit la tête avec son teeshirt et entra, regardant par le trou d'un bras, le revolver calibre vingtdeux à la main.

À l'intérieur, il le brandit et dit, C'est un vol à main armée.

L'employé était un vieux monsieur, voûté comme un bossu, avec des excroissances bleues sur les mains et des cheveux gris clairsemés plaqués sur le crâne à l'aide de brillantine. Il portait une chemise en flanelle à manches longues et un pantalon de toile alors qu'il ne faisait même pas froid. Eddie lui ordonna de vider le tiroir caisse. Il parlait d'une voix mal assurée à travers l'emmanchure du teeshirt, nombril à l'air. Le vieux monsieur fit oui de la tête une fois, il manipula maladroitement les clefs de la caisse. Il avait des gestes lents et calculés mais ses mains tremblaient comme s'il souffrait de *delirium tremens*. Il se pencha plus près du tiroir caisse et plissa les paupières, ses yeux faisant le boomerang entre la caisse et Eddie.

T'en vas pas tirer avec ton pétard, dit-il. Mort, je suis déjà bien assez près de l'être comme ça.

Eddie regarda le vieux bonhomme s'activer sur les touches de la caisse. Il lui rappelait Oncle Wade, le frère de sa mère. Les mains bleues gonflées, la figure grisâtre mangée par les os, la voix, l'odeur d'huile de rose. Même la chemise en flanelle à manches longues et le pantalon de toile que son oncle portait à longueur d'année à cause de l'arthrose dont il souffrait à l'épaule et d'une mauvaise circulation dans tout le corps.

Votre nom, c'est pas Wade, hein? demanda Eddie. Il ajusta l'emmanchure du teeshirt pour mieux voir. Wade Hebert?

Le vieux monsieur s'immobilisa, il le regarda fixement. Ses yeux gris délavés larmoyaient. Nan, c'est pas moi.

Allez, donnez-moi le fric. Mettez-le dans un sac.

Le vieux dit d'accord. Il dit qu'il allait le faire. Il dit que c'était ce qu'il était en train de faire. Il mit les billets dans un sac en plastique qu'il posa sur le comptoir.

Y a pas de galettes?

Le vieux étudia le teeshirt qui couvrait la tête d'Eddie, il fixa le trou de l'aisselle puis tourna son regard larmoyant vers un four en acier inoxydable servant à cuire les pâtisseries. Désolé, fiston. Y en a plus.

Il avait dit cela exactement comme Oncle Wade. Eddie ne s'y attendait pas du tout. Il hésita, suivit les yeux du vieux monsieur vers le four. Il était vide. Il reporta aussitôt son attention sur lui, revolver braqué. Bon Dieu, je veux dire des rouleaux de pièces de monnaie.

C'est pas une raison pour utiliser ce genre de langage, dit le vieux. Je suis pas sourd. Les pièces en réserve, elles sont dans le coffre et j'ai pas la combinaison.

Eddie réfléchit. Quel coffre?

Le vieux baissa lentement le regard vers le sol en ciment, entre ses pieds, puis il releva les yeux. C'est tout nouveau pour toi, de faire ça, hein, fiston?

Encore comme Oncle Wade. Exactement comme lui. Bon Dieu. Eddie en croyait pas ses oreilles.

Bien sûr, tu pourrais faire demi tour et t'en aller comme t'es venu. D'une main noueuse encore toute tremblante, le vieil homme frotta ses joues envahies de poils de barbe. C'est ce que je te conseillerais, moi, fiston. Tu changes d'avis, c'est tout, tu sors, tu t'en vas et tout le monde en ira que mieux.

Eddie le dévisagea.

Je préviendrai même pas les flics.

La perspective paraissait si raisonnable qu'Eddie l'envisagea. Il gardait le revolver braqué sur l'employé, l'observant à travers le trou tandis qu'il s'interrogeait. Il était encore en train de réfléchir quand il entendit la porte s'ouvrir dans son dos, il vit le vieux monsieur regarder derrière lui et lever les deux mains lentement. Puis il y eut une détonation sonore et l'employé exécuta un petit saut soudain en arrière, un trou apparut sur le devant de sa chemise. Sa poitrine s'affaissa, il resta là à vaciller puis s'effondra comme un sac contenant un cadavre que l'on jette à la mer. Eddie entendit son crâne se fracasser quand il heurta le sol.

Qu'est-ce que tu fous, bordel, tu discutes du temps qu'il fait ? Ray Bob qui se tenait juste en deçà du seuil, le pistolet à la main.

Eddie ne bougea pas.

Putain, faut tout que je fasse moi-même. Tout ce que t'as à faire c'est viser et tirer, c'est pas compliqué. Ray Bob qui commençait vraiment à râler. Mais non, tu voudrais que tout le monde soit content, tu veux pas que les gens le prennent mal. Il enfonça son Walther automatique dans son pantalon, sur le devant. Tu peux laisser retomber ton teeshirt, maintenant, tête de nœud. Où il est, le fric ?

Eddie désigna le sac plastique sur le comptoir. Ray Bob s'approcha, il regarda à l'intérieur, poussa un grognement puis rafla la petite monnaie dans les compartiments de la caisse. Il passa derrière le comptoir, enjamba le vieil homme et ajouta une cartouche de Marlboro et une de Camel sansfiltre dans le sac. Il dit, Ramasse la douille vide qu'est par terre. Autre chose ?

Eddie secoua la tête.

Alors en route.

La porte une fois franchie, Ray Bob s'arrêta. La bière, dit-il, j'ai encore oublié cette putain de bière. Il pénétra à nouveau dans le magasin, s'approcha des armoires réfrigérées où il prit un pack de douze boîtes de Bud. Au passage, il s'empara d'un grand paquet de Fritos sur le rayonnage et d'une demie douzaine de sachets de M&M.

Dans la voiture, quelques minutes plus tard, lorsque la route locale eut atteint son terme et qu'elle se fut jetée dans l'Interstate 10, en direction de Houston, Ray Bob ouvrit une bière et avala une grande lampée. Je te dis pas, dit-il, celle là, c'est de la bonne. Fraîche, en plus. Ils sont drôlement bien réglés leurs frigos. Il regarda Eddie. Hé, gars, qu'est-ce qui te prend, merde ?

Eddie se pencha en avant, protégea une cigarette entre ses paumes et tenta de l'allumer. Ses mains tremblaient. C'est pas vrai, mec, je crois que tu viens de descendre Oncle Wade.

Quoi ?

Le vieux, là. Eddie secoua la tête de stupéfaction, finit par réussir à allumer sa cigarette. Je te jure que c'était Oncle Wade, le frère de ma mère.

Ben, pourquoi tu lui as pas demandé, putain ?
Je l'ai fait.
Alors ?
Il m'a dit que c'était pas lui. Eddie aspira une longue bouffée de sa Camel. Mais je te jure que si.
Merde, t'es complètement déjanté, dit Ray Bob. Il fronça les sourcils, tendit la main vers le siège arrière, en ramena une autre Bud. Tiens, bois-en une.
Eddie prit la bière mais ne l'ouvrit pas. J'y crois pas, ce qui s'est passé là dedans, j'hallucine, grave.
Ton oncle, hein ? Ray Bob écrasa l'accélérateur et la Caddy prit de la vitesse, le vent s'engouffra derrière le parebrise. Oncle Wade. Il fit une grimace. Tu l'aimais bien ?
Eddie releva le bas de son teeshirt pour essuyer le dessus de la boîte. Il respira à fond. Nan, mec. Putain, nan. Il était tout le temps à me dire ce que je devais faire. Je pouvais pas le sacquer.
Alors pourquoi tu l'as pas allumé, cet enfoiré ?
Oncle Wade ? Il ouvrit la bière, préleva une gorgée. Pour la même raison que je l'aimais pas, faut croire. La même raison qu'il me faisait chier.
Ouais ? C'est quoi ?
Qu'il avait tout le temps raison, tiens.
Après, ils roulèrent en silence. La Caddy effleurait la surface lisse de l'asphalte dans la nuit. Il y avait des millions d'étoiles accrochées dans le ciel, tendu très haut et à l'infini au dessus de la Terre envahie par les ténèbres aux limites invisibles. Loin vers le sud, des nappes de nuages jouaient sur ses franges.
Au bout d'un moment, Ray Bob dit, Tu sais quoi, ma vieille, elle était comme ça. Il enfourna une phalange dans sa narine, l'essuya sur son pantalon. Elle me rendait complètement dingue.
Elle croyait toujours avoir raison ?
Un peu, ouais. Elle avait jamais tort.
Ben, dit Eddie, pourquoi tu l'as pas descendue ?
Ray Bob recula sa nuque contre l'appuitête, la lèvre inférieure en avant comme s'il réfléchissait à la question. Puis il alluma une Marlboro et haussa les épaules. Il braqua son regard par delà le parebrise et le long capot blanc pâle dans la pâle lumière de la route qui fonçait à leur rencontre. Il dit :
Y a quelqu'un qu'a dit que je l'ai pas fait, bordel de merde ?

7

À Houston, dans un Holiday Inn du quartier ouest, Della Street but un peu de sa vodka orange et repoussa la main du type. Qui se glissait sous sa jupe. Ils étaient assis côte à côte sur les hauts tabourets en cuir du bar de l'atrium, la vodka orange était la troisième qu'il lui payait. Mais il avait bu deux fois plus qu'elle et il était bien mûr.

Qu'est-ce vous m'avez dit que vous faites ? demanda-t-il.

Je suis mannequin, dit Della.

Mensonges, mensonges, mensonges. Elle détestait ça mais y a pas un seul homme portant costume trois pièces et se trouvant dans un chouette Holiday Inn qu'ira prendre au sérieux une employée d'un salon de beauté de Sugar Land.

Mannequin, hein ? Sur scène, vous voulez dire ? L'homme souriait. En fait, c'était plutôt un rictus lubrique. Stripteaseuse ?

Il remit la main sur son genou. Elle la chassa et se souvint qu'elle devait se tenir plus droite sur son tabouret, redresser les épaules et les laisser se détendre. Elle porta son verre à ses lèvres, ne releva pas la remarque.

À la fin, il dit, C'est bon, okaydaccord, quel genre de mannequin ? Il n'était pas loin de bafouiller.

Elle rejeta une mèche de cheveux derrière son épaule. Dit : Dans la mode. Les catalogues. Montgomery Wards, JC Penney, ce genre là.

Elle regarda son reflet dans le miroir derrière le bar. Longs cheveux blonds qui tombaient par vagues sur ses épaules, ce qu'il y avait de mieux chez elle. Son visage, peutêtre trop long par rapport à son nez, et ses yeux trop rapprochés, mais les cheveux détournaient l'attention du reste. Surtout la frange. Sa grande frange avec du volume. Ça, elle l'avait appris quand elle suivait les cours d'esthéticienne. N'empêche, elle était jamais allée raconter qu'elle était mannequin pour Sakowitz ou Neiman Marcus par exemple. Ni pour les magazines de mode, *Cosmo* et compagnie. Inutile d'en faire trop.

Je vous ai vue dans un catalogue, dit l'homme. Ouais, je me souviens maintenant.

Ah ouais ? Lequel ?

Wards, dit-il. Il hocha la tête. C'est ça, dans les pages des soutiengorges. Vous avez des jolis butoirs... nénés... vous savez, des jolis seins.

Della se gratta la commissure des lèvres avec l'ongle de l'auriculaire. En réfléchissant. C'était vrai, à son humble avis. Bon sang, son appareil, à Suzanne Somers, elle s'en servait bien assez pour ça. Avant de partir au travail, tous les matins, et en regardant l'émission de Letterman avant de se coucher. D'abord elle avait travaillé la taille, maintenant c'était le maintien. Mais elle fit une grimace et elle dit, Non, c'est pas vrai. Je fais pas les soutiengorges. Je fais les collants. Et les chaussures.

L'homme baissa les yeux vers ses pieds posés sur le barreau du tabouret. Il secoua la tête. J'y crois pas, hi hi. Vos chevilles, elles sont trop grosses.

Gênée, elle croisa les jambes, pointant le pied qui se trouvait sur le dessus vers l'extérieur. Se disant que c'était vrai, ce qu'il venait de dire, mais qu'est-ce qu'on pouvait y faire ? La nature a ses limites. La structure osseuse, c'est pas comme les hanches ou les nénés. Ou les cheveux. Elle jeta un coup d'œil dans le miroir et fit gonfler sa frange.

Il faut en avoir des maigres pour ça, poursuivit l'homme. Des vraies chevilles de rien du tout. Il chavira sur son tabouret, s'appuya d'un coude sur le bar et dessina un cercle minuscule avec le pouce et l'index. Il ferma un œil et se pencha vers le rond, regarda à travers. Comme ça.

Les épaules de Della se voûtèrent, elle chassa lentement l'air de ses poumons. Seigneur, il était con, ce type. Une soirée entière de gâchée. Elle se privait à longueur de semaine pour se payer un nouvel ensemble à tempérament chez Dillard et sortir dans un endroit bien, tout ça pour finir avec un ivrogne. Un emmerdeur de première. Alors qu'au début il avait été tellement gentil. Représentant commercial chez Tyler Pipe. Coupe de cheveux soignée, odeur de propre. Costume gris avec cravate à pois en soie, couleur assortie. Même le mouchoir dans la poche de poitrine. Il s'était assis à côté d'elle et lui avait souri. Je vends des pipelines au kilomètre, il lui avait dit, je les pose au mètre. Avec des grosses commissions bien juteuses. Vous voulez boire quelque chose ?

Elle avait répondu oui, merci. L'avait écouté parler tuyaux. Avait fait comme si ça l'intéressait. Elle avait beaucoup hoché la tête et souri, les mains croisées modestement sur ses cuisses, exactement comme le questionnaire paru dans *Redbook* le conseillait. Tout ça pour en arriver à ces conneries.

Ma femme, elle a des chevilles comme ça, continuait l'homme. Il plissa le front, sa tête partit en avant et se redressa dans un sursaut. Mon ex. J'ai dit ma femme ? Je voulais dire mon ex femme.

Della posa la main sur son sac pour s'excuser et se rendre aux toilettes. Elle allait y rester un petit moment, retoucher son maquillage, se brosser les cheveux. Peutêtre qu'il se fatiguerait et qu'il serait parti. Ou qu'il aurait tourné de l'œil. Peutêtre qu'elle aurait encore le temps de rencontrer quelqu'un. Quoiqu'il était déjà tard. Elle jeta un regard circulaire. La plupart des tables inoccupées. Le bar de l'atrium qui se vidait.

Lorsque, sans prévenir, il tendit le bras et lui malaxa le sein droit à travers son tout nouveau chemisier en rayonne. La main carrément plaquée dessus. Les doigts écartés pour bien palper. Et il serrait fort. Il dit, Ouais, c'était les soustifs, je me rappelle.

Elle leva brusquement le bras droit et lui en colla une bonne en plein sur le nez. Il tomba du haut tabouret rembourré, chuta sur le sol en parquet. *Bing, plouf, boum.* Pas un atterrissage en douceur. Il resta étalé là, l'air interloqué. Mais un instant seulement. Il fut rapidement debout, très vite pour un ivrogne, se dit-elle, et il n'avait rien. Ce qu'était pas surprenant. Les mecs biturés, ils se font jamais mal. Un poivrot dans une Ford Escort percute un Greyhound, la moitié des passagers du car meurent et le soûlard s'en tire avec un cocard. Mais ce fut la rapidité du type qui la surprit. Il se releva en un clin d'œil, mauvais. Disant, Putain, t'es pas mieux que cette sale pétasse, t'es exactement pareille. À ce moment il ferma le poing et lui lança au visage.

Pas le temps de bouger. Aussi rapide que ça.

Alors elle se contenta de fermer les yeux et d'attendre en frémissant, sachant ce que ça allait lui faire. Sauf que le coup n'arrivait pas. Elle attendit encore une seconde, on ne sait jamais. Alors elle ouvrit les yeux et elle vit un homme qui se tenait derrière le représentant en tuyaux et qui lui tordait le bras derrière le dos. Il était grand, mince, les cheveux noirs, la boucle sur le front, comme tracée par un illustrateur de *True Romance*, les yeux bleus. Mâchoire carrée, teint clair. Vêtu du plus beau costume qu'elle ait jamais vu, comme s'il avait été coupé pour lui seul et pour personne d'autre. Exactement l'allure de l'acteur qui joue James Bond, sans rire, celui de la série télé *Remington Steele*. Puis il ouvrit la bouche... il eut même un discret hochement de tête, un petit signe poli, comme s'il ôtait son chapeau pour la saluer... et il dit, la voix calme, révérencieuse : Est-ce que cet homme vous importune, mademoiselle ?

Elle manqua d'en tomber de son tabouret.

Cette salope m'a allumé, protesta le représentant à voix haute. Il se tortillait pour se soustraire à l'emprise de l'autre, essayait de se retourner pour lui échapper. Tout ce qu'elle cherche c'est se faire payer à boire sans rien donner en échange.

L'Homme Idéal releva d'un cran le bras du représentant, toujours tordu derrière son dos, et celui ci fit une vilaine grimace et gémit. Ce n'est pas une façon de parler à une dame, dit l'Homme Idéal. Puis il obligea son prisonnier à s'éloigner entre les tables basses dont le dessus était en verre fumé, à traverser l'atrium, passer devant les plantes vertes en pots et le pianiste en smoking qui jouait une musique d'ambiance style clair de lune, devant les meubles du hall en rotin, fauteuils et canapés deux places recouverts de nansouk saumon, près des ascenseurs, puis devant la réception direction la porte d'entrée. Après, Della ne pouvait plus voir.

Elle resta assise sur son tabouret, à attendre. Elle croisa les jambes, posa les mains sur ses cuisses. Recroisa les jambes du côté opposé, la cheville en équilibre dans le vide à l'endroit où on ne pouvait pas la remarquer. Vraiment pas confortable, n'empêche. Elle les décroisa, posa les pieds sur le barreau, hors de vue. Bien mieux. Elle se regarda dans le miroir derrière le bar. Sourit, leva la main pour donner du naturel à ses cheveux, faire bouffer sa frange. Retour de la main sur ses cuisses. Écarter discrètement l'élastique de son collant à travers sa jupe. Sans présumer de rien. Mais elle ne voulait pas de ces marques rouges disgracieuses. On ne sait jamais.

Le barman s'approcha, lui demanda si elle souhaitait boire autre chose. Un jeune, genre étudiant avec une démarche arrogante à la Jan Michael-Vincent et un léger sourire suffisant. Quand Della fit non de la tête, il dit, Vous êtes sûre ? C'est la maison qui offre. Bon, dans ce cas, lui répondit-elle, elle se laisserait bien tenter par un petit quelque chose, mais pas une vodka orange, quelque chose de différent. De plus exotique, peutêtre. Pas de problème, dit-il, et il le lui apporta.

Elle sirota son Tom Collins, attendit. Lança un coup d'œil à la pendule. Pour prendre son temps, il prenait son temps. La porte d'entrée de l'hôtel n'était quand même pas aussi loin que ça. À cet instant, l'idée lui vint qu'il pourrait ne pas revenir. Comme c'était une idée négative et déprimante, elle cessa de l'envisager. Le pouvoir de la pensée positive, elle connaissait ça très bien. En théorie du moins. Des articles dans tous les magazines, quantité de bons conseils, mais difficiles à appliquer. Il fallait généralement s'en souvenir quand votre attention était déjà absorbée par autre chose, c'était ça le hic. Elle ferma les yeux et imagina l'Homme Idéal qui revenait, s'asseyait sur le tabouret voisin du sien. Très agréable. Positif.

Elle ouvrit les yeux, regarda la pendule. Merde. Hésita à allumer une cigarette, une Benson & Hedges mentholée. La plupart du temps, les cigarettes qu'elle fumait, elles avaient pas de marque, rapport à ce qu'elle était mère célibataire avec un budget à respecter, si on pouvait appeler le salaire minimum un budget. Mais pas dans un Holiday Inn où elle pouvait faire une rencontre. Elle se saisit du paquet sur le comptoir, débattit intérieurement, le reposa. Peutêtre qu'elle devrait attendre et lui laisser le soin de lui offrir du feu. Bonne pensée. Positive. Elle sourit dans le miroir. Mais s'il ne supportait pas l'haleine des gens qui fument ? Elle fouilla dans son sac en quête d'un Certs.

Elle le suçait depuis si longtemps qu'il restait tout juste un minuscule anneau qu'elle prenait garde de ne pas écraser sous ses dents, ce qui n'allait pas sans mal, surtout nerveuse comme elle était, lorsqu'il fit son apparition à côté du tabouret et lui demanda s'il pouvait lui tenir compagnie. Oui, dit-elle. Elle replaça ses mains sur ses cuisses. C'est tellement gentil à vous de prendre la peine de me le demander.

Je vous assure que tout le plaisir est pour moi.

Elle ferma les yeux et libéra un soupir.

Il s'assit, rectifia le pli de son pantalon, tira sur ses manchettes, posa les coudes sur le bar et croisa les mains devant lui. De jolies mains, avec de longs doigts effilés et des ongles parfaits. Il appuya son menton dessus d'un air songeur. Le regard fixé quelque part, au loin. Non, pas au loin. En dedans, tourné vers son moi intérieur, retrouvant la maîtrise de lui-même. Della attendit patiemment qu'il lui dise son nom, lui demande le sien. Puis qu'il commence à parler de son travail, d'équipes de football américain, lui disant laquelle allait gagner tel ou tel championnat, ça dépendait, ou qu'il aborde la situation économique, dont l'évolution n'était pas facile à prédire. Quelque chose comme ça.

Elle était toute disposée à l'écouter, se rappelant qu'elle devait acquiescer de la tête et sourire à la moindre occasion, exprimer son accord avec tout et n'importe quoi, quand l'Homme Idéal tourna la tête vers elle, ses yeux d'un bleu cristallin rivés droit sur les siens, et dit, Je suis cadre supérieur chez Fortune Five Hundred et je suis tellement occupé que j'ai à peine le temps de manger, encore moins d'entretenir une vie sociale. Je suis également très franc parce qu'il n'existe pas de plus court chemin pour aller au cœur de tout ce qui est essentiel. À l'instant où je vous parle, j'ai une douzaine de choses à faire (les sollicitations sont épuisantes, toutes pressantes, sans exception) mais je suis fatigué et je me sens seul. Vous êtes la plus belle femme que j'aie vue depuis longtemps. Est-ce que vous accepteriez de vous joindre à moi dans ma chambre pour boire un verre ?

Della avança la main sur le bar pour assurer son équilibre.

Si je vous parais trop direct, veuillez m'en excuser, ajouta-t-il. Un bref silence, une inclinaison de tête. Mais j'ai eu le sentiment que l'intérêt ressenti est réciproque.

Oui, dit Della. Elle avait la tête qui lui tournait un peu et en oubliait de sourire, mais elle se souvenait qu'elle devait hocher la tête. Oui, oh oui, et merci.

8

Rule Hooks était assis à la table de sa cuisine, en tricot de corps. Sur le côté reposait un livre de poche de James Lee Burke aux pages cornées, *Le Brasier de l'ange.* Il ne bougeait pas, une de ses mains aux robustes articulations entourait une bouteille de Dos Equis froide. La porte moustiquaire donnant sur l'arrière de la maison bloquée en position ouverte sur la nuit. Son chien de chasse, Lefty, allongé sur le seuil, endormi, sa grosse tête blanc et fauve entre les pattes. Les criquets stridulaient dehors. Une brise douce pénétrait dans la maison, apportant une odeur légère de chèvrefeuille. Un engoulevent lança son appel dans les ténèbres presque complètes.

L'heure de minuit.

Il leva la bouteille, but, la reposa sur la toile cirée qu'il regarda, vieille et usée. Des petites fissures de la taille d'un cheveu y tissaient leur réseau sous l'éclairage morne. Une topographie en toile d'araignée traçant l'implacable écoulement du temps. Au début, inexistante ou, au moins, inaperçue. Puis remarquée, mais à peine. Ensuite l'accroissement régulier, la pression en marche ressentie avec une inquiétude qui s'intensifie, l'accélération qui s'ensuit. Enfin l'urgence, ponctuée d'instants de panique. Auxquels on résiste. Auxquels on résiste. Il avala une nouvelle gorgée, écouta.

J'espère que tu m'en veux pas, Rule, de débarquer comme ça sans prévenir, à cette heure de la nuit et tout.

Sa voix, de l'autre côté de la table.

Mais je pense beaucoup à toi. Elle tendit la main pour prendre sa propre bouteille, goûta la bière d'un geste gauche. Elle appliqua l'ongle de l'index contre le verre. Elle est drôlement bonne. T'es sûr qu'elle est mexicaine ?

Rule la regarda sans rien dire. Elle portait une chemise de *western swing* en gabardine, plastron vert clair, empiècement d'épaules vert foncé, bordure en zigzag. Poches en forme de sourire avec boutons pression en nacre. Rehaussée de coutures en coton blanc, de paillettes au col et aux manchettes. Une chemise Bob Wills [1] pour femme. Sans oublier le pantalon fantaisie assorti et la ceinture en cuir façonnée main avec surpiqûres. Petites bottes blanc et noir avec conchos en argent, sous la table. Une tenue que Porter Wagoner pourrait revêtir, s'il virait échangiste. La seule chose qui manquait, c'était le chapeau.

Elle porta la main à sa chevelure, coupée en toison épaisse, teintée or comme celle de Farrah Fawcett. J'ai laissé le chapeau dans ma voiture parce qu'il écrase mes mèches.

Rule grogna, se frotta la cuisse à travers la toile du pantalon. Jolie comme un cœur, mais il n'aimait pas la façon qu'elle avait de s'incruster dans ses pensées. Ça ne semblait pas sain.

Elle dit, Je pensais à la fois où on s'est retrouvé à Pedernales Park. L'automne dernier. Tu te souviens ? On a remonté à pied le long de la rivière, on s'est allongé au soleil et on a fait l'amour sur un gros rocher. Ça paraissait tellement naturel. Elle sourit. C'était très agréable.

Il paraît que tu as demandé le divorce.

Ben, c'est vrai. Ses yeux de chat grisvert se fermèrent en partie et elle le regarda. Où t'as entendu dire ça ?

Dans la rue.

Laquelle ?

Une rue qu'a pas de nom.

Ça existe pas, une rue qu'a pas de nom. Elle releva le menton. Tu parles avec Moline ?

Pratiquement tous les jours, dit Rule. Je travaille avec lui.

Ouais, *ça*, je le sais.

Où t'es allée, tout habillée comme ça ?

Elle but. Au Moyeu Brisé.

Tu t'es fait poser un lapin ?

Sois pas méchant, Rule. Elle fit glisser la bouteille sur la toile cirée jusqu'au milieu de la table, l'y laissa. Il me plaisait pas, c'est tout.

Rule écouta les criquets qui stridulaient au dehors, il entendit à nouveau l'appel de l'engoulevent. Doux et musical, comme un écho. Il dit, Je suppose que Moline te plaît pas non plus.

Oh, ça va. Elle fronça les sourcils. Non, c'est pas vrai. Il boit trop.

Il a une bonne raison pour ça, avec toi.

Il a pas besoin de raison, Moline. Quand c'est qu'il te l'a dit ?

Ce soir.

Avec ses ongles, elle enleva une peluche de son pantalon, la jeta. Dis donc, ça doit être important, pour qu'il travaille la nuit.

---

1. Bob Wills (1905-1975), violoniste et chanteur, le « roi du western swing », musique country à l'accent typiquement texan. (*N.d.T.*)

Il faut bien qu'il en fasse, des heures supplémentaires, dit Rule. Il appuya un coude sur la table et braqua un long index semblable au canon d'un revolver sur la chemise western. Faut bien qu'il paye cet ensemble chic que tu portes. Combien il a coûté ?

Ça te regarde pas.

Elle se leva, contourna la table pour s'arrêter derrière lui dans l'embrasure de la porte, scruta les ténèbres du dehors. La lumière de la cuisine se projetait en un rectangle faussé sur les marches de bois et la terre à proximité, et son ombre s'inscrivait à l'intérieur. Lefty remua sur le seuil. Il ouvrit un œil, le referma. Il est temps que tu passes la tondeuse, dit-elle. Qu'est-ce que c'est, comme chien ?

C'est Lefty, répondit Rule. Il ne tourna pas la tête, s'adressant droit devant lui comme si elle était toujours assise à la table. Lefty, je te présente Dana. C'est un walker. Un chasseur de ratons laveurs quand il ne dort pas. Il adore dormir.

Elle se tourna, fit deux pas et s'arrêta tout près de la chaise de Rule, les mains posées sur ses épaules. Juste posées là, légères comme des papillons, de part et d'autre des bretelles du tricot de corps. Puis elle commença à le masser. Mains petites mais doigts vigoureux qui s'enfonçaient profondément. Au bout d'une minute, elle se pencha et plaqua son visage contre le cou de Rule. J'ai plutôt envie de dormir, moi aussi, dit-elle. Tu veux aller au lit ?

Il lui répondit qu'il n'était pas fatigué. La tête toujours appuyée contre lui, elle dit que ce n'était pas ce qu'elle avait voulu dire. Il lui dit qu'il le savait bien. Elle lui dit qu'elle savait qu'il le savait. Alors tout est clair, répondit-il.

Elle lui fit une pichenette à l'oreille opposée. Rule, pourquoi t'es si mauvais, bon sang ?

Ça me vient naturellement.

On dirait. Je devrais te flanquer une bonne baffe.

Il prit sa bière, avala une longue gorgée, la finit. Reposa brutalement la bouteille. Si tu fais ça, je te tanne la peau des fesses.

Je vais te mordre le cou.

Tu cherches les ennuis.

Des paroles en l'air, c'est tout.

Elle le mordit à la nuque. Ses dents étaient petites et pointues. Il ne bougea pas. Elle se déplaça sur le côté, referma ses dents sur un pli de chair, sous l'oreille, avant de mordre plus fort. Toujours aucune réaction. Alors elle serra jusqu'à ce que le sang coule. Elle releva la tête, contempla les traces. Dit, Regarde ce que tu m'as obligée à faire. Elle se pencha à nouveau et lécha l'endroit, referma sa bouche dessus, le suça. Fort, laissant une marque.

T'as fini ? demanda Rule.

Chéri, j'ai même pas encore commencé.

Peutêtre bien, dit-il, mais ce qu'est sûr, c'est que moi je vais pas m'arrêter en chemin.

Il repoussa la chaise et se dressa d'un seul et unique geste coulé. Écarta le siège avec sa jambe, referma son bras autour de sa taille, la fit basculer sur le côté et la souleva sur sa hanche. Il la tenait à l'horizontale au dessus du plateau de la table, comme un homme qui porterait un escabeau, mais en plus léger. Elle poussa des cris, lança ses mains en arrière et lui enfonça ses ongles dans l'autre flanc, sous les côtes, griffant la peau à travers le mince tricot de coton. Ne tenant pas compte des mutilations causées à sa chair, il la souleva plus haut, traversa la cuisine et le séjour puis l'entrée et l'emporta dans le couloir vers la chambre tandis qu'elle agitait les jambes dans le vide et poussait des cris perçants tout du long. Il ouvrit la porte avec le pied, la jeta sur le lit.

Il était en chaussettes alors qu'elle devait se défaire de ses bottes, mais elle fut nue avant lui. Ses habits en vrac sur le sol. Allongée sur les draps. Quand il fut enfin libéré de ses vêtements, qu'il lui écarta les jambes et qu'il la monta, elle se mit à pousser des hurlements et ne s'interrompit plus avant qu'il ne s'immobilise, haletant, assouvi, en suspens au dessus d'elle, le dos couvert de sueur et lacéré de longues zébrures rouges. Il roula sur le côté et resta allongé, le bras sous la tête, pendant qu'elle lui mordillait la poitrine.

Seigneur, pour gueuler, rien à dire, elle gueulait. Elle griffait aussi. Il avait oublié, ça. Pour dire la vérité, il ne parvenait pas à comprendre comment Moline avait jamais réussi à la garder.

9

La nuit était noire et moite, la route s'étirait sous les étoiles telle une flèche qui, libérée par la corde, aurait volé sans dévier vers sa destination. Les deux tunnels de lumière jumeaux que la Caddy forait dans les ténèbres ne faiblissaient jamais mais semblaient ne jamais éclairer un terrain en rien différent. La FM ne marchant toujours pas, ils changeaient de poste AM à mesure qu'ils dépassaient la portée de chacun et rencontraient des déferlements chaotiques de parasites. Grâce à ça, ils savaient qu'ils étaient en mouvement. Sinon, ils auraient pu l'ignorer dans cette vaste étendue charbonneuse, sous les constellations qui roulaient dans le ciel.

Après avoir passé Sealy, ils se retrouvèrent à court de bière et ressentirent bientôt un tel besoin de pisser qu'ils quittèrent l'autoroute sous le pont de la Brazos. Ils se campèrent sur les hautes berges irrégulières avec les étoiles qui clignotaient dans le large courant ridant la surface que l'arc de cercle de leur urine ne pouvait atteindre. La nuit était chaude. Ils avaient bu beaucoup de bière et, comme leur vessie était gonflée, ils poussaient soupirs et grognements d'aise.

Putain, dit Eddie, ça fait du bien. Le seul truc qu'est meilleur qu'une bonne baise c'est une bonne pisse.

Ray Bob se caressa la bite, avoua que lui, il ferait toujours passer une bonne baise avant.

Ouais, c'était juste histoire de parler, fit Eddie. C'est un dicton.

Le pire coup que j'aie jamais tiré était bon, dit Ray Bob. Il resta sur place, le zob dans la main, bien après avoir fini d'écouter, en contrebas, le clapotis du fleuve sur la rive, dans les ténèbres. J'ai jamais tiré un coup qu'était pas bon.

T'as déjà baisé une vache ? demanda Eddie.

Merde, non. Je baise pas les vaches, moi.

Ben, dit Eddie, c'est pour ça.

Mec, garde ça pour toi.

Au bout d'une minute, pourtant, Ray Bob admit qu'il avait baisé une pastèque. À la ferme pénitentiaire, à Huntsville. En prison, tu baises tout ce qui bouge pas, dit-il. C'est pour ça que t'arrêtes pas de bouger.

Moi, je me suis jamais fait défoncer la pastille, dit Eddie. C'est une performance que j'ai bien l'intention de rien y changer.

Ray Bob remonta sa fermeture Éclair. Tu t'es déjà fait sucer par un mec ?

Nan, fit Eddie. Après ils veulent que tu leur retournes la politesse.

Pas toujours. Ray Bob alluma une cigarette. C'est pas mal. Je m'étais trouvé une fiotte à Huntsville. Un Noir de Beaumont. Pour les pipes, il en connaissait un rayon.

Sans déconner ?

Ouais. Il me suppliait deux fois par jour. Les feuilles de rose, ça le branchait aussi, mais moi j'étais pas pour.

Ça, je veux bien te croire. Eddie fit la grimace.

Tu sais même pas de quoi je parle.

Eddie haussa les épaules. Répondit, Je crois pas que j'ai envie de savoir.

Vivre dans l'ignorance, dit Ray Bob.

Ben, des fois, c'est préférable.

Ils restèrent là en silence sur la haute rive périlleuse érodée par le ruissellement et les inondations. La Brazos coulait en contrebas, ténébreuse, sa présence devinée, semblable à une large et invisible crevasse de puissance et de mouvement. Leurs yeux s'habituant à l'obscurité, ils parvinrent bientôt à distinguer des tourbillons et des moulinets dans le courant vif ainsi que les ombres plus foncées des troncs et des arbres morts flottant à la dérive au milieu des eaux. Tout était tranquille à l'exception du bruissement de la rivière, de l'occasionnel crissement des pneus sur le pont au dessus d'eux, de leur rapide *bambambam* sur les joints de revêtement. Au bout d'un moment ils entendirent le moteur de la Caddy qui grinçait et cliquetait en refroidissant sous le capot.

T'as vraiment descendu ta mère ? demanda Eddie. Il parlait bas mais sa voix semblait forte dans le silence, presque un cri.

Ray Bob ne répondit pas. Il alluma une nouvelle cigarette au mégot de la précédente, se gratta le ventre. D'un coup de pied il envoya valdinguer une motte de terre. Ils l'entendirent dégringoler la pente raide puis éclabousser.

Si t'as pas envie de répondre, je comprends, dit Eddie.

Ray Bob s'éclaircit la gorge et cracha. Il dit, Qu'est-ce que ça change, que je l'aie fait ou pas ?

Si tu l'as fait, tu l'as fait, point barre.

Je l'ai fait, voilà.

Eddie porta les doigts à son anneau et hocha la tête. Ben, je me disais bien que tu l'avais fait. Ensuite, après un silence, Elle devait être rudement méchante, ta vioque.

Ray Bob plongea la main dans sa botte, en sortit le pistolet. Tu vois, ça ?

Eddie regarda l'arme, il regarda Ray Bob, l'arme à nouveau. L'acier du canon court luisait d'un bleu laineux à la lumière de la lune et des étoiles. Ouais, je le vois.

Ben regarde-le bien de près.

Ray Bob s'avança d'un pas, le pointa sur la poitrine d'Eddie, le leva plus haut et le tint horizontal de telle sorte que le canon se stabilise et s'immobilise braqué juste au dessus de l'arête de son nez. Sur cet endroit étroit entre les sourcils. Il avança le pouce et libéra la culasse mobile, l'index crispé sur la détente. Eddie avait le regard fixé sur le trou noir.

Regarde-le bien, dit Ray Bob, parce que c'est la dernière chose qu'elle a vue, ma mère. Et c'est la dernière que tu verras si jamais tu dis encore du mal d'elle. Ray Bob abaissa lentement l'automatique. Qu'on trace ensemble ou pas. Il rangea l'arme dans sa botte. Et j'ai rien d'autre à dire là dessus.

Eddie pencha la tête sur le côté, tira sur une des manches de son teeshirt pour la porter à son front et en essuyer la sueur. Bon, je comprends, dit-il. Un peu que je comprends.

D'accord, dit Ray Bob. Allez, viens, maintenant, on s'arrache. On est presque à Houston.

Il se tourna et marcha vers la Caddy, sa silhouette trapue s'éloignant à grands pas sur l'herbe maigre et s'insinuant sous les ombres du pont comme celle d'un homme partant pour la guerre. Eddie resta en arrière, rouvrit sa braguette. J'arrive tout de suite, cria-t-il. J'ai encore besoin de pisser.

Il était là, le zob à la main, écoutant une chouette qui appelait la nuit quelque part sur la rive en aval. Elle poussa son cri une fois, hésita, recommença. Les notes basses et mélodieuses s'élevèrent doucement, là bas, telles des mouchetures dans l'air, pour se dissiper au dessus de l'eau. Il tendit l'oreille mais l'oiseau ne lança pas son troisième appel.

Enfin bon, se dit-il, j'aurais mieux fait de me taire que de demander un truc comme ça à quelqu'un. Il secoua sa queue pour faire tomber la dernière goutte, refit le même geste. En disant, Ben ouais, quoi, un truc comme ça, c'est obligé que ça regarde que lui.

10

Rule Hooks était étendu sur le lit, le corps endormi de la femme blotti contre lui. Une jambe lisse et soyeuse jetée sur les siennes, un bras en travers de sa poitrine, accroché à son flanc. Il avait la sensation de porter une camisole de force. Impossible de bouger sans la réveiller, et il ne voulait pas qu'elle se réveille. Il ne voulait même pas qu'elle soit dans le lit, merde, c'était ça la vérité vraie. Il n'avait jamais pu supporter de dormir auprès de qui que ce soit.

Il resta là à contempler le plafond dans le noir, et à penser à cette femme un moment, puis il se mit à penser à Moline. Pitoyable sujet à aborder à tous égards, aussi l'abandonna-t-il pour orienter ses pensées vers Bernie Rose. Pauvre vieux Bernie. Un triste résultat. Bon flic, ancien combattant. Il aurait probablement pu prendre sa retraite. Il fallait qu'il ait pas réfléchi, ce con, pour laisser quelqu'un s'approcher autant.

Pour avoir merdé, il avait merdé.

En plus il l'avait payée, sa connerie. Mais ça arrivait tout le temps, on ne pouvait rien dire à personne, ils savaient toujours tout mieux que vous. Comme ce flic de la police routière, à Fort Worth, pas plus tard que la semaine dernière. Il fait ranger une voiture et il s'approche du conducteur, il se penche pour se gratter la cheville et il se goinfre une balle de quarantecinq dans la tronche. Un môme de seize ans, avec le flingue de son père. C'était comme ça que ça s'était passé. Encore un qu'avait déconné. Et après c'était Abe Krishna qu'était assez stupide pour discuter face à une arme à feu. Tous parce qu'ils avaient déconné à plein tube. Pas étonnant qu'il y ait autant de gens qui se fassent tuer.

Il s'assoupit un petit moment mais la femme remua dans son sommeil et il se réveilla en pensant à DeReese Ledoux. Ce Cajun, il avait vu son dossier, il remontait jusqu'à la maison de redressement. Détention de drogues, marijuana. Vol qualifié. Intrusion sans effraction. Voitures chauffées, c'était le dernier truc figurant sur son casier. Jamais de violence, dans rien de tout ça. Et tout d'un coup, *boum*, homicide. Un bond de géant. Pas l'étape suivante attendue dans la carrière du criminel. Sauf qu'avec un coonass, on peut jamais savoir.

Il se repassa la vidéo, de mémoire. Ça avait un rapport avec les cigarettes. Ledoux rentre. Paquet posé sur le comptoir, retiré. Des mots échangés. Abe qui dit quelque chose, énervé. Queue de cheval qui se penche, y a sa jambe qui se lève. Le flingue qui jaillit de la botte, un revolver. Un petit flingue ancien, mais mortel. Pareil pour tous, hein, pareil pour tous. Retour de l'arme dans la botte. Ledoux prend les cigarettes, il part. Laisse l'argent sur le comptoir. N'importe quoi.

Après, voilà l'autre type qui rapplique. Il entre, prend le fric. Des cigarettes aussi, par cartouches. Il entre et ressort rapide. Il sait ce qu'il fait. Un gusse à cheveux courts, râblé. Peutêtre avec des taches de rousseur, peutêtre des cheveux blondroux, difficile à dire. Mais un dur. Ledoux qui tire, l'autre qui embarque le fric. Si on les avait mis côte à côte, il aurait parié que c'était celui qu'avait pas de nom, le méchant. Autant pour les devinettes. Peutêtre qu'ils travaillaient ensemble, peut-être pas.

Il se saisit du bras de la femme qui était remonté autour de son cou et qui l'étranglait, le rabaissa. Se demanda combien de temps elle avait l'intention de dormir, espéra qu'elle allait se réveiller et s'en aller.

Si on lui posait la question, ils se connaissaient même pas.

11

Della Street était assise, entièrement nue sous la lumière de la lampe, au bord du coussin dans le fauteuil. Un coussin beige comme la mousseline avec des fleurs en imprimé, des verts pastel et un orange discret. Le fauteuil d'angle, qui faisait face au lit. Chambre 1114 du Holiday Inn.

Elle était assise, courbée en deux vers ses genoux. Ses seins comprimés sur ses cuisses nues, ses bras pendant inertes de part et d'autre. Toute la peau du corps envahie d'un picotement. La pièce était froide. Elle regarda le lit.

L'Homme Idéal était étalé sur le dos en travers des draps entortillés, la poignée en plastique nacré du couteau dépassant de sa poitrine. Un torse lisse et glabre aux pointes de seins marron foncé. Un beau torse. Mais couvert de sang. Les draps aussi, couverts de sang. Della baissa les yeux sur ses mains rouge sang.

Oh là là.

Elle tenta de penser à ce qu'elle devait faire. Rien dans *Redbook,* pour ça. Dans *True Confession*, peutêtre. « Comment se comporter quand l'amour vire à l'aigre » ou « Comment j'ai tué l'Homme Idéal » Ou encore... oh là là. Merde merde merde merde merde.

Les larmes lui montaient aux yeux, elle avait envie de pleurer. Elle était sur le point de se prendre la tête à deux mains, se souvint du sang juste à temps. Difficile de ne pas le voir, tout ce rouge poisseux. Les doigts gluants. Elle les remua pour les décoller. *Pouah.* Elle était trop effrayée pour pleurer de toute façon. Trop furieuse.

Elle se leva et contourna le pied du lit pour se rendre à la salle de bains. Ouvrit le robinet, plaça les mains dessous. L'eau entraîna vers la bonde un tourbillon rubis qui perdit sa couleur pour un rose primevère. Le jaillissement d'eau froide, ses pieds nus sur le carrelage de céramique froid. Elle frissonna, tourna le bouton du robinet avec son poignet. Bien mieux. Elle garda les mains sous le jet chaud, se contempla dans la glace. Jésus Marie Joseph. L'état épouvantable de ses cheveux, ils frisaient derrière, la frange était complètement de travers. Et son œil gauche gonflé et meurtri. Un peu l'air d'une folle.

Pourquoi pas, « L'amour dans mon cœur, un couteau dans le sien ? »

Elle ricana puis un sanglot s'étrangla dans sa gorge et elle se domina. Peutêtre plus que l'air d'une folle. À surveiller sérieusement. Plein de choses à faire, plein de choses à faire, pas le temps de dérailler, là. Elle attendrait plus tard, pour perdre les pédales.

Les mains gouttant par terre, elle passa la tête par la porte de la salle de bains, pour voir. Il gisait toujours au même endroit. Pas le moindre doute. Pareil qu'avant. L'Homme Idéal n'allait partir nullepart. Il allait rater son prochain rendezvous d'affaires.

Elle ferma les yeux. Merde merde merde. Et elle qui avait été si sûre. Si absolument certaine. Il l'avait escortée à travers l'atrium en direction de l'ascenseur, la main sur le coude. Tout le temps qu'ils montaient au onzième, qu'ils longeaient le couloir jusqu'à la chambre, il n'avait pas une seconde cessé de la toucher. De la guider doucement. Sans parler beaucoup, son attitude disant les choses à sa place. Un gentleman. Un homme responsable. Monsieur Fortune Five Hundred, si ce nom pouvait avoir un sens.

Après, lumière intime de la lampe, son du radio réveil réglé bas sur une station d'ambiance, Barry Manilow et compagnie, chanteurs de charme et violons langoureux, une scène tout droit sortie des *Feux de l'amour*. Lui qui versait du whisky dans deux verres, *tchin tchin*, cul sec, les yeux dans les yeux, désir, désir, délire. Tellement facile. Baisers légers, grosses embrassades, autre verre, nouveaux baisers, caresses osées, habits ôtés. Très agréable, en réalité. Sur le canapé, sur le lit. Très tendre. Doué avec sa langue. Tout doux. Petit coup de langue ici, petit coup de langue là, elle qui gémissait et qui geignait. Jambes grandes écartées, entrez donc.

C'était alors qu'il s'était excusé pour se rendre à la salle de bains.

Il en était revenu avec une large ceinture en cuir et des menottes.

Elle avait jailli du lit comme l'éclair et il l'avait pourchassée jusque dans un angle de la pièce.

Elle lui avait collé un grand coup dans les couilles.

Il lui avait cinglé l'œil avec la boucle de la ceinture. Une chaleur soudaine et fulgurante, suivie d'étoiles filantes. Putain, ça faisait mal.

Sauf que c'était pas le moment de s'en inquiéter. Un deuxième essai, dans les couilles. Facile, comme cible. Vu qu'il était bien monté à tous égards, biroute et burettes, ça, en tout cas, elle avait remarqué. Qui aurait pu le rater ? Lui qui se pliait en deux, qui avait le souffle coupé, qui tombait à genoux, qui s'affaissait et qui basculait sur le côté.

Merde merde merde.

Della retourna dans la salle de bains achever de se laver les mains. Elle utilisa l'une de ces petites barres de savon qu'ils mettent dans les hôtels. Ridicule, même dans un Holiday Inn. Comme si le savon, c'était une fourniture de prix. Elle frotta, frotta. Réfléchit à ce qui s'était passé, essaya de se souvenir. Un trou après ça, tellement rapide. Après le coup dans les joyeuses, le deuxième, avec lui qu'était toujours plié en deux par terre... c'est ça...

Oui. C'était là qu'elle avait pris son sac à main sur la table de chevet opposée et qu'elle en avait sorti le couteau à cran d'arrêt au manche de nacre. Celui que Ruby avait rapporté de Nuevo Laredo. Elle en avait donné un à toutes les filles de la boutique. Pour l'autodéfense. Parce que vous connaissez les hommes. Gloussant en disant ça, comme si c'était un cadeau rigolo. Un don mignon.

Sauf qu'elle, elle était là, à côté de la table de nuit, et qu'elle l'avait à la main. L'Homme Idéal qui commençait à remuer. Une pression sur le petit bouton, sur le côté. *Ping*. La lame qui jaillissait. Elle, toute nue, là, qui la regardait. La lame brillante et neuve, luisante comme le chrome. Étroite et longue. Pas très aiguisée, mais pointue.

Il se relevait à ce moment là, recroquevillé sur lui-même, une main entre les jambes, de l'autre côté du lit, sans prononcer un mot mais avec des yeux meurtriers d'un bleu glacial. Il la regardait juste, il faisait lentement tourner la ceinture en cuir qui s'enroulait autour de son poing, la boucle dans le vide. Il s'arrêtait alors, le rictus mauvais. Il souriait, en fait, ce salopard. Puis, tout à coup, il bondissait sur le lit et se jetait sur elle.

Oh Seigneur. Ça y est.

Elle, pratiquement paralysée, qui se couvrait les yeux avec le bras pour ne pas voir et qui lançait son autre bras droit devant elle, le coude ferme, la pointe du couteau en avant. Et le poids de l'homme qui rencontrait violemment la lame, elle en partait à la renverse. Elle se cognait contre le mur, elle perdait l'équilibre. Elle tombait le cul sur le tapis qui grattait, sans avoir lâché le couteau. Le manche tout poisseux de sang chaud.

Lui qu'était pas mort, pourtant. Il se tordait sur le lit comme un serpent, possédé du démon peutêtre, poussait des gémissements, se tenait la poitrine. Il se redressait sur les genoux avec des grognements sourds, des grondements, et elle se relevait à genoux elle aussi, elle s'avançait sur le tapis et ils se retrouvaient au bord du lit au moment où il plongeait à nouveau sur la lame du couteau et elle, cette fois, elle était pas repoussée en arrière mais elle lui enfonçait la lame vers le haut en plein dans la poitrine. Entre les côtes, ça avait dû être, c'était rentré tout seul, pareil que poignarder un melon.

Et il s'était effondré.

Comme ça.

Della, une serviette blanche à motif régulier à la main, passa à nouveau la tête par la porte, comme si elle ne parvenait pas à se persuader que c'était bien vrai. Un peu, qu'il était là. L'Homme Idéal. Plus mort que ça, tu meurs.

Merde merde merde merde merde. Un type comme ça, avec cette assurance, ces manières. Qui l'aurait cru ? Pas elle, ça non alors. Ce con de représentant en tuyaux non plus. Ni le barman. Ni les autres qu'elle avait même pas remarqués. Des témoins en veux-tu en voilà.

Elle rentra dans la chambre et s'assit au bord du fauteuil d'angle revêtu de mousseline. Elle fixa le cadavre étalé sur le lit, le sang qui suintait partout.

Bordel, qui c'est qui *allait* croire ça ?

12

Ils arrivèrent à Brookshire juste après minuit. Le toit de la Caddy était toujours baissé et les étoiles parcouraient la voûte de l'immense vide bleunoir. Ils étaient entrés sur les terres planes qui reliaient à la côte la région vallonnée de l'intérieur, et au sudest l'horizon s'étendait, sombre et sans étoiles, ardoise ininterrompue de nuages informes qui venaient du golfe.

À partir de l'autoroute, au nord, la ville s'étalait même si c'était là un bien grand mot. Eddie voulait s'arrêter à une station service Exxon ouverte vingtquatre heures sur vingtquatre pour boire du café. Ray Bob prit l'étroite rampe de sortie qu'il suivit tranquillement jusqu'à ce qu'ils parviennent à une intersection indiquée par des restorapides et des stations services. Il entra dans le parking Exxon, se gara sur l'arrière, près des toilettes.

Ils descendirent, s'étirèrent. Une ampoule jaune de quarante watts jetait une pâle flaque de lumière sur la chaussée. Au delà du périmètre éclairé, les contours ramassés d'une remise servant à ranger du matériel se détachaient devant une large zone plane de terres cultivées et de prairies, envahie d'ombres. Leur parvenaient le bourdonnement et le bruissement bas des insectes chantant dans l'humidité. Ils restèrent une minute à écouter.

Puis Ray Bob se dirigea vers les toilettes, disant, Je vais te dire un truc, gars, la seule chose qu'est meilleure que tirer un bon coup, c'est chier un bon coup.

Comme tu voudras, répondit Eddie. Je recommence pas cette discussion.

Il fit le tour vers l'entrée principale en secouant la tête. À l'intérieur, il salua l'employée d'un signe de tête et se tint devant le distributeur à café, essayant de décider quelle taille de tasse il allait prendre. Il versait le café avec le pot en Pyrex quand il entendit Ray Bob entrer et demander la clef des toilettes. J'ai limite les intestins qu'explosent, râlait-il, et y a cette saloperie de porte qu'est fermée.

L'employée était une rousse d'une quarantaine d'années, toute en os, qui faisait éclater ses bulles de chewing gum et fumait une cigarette, et ça n'eut pas l'air de la passionner. Elle écoutait la radio. Elle tendit la clef à Ray Bob sans le regarder.

Je t'ai posé une question, chérie.

Eddie mit deux sucres dans son gobelet en carton. Il entendit la femme dire, D'abord, vous m'avez pas posé de question. Et ensuite, je m'appelle pas chérie. Elle avait une voix de fumeuse, qui s'écaillait sur les bords. Eddie regarda par dessus son épaule. La femme s'était tournée pour tripoter le bouton de réglage de sa radio, conversation terminée. Ray Bob effectua un petit cercle impatient sur lui-même puis resta là, la clef des toilettes à la main, une clef unique, couleur bronze, reliée par du fil de fer à un morceau de contreplaqué rond aussi gros qu'un frisbee.

Je t'ai demandé pourquoi tu fermes les toilettes, dit-il.

La femme ne le regardait pas. Elle dit, Certainement pas.

Eddie ne pouvait pas distinguer la figure de Ray Bob, mais sa nuque était rouge et ses épaules agitées de tremblements. J'y crois pas, marmonna Eddie, c'est reparti.

Mon cul, dit Ray Bob. Mon cul que je l'ai pas fait.

La femme le regarda alors, elle n'avait pas l'air passionnée, ni effrayée non plus. Elle dit, Si c'est si pressé que ça, pourquoi vous restez là à causer ? Elle fit éclater une bulle de chewing gum, retourna à sa radio. De toute façon, moi, je fais qu'y travailler, ici. C'est le règlement.

Hé, Ray Bob, dit Eddie, tu veux du café ? Il en but un peu dans sa tasse et se brûla la bouche. Il est pas si dégueu, mec.

Nan, j'en veux pas.

Au bout d'une minute, Ray Bob pivota, sortit par la porte en embarquant le bloc de bois avec sa clef et disparut sur le trottoir.

Eddie inspecta le rayon des friandises et se décida pour un Butterfinger et un paquet de M&M. L'employée enregistra le total. Un dollar soixantequatorze, dit-elle. Eddie tâta ses poches et dit qu'il revenait tout de suite. Il sortit, revint avec un rouleau de pièces de cinq cents. La femme accepta le rouleau gris sans faire de commentaire.

C'est plutôt calme ici, dit Eddie.

Elle retira sa cigarette de ses lèvres pour la glisser dans le « V » entre ses doigts, pointant à l'oblique vers le haut. Ses ongles étaient courts, vernis, marron métallisé. Elle le regarda en plissant les yeux. Vous préparez un mauvais coup, tous les deux ?

La question surprit Eddie. Il étudia la barre de Butterfinger tandis qu'il en arrachait le papier d'emballage. À quoi vous pensez ? demanda-t-il.

Moi, je pense à rien du tout. Elle avait les yeux vert foncé, presque de la couleur du jade. Je me demandais juste si vous alliez causer des ennuis.

Eddie se demandait s'il préférait sucer le chocolat qui entourait la barre jusqu'à ce qu'il arrive au caramel dur du milieu, ou mordre carrément dedans. Il décida de ne pas faire traîner les choses en longueur, en arracha un morceau avec ses dents. On fait que passer, dit-il.

C'est bien, alors. Parce que mon mari est auxiliaire des services du shérif et je peux vous assurer tout de suite que vous tenez pas à avoir des ennuis dans le comté. Elle s'exprimait avec un accent traînant de la campagne, sa voix crépitait comme les braises d'un feu de camp qui se consume doucement.

Il a un flingue ? demanda Eddie.

Y a intérêt, oui. Ça serait pareil s'il était pas auxiliaire. Comme tout le monde de par ici.

Eddie médita sur cette réponse. Et vous, vous en avez un ?

Absolument, petit. Membre de la NRA[1], depuis toujours. C'est les armes à feu qu'ont construit ce pays, c'est les armes à feu qu'en garantissent la sécurité.

Eddie répondit que ça, il en était pas trop sûr. Il haussa les épaules, arracha un autre morceau de sa barre chocolat caramel, mâcha. J'ai jamais remarqué que les flingues, ils assurent la sécurité de personne, se prit-il à dire.

La femme le regarda. Ce que je dis, c'est que si votre ami qu'est dehors, là, il est armé et il a des idées derrière la tête, vous feriez mieux d'aller le trouver et d'avoir une petite discussion avec lui. Avant qu'il revienne. Elle mit la cigarette entre ses lèvres et aspira longuement, puis elle rejeta un nuage de fumée argenté. Parce qu'on tient pas à ce qu'il fasse de bêtise.

Non, c'est sûr, acquiesça Eddie. Il prit son café, son paquet de M&M, et franchit le seuil. Sur l'arrière, Ray Bob se tenait à côté des toilettes sous la lumière jaune, il remontait sa braguette. Le bout de bois avec sa clef pendait à la serrure.

Ray Bob ploya les genoux, plaqua sa main sur son entrejambe, remit ses bourses en place. J'ai qu'une seule question, dit-il. Ses yeux gris-vert étaient braqués sur l'étendue sombre qui menait à la côte. Tu veux la baiser avant ou après ?

Ni l'un ni l'autre, répondit Eddie. Faut pas déconner avec elle. Y a son mec qu'est flic.

---

1. NRA : *National Rifle Association*, groupe de pression qui défend le droit constitutionnel, pour chaque citoyen américain, d'être détenteur d'une arme à feu. (*N.d.T.*)

Ray Bob grimaça un sourire. C'en est que mieux.

Eddie répondit que tout ça, c'était des conneries. La seule chose qu'est pire que de tuer un flic c'est de tuer la femme d'un flic.

Où c'est que t'as entendu des conneries pareilles ? dit Ray Bob. Tu lis des livres, toi, maintenant ?

Nan. Je l'ai vu à la télé. Dans une émission qui parlait de la vraie vie des flics.

Pauvre couillon. Y a rien de vrai là dedans. Tout ça, c'est fabriqué.

Ils disent que c'est vrai.

Bien sûr qu'ils le disent, trouduc. Pour que les gens regardent.

Moi, ça me paraît vrai.

La télé, ça donne l'impression que tout est vrai, dit Ray Bob. C'est à ça que ça sert.

Ça marche.

Un peu que ça marche, putain. Tu la regardes, pas vrai ?

Pas toi ?

Ouais. Mais ils me la font pas. Je sais ce que ça vaut.

Enfin bon, elle a un flingue, dit Eddie. Elle a pensé que t'allais tenter un truc. Elle a sûrement déjà appelé les flics.

Enculé de mes deux, répondit Ray Bob. Pourquoi tu me l'as pas dit ? Résultat, on reste plantés là à discuter. Monte dans la bagnole et démarre.

Il lança les clefs à Eddie, sortit son Walther de sa botte, disparut au coin du bâtiment. Un instant plus tard, Eddie entendit une détonation assourdie puis Ray Bob revint en marchant vite, le revolver et un pack de six bières à la main. Il attrapa le morceau de contreplaqué qui pendait à la porte des toilettes et arracha la clef du trou. Lança le tout sur le siège avant. Pousse-toi, gars, c'est moi qui conduis.

Eddie se glissa sur le siège du passager. Ray Bob enclencha la marche avant et arracha la gomme en tournant le coin pour quitter le parking. Sur la route d'accès il ralentit jusqu'à ce qu'ils aient franchi les feux de l'intersection. Puis il écrasa le champignon, s'engouffra sur l'autoroute à cent à l'heure et, bientôt, la Caddy roulait pied au plancher à cent trente avec le vent qui sifflait par dessus le parebrise.

À combien on est de Houston ? demanda-t-il.

Vingt trente minutes, dit Eddie en tirant sur son anneau. C'est la banlieue, là. Sauf qu'on va bientôt arriver dans une ville qui s'appelle Katy et t'as intérêt à ralentir. À cause des radars. Tu l'as butée ?

Qu'est-ce que tu crois ?

C'est pas vrai.

Ils roulèrent sans rien dire pendant un petit moment, puis Ray Bob se saisit du morceau de bois avec la clef qu'il expédia dans les airs au dessus de la tête d'Eddie vers les ténèbres qui recouvraient les hautes herbes bordant l'accotement. T'as touché quelque chose, là bas, à l'intérieur ? demanda-t-il.

Rien qui conserve les empreintes. Il pensa à la cafetière. J'espère, en tout cas.

Cette salope, elle était bien au téléphone.

Oh Seigneur, dit Eddie.

Alors j'ai pris l'appareil et j'ai dit à la personne qu'était au bout du fil d'appeler les flics.

T'es dingue. Eddie courba la tête. Seigneur Dieu.

Ray Bob eut un grand sourire. Sauf que j'ai dit que le tireur était un Noir qu'avait foutu le camp vers l'ouest sur l'autoroute au volant d'une Thunderbird.

Eddie relâcha sa respiration. C'est pas vrai, t'as pas été con, là.

Putain, tu peux le dire. Ray Bob poussa un cri de victoire et alluma une cigarette. File-moi une bière. Ouais, y a un nègre qui va tous se les ramasser sur le poil.

Eddie fronça les sourcils. Sauf qu'ils vont se demander où t'es passé, toi, le type qui les a avertis.

Le temps qu'ils se posent la question, on sera à Houston. File-moi une bière, je t'ai dit.

C'est quand même préférable de sortir de cette autoroute, dit Eddie. Il arracha une boîte de bière à son cercle de plastique, la tendit à Ray Bob. Quand on arrivera à la 6, prends vers le sud.

Ray Bob ne répondit rien. Il régla la radio sur une station de hard rock et ils foncèrent sur le ruban de béton à travers la nuit humide en écoutant les Pink Floyd, ZZ Top et Led Zeppelin grimper les marches qui mènent au paradis[1]. Ray Bob martelait en mesure son volant avec ses deux mains, une boîte de bière nichée entre les cuisses. Quand vint le tour de Lynyrd Skynyrd, Eddie annonça que tous les membres du groupe avaient péri dans un accident d'avion.

C'est pour ça que je prends pas l'avion, commenta Ray Bob. La moitié des pilotes sont défoncés.

J'ai le mal de l'air, moi, c'est pour ça, dit Eddie. Une fois, j'ai pris l'avion entre Baton Rouge et Shreveport et j'ai rendu mon déjeuner. Dégobillé dans un sac.

L'enfoiré ! s'écria Ray Bob en martelant rageusement le volant avec son poing. Quel enfoiré !

Quoi ?

1. *A Stairway to Heaven*, chanson de Led Zeppelin. (*N.d.T.*)

J'ai pas pris ce putain de fric. Je l'ai laissé sur le comptoir quand je suis allé choper les bières. Après je suis sorti direct. Quel enfoiré !

Eddie haussa les épaules. On peut toujours en trouver, de l'argent. De l'argent, y en a partout.

Mais Ray Bob ne voulait rien savoir. Il jura et tapa sur le volant jusqu'à ce qu'Eddie en ait assez et dise, Hé, tu l'as pas baisée non plus.

Je sais. Ray Bob se calma. Il dit, T'as foutrement raison pour ça. Il dit, En plus j'aime bien ça, les chattes rousses comme la sienne. C'est pas tous les jours que tu peux t'envoyer une cramouille à touffe rousse.

Les chattes, c'est comme le fric, fit observer Eddie. Y en a partout et tu peux toujours mettre la main dessus.

À condition de savoir ce que tu fais.

Si je savais ce que je fais, je serais pas là.

Si ça t'amuse.

Parce que la seule raison que j'ai d'être là, c'est que j'y suis plus du tout, moi, dit Eddie, c'est ça que je commence à croire.

Mais Ray Bob ne l'écoutait pas. Ses pensées revenaient en arrière. Au moins, j'ai pas tout paumé, finit-il par dire. D'un ton philosophe. Je me suis quand même coulé un superbronze.

Ben tu vois, dit Eddie. Tu devrais être content.

13

Par moments Della marchait sur le bas côté et à d'autres elle marchait sur l'herbe. Mais l'accotement était parsemé de cailloux qui lui faisaient mal aux pieds et on ne sait jamais ce qui peut se cacher dans l'herbe. Des éclats de verre, des trucs qui piquent, des serpents. Alors la plupart du temps, elle marchait sur la route.

Elle cheminait pieds nus sur le revêtement de béton régulier, tenant à la main ses chaussures à talons hauts qui pendaient au bout de leurs lanières de chevilles. Pendant un temps, elle les avait gardées. Genre, dix minutes, peutêtre. C'étaient des chaussures pour faire beau. Des chaussures pour aller de chez soi à sa voiture, de sa voiture à un autre endroit. Un endroit chic. Comme le bar de l'atrium du Holiday Inn. Où on pouvait s'asseoir. Ce dont elle s'était rapidement rendu compte. Elles lui serraient les orteils comme des pinces, et le frottement contre chaque talon lui avait occasionné des ampoules en un rien de temps.

Alors elle avait relevé sa jupe sur sa taille afin de ne pas la salir, elle s'était assise dans l'herbe au bord de la route et les avait ôtées. Elle s'était relevée, déhanchée pour se débarrasser du fourreau de son collant qu'elle avait baissé sur ses genoux, puis s'était assise à nouveau et l'avait retiré entièrement. Ça ne servait à rien de le filer, il avait que cet unique petit trou à l'entrejambe, ça coûtait rudement cher. Après, elle avait repris sa marche. Les chaussures au bout des lanières. La bible Gideon[1] dans l'autre main.

Elle n'avait pas de sous vêtements, ce qui était agréable, et, tout en avançant, elle balançait les chaussures d'avant en arrière comme un sac à main et roulait des hanches comme s'il était possible que quelqu'un la regarde. Ce qui n'était pas le cas. Elle l'espérait bien. Pour une fois, supplia-t-elle, faites que personne me regarde. Pour l'amour de Dieu, faites en sorte que personne me voie. Elle levait la main de temps en

1. *Gideon's Bible*, livre saint laissé dans les lieux de passage, au bénéfice des touristes et voyageurs, par la société prosélytique du même nom. (*N.d.T.*)

temps pour palper l'ecchymose de son œil gauche. C'était douloureux, au toucher.

Sur fond d'immense ciel noir les étoiles tournaient dans leurs berceaux, un croissant de lune décrivait sa courbe descendante. Elle se sentait toute petite, dessous, et seule dans l'obscurité qui recouvrait les champs en bord de route. Des bruits d'animaux dans des prés invisibles, des cris d'oiseaux effrayés qui fendaient l'air puis retombaient tout aussi soudainement, et des sons étranges qu'elle ne reconnaissait pas. Dans tout ce noir. Ça lui donnait la chair de poule. Elle avait toujours eu peur des créatures qui criaient dans la nuit.

La boucle d'échangeur permettant d'accéder au Highway 6 était déserte. À deux reprises, elle avait entendu des voitures qui s'approchaient derrière elle et chaque fois elle s'écartait dans l'herbe où elle se figeait, le dos tourné comme si, en affectant l'immobilité, elle pouvait échapper aux regards. Comme s'ils pouvaient conclure qu'elle n'était qu'une étrange statue égarée représentant une femme qui tenait une paire de chaussures et une Bible, ou une apparition, ou encore comme s'ils pouvaient ne pas la remarquer du tout. Le gémissement du moteur s'était rapproché, les phares avaient balayé la chaussée et, quand il avait été tout près, ce gémissement avait baissé d'un octave, puis repris en intensité au moment où le véhicule accélérait.

Tout ce temps elle avait retenu son souffle.

Après, elle revenait sur la chaussée et reprenait sa marche vers le sud. Scrutant le large banc de nuages qui obscurcissait l'horizon dans cette direction. Souffrant de son mal de pieds. Faisant osciller ses chaussures dans le vide. Et la Bible. Regrettant maintenant de l'avoir prise, mais cela s'était fait au dernier moment, par réflexe, avant de savoir qu'elle allait devoir marcher. L'élément totalement imprévu : la marche. Elle posa le pied sur une pierre qu'elle insulta, cessa de l'insulter pour insulter sa Hyundai. Ce tas de merde bon marché qu'était resté là bas, sur le parking du Holiday Inn. Qu'avait pas voulu démarrer. Ralph lui avait affirmé qu'il l'avait réparée, il lui avait fait payer trente-cinq dollars, cet enculé. Il travaillait dans sa cour, Ralph, il disait que ça réduisait les frais généraux. Il disait que ça évitait que les prix montent. Mais il y connaissait rien à rien.

Elle le couvrit d'insultes un moment, puis elle en remit une couche à la Hyundai qui la laissait en rade au moins une fois par semaine. D'abord c'était une chose et après c'en était une autre. Elle se déglinguait totalement. Connerie de saloperie japonaise. Coréenne, c'était pareil. Elle avait encore des factures en retard sur cette saleté. Deux mois dus, en plus. Et le vendeur de bagnoles d'occasion qui lui avait assuré qu'elle était fiable. Il lui avait garanti. Mais pas par écrit. Croyez-moi sur parole, qu'il avait dit, c'est un petit bijoux, je m'en suis servi personnellement.

Menteur. Enculé.

Tous autant qu'ils étaient, ils attendaient que l'occasion de profiter d'une mère célibataire qui devait respecter son budget.

Elle insulta le vendeur, insulta Ralph et recommença à insulter la voiture. Tout le monde à l'exception de l'Homme Idéal. Elle ne voulait même pas penser à lui. Pas question. Allongé à plat dos sur le lit, là bas, dans la chambre 1114. Avec un couteau planté dans la poitrine. Monsieur Cadre Supérieur Débordé.

Ça la faisait mouiller un peu, n'empêche, de penser à ça. À ce qu'il y avait eu avant.

Merde merde merde.

Un cri strident monta du champ sur le côté et elle scruta les éternelles ténèbres en frissonnant avant d'accélérer le pas. Elle regretta d'avoir oublié de prendre le couteau. Cette saloperie était efficace, c'était sûr. En plus, il y avait probablement ses empreintes partout dessus. Non que ça ait de l'importance. Il y avait plein de témoins. Ils l'avaient vue dans le bar, ils l'avaient vue monter dans l'ascenseur. Ils l'avaient probablement même entendue dire oui. Oui, monsieur l'Homme Idéal. Et merci. Merci ! Comme une gamine débile. Merde.

Elle poursuivit sa marche. Elle marchait dans la nuit en se disant que c'était exactement comme dans le vieux film qu'elle avait vu à la télé. Sur la superchaîne, inséré par petits morceaux entre les publicités. Sur monsieur Candy Bar. Non. Quelque chose d'autre avant bar. Méchant bar[1], peutêtre. Ça se terminait mal, à la fin, en tout cas. Atroce. Enfin bon, ils avaient une raison de faire des films comme ça, c'était obligé. Comme une parabole. Elle le savait bien, en plus. Mais est-ce qu'elle en avait tenu compte ? Bien sûr que non. Est-ce qu'elle avait fait attention ? Non.

Comme ses pieds lui faisaient très mal, elle observa une halte d'une minute. Elle ne savait pas si elle était capable de couvrir tout le trajet jusqu'à Sugar Land. Quinze kilomètres au moins. Sans compter que là bas devant, ces nuages noirs qu'arrivaient de l'océan, ils étaient de plus en plus gros. Avec des éclairs qui jouaient à leur périphérie. Un orage, naturellement. Il manquait plus que ça. Les ennuis derrière et les ennuis devant. L'histoire de ma vie.

---

1. *Looking for Mr Goodbar, À la recherche de Mr Goodbar*, de Richard Brooks (1977) avec Diane Keaton et Richard Gere. (*N.d.T.*)

Quelques minutes plus tard, le vent se renforça, elle sentit l'air marin qu'il apportait en même temps que l'odeur forte de la foudre et de la pluie, et elle sut qu'elle allait bientôt être trempée. Comme il n'y avait aucun endroit où se réfugier, elle continua d'avancer, les pieds à vif, écorchés sur toute la plante, boitant désormais.

À ce moment là elle entendit une autre voiture qui arrivait et elle sut que si elle voulait y parvenir elle avait besoin d'aide. La voiture se rapprochait rapidement. Elle se posta sur l'accotement, tournée vers la route. Les phares jaillirent tout à coup de la nuit alors que le bruit du moteur était bas et grave. Elle coinça la Bible sous son aisselle, tendit le pouce. Elle se sentait idiote, comme si elle le présentait mal, alors elle inclina la main d'un côté puis de l'autre, puis elle abandonna pour faire de grands gestes avec les bras.

La voiture arriva à toute allure, ralentit brusquement. Les phares jumeaux l'éblouirent et elle ferma les paupières pour se protéger. Elle entendit le couinement des pneus sur la chaussée, puis ils s'immobilisèrent juste après l'avoir dépassée. Elle regarda de ce côté, vit une vieille Cadillac décapotable blanche arrêtée presque en travers de la route. Aussi longue qu'un corbillard. Deux types à l'avant. Trop noir pour rien voir à part que le passager avait une queue de cheval, l'autre non. Celui qu'avait la queue de cheval se dressa à genoux sur son siège et gueula, Bon Dieu, on faisait du cent trente quand on t'a vue !

Elle resta là à les regarder fixement, puis elle s'approcha de quelques pas et s'immobilisa en les étudiant. En pensant à ce film.

Allez, monte, dit le conducteur, t'arrives ou pas ?

Le passager ouvrit alors sa portière, il se pencha en avançant son siège afin qu'elle puisse grimper et dit, Allez viens, on est pas méchants.

Elle monta. S'assit à l'arrière, tenant ses chaussures sur ses cuisses, la Bible contre sa poitrine. Le passager referma la portière, le conducteur écrasa l'accélérateur, les pneus arrachèrent la gomme. Le moteur gronda et la voiture dérapa à nouveau de l'arrière, puis démarra en trombe. Au bout d'une minute ils fonçaient dans la nuit et, comme le vent lui chassait les cheveux en tous sens, elle ouvrit son sac pour en sortir un bandeau élastique. Se pencha pour le mettre.

Où tu vas ?

Elle leva la tête et vit celui à la queue de cheval brune qui l'observait, assis de côté. Sugar Land, dit-elle.

Le conducteur qui avait les cheveux courts, soit blond vénitien, soit roux clair, et les épaules larges et musclées, l'observait dans le rétroviseur mais il ne dit rien.

L'autre dit, T'as de la chance. C'est par là qu'on va. Pourquoi tu marchais ?

Ma voiture est tombée en panne.

Ça fait une sacrée balade.

Elle hocha la tête. J'ai les pieds en sang.

Pourquoi t'as appelé personne ?

Ils étaient pas chez eux.

Il secoua la tête comme s'il comprenait. Toujours assis de travers sur son siège, à la regarder. Tu devrais être plus prudente, n'empêche. C'est dangereux, la nuit dehors comme ça, y a toutes sortes de dingues.

Elle acquiesça encore. Il avait l'air sympa, le visage maigre, les yeux gentils. Comme si j'étais pas au courant, dit-elle. Je commençais à m'inquiéter.

Ouais, ça, je comprends. Qu'est-ce qui t'est arrivé, à l'œil ?

Elle y porta la main. Elle avait oublié. Il était toujours gonflé et douloureux au contact. Je suis tombée, dit-elle. Dans le noir.

Hé ben, tu t'es pas ratée.

Je sais. Et maintenant y a un orage qu'arrive. Elle tendit le doigt devant eux.

Ouais, on a vu. On va remettre le toit sans traîner. Il regarda le conducteur. Si ça marche, je veux dire. On l'a pas encore relevé une fois. Tu crois en Dieu ?

Elle plissa le front, surprise par la question.

Parce que t'as la Bible, là, c'est pour ça que je demande. Il montra le livre du doigt.

Elle baissa les yeux, le vit, serré contre sa poitrine. Ben, je me suis dit que ça pouvait pas faire de mal. On sait jamais quand on peut avoir besoin de protection.

C'est ce que disent les gens. Tu veux une cigarette ?

D'accord. Elle posa un rapide coup d'œil sur l'intérieur de la Cadillac. Chouette voiture.

Filtre ou normale ?

T'as un joint ? demanda-t-elle.

Il eut un coup d'œil pour la Bible, leva les sourcils. Nan, on en a plus un seul. Mais on a des clopes.

Elle vit le conducteur qui la regardait à nouveau dans le rétroviseur. Ses yeux semblaient la traverser de part en part. Ça va, dit-elle, j'ai un paquet. Elle ouvrit son sac, en sortit les Benson & Hedges et se pencha derrière le siège avant pour s'abriter du vent pendant qu'elle en allumait une. Le type à la queue de cheval attendit qu'elle se redresse.

Comment tu t'appelles ? Moi, c'est Eddie.

Della. Elle tourna la tête, souffla la fumée sur le côté. Où vous allez ?

On est en cavale, dit Eddie.

Le conducteur lui lança un rapide coup d'œil mais ne dit rien.

À cause de quoi ?

On est des voleurs. Il tira sur l'anneau qu'il avait dans l'oreille gauche. Et toi ?

Je suis mannequin. Elle hésita. Dans les catalogues et tout.

C'est vrai ? Il avait l'air impressionné. Comme Sears Roebuck ?

Elle hocha la tête. J'aurais pu être dans les magazines mais mon visage est trop long et mes yeux sont implantés trop près l'un de l'autre.

Moi je les trouve très bien, dit Eddie. Ils sont pas si près que ça. T'as des beaux cheveux, aussi.

Merci, dis donc. Elle croisa modestement les mains sur ses cuisses puis se reprit rapidos et les posa sur le siège de chaque côté. Vous êtes vraiment des voleurs ?

Ben, c'est juste un truc qu'on fait en plus. Eddie agita la main. En réalité, on est soudeurs. Sauf qu'on est au chômage. On travaille sur les pipelines.

Les pipelines, je connais en détail, dit Della.

Dans ce cas, tu sais, dit Eddie. C'est pour ça qu'on arrête pas de bouger. Ça et d'autres trucs. Elle est où, ta bagnole ?

Là bas. Elle pointa le doigt par dessus son épaule. En panne.

On pourrait peutêtre te la réparer.

Ça m'étonnerait. Elle abaissa les coins de sa bouche et secoua la tête. C'est une cata.

Une caisse étrangère ?

Elle hocha la tête.

Ben, c'est pour ça. Il se remit tout à coup dans le sens de la marche et se pencha pour allumer une cigarette, puis se retourna en rejetant la fumée. Mais on pourrait essayer. Demain, je veux dire.

Della réfléchit. C'est rudement sympa de ta part de le proposer, dit-elle, mais je crois que je vais simplement laisser la société de crédit la reprendre. Les traites sont élevées, de toute façon.

Le type aux cheveux roux la fixa à nouveau dans le rétroviseur. Comme s'il voyait quelque chose que personne d'autre pouvait voir. Elle se déplaça vers la droite, sur le siège, pour s'écarter de son champ de vision.

Eddie secoua la tête, le visage tordu dans une grimace de compréhension. Il dit, Les sociétés de crédit, j'hallucine, ça leur ressemble pas, ça, aux sociétés de crédit ? Les intérêts monstres qu'elles se font. Elles en profitent parce que t'as pas de fric d'avance. C'est rien que des requins. T'habites à Sugar Land?

Della ouvrit la bouche pour répondre, la referma. Elle soupesa la question, soupesa la réponse. L'idée lui était venue que ce n'était qu'une question de temps avant que la police arrive. D'abord, ils allaient trouver l'Homme Idéal. Après, ils poseraient des questions à droite et à gauche, ils apprendraient son existence. Peutêtre qu'ils remarqueraient la voiture restée sur le parking. Qu'ils retrouveraient à qui elle appartenait. Avant qu'il soit longtemps, ils viendraient frapper à sa porte. Bien le bonjour, ma p'tite dame, est-ce que ce couteau vous appartient? Elle avait peutêtre douze heures devant elle.

Ben, dit-elle, Sugar Land, c'est là où j'habitais. Sauf que je suis en train de changer. Où vous allez?

Eddie haussa les épaules. Partout et nullepart. Du côté où souffle le vent. Y a des motels pas cher, par là où t'habites?

Della resta silencieuse.

C'est pas ce que je voulais dire, fit Eddie au bout d'un moment. Des motels pour nous, je veux dire. Moi et mon copain.

Ben, dit-elle, je le savais, ça.

Elle hésita. Réfléchit encore. Elle pouvait leur citer une demi douzaine de motels bon marché situés à portée de marche de son appartement. À portée de voix, pratiquement. Pas chers, en plus, son immeuble n'étant pas situé dans le meilleur quartier de la ville. Ce fut ce qui motiva sa décision. J'ai besoin d'aller quelque part demain matin, dit-elle. Si vous voulez bien m'emmener, vous pouvez tous les deux dormir chez moi cette nuit. J'ai une chambre d'amis. Ces derniers mots ajoutés à la hâte.

Eddie se tourna vers le conducteur. Qui ne fit aucun commentaire. Alors Eddie dit, Moi, ça me paraît bien. Comme ça on fera des économies. Où c'est que t'as besoin qu'on t'emmène, demain?

Elle croisa les mains sur ses cuisses. Elle réfléchissait toujours. C'était compliqué. L'Homme Idéal, la police, ses mômes, son boulot, cette vieille Hyundai de merde, et pratiquement pas de fric du tout, tout ça qu'arrivait en même temps et qu'était dur à démêler, à expliquer. Il lui fallait du temps. Elle ne tenait pas non plus à en avoir dans une cellule de prison. Alors elle dit, Quelle que soit la direction dans laquelle vous allez, ça peut me convenir, je suis pas très sûre encore.

Eddie hocha la tête. Comme si ça avait un sens. Il dit, Ça marche.

Ils roulèrent en silence, alors, et comme l'orage qui venait de la côte passait au sudouest, au dessus du comté de Fort Bend, ils n'eurent pas besoin de s'arrêter pour relever le toit. L'air nocturne était frais, humide et salé. Le vent qui leur soufflait au visage apportait l'odeur des raffineries et des usines pétrochimiques installées le long du chenal de navigation de Houston. Quand ils approchèrent de l'intersection avec l'Alternate 90, Della leur annonça qu'il fallait qu'ils quittent l'échangeur et qu'ils prennent à gauche.

Si on mettait de la musique ? Eddie alluma la radio et tourna le bouton, s'arrêta sur les accents paresseux d'une voix gémissante sans parvenir à en croire ses oreilles. Bon Dieu, dit-il, vous entendez ça, un peu ? Sur une station AM, en plus. C'est Lightnin' Hopkins. Vous entendez ce thème unique répété ? Bon sang, ça c'est le blues du Texas. Quand on entend des accords plaqués sur la guitare, peutêtre aussi quelques notes glissées sur le manche, c'est que c'est du blues du Delta.

Il se tourna vers Ray Bob, le sourire aux lèvres, disant, Hé, mec, c'est ce genre de connerie que j'ai toujours adoré, mais les gars du groupe, ils en voulaient pas. Ils disaient que c'était de la musique de nègres. Le rythm and blues ? La soul ? C'était bien, d'y ajouter de l'électricité et de l'énergie, d'accélérer tout ça, ça donne les Allman Brothers ou Lynyrd Skynyrd, le rock 'n' roll de base du Sud. C'est plus du blues mais les gens s'éclatent avec. Tiens, écoute la transition qu'arrive maintenant, de tonique en sous dominante...

À ce moment là, sur le siège arrière, Della dit, Vous aimez pas la musique country ?

On entend pratiquement que ça, dit Eddie en hochant la tête et en l'agitant en mesure, c'est pour ça que j'arrive pas à comprendre qu'ils aient une station AM comme celle là à Houston, j'hallucine. Écoute un peu, ça c'est Charley Patton, un type du Mississippi...

On a de bonnes stations de country. On en a plein.

Eddie arrêta de s'agiter, se retourna et la regarda. Au bout d'un moment il sourit, haussa les épaules et dit, Bon, c'est toi l'invitée, Della. Quelle station tu veux ?

Elle le lui dit, il ajusta le sélecteur et Dwight Yoakam poussa sa chansonnette, il avait le cœur brisé, une fois de plus. Il racontait que sa nana, comme ça, sans prévenir, elle voulait plus entendre parler de lui. Qu'elle l'avait bouclé dehors, qu'elle allait demander le divorce, l'idée, elle venait de sa famille. Il avait plus qu'à s'assurer les services d'un avocat et tout.

C'est ce vieux Dwight, dit Eddie. Dwight Yoakam. C'est son vrai nom, en plus. J'ai appris qu'il a dépensé soixante mille dollars en chapeaux de cowboy à Austin.

Il est mignon, dit Della. Il sortait avec Sharon, avant. Tu trouves pas ça bizarre ? Sauf qu'ils ont cassé. Je crois que c'est d'elle qu'il parle dans sa chanson, de Sharon Stone.

Eddie hocha la tête. Possible, reconnut-il. Tout à fait possible, ça me surprendrait pas du tout. Il alluma une cigarette, continua à hocher la tête pour marquer son accord. Se demandant qui était Sharon Stone.

La chanson prit fin et Mark Chesnutt commença lui aussi à chanter que sa nana l'avait quitté, et Eddie remarqua que ça ressemblait à une épidémie mais Della expliqua que les célébrités, elles sont la proie de grandes difficultés maritales, plus que tout un chacun. C'est à cause que leur situation est particulière, dit-elle. Comme ce qu'est arrivé à Julia Roberts et à Lyle Lovett. C'est pareil pour les mannequins. La plupart des hommes, ils vous aiment pour votre physique et pas pour votre vrai moi, dit-elle, et ça conduit toujours à la déception et au chagrin. Et aussi au divorce. Puis elle leur indiqua comment quitter le Highway 90 et suivre plusieurs rues mal éclairées bordées de voitures, jusqu'au parking qui se trouvait devant le complexe d'appartements où elle habitait. C'est pas terrible, dit-elle, mais c'est chez moi. C'est parce que j'en suis qu'au tout début de ma carrière professionnelle, ajouta-t-elle.

Quand il mit la Caddy au point mort et qu'il coupa le moteur, le conducteur se retourna sur son siège et la regarda bien en face. Avec des yeux étranges et larges. Il fit une vilaine grimace comme s'il avait supporté quelque chose trop longtemps, quelque chose qu'il détestait. Comme s'il en avait ras la caisse. Disant, Qu'une chose soit bien claire, poupée. Je suis pas soudeur et t'es pas mannequin. La voix pleine de colère.

Della serra la Bible sur son ventre et lui rendit son regard. J'ai eu une longue journée, dit-elle, et j'ai vraiment pas envie de me bagarrer.

Parfait. Ray Bob ouvrit la portière et descendit. Parce que tu gagnerais pas.

Eddie dit, Seigneur Dieu, mec, du calme. On vient juste d'arriver.

Et encore une chose. Ray Bob ferma le poing et braqua un doigt massif sur Della. Histoire que tu te mettes pas de fausses idées en tête, je me sens pas trop bien. Autrement, si elles sont pas grosses, les blondes, c'est moi qui me les tape.

Della ne cligna même pas des paupières. Elle ne bougea pas d'un poil et elle répondit, Ça, je vois pas comment.

14

Rule se réveilla au bruit du téléphone qui sonnait à la cuisine. Il était allongé sur le dos dans le noir comme un cadavre, la femme complètement vautrée sur lui. Il la repoussa, suivit le couloir puis traversa le séjour, les vieux planchers de chêne frais sous ses pieds. Il marchait avec raideur. Le bas de son dos lui faisait mal et il envisagea la possibilité qu'il fût trop âgé pour les appels téléphoniques précédant l'aube. À la cuisine, il décrocha au milieu d'une sonnerie, se tint nu près du réfrigérateur à s'étirer le dos d'un côté puis de l'autre.

Ouais ?

C'était Moline qui l'appelait du bureau.

Rule se pencha et ouvrit la porte de derrière afin que Lefty puisse sortir. Un nuage d'air humide s'insinua par l'ouverture. Le ciel était lourd, à l'ouest, une plaque de platine incurvée. La ligne de collines basses couvertes de mesquites et de genévriers cendrés, au delà des limites de sa propriété, était plongée dans un gris intense, quelques nuages maigres accrochés haut au dessus de l'horizon présentaient une partie inférieure rouge sombre parsemée de braises d'un orange ardent.

Putain, c'est même pas encore franchement le matin, s'écria Rule. Quelle heure est-il ?

L'heure que tu te lèves, mon gars. Nos gaillards ont pris la route.

Très bien. Raconte-moi. Il bloqua le combiné entre le menton et l'épaule et entreprit de préparer du café. Posa une casserole d'eau sur la cuisinière, remplit le filtre métallique avec du café French Market parfumé à la chicorée.

On dirait bien qu'ils roulent vers le sud, dit Moline.

Ils laissent une trace derrière eux.

Moche, en plus. Je suis arrivé tôt, j'ai suivi les rapports sur l'ordinateur.

Ils font équipe, alors.

Ça en a tout l'air, qu'ils sont ensemble. Hier soir, quelqu'un a braqué un Diamond Shamrock à l'extérieur de Columbus, sur la 71, et a zigouillé l'employé. Une heure plus tard environ, une boutique Exxon a été attaquée à Brookshire. Deuxième employée refroidie. On a des images de cette agression là. Je les ai pas vues mais on m'a donné une description. Ce sont bien nos lascars. J'attends les images, là. Ils vont me les apporter avec une bagnole.

L'eau dans la casserole n'avait pas franchement commencé à bouillir mais Rule la versa quand même dans le réservoir du filtre. L'arôme riche jailli de la mouture monta au dessus de la surface. Ils continuent à liquider des hindous ?

Nan, dit Moline, ils en sont aux Blancs, là. Ils sont pas non plus regardants question âge. Ou sexe. Ils sont pour l'égalité des chances, ces petits gars là.

Rule tira sur sa bite et se gratta les couilles. Il les soupesa d'une main, distraitement. Elles pendaient plus qu'avant, elles n'étaient plus aussi pleines. Dos douloureux, couilles qui pendouillent. Partout, on peut lire des trucs sur le premier de ces maux, mais il n'y a jamais rien sur le deuxième. Un de ces sujets d'inquiétude qu'on dit personnels. Il nous faut les résultats des analyses balistiques, dit-il.

Moline acquiesça, ajouta, On peut pas l'affirmer pour Columbus, mais le tireur de Brookshire, c'était pas DeReese. C'était l'autre.

Tu m'en diras tant.

Et à ce qu'il paraît, il est parti en laissant l'argent sur le comptoir. Il a complètement foiré son coup.

Ils le font tous, dit Rule. Tôt ou tard. Il versa le café dans une épaisse et grande tasse en céramique, avala une petite gorgée, puis une autre. Le parfum amer de la chicorée descendit dans un frisson. Il dit, Les analyses balistiques de ces deux braquages pourraient bien correspondre à celle du meurtre de Bernie.

Ça se pourrait. Et je vais te dire un truc. Le second type, c'est un poil de carotte. J'ai vu un machin dans le journal ce matin et j'ai appelé les gars en ville. Deux jeunes nanas ont été agressées à Zilker hier soir. Des étudiantes d'UT qui faisaient du canoë. Y en a une qu'est dans le coma mais l'autre parle sans problème. Agression sexuelle. Ce qu'elle dit correspond à nos lascars. Le deuxième est bel et bien un rouquin.

Seigneur, marmonna Rule. Homicide, vol à main armée, on rajoute viol. DeReese qui franchissait les étapes à toute vitesse. On sait dans quoi ils se déplacent ?

Un témoin de Brookshire a parlé d'une Thunderbird, répondit Moline. Le type qu'a signalé le crime au téléphone. Sauf qu'il a aussi dit que c'était un Noir. Et après il a pas attendu dans le coin pour discuter.

C'est n'importe quoi, on dirait.

Ouais. Ça pourrait aussi bien être nos lascars qui se sont amusés à nous jouer un tour, à mon avis. Ils déconnent tous les deux à pleins tubes. Mais pour la voiture qu'ils conduisent, j'en sais pas plus que toi. DeReese a pas de véhicule immatriculé à son nom. Et pas d'adresse connue. Il figure sur aucun fichier, comme s'il existait même pas.

Il est quand même là bas.

Ça, c'est indéniable, fiston. Ils y sont tous les deux.

Rule dit à Moline de se renseigner sur le deuxième type. Peutêtre qu'ils roulaient dans une bagnole volée, c'était probablement le cas. Mais peutêtre que le rouquin en avait une à lui. Quand on aura la marque et le type de la voiture, dit-il, on aura fait la moitié du boulot. Tout sera utile.

C'est une bonne idée, dit Moline, c'est exactement ce que nous faisons, comme toujours. En plus de nous tourner les pouces.

Rule émit un grognement. Il avala une grande gorgée de café, en reversa dans sa tasse. Bon, j'ai envoyé les images des deux gars hier soir. Vérifie si y a quelque chose qu'est revenu par l'index.

Moline dit qu'il l'avait fait. Zéro sur toute la ligne. Je vais continuer de tenter ma chance mais en attend pas grand chose, vu la façon que ça se présente.

Bon, insiste en tout cas. Faut que j'y aille.

Tu viens au poste ?

Non.

Il se tenait à la porte de derrière d'où il regardait les nuages qui flottaient au dessus des collines et que le soleil levant illuminait d'un rouge et d'un orange intenses. Le ciel était pommelé de gris clair avec des traînées blanches qui ressortaient, et une tourterelle triste lança son appel dans les chênes près de la barrière du fond. Lefty arriva en remuant la queue, s'allongea sous la table de la cuisine, posa sa tête entre ses pattes.

Je vais prendre la direction de Columbus et de Brookshire, annonça Rule. Je vais les traquer et me les choper, ces connards. Tiens-moi au courant sur mon portable.

D'accord.

Il s'apprêtait à raccrocher quand Moline prononça son nom. Avec un point d'interrogation.

Ouais.

Tu sais, Rule, j'ai pas réussi à fermer l'œil une minute la nuit dernière. C'est pour ça que je suis ici tôt. Dana est pas rentrée.

Accorde-lui le divorce, Moline. Elle ne vaut rien.

Elle me manque, vieux.

Je peux rien faire pour arranger les choses. Toi non plus. Laisse tomber.

C'est dur. Vraiment dur. La voix de Moline craqua. T'as vécu la même chose ?

Les deux fois, Moline. Les deux fois.

Je vois pas comment t'as réussi à surmonter ça.

Qui te dit que j'ai réussi ?

Il raccrocha et demeura sur le seuil à boire son café, à soulever ses couilles l'une après l'autre et à les laisser retomber. Deux écureuils se livraient à une cavalcade dans les branches des chênes, puis ils descendirent en spirale jusque dans la cour le long d'un tronc tordu. Rule vida sa tasse, la rinça, remplit un bol en plastique de céréales sèches prélevées dans un sac de vingtcinq kilos, le déposa devant Lefty.

Il pensa à appeler Katie, à ce moment là, tendit la main vers le téléphone, décida de n'en rien faire. Cela faisait un mois qu'il n'avait pas de nouvelles d'elle, il avait déjà laissé trois messages sur son répondeur. Qu'est-ce qu'il pourrait lui dire ? Ton père pense à toi ? Tu me manques ? Il l'avait déjà confié à la machine, ça n'avait rien changé. Muette comme la mort. À n'y rien comprendre. Trop tôt pour l'appeler de toute façon. Il alla dans la salle de bains, se doucha, retourna dans la chambre en s'essuyant.

Qui c'est qui ne vaut rien ? Elle se mit en chien de fusil sous le drap, donna du volume à un oreiller, sous sa tête.

Toi.

C'était Moline ?

Exactement. Il ouvrit un des tiroirs de la commode, en sortit un caleçon.

Elle rejeta le drap de dessus, s'étira sur le matelas. Ses seins étaient petits mais leurs pointes dépassaient comme deux longues antennes roses en quête d'une direction ou d'une identification par contact. Ses poils pubiens blond foncé grimpaient sur son ventre en une étroite toison verticale. Il se dit qu'elle les rasait de la sorte. Elle avait de jolies jambes, petites comme le reste de sa personne mais bien faites. Point de vue taille, elle aurait pu passer pour une jeune fille pubère. Même quand elle tendait les bras au dessus de sa tête, les orteils pointés vers le bas, elle n'atteignait pas les limites du lit.

Reviens te coucher, mon gros loup. Elle allongea le bras, laissa pendre sa main au bout de son poignet, la fit osciller. Viens, on n'a pas terminé.

Si. En tout cas, moi, oui.

Pas moi. Un accent de bouderie.

Elle laissa retomber le bras sur le lit, sa main courut sur le drap, remonta en suivant la face interne de sa cuisse, tira doucement sur l'étroite toison pubienne. Elle le regardait en se caressant. Rule, sois pas méchant.

Il enfila le caleçon, l'observa d'un œil. Elle lui adressa un sourire coquin. C'est pas ton genre, Rule, de commencer un truc et de le laisser en plan.

Que tu dis. Tu ne me connais pas.

Oh que si. Bien plus que tu crois.

Il ouvrit la penderie où il prit un pantalon de jean marron. En disant, Tu ne me connais absolument pas.

15

Il se réveilla alors qu'il faisait encore nuit. Se demandant où il était. Il se retourna, manqua tomber du lit. Étroit, un lit d'enfant. Il tendit le bras au dessus du bord, toucha le sol, toucha ses vêtements.

Se souvint.

La chambre où elle les avait installés pour dormir. Durant la nuit. Où il était maintenant. Deux petits lits d'enfants avec des draps ornés de Schtroumpfs qui sentaient un peu la pisse, des murs décorés d'affiches venant de restorapides qui représentaient des dinosaures, les Rangers de l'espace, des trucs de Disney. Le sol jonché de jouets cassés.

La chambre des gosses.

Son appartement.

À Sugar Land.

Les gamins qui passaient la nuit chez sa mère. Par terre, à côté de ses vêtements, ses bottes. Il les sentait dans l'obscurité, une odeur familière de vieux cuir et de transpiration. Il posa une main sur la trépointe d'une botte, l'y laissa.

Il se demanda ce qui l'avait tiré du sommeil. N'en était pas certain. Puis il vit la silhouette noire de Ray Bob franchir le seuil tel un fantôme, s'asseoir sur le bord de l'autre lit. Vit cette forme mettre la tête dans ses mains et ne plus bouger du tout. Après quoi elle s'allongea et remonta le drap.

Il attendit jusqu'à ce qu'il entende l'autre occupant respirer régulièrement, se leva, passa le seuil vêtu de son seul caleçon, traversa le petit couloir qui le séparait de la seconde chambre dont la porte était ouverte. Il s'arrêta dans l'embrasure. Trop noir pour y voir. Il s'avança centimètre par centimètre, ses orteils explorant le chemin sur la moquette à poils longs élimée, vers l'endroit où il pensait que le lit devait se trouver. Ses tibias cognèrent dans la planche latérale du sommier.

Elle émit un sifflement furieux. Je t'ai dit de foutre le camp.

Ça va? murmura-t-il.

C'est toi ?
C'est moi, Eddie.
O.K.
Euh, bon, ça va ?
Il est venu. Il a essayé d'entrer dans mon lit.
Eddie ne dit rien.
Je lui ai ordonné de partir.
Il relâcha sa respiration. Et il l'a fait ?
Ouais.
Eddie ne parvenait toujours pas à la distinguer. Il se tenait devant le lit, dans le noir, passant la main sur sa tête, caressant sa queue de cheval. Il avait oublié de retirer l'élastique. Puis il baissa le bras et rajusta son caleçon à la taille, le remonta. Disant, Ça me surprend qu'il soit parti. Sauf qu'il sait que je parlais avec toi.
J'ai cru que c'était lui qui revenait.
Nan. C'est juste moi.
Ils ne dirent plus rien. Il était debout à côté du lit et elle, allongée dedans. Ils ne se voyaient pas. Ils écoutaient leur respiration respective dans les ténèbres confuses confinées, plus denses que la nuit. Il avait conscience de l'exiguïté de la pièce. Il retira l'élastique de ses cheveux et secoua la tête, l'enroulant autour de deux doigts.
Tu veux venir ? Elle continuait de murmurer.
Je veux bien.
Il l'entendit qui écartait le drap. Il posa une jambe sur le matelas et hésita. De quel côté tu es ?
Celui là.
Il allongea sa jambe, se tourna, souleva l'autre et s'étendit à côté d'elle. Elle s'écarta de son côté. Il sentit la chaleur qui émanait de son corps, ainsi qu'une odeur fraîche de shampooing et d'une variété de fleurs parfumées trempées dans l'eau. Elle tendit la main alors pour le toucher. La posa sur sa poitrine. À l'endroit où il avait son tatouage. Une main chaude et douce.
Je me sens mieux maintenant que tu es ici, dit-elle. Je n'aime pas la façon qu'il a de me regarder. Machinchose.
Ray Bob.
Il a tout le temps l'air furieux. Dingue, en fait.
Ben, dit Eddie, faut croire qu'il l'est. Dingue, je veux dire.
Comment ça se fait ?
Eddie réfléchit. Peutêtre que quelqu'un qu'il aimait beaucoup s'est fait tuer. Je sais pas, moi, je suis pas psychologue.
T'es plus sympa.

Enfin bon, j'ai plein de défauts aussi. Je suis pas l'agneau qui vient de naître.

Je sais.

Des fois je suis pas si gentil que ça.

J'ai deviné, ça, aussi.

Enfin, j'essaie de l'être, mais c'est pas toujours facile.

À qui le dis-tu.

Je parie que toi, t'es toujours gentille.

Elle se tut un moment. Puis, Ben, j'essaie d'adopter une vision positive, tu sais. Parce que tes actes reflètent tes pensées. Tout comme tu es ce que tu manges.

Tu crois ?

Ouais, c'est pour ça que c'est efficace.

Allongé dans le lit, il tenta de comprendre ce qu'elle voulait dire, d'en extraire le sens.

T'as qu'à essayer, dit-elle, tu verras.

D'accord.

Ils ne parlèrent plus et elle se pencha pour l'embrasser sur la bouche. Elle savait exactement où elle se trouvait dans le noir. Il lui rendit son baiser, elle tendit la main pour le toucher. Il était mou. Elle referma ses doigts sur lui et serra, imprima un petit mouvement de haut en bas. Rien ne se produisit.

Il se peut que j'arrive pas à rien faire, dit-il. Je suis un peu nerveux, là.

Elle le lâcha et se tourna sur le dos mais laissa sa main là, sur lui, avec la base qui reposait sur ses poils. Tu donnes pas cette impression là, dit-elle, pas quand on te regarde. D'être nerveux, je veux dire. Tu m'as parlé tout de suite.

Oh, ça, je parle. Il porta la main à son visage, le frotta dans le noir. Je suis assez doué pour parler. C'est juste à cause d'un truc que j'ai dans la tête.

Essaie de positiver ta manière d'y penser.

Il respira à fond. Dit, Je crois pas que ça marcherait. Parce que c'est un truc qu'a eu lieu dans le passé. Un truc très moche.

Ça me surprend pas, dit-elle, pas vraiment. Vu que t'es un voleur et tout.

C'est pas si facile, de faire ça bien. Des fois ça se passe mal. Des trucs que t'attends pas.

Oh, ça, je sais, tu peux en croire mon expérience.

Et après, avant même de le savoir, voilà que t'as fait quelque chose de stupide. Quelque chose de vraiment moche que tu peux pas rattraper, même que tu le voudrais.

C'est parce que des fois on a pas le temps de penser, dit-elle. Ça arrive tellement vite que ça te tombe dessus alors que t'es pas sur tes gardes. Tu fais juste ce que tu peux. Elle souleva sa main, gratta un instant les poils entremêlés avec ses ongles avant de la reposer sur son ventre. Disant, Quoi que ça ait pu être, au moins, Dieu te pardonne.

Il glissa son bras sous celui de Della, posa la main sur sa cuisse, en sentit la chaleur. Je suppose, sauf que je lui ai pas encore demandé, pas officiellement en tout cas. J'avais oublié que t'es croyante.

Je le suis pas. Enfin, si, mais ça se voit pas beaucoup. J'ai d'autres choses à penser.

Comme quoi, par exemple ?

Des trucs, c'est tout. Elle se tut un instant. J'ai mes mômes, tu sais. Trois et quatre ans. C'est pas facile. D'autant qu'en général, point de vue fric, c'est plutôt juste.

La moitié de la planète vit avec le salaire minimum, dit-il, l'autre moitié s'en rend même pas compte, elle s'en fout.

Moi, je m'en rends compte.

Je veux bien le croire. Ça doit être dur d'être seule pour élever des enfants.

T'as pas idée.

J'ai vu ma sœur faire. Cinq gosses de trois pères différents, tout le temps à racler les fonds de tiroir pour s'en tirer. Elle a l'air vieille et elle a même pas encore trente ans.

Elle dit, J'en sais quelque chose. Puis elle caressa le ventre d'Eddie jusqu'à sa toison, referma à nouveau ses doigts sur lui. Tu deviens dur.

Je sais.

Ça aide toujours de parler, j'ai découvert.

Peutêtre que ça y est, Dieu m'a eu pardonné, dit-il. D'un ton d'espoir.

Ben, si c'est pas lui, c'est un autre, c'est sûr.

Elle se tourna sur le côté, ses seins contre lui, l'enserra dans un cercle formé de son pouce et de son index qu'elle fit aller et venir. La peau lisse suivit le mouvement. Au bout d'une minute, elle baissa la tête d'un geste vif, le prit doucement dans sa bouche et resta comme ça, ne bougeant plus, sa langue léchant la face inférieure. Puis elle commença à le sucer.

Il posa la main sur sa tête, ensevelit ses doigts dans l'épaisse chevelure. Elle se déplaça sur le lit de telle sorte qu'il puisse caresser son dos jusqu'au creux de ses reins, poursuivre son chemin vers les courbes de son cul. Il referma la main sur une fesse ronde puis sur l'autre pendant qu'elle continuait son mouvement de va et vient, puis avança sa main entre ses fesses jusqu'à sa fente. Elle était mouillée. Il introduisit son majeur en elle et elle roula des hanches. Il fit entrer et sortir son doigt pendant qu'elle le suçait.

Au bout d'un temps il lui dit, Je vais jouir si tu continues comme ça.

Elle pivota alors en passant une jambe par dessus son corps, maintint son zob bien dressé et l'introduisit en elle pendant qu'elle se laissait descendre. Elle essaya de le faire très lentement, mais elle était toute mouillée, lubrifiée, il bandait comme un taureau et il s'enfonça vite pendant qu'elle l'engloutissait jusqu'à la garde. Elle gémit.

Il posa les deux mains sur ses hanches et l'immobilisa. Elle ne bougea pas. Au bout d'un moment, il tendit les bras, plaqua les mains sur ses seins et commença à les malaxer. Ils étaient plus gros qu'il ne s'y était attendu. Il les souleva par en dessous tandis que du pouce et de l'index il en titillait la pointe. Elle fit un nouveau bruit avec sa gorge puis elle commença à s'activer au dessus de lui sur un rythme rapide et il jouit vraiment très vite. Son pelvis s'incurva quand il éjacula, elle s'appuya fort en se frottant contre lui pour pouvoir jouir aussi. Puis elle resta allongée sur lui qui était resté en elle, disant, J'en avais besoin.

Moi aussi.

Sauf que d'habitude il me faut plus de temps.

Ben, ça faisait longtemps, dit-il d'un ton d'excuse. D'habitude je suis plus lent.

Avant de le faire, c'est ça que je voulais dire.

Oh. J'ai de la chance, alors, hein ?

Ils ne parlèrent pas pendant un moment. Elle se blottit contre son cou et le mordilla gentiment pendant qu'il lui tripotait négligemment le cul. Quand elle se laissa enfin glisser sur le côté et qu'elle s'allongea, la tête sur sa poitrine et la jambe en travers de ses cuisses, elle lui demanda s'il trouvait que ses chevilles étaient trop grosses.

Elles sont juste bien, dit-il. Et les miennes ?

Elle gloussa. Tu peux pas voir dans le noir.

Je les ai très bien vues, je les ai bien regardées. Il se tut, réfléchit. Et si t'es pas mannequin, et je dis pas que tu l'es pas, mais si tu l'étais pas, tu pourrais l'être.

Elle se blottit contre lui. T'as pas à t'en faire pour ça, dit-elle. Parce que je le suis.

C'est bien ce que je pensais.

Ils s'assoupirent ensuite et, quand ils se réveillèrent, le soleil pénétrait par la fenêtre à travers les stores. Étendu sur le dos, il observa les grains de poussière qui flottaient dans la pièce, passant d'une étroite bande de lumière à la suivante. Il tenta d'en suivre un mais n'y parvint pas. Ils n'arrêtaient pas de se perdre dans les zones d'ombre entre deux rais.

T'as déjà été mariée ? demanda-t-il.

Elle se recroquevilla sous le drap avec un genou qui lui touchait la cuisse. Avec le père de mes mômes, répondit-elle. Pas de contrat ni de cérémonie.

Où il est ?

Je sais pas. En Oklahoma, je crois. On a pas de contacts.

Il les voit pas, les mômes ?

Il prétend qu'ils sont pas de lui.

Le fumier, dit Eddie, c'est pas correct.

Elle hocha la tête. Ben, il l'a jamais été. Il avait mauvais caractère et il manquait de patience. Je sais pas pourquoi je me suis mise avec lui pour commencer. Par amour, faut croire. Sauf que c'était pas partagé.

Il te frappait ?

Une ou deux fois seulement. Quand il était ivre. Elle leva la main et toucha son œil gauche. Un peu désenflé mais toujours douloureux au toucher.

Eddie regarda une autre particule de poussière disparaître dans l'ombre. Il dit, Je vais te dire un truc, si jamais je le vois, c'est à coups de pied dans le cul qu'il va y retourner, en Oklahoma.

Oh, c'est rudement mignon. Della soupira. Elle avança la tête et l'embrassa sur l'épaule. On m'avait jamais fait une proposition comme ça.

Ben, en voilà une autre, dit-il. Je veux t'épouser.

M'épouser ? Seigneur, t'es vraiment trop gentil. Elle l'embrassa à nouveau sur l'épaule. T'es plein de surprises, y a pas.

Alors qu'est-ce que t'en dis ?

C'est un peu rapide, Eddie. Je peux y réfléchir ?

Si t'es obligée. Il avait l'air déçu. Mais à ce que je sais, tout est rapide.

Elle posa la main sur la poitrine du garçon, joua avec une pointe de sein. Petite et dure, comme le culot d'une balle de revolver calibre vingtdeux. Elle vit le taouage bleu au dessus, se hissa un peu pour discerner les lignes et les notes de musique. Il est joli, ton tatouage, dit-elle. T'es musicien ?

Plus maintenant. C'est ce que je veux dire, n'empêche, par tout est rapide. La façon que ça fonctionne, la vie. Quand il y a quelque chose de bien qui t'arrive, t'as intérêt à l'attraper à deux mains avant qu'il soit trop tard.

Ça, c'est pas bête, dit-elle, c'est pas bête du tout. C'est ta philosophie ?

Eddie souleva la tête et la tourna pour pouvoir discerner son visage. Puis il la reposa sur l'oreiller, il regarda le plafond. Il dit, J'en ai pas, de philosophie, je suis trop occupé à vivre.

16

Il roulait vers le sud au travers de collines d'un bleuvert matinal, le soleil nageant bas, surgissant à l'est tel un globule de fer fondu au rouge qui aurait gonflé. Des champs éclaboussés de rosée s'étiraient sur fond de bouquets de pins aux ombres allongées, sous des chênes aux vastes branchages. Des sturnelles des prés décrivaient des arcs de cercle en appelant le jour sur les pâtures. Du bétail surgi de la nuit était descendu dans les prés.

À LaGrange, il enjamba pour la troisième fois le cours bleugris sinueux de la Colorado, et le temps qu'il l'ait franchie pour la dernière fois, juste au nord de Columbus, le soleil était à mi hauteur du méridien. Une pupille de lumière blanche où se localisait la chaleur, qui braquait son regard au milieu d'une large face arrondie, d'un bleu pâlissant. Début mai encore, mais la journée promettait d'être chaude.

Le Diamond Shamrock se trouvait en dehors de la ville, à l'écart. Un peu plus loin, la grand route s'incurvait à l'est pour contourner la localité et se confondre avec l'autoroute. Mais ici, au milieu des champs et des fermes en périphérie de l'agglomération, personne ne s'arrêterait jamais hormis ceux qui faisaient route vers le sud et n'avaient plus beaucoup d'essence. Ou quelqu'un qui cherchait une cible isolée.

Ils l'avaient trouvée.

La station service était fermée. Garée sur l'allée entre les pompes et la vitrine de la boutique basse se trouvait une Ford marron foncé arborant l'insigne du shérif du comté de Colorado. Rule vint se garer derrière. Un petit homme aux jambes arquées descendit de la Ford, vêtu d'un uniforme kaki impeccablement repassé, avec une étoile dorée, des bottes de foreur de puits de pétrole et le chapeau du prospecteur avec sa fente conquérante. La cinquantaine bien tassée, court sur pattes, visage et épaules maigres. Un revolver Colt Python magnum dont le long canon touchait presque ses genoux, glissé dans son étui, sur la hanche.

Il s'approcha, curieux, marchant en crabe. Bien le bonjour. C'est vous, le Ranger ?

Y a des chances.

On se connaît pas.

Le shérif se présenta. Il dit qu'il avait été élu récemment, qu'il avait eu quitté l'industrie de la distribution du gaz naturel pour faire respecter la loi. Dit qu'il lui semblait que le gars d'avant était devenu plutôt laxiste. Il laissa retomber une main le long de son étui, courba le pouce de l'autre en direction du bâtiment bas en béton. Qu'il y ait des trucs comme ça qui se produisent, les gens, ils y sont pas habitués, c'est la vérité vraie. Alors je me suis proposé, j'ai lessivé tout le service à grande eau, j'ai engagé des nouveaux adjoints.

Rule redressa son Stetson et hocha la tête. Faillit dire au shérif qu'il avait pris un sacrément bon départ si choisir la tenue était un point de départ. Mais il laissa tomber.

Le shérif tapa sur son étui avec sa main. Évidemment, on est pas encore à la hauteur comme on devrait l'être, pour les enquêtes. Ça avait l'air de le chagriner. On a l'intention sous peu d'envoyer quelques gars d'ici suivre des cours à Austin. Mais on brasse pas beaucoup d'eau, point de vue budget. Heureux que vous puissiez nous prêter main forte.

Ben, m'est avis qu'il s'agit de deux lascars que je recherche, dit Rule. J'ai besoin de jeter un coup d'œil.

Le shérif recula d'un pas. Affirmatif, donnez-vous la peine. On a pas fait grand chose. On a juste emporté le corps au salon mortuaire, c'est tout.

Rule braqua son regard vers la route pour suivre des yeux un camion diesel qui passait en tirant une remorque de seize roues chargée d'engins de chantier lourds. Le soleil étincelait sur les carrosseries jaunes et il cligna des yeux. La chaleur montait du revêtement de l'allée, porteuse d'une odeur d'huile de vidange et de boîte. Il se retourna vers le shérif.

Vous avez quelqu'un qui s'occupe des analyses balistiques ?

Négatif, sergent. Il se tut un instant. Enfin, je dis qu'on a personne. Le docteur a retiré la balle de la poitrine de Henry. Il l'a envoyée dans ce labo de merde qu'on a ici. Mon neveu Grover, l'adjoint Grover, c'est un des nouveaux, il y jette un petit coup d'œil. Il s'est dégoté un microscope du lycée. Je lui ai dit de rien abîmer.

Un bon conseil, dit Rule. Nos gars vont s'en occuper.

Le petit policier posa la main sur la crosse de son arme et hocha la tête. On en a eu entendu parler, de ce truc qui s'est passé à Brookshire. La femme de l'adjoint. Y a plus personne qu'est en sécurité de nos jours. Il secoua la tête, sa langue fit entendre un claquement fort. Mais on va faire parvenir la balle à vos gars. Vous avez juste qu'à dire où.

Je vous le ferai savoir.

Il retourna à son camion et ouvrit la portière afin de se munir de la mallette dont il se servait pour établir les premières constatations. Le shérif suivait tout en l'observant. Il caressa de la main l'aile rouge du pickup, un Dodge Ram 2500 à moteur V8 gonflé. Sans marque d'appartenance, pas d'insigne de l'État. C'est un beau bahut que vous avez là. Vous en avez tous un, dans les Rangers ?

Rule répondit par un grognement.

Le shérif, posté à côté de la portière ouverte, repoussa son chapeau en arrière et scruta l'intérieur. Il y avait du matériel en pagaille. Un fusil à pompe Remington calibre douze casé sous la radio soixante-quatre chaînes, un boîtier d'appareil photo Nikon, des jumelles, un gilet en Kevlar et un casque, une trousse de premiers secours, une cisaille industrielle de quatrevingtdix centimètres de long, une lampe haute intensité. Un ordinateur portable Toshiba posé sur le siège à côté du téléphone portable.

Ça alors, je veux bien être pendu, dit le shérif. Visez-moi un peu ça. Il émit un sifflement admiratif bas.

Rule mit le téléphone dans sa poche de chemise et ressortit avec la mallette de détection. Il referma la portière, se tourna vers la vitrine du magasin. Pas de vidéo, à ce qu'on m'a dit.

Le shérif ne lui répondit pas tout de suite. Son regard était tourné en lui-même comme s'il mémorisait ce qu'il venait de voir, établissant une liste afin de s'en souvenir plus tard. Il cligna deux fois des yeux et eut un mouvement de tête brusque. Vous avez dit quoi ? J'ai pas entendu.

Pas de vidéosurveillance ?

Négatif. Un pur scandale. C'est une des premières choses auxquelles je vais m'attaquer dans ce comté. Tous ces magasins devraient l'avoir.

Ben, ça aiderait, acquiesça Rule. Il se pencha sur le côté et cracha. Ça, plus des gilets pareballes et des gardes armés à plein temps.

L'homme toucha le bord de son chapeau et avança les lèvres de manière dubitative. M'est avis qu'on obtiendra pas tout ça. Négatif. Ça ferait monter le prix de l'essence d'un cent le litre.

Je n'en doute pas.

Les gens seraient pas prêts à l'accepter.

Non, sans doute que non, dit Rule. Un enterrement, c'est moins cher.

Le petit homme parut abasourdi, puis offensé. Hé là, c'est pas ce que je dis. Ce qu'il faut, c'est attraper ces types.

Absolument.

Les liquider, mettre un terme à nos souffrances. Leur planter une seringue dans le bras.

Rule reconnut que c'était une bonne idée. Une vraie de vrai. Il affirma qu'il avait même acheté des actions dans une entreprise qui fabriquait des seringues mais qu'il attendait encore les dividendes. Il dit que les avocats de la défense étaient capables de mettre les fabricants de seringues en faillite, pour ce qu'il en savait. Qu'il allait peut-être y laisser tout son argent. En attendant, dit-il, on va continuer à assister à des enterrements.

Le shérif rétrécit son regard et attendit qu'il termine. Puis il dit, Vous avez pas l'air trop optimiste.

Ça, c'est sûr, reconnut Rule. Négatif. Mais c'est la vie. Telle que nous l'avons mise en place.

Ouais, dit le shérif. Ben c'est pas la peine de m'inclure.

Vous respirez, vous y êtes, dedans.

D'accord. Quoi d'autre ?

C'est tout.

C'est simple.

Ben, c'est pas compliqué. Rule regarda au loin. Vous avez des types qui vont commettre des vilaines actions et vous avez des types qui vont les arrêter. Après vous avez des types qui vont les défendre et y en a encore plus pour les faire libérer. C'est pas génial, mais c'est ce qu'on a. Il fit passer la mallette dans son autre main. Je ferais bien de me mettre au boulot.

À l'intérieur, il couvrit les lieux une heure durant. Il travailla vite mais avec soin. Le shérif se campa à l'écart et l'observa. À deux reprises, Rule le vit sortir un petit calepin à spirale et y noter quelque chose au stylo bille. Quand il en eut terminé et qu'il referma sa mallette, le shérif s'enquit, On a quelque chose ?

Ah, ça, c'est toujours la question, répondit Rule. Ça fait pas de doute. Le problème c'est qu'on a généralement trop. Pas moyen de savoir ce qui compte vraiment.

Y a pas une méthode ?

Si, dit Rule. On a les expertises médicales, balistiques, la sérologie et la toxicologie. On a même l'ADN qu'est hyperpointue, pour traquer les gens jusqu'à la dernière valise de leur bagage génétique. On a des machines pour calibrer les machines et des ordinateurs pour décrypter les ordinateurs. Plus scientifique ça existe pas, sans compter la bureaucratie qui va avec. Derrière chaque représentant de la force publique armé d'un pistolet il y a une douzaine de civils en blouse de laboratoire qui tournent des boutons et qui broient des chiffres.

Rule marqua une pause. Le shérif l'écoutait attentivement, il acquiesçait avec une expression de sérieux.

Y a que le type qu'est sur place comme moi qui doit encore réfléchir, reprit Rule. Parce que c'est pas une machine qui va trouver ces mauvais garçons, et ce qu'y a de sûr c'est que c'est pas elle qui va leur passer les menottes. C'est notre boulot à vous et à moi. Pour lequel nous avons encore d'autres méthodes. On a l'induction, la déduction, l'intuition et l'empirisme. Ajoutez le travail de formulation d'hypothèses. Jetez-y une mesure de cran et de tripes. Affirmatif. Des méthodes, on en a à la pelle. 'Scusez-moi.

Le shérif suivit Rule jusqu'au camion, plaquant son long étui de cuir et le gros Colt sur sa cuisse. Disant, O.K., je comprends bien. La méthode c'est une chose, mais ce qu'on veut, c'est des résultats. Des empreintes ?

Assez pour vous permettre de remplir un meuble classeur flambant neuf.

Le shérif siffla. Fichtre Dieu. Vous voulez qu'on vous les porte à Austin ?

Ça vous ennuie ? Il faut que je me rende à Brookshire.

Négatif. J'ai dit qu'on s'en chargeait.

Parfait. Il lui tendit une enveloppe en papier kraft. J'en attends pas trop.

Vous êtes sûr ?

Rule se frotta la mâchoire. Ben, je suis sûr de rien à part deux choses. Sur cette terre. Il s'interrompit.

La mort et les impôts ?

Nan.

Le shérif porta la main à sa poche pour en sortir le petit carnet à spirale et appuya pour faire jaillir la pointe de son stylo.

La première, dit Rule, c'est que quand t'es sur le point de mettre le grappin sur une femme, faut pas lui laisser une biroute de sortie. Il cligna de l'œil. La seconde, c'est que la taille de la queue d'un mec est inversement proportionnelle à celle de son artillerie. Il fit un grand sourire tandis que la main du shérif glissait du calepin. Il avait le visage cramoisi.

Rule monta dans le camion et démarra. Il posa son Stetson sur le siège à ses côtés. Baissa la vitre, s'épongea le front sur sa manche, regarda le shérif. Y en a encore une, de chose dont je suis sûr, en fait.

Méfiant, le shérif recula la tête et ne dit rien. Il se passa une main sur la bouche comme pour essuyer quelque chose. Comme s'il attendait la fin d'une histoire drôle qu'il risquait de ne pas apprécier.

Il va faire rudement chaud, dit Rule. Ça, j'en suis sûr. Foutrement chaud.

L'autre émit un grognement. En entendant cette ouverture soudaine et imprévue, il se détendit visiblement. Disant, Affirmatif, pour ça, je vous donne pas tort. Il tourna son regard vers le soleil, les yeux à demi clos, puis les reporta sur Rule. Il arborait l'expression de quelqu'un qui tente de trouver la solution d'une énigme intrigante mais impénétrable. Vous êtes le premier Ranger que j'aie jamais rencontré, dit-il.

Rule grimaça un sourire. Ben, il paraît qu'on a quelque chose de spécial. C'est surtout un truc de relations publiques. Au fond de moi, je suis pareil à n'importe qui d'autre.

Le shérif rentra ses pouces sous son ceinturon. Il hocha pensivement la tête devant l'apparente sagacité de la remarque, la candeur qu'elle impliquait.

Je suis un salopard de première, compléta Rule. C'est pour ça que je travaille seul. Y a personne qui peut me blairer.

Là dessus, il relâcha le frein, partit en marche avant et quitta la station service. Quand il s'engagea sur la chaussée, il jeta un regard dans son rétroviseur et vit le shérif qui était toujours au même endroit. Courbé en avant, il écrivait sur son petit carnet à spirale.

17

Elle n'avait rien dans la cuisine à l'exception de Fruit Loops et de Cap'n Crunch, et le lait dans la bouteille en carton était suri. Ils étaient assis à la petite table ronde, à manger ces céréales, sans lait, pendant qu'elle téléphonait à sa mère. Ils mastiquaient avec l'enthousiasme que l'on montre pour avaler du carton sucré. Ce qui n'était pas éloigné de la réalité.

Ils étaient assis là, à mâcher tout en l'écoutant argumenter. Elle parlait vraiment tout près du combiné, disait une chose, attendait un peu, en disait une autre. À toi à moi. Tu lances, je frappe, tu esquives, j'avance. Un pas de deux aux limites d'un périmètre bien balisé. Le ton montait pour l'attaque, retombait pour la défense. Volume inversement proportionnel.

Elle dit, Bon, si tu les veux pas, t'as qu'à le dire.

Elle dit, Je suis *trop* lessivée. *Trop*. C'est dur, c'est tout, même que tu sais pas.

Elle dit, Un peu de temps à moi, c'est ce que j'ai besoin. Chaque mère, il lui faut *au moins* ça.

Et ainsi de suite.

Eddie écoutait et remplissait les blancs. Ça n'exigeait pas beaucoup d'imagination. Della avait besoin d'un peu de temps pour partir se détendre et sa mère n'était pas très disposée à l'aider. Les vieux, c'étaient des chieurs. Ils étaient tout le temps à râler, à se faire plaindre. À essayer de tirer jusqu'à la dernière goutte d'une vie qui ne valait plus la peine d'être vécue. Aucune raison de vivre, mais une volonté de fer pour continuer. Et pour s'assurer que les autres n'en ignorent rien, en plus. Après, ils vous font chier parce que vous allez pas les voir. J'y crois pas. Ah, les vieux.

Il repoussa la boîte de Cap'n Crunch, prit celle de Fruit Loops. Lut l'offre qui figurait au dos. Contre trois couvercles de boîtes plus un dollar, on recevait un poster en couleur d'un authentique toucan guatémaltèque. Allez savoir ce que ça pouvait être. La plus grande offre de tous les temps, pas moins, c'était écrit dessus. Il pensa à toutes ces affiches dans la chambre des enfants. Il n'écoutait Della qu'à moitié.

T'as arrêté de prendre ton fer, disait-elle. Le ton montait, le volume baissait. *Si.* Dis pas le contraire. C'est pour ça, que t'es fatiguée. Parce que t'as arrêté. Bien sûr que si.

Eddie porta une pleine cuillerée de Fruit Loops à sa bouche et regretta de ne pas avoir quelque chose à boire pour faire passer les céréales. Quelque chose d'autre que de l'eau. Une bière peutêtre. Au moins du Coca. Ray Bob avait abandonné pour de bon. Il avait repoussé la boîte. Disant, C'est vraiment dégueulasse, hein ?

Ça, j'ai déjà mangé plus nourrissant, avait reconnu Eddie. Il s'essuya le front sur le dos du bras. Il faisait chaud dans l'appartement, étouffant. Ça lui avait paru assez grand, la nuit précédente, mais maintenant le logement semblait étriqué, comme si l'espace rétrécissait. Ça sentait mauvais, en plus, avec une seule petite fenêtre dans le séjour qui n'ouvrait même pas. Elle était coincée en position fermée, le châssis gonflé par l'humidité. Les murs blanc cassé étaient striés de coulées d'eau, la moquette marron usée jusqu'à la trame le long des trajets suivis par tout le monde. Il se demanda quel genre de loyer elle versait.

Au bout d'une minute, Della dit, Absolument, t'en fais pas, je vais le faire. Je vais t'apporter des vêtements propres. *J'ai dit* que j'allais le faire. Et assure-toi que Randy prend ses médicaments. Tu tiens pas à ce qu'il soit malade. Est-ce qu'il tousse ? Oh, mince. Et Waylon ? Misère. D'accord, donne-leur deux cuillerées. Je le *sais*, ce qu'il y a de marqué, donne-leur en deux quand même. Et assure-toi qu'ils avalent.

Elle raccrocha et expulsa un souffle sonore vers le plafond en donnant du volume à sa frange. Elle était pieds nus, en jean et chemisier de coton à carreaux rouge et bleu noué à la taille. La peau, sous son œil gauche, était foncée, bleue et rouge.

Elle dit, Je vous jure qu'elle devient de plus en plus *difficile*. Comme si j'avais trois mômes.

C'est comme ça qu'ils sont, dit Eddie, exactement comme des gosses. Tu sais que ton œil est assorti à ta chemise ?

Ben c'est vraiment le hasard, c'était pas voulu.

Ray Bob ne dit rien. Il se leva de table, passa dans le séjour, de l'autre côté du bar en Formica, et se posta à la petite fenêtre qui, du premier étage, dominait les voitures garées dans la rue. Il alluma une cigarette.

Dans la cuisine, Della dit, Enfin bon, c'est réglé. Elle va les garder. En plus, il m'est venu une idée. Elle sourit et attendit. Comme Eddie ne répondait pas, elle dit, Pourquoi on irait pas à la plage ?

À la plage ? répéta Eddie. Laquelle ?

Crystal Beach.

Où c'est ?

Après Galveston. À Galveston tu prends le ferry pour aller sur la péninsule Bolivar. C'est quelque part par là, Crystal Beach.

Doucement, les plages, là bas, elles sont pleines de boue, objecta Eddie. Avec toute la vase du fleuve et le pétrole qui sont rejetés, sans compter les ordures. Exactement comme en Louisiane. C'est des plages sales.

Ben je le sais, ça.

Della fronça les sourcils tandis qu'elle retirait les boîtes de céréales de la table et les posait sur le plan de travail à côté de l'évier. Histoire de faire quelque chose, de s'occuper. Après, elle dit, LD, le petit ami de ma copine Ruby, il est entrepreneur et il a une maison de plage là bas qu'on pourrait utiliser.

Ils y sont pas ?

Ils sont partis à Las Vegas. Elle reprit le paquet de Cap'n Crunch, l'agita puis le jeta dans la boîte à ordures en plastique à côté du réfrigérateur. En disant, LD, il aime le jeu. Il a été atrocement riche à trois ou quatre reprises. Ruby dit que c'est une drogue pour lui. C'est une maison de plage sympa, je sais où ils planquent la clef.

Eddie réfléchit. En ce qui le concernait, il aimait les arbres. Les arbres, les fleuves et les rivières. Quelque chose qu'on pouvait regarder, qui retenait votre attention. Il n'avait jamais été tellement plage. Tout ce ciel et ce sable avec rien entre les deux. Juste la chaleur, l'humidité et le sable qui rentrait partout. Dans les chaussures, entre les doigts de pieds, du sable dans les yeux et entre les dents. Et les gens. Les gens obèses enduits de lotions, vautrés sur des serviettes éponges, à cuire au soleil. Ou debout, transpirant comme des cantonniers, la bière à la main et le regard rivé sur les vagues. À regarder sans rien faire. Comme s'il y avait quelque chose à voir. Comme si quelque chose allait peutêtre se produire s'ils restaient là suffisamment longtemps.

Quand t'as vu une vague tu les as toutes vues, affirma Eddie. Il s'essuya à nouveau le front. Il transpirait. Il fait pas un peu chaud, ici ?

Ma clime est foutue, dit Della. Elle marche qu'en hiver. C'est à ce moment là que le chauffage pète. Ils réparent rien de rien, ici. C'est pour ça que je me suis engagée dans le processus d'un changement de résidence. Elle appuya la main sur sa hanche et, de l'autre, entortilla le nœud de son chemisier. Disant, À la plage, vous pourriez vous détendre, tu sais, et moi je pourrais travailler mon bronzage.

Eddie tourna les yeux vers Ray Bob qui se tenait devant la fenêtre, le regard fixé dehors. Il avait une attitude bizarre. Il ne disait rien.

Combien de temps ? demanda Eddie.

Della jeta un coup d'œil vers le mur sur la pendule en plastique décorée du symbole typographique représentant un sourire. Se disant qu'à l'heure qu'il était, ils avaient probablement découvert l'Homme Idéal, raide comme un piquet. Après, ils n'allaient pas traîner en besogne, elle pouvait en être sûre. Ses douze heures de répit étaient à peu près épuisées. De ses deux mains elle tordit encore davantage le nœud de son chemisier et dit, Combien de temps ? J'y avais pas réfléchi, à ça. On peut pas tout résoudre d'un seul coup, tu sais. Elle donnait l'impression d'être un peu sur la défensive. Enfin bon, tout ce que j'ai besoin, c'est de partir un peu, de faire une coupure. Le plus tôt sera le mieux, en plus. Je vais préparer des affaires pendant que vous réfléchissez. Elle s'engagea dans le petit couloir pour se rendre à la chambre.

Eddie se leva de table, alluma une cigarette. Il alla rejoindre Ray Bob à côté de la fenêtre. Le regard braqué dehors. Un vol de quiscales bleunoir s'abattit du toit d'une habitation, un peu plus loin, et se posa sur le terrain étroit entre les appartements et une barrière en séquoia affaissée qui bordait la rue. Ils se dandinèrent sur l'herbe des Bermudes comme s'ils se prenaient pas pour de la merde. Ils picoraient à la recherche de nourriture, le cou agité de mouvements verticaux brusques.

Qu'est-ce que t'en penses ?

Ray Bob haussa les épaules.

Qu'est-ce qui t'embêtes, mec ? Tu l'aimes pas ?

Ray Bob leva sur lui des petits yeux grisvert durs et sans expression dans son visage carré piqueté de taches de rousseur. Je crois qu'elle va nous causer des emmerdes.

Eddie tira sur sa cigarette. Bien sûr qu'elle va nous causer des emmerdes. C'est une femme, non ?

Elle dit pas la vérité.

Eddie ne prit pas la peine de répondre. Il dit, Nous non plus. Pas vraiment.

Qu'est-ce que tu lui as raconté ?

Rien. Juste ce que t'as entendu. Qu'on est des voleurs. Qu'on est en cavale.

Quoi d'autre ? Ray Bob regardait à nouveau par la fenêtre. Pendant que tu la tirais ? Quoi d'autre ?

Rien, mec, j'y ai rien dit. Bon Dieu. C'est elle qu'a pas arrêté de parler. Eddie hésita, il tripota son anneau. À part que j'y ai demandé de m'épouser, c'est vrai.

Le con. Ray Bob secoua la tête, dégoûté. Quel débile. T'es qu'un enculé qui se laisse tenir par les couilles par les bonnes femmes.

C'est toi qui le dis. Peutêtre que je sais ce qu'est bon.

Tu sais rien du tout, gars. Ce qu'est bon, c'est ce qu'on avait. Toi et moi, on faisait équipe. Ray Bob tira une dernière fois sur sa cigarette, laissa tomber le mégot sur la moquette. Il l'écrasa avec le talon de sa botte. Maintenant t'as décidé d'agrandir la communauté, tête de nœud.

Ouais, bon, c'est sûrement vrai. Eddie releva les coins de sa bouche, il se frotta les yeux avec le pouce et l'index, frotta fort. T'as raison, j'aurais dû te demander.

Ray Bob répondit par un grognement. J'aurais dit non.

J'avais bien compris. Ça doit être pour ça.

Ils observèrent les oiseaux qui fouillaient à la recherche de leur déjeuner, en bas, ne dirent rien pendant qu'ils regardaient. Puis Eddie dit, Et si c'était toi qui la baisais ?

J'aurais pu si j'avais voulu. C'était juste pour te témoigner du respect.

C'est pas ce que je t'ai demandé.

Elle serait pas en train de faire son sac, dit Ray Bob. La réponse était arrivée tout de suite, sans hésitation.

Eddie hocha la tête. Ouais, elle serait probablement morte.

Possible. Ray Bob gratta son avant bras vigoureux avec ses phalanges. Très possible. Il est pas trop tard, en plus.

Vous êtes prêts, les gars ?

Ils se retournèrent pour voir Della, debout à côté du bar, un sac de voyage en nylon et des sandales en cuir dans une main, une petite valise de toile Lone Ranger dans l'autre. Elle avait enfilé une paire de chaussures à talons hauts d'un rouge flamboyant. Les talons faisaient ressortir son cul.

Si, ça l'est, dit Eddie. Je te présente ma fiancée, collègue. Va seulement falloir qu'on s'adapte.

18

Rule traversa la Colorado une fois de plus à l'est de Columbus et poussa son camion sur l'autoroute pour s'enfoncer davantage à travers les vallonnements peu prononcés et les terres basses. Le soleil écrasait la chaussée, s'y réfléchissait en éblouissant. Il mit ses lunettes de soleil et composa le numéro de Moline à Austin.

Dana m'a appelé, annonça celui ci.

Rule transféra le portable à son autre oreille. C'est pas pour ça que je te téléphone, Moline. Qu'est-ce qu'on a ?

Pas grand chose. J'attends toujours les images de Brookshire.

C'est là que je vais, annonça Rule. Il lui dit que l'enveloppe contenant la douille et les empreintes devait arriver de Columbus. Lui demanda de comparer les résultats balistiques avec ceux de Bernie et aussi avec ceux de l'hindou. Ça a déjà été fait ?

Ça correspond pas, dit Moline. Deux tireurs. Deux flingues en tout cas. Dès que les éléments de Columbus et de Brookshire seront arrivés, on fera d'autres tests.

Tiens-moi au courant. Toujours rien sur l'ordinateur ?

Rien sur DeReese qu'on savait pas déjà. Des bricoles. Il joue dans la catégorie supérieure, maintenant. Pas d'identification pour le Rouquin.

Bon. Tu m'appelles si t'as besoin de moi. Il amorça le geste d'appuyer sur la touche mais entendit Moline qui parlait.

Quoi ?

Je disais que Dana m'a dit qu'elle t'a vu hier soir.

Rule ne répondit pas. Il braqua à gauche pour éviter un tatou écrasé sur la chaussée puis la route fila sur le pont bas qui enjambait le lit à sec de la San Bernard. Des saules verts maigres ployaient au dessus des rives rocheuses, assoiffés, tiges chétives bruissant dans la brise. Il entendit Moline respirer dans l'appareil, il attendait.

C'est ce qu'elle a dit ?

Ouais. Moline marqua une pause. Tu m'en as pas parlé ce matin.

Rule dit qu'il avait oublié. Après, il dit qu'il était tôt quand Moline avait appelé. Ensuite, il dit qu'il ne pensait pas que ça avait de l'importance de toute façon, d'une manière ou d'une autre. Je suis pas conseiller matrimonial, dit-il. Je me mets pas entre vous deux, laissez-moi en dehors de ça.

J'aurais cru que tu serais de mon côté. Moline n'avait pas l'air content du tout. Comme Rule ne réagissait pas, il ajouta, Elle dit qu'elle t'a vu au Moyeu Brisé.

Rule s'éclaircit la gorge. Et je suppose qu'elle t'a dit qu'on s'est parlé. Qu'après on a partagé une ou deux danses. Que je lui ai payé une bière et que je lui ai dit qu'elle était très jolie. Qu'une chose en a entraîné une autre. C'est ça qu'elle t'a dit ?

Non.

Accorde-lui le divorce, Moline. Faut que je raccroche, là. Tiens-moi au courant.

Il coupa la communication, posa le téléphone sur le siège. Le reprit et composa le numéro de son voisin le plus proche, Elmore Westland. Elmore, procureur général adjoint de l'État à la retraite, était propriétaire de la portion de colline attenante à la sienne, à vingtcinq kilomètres environ au sudouest d'Austin. Ce fut Elmore qui décrocha. Ils discutèrent de l'éventualité de la pluie, s'accordèrent pour dire qu'ils allaient avoir droit à une jolie chaleur. Après, Rule lui demanda de passer chez lui nourrir Lefty pendant un jour ou deux. Disant, Il est probable que je vais être absent de chez moi.

Qui tu poursuis ? demanda Elmore.

Deux mauvais garçons. Ils vont sur Houston.

Hé bien, pince-les, ces salopards, dit Elmore.

J'en ai bien l'intention.

Parfait.

Rule enfonça la touche d'arrêt et composa le numéro de Katie à Austin, son appartement près du Speedway, non loin de l'université. Quand le répondeur s'enclencha il écouta sa voix, hésita, raccrocha sans laisser de message. Pas sûr de ce qu'il devait faire. Ils étaient si proches avant. Quand elle était plus jeune, avant le divorce, et après. Mais pas depuis quelque temps. Elle avait toujours l'air furieuse contre lui. Il ne savait pas du tout ce qui s'était passé. Ça l'inquiétait. Sa fille unique, et elle s'éloignait de lui.

Il franchit la Brazos juste après midi. La route filait au dessus de la vaste plaine, aussi droite qu'un niveau de charpentier, la bulle en plein centre. Son estomac protestait. Il ne l'écoutait pas. Par le passé, il avait sauté quantité de repas et cela ne lui faisait plus rien. Il regardait le paysage défiler, les champs verts plats qui s'étiraient pour se fondre dans d'autres champs verts plats, aux limites indéterminées à l'exception de bouquets épars de peupliers faux trembles poussant le long des berges de petits cours d'eau, ce qui était parfois le cas et parfois non. Bientôt, il approcha de Brookshire.

La ville s'entassait vers le nord à l'écart de l'autoroute comme si elle n'accordait aucun intérêt à l'activité ni à l'agitation des liaisons interétats, avait décidé de les ignorer et s'était conformée à cette décision. Il emprunta la bretelle de sortie et s'avança vers l'intersection avec la route qui conduisait en ville. Le plus proche des accès à la station service Exxon et à son magasin général était bloqué par une voiture de patrouille municipale. Il poursuivit son chemin, s'engagea sur la sortie et vint se garer devant les pompes. Un camion de dépannage vert équipé d'un treuil était rangé sur le côté.

Il fut accueilli par le chef Wharton et un personnage qui portait une salopette Dickies grise. Wharton était un ancien agent de la police des routes qui avait été viré à la suite d'un trop grand nombre de plaintes et Rule le connaissait depuis cette époque. Ils échangèrent une poignée de main. Le chef avait l'air mauvais, l'attitude rébarbative, et tout cela était conforme à la réalité. Une cicatrice rouge sombre lui traversait tout le visage depuis la tempe droite jusqu'au bas de la mâchoire. D'un signe de tête, il indiqua l'homme qui était avec lui.

Je vous présente Harvey Lomax. C'est sa femme qui travaillait ici.

Rule étudia le personnage. Traits rudes burinés par la vie au grand air, grand et sec, grosses mains à la peau rugueuse et aux articulations meurtries. Ses manches de chemise élimées et trop courtes s'arrêtaient au dessus de poignets à l'ossature solide. Il avait probablement quarante ans mais en paraissait cinquante et ses yeux étaient rouges et gonflés.

On va les avoir, dit-il d'une voix qui se cassa. Davantage une question qu'une affirmation, et il y répondit lui-même. On va les avoir, c'est sûr. Ma main à couper. Ils arriveront jamais jusqu'à la prison. Il passa le dos plat de son poignet sur sa bouche.

Harvey est auxiliaire pour le comté, précisa Wharton.

Rule acquiesça de la tête. Je suis désolé pour votre femme.

Mais Lomax ne l'écoutait pas. Il était reparti quelque part ailleurs, au fin fond de son chagrin, à chercher l'apaisement dans la vengeance. Il marmonna des mots incompréhensibles. Puis, plus clairement : Ils ont jamais vu ce que c'est que la justice du comté de Waller. Négatif. La justice du Tout Puissant non plus. Mais ils vont apprendre.

Rule se tourna vers le chef. Je ferais peutêtre bien de jeter un coup d'œil à l'intérieur.

Ils franchirent la porte et le Ranger étudia la disposition des lieux pendant que Wharton lui décrivait ce qu'il avait vu sur la bande de vidéosurveillance. L'image est claire, dit-il. La cassette est déjà en route pour Austin. Les balles aussi. Sur l'écran, ça ressemblait à un trentehuit automatique, si vous voulez mon avis, peutêtre un neuf millimètres. Wharton croisa les bras et coinça ses deux mains sous ses aisselles. Il paraît qu'un des deux est identifié.

DeReese Ledoux, dit Rule. Celui qu'a la queue de cheval.

Le chef se pencha en oscillant sur la plante des pieds, bascula vers les talons, un, deux, trois. En disant, Ben nous, c'est l'autre qu'on veut.

Moi, je veux les deux.

Rien qu'une question de temps. Des lascars comme ça, ça va nullepart. Il sortit une blague de tabac Red Man d'une poche revolver, enfonça une chique sous sa joue. La cicatrice rouge dessina un arc sur la peau. Il arrondit un sourcil. Garanti, ils vont nullepart à part en enfer. On va les aider à y arriver, tôt ou tard.

Bon, ben moi, ce qui m'intéresse, c'est tôt, dit Rule. On a quelque chose ici qui pourrait nous aider ?

Le chef eut un geste brusque du pouce vers l'arrière du bâtiment. Vous pouvez aller jeter un coup d'œil aux chiottes. La vidéo le montre qui sort avec la clef. Pas moyen de la trouver, faut croire qu'il a foutu le camp avec. Il a pas tiré la chasse non plus. Un porc, cet enculé.

Wharton alla à la porte, l'entrebâilla, expédia un jet de jus de tabac sombre sur l'allée d'accès. Il s'essuya la commissure des lèvres avec un doigt, disant, M'est avis que s'il y est allé, n'empêche, il a dû tourner la poignée. Ça vaut le coup de vérifier. On ne sait jamais.

C'est vrai, acquiesça Rule, on ne sait vraiment jamais. Mais c'est des toilettes publiques. Je nourrirais pas trop d'espoir.

C'est pas mon genre, répondit Wharton. Ça fait trop longtemps que je suis de la partie. C'est pas l'espoir qui permet d'arrêter les criminels, ça a jamais fonctionné comme ça et ça changera jamais. Il faut les prendre au lasso et les plaquer au sol, ça prendra le temps qu'il faudra. Non, c'est sûr que l'espoir, ça a jamais eu de signification pour moi, ni dans un sens ni dans l'autre. C'est surtout bon pour les pauvres et les fanatiques de la religion.

Il appuya un avant bras aussi massif qu'une branche de chêne contre la vitre de la porte d'entrée. Prenez ce gars qu'est là bas. Du menton il désigna Lomax qui se tenait sur l'allée d'accès. Tous ses espoirs envolés, une bombe à retardement ambulante. Il roule dans ce camion de dépannage qu'est sur l'arrière, il lit la Bible. Si on le surveille pas de près, le vieux Harvey, vous allez avoir son bahut dans le rétroviseur.

Les domaines de compétence et les zones d'intervention, il a eu oublié ce que ça signifie. Il est la justice incarnée, et je veux dire, style Ancien Testament.

Vous voulez que je lui parle ?

Le chef secoua la tête. Ça servirait à rien. La seule personne qu'il ait jamais écoutée, Harvey, c'était sa femme et elle est morte.

Il y connaît quelque chose, au travail d'enquête ?

Nan, bordel, nan. Harvey, c'est qu'un auxiliaire. Ils parcourent les routes, portent le badge, en arrivent à raconter aux gens qu'ils représentent la loi. Quand ils se parlent entre eux, ils se donnent le grade d'adjoint, ils contribuent à la réélection du shérif. Vous savez comment ça se passe. Posté près de la porte, il regardait celui dont ils parlaient à travers la vitre. Mais je vais vous le dire, ce qu'il connaît parfaitement, le vieux Harvey. Les flingues. Les flingues, ça, il connaît.

Rule s'approcha et se campa à côté du shérif. Dehors, sur l'allée, Lomax donnait l'impression de se parler à lui-même, ou à quelqu'un que personne d'autre ne pouvait voir. Qu'est-ce qu'il se trimbale, comme arme ?

Merde. Le chef baissa sa grosse tête en l'inclinant sur le côté. Harvey ? Il se trimbale tout ce qu'est pas trop lourd pour être trimbalé. Harvey, c'est un arsenal ambulant à lui tout seul.

19

Ils laissèrent la valise Lone Ranger chez la mère de Della, à Missouri City. La petite maison de bardeaux était posée sur des piliers en blocs de béton fendillés, face à une rue creusée de nids de poule, bordée d'autres maisons de bardeaux exactement semblables perchées sur des piliers qui s'effritaient, avec des fossés et des jardins négligés, envahis de mauvaises herbes et d'épaves de voitures reposant sur leurs essieux ou sur leurs jantes au milieu de la végétation. Un quartier ouvrier qui accédait progressivement au statut de quartier pour petits Blancs pauvres. La maison de sa mère penchait un peu sur la gauche, comme si elle était fatiguée mais ne parvenait pas à décider si elle allait se redresser ou s'écrouler.

C'est bien, comme endroit, dit Eddie.

Tu trouves ?

Oh, ouais, vraiment bien.

Ben, ça l'était avant que ça se dégrade. Maintenant le quartier tout entier est une décharge. Une tornade pourrait le dévaster, ça entraînerait une amélioration spectaculaire.

Ils étaient garés dans la rue le long d'un fossé peu profond envahi par la végétation et par un trop plein d'eau résiduel. Le liquide boueux excrétait une puanteur étrange, un mélange d'œufs chauds pourris et de vase. Della descendit du côté de la chaussée avec la valise d'enfant, s'avança sur la courte allée couverte de coquilles d'huîtres et contourna un Dodge Dart cabossé, ses jambes dansant et flageolant à mesure que ses hauts talons cherchaient une prise parmi les coquilles. Elle portait une paire de lunettes de soleil à verres épais afin de dissimuler son œil gauche contusionné.

Moi, je trouve pas que ça soit une décharge, dit Eddie. Merde, ça me rappelle ma maison.

Pas la mienne, dit Ray Bob.

Je savais pas que t'en avais une.

Ben voilà, comme ça tu le sais.

Quand Della grimpa les marches de bois de vingt centimètres de large sur cinq d'épaisseur, deux gosses sortirent en courant sur la terrasse affaissée et jetèrent leurs bras autour de ses jambes. Elle attrapa le plus grand par l'oreille et lui secoua la tête de droite et de gauche. Il avait les yeux globuleux. Eddie et Ray Bob entendirent ce qu'elle disait.

Tu prends tes médicaments, Randy ?

Le gosse mit un pouce dans sa bouche et fit oui de la tête.

Tu les avales ?

Il refit le même geste, toujours accroché à la jambe de sa mère avec son autre main. Le deuxième commença lui aussi à sucer son pouce. Della lui flanqua une tape brutale sur le sommet du crâne, il accusa le coup. Bon, c'est bien, dit-elle, et vous avez intérêt à être gentils tous autant que vous êtes. C'est compris ?

M'est avis que ça vaudrait mieux pour eux, commenta Eddie.

À ce moment, la moustiquaire qui donnait sur la terrasse s'ouvrit et une femme passa la tête. Son visage de tortue desséchée était tout tendu et pincé, creusé de crevasses profondes. Elle portait un long peignoir en tissu éponge fermé sur sa gorge par une main inquiète. Elle braqua sur la Caddy garée dans la rue un regard de tireur d'élite aux yeux trop rapprochés. Ses cheveux courts et bouclés étaient teints dans une nuance se situant à la limite du mercurochrome criard.

Bon, ça, c'est une perruque, dit Eddie.

Où ça ?

Là. Sur la mère de Della.

Moi, ça m'a l'air d'être des cheveux, dit Ray Bob. Moche, la vieille peau.

Tu parles.

Elle a l'air crevée, cette conne.

Elle prend pas son fer.

Je vois pas le rapport avec le prix du baril de brut.

Eddie haussa les épaules. Il fit tomber sa cendre dans le fossé. Disant, De toute façon, c'est une perruque.

Mon cul, cinq dollars que c'est ses cheveux.

Tenu.

La femme les dévisagea un moment encore, puis elle retira la tête de l'embrasure, comme une tortue. Della et les enfants la suivirent. La porte moustiquaire se rouvrit presque aussitôt en grinçant et Della leur adressa un signe de la main. Je reviens tout de suite, leur lança-t-elle.

Eddie sourit, lui retourna son geste.

Ray Bob posa le bras sur le dessus de la portière et alluma une cigarette. Il observa Eddie, tourna son regard vers la rue. Dit, Merde. Dit,

Par les couilles. Dit, Ça a dû être rudement bon, gars. Finit par demander, Comment c'était ?

Bien.

Mieux qu'avec la vache ?

J'ai jamais baisé de vache, dit Eddie.

Hier tu m'as dit que si.

Pas du tout. Je t'ai demandé si tu l'avais fait.

Ray Bob fronça les sourcils, essayant de se souvenir.

Ton problème c'est que t'écoutes pas bien, dit Eddie. C'est pour ça que tu te retrouves à tirer sur les gens.

Della reparut sur le perron et descendit les marches de biais, avançant rapidement mais prudemment devant la maison, évitant les monticules de boue des écrevisses. *Terra firma* spongieuse. Talons aiguilles rouges s'enfonçant dans un sol imbibé d'eau. Elle gardait les bras levés pour conserver son équilibre, parvint de l'autre côté du fossé où elle releva ses lunettes de soleil en roulant des yeux avec exaspération.

Vous avez dix dollars ? demanda-t-elle. Ma mère, elle a pas du tout d'argent pour les nourrir, ces mômes.

Eddie tendit la main sous le siège, en sortit le sac en plastique. Il l'ouvrit, fouilla à l'intérieur, prit un rouleau de pièces de dix cents et trois de pièces de cinq. Il les lança un par un dans les airs au dessus du fossé tandis qu'elle les attrapait, petits cylindres durs comme des os qui tournaient sur eux-mêmes dans l'espace, une odyssée de rouleaux de pièces.

En voilà onze.

Merci, Eddie. Elle sourit, fit demi tour, avança d'un pas, s'enlisa sur un côté. Saloperie. Elle retira ses chaussures et poursuivit son chemin, lançant derrière son épaule, Fichez pas le camp, hein ? Je reviens tout de suite.

Ils la regardèrent rentrer à nouveau dans la maison, une chaussure dans chaque main.

C'est même pas la peine de le préciser, fit Eddie. C'est sur ma part.

Par les couilles.

C'est mieux qu'une pastèque.

Je t'emmerde.

Je t'encule.

Je t'encule et je te pisse à la raie.

Eddie s'apprêtait à répliquer je me fais sucer par ta mère mais il décida de n'en rien faire. À la place, il dit, Au cas où t'aurais pas remarqué, on a presque plus de fric.

On va s'occuper de ça. Ray Bob appliqua le doigt sur le voyant du niveau d'essence. En plus, pendant qu'on y est, on va se procurer un peu d'essence avec une bonne remise.

Pas moi.

T'es avec moi ou t'es contre, gars, y a rien entre les deux.

Della ressortit, les chaussures à la main, traversa en se trémoussant le terrain étouffé par les mauvaises herbes, franchit d'un bond le fossé derrière la Caddy. Elle monta sur le siège arrière. Eddie lui dit qu'elle pouvait s'asseoir à l'avant mais elle répondit qu'il y avait pas la place et que ça la gênait pas. Les gamins apparurent sur la terrasse, regardèrent. Ils suçaient leur pouce tous les deux. Della agita la main pour leur dire de rentrer. Ils ne bougèrent pas. Rentrez ! gueula-t-elle. Ray Bob mit le contact et démarra.

À mi chemin de la rue suivante, Eddie se retourna sur son siège pour regarder en arrière. Les deux enfants étaient toujours là, les yeux braqués dans leur direction, la main à la bouche, deux mannequins faisant de la publicité pour une agence d'assistance sociale, la tristesse dans le regard et la morve au nez. Il dit à Della, Il faut que tu leur fasses perdre cette habitude de sucer leur pouce.

Je sais.

Ça leur pourrit les dents, aux mômes, et après elles tombent. Mon cousin Earl, il a perdu toutes les siennes et il pouvait plus rien manger à part des flocons d'avoine. Il était rudement maigre, ce con. Et rudement angoissé.

Ben, c'est seulement quand ils sont angoissés qu'ils le font, dit Della. C'est pour ça qu'ils font ça.

Quelle raison ils ont d'être angoissés ?

T'as regardé le monde autour de toi, ces temps, Eddie ? T'as qu'à regarder les infos.

Il réfléchit, dit, T'es sûre que tu veux pas venir t'asseoir ici ?

Non, merci quand même, dit Della. Tu veux venir derrière ?

Eddie ferma un œil, fit la grimace. Non, ça ferait vraiment bizarre. Comme si on avait loué une limousine, genre. On veut pas attirer l'attention.

Moi, ce que j'en dis, c'est vous qu'êtes les experts.

Elle prit une brosse dans son sac, retira l'élastique rouge de ses cheveux, brossa les vagues de ses mèches en arrière, remit l'élastique. Disant, Mes cheveux, c'est une vraie cata avec ce vent. Elle donna un coup à sa frange. Ils vont me manquer, mes gosses.

Ouais, dit Eddie, ils sont vraiment mignons. Elle porte une perruque, ta mère ?

Della gloussa. Je préfère pas lui répéter que t'as dit ça.

Lui dis pas, alors.

Ça, tu peux en être sûr. Elle est susceptible, pour ses cheveux. Enfin bon, c'est moi qui lui ai fait. C'est du travail de pro.

Sa voix retomba. Elle garda le silence un moment, vit Ray Bob qui la dévisageait dans le rétroviseur. L'air soupçonneux. Elle se déplaça sur le côté, sortit de son champ de vision. Disant, Tu comprends, je te l'avais pas dit, j'ai fait une école d'esthéticienne. Mais c'était juste pour avoir quelque chose sur quoi me rabattre. Une sorte d'assurance. Au cas où ma carrière de mannequin, elle décollerait pas.

Une idée très intelligente, que t'as eue là, dit Eddie. Il se pencha, sortit du sac en plastique un rouleau de cinq dollars en pièces de dix qu'il tendit à Ray Bob. Disant, Une chance qu'elle ait décollé.

Qu'est-ce que ça veut dire, ça ?

Rien.

T'es sûr ?

Je viens de te le dire.

J'ai eu l'impression que ça voulait dire quelque chose.

J'y peux rien, l'impression que t'as pu avoir.

Parce que je le sais toujours, ce que les gens pensent.

Je t'écoute, alors.

Je suis pas sûre que t'aies envie de le savoir.

Putain, les interrompit Ray Bob, si vous vouliez bien fermer vos gueules une petite minute tous les deux, quelqu'un pourrait peutêtre me dire comment on sort de là, merde, et où on va, putain de merde.

Seigneur, dit Della, on peut dire que t'as du vocabulaire. Tu prends à droite à la prochaine, ensuite à gauche et encore à gauche un peu plus loin pour retrouver la route. C'est la Alvin Sugar Land Road.

D'accord, dit Ray Bob. Y a des putains de stations services, dessus ?

Oh ouais.

Elle sortit un tube de rouge et avança les lèvres en dessinant un grand O.

Des tas.

20

Rule en avait fini à Brookshire et le chef Wharton avait accepté de faire porter les empreintes au labo d'Austin lorsque la sonnerie du portable retentit. C'était Moline.

Ouais ?

Ils ont remis ça.

Je t'écoute.

À Manvel.

Près de Corpus ?

Nan, c'est au sud de Houston. Y a moins d'une heure.

O.K., tu m'intéresses.

Rule se tenait sur l'aire de service, devant la station Exxon, à côté du chef Wharton et de Lomax. Il secoua la tête dans leur direction pour leur indiquer que l'appel n'avait rien d'important. Tout en acquiesçant et en disant ouais-ouais, il s'écarta nonchalamment et s'arrêta sur le côté, avec vue sur le petit hangar, à l'arrière, puis sur les terres cultivables et les champs au delà. La chaleur montait par vagues ondulantes au dessus de la prairie vert pâle, s'élevait des sillons noirs dans les labours.

Manvel, répéta-t-il. Où c'est, exactement ?

Juste au dessus d'Alvin. Highway 6.

Ils contournent Houston, alors. Rule se tut un instant. Ils se dirigent vers Galveston.

Peutêtre.

C'est bien. On va les coincer sur l'île.

Peutêtre que oui, peutêtre que non. Ils peuvent à nouveau changer de direction et descendre le long de la côte.

Dis-moi ce que tu sais.

Moline expliqua qu'il venait de recevoir un appel d'un policier de l'État qui se trouvait dans le comté de Brazoria. Il a appris par sa radio qu'il se passait quelque chose alors il est allé voir. Les policiers du comté étaient déjà sur place. Il dit que c'est dans une station Mobil accolée à un Taco Bell. Ils ont abattu l'employé. Un ado, cette fois. Il pouvait pas avoir plus de seize ans.

À la station ou au Taco Bell ?

À la station, le resto est pas encore ouvert. En construction. Les ouvriers étaient plus bas dans la rue en train de déjeuner. Dans un bar.

Merde.

Exactement, pas un seul témoin.

Mais tu sais que c'est nos gars.

On les a à nouveau sur la vidéo, dit Moline. Avec l'enregistrement sonore, en plus, cette fois. Le propriétaire teste un nouveau système de surveillance qu'est à la pointe de la technologie. Il fait pas confiance aux gens qu'il emploie. Le flic de l'État m'a tout raconté en détail. C'est eux.

Rule plissa les yeux face au soleil qui se réfléchissait sur l'allée latérale de la station service et le paysage au delà. Une corneille survola les lieux et poursuivit son chemin, ailes noires incurvées posées sur l'air avec grâce. Il la regarda descendre en vol plané vers un champ labouré, disparaître au milieu des sillons de terre tracés au fusain.

Alors, comment ça s'est passé ?

D'après ce que j'ai compris, DeReese entre et achète un pack de six, il demande comment vont les affaires, ce genre de conneries, il fait la conversation, après il ressort. Il dit à l'employé qu'ils font le plein à la pompe trois. Deux minutes plus tard, voilà le Rouquin qui rentre. Il regarde autour de lui, il tire un revolver de sa botte et le pointe sur la figure de l'employé. Le petit jeune fait quasiment dans son froc. Il est en train d'enfourner l'argent dans un sac en déblatérant sur le temps qu'il fait et sur le baseball, ce genre de conneries, il a une trouille d'enfer et notre gars a toujours pas prononcé un mot. Il sourit, n'empêche. Il prend son pied à voir le petit jeune se liquéfier de trouille. L'employé lui tend le sac et le Rouquin lui demande quelle distance y a jusqu'à Corpus Christi. Le gamin répond qu'il en sait rien, qu'il y est jamais allé. Notre gars répond que c'est bien dommage parce que c'est chouette, comme endroit, à ce qu'il paraît. Plages propres, jolies filles. Le gamin dit oui, qu'on lui a déjà dit la même chose, qu'il aimerait bien y aller un jour. Il continue à faire dans son froc, il est prêt à fondre en larmes. Le Rouquin dit, Allez, tu peux venir avec nous. Il sourit toujours. Le gosse secoue la tête. Il peut pas, ses parents vont piquer leur crise, il va perdre son boulot, merci quand même. Le Rouquin dit qu'il admire le cran du môme, sa loyauté. Il dit qu'il a une superbonne éthique du travail. Il dit qu'il est désolé que le gamin puisse pas venir alors il va faire du mieux qu'il peut pour remplacer ça.

Il va lui envoyer une belle carte postale avec une photo de Corpus, pour qu'il voie à quoi ça ressemble. Une fille en bikini, peutêtre. Le gamin le remercie. Pas de problème, lui répond l'autre, pas de problème du tout, ça sera avec plaisir. Il dit qu'il l'enverra aux bons soins du cimetière. Après il lui expédie deux balles l'une derrière l'autre en pleine figure. Une dans chaque œil.

Putain, fait Rule.

Ouais, un vrai massacre. Il aura un cercueil plombé, tu peux être sûr. Cet enfoiré était en plein devant la caméra, en plus. Il la regardait droit en face, en clignant de l'œil et en prenant l'air mauvais. Les gars qu'ont visionné la bande, ils disent qu'il avait l'attitude du type qui fait son numéro.

T'es sûr ?

C'est ce qu'ils disent. Comme s'il voulait passer à la télé.

Ou transmettre un message.

Mais encore ?

Mais encore, qu'ils vont à Corpus. Alors qu'en fait c'est pas le cas.

Peutêtre. Qui sait ? Ce salopard, c'est pas facile de deviner ce qu'il va faire. Peutêtre qu'ils y vont quand même. Peutêtre qu'il veut qu'on le sache. Moline observa un instant de silence. Ou peutêtre qu'ils vont revenir sur Houston. Grande ville, facile de s'y fondre. Moi, c'est ce que je ferais.

Rule réfléchit. Je crois pas. Ces types, ils taillent la route. Ils vont quelque part.

Ouais, ben, tout ce qu'on sait pour l'instant c'est où ils sont allés. Ça, c'est pas dur à trouver.

Du neuf concernant leur véhicule ?

Nada. Difficile à croire. Et c'est pas tout. Il se peut qu'ils aient une femme avec eux maintenant. On peut pas être sûr mais on dirait qu'elle est entrée et sortie avec DeReese. Une sacrée tignasse. Pas moche, à ce qu'ils m'ont dit. Un paquet de cheveux. Le visage un peu long, quand même.

Rule fronça les sourcils. Tu veux dire triste ?

Non, je veux dire que son visage est trop long. Ça lui fout toute sa beauté par terre. Mais ils sont à peu près sûrs qu'elle était avec DeReese quand ils sont entrés. D'abord, il prend une marque de bière. Après, elle lui dit quelque chose alors il la remet et il en prend une autre.

D'accord. Faut aussi leur transmettre son image, à elle. Quelque chose sur les analyses balistiques ?

Rule entendit un froissement de papier en arrière fond sonore. Moline revint en ligne, disant, On pense qu'on a peutêtre la même arme pour Bernie Rose et le meurtre de Columbus. Sauf que la balle est foutue, celle de Columbus. Y a quelqu'un qui l'a tripatouillée, là bas ?

Rule s'avança, expédia d'un coup de pied une pierre sur la chaussée, la regarda rebondir dans l'herbe du côté opposé. Il dit, Grover.

Grover ?

L'adjoint Grover. Le neveu du shérif. Il s'est procuré un microscope.

Je vais lui mettre profond, à ce con.

Embrasse-le de ma part quand tu le feras. Écoute, Moline, fais pour le mieux. Je suis encore à Brookshire. T'as d'autres empreintes qui vont arriver.

Mec, des empreintes, j'en ai jusque là.

Et tu transmets la photo de la nana aux services informatiques. Peutêtre qu'elle est fichée.

Tu sais, c'est pas comme si on avait rien d'autre à faire, protesta Moline. Bientôt on en sera à vérifier la moitié des habitants du Texas.

On trouverait probablement quelque chose sur eux. Arrête de râler, t'en as besoin, des heures sup. Je te rappelle plus tard.

Tu vas sur Manvel ?

Rule hésita. Réfléchit. Prit sa décision. Non, dit-il, je prends la route du sud. Direction Lake Jackson et Freeport. S'ils vont à Corpus, je peux peutêtre leur couper la route.

Si c'est par là qu'ils vont.

Je crois que t'as peutêtre pas tort, Moline. Pour une raison ou une autre, ils veulent se faire prendre. Soit ça, soit ils veulent nous faire croire qu'ils vont pas là où ils vont. Je peux pas savoir, j'arrive pas encore à entrer dans leur tête. Mais ils sont pas stupides.

Peutêtre. Mais ils sont méchants.

Rule grogna et raccrocha. La chaleur de midi se réverbérait sur la chaussée. Pas un nuage dans le vaste ciel de la campagne. Ses pieds transpiraient dans ses bottes. Il sortit un mouchoir et s'essuya le visage, la nuque, regarda en direction du chef Wharton et de Lomax. Se disant qu'il commençait à se sentir plutôt méchant lui-même. Pas autant que Lomax, quand même. Lomax ressemblait à la mort qu'on aurait mise à réchauffer, avec toute cette folie vengeresse dans ses yeux. Une bombe à retardement, ce type, si Wharton avait raison. Ce qui était généralement le cas.

Rule porta la main à ses bourses qu'il remit en place à travers son pantalon. Le seul sujet de satisfaction, c'était que Moline n'avait pas mentionné Dana.

21

La capote était relevée, la lumière éblouissante et la chaleur s'abattaient sur eux telle la flamme d'un chalumeau. Le vent brûlant fouettait le parebrise, s'engouffrait par dessus, la Caddy survolait les terres côtières planes. Elle filait à travers de vastes champs herbeux où paissaient des bovins, à travers marais et marécages en direction de Galveston. Sur le siège avant, Eddie et Ray Bob buvaient de la bière, observaient l'échappée sans limites offerte à leur champ de vision...

De vastes étendues de terres jusqu'à un horizon ininterrompu à l'exception de caravanes solitaires étrangement perchées dans l'immensité d'une steppe marronvert, comme lâchées là du haut du ciel telle une pensée tardive venue d'ailleurs. Dans les champs, au milieu des bêtes à longues cornes et des hérons garde bœuf, de grands chevaux de bois métalliques pompaient le pétrole, leur mouvement de balançoire régulier semblable à celui d'oiseaux noirs de taille colossale ployant sans discontinuer le cou pour boire, leur besoin et leur envie primaire dépourvus de repentir. Une plateforme de forage de loin en loin.

Ils regardaient ce paysage défiler.

Della, pendant ce temps, blottie sur le siège arrière. Réfléchissant, se remémorant. Presque au bout de ses larmes, maintenant. Elle ne pouvait pas le croire. Elle ne pouvait tout simplement pas le *croire*.

Eddie pivota sur son siège et tenta de lui tendre une bière mais elle se détourna. Il lui dit quelque chose. Elle n'entendit pas. Il se pencha davantage au dessus du siège et répéta. Il dit, Je te l'avais dit.

Elle le regarda brièvement, détourna à nouveau les yeux.

Je te l'avais dit qu'on est des voleurs, choupette.

Elle se rencogna davantage sur la banquette, posa le coude sur le bras du siège, se couvrit le visage de la main.

Ça t'embête, le vent ?

Elle ne répondit pas.

Il pivota en sens inverse, lança un coup d'œil à Ray Bob. Je crois qu'elle est contrariée.

Ray Bob grimaça un sourire, bascula sa boîte de bière cul par dessus tête et avala. Il la jeta sur le côté, derrière son épaule gauche, la vit rebondir sur la chaussée, dans le rétroviseur, partir en tonneaux jusqu'à ce qu'elle finisse dans le décor. Il tendit le bras droit, remua les doigts.

File-m'en une autre.

Eddie libéra de son anneau plastique une boîte de Bud froide couverte de condensation. Lui donna en disant, T'es un peu en train de t'enfoncer dans une ornière, là, mec. T'as jamais vu ces vieux films où tout ce que le type fait c'est entrer avec son flingue, dévaliser le magasin et repartir en emportant le fric ?

Ray Bob essuya la boîte sur le devant de son teeshirt, disant, T'essayes de démontrer quelque chose ?

Tu vas tuer tout le monde ?

Ça se peut. Ray Bob refit le même sourire. Ça serait peutêtre pas une mauvaise idée.

Ça prendrait du temps, dit Eddie, et au rythme où on va, je crois pas qu'on en ait encore beaucoup.

Ray Bob fit sauter la languette, engloutit la moitié du liquide. Je suis pas pressé.

On croirait que si, à te voir. Bon Dieu, t'agis comme si t'avais des serpents plein la tête.

Qu'est-ce que t'en sais, gars ? T'y es jamais allé.

Eddie reconnut que c'était vrai. Il dit qu'il en avait pas vraiment envie, en plus.

Alors va voir ailleurs, dit Ray Bob.

D'accord, répondit Eddie. Je suis pas terrible comme psychologue, de toute façon.

Ben moi, j'en ai rencontré des qu'étaient bons, en prison, tu peux me croire. Ray Bob but une lampée, retroussa ses lèvres qui dévoilèrent des dents serrées. Il dit, Ahhhh. Il dit, Ces gueules d'emplâtres de mes deux, ils avaient des diplômes qui couvraient le mur du bas jusqu'en haut, sauf que j'en ai jamais rencontré un seul qui pouvait expliquer qui je suis. Ils t'écoutent en hochant la tête, ils te disent qu'ils *s'identifient*. On les paye, pour raconter ces conneries. Ils ont tous abandonné.

Hé bien, dit Eddie, ça doit être que t'as gagné, alors.

Ils ont dit que j'étais intelligent, n'empêche, continua Ray Bob. Ça, je le savais déjà. Tout le temps à me proposer des tests de Q.I. Je les réussissais. C'est pour ça que j'ai dit à la vidéo du magasin qu'on allait à Corpus Christi. Ils vont penser que j'essayais de les entuber en leur faisant croire que j'essayais de les entuber.

Eddie ferma un œil et fit la grimace.

Tu vois ? dit-il toujours avec son sourire. Je t'ai entubé toi aussi.

Eddie tira sur son anneau et haussa les épaules. Mec, tout ce que je peux dire c'est que je suis heureux de pas être dans ta tête.

Là, mon gars, t'as pas tort.

À Hitchcock, ils quittèrent la chaussée en un lieu où les restorapides et les magasins d'alimentation générale se dressaient côte à côte et ils s'engagèrent sur l'accès service au volant d'un Burger King. Della déclara qu'elle n'avait pas faim.

Tu ferais mieux de manger, poupée, fit Ray Bob. Il la fixait dans le rétroviseur.

J'ai dit que j'avais pas faim.

Au moins, elle parle, dit Eddie.

Dans la file d'attente ils se trouvèrent derrière un pickup possédant deux rangées de sièges et transportant une pompe de puisard géante. Le vent tourna, un arôme âcre venu de l'intérieur des terres déferla sur eux. La puanteur fétide fit monter des larmes à leurs yeux. Comme si quelqu'un avait éventré une fosse sceptique, la même odeur exactement.

Ray Bob eut une grimace de dégoût. Putain, j'espère que c'est pas notre bouffe.

Eddie dit que c'était Texas City. Il dit que c'était l'odeur de l'argent. Il tendit le doigt vers le nord, au dessus des marécages, vers une ligne confuse de cheminées verticales noires et grises frangeant les lointaines contrées d'herbes à tortues. C'est les raffineries et les usines pétrochimiques, dit-il. Là où tout le monde travaille.

Si ça les amuse, dit Ray Bob. Tous des débiles. Moi, je bosserais pas dans une de ces usines. Des décharges de produits toxiques. Le pire, tu le sens pas, là.

Ça paie bien. Della, sur le siège arrière, d'un ton calme.

Pas si bien que ça, dit Eddie. Il se retourna vers elle. T'attrapes le cancer dans ces endroits. Une forme maligne. Tu veux avoir le cancer ?

Elle ne répondit rien.

Ben moi non plus. Pas question, ça non. Il secoua la tête. Mon père est mort du cancer. Ratatiné comme un ver de terre sur un trottoir brûlant. C'était pas une armoire à glace mais il était solide et cette saloperie chimique l'a bouffé jusqu'à ce qu'il reste plus rien. Même qu'il lui a pas fallu longtemps, une fois que ça s'est déclenché. Ça a démarré par les intestins. Il disait qu'il le sentait qui lui rongeait l'intérieur. Comme s'il avait des rats dans le bide.

Ray Bob avança de quelques centimètres dans la file. Eddie alluma une cigarette. Il dit, Ouais, des bons gros rats affamés. Il tourna la tête vers Della. T'es sûre que tu veux pas un burger ?

Non, merci, dit-elle, j'ai perdu l'appétit.
Ben, dit Eddie, si tu le retrouves, t'as qu'à dire.
Quand ils repartirent, ils suivirent la route jusqu'à l'endroit où elle s'orientait pour se jeter dans la I-45, prenant la direction de Galveston. Peu après, l'autoroute commença à s'élever sur des piliers au dessus de bayous et de bourbiers entretenus par les marées, les marais d'un vert cobalt s'avancèrent de part et d'autre sous un ciel à la luminosité transparente, et même s'ils ne pouvaient pas voir, ils savaient que la pleine mer avait commencé sous eux tout comme l'espace illuminé était accroché là, en surplomb du marinage immédiat. Puis l'empierrement grimpa davantage, ils laissèrent derrière eux l'azimut, virent l'eau qui se refermait sur la langue de terre qu'ils quittaient. Une nouvelle inclinaison de la chaussée et ils franchirent la baie ouest de Galveston sur une voie perchée sur pilotis. Ils se démanchèrent le cou pour apercevoir un pétrolier qui crachait sa fumée. Il creusait son sillage dans la baie en remontant la côte par le canal maritime, le passage dragué enseveli sous la surface. Leurs narines se remplirent de la forte odeur salée, leurs oreilles des cris perçants des mouettes traçant des trajectoires giratoires au dessus des vagues grisbleu.
Eddie scrutait les vastes avancées de la baie, à l'est comme à l'ouest, et l'empierrement étroit et surélevé de la chaussée qui s'élançait vers la ligne d'horizon irrégulière au delà, dessinée par les immeubles de l'île de Galveston. Il secoua lentement la tête. Disant, Je n'aime pas ça. Y a qu'un seul autre chemin, pour quitter cette île.
Deux, dit Ray Bob. Y a un ferry à l'autre bout, du côté où on va.
Deux si tu veux. J'aime quand même pas ça. Ça ressemble trop à un piège.
Trois, corrigea Ray Bob. Il eut un grand sourire. On pourrait traverser à la nage.
Bonne chance. Ces marécages sont remplis d'alligators. T'as déjà provoqué un alligator mâle ?
Nan, mais ça a l'air marrant. Raconte.
Y a pas grand chose à raconter. Mais j'en ai vu un qu'avait avalé un gamin même qu'on lui avait ouvert le ventre. Le môme était bien à l'intérieur. Ce qu'il en restait. Des fragments d'os et tout, un bout de jambe. En compagnie d'un gros ragondin, d'une sorte d'équerre en fer et de la moitié d'un piège à crabes.
Une équerre en fer, reprit Ray Bob. Ils sont pas difficiles, hein ?
Ils te boufferont, c'est ça que je dis. Fais-moi penser à te raconter une histoire drôle que je connais. Celle de l'alligator qu'a une dent qui tient plus et de la prostituée.

Eddie sentit une main qui lui tapait sur l'épaule et il se pencha au dessus du siège. Si tu vois des toilettes, dit Della, j'ai besoin qu'on s'arrête.

Ils quittèrent le passage surélevé qui descendait sur l'île en décrivant un virage, et l'autoroute se jeta dans Broadway dont l'esplanade spacieuse était bordée de palmiers. Des vitrines de magasins tristes se pressaient coude à coude, succédant à des parkings envahis d'herbes et à de vieilles habitations de bois d'un étage. Des maisons pour vieilles dames. Ornées de filigranes dans le style du Vieux Carré et de volutes décoratives, aux couleurs passées et usées par les vents incessants soufflant du golfe. Des portes et des fenêtres déchaussées par la pesanteur ou les tempêtes. Négligées par leurs propriétaires et par le temps lui-même, ces habitations s'inclinaient selon une oblique folle vers le sol sablonneux, mais au prix de quelque énigmatique manifestation d'énergie, elles n'étaient pas encore tombées.

Eddie les regardait défiler. Elles sont vieilles, dit-il.

Della tendit le doigt. Dit, Voilà des toilettes.

Ray Bob entra sur un McDonald, se rangea en marche arrière en bordure de trottoir sous l'ombre que répandait un chêne vert tirebouchonné dans le sol. Elle enfila ses chaussures rouges à talons et mit pied à terre mais revint après avoir traversé la moitié du parking, en disant, Allez pas avoir des idées.

Des idées, on en a plein, répondit Ray Bob.

Justement, c'est pas la peine d'en avoir.

Elle pénétra dans le restaurant, son cul balançant haut dans son jean. Ils attendirent sur le parking avec le moteur qui tournait au ralenti. Une brise légère brassait l'humidité bouillante. Ils se seraient cru dans une serre surchauffée.

Elle veut tout commander, cette chieuse.

Elle est pas parfaite.

Elle a un joli cul.

Et il est chaud, je peux te dire.

Eddie releva le bas de son teeshirt pour s'essuyer le visage. Della revint, un sac et une grande boisson à la main. Qu'est-ce que t'as pris ? lui demanda-t-il.

Un sandwich au poisson et des frites.

Je croyais que t'étais fauchée.

Je le suis. Presque. Pousse-toi.

Si tu veux t'asseoir ici, dit Eddie, faut que tu te mettes au milieu. Je veux pas avoir l'air d'un pédé.

Alors tant pis. Elle remonta à l'arrière.

Ray Bob adressa un rictus à Eddie. Elle m'aime pas.

J'ai pas le sentiment que vous faisiez vraiment des gros efforts, pas plus l'un que l'autre. Au moins vous pourriez faire semblant, ajouta-t-il. Se demandant comment ça se faisait qu'ils aient démarré du mauvais pied.

Ray Bob revint sur Broadway et ils roulèrent vers la pointe est de l'île où se trouvait la route du ferry qu'ils attendirent sous la chaleur torride. Ils observèrent des cormorans violetnoir perchés avec raideur au sommet de pieux de bois déchiquetés, les mouettes passant à tire d'ailes en formations chaotiques dans le soleil. Puis la Caddy monta sur le pont métallique oscillant et s'immobilisa. Le bateau fit retentir sa corne, s'écarta de la rampe de chargement, s'élança vers la baie pour parcourir les cinq kilomètres de roulis séparant l'île de la péninsule Bolivar.

Della déclara qu'elle voulait aller à la poupe pour regarder les mouettes se nourrir dans le sillage. Ray Bob s'en fichait complètement. Eddie et Della s'éloignèrent vers l'arrière sur le pont composé de plaques métalliques qui vibraient au rythme des moteurs diesel, en dessous. Les mouettes s'élevaient dans le ciel en poussant leurs cris stridents, fonçaient la tête la première dans les remous, se posaient brièvement au milieu d'éclaboussures avant de reprendre leur vol circulaire pour se jeter une fois de plus sur les bancs d'aloses tyrans et de crevettes affleurant dans les bulles à la surface. Les oiseaux aux yeux d'onyx plongeaient et fondaient du haut du ciel en masses volantes conflictuelles de querelles et de discordes.

Eddie contempla la forme basse de l'île du Pélican qu'ils laissaient à babord. Ancienne colonie de lépreux devenue attraction touristique. À tribord, une douzaine de pétroliers et de cargos, à l'ancre dans des eaux plus profondes, attendaient les pilotes qui les guideraient à travers la passe puis de l'autre côté de la baie jusque dans le chenal de navigation de Houston. Le vent chaud et saumâtre qui soufflait du golfe apportait une odeur de poisson, une odeur vague de brut putréfié. À la verticale, un pélican solitaire vira et tourna à demi sur lui-même, plongea dans la baie, disparut pour émerger avec la poche de son énorme bec concave bombée au maximum, débordant d'eau à chaque coin.

Hé ben dis donc, fit Eddie, c'est un vrai four, ici.

Ma lotion est restée dans la voiture. Je vais attraper des coups de soleil.

Ils montèrent sur le pont fermé pour échapper à l'astre. Dans la baie, de part et d'autre, des dauphins jaillissaient entre les vagues. Droit devant eux, ils virent le haut obélisque sombre du phare défunt de Bolivar se dresser au dessus d'une pointe de terre prise dans une brume grise. La péninsule. Là où ils allaient. L'extension nordest extrême de la barrière d'îles qui courait tout le long de la côte du Texas. Un fin crayon de terre séparant la baie est du golfe, une crête de sable et de vase peu habitée bordant la côte vers le nord sur près de cinquante kilomètres avant de s'associer au corps principal de l'État à Port Arthur, à deux doigts de la Louisiane en suivant la côte. Deux doigts de l'endroit d'où venait Eddie.

Il entoura de son bras les épaules de Della. La première fois qu'ils étaient seuls de toute la journée. Il insista, la serra contre lui. Mais elle résista et ses épaules gardèrent leur raideur. Il se pencha de côté pour l'observer, les soucils levés en une question. Elle se contenta de regarder droit devant elle. Puis elle dit, Et moi qui croyais que t'étais gentil.

Je le suis, je te jure. En tout cas, j'essaie.

Tu vas pas l'être longtemps. Pas avec lui, ça c'est sûr.

Il scruta les vagues grisbleu qui roulaient sous la proue du ferry en une reddition momentanée, disparaissant sous la coque pour reparaître dans le sillage qui allait en s'évasant, se reformant et poursuivant leur chemin avec la force immuable d'un indomptable mouvement.

Comment tu le sais ? demanda-t-il.

Parce que, répondit-elle. Parce que tu peux pas être gentil si t'es mort.

22

Il n'y avait rien d'autre à faire qu'attendre. Il avait traversé le *llano* en venant de Brookshire, entre la Brazos et la San Bernard, la vaste prairie se déroulant de part et d'autre, le camion rugissant sur une étroite bande d'asphalte qui fendait en deux les étendues vertes. Il avait regardé les hautes herbes chanceler comme ivres sous la chaleur quand il était descendu dans le lit inondable de la Brazos. Avant, il avait déjà appelé Moline à deux reprises et à deux reprises il n'avait rien appris. Rien sur l'ordinateur, aucune identification, rapport balistique encore incertain.

Il n'y avait rien d'autre à faire qu'attendre.

Loin dans le passé, il avait appris à attendre. Il savait bien faire. Quand il n'y a rien à faire, on ne fait rien, c'est tout. Aussi simple que ça. La sagesse de l'homme mûr. Qui consiste à savoir qu'il n'y a rien à gagner dans l'action si sa seule motivation réside dans le mouvement. Si le but unique est l'accomplissement. Car si le chasseur est incapable de tenir l'affût, il n'entendra pas, ne verra pas. Un gâchis sans objet, dans cette attitude. Un besoin irréfléchi d'homme jeune. Contrebalancé par une certaine maîtrise de soi : on apprend comment agir en apprenant l'immobilité. On apprend quand agir.

Donc il attendait.

Il roula vers le sud à travers des villes nourries par l'estuaire de la Brazos imprégnée de boue rouge, des villes qui subsistaient là grâce à l'ample courant houleux. Lake Jackson, Clute, Jones Creek, Freeport : des peuplements rudes, auxquels étaient venus s'adjoindre l'industrie et le pétrole, et qui partout s'accrochaient à l'eau sous toutes ses formes, entrées marines ou rejets fluviaux.

Il conduisait lentement. À l'écoute, aux aguets. Il attendait.

À l'exception d'un unique coup de fil supplémentaire à Katie. Encore le répondeur. Il laissa un message, disant qu'il travaillait près de la côte sur une affaire, dans le coin de Freeport, et qu'elle pouvait l'appeler sur son portable si elle le souhaitait. Si elle avait envie de discuter. Ou simplement de dire bonjour, ça serait bien. Il espérait qu'elle allait bien, que ses cours se passaient correctement. Et ne sois pas une étrangère. À condition que cela veuille dire quelque chose, merde.

Il le savait bien, ce que cela voulait dire. *Appelle.*

Peu probable, néanmoins. Il en avait trop envie.

En fin d'aprèsmidi, sur la côte au nord de Freeport, il emprunta le pont de Surfside qui franchissait le canal de navigation et remonta la longue barrière d'îles. Follets Island, étroite langue de sable chassée vers le sud par le courant du littoral. La plage exposée au vent, le ressac se ruant sans répit sur les terres, la marée éventrée par la lune. Côté sous le vent, des lagons sans profondeur ou les avancées insignifiantes que la baie tentait vers le sud. Habitué qu'il était aux collines verdoyantes et aux affleurements de calcaire, ce paysage lui semblait une friche infinie qui ne saurait intéresser personne. Pourtant, des gens y habitaient, s'y disaient chez eux.

Il s'arrêta finalement devant un débit de bière aux bardeaux battus par les vents, planté au point le plus haut de l'île, ultime bâtisse avant la passe San Luis. Il se tint sur le parking au milieu d'un concassage de coquillages de cauris aux bords acérés, et d'herbes ligamenteuses, fixa par delà la tranchée la pointe sud de l'île de Galveston. Il inclina la tête, écouta.

Au bout d'un moment il se tourna pour balayer du regard l'édifice de la taverne, les vestiges d'un panneau gauchi portant l'inscription CHEZ BOOMER. Vitres cassées, ancre de proue brisée aux bras rouillés abandonnée à côté des marches. Peint sur la porte : *Fermé.* Boomer barré pour de bon.

Le soleil brûlant de fin d'aprèsmidi lui poignardait les yeux et il cligna des paupières pour chasser la sueur, repoussa son chapeau, s'essuya la figure sur sa manche de chemise. La chaleur telle une fournaise, mêlée à l'odeur humide et salée de la mer. Le sable porté par le vent abrasait ses joues, adhérait à ses dents. Une nouvelle fois il scruta de l'autre côté de la passe l'extrémité de l'île toute proche. Se disant, Ils auraient aussi bien pu aller là bas qu'ici, c'est sûr et certain. Peutêtre qu'ils l'ont fait.

Ses yeux à demi fermés étaient braqués sur le rivage opposé. L'eau de la passe hachait la surface de courtes pyramides grises crêtées d'écume. Au dessus de lui, dans la lumière éblouissante, il entendit les cris perçants de mouettes. Il ne bougea pas. Une intuition lui venait. Ça se produisait de temps à autre et parfois il en tenait compte, parfois non. Tout dépendait. Là, au moment présent, il ne savait pas. Il n'était pas sûr.

Alors il remonta dans son camion et retourna vers le sud en suivant la bande de sable, repassa le pont pour entrer dans Freeport où il prit une chambre de motel pour la nuit. Un endroit aussi bien qu'un autre pour attendre. Ce qu'il savait bien faire.

Même si parfois il trouvait ça un peu lourd.

23

Le barouf des pneus souligna le passage entre rampe et route quand la Caddy quitta le ferry pour la chaussée à deux voies défoncée qui chevauchait le long doigt plat de la péninsule Bolivar vers le nord. Tapis végétal de part et d'autre, herbes aux huîtres, chiendent dactyle, joncs diffus. Salines marécageuses tout de suite après côté baie, là où dans les eaux chiches et changeantes chauffaient bourbiers et parcs à huîtres. Côté golfe, derrière une frange de champs de chardons coriaces, se dessinait une succession de dunes basses arrondies puis la pente modeste de la plage modelée par la marée. Baie et golfe enserrant l'étroite bande de terre. La péninsule dans toute sa longueur et sa largeur formant un compromis ténu que rompaient en assauts périodiques ouragans et tempêtes.

Il faut aller jusqu'à Crystal Beach, dit Della. C'est une ville, genre. Il faut la dépasser.

Ils roulaient en silence sous le bleu de l'immense voûte céleste et le blanc osséinien de nuages vastes comme des montagnes gagnées d'appesanteur. Accompagnés par un soleil de fin d'aprèsmidi qui inclinait à l'ouest son large globe. Ample cercle jaune citron sans circonférence, à la chaleur impitoyable. Écrasés par tout cela ils allaient leur chemin, et par le vide.

À l'exception des oiseaux. Carouges noirs à épaulettes rouges sur les fils, carouges noirs à épaulettes rouges sur les poteaux. Martins pêcheurs et tourterelles perchés par couples sur les arcs affaissés. En équilibre dans l'espace, étourdis par la canicule. Rapaces planant au dessus des herbes, aigrettes dans les champs dont le cou se déliait avec la blancheur de l'éclair.

Ils regardaient sans parler, puis surgit une maison de plage et des chemins de sable partant vers la droite et vers la gauche, flanqués d'autres habitations semblables puis de bâtiments bas, délabrés, disséminés en bord de route, consacrés à un commerce ou un autre. Toujours les parkings en coquilles d'huîtres envahis d'herbes rétives et rebelles, l'odeur salée et suave de la corruption, comme si sur ces terres gorgées d'eau de mer où la fertilité et la mort sont sœurs, la construction même de toute habitation appelait son indissociable disparition, intégrée à sa conception dès l'origine.

Ce qui portait le nom de ville s'étendait le long de la route pendant des kilomètres, vague éparpillement de magasins et de tavernes en ruines jetés au milieu des marais et des prairies. Comme si les résidents n'avaient jamais réussi à se mettre d'accord sur l'endroit où la ville devait se trouver. En conséquence, elle était partout et nullepart, en vérité elle n'existait même pas, on lui accordait simplement ce nom de ville pour des raisons pratiques. Ils dépassèrent une station service, retrouvèrent les espaces désolés à l'exception de maisons de bois sur des jetées, ancrées face aux étendues que couvrait la marée, dos à la plage.

Je crois qu'on est peutêtre allé trop loin, dit Della. Je suis venue qu'une seule fois.

T'es sûre ?

Non.

Ils insistèrent, parvinrent à une localité appelée Gilchrist et traversèrent Rollover Pass, là où le courant s'insinue dans la baie est en un goulet de turbulences dont les berges sont renforcées par des plaques d'acier pour faire échec à l'érosion. Ils enjambèrent la passe sur un pont bas en béton. Ray Bob fit demi tour et se gara sur l'aire de stationnement en coquillages d'une boutique de matériel de pêche. Il dit, Faut que tu nous fournisses des indications.

Je sais où on est maintenant, dit-elle. Faut qu'on retourne d'où on vient.

Bordel, moi je veux une bière. Il descendit.

Va pas faire une connerie, collègue. Eddie qui parlait. On peut s'enfuir nullepart, là.

J'ai l'air d'un con ?

Eddie ferma un œil, se gratta le menton.

Laisse tomber, tête de nœud.

Il s'avança vers la porte d'un pas décidé. C'était une cabane en contreplaqué sans fenêtre, avec un climatiseur cliquetant accroché sur un côté. Des panneaux publicitaires métalliques vantant des marques de bière étaient cloués en façade, ainsi qu'une planche au lettrage sommaire portant le nom du propriétaire : MOODYS. D'autres panneaux de bois peints à l'avenant promettaient cassecroûtes, sodas, umbres de vase vivants. Ray Bob entra, claqua la moustiquaire derrière lui.

Ils attendirent.

Della sortit un petit miroir de son sac, inspecta son visage. Disant, Tu devrais pas le laisser te parler de cette façon. Elle fit tourner son reflet de droite et de gauche dans la glace. Seigneur, je commence déjà à rougir.

De quelle façon ?

Ce nom, là.

Quel nom ?

Bon sang, Eddie, celui qu'il t'a traité. T'écoutais pas ?

Tête de nœud, tu veux dire ? Eddie sourit. C'est juste notre manière de se parler. Ça veut rien dire du tout.

Chez moi, si. Elle chercha sa lotion dans le sac. Chez moi, ça déclenche des bagarres.

Tout dépend qui c'est qui le dit. Eddie alluma une cigarette. Et aussi où, et quand. Ça dépend de la *manière* que c'est dit. Ce qu'on appelle des *nu-ances.*

Ouais, ben t'as dû écouter plus attentivement que moi, alors, dit Della, parce que tout ce que j'ai entendu, c'est qu'il t'a traité d'un nom qu'était pas joli-joli à mon goût. Mais ça, c'est entre toi et lui, me demande pas ce que j'en pense.

C'est bien ce que j'essaie de faire. Eddie sortit un peigne de sa poche revolver, libéra sa queue de cheval qu'il coiffa, replaça l'élastique en serrant fort. Disant, C'est des trucs qu'on se dit entre copains, c'est tout, comme je viens de te l'expliquer. T'as jamais vu des mecs se parler entre eux quand y a pas de femmes qui sont là.

Ça serait pas facile d'y arriver. Si j'étais là.

C'est ce que je te dis.

Elle rangea le miroir, referma le sac avec un bruit sec. Ce qu'est sûr, c'est que je vais pas passer la journée à me disputer là dessus.

Moi non plus, dit Eddie. Les disputes, j'aime pas ça.

Ça, j'aurais pas cru.

C'est vrai. Je suis pas doué pour ça.

Va savoir. Elle croisa les bras et tourna son regard du côté de Rollover Pass. Deux Noirs se tenaient le long des plaques d'aciers qui bordaient le chenal à hauteur de hanches, la canne à pêche à la main. Ils rirent, échangèrent une claque paume contre paume, effectuèrent un pas de danse sur place comme si l'un d'eux venait d'en sortir une bien bonne.

Eddie dit, Regarde-les se marrer.

Della émit une sorte de petit raclement de gorge.

Je riais comme ça, avant, dit Eddie. Ils ont dû se raconter une histoire drôle.

Della se pencha pour chasser une bestiole sur son pied, dit, Peutêtre que c'est celle de l'alligator et de la prostituée. Celle que t'as pas voulu raconter devant moi ?

Sans rire, Della, j'aimerais bien que tu sois pas comme ça.

Comme quoi ?

Rien, oublie ce que j'ai dit.

Ouais, ben, si j'y arrive, j'y manquerai pas, répliqua-t-elle.

Merci beaucoup.

De rien.

Au bout d'une minute, elle ajouta, De toute façon, je vais pas me disputer avec quelqu'un que je viens à peine de rencontrer.

Tu sais quoi, marmonna Eddie, moi j'ai l'impression que je te connais depuis *toujours*.

Della ne répondit pas. Elle croisa à nouveau les bras, regarda les deux Noirs qui riaient. C'était pourtant vrai, ce qu'il venait de dire, le fait que ça donnait l'impression qu'ils se connaissaient depuis toujours. C'était vraiment bizarre, non ? Puis elle dit, Hé ben c'est pas le cas.

Assis sur le siège avant, Eddie entreprit de tripoter son anneau en attendant le retour de son collègue. Il se dit qu'à tout moment, là, maintenant, ça serait parfait. Puis la porte moustiquaire s'ouvrit à la volée et Ray Bob sortit avec un pack de six Coors, il en avait déjà une à la bouche. Il lança les autres à Eddie en disant, Un drôle de zèbre, le vieux Moody. Tu sais qu'il est aveugle d'un œil et qu'il lui manque une jambe ? Il dit que c'est un requin qui l'a bouffée. Un enculé de requin marteau. Pas plus loin que là. Ray Bob tendit le doigt derrière la boutique vers la langue de plage incurvée qui formait l'embouchure du chenal.

Ces requins marteaux, c'est des saloperies, dit Eddie, tu peux me croire. Ils ont un naturel de chiotte. Têtus, en plus.

Ray Bob s'installa au volant, écrasa la boîte de bière vide dans sa main. Qu'est-ce que t'en sais, bordel ? demanda-t-il.

Mec, tu vas pas recommencer.

Ray Bob effectua une marche arrière, regagna la route pour traverser le chenal dans l'autre sens en parlant de Moody et de son perroquet qui s'appelait Jim. L'air tout excité...

Le nom du perroquet c'est celui d'un gamin dans un livre de pirates, il m'a dit, Moody, une histoire où il y a un trésor enterré. Il dit qu'il y a un trésor enterré quelque part par ici aussi, par un pirate français qui s'appelait Feet. John the Feet. Un nom à coucher dehors, putain. Moody a failli le trouver, sauf que c'était un mort dans un cercueil. Ce gusse, ça faisait un an qu'il avait disparu d'un cimetière de Galveston. T'y crois, toi, à des conneries pareilles ?

Je crois que presque n'importe quoi est possible, dit Eddie. La vie, c'est qu'une succession de surprises, si tu veux mon avis. De surprises et de coups de poisse, un vrai tour de montagnes russes, voilà ce que c'est.

Ray Bob le regarda. Dit, Hé, gars, t'as le trou du cul qui te gratte, ou quoi ?

Eddie l'envoya balader d'un geste. C'est à cause de la chaleur, faut croire. Il observa les bancs de sable qui défilaient sur leur droite, le sol marron clair qui changeait en franchissant les ondulations de touffes d'herbes. Observa les dunes sableuses qui s'élevaient sur leur gauche entre route et plage. C'est pas vrai, du sable partout où portait son regard. Génial, que ça allait être.

Quelques minutes plus tard, Della se pencha vers eux et montra un panneau publicitaire annonçant la marina et le restaurant Stingaree sur la baie. Là, dit-elle, mais tu tournes à gauche en direction de la plage. Ils s'engagèrent sur un chemin de sable étroit, dépassèrent plusieurs maisons de plage à la peinture défraîchie et aux fenêtres condamnées par des volets. Bientôt la route traça son goulet au dessus d'un petit lagon d'eaux stagnantes languissantes frangées de joncs et de roseaux. Della désigna la dernière maison, annonça que c'était celle de LD. Perchée au dessus du sol ganuleux sur de hauts poteaux, des troncs enduits de goudron, elle se dressait là, seule sur ses échasses, maison rose pâle divaguante entourée d'une terrasse sur trois côtés. Ray Bob se gara sur la plaque de béton fendillée, entre les piliers sous l'habitation.

Il passa le point mort, laissa le moteur tourner tandis qu'il buvait une Coors, assis derrière le volant. Qu'il allumait une cigarette. Les autres regardaient, ils attendaient.

Qu'est-ce qu'y a ? demanda Eddie.

Ray Bob inclina la tête sur sa droite, lui jeta un coup d'œil de travers. Si tu veux savoir, collègue, je vais pas rester ici longtemps.

C'est long comment, longtemps ?

Je sais pas. Il coupa le moteur. Mais je te dirai quand j'y serai.

Hé, les gars, dit Della, j'arrive pas à croire que vous parliez de partir. On vient à peine d'arriver. Elle avait l'air enthousiaste. Elle enjamba le côté de la voiture, agrippant son sac en nylon, ouvrit la portière d'Eddie, le tira par le bras.

Venez vite voir l'intérieur, tous les deux. Ça va vous plaire.

24

Le motel se trouvait sur le Highway 36, à l'endroit où il franchissait la Brazos juste à l'extérieur de Freeport. Le delta ici était plat et humide sous une atmosphère d'attente paresseuse, comme si la rivière s'était déjà livrée au golfe, comme si la terre espérait retirer un profit de cette perte. Une attente comme tant d'autres, inférieure au besoin, insouciante des causes.

Au milieu de ce trouble confus, le motel. La Brazos Motor Inn.

Il aurait pu descendre dans un établissement de standing supérieur. Ses frais de déplacement lui permettaient mieux, mais il avait trouvé accueillante la cour intérieure à l'ancienne où garer les véhicules, entourée de ses pavillons de briques dégradés, telle une vieille chemise de flanelle qui rassure la peau d'une manière qu'une neuve ne saurait concurrencer. Chaque chambre un pavillon indépendant. Chaque pavillon pourvu de son auvent à voiture privé et de son coin cuisine, d'un bâti de fenêtre qui grinçait et regimbait dans son cadre, de la télévision sans le câble. Un lieu aussi adapté qu'un autre pour l'attente.

Il rentra ses affaires dans la chambre, appela Austin une fois de plus. Moline était parti tôt. La technicienne du labo ne lui communiqua rien de neuf à l'exception des analyses balistiques de Brookshire qui correspondaient à celles de Bernie Rose. Ils en étaient à travailler sur les éléments de preuves relevés à Manvel.

Rule demanda à la jeune femme qu'il n'avait jamais rencontrée de le rappeler quand ils auraient les résultats. S'enquit, Qu'est-il arrivé à Moline ?

Moline ? Il a eu un vertige et il a vomi. Il a dit que c'était peutêtre la grippe. Elle hésita puis ajouta, En réalité, je crois que sa femme l'a appelé juste avant. Je crois qu'ils ont peutêtre des problèmes.

Ah bon, vous croyez ?

Il raccrocha, retira chemise et bottes, dégrafa sa ceinture, s'allongea sur le lit. Il avait mal au bas du dos à cause de toutes ces heures passées à conduire. Trente minutes plus tard, la sonnerie du téléphone le tira d'un rêve dont le souvenir lui échappa. Le portable, sur la chaise là bas, dans sa poche de chemise. Il roula hors du lit, répondit. Il pensait que c'était le labo mais c'était Dana.

Rule, vilain méchant, où t'es, chéri ?

Comment t'as eu ce numéro ?

Par ton boulot. Je leur ai dit que je travaillais pour le FBI, secrétaire de l'agence de Houston. C'est mal ?

Où t'es ?

Chez moi.

Où est Moline ?

Dans la pièce de derrière en compagnie d'une bouteille. T'en fais pas, je suis dans la cuisine.

Rule enfonça la touche de fin de conversation et laissa l'appareil tomber sur le lit à côté de lui. Un instant plus tard, il sonna à nouveau. Il répondit. Ouais ?

Putain, Rule, tu me raccroches pas au nez. C'est...

Il appuya à nouveau sur le bouton, coupa l'appareil. Resta étendu, le bras posé sur le visage, tentant de se remémorer le rêve qui lui revenait par bribes, reliant les morceaux entre eux. Il était au Vietnam sous la pleine lune à jouer au poker durant son tour de garde. Il mangeait des haricots accompagnés d'autres saloperies. Lui et Slide Henderson, ils jouaient au poker et racontaient des conneries, ils riaient. Le clair de lune si vif que les figures, sur les cartes, plissaient les yeux. Tout à coup le rêve s'arrêtait, l'image devenait fixe.

Il se leva, prit une douche. Appuya les mains contre le carrelage, sous le jet, et se pencha en avant, l'eau chaude ruisselant sur son dos. Ferma les yeux, obligea les images à redémarrer, se souvint. Le Vietnam, encore. Mais il était sousbite, maintenant, il ne riait plus. La lune était pleine ou non, impossible à déterminer en raison des nuages de la mousson et de la pluie qui tombait, plus épaisse que du pétrole. En patrouille de nuit. Noir au point d'en perdre l'équilibre. Noir au point qu'on s'accroche à la chemise du gars de devant, sur la piste, et que celui de derrière s'agrippe à la vôtre. Afin de ne pas rester à la traîne, de ne pas se perdre. Les herbes aux éléphants caressent les visages. Des herbes plus hautes qu'un homme. Les Viêt-congs dans l'herbe, qui attendent, qui écoutent. Et un bleu qu'a rien dans le crâne, là bas derrière, qui panique et qui gueule, Putain de merde les gars ! Où c'est que vous êtes ? Tout le monde se fige sur place. Ensuite un éclair, accompagné d'un bruit d'explosion, bref et amorti, à vous faire monter le cœur dans la gorge, et l'image s'immobilise à nouveau.

Putain de rêve.

Rule se tenait sous la douche avec l'eau qui ruisselait sur son dos, il sentait la pluie, la nuit, l'herbe contre son visage, la terreur pure de l'ensemble. Un de ces rêves où l'on se trouve à la limite de perdre son sangfroid et on le sait.

Un seul problème : il n'était jamais allé au Vietnam. Slide Henderson non plus. Slide était un joueur professionnel de Fort Worth, un joueur de poker. L'évaluation des risques, il connaissait mieux que quiconque. Jamais il ne serait parti là bas.

Putain de rêve quand même.

Rule arrêta l'eau, il s'essuya. Debout cul nu dans la pièce, la serviette éponge autour du cou, il appela le labo sur son portable. Il resta là à soupeser ses couilles avec sa main, l'une après l'autre. Elles se desséchaient, aucun doute possible. Pas bon signe.

Le labo répondit à la quatrième sonnerie. Même technicienne. Elle avait l'air assez compétente. Tous ces jeunes, maintenant, avec des diplômes de criminologie, de chimie et de génétique, un autre monde. Dans lequel on établissait des culpabilités avec des preuves qu'on ne pouvait même pas voir, comme dans un film de sciencefiction. Et lui, il était là à renifler la piste comme un vieux chien de meute, en quête d'un indice, à l'ancienne, pas même le travail de base du policier, uniquement à l'intuition. L'expérience et le flair. Ça ne s'enseigne pas sur les bancs de l'université.

Les analyses balistiques de Manvel étaient achevées. Même arme que pour Bernie, la femme de Lomax et le petit jeune. Automatique neuf millimètres. Probablement le cas aussi pour le vieux monsieur de Columbus, mais cela resterait incertain à jamais puisque la balle avait été abîmée par quelqu'un des services du shérif de Colorado.

Rule dit, Grover.

Qui ?

Grover.

Elle fit, Oh, puis elle poursuivit. Un consultant à l'école des malentendants était venu, il avait visionné la première vidéo, celle avec Abraham Krishna. Le service photo avait accéléré le défilement de la bande qui était enregistrée à cinq images seconde (économies pour le magasin, sur une boucle de vingtquatre heures), l'avait ramenée à une vitesse plus proche de la normale. Un différent à propos des cigarettes. Le tireur, il lui manquait un cent, l'employé n'a pas voulu céder la marchandise. Rien d'exploitable point de vue empreintes, n'empêche, pas une seule. Et plus aucun signe des criminels. Plusieurs vols de magasins dans la région de Houston depuis le milieu de l'aprèsmidi, la routine quotidienne au royaume des 7-Eleven, mais aucun d'eux qui leur soit imputable.

Rule remercia et raccrocha. Se disant que cette fille maîtrisait tout à fait le jargon, aucun doute à ce niveau. À croire qu'elle jouait dans la série *Law & Order*. Se disant qu'Abe Krishna avait pris son travail un poil trop au sérieux. Le monde est rempli de dingues. Certains ont des flingues, il leur manque un boulon. Ou une pièce d'un cent. Seigneur. Pensant aux cinq morts, au moins. Dont deux, Abe et Bernie, pour une pièce de monnaie. Morts à jamais. Se demandant comment les actuaires mettraient ça en équation.

Il s'habilla pour aller manger.

Le soleil s'était couché. Le crépuscule s'étendait sur le paysage, enseigne du motel illuminée, cigales dans les arbres. L'air avait une odeur âcre, semblable à la créosote et au soufre. Comme il n'avait pas envie de conduire, il traversa la route vers un relais routier qui ne semblait pas pris d'assaut. Il s'installa à une table d'angle, commanda un steak frit avec purée de pommes de terre, doliques, et pain à la farine de maïs plutôt que les petits pains habituels. Une bière pour attendre, une autre avec son repas. Deux policiers du coin entrèrent pendant qu'il mangeait et tentèrent d'engager la conversation mais il n'avait pas envie de parler. Ils s'écartèrent avec un regard en arrière. Ça l'irritait, cette façon qu'avaient les policiers de considérer que toute personne travaillant au maintien de l'ordre était membre d'une sorte de confrérie. Comme s'ils appartenaient à une loge de bienfaisance des Elks.

Après, il se rendit au bar d'à côté, Jack's Lounge, petit bâtiment en briques, ordinaire. À l'intérieur c'était tranquille, les ouvriers du pétrole laissaient retomber la tension de la journée, le jukebox était réglé bas. Il but au bar en écoutant George Strait et Alan Jackson jusqu'à ce qu'il soit fatigué de se tenir debout et aille s'assoir à une table, dans un coin, placée sous une publicité lumineuse pour la bière Busch qui représentait une chute d'eau. Il n'avait jamais vu personne boire cette marque mais la publicité était partout. Il regarda l'eau culbuter sur les rochers pendant qu'il buvait. Il était allé dans les montagnes du Colorado, il y avait longtemps, et ce panneau lumineux les lui rappelait.

C'est beau, hein ?

Elle se tenait près de sa table, un Tom Collins à la main, entouré d'une serviette à cocktail. Elle portait un chemisier blanc empesé, un jean repassé, citron vert, et des mocassins, avait dans les trentecinq ans, des cheveux châtains, un visage large et de grands yeux verts. Vêtements décontractés mais impeccables. Rien dans sa personne n'était laissé au hasard. Elle eut un geste vers la chute d'eau. Elle dit, J'y ai grandi, dans les montagnes. Et ça me manque toujours. Je peux m'asseoir avec vous ?

Rule leva la main, paume vers le haut pour désigner l'autre côté de la table au dessus du globe en verre rouge à l'intérieur duquel une bougie brûlait bas. Un élément parmi d'autres du décor ordinaire de chez Jack. Elle s'assit.

Je m'appelle Jan. Elle tendit sa main qu'il accepta. Sa peau était douce mais sa poigne ferme. Une affirmation. Elle était capable de se défendre.

Rule, se présenta-t-il, heureux de faire votre connaissance.

De même. Elle sourit.

Une heure plus tard ils étaient dans sa chambre, dans son lit, mais le cœur n'y était pas. Sa bite était à peine dure. Pas franchement flasque, mais elle ployait s'il n'y prenait garde, alors il y prenait garde et continuait de bouger. Il n'était pas loin du terme, repensait aux conseils de type qui se la joue qu'il avait donnés au shérif du comté de Colorado. Repensant à ses couilles qui se desséchaient, repensant à lui. Mais il continuait de bouger, le truc qu'on doit faire dans cette situation. Tout en l'étudiant, sous lui. Le visage tourné sur le côté, les yeux fermés, elle gémissait et paraissait sincère. Cuisses grandes écartées, mollets repliés, talons posés sur l'arrière de ses genoux à lui. Répondant à chacun de ses mouvements en rythme, facilitant les choses. Comme si elle savait ce qu'elle voulait et comment y parvenir. Comme si elle avait l'intention de jouir, pas de problème, et allait bientôt réussir. Mais tout cela ennuyait Rule, il faisait juste semblant. Ce n'était pas la première fois, et de loin. Toujours le même film. Et comme il n'y avait rien dans tout cela qui pût l'inciter à donner davantage ni même à s'en soucier si elle le lui demandait, il cessa rapidement tout effort, provoqua sa jouissance et éjacula, et elle tendit la main pour lui caresser les couilles quand il se cambra. Il roula sur le dos tandis qu'elle restait allongée contre son flanc, une jambe jetée sur lui, lâchant des soupirs. Elle dit que ça avait été bon et il acquiesça. Elle dit que ce n'était pas comme ça à chaque fois. Il reconnut que c'était vrai, ce n'était jamais pareil deux fois. Puis il dit qu'il avait vraiment passé un très bon moment mais qu'il fallait qu'il dorme. Qu'il lui proposerait bien de la raccompagner jusqu'à sa voiture mais qu'elle était juste de l'autre côté de la route.

Elle ne prononça pas un mot quand elle se leva pour se rhabiller. Elle réussissait rudement bien à masquer ses sentiments, pensa-t-il, et il en fut soulagé. Mais quand elle posa la main sur la porte pour partir, elle se retourna et dit, Je ne te propose pas de te laisser mon numéro.

Rule dit, D'accord. En pensant, C'est parti pour un tour.

Elle dit, Tu n'as pas l'air de le vouloir.

Il dit, Je ne passe pas souvent par ici.

Oui, dit-elle, je comprends. Il te faudrait une bonne raison.

M'est avis que oui.

Bon, ça me paraît hyperclair. Toujours au même endroit, la main sur la poignée de la porte, avec ses vêtements qui n'avaient pas un pli de travers. Elle dit, Tu sais pas ce que tu perds.

Il avait bien l'impression que si et, comme il n'avait pas envie d'en débattre davantage, il lui dit de faire attention et de ne pas verser dans les fossés. Elle ne répondit rien alors et sortit, la tête levée bien haut.

Il était content qu'elle soit partie mais comme il était encore tôt, il ne pouvait pas dormir. Il se leva, fouilla dans son sac de voyage, en sortit le petit livre que Katie lui avait offert pour son anniversaire. Celui qu'il emportait dans chacun de ses déplacements. Un livre de citations, une pour chaque jour. Il lui avait promis qu'il en lirait une chaque matin ou chaque soir, comme un rite, mais cela faisait des jours qu'il ne l'avait pas fait. Peutêtre des semaines. L'idée lui vint alors qu'il devrait lui demander à elle, ce qu'elle pensait du rêve. Elle donnait à plein dans la psychologie qu'elle étudiait à la fac. Elle lisait quantité de trucs de femmes, ça au moins elle lui en avait parlé, concernant les représentations sexuelles et l'image du moi, ce que les hommes voulaient. Quelque chose qui était lié au pouvoir et à la domination. Un point qu'elle avait souligné par un froncement de sourcils désapprobateur. Ce qui ne l'empêchait pas de tenir un journal où elle notait tous ses rêves. Peut-être qu'il lui demanderait.

À condition qu'elle reprenne contact.

Elle lui manqua tout à coup et il se souvint d'une époque où elle se hissait sur ses genoux chaque fois que l'occasion s'en présentait. Quand elle était petite. Une fillette très câline. Il sourit en y repensant. Katie sur ses genoux, sa mère près d'eux sur le canapé, câline elle aussi. Puis il vit son ex debout sur le seuil de la chambre, pleurant, lui annonçant qu'elle n'en pouvait plus. Lui disant qu'elle avait essayé. Lui disant, Et ce qu'il y a de vraiment triste, Rule, c'est que toi, non. Tu n'es qu'un salaud égoïste.

Il se disait qu'elle avait sûrement raison.

Bien sûr, quand elle avait dit ça, elle était furieuse.

Il s'allongea sur le lit, ouvrit le livre, tourna les pages à la recherche de la dernière qu'il avait lue. Il n'en gardait pas le souvenir. Le problème, c'était que certaines de ces citations étaient rudement coriaces. Pas faciles à comprendre. La plupart semblaient être des extraits d'écrits plus longs qui auraient pu fournir un contexte, leur conférer une plus grande signification. Ce n'était assurément pas aussi facile que de lire les citations à ressortir en société qu'on trouvait dans le *Reader's Digest.* Celles là étaient claires et ciblées, amusantes.

Il finit par décider de lire les pages des trois derniers jours. La première lui parut exagérément radieuse et la seconde n'avait absolument aucun sens. Mais la dernière lui parla complètement. Il la lut à deux reprises. Elle était d'un écrivain appelé Nietzsche. Aucune idée de la façon dont ça pouvait bien se prononcer. Un drôle de nom allemand, un philosophe. Il vit alors la note de l'éditeur expliquant que ce type avait sombré dans la folie, qu'il était mort dans un asile d'aliénés.

Il lut la citation une troisième fois :

« C'est d'une image qu'a blêmi cet homme blême. Accomplissant son fait, il était bien à la hauteur de ce qu'il faisait; mais du fait accompli ne put souffrir l'image.

Dorénavant il ne s'est vu que comme le fauteur d'un seul et unique fait. C'est ce que je nomme délire; de ce qui était l'exception il a fait l'essence même. »

Il médita. Un seul acte. C'était vrai, bon Dieu, cela suffisait. Il réfléchit et, pendant un moment, il en oublia qu'il attendait.

25

Après le dîner, Della fit la vaisselle et suivit des yeux la pendule dans l'intention de regarder les informations de dix heures. Il n'y avait rien eu dans les éditions précédentes. Elle était restée à regarder jusqu'au dernier mot, n'empêche, s'ennuyant à mourir pendant la majeure partie, à l'exception du sujet sur les maillots de bain estivaux, le cache sexe qui revenait à la mode. Elle avait regardé *Live at Five*, puis le *Six O'Clock Report*. Rien.

L'homicide de la station Mobil de Manvel avait été mentionné, c'était tout. Les deux fois. Ça avait attiré son attention, c'était sûr. La journaliste (une jeune Hispanique nommée Maria Machinchose, avec un accent, très mignonne, et les yeux un peu trop rapprochés l'un de l'autre, elle l'avait remarqué tout de suite) avait dit que certaines sources policières bien informées avaient confirmé, confidentiellement et en exclusivité pour cette antenne, que le vol et l'assassinat de Manvel (seigneur, *l'assassinat*) s'intégraient dans un schéma de crimes d'une grande violence perpétrés sur un tragique trajet allant d'Austin à la région de Houston, apparemment par les mêmes personnes.

Non, pas par des personnes. Par des *agresseurs*, avait dit la journaliste. Et pas seulement des agresseurs. Des agresseurs *brutaux et cruels*. Des agresseurs brutaux et cruels lancés dans une équipée criminelle sauvage à travers le Texas, ponctuée par la violence et la mort. Della était restée assise à regarder avec des yeux exorbités, disant, ô seigneur, ô seigneur.

Maintenant, les bras plongés jusqu'aux coudes dans l'eau de vaisselle, elle fermait les yeux, avançait la lèvre inférieure et rejetait de l'air qui agitait sa frange. Elle n'arrivait toujours pas à le croire. Elle ne le pouvait pas. Et ne le voulait pas. Misère, Ray Bob lui avait tiré dans les deux *yeux*, à ce gamin. De la méchanceté pure et simple, voilà ce que c'était. Et lui il était resté là, assis face à la télé, à se vanter de ce qu'il avait fait. À se vanter d'avoir collé sa deuxième balle pile poil pendant que le jeunot tombait, une cible mouvante. Elle en avait eu l'estomac retourné. Impossible de garder le silence.

Hé bien, moi, ça m'impressionne pas du tout, elle lui avait dit. Et il avait répondu, Ah ouais ? T'as qu'à essayer. Et elle avait répondu qu'elle en avait pas la moindre intention, qu'elle était pas du genre à faire ça. À ouais, parce que c'est quoi, ton genre ? il avait rétorqué. Alors elle lui avait dit qu'elle était d'un genre différent. Elle lui avait dit qu'elle avait des buts dans la vie, et que de devenir un agresseur brutal et cruel, ça en faisait pas partie. Que de tirer des balles dans les yeux d'un ado, c'était pas l'idée qu'elle se faisait d'un moment sympa. Qu'une équipée criminelle sauvage à travers le Texas, c'était pas son truc. Il avait répliqué qu'il en était pas si sûr que ça, et après il avait ri.

Et Eddie qu'était resté là sans prononcer une parole pour la défendre.

Elle ajouta une assiette en plastique rouge sur l'égouttoir, levant l'œil vers l'horloge, fixée de travers sur un poteau de cinq centimètres sur dix au dessus du réfrigérateur. Presque vingtdeux heures. S'ils ne mentionnaient pas l'Homme Idéal aux infos, elle achèterait le journal demain. C'était normal de penser qu'ils en parleraient à la télé, n'empêche, vue la façon qu'ils faisaient leur métier. Si on enlevait les meurtres et les accidents mortels, il resterait pratiquement plus une seule nouvelle. Sans compter qu'il s'agissait de monsieur Fortune Five Hundred, ce qui devrait quand même vouloir dire quelque chose. Lui, en tout cas, il en avait eu l'air persuadé.

Peutêtre qu'il avait menti.

Ce qui lui donna à réfléchir. Elle n'y avait pas pensé. Mais ce type devait avoir une certaine importance, vue sa manière de s'habiller, sa manière de se comporter. C'était *quelqu'un*. Et retrouvé nu comme ça dans un lit avec un couteau en pleine poitrine ? Ça aurait dû faire les infos de toute façon. Quand on retrouve un directeur adjoint de Taco Bell comme ça, ça fait les nouvelles. Les télés ne parlent que de ça, comme si le président avait été tué.

Elle regretta de ne pas avoir acheté un journal. Ils étaient plus complets, ils disposaient de davantage d'espace. Le *Houston Chronicle*, épais comme un catalogue Wards de vente par correspondance. Elle avait voulu en acheter un aujourd'hui mais ils avaient été tellement pressés qu'elle avait pas eu toute sa tête à elle. Pas étonnant. C'était pas facile d'essayer de penser à tout ce qu'il fallait penser quand on était une criminelle recherchée.

Elle était bien obligée de se considérer comme telle.

En plus, maintenant, elle frayait avec deux *vrais* criminels, recherchés dans tout le pays, à ce qu'il semblait. Enfin, un au moins. Pour Eddie, elle était pas sûre. Mais Ray Bob, c'était pas autre chose que des mega emmerdes. Et ils s'imaginaient que la police était pas sur leurs talons ? Ils avaient même pas l'air de s'en faire tant que ça. Et elle qui se retrouvait en plein milieu. Un drôle de moyen qu'elle avait trouvé pour essayer de passer inaperçue. C'était comme de sauter d'une poêle à frire directement dans le feu. Elle aurait eu aussi vite fait de porter un teeshirt qu'aurait proclamé en grosses lettres : CRIMINELLE EN FUITE, CHERCHEZ PLUS.

Dix heures moins cinq.

Elle récura la casserole en aluminium, la rinça, la posa sur l'égouttoir. Une seule casserole. Même pas une poêle à frire dans toute la cuisine. Pas étonnant de la part de LD, mais elle pensait que Ruby aurait pu faire quelque chose pour arranger ça. Une seule casserole pour faire chauffer une boîte de macaroni au fromage, rinçage, même casserole pour la boîte de Rice A Roni parfumé au poulet, relavage, pour finir par faire chauffer des ravioli en conserve. Vraiment chiant. Ça prenait une éternité, quasiment. Sans compter qu'après, y avait Ray Bob qu'avait râlé parce que les macaroni au fromage étaient froids. T'as qu'à te les faire, elle lui avait répondu, si tu crois que t'es plus capable. Je suis pas une femme, il avait rétorqué comme si ça pouvait être un argument valable. Il y avait une bonne centaine de choses qu'elle aurait pu répondre à ça, mais tout ce qu'elle avait dit, ça avait été, Eddie a bien aimé, lui.

Eddie, bien sûr, qu'avait rien dit.

Elle ronchonna, s'essuya les mains, remit de l'ordre dans sa coiffure, contourna la table de la cuisine et le trou dans le plancher où s'ouvrait la cage d'escalier, s'approcha du coin télé. La maison était assez grande mais n'était pas divisée en pièces avec des murs comme une habitation normale. Pas une seule cloison à l'intérieur. L'escalier montait en plein milieu, il partait de la plaque de béton comme des marches qui arrivent d'une cave, et en haut il n'y avait qu'une pièce gigantesque. Des hautes fenêtres à moustiquaires, avec des volets ouverts qui couvraient toute la longueur sur les quatre côtés. Des lits repoussés dans les angles comme si cela garantissait une certaine intimité. On aurait dit une maison de poupée de taille démesurée. Ou une cabane de chasseurs. La salle de bains c'était pas autre chose qu'un vague lavabo et un pommeau de douche rouillé à demi arraché derrière un rideau en plastique. Lequel était accroché à des segments de conduites d'eau en plastique qui décrivaient des coudes, attaché à des poteaux exposés aux regards, à côté du réfrigérateur et de la cuisinière. La salle de bains en plein milieu de la cuisine, tu parles d'une organisation. Tu te poses sur le siège et les gens qui mangent à table entendent tout. C'est de l'intimité, ça ? Encore un truc sur lequel Ruby était pas à la hauteur.

Et pas de téléphone. Elle l'avait oublié, ça.

Le seul aspect positif de la situation c'était qu'elle était pas assise sur le cul chez elle à Sugar Land à attendre qu'on vienne l'arrêter.

Elle prit place dans un vieux fauteuil inclinable que LD avait dû apporter à la plage après l'avoir usé jusqu'à la corde à Houston. Il allait très bien avec le reste du mobilier, n'empêche. Déglingué et informe. Eddie et Ray Bob étaient vautrés par terre devant le poste. Ils regardaient un reportage exclusif d'Ed Bradley stigmatisant les abus constatés dans les élevages de poulets. Le seul autre choix étant un épisode de *Three's Company*[1] sur la deuxième chaîne. Ray Bob avait dit non, pas question qu'il regarde John Ritter, ce type, c'était une pouffe.

Elle écouta ce que racontait la télé. Ed Bradley parlait des éleveurs de volailles, de ce qu'ils faisaient de tous ces cacas de poules. Hé mec, dit Eddie en couvrant la voix du journaliste, j'avais jamais pensé à ça, ça représente un sacré tas de merdes. Ed Bradley, vêtu d'une veste kaki comme s'il participait à un safari, conclut alors en disant, Affirmer que les éleveurs et les agences d'observation et de régulation parviendront à un accord serait anticiper sur l'avenir. C'est là un débat que nous suivrons avec attention. Pour l'heure, les deux partis défendent des positions extrêmement divergentes et pas plus l'un que l'autre ne semble disposé à faire des concessions dans cette querelle de bassecour.

Ray Bob, allongé sur le dos, la tête posée sur les bras, dit, Hé mec, écoute-le un peu parler, ce métèque. Je suis capable d'en écrire, moi, des conneries pareilles. Il roula sur le côté, porta la main à son aisselle pour se gratter. Disant, Putain, j'y crois pas qu'on arrive à capter que deux chaînes, ici.

Après quelque chose comme cinq années de publicités, les infos locales de vingtdeux heures débutèrent en fanfare. Le tandem de présentateurs, un gusse sapé comme un vendeur de bagnoles neuves qui arborait une indéfrisable, accompagné d'une journaliste à moitié mexicaine et à moitié chinoise, annoncèrent qu'il y avait eu un nouveau massacre d'Indiens au Mexique et une importante coulée de boue en Californie. Sans oublier l'explosion mortelle d'une voiture piégée à Tel Aviv. Beaucoup de morts, plein d'images et de temps d'antenne. Ils promirent également un reportage stupéfiant sur la façon de réaliser des économies en achetant des boîtiers de télécommande pour l'ouverture des portes de garages. Plus une enquête spéciale sur la façon d'acheter un poulet au supermarché en évitant les bactéries. Ils ne mentionnèrent pas le reportage d'Ed Bradley. Puis ils envoyèrent à nouveau de la pub.

---

1. *Three's Company* : Trois, c'est un de trop. (*N.d.T.*)

Tu crois qu'on va y être ? demanda Eddie.

Nan, fit Ray Bob, ils ont déjà parlé deux fois de nous. Si on veut y être encore, va falloir qu'on tue quelqu'un d'autre.

Je préférerais autant que vous évitiez, dit Della. J'aimerais bien qu'on ait un peu de calme et de tranquillité.

Si c'est du calme et de la tranquillité que tu veux, dit Ray Bob, t'as qu'à foutre le camp dans l'Iowa.

Della dit qu'elle allait peutêtre y aller.

Ray Bob dit qu'ils pouvaient la mettre au car demain.

Della dit qu'elle était capable de s'organiser toute seule, merci.

Eddie dit, Hé, si on jouait aux cartes ? Tout en tirant fort sur son anneau, il se saisit d'un jeu posé sur le meuble de la télé, commença à battre rapidement. Un rami à trois, ça vous va ?

Ray Bob répondit que ça l'intéressait pas. Il sortit sur la terrasse par la porte moustiquaire qui faisait face à la plage, s'assit sur la rambarde pour fumer. Un croissant de lune était levé mais un récif de hauts nuages empilés, venus du golfe, l'étouffait. La brise se renforçait et sentait la pluie. L'ozone lui picota les narines. Quelques minutes à peine et les premières gouttes tombèrent, grosses sphères de guimauve qui crépitèrent sur la terrasse, la rambarde, le firent battre en retraite sous l'étroit avant toit. La pluie atténua la chaleur et la teneur en sel de l'atmosphère, lui éclaircit les idées. Il repensa au petit jeune de la station Mobil, revit la deuxième balle qui touchait pleine cible, le liquide épais qui jaillissait. Même maintenant, alors qu'il se le remémorait pour la énième fois, il en était tout surpris. Il n'avait jamais été aussi bon que ça au tir, en tout cas pas avec une arme de poing. Il fuma et contempla la pluie un moment, puis avant de rentrer, il expédia d'une pichenette le mégot par dessus la balustrade dans la nuit mouillée.

À la télé, le présentateur promettait des averses nocturnes et des ciels nuageux qui allaient se dégager au lever du soleil. Des cartes colorées et des images satellite, un coefficient de marées, des indications barométriques et hygrométriques, davantage de données qu'on souhaite en connaître concernant les prévisions météorologiques. Après vint le sport avec un clown qui agitait les bras en beuglant les scores.

Della dit, Bon, ça y était pas. Elle paraissait déçue.

J'aurais cru que ça te ferait plaisir, dit Eddie. Il était assis jambes croisées sur un fragment effrangé de tapis d'extérieur (l'idée que LD se faisait d'un tapis), il tentait une réussite, sourcils froncés. Il dit, Je crois qu'il manque un roi dans ce jeu.

Ray Bob se tenait juste sur le seuil, les pouces enfoncés dans ses poches revolver. Ça existe, les bars à bière, dans le coin ?

Della répondit que des bars à bière, il y en avait des deux côtés de la route qui longeait la plage. Tu les as pas vus ?

Il garda le silence. Au bout d'une minute, il disparut par les marches. Ils l'entendirent en bas qui essayait de relever le toit de la Caddy. Il gueula à deux ou trois reprises, poussant des jurons, puis leur parvinrent les échos de coups violents, suivis du silence. Il réapparut bientôt, se dirigea vers un des lits d'angle, ôta ses vêtements à l'exception de son caleçon et se glissa dans les draps. Della l'observait à la dérobée, mais elle détourna le regard quand Eddie releva la tête.

Après le monologue de présentation de Letterman, ils éteignirent la télé et les lumières puis allèrent se coucher dans l'angle opposé à celui de Ray Bob. Pendant qu'ils se déshabillaient, Eddie dit, J'ai jamais pu comprendre comment les gens peuvent regarder ce mec, il se croit tout permis.

Della lui répondit que c'était pour ça que les gens regardaient. Elle ajouta, David ose dire en public des choses qu'on a pas le droit de dire. Eddie répliqua qu'il pourrait faire pareil s'il en avait envie, sauf que les choses qu'il avait vraiment envie de dire, en général, elles lui venaient à l'esprit que quand c'était trop tard. Della dit, Ça, c'est la deuxième raison.

Ils s'étendirent nus sur le drap qui était frais et à peine humide près de la fenêtre moustiquaire, écoutèrent les gouttes de pluie qui tombaient sur le toit. Il faisait noir sans le clair de lune et sans la lumière des étoiles. Le crépitement régulier et aléatoire avait un effet calmant, hypnotique. Au bout d'un moment, Della dit que d'autre part l'émission était enregistrée à l'avance et qu'il avait des gens pour lui écrire son texte. Eddie remarqua que c'était de la triche mais que ça le surprenait pas de l'entendre. Elle lui dit que tout le monde trichait, même dans le monde des mannequins, vu qu'il faisait partie de l'industrie de la mode. Bien que leurs voix soient basses, presque des chuchotements, les sons semblaient rompre le murmure mélodieux de la pluie, dans l'obscurité, et ils arrêtèrent bientôt de parler.

Della, allongée dans le noir, se demandait quelle allure aurait Eddie dans un beau costume Ralph Lauren. Eddie pensait au petit jeune de Manvel, aux filles d'Austin, à tout le reste, à l'A-rabe. Il se sentait flasque, là, se demandait si cette histoire de pardon, ça avait été un plan qui fonctionnait qu'un seul coup.

Au bout d'un moment, Della tendit le bras et posa la main sur son ventre. Il la laissa faire, sentit la douceur et la chaleur de sa peau épouser le mouvement de sa respiration. Puis l'excitation commença à se manifester, il roula doucement sur elle et elle le reçut entre ses jambes.

Elle prit soin de ne faire aucun bruit, ne bougea pas beaucoup. Lui non plus. Il leur fallut longtemps et, quand ils eurent fini, ils n'en parlèrent pas. Ils restèrent étendus dans le lit, avec la moustiquaire qui tamisait l'air et la pluie qui se calmait, qui tombait doucement désormais.

Et ils glissèrent dans le sommeil.

À l'autre bout de la vaste pièce, immobile dans les ténèbres de son lit, Ray Bob écoutait sans bouger.

26

Le point du jour le surprit dans le café des routiers, de l'autre côté de la route, à manger des saucisses de venaison avec patates sautées et œufs sur le plat sans oublier une assiette de biscuits au babeurre fabrication maison qu'il trempa dans du sirop de sucre de canne Steen. Faisant passer le tout avec de grandes tasses de café noir fumant. Regardant les chauffeurs routiers et les ouvriers qui agissaient de même avant leur longue journée sur la route ou dans les champs de pétrole.

Il était assis à une table proche de la vitrine. Des averses étaient passées durant la nuit, un soleil ensanglanté apparaissait à l'est à travers des fragments déchiquetés, détritus abandonnés par le front nuageux. Sous le ciel pressé, les flaques du parking en coquilles d'huîtres ressemblaient à des mares de sang sombres.

Peu après, il roulait vers l'ouest sur une étroite route de campagne tandis que le soleil dépassait l'horizon, gros globule rouge dans son rétroviseur. Il traversa les basses terres, laissant derrière lui le delta et les marais côtiers, grimpant la pente imperceptible de l'ancien fond marin pour gagner les prairies herbeuses. Près de Danciger, il repiqua à l'est vers la San Bernard puis s'engagea sur une piste de terre de l'autre côté d'une grille à bétail. Il s'arrêta devant une petite maison de bois au terrain délimité par une haie de lauriers roses, fleurs élancées telles des explosions d'étoiles magenta, tandis qu'un treillis de jasmins en pleine floraison ombrageait le perron. Il mit pied à terre.

Un vieillard appuyé sur une canne apparut devant la porte. C'était un homme décharné de petite taille, aux larges épaules voûtées sur un torse creux et aux jambes arquées au dessus de bottes de muletier. Il portait une chemise de flanelle décolorée, un pantalon de toile. Son visage émacié, couleur de noix, était creusé de sillons et de crevasses par les affluents de maintes années, l'histoire de sa vie tracée ici même. Il attendit, la tête inclinée sur le côté, ses yeux d'un gris laiteux à demi clos jusqu'à ce que son visiteur s'approche à grands pas.

Rule Hooks, dit-il.

Exact, Jedidiah. Tu n'as pas perdu l'oreille.

Pied droit plus lourd que le gauche, précisa le vieil homme, depuis toujours. Pour toujours, sûrement. Il se tourna et s'assit sur un banc en bois appuyé contre le mur. T'as avalé ta bouillasse matinale ?

Oui.

Assieds-toi.

Rule échangea une poignée de main avec le vieillard avant de s'installer face à lui sur une chaise en cuir de vache. Jedidiah Comfort, qui n'avait rien apporté de ce que suggérait ce patronyme aux innombrables individus recherchés par la loi pour une raison ou pour une autre au fil des quarantecinq années qu'il avait passées comme Ranger. Il avait tué une douzaine d'hommes, en avait blessé par balle bien davantage, avait lui-même été blessé à plusieurs reprises par des coups de feu et plus d'une fois par un couteau. La plupart du temps à cheval. Quand sa dernière monture avait été abattue et lui avait roulé dessus, il avait été mis à la retraite avec une pension d'invalidité. Une cérémonie à Austin, présidée par le colonel, puis il était retourné sur la ferme familiale pour y vivre seul, deux fois veuf.

T'as l'air en forme, Jedidiah.

On peut pas dire que je m'en sois rendu compte. Je fonctionne surtout à l'ouïe et à l'odorat, ces temps. Ce que j'entends, là, ça a trois pattes et ça sent un peu le faisandé.

Il eut un gloussement de rire et appuya sa canne, une branche de bois lisse, très dur, avec pommeau en cuir de vache brut et douille de fusil de chasse calibre douze à l'extrémité, contre sa jambe. Le vieux Ranger frotta la peau de sa cuisse à travers la toile, sa main tannée comme le cuir agitée d'une fureur arthritique. Il attendit un moment, jusqu'à ce que le silence soit bien installé, puis il fit un bruit d'autodérision. Il dit, Tu t'es déjà demandé pourquoi on appelle ça les années dorées ?

M'est avis que non.

Hé bien, ça viendra.

Il se pencha sur le côté, projeta un jet de salive dans un crachoir en cuivre posé près du banc. Très vite, un walker à l'échine marquée d'une tache tourna le coin de la maison et monta sur la terrasse pour se coucher à ses pieds. Jim Dandy, le géniteur de Lefty.

Rule prononça son nom et le chien le regarda. Il le répéta, Jim Dandy, puis dit, Ton fils Lefty va bien, je me suis dit que ça te ferait plaisir de le savoir. Ça se passe bien pour lui, il apprend bien. Le chien bougea une oreille et posa lentement le museau sur ses pattes.

Jedidiah dit, Si Lefty tient de son père, c'est un bon chien de chasse. Il eut un large sourire. Quand il a envie, je veux dire. Sa maman, en revanche, elle a jamais eu beaucoup de dispositions. T'es sur la piste de ces types ?

Oui.

Le vieil homme hocha la tête. J'ai entendu ça à la radio. Ils laissent un sacré sillage.

Ça, on peut le dire. Rule ôta son chapeau, le posa sur un genou. Sauf que ça m'apprend pas grand chose. Pas encore.

Ça viendra.

Je sais.

Une sturnelle des prés siffla dans le champ et ils l'écoutèrent. Par le jasmin treillissé, les rayons du soleil s'infiltraient en déchirures qui tombaient sur la terrasse. Le jour était bien levé maintenant, la rosée avait quitté l'herbe. L'arôme parfumé du jasmin embaumait l'air. Rule regarda au delà du périmètre immédiat de la maison les champs verts piquetés de chênes nains et de mesquites en direction d'une prairie où broutait une unique hereford.

Sauf qu'y a pas que ça qui te tracasse.

Rule dit, Non, c'est vrai.

Jedidiah se frotta la bouche avec le dos de la main, l'essuya sur son pantalon. Il dit, C'est pas facile pour un homme de traquer un fugitif quand il a pas l'esprit libre. Il entend pas bien, y a des odeurs qu'il sent pas.

Je sais.

Le vieil homme ferma les yeux. Il prit sa canne, la maintint bien droit entre ses jambes, ses lèvres minces se plissèrent en un sourire. Il dit :

Je me souviens d'une fois que je pistais un Mex dans le sud, dans le comté de Zapata. J'étais à la Compagnie D, on avait pour base une baraque en adobe près de Bustamante. Des problèmes de voleurs de bétail, ils poussaient les *longhorns* vers le Vieux Mexique en franchissant le Rio. Alors bon, je trouve une piste. Me voilà là bas, dans ce désert, à remonter le lit d'un arroyo quelconque. Sable rouge, figuiers de Barbarie et cactus ocotillos à perte de vue. À pied, le cheval par la bride. Une chaleur que tu pouvais pas respirer. Rien qui bougeait à part un œil de lézard. Le pays du diable, que c'était, ça l'est toujours si ça a pas changé, un avant goût de ce qui nous attend, m'est avis. Deux jours que j'avançais, je pouvais pas reculer, j'avais eu épuisé toute mon eau. Ma langue, elle était gonflée comme un pied qu'a été mordu par un serpent et c'était à peu près tout ce que j'étais capable de penser. Un bon grand verre d'eau mouillée, c'était à ça que je pensais. Et c'est à ce moment là qu'il s'est dressé derrière un bouquet de figuiers de Barbarie et qu'il m'a collé une balle dans la peau. En plein ici.

Il leva une masse indistincte de doigts noueux, toucha sa clavicule droite. Il dit :

Mon gars, qu'est-ce que ça brûlait. Elle a rebondi sur l'os vers le haut, n'empêche, au lieu d'aller vers le bas, j'ai eu de la veine. Je me suis jeté à terre en m'efforçant de sortir mon Colt avec la mauvaise main. Il avait un vieux Mauser quatrevingtdixhuit et le mécanisme de chargement s'est enrayé. Ce qui fait que j'ai eu doublement ma part de chance, ce qu'est plus qu'on peut oser en espérer. J'ai passé mon flingue dans ma main droite et je lui ai collé une balle dans la tête, et après je lui en ai expédié une autre parce que j'étais en rogne.

Il se pencha sur le côté, expédia un jet de salive dans le crachoir et s'essuya la bouche.

Bien sûr que c'était de ma faute, bordel. T'es sûr que tu veux pas du café ?

Rule reprit son chapeau sur son genou, le garda à la main. Merci, Jedidiah, mais il faut que j'y aille. Ça m'a fait plaisir de te voir.

Ils se levèrent tous les deux, se serrèrent la main et Rule descendit les marches. Arrivé en bas il se retourna. Jedidiah se tenait sur la terrasse, la canne devant lui, il s'appuyait dessus avec ses deux mains, Jim Dandy au pied.

Le vieux monsieur hocha la tête. Sympa de t'être arrêté. Ta fille, ça va ?

Bien. Elle s'est inscrite à l'université, je la vois pas beaucoup.

Elle est grande.

C'est vrai.

Hé, c'est comme ça. Viens dîner la prochaine fois.

Entendu.

Rule fit le geste de se coiffer de son chapeau mais il le garda entre ses deux mains en le tenant par le bord et dit, Dis-moi un truc, Jedidiah. Ça t'est arrivé, de paniquer ?

Le vieil homme tapa avec sa canne à trois reprises sur les planches de la terrasse. Il réfléchit, rappela ses souvenirs. Fixa devant lui la ligne droite ou courbe qui englobait ce qu'il était encore capable de voir, visage impassible, yeux gris brumeux presque fermés dans ce relief marron comme les noix.

Négatif, dit-il finalement. Mais j'ai le sentiment que ça va pas tarder.

Rule mit son chapeau. J'en doute.

Ben, c'est pas exclu, dit Jedidiah. Il leva une main devant lui comme s'il chassait une mouche. Parfaitement, elle aurait pu ricocher pareil vers le bas. Comme je te disais, j'ai eu de la chance.

T'as eu beaucoup plus que ça, dit Rule. Sacrément plus, même. Je suis certain que ça va continuer.

Y a pas de raison... si ça se peut.

Rule démarra, s'éloigna sur le chemin de terre et franchit la grille à bétail pour reprendre la petite route locale. La dernière image qu'il garda de Jedidiah était celle du vieil homme, debout sur la terrasse avec Jim Dandy à ses côtés. À attendre. À écouter. À son oreille, l'appel feutré du passeur. À sa narine, une faible émanation du fleuve éternel.

27

Harvey Lomax se réveilla sur le siège avant de sa dépanneuse. Il était complètement de guingois, l'épaule gauche écrasée sous son poids, les pieds coincés contre le panneau de la portière côté passager. Il était endolori de partout, le soleil lui blessait les yeux, ses chaussettes étaient encore mouillées.

Il se redressa.

Une nuit épouvantable, de bout en bout. Tard dans la soirée, il s'était garé derrière le motel, là où le Ranger ne pouvait pas le voir. Il avait étalé une vieille couverture d'atelier sur le sol, sous son treuil, avait essayé d'y dormir. Les moustiques, semblables à un fléau lancé par le Seigneur sur l'Égypte. Il s'était enroulé dans le tapis de sol graisseux, la tête rentrée à l'intérieur, étouffant. S'était consolé en se redisant que tout, en ce bas monde, n'était que peine et labeur. Que la vie ici bas n'était qu'une vallée de larmes.

Puis était venue la pluie.

Elle l'avait obligé à s'abriter sous le camion. Tout de suite après était arrivée l'eau, déferlant vers lui en ruisseaux, imprégnant la terre. Ce qui l'avait obligé à se réfugier dans la cabine, aux alentours de minuit. Ça ressemblait à un sauna, à l'intérieur. Le siège court et étroit, lui, replié comme un fœtus dans sa salopette. Au cours de la nuit l'averse s'était arrêtée et il avait ôté ses bottes, s'était allongé sur le siège avec les pieds qui dépassaient par la fenêtre. Les moustiques avaient effectué leur retour. Il avait remonté la vitre et s'était résigné à sa triste condition.

Maintenant, il était assis dans la cabine et il réfléchissait. Ça avait été un test, voilà tout. Le Seigneur qui mettait sa résolution à l'épreuve.

Enfin bon, il avait réussi.

Il passa sa grosse main à la peau rugueuse sur sa figure, ouvrit la portière. La chaleur du matin déferla sur lui. Le soleil indiquait huit ou neuf heures et il enfila rapidement ses lourdes bottes en cuir éraflé sur ses chaussettes mouillées, contourna le motel en cheminant dans l'herbe humide, jeta un coup d'œil au pavillon occupé par le Ranger. Le pickup ne s'y trouvait plus. Il sut alors qu'il lui avait à nouveau échappé.

La première fois, ça s'était produit la veille.

À la station service de Brookshire, il l'avait entendu dire au chef Wharton qu'il allait vers Freeport. Alors il l'avait suivi. Il l'avait suivi après que le chef lui eut dit de rentrer chez lui, de prendre une douche, de faire un somme, peutêtre de prier un peu. Un peu ? Un *peu* ? Seigneur, il n'avait pas cessé depuis que ces types avaient tiré sur Maxine, qu'ils l'avaient étendue raide morte, ici même dans la station Exxon, derrière le comptoir, une cigarette à la main. Ils l'avaient tirée comme un animal, comme un chien du démon. Il ne lui restait plus rien d'autre, à lui, que tourments et larmes. Et le chef s'imagine que prier un peu va me guérir de ça ?

Il lui avait donc donné sa promesse, était reparti dans sa dépanneuse en direction de chez lui. Puis il avait décrit un cercle et avait suivi le Ranger. Parce que son autre promesse primait. C'est à moi de faire justice, dit le Seigneur. Lettre aux Romains, chapitre douze, verset dixneuf. Il se venge, Yahvé, de ses adversaires. Nahum, chapitre un, verset deux. Car j'ai au cœur un jour de vengeance. Isaïe, chapitre soixantetrois, verset quatre. Car son cœur est mon cœur et sa vengeance est mienne. Le sens étant clair : Je suis Son représentant et Son outil. Son arme. La tâche du Seigneur sera accomplie, c'est à moi qu'il appartient de m'en acquitter. Ce que je vais faire.

Comme il l'avait promis.

Il avait donc franchi les basses terres à la poursuite du Ranger, poussant sa dépanneuse si fort qu'il craignait que son propre cœur n'éclate. Le moteur à si haut régime qu'il n'osait insister davantage. Et pourtant, il avait réussi. À force de cajolerie, de persuasion. Les hautes herbes le long de la route avaient défilé en masse confuse, les champs verts se ressemblaient tous, des néants périphériques extérieurs à l'existence de cette étroite surface asphaltée qui se précipitait sous l'assaut des roues, du moteur, de son cœur, de sa promesse.

Et de la sorte, il l'avait rattrapé. Juste au nord de Brazoria, le Dodge était apparu devant lui sur l'étendue grise, tel un mirage jeté soudain à sa rencontre, et il avait réduit soudain sa vitesse, avait pénétré dans le delta au ralenti, traversé Lake Jackson pour entrer dans Freeport. Puis il l'avait perdu près du pont de Surfside. Un moment il était là, l'instant d'après, plus rien.

Parti.

À ce moment là le désespoir s'était emparé de lui. Il s'était garé sur le bord de la route et avait répandu des pleurs. Mais il avait puisé un renouveau de force dans la prière, dans la foi. L'abandon de tout espoir étant un péché. Une voix lui avait parlé, l'avait assuré que le Ranger reviendrait s'il était patient. Il était devenu la jeune fille au jardin tandis que tarde le marié. Veille donc car tu ne sais ni le jour ni l'heure. La voix lui disant : ne laisse pas s'éteindre la lampe. Ce dont il s'était acquitté. Et la voix n'avait pas menti. Une heure plus tard, en réponse à l'offrande de sa foi, s'en était revenu le pickup rouge et il l'avait à nouveau suivi jusqu'à ce qu'il se range dans la cour de ce motel proche de la Brazos. Où le Ranger avait pris une chambre.

Une fois de plus il avait patienté, observé. Tapi dans les ombres le long du bâtiment, aussi attentif et vigilant que dans un affût au cerf avant que ne pointe l'aube. Aux aguets, prudent, persévérant. Rien pendant un certain temps, puis le grand Ranger avait traversé la route et était entré dans le relais routier. Dîner au restaurant, dessert au bar. Retour dans son pavillon avec une femme. Repartie quelque temps plus tard, en larmes. La lumière était restée allumée assez longtemps, avait fini par s'éteindre.

Alors, il avait étalé sa bâche rembourrée sur le sol derrière son véhicule, mais n'avait pu dormir. Les moustiques et la pluie n'en avaient été que partiellement responsables. Un autre tourment encore : quel misérable était donc cet homme qui, dans son devoir sacré de faire respecter la loi, trouvait le temps pour la nourriture, la boisson, les femmes. Qui souillait la pureté d'une tâche inviolable par les transgressions désinvoltes du dépravé. Cette question avait harcelé son cerveau douloureux bien plus que les insectes. C'était lui qui luttait contre ce démon sous la pluie. Il gémissait. Priait. Implorait une réponse. Puis il l'avait obtenue. À nouveau s'était manifestée la voix, elle avait déclaré que la dépravation morale du Ranger n'entrait pas en ligne de compte. Le Ranger n'était qu'un outil, mais c'était un guide. Il le guidait, lui, Harvey Lomax, vers un but plus élevé. Une étoile polaire divine quoique impie pour une vengeance plus pure et un cœur plus pur, le sien.

Et maintenant, dans la chaleur du matin, il savait que le Ranger lui avait échappé à nouveau, l'étoile avait perdu son éclat à la lumière du jour, elle avait disparu. Il avait dormi trop longtemps. La lampe avait consumé toute son huile, la veille avait échoué. Une fois de plus, le désespoir s'abattit sur lui. Il n'avait pas franchi l'épreuve, en fin de compte. Faible chair, faible chair.

Lomax fixa le pavillon où le Ranger avait été mais n'était plus, puis il se martela la tête de ses poings. Il tomba à genoux et pleura, et après il pria. Enfin il se releva et, à travers les mauvaises herbes, il s'avança d'un pas décidé vers le motel, entra à la réception. Derrière son bureau, l'employée, une petite femme corpulente à la peau foncée, leva les yeux vers cette féroce figure aux traits rudes sous les cheveux en bataille, et elle recula d'un pas en tenant son stylo bille à deux mains comme une croix.

Oui, dit-elle, je peux pour vous ?

Je cherche un type qui conduit un camion rouge. Le Ranger.

La femme cligna des yeux, doigts crispés sur le stylo. *No esta*, dit-elle. Parti.

Il a libéré sa chambre ?

Non, *señor*.

Bon.

Lomax fit abruptement demi tour, traversa la route en direction du relais routier. Dans les toilettes, il se lava le visage à l'eau froide. Il baissa sa salopette autour de sa taille, arrosa ses bras noueux, ses épaules, sa poitrine pâle, s'essuya avec de pleines poignées de papier hygiénique. Puis il alla s'installer près de la vitrine et mangea un bol de bouillie d'avoine en buvant du café noir. Il resta si longtemps que la serveuse lui demanda à deux reprises s'il en avait terminé. Il perçut le sens caché dans sa voix, commanda un deuxième bol de bouillie d'avoine qu'il mangea également.

Vers le milieu de la matinée, le pickup rouge apparut sur la route et tourna dans le motel. Lomax regarda le Ranger en descendre, entrer dans sa chambre. Il paya, traversa la chaussée au pas de course pour regagner sa dépanneuse, sur l'arrière. *Service de dépannage du comté de Waller*, peint sur la portière en lettres cursives blanches. Et en dessous : IN GOD WE TRUST[1].

Il démarra, avança jusqu'à ce qu'il puisse juste distinguer l'arrière du Dodge, coupa le moteur, ouvrit sa vitre et attendit. Des criquets dans le champ, qui fredonnaient. Le soleil qui flamboyait dans le ciel, l'air moite et pesant. À midi, comme il piquait du nez, il mit pied à terre, fit plusieurs fois le tour du camion, s'étira.

Il s'appuya contre l'aile avant, se lamenta que sa propre mission sacrée fût tributaire de celle d'un homme capable de se terrer dans une chambre de motel pendant que des assassins dévastaient le pays. Qu'il reçût pour guide un homme n'éprouvant ni la ferveur de la justice ni son urgence. Il détecta alors le doute logiquement inscrit dans cette lamentation, en ressentit du remords. Agenouillé sur le sol à côté de la dépanneuse, il implora pardon et magnanimité, aussitôt accordés, et

1. Devise nationale figurant notamment sur la monnaie, « Nous plaçons notre confiance en Dieu ». (*N.d.T.*)

pleura. La tête dans les mains, il s'appuya à nouveau contre l'aile du véhicule, versa des larmes sur sa faiblesse et une souffrance qui était loin d'approcher celle que son épouse adorée avait enduré dans la calamité récemment survenue. Il avait péché car il s'était apitoyé sur son sort.

Après, il se sentit purifié. Et dans cet état de renaissance, reprit place dans la cabine et attendit. Le soleil écrasait tout, rien ne bougeait. Pas même le vent, pas même l'œil d'un oiseau noir. Pourtant, il ne s'assoupit ni ne sommeilla. Il plongea la main dans sa poche et en ressortit un petit bout de papier sur lequel il avait écrit le nom que le chef Wharton lui avait cité. Il l'étudia.

Darees Ledoo.

Il ne voyait pas quel genre de nom ce pouvait être, pas plus qu'il ne s'en souciait. Seul lui importait que ce fût le nom. Et l'homme qui allait avec. Et que dans le cœur de cet homme né de la chair régnât le mal que tout homme porte en lui. Mais ce mal, chez lui, récemment rendu manifeste. Son destin désormais décidé.

Lomax rangea le papier dans sa poche, il se pencha pour déballer partiellement les objets enveloppés dans une couverture, sur le plancher, du côté opposé de la cabine. Il examina ce qui se trouvait là. Un Weatherby quatre cent soixante gros calibre équipé d'une lunette de visée 3,5-14X Leopold Premium. De quoi abattre des rhinocéros. Et un trois cent cinquantesept Sig Sauer allemand ne présentant pas une seule tache, luisant d'un léger reflet de graisse.

C'était tout. Un fusil, un pistolet. Il n'avait apporté que ça. Ça et le petit Nouveau Testament qu'il rangeait dans la boîte à gants. Mais cela suffirait. Car autant que les Saintes Écritures, de même parlaient le fusil et le pistolet. Ils lui dirent : Seigneur, voici deux épées. Il leur répondit : Cela suffit.

Luc, chapitre vingtdeux, verset trentehuit.

28

Il dit...

Alors même que les Égyptiens de pharaon gravaient les hiéroglyphes dans la pierre, l'océan primitif englobait à l'endroit même où nous nous tenons le courant impétueux des fleuves et laissait la signature distinctive d'un traité malaisé, la barrière d'îles dont cette péninsule représente un élément.

Il dit...

Un traité malaisé et provisoire inscrit sur le sable. Chaque grain, un survivant de temps révolus, immortel, témoin du crétacé, du jurassique, du trias, du permien et du carbonifère. Un témoin des âges écoulés. Prêtons l'oreille, par exemple, à cette seule voix.

L'homme portant barbe et lunettes se pencha sur la plage. La cinquantaine, enveloppé, jambes solides parcourues de poils noirs exposées entre short kaki et bottes de marche. Il se redressa, bras tendu, poing fermé tourné vers le haut. Dépassant de la main, un index boudiné. Un grain de sable solitaire censément posé dessus.

Il dit...

Cet unique grain péripatétique a commencé sa vie il y a un milliard d'années. Un millier d'incarnations avant ce jour. Posé sur les fonds marins du cambrien, profondément enseveli dans les entrailles de la Terre par des événements tectoniques spectaculaires, propulsé vers le haut par certains autres. Fondu dans l'immense masse des montagnes métamorphiques, révélé par l'érosion, méthodiquement broyé loin de ses congénères tribaux nomades, séparé puis rendu aux océans immémoriaux. Abandonné subséquemment au reflux des vastes univers marins, chassé par le vent, écrasé par la chaleur, par la glace, emporté par les rivières pour se voir une nouvelle fois rejeté à la mer, puis charrié par les déferlantes houleuses jetées contre le littoral. S'agglutinant enfin dans la communion d'îles, de péninsules, de rivages qui composent cette barrière plane. Tout cela, mes amis, enregistré à la surface de ce simple grain de quartz fugitif. Que les Égyptiens surpassent cela !

Les étudiants entouraient l'orateur tous penchés en avant, fronts plissés, carnets de notes serrés contre les poitrines, regards fixés sur le doigt tendu comme s'ils pouvaient effectivement trouver écrit sur cette minuscule particule blonde l'histoire même qu'on venait de leur relater.

Un silence prolongé.

Puis, l'un d'eux dit, Je vois rien, et les autres pouffèrent.

Le professeur, ne témoignant nulle surprise, regarda le garçon. Il secoua son doigt d'un geste dégoûté, l'essuya sur sa chemise.

Il dit...

Imagination déficiente, comme d'habitude. La science est une allégorie de faits liés par la théorie, circonscrite uniquement par les limites de l'esprit humain. Le vôtre, malheureusement, est limité à tous égards, Rusty.

Le jeune haussa les épaules avec indifférence, les autres arborèrent des sourires méchants. Puis le professeur s'éloigna à grandes enjambées, le groupe d'étudiants le suivant sur la plage.

Eddie les regarda partir. Ils venaient de l'une des universités de Beaumont, une sortie d'études. Il les avait suivis un moment par curiosité, écoutant le professeur décrire les vers marins qui vivaient sous la plage, fabriquant leurs tubes, les crevettes d'eau douce dans les silos souterrains, les mollusques sécréteurs de mucus et les étranges escargots qui sucent le jus des clovisses. Il parlait vraiment bien. Les jeunes, eux, étaient débiles. Ils faisaient les malins, bâillaient, échangeaient des regards entendus.

Ils disparurent derrière une dune basse couverte d'herbes et Eddie ramassa un fragment de bois rejeté par la mer. Il écrivit son nom dans le sable. Une vague se brisa, l'eau se rua pour brouiller les lettres. Plusieurs déferlements encore et son nom disparut. Parti. Ainsi vont les choses, lui et tous ses congénères. Aucun choix, sauf peutêtre en ce qui concerne le moment, la manière, si on peut appeler cela un choix. On est, ou on n'est pas. Essayer de comprendre : n'être pas. Trop énorme pour l'appréhender.

Eddie repensa à l'employé d'Austin, l'A-rabe ou va savoir quoi. Un instant il est là, le suivant il n'y est plus. Là, plus là. Mort, mon vieux. Comme ça, là. Vraisemblablement, il y avait des gens à qui il manquait, qui le pleuraient.

Parce que lui l'avait tué.

Parti.

Il se débarrassa du bâton qui atterrit dans une flaque de pétrole poisseuse échouée sur la plage. Le sable marron clair était largement jonché de telles galettes, de récipients en plastique, de fragments de corde en nylon, de bouteilles de verre, de déchets. En majorité rejetés à la mer par des bateaux ou des plateformes de forage. Immobile, Eddie songeait qu'il serait incapable de déchiffrer un grain de sable mais qu'il savait assurément déchiffrer une plage. Seigneur. Des lettres de trois mètres de haut. Les gens sont répugnants.

Il tourna son regard vers l'horizon, vers les vagues, la surface proche agitée par la houle et son écume sédimentaire. En voilà une. *Plouf*, en voilà une autre. C'était super, non ? Contempler les vagues la bière à la main. Comme s'il y avait quelque chose à voir. Comme s'il pouvait se passer quelque chose s'il restait ici assez longtemps.

Et de fait, oui. Sa bière devint tiède, le vent plus humide et moite. Il transpirait. Du sable entre les orteils, du sable entre les dents. Un océan de sable. Il se dit, C'est pas des blagues, putain, chaque saloperie de vague est exactement pareille à n'importe quelle autre. Il se dit, Il faut être professeur d'université pour s'intéresser à ce genre de conneries.

À nouveau il repensa à l'A-rabe. Et à la fille dans le parc, qui pleurait. Allongée sur le côté près de la rivière, tremblante. Terrifiée. C'est pas vrai. Toute cette douleur, tout ce chagrin. À cause de lui. Il en éprouvait... quoi ?

Du remords.

Il avala le restant de sa bière tiède, jeta la boîte dans les flots, la regarda s'éloigner avec le reflux, revenir, repartir et revenir. Comme elle n'allait nullepart, il fit demi tour et escalada péniblement la pente creusée d'ornières sales entre les dunes basses fouettées par les vents, là où les voitures accédaient à la plage. Il vit Della allongée sur la terrasse de la maison, s'exposant au soleil. La Caddy n'était plus là. Ray Bob qui parcourait la route du bord de mer, qui écumait les bars en quête de la bière la plus fraîche. À ce qu'il avait dit.

Eddie passa sous la maison, grimpa les marches pour entrer puis sortit sur la terrasse. Della allongée sur le ventre, sur une grande serviette à rayures, la peau enduite de lotion solaire. La tête appuyée sur sa main, elle lisait le *Houston Chronicle*. La Bible posée à côté d'elle.

Eddie dit, T'as amené ta Bible ?

Elle répondit qu'elle l'avait mise dans son sac sans réfléchir, mais que ça pouvait pas faire de mal. Au cas où.

Tu la lis ?

Ben, je la *regarde*.

Eddie remarqua que c'était comme ça que la plupart des Bibles étaient lues, à sa connaissance.

C'est pas ce que je voulais dire, fit Della qui arrivait à la page des bandes dessinées du quotidien. Je lis les endroits imprimés en rouge, là où c'est Jésus qui parle.

Et qu'est-ce qu'il disait ?

Il disait qu'il faut essayer d'être gentil avec les autres. Comme par exemple, tu pourrais m'étaler un peu de crème sur le dos ? Elle tendit les mains derrière elle pour dégrafer son haut de maillot de bain. Disant, Tu sais que je l'ai acheté l'an dernier, ce truc, et qu'il est déjà passé de mode ?

Qu'est-ce qu'il a qui va pas ?

T'as vu comme il est grand. Faut que je m'achète un cache sexe.

Eddie répondit qu'elle ferait aussi bien de se promener nue. Elle dit que ce serait pas très correct, puis il s'assit à califourchon sur ses cuisses et l'enduisit de lotion solaire pendant qu'elle lisait les bandes dessinées. Quand elle rit, il lui demanda ce qu'il y avait de drôle.

Garfield. Il est tellement *mignon.*

Il se pencha pour regarder par dessus son épaule. Qui ça ?

Garfield. Elle montra avec le doigt. Tu connais pas Garfield ?

Eddie regarda le dessin. C'est un raton laveur ?

Un chat, andouille. Della expliqua que les personnages inventés ne ressemblaient jamais exactement à la réalité, que c'était pour ça qu'on les appelait des personnages.

Lui, si. Eddie pointait le doigt sur Dagwood. Il referma le flacon de lotion, s'essuya les mains sur les bras, battit en retraite sur le plancher de la terrasse jusqu'à ce que son dos rencontre le mur, à l'ombre sous l'avant toit. Disant, C'est exactement le portrait de mon père, avec ses cheveux qui partent dans tous les sens.

Della remarqua que ça faisait deux fois qu'Eddie en parlait, de son papa. Elle releva ses mollets à la verticale, agita les doigts de pieds. Ses ongles étaient peints en vert. Elle dit, Tu devais vraiment l'aimer.

Il tourna son regard vers les dunes proches, la plage et le golfe qui ondulait au delà. Il huma la brise qui en venait, chaude et saumâtre, l'odeur discrète du pétrole brut et des algues. S'interrogea, essayant de se souvenir.

Il dit...

Ça allait, il était un peu fou. Un vieux bonhomme pas commode. Il buvait beaucoup. Il avait pas beaucoup d'instruction, il avait grandi dans les marais, il s'était arrêté en cours moyen. Il avait capturé des ragondins et des alligators jusqu'à l'âge de dixneuf ans où il avait découvert la terre ferme. Il disait qu'avant il savait pas que la plupart des gens vivaient sans avoir de la moisissure entre les doigts de pieds. Il avait donné sa pirogue à son frère et s'était installé à Lafayette, il s'était fait engager comme tuyauteur, il s'était marié. Il avait jamais pu y arriver, n'empêche, point de vue finances.

Il dit...

Avant qu'elle rentre, sa paye, elle était déjà partie. Loyer, mômes, provisions, t'as l'embarras du choix. Il vivait à tempérament. Tout était acheté avec remise ou à crédit. Ce qui l'empêchait pas de continuer à avoir des dettes. Et y avait tout le monde qu'appelait ça le progrès, c'était ça qu'il comprenait pas. Quand les agents de recouvrement se présentaient, il prenait son air de dingue, il partait dans un bar où il se torchait avant de se bagarrer. Ça avait aucune importance qu'il gagne ou qu'il perde, n'empêche, parce que les dettes elles étaient toujours là. C'est fou la façon que les pauvres, les travailleurs, ils vivent. C'est leur vie, se bagarrer pour remonter à la surface, boire pour survivre. Y a des trucs qui changent jamais. Tu peux le graver dans la pierre, ça.

Il posa le coude sur son genou, s'abrita les yeux avec la main. Le soleil qui se réfléchissait au loin sur l'eau et un ciel limpide comme le verre faisaient mal aux yeux. Mais il se souvenait.

Il dit...

Une chose qu'était sûre, bon Dieu, c'est que son violon, il savait en jouer. Il était vieux et tout abîmé, vraiment pourri à voir, mais il le faisait chanter. Il s'asseyait avec ses copains le samedi soir et il te jouait un twostep cajun, avec les bras qui volaient, on aurait dit un petit coq de bassecour, il faisait crouler l'assistance sous les vivats. Le seul moment où je l'aie jamais vu heureux, avec ce violon sous le menton à faire de la musique. La plupart du temps, il était trop occupé à se sentir coupable, à ce qu'elle disait, ma mère.

De quoi ?

Je sais pas. De tout, faut croire. Tu te sens jamais coupable, toi ?

Oh, si, dit Della, tout le temps. Je crois que c'est normal.

Mon père, il m'a jamais paru normal.

Ben, il faut en parler. Si tu gardes ces trucs là pour toi, ça te rend dingue. C'est pour ça qu'il y a plus d'hommes que de femmes qui sont instables. Les femmes parlent plus.

T'as lu ça quelque part ?

Dans un magazine, répondit-elle, *Redbook*, je crois que c'était, ils sortent des bons articles. Mais je le savais déjà. En plus, les femmes, elles sont plus intelligentes.

Eddie dit que pour ça, il pouvait pas savoir, il avait pas rencontré trop de gens intelligents, d'un côté comme de l'autre.

Peutêtre que c'est à cause des cercles que tu fréquentes.

Il reconnut que certains des types les plus intelligents qu'il avait jamais rencontrés étaient en prison, et qu'ils parlaient pratiquement pas du tout. Et que les dingues parlaient tout le temps.

Della dit que ça lui paraissait pas normal.

Eddie observa que c'était pas de sa faute. Il dit, Alors, qu'est-ce que t'as, toi, qui te fait te sentir coupable ? T'as un secret ?

Della posa son menton sur ses mains. Peutêtre.

C'est quoi ?

Tu m'en dis un, je te confie le mien.

Eddie reporta son regard sur la plage. Il vit le professeur et son troupeau d'étudiants émerger des dunes. Ils s'avançaient le long du rivage, provoquant l'envol des chevaliers des sables et des pluviers, l'individu barbu gesticulant avec emphase. Les jeunes étaient à la traîne, dispersés telle une ligne irrégulière de recrues maussades en patrouille. Eddie se dit qu'il y a toujours moyen de faire boire un âne qui n'a pas soif.

D'accord, dit-il, vas-y.

Della disant, Non, toi d'abord. Mais faut que ce soit un vrai secret. C'en est plus un si Ray Bob le connaît.

Il le connaît pas.

D'accord, c'est quoi ?

Il commença à dire, Tu peux choisir, j'en ai des tonnes, puis il dit, Mon vrai nom c'est pas Eddie.

Della pouffa. C'est vrai ?

Ouais.

C'est quoi ?

Wade.

Elle retroussa les lèvres et l'observa avec méfiance. T'as pas une tête à t'appeler Wade.

Ça, ça y change rien. C'est mon nom. Je l'ai reçu à cause du frère de ma mère, Oncle Wade. Mais tu continues à m'appeler Eddie, d'accord ?

D'accord.

À ton tour.

Della fronça les sourcils, réfléchissant, essayant de faire un choix. Il y avait l'Homme Idéal, pour commencer, même pas un mot sur cet enfoiré dans le journal. Elle avait cherché à toutes les pages, même celles de la bourse. Elle comprenait pas du tout ce qui pouvait se passer. Monsieur Cadre Supérieur Débordé, mort, et même pas une mention qu'en était faite nullepart, comme si personne en avait rien à fiche.

Tu dois en avoir des tas, de secrets, dit Eddie, pour que ça te prenne aussi longtemps.

Ben, j'essaie de me souvenir d'un, répliqua Della, rapport à ce que je suis une femme et que nous, on en garde pas beaucoup, des secrets. Ça y est, j'en ai un. T'es prêt ?

Tout ouïe.

Bon, tu te souviens que je vous ai parlé de ma carrière de mannequin ? Elle attendit en se grattant la cuisse, en le regardant.

Comme elle ne disait plus rien, Eddie acquiesça, Ouais, bien sûr que je m'en souviens. Et alors ?

Ben, c'est pas tout à fait vrai.

Bon, d'accord. Eddie haussa les épaules. T'es pas mannequin ?

Della dit, Bien sûr que si que je suis mannequin, Eddie, mais je viens pas seulement de débuter. Ce que je veux dire c'est que ça fait un moment que je fais ça. La vérité c'est que j'ai commencé en sixième.

Sans blague ?

Ouais. Après j'ai pris un peu de poids et j'ai dû abandonner. Maintenant, je suis dans ma deuxième phase.

J'y crois pas.

Ben, je reconnais que c'est pas énorme, comme secret, dit Della un peu déçue. Mais c'est un truc que tu savais pas.

T'as raison, dit Eddie. Sur quoi tu racontes des craques, encore ?

29

Rule était en conversation avec Moline, sur son portable, quand l'appareil sonna dans sa chambre. L'employée de la réception lui annonçant que quelqu'un était passé au bureau pour le demander. Il lui dit qu'il la rappelait tout de suite, reprit sa conversation avec Moline.

Tu disais ?

Un Walther neuf millimètres, répéta Moline, sans doute un modèle P-quatrevingtdixneuf. C'est ça qu'il utilise, le Rouquin. Et maintenant, c'est lui qui tire tout le temps. C'est lui le salopard.

Rule répondit que ça ne le surprenait pas, que c'était ce à quoi il s'attendait. Sauf que ces deux là faisaient la paire, c'étaient tous les deux des salopards, il y en avait juste un qu'était pire que l'autre. Ou peutêtre c'était juste parce que DeReese reprenait son souffle. Difficile à dire.

En tout cas, on a rien d'autre, dit Moline, et j'ai gratté partout. Toujours pas d'identification pour le Rouquin ni pour la fille. Un des gars de la police de Houston dit qu'à son avis DeReese était dans la région mais que son dossier est pas à jour et qu'il y a pas son adresse. Il a été relâché sous condition mais il y a eu une réduction de personnel, alors ils ont accéléré le processus. Ça économisait les dollars du contribuable. C'est ce qu'arrive quand t'as un gouverneur qui veut devenir président. Mais le gars m'a promis qu'il allait se renseigner.

Parfait. Merci, Moline. C'est tout ?

Rule se leva du fauteuil en vinyle et écarta les stores vénitiens avec deux doigts. Il regarda par la fente de lumière éblouissante. C'était un vrai four, dehors. Dans la pièce, avec la climatisation, l'air était frais. Les lumières éteintes, la chambre sombre. Rule en tricot de corps.

Moline confirma, C'est tout. Qu'est-ce que tu fais ?

La seule chose qu'y a à faire. Attendre.

Il éteignit le portable et s'assit dans le noir, retira ses bottes. Puis il tendit la main vers le téléphone de la chambre, appela la réception. L'employée lui dit qu'un homme était venu poser des questions sur lui.

Un homme qui avait peutêtre l'air bizarre. L'employée poursuivit, Je dis, lui pas là, *no no*, plus tard peutêtre. J'appelle pour prévenir vous. Parce que lui paraît *un poquito loco*. Pas laisser nom.

Puis, comme si ça lui revenait : Moi excuses si faire insulte, *señor*, si ami à vous ou pareil comme ça.

Rule lui répondit de ne pas s'inquiéter pour ça, lui fit décrire l'individu. Ça ne pouvait être que Harvey Lomax. Il la remercia, lui demanda de l'avertir s'il revenait. Il venait à peine de raccrocher quand le portable sonna à nouveau.

Il le prit.

Ouais ?

Salut, qu'est-ce tu fais ?

Je jongle avec les appareils comme une standardiste à la con.

Hé, c'est pas une raison pour être désagréable.

Comme il ne répondait pas, elle dit, J'ai comme l'impression que t'as besoin que quelqu'un te masse le dos. Où t'es, là ?

À Freeport.

Aussi loin que ça ? Pour quoi faire ?

Attendre.

Tout seul comme un grand ? Dans un vieux motel loin de tout ? Elle avait adopté son miaulement de chatte.

Peutêtre.

Je pourrais descendre attendre avec toi, t'aider à passer le temps. Elle ronronnait maintenant.

Ça pourrait faire du monde.

Un moment, elle se tut. Quoi, t'as quelqu'un avec toi ?

Rule répondit qu'on pouvait jamais savoir. Il dit qu'il fallait qu'il y aille.

Pourquoi t'es aussi *méchant* avec moi, Rule ?

On en a déjà causé, de ça.

Tu sais bien que tu me manques, chéri. Elle ronronnait à nouveau.

Faut que j'y aille.

Il enfonça la touche, coupa l'appareil. Se déshabilla, prit une douche prolongée, s'allongea sur le lit. Se demandant où ils étaient. Se disant qu'ils étaient peutêtre remontés au nord jusqu'à Galveston, tout compte fait. Que cette intuition était peutêtre la bonne. Qu'ils avaient peutêtre bien suivi la côte pour remonter jusqu'en Louisiane, fuir dans un autre État. Mais peutêtre pas. Peutêtre qu'ils se planquaient à Houston. Peutêtre, peutêtre, impossible de savoir. Un jeu de devinettes débile à la con jusqu'à ce qu'ils frappent à nouveau ou qu'il se passe quelque chose. En attendant, rien à faire.

Sinon attendre.

Il prit alors conscience qu'il n'aimait plus tellement ça. Au bout d'un certain temps, c'était comme si même les choses qu'on savait bien faire devenaient sacrément lourdes. Soit ça, soit c'était lui.

Le monde qu'il s'était choisi, n'empêche.

Dans la pièce sombre, quoiqu'il ne fût pas encore midi, il s'assoupit, glissa dans le rêve. Le Vietnam, l'intense obscurité de la mousson, en patrouille de nuit à guider ses gars dans la jungle alors qu'on distingue foutrement rien. Chaleur et moiteur cédant devant la frayeur. Puis quelqu'un gueule, lâche un juron. Après c'est l'explosion. Le crépitement des armes à feu. Tout autour, des éclairs fulgurants. Des hurlements. Et lui qui court, qui court...

Il se réveilla en sueur dans la pénombre fraîche de la pièce, se leva et écarta les stores. Encore jour. Il consulta sa montre. Une demi heure à peine s'était écoulée. Il s'assit sur la chaise, se frotta les yeux. La conversation avec la réceptionniste lui revint. Alors il s'habilla, boucla son ceinturon, mit son chapeau et franchit le seuil.

30

Quand il vit le Ranger s'approcher de la dépanneuse en foulant les herbes à grandes enjambées, il tendit le pied et, avec sa botte, repoussa la couverture sur les armes. Puis il posa le Nouveau Testament sur le siège voisin, ouvert au chapitre vingttrois de l'Évangile selon saint Luc. Verset quarantesix où Jésus crucifié lance un grand cri. Disant, Père, entre tes mains je remets mon esprit !

Ce qui, imaginait-il, avait été le cri de Maxine en son dernier instant. Ou l'aurait été, si l'occasion lui en avait été laissée.

Il ne sortit pas, resta assis derrière le volant, un goût âcre à la bouche, mains rudes plaquées sur les cuisses, regard fixé par la vitre latérale sur un bouquet d'arbres à suif chinois au milieu des mûriers, à l'autre bout du champ. Quiscales des marais sur ses branches, ébouriffant leur armure noir de jais.

Rule arriva à la hauteur de la portière et s'immobilisa. Il repoussa son chapeau en arrière. L'homme, dans la cabine, ne le regardait pas.

Bon aprèsmidi, monsieur Lomax.

Harvey Lomax se tourna, les yeux braqués sur un point situé juste à gauche de l'épaule du Ranger. Il avait le visage mouillé de sueur. Un moustique écrasé restait accroché au cuir de sa joue, ses cheveux courts qui n'avaient pas été peignés pointaient dans toutes les directions. Des yeux gris, foncés comme le plomb, peau gonflée tout autour, les sourcils, deux fouillis de chaumes hirsutes. Il salua de la tête.

Ranger Hooks.

Le regard de Rule s'écarta, vogua de l'autre côté du champ, vers la route. Ses yeux se plissèrent dans la lumière aveuglante de l'aprèsmidi.

Joliment chaud, qu'il fait là.

Lomax hocha à nouveau la tête. Ça, c'était sûr, il avait rien à redire, sur la chaleur. Même si les feux de l'enfer étaient sept fois soixantedix fois plus chauds.

J'apprécie l'intérêt que vous me témoignez, monsieur Lomax, mais m'est avis que je peux faire du meilleur boulot sans votre aide. Rule qui continuait à regarder ailleurs.

Lomax leva lentement les mains, écarta ses phalanges creusées de cicatrices sur le volant qu'il serra fort. Se disant que ce type n'avait pas fait grand chose comme boulot, pour autant qu'il ait pu le constater. À manger et à boire, à frayer avec des libertines. À se livrer à la débauche et à la luxure, à se complaire dans la chair. L'esprit impur, l'homme dans sa nature charnelle. Mais c'était le fardeau qui pesait sur l'âme du Ranger, pas sur la sienne.

Par conséquent, Lomax tourna les yeux dans la direction que suivaient ceux de Rule, comme si par un consentement mutuel inexprimé ils jugeaient qu'il était préférable que leurs regards ne se rencontrent pas.

À ce qu'il paraît, c'est encore un pays de liberté, ici.

Rule croisa les bras sur sa poitrine, se pencha de côté pour cracher dans l'herbe. Oui, c'est vrai, confirma-t-il. C'est absolument exact, plus ou moins.

Ils ne parlèrent pas pendant un moment. Les criquets commencèrent à striduler dans le champ, un murmure qui enflait et retombait comme les vagues. Des camions passaient sur la route. Le soleil était suspendu à mi chemin dans le ciel, flambeau de chaleur incandescente au milieu de l'immensité bleu pâle. Dans le silence, les deux hommes réfléchissaient à ce qui pouvait être dit, à l'absence de véritable nécessité qu'il y avait à le dire, et pourtant, au bout du compte, ils eurent tous deux la certitude que cela ne pouvait être différé. Il n'y avait pas moyen de l'éviter. Quand il fut impossible de tarder davantage, Rule prit les devants.

Le problème, monsieur Lomax, c'est que la liberté, elle ne s'obtient pas gratuitement.

Non, c'est sûr.

Absolument. Elle a un coût.

Lomax jeta un regard vif à Rule, détourna ses yeux gris que la chaleur diluait. Comme pour dire, Qu'est-ce que vous pourriez m'apprendre sur le coût des choses ?

Rule respira à fond, poursuivit. Ce qu'on a, monsieur Lomax, c'est des règles. C'est le coût dont je parlais. Des règles pour protéger ma liberté par rapport à la vôtre, la vôtre par rapport à la mienne. Plusieurs de ces règles importantes ont été transgressées. Ce sont ces garçons qui l'ont fait. De très mauvais garçons, monsieur Lomax, et maintenant mon travail consiste à restaurer l'ordre des choses. Je ne peux pas vous laisser interférer là dedans. Ça aussi, c'est une règle.

L'autre répliqua, J'ai pas l'impression que je l'aie transgressée, celle là.

Rule se frotta la mâchoire. Non, c'est vrai. Mais je crois que c'est dans vos intentions.

Les deux hommes s'observèrent directement, brièvement, puis se détournèrent une fois de plus, braquant tous deux leur regard vers la route comme si elle offrait une sorte de médiation, comme si elle pouvait intercéder, fournir une solution, s'ils attendaient assez longtemps.

Ce fut Lomax qui finit par parler, d'une voix neutre, indifférente. Je suppose que vous appelleriez ça une mise en garde.

Affirmatif.

Bon.

Au bout d'une minute, Rule toucha le bord de son chapeau et dit, Il est temps que j'y aille. J'espère que tout se passera bien pour vous et je vous présente mes condoléances, monsieur, pour ce qu'elles valent. Il fit volteface et s'éloigna mais s'immobilisa après quelques pas, se retourna. Disant, Je ne suis pas du genre à prêcher, monsieur Lomax, m'est avis que je n'ai pas qualité à le faire. Mais il paraît que vous êtes croyant. Vous êtes également représentant de la force publique, au moins dans le comté de Waller. Vous avez prêté serment de respecter et de faire respecter la loi. Je suis certain que vous tiendrez à vous y conformer. Je suis certain que vous serez heureux de l'avoir fait.

Les mains de Lomax se crispèrent davantage sur le volant. Il parla bas, sa voix rude s'éleva sur le ton chantant de la récitation. Il dit...

La loi, Ranger Hooks, n'a pas été établie contre le juste, mais contre les ennemis de la loi, les insoumis, impies, pécheurs, sacrilèges, profanateurs, parricides et meurtriers. Ainsi est-il écrit, première lettre de Paul à Timothée.

Rule baissa la tête, tira sur son oreille. Il se rapprocha de la dépanneuse dans l'herbe haute, posa la main sur l'appui de la fenêtre. Le métal était brûlant. Il vit le petit Nouveau Testament ouvert sur le siège.

Il dit, M'est avis que Paul a jamais étudié le code de l'État du Texas, monsieur Lomax. Je sais pas si vous l'avez fait. Mais il stipule que la loi s'applique à tous, il le dit clairement. J'ai pas souvenir qu'il y ait des exceptions. Alors peutêtre que nous ne parlons pas de la même loi.

Lomax regardait droit devant lui.

Est-ce que c'est le cas, monsieur Lomax ?

L'autre observa le Ranger. Ça se pourrait.

Ben dans ce cas, on a un problème. Rule appliqua plusieurs petits coups sur le haut de la portière. Il dit, Monsieur Lomax, qu'est-ce que vous savez exactement, sur ces gars ?

Son interlocuteur décharné tira un bout de papier de sa salopette et le tendit par la fenêtre d'un geste brusque. Rule lut : Darees Ledoo.

Ce n'est pas l'homme qui a tué votre femme.

Il était là.

Oui, c'est vrai. Qu'est-ce que vous savez d'autre ?

L'autre type était roux.

Vous en savez autant que nous, alors.

Lomax rangea le papier dans sa poche, il dit, Dans ce cas, vous savez pas grand chose.

C'est exact, pour l'instant. Par conséquent, je vous suggère de rentrer chez vous. Si on a besoin de vous, on vous appellera.

Lomax dévisagea Rule, un de ses sourcils broussailleux agité d'un tremblement. C'est pas en restant pieuté dans une chambre de motel que vous allez apprendre des trucs.

Rule grogna. Vous avez déjà chassé le cerf, monsieur Lomax ?

Oui.

Dans ce cas, vous savez ce que c'est que l'attente.

Je connais la chasse.

Vous pensez que je ne m'y prends pas comme il faut.

L'autre se détourna, visage impassible. Comme vous l'avez dit tout à l'heure, c'est pas mes affaires.

Monsieur Lomax, si seulement vous le pensiez vraiment. Laissez-moi m'occuper de ces lascars. C'est mon boulot. J'ai bien l'intention de le faire.

Vous gênez pas pour moi. À ce qu'il paraît, c'est encore un pays de liberté, ici.

Rule hocha la tête une fois et reprit la direction du motel à grandes enjambées. Lomax le suivit des yeux. Se disant que ce type était un Ranger, qu'il avait peutêtre sa façon à lui de bosser. Une manière bizarre bien à lui qui lui échappait. Mais n'oubliant pas qu'il avait vu plus d'un bureaucrate fédéral porter l'uniforme de représentant de la loi et se trimbaler avec un flingue alors qu'il vivait aux crochets du contribuable. Et pensant, Je vais raquer pour ça aussi, au moment des impôts. Exactement comme je raque pour ce pickup Dodge rouge. Et Dieu sait quoi d'autre. La chambre de motel, par exemple.

Il se demanda s'il raquait aussi pour la putain que le Ranger y avait amenée.

Lomax regarda le grand policier disparaître de sa vue. Il pensa, Il y a lois et lois. Il pensa, Il y a serment et serment. Le devoir envers l'un et le devoir envers l'autre, et si jamais ils venaient à coïncider, tant mieux. Mais s'ils s'opposaient l'un à l'autre, aucun doute dans son esprit sur lequel avait la préséance. C'était écrit là, noir sur blanc : Mais en vous laissant conduire par l'Esprit, vous n'êtes plus sujet de la Loi.

Lettres aux Galates, chapitre cinq, verset dixhuit.

31

L'Épave était posée juste au bord de la route de la plage, sur un pré sans arbres envahi d'herbes. Un bâtiment commun, bloc de béton trapu, dépourvu de fenêtres, au blanc de chaux extérieur écaillé. Sans aucun caractère par ailleurs, comme si son unique raison d'être, utilitaire, consistait à proposer un toit et des murs pour détourner le soleil, le vent et la pluie de l'activité commerciale exercée à l'intérieur. Laquelle activité était simple : l'argent contre le moyen immédiat d'oublier ou de rêver, de se souvenir comment étaient les choses autrefois ou comment elles auraient pu être sans la malchance, les calculs erronés ou l'intervention malintentionnée d'autrui. Dans cette raison d'être existentielle, L'Épave réussissait pleinement et ne se prévalait d'aucune fonction par delà celle de bar à bière.

Ils sont là pour ça, affirma Ray Bob qui criait presque. Bière froide et bon moment. Ils ont la bière la plus froide de toute cette putain de plage. Elle va te faire mal aux dents !

Ben ça, c'est une super recommandation, dit Della.

On t'a demandé ton avis ?

Sur son siège arrière, elle ne répondit pas. Elle était même pas sûre de savoir pourquoi elle avait parlé. Elle avait toujours pas digéré ce qu'Eddie lui avait dit toutàl'heure. Qu'elle racontait des craques, des bobards. Ouvrez-vous aux gens et ils font quoi ? Ils vous arrachent les tripes, voilà ce qu'ils font. Ils vous font mal. Ça l'avait blessée, qu'il lui dise ça. Une blessure profonde, en plein cœur, à l'endroit le plus sensible. Elle était pas sûre de s'en remettre, pour dire la vérité. Un truc comme ça, ça te fait régresser, ça fout en l'air toute la confiance que tu plaçais dans les gens. Elle lui avait pratiquement pas reparlé depuis, elle la lui jouait silence glacial. Comme Ruby disait toujours quand LD se foutait complètement de ce qu'elle ressentait, il a qu'à aller se faire mettre, cet enculé.

Eddie, justement, était assis à l'avant, il discutait avec Ray Bob. Ils se rendaient à ce bar que Ray Bob avait découvert. Elle serait même pas venue sauf qu'elle s'ennuyait. Mais elle s'était pas privée pour lui faire comprendre, à Eddie, que c'était pas parce qu'il y allait.

Écoute, il avait protesté, t'as pas dit qu'il faut pas garder les choses en soi ? Tu m'as dit qu'il faut que je parle, ma loute, que je dise ce que je ressens. Que ça empêche les gens de devenir fous, c'est pas ce que t'as dit ?

Comme si c'était une excuse pour blesser les autres.

Il pivota pour la regarder et elle détourna les yeux, elle lui faisait la gueule. Il haussa les épaules, fit face à la route, alluma une cigarette et échangea des plaisanteries avec Ray Bob. Un sans cœur, cet enfoiré. Plutôt mignon, n'empêche.

Alors après avoir entendu son excuse à la con, elle lui avait dit (rompant sa règle de silence juste pour une seconde, faisant une exception rapport à ce qu'il fallait bien qu'elle se défende), elle lui avait dit que l'importance de la parole, ça voulait pas dire qu'il fallait *tout* dire. Elle avait dit, Si tout le monde disait tout ce qu'il pense, tu peux imaginer les dégâts que ça ferait ? Faut se servir de sa tête, un peu.

Et il avait répondu que c'était ce qu'il faisait, en général. Que ça avait eu l'air de fonctionner très bien, d'ailleurs, avant qu'il suive ses conseils.

Alors elle avait dû faire une seconde exception pour lui expliquer la petite boîte noire. C'est le truc que t'utilises pour faire disparaître les mauvais sentiments et les mauvaises pensées, elle lui avait dit. Tu soulèves juste le couvercle et tu enfermes le sentiment à l'intérieur, ou la mauvaise pensée qu'il vaut mieux pas dire, et tu rabats le couvercle. Après ça s'en va, ça disparaît tout seul. Et toi tu retournes à ce que tu faisais. Et y a personne qu'en souffre.

Et où tu la ranges, cette boîte ? il lui avait demandé.

Misère, quelle question. Elle avait expliqué alors que c'était pas une vraie boîte, qu'elle était imaginaire.

Il avait renâclé, comme si ce n'était pas une bonne explication. Puis il avait demandé, T'as trouvé ça dans *Redbook* aussi ?

Qu'est-ce ça change ? À ce moment là ça lui était revenu. Non, dans *Family Circle*.

Bon, et l'article, il te disait comment tu sais quand tu dois parler et quand tu dois te servir de la petite boîte noire ? il avait demandé. Parce que ça m'a pas l'air évident, de faire la différence.

Elle lui avait expliqué, en parlant lentement, comme si elle s'adressait à un débile léger, elle lui avait expliqué que ça dépendait des circonstances, qu'il y avait pas de règle pure et dure. C'était ça qu'elle voulait dire quand elle parlait de se servir de sa tête. Ce qui lui manquait, grave.

Et là, il avait plus rien dit du tout, il avait juste froncé les sourcils et il était parti. Même que c'était pas plus mal parce qu'elle en avait marre d'être obligée de faire des exceptions à la décision qu'elle avait prise de lui faire le coup du silence.

C'était pas que ça semblait l'embêter beaucoup. Assis à l'avant comme ça, à rire d'un truc que Ray Bob avait dit. Comme si elle était pas là, à l'arrière, à souffrir. Elle le regarda rire. Quand il rejetait la tête en arrière comme ça, il lui rappelait un peu ce type vraiment mignon d'Aerosmith, le chanteur, Steven Tyler. Sauf que ses lèvres, à Steven, elles étaient plus grosses, comme celles de Mick. Celles d'Eddie étaient pas aussi grosses, mais autrement, ouais. En plus, il était vraiment bon, au pieu.

Peutêtre qu'elle le lâcherait, au moment d'aller au lit.

Ray Bob quitta la route de la plage plongée dans le noir pour ranger la Caddy entre deux pickups sur un parking en coquilles d'huîtres. Le crépuscule était tombé sur la péninsule et une vive brise marine masquait les premières étoiles derrière une flottille de nuages rapides. Il faisait encore très chaud, les bruits des insectes étaient partout, l'air porté par le vent semblait lourd. Comme si, peutêtre, il allait pleuvoir plus tard. Eddie sortit et inclina le siège vers l'avant pour Della.

L'Épave, dit-il. Ils ont de la musique ?

Ray Bob répondit, C'est un bar, non ?

Je veux dire, avec des vrais musiciens.

Putain, je t'ai dit que c'est un bar à bière. Y a un jukebox.

Eddie chassa la réponse d'un geste de la main et enfonça son teeshirt dans son pantalon pendant que Della se brossait les cheveux. Ray Bob franchit le seuil sans les attendre. Eddie regarda Della qui arrangeait sa frange dans le rétroviseur extérieur d'un pickup voisin. Les moustiques s'abattaient en nuées agressives, il les écrasait de la main.

Dépêche, Della, elles piquent, ces saloperies de bestioles.

Une petite seconde. Elle lissa les plis de son chemisier en coton, rectifia le col. C'est pas parce que c'est un bar minable que je veux avoir l'air mal fagotée. Y a des endroits bien, tu sais, sur la plage.

Tout en pensant, Tiens, j'ai décidé de parler, à ce qu'on dirait. Mais s'il s'imagine que c'est dans la poche, il a pas tout compris.

Eddie dit, Lesquels ? Moi, j'ai trouvé qu'ils se ressemblaient tous.

Della avança la lèvre inférieure. Elle dit, Ben, mieux que celui là. Il a l'air mal fréquenté.

À l'intérieur, Ray Bob se tenait déjà au bar avec une bière. De part et d'autre, des pêcheurs de crevettes et de crabes, hommes jeunes et vieux portant casquettes publicitaires, chemises décolorées par le soleil, jeans crasseux et bottes en caoutchouc qui leur montaient aux genoux. La peau brunie, très foncée. Quand Della et Eddie entrèrent, ils se tournèrent tous pour les détailler.

Seigneur, dit Della, on se trouve une table.

Ils en dépassèrent plusieurs qui étaient libres, en prirent une qui se trouvait tout contre le mur du fond près du jukebox, loin du bar. Eddie dit qu'il y avait pas de serveuse, il demanda à Della ce qu'elle voulait.

Un Tom Collins.

Il hésita. Ils en ont peutêtre pas.

Tu peux au moins demander, non ?

D'accord.

Pendant qu'il allait au bar, elle alluma une cigarette et scruta la pièce. Une chappe de béton comme plancher, des tables bancales avec des chaises moulées dans le plastique, des enseignes de bières au néon et des cochonneries récupérées sur la plage pour décorer les murs : bouts de bois, cordes d'amarrage, fragments de filets de pêche, bouées brisées. Un requin marteau naturalisé de près de deux mètres de long au dessus du bar. Un autre encore plus grand, fixé au mur près des tables de billard dans l'angle opposé. Clients à l'avenant. Un bar classe à condition d'aimer les ploucs qu'empestent le poiscaille crevé.

Eddie revint avec deux boîtes de bière glacée. Disant que c'était tout ce qu'ils avaient. S'excusant. Della roula des yeux. T'as déjà vu autant de racaille dans un même endroit ? demanda-t-elle.

Il fit sauter les opercules, répondit, Pas depuis que ma famille s'est réunie, la dernière fois. Il poussa une bière vers elle, sur la table. Tiens.

Enfin bon, ça veut pas dire que t'es obligé de faire pareil qu'eux. Ta famille, je veux dire. Faire son chemin dans la société, ça existe. Ils ont pas de verres ?

Je sais pas, peutêtre. Il revint bientôt avec un verre qu'il posa sur la table devant elle, puis il s'approcha du jukebox. Quel genre de musique t'aime ?

Ils ont Mariah Carey ?

Eddie parcourut la sélection en tambourinant des deux mains contre les flancs de la machine. Au bout d'une minute il dit, Nan, mais ils ont des bons trucs. Il inséra plusieurs pièces de vingtcinq cents dans la fente, enfonça des boutons. La voix de Johnny Copeland se fit entendre, entonnant *Down on Bending Knees* avec ses accents bluesy, suppliant sa nana, soutenue par une litanie gémissante de solos de saxo. Eddie se rassit en souriant, il dit qu'il en revenait pas du nombre de titres de rythm and blues et de morceaux de soul qu'y avait dans le jukebox, surtout si on tenait compte qu'y avait pas un seul Noir dans la salle. Ils écoutèrent T-Bone Walker, Percy Mayfield, Junior Wells, tandis qu'Eddie expliquait le contexte de chacun.

C'est pas franchement ce que je préfère, dit Della en buvant sa bière à petites gorgées, mais ils ont l'air sincères. J'avais jamais entendu parler d'eux.

Eddie eut un large sourire. C'est l'histoire du rock n' roll que t'es en train d'écouter là. La plupart des Blancs le savent pas parce qu'ils sont ignorants, ils disent toujours que c'est nul. J'en ai vu un paquet, de bagarres, qu'ont commencé comme ça. T'as qu'à regarder.

Il se tourna de l'autre côté de la pièce plongée dans la pénombre, vit Ray Bob, appuyé contre le comptoir, qui les observait. Eddie arma son pouce, visa son copain avec l'index. Ray Bob secoua la tête, finit sa bière, se retourna vers le comptoir. L'un des pêcheurs de crevettes, un jeune gars trapu, vêtu d'une chemise de travail en jean bleu aux manches relevées au dessus des coudes, s'approcha pour lui dire quelque chose. Ray Bob haussa les épaules.

Eddie dit à Della de regarder le type qu'était à côté de Ray Bob. T'as qu'à regarder, répéta-t-il, je te parie que ça va être lui.

Quand Percy Sledge se lança dans *When a Man Loves a Woman,* Eddie forma les paroles avec ses lèvres, battant le rythme sur le bord de la table avec ses doigts. Della dit qu'elle l'avait déjà entendue, celle là, bien sûr, tout le monde la connaissait, quoiqu'elle doute qu'y ait un homme qui soit capable d'aimer quelqu'un autant que ça. Elle dit, Je crois que ce qu'il aime vraiment, c'est l'idée qu'il se fait d'elle, surtout maintenant qu'elle est partie. Parce qu'il se sent seul. Mais si elle devait revenir, il recommencerait à la traiter mal pareil qu'avant, y a des chances.

Eddie plissa le front. Tu crois ?

Oh ouais, dit Della, c'est pour ça qu'elle lui manque. Mais c'est quand même une belle chanson, très triste, même si c'est rien qu'un sale con.

Lorsque la musique prit fin, il s'apprêta à lui demander si elle avait déjà entendu le grand Percy chanter *Cover Me*, mais dans le silence qui précéda la sélection suivante quelqu'un gueula, Qui c'est qu'a mis cette musique de nègres ? Eddie regarda du côté du bar, il vit les yeux vitreux du robuste pêcheur barbu parcourir la salle. Le type recommença à beugler, plus fort, la mâchoire jetée en avant d'un air belliqueux : J'ai demandé qui c'était qu'avait mis cette musique de nègres !

Je te l'avais pas dit ? souffla Eddie.

À ce moment là, le jukebox enchaîna avec les Boogie Kings qui chantaient *Harlem Shuffle* et Eddie se retourna vers Della. Écoute-les, ces mecs, dit-il, cette chanson, elle sort tout droit des marais. Il était en train de lui raconter comment, quand il était jeune, il connaissait deux des membres du groupe quand Della cessa de lui prêter attention. Elle regardait derrière son épaule. Eddie tourna la tête, il vit le pêcheur qu'était juste là, Ray Bob à ses côtés.

Ray Bob dit, Y a ce gusse qui veut savoir si c'est toi qui passes ces chansons. Je lui ai répondu que oui, mais il veut te l'entendre dire lui-même. Ray Bob arborait un rictus mauvais.

Le pêcheur hocha la tête, la rejeta en arrière, but une grande lampée de bière à la boîte qu'entourait entièrement son énorme poing. Il fixa Eddie, le regard légèrement flou, en disant, Parfaitement, parce que j'arrive pas à croire qu'un Blanc puisse foutre son fric en l'air pour écouter ce genre de merde.

Eddie scruta l'individu plus attentivement. Il avait le bide qui débordait par dessus sa ceinture, il était trop gros mais bâti pour porter cet excédent de poids et, sous la graisse, les muscles étaient puissants. Ses jambes sortaient de ses bottes en caoutchouc blanches comme d'épais troncs d'arbres, ses biceps bronzés faisaient presque éclater ses manches de chemise. Une casquette à la gloire de la Bolivar Barge Company était posée au dessus d'un large front et de deux yeux qui ressemblaient à des billes de verre marron. Il était costaud, le savait et adorait jouir de sa force. Il faisait presque cinquante kilos de plus qu'Eddie.

Il dit, C'est tes pièces ?

Eddie se pencha en avant, appuya un coude sur la table, ouvrit et referma le capot de son Zippo d'une seule main. *Clac, clac.* Tu veux parler de la chanson qu'on entend ?

Le type hocha la tête. Ouais, cette merde.

Ben ça, c'est les Boogie Kings, dit Eddie, c'est des Blancs.

Une expression de stupéfaction se peignit sur l'énorme visage.

Ouais, ils viennent de Louisiane, presque tous, continua Eddie, là bas dans les marais. Ou ils en venaient. Et y en a deux qui sont de Port Arthur, juste au nord d'ici.

Le type fronça les sourcils. T'essayes de me faire croire que c'est pas de la musique de négros ?

Non, je dis juste qu'eux, c'est pas des Nègres ni rien. C'est des Blancs.

Un moment, le mastodonte sembla perdre de son agressivité, puis ses petits yeux se plissèrent pour devenir deux fentes dans le large visage buriné par le soleil. Il contrattaqua, Tu me dis que tous ces morceaux que t'as passés, ils étaient joués par des Blancs ?

Nan, répondit Eddie, seulement celui là. Le haut de son Zippo faisait, *clic, clic*. Les autres, c'étaient des Nègres, c'est sûr.

Ray Bob poussa l'individu du coude. Tu vois ? Qu'est-ce que je te disais ?

Le barbu sembla à nouveau désorienté. Puis il leva la main qui entourait la bière et compacta la boîte vide, le visage rouge de colère. En disant, Ce que je crois, c'est que vous vous foutez de ma gueule, tous les deux. Et vaudrait mieux que j'en entende plus, de cette musique de nègres. Il forçait sur sa voix, un octave plus haut qu'avant.

Je suis désolé de te décevoir, dit Eddie, mais je crois qu'y en a encore qu'arrive. Parce que j'ai programmé une chanson d'Albert Collins et celle là on l'a pas encore entendue.

Hé, je suppose que vous êtes pas venus ici pour vous livrer à un brassage d'idées interculturel. Della qui venait de parler.

Les autres, tous les trois, la regardèrent avec surprise.

Elle était assise toute droite, les mains croisées sur les cuisses. Bon, si au moins vous regardiez *Oprah*, poursuivit-elle en s'adressant au pêcheur, vous sauriez pourquoi c'est important d'aller au contact d'autres souscultures. Ça s'inscrit dans la compréhension et l'appréciation de la diversité de la société américaine.

Le pêcheur grimaça, regarda d'abord Eddie, puis Ray Bob. Qu'est-ce qu'elle raconte, bordel ?

Eddie haussa les épaules, Ray Bob fit un grand sourire. Della continua, disant, Mais peutêtre que vous venez que pour la bière froide. Est-ce qu'elle vous fait mal aux dents ?

L'individu leva les bras et recula d'un pas, son regard vague dirigé dans le voisinage approximatif de Della. Il dit, Je sais pas d'où vous venez tous, mais vous feriez mieux d'y retourner. Et il pivota sur place pour tituber à moitié en direction du bar, ventre en avant.

Ray Bob s'assit à la table, souriant. Ouais, c'était super.

Della donna du volume à sa frange. Elle dit, Je suis pas née de la dernière pluie pour me laisser impressionner par une grosse baudruche dans son genre.

Tu sais que c'est pas fini, là. Ray Bob qui gardait son sourire.

Et de loin, acquiesça Eddie.

Ah, fit Della, j'ai l'impression que vous cherchez la baston, tous les deux.

Une heure plus tard, quand ils partirent, le pêcheur et deux de ses amis les attendaient sur le parking. Le ciel s'était couvert de grandes ecchymoses noires, nuages de pluie effaçant lune et étoiles, mais la lumière électrique délavée montée sur un poteau, à l'extérieur de

L'Épave, déposait sur la silhouette des trois hommes une contenance blême. Ils resserrèrent leur demi cercle lorsque leurs cibles atteignirent la Caddy. Tous trois portaient des casquettes publicitaires, des jeans sales et des bottes en caoutchouc blanches. Il y en avait un qui aurait pu être le frère jumeau du premier, un grizzly massif et barbu aux yeux furieux. Le troisième était petit et maigre, avec des cheveux longs et des muscles effilés qui ressemblaient à du cuir séché. Il avait une main derrière son dos. Quand il la ramena, la longue lame fine d'un couteau à découper le poisson lança un éclat sous la lumière diffuse.

Avec des gestes rapides, Eddie aida Della à monter dans la voiture, se retourna pour faire face aux trois hommes. Il leva les bras et dit qu'il n'avait pas particulièrement envie de se battre, merci quand même.

Que ça te plaise ou non, répondit le premier pêcheur, nous on s'en fout. On va quand même te casser en deux.

Eddie le répéta, que ça lui disait rien.

Le pêcheur sourit dans sa barbe.

Ray Bob dit, Moi ça me va, je suis d'humeur.

Le type aux muscles effilés qui tenait le couteau lui fit signe du bras. Lui dit, Viens-y, alors.

Pendant les quelques minutes qui suivirent, Ray Bob, chaque poing crispé sur un rouleau de pièces de vingtcinq cents, esquiva d'un pas latéral l'attaque du couteau et abattit son adversaire d'un coup vicieux sur le côté de la tête. Puis il s'avança au contact du barbu, lui porta deux manchettes, expédia à plusieurs reprises son genou dans son entrejambe en poussant des grognements et l'étendit pour le compte d'un uppercut court à la mâchoire. Le troisième pêcheur était penché en avant, occupé à tirer un pistolet de sa botte, quand Ray Bob leva sa jambe violemment. Le bruit horrible qui ponctue l'écrasement de quelque chose s'entendit lorsque l'extrémité de la botte en cuir fit remonter le nez de l'individu quelque part entre ses sourcils. Tous trois gisaient au milieu des coquilles d'huîtres du parking, le maigre avec un sombre filet rouge qui suintait de son oreille, le troisième une fontaine de sang qui jaillissait au dessus de son visage défiguré tourné vers le ciel. Ray Bob prit le couteau à poisson et s'accroupit à côté du barbu, abaissant la lame près de son oreille. Il se redressa pour jeter le couteau et ce qui semblait être un petit fragment de chair dans les herbes. Puis il sortit ses clefs de voiture, prit le temps d'étudier les trois corps prostrés, se glissa derrière le volant et démarra.

Une minute plus tard, tandis qu'ils roulaient sur la route de la plage en direction de la maison, et que tombaient les premières gouttes éparses, il jeta un coup d'œil dans le rétroviseur pour regarder Eddie et

Della sur le siège arrière, Della la tête entre les mains posée sur les genoux d'Eddie, épaules secouées d'un tremblement, Eddie tirant énergiquement sur son anneau, et il sourit largement en disant, Alors, collègue, je te l'avais bien dit, hein, que c'est un superbar à bière !

32

Rule passa la soirée dans sa chambre de motel. Assis dans le fauteuil près du climatiseur qui ronronnait, il tenta de s'insinuer dans le crâne de ces mauvais garçons, de deviner où ils allaient.

Frustrant. Surtout le Rouquin.

Il y parvenait à moitié, commençait à saisir comment il fonctionnait mais se retrouvait expulsé une fois de plus. Ramper dans des endroits sombres, ce n'était pas ça le problème, ça lui était déjà arrivé de pénétrer à l'intérieur de quelques têtes passablement laides, aucun doute là dessus. Mais avec ces gars là, il ne parvenait pas à trouver le bon angle d'entrée.

Vers neuf heures, il se leva et alla se placer devant la porte du pavillon. Il vit des masses de nuages bleu marine et noir qui s'amoncelaient à l'est, abordaient la côte, vaisseaux de guerre tonnant, charriant pluie et tonnerre. Il le sentait dans l'air, en reniflait l'odeur. Lomax, toujours assis là bas dans sa dépanneuse, ne prenant plus la peine de se cacher. Voilà une tête dans laquelle il n'avait pas besoin de se glisser, c'était inscrit clairement sur son visage. Un ange exterminateur. Il se demanda quel genre d'arme il avait emporté avec lui. Ou combien.

Il rentra, prit une douche, s'allongea sur le lit.

Si ça avait été lui, il serait allé à Houston se perdre dans la multitude. Mais avec ces lascars, ça marchait autrement. Le Rouquin qui jouait avec lui, qui le narguait. DeReese complètement dépassé, vraisemblablement. Peutêtre une femme dans le coup maintenant, qui prenait son pied avec eux, excitée, une sorte de préliminaires déjantés.

Le Rouquin était la clef de tout, n'empêche, il en était sûr. Pas de nom, juste un Walther automatique Model P-quatrevingtdixneuf. Chouette flingue, cher. Rudement puissant.

Galveston, c'était probablement là qu'ils étaient.

Une intuition, rien d'autre. Fondée sur une vague impression. Méthode policière standard, la moitié du temps, quand on y regardait bien. Comme de savoir que c'était le Rouquin. Le chien meneur de l'attelage. Pas la peine de se préoccuper de la tête de DeReese, c'était dans celle du Rouquin qu'il fallait pénétrer.

Bon sang, pour être sombre, elle l'était, il arrêtait pas de se faire jeter.

C'était forcé qu'il ait un casier, n'empêche. Un gars comme ça, ça surgit pas de nullepart. Ça laisse une odeur partout où ça passe.

Il vit un éclair à travers les stores vénitiens, entendit les premiers roulements du tonnerre dans le ciel. C'est parti. Lomax va encore passer une sale nuit.

Il se dit qu'il ferait mieux de les trouver en premier. Avant Lomax, bande de cavaliers avides de justice expéditive à lui tout seul.

Il s'approcha de la télé, mit Letterman, retourna s'étendre. Dennis Hopper était assis à la table devant la ligne de gratteciels de Manhattan, il expliquait ce qui s'était passé. Letterman jouait avec un crayon, sourire bête et suffisant sur la figure. L'acteur plutôt défoncé, le public qui ricanait. Letterman fait une remarque d'un air pincé, lance son crayon par la fenêtre. Bruit de verre brisé, musique qui démarre, caméra qui cadre le gars chauve au piano électrique avec son immense sourire et ses mouvements de tête à la Ray Charles. Publicité. Grande braderie de matelas à Quality Discount, venez jeter un coup d'œil.

Rule n'écoutait pas. Il se disait que si c'était lui, il serait à Houston. Sauf que son intuition continuait à lui souffler Galveston. À part que le Rouquin avait dit Corpus. Pas moyen de savoir. S'il pouvait seulement trouver l'ouverture, entrer dans sa tête. Merde, le Rouquin le savait peutêtre même pas lui-même, où il allait. Ça aurait rien de surprenant, qu'un individu comme lui se déplace à l'instinct.

Il soupira, bourra l'oreiller sous sa tête. Entendit les premières gouttes qui s'abattaient sur le toit du pavillon, énormes, dispersées, puis plus rapprochées, le grondement régulier d'une pluie battante. À l'autre bout de la pièce, un comique inconnu débitait des blagues xénophobes idiotes à la télé. Il se demanda d'où était partie cette mode.

Il se dit que s'il ne se passait rien le lendemain, ou le jour suivant, il repartirait sur Austin. Quand une piste refroidit, ça ne sert plus à rien de la suivre. Quand elle se termine en cul de sac, il n'y a plus qu'à rentrer chez soi pour y attendre des indices frais. Rentrer, tondre la pelouse, traînasser avec Lefty. Voir si ça intéresserait Katie de déjeuner un midi, l'inviter dans un de ces restos bio. À condition qu'il parvienne à la joindre. À condition que ça l'intéresse. Peutêtre lui parler du rêve. Si Dana appelle, lui dire de garder ses distances. Puis la baiser quand elle se pointe. Et prêter l'oreille aux plaintes de Moline.

À quoi la vie en était arrivée.

En attendant, écouter des blagues xénophobes, rire si elles étaient drôles.

Ha, ha.

INTERLUDE

Eddie et Ray Bob dans le Gulf Coast Market, sur la route de la plage, occupés à faire les courses parce que Della avait des coups de téléphone à donner. L'appareil était fixé contre le mur extérieur, près de l'entrée du magasin, sans aucun abri, pas un brin d'ombre. Midi par une journée caniculaire, le soleil à la verticale, pas de vent, humidité élevée. Elle était là à fondre sous la chaleur avec deux rouleaux de pièces de vingtcinq cents qu'Eddie lui avait donnés.

Elle passa quatre appels.

Appel numéro un :

Par les renseignements, elle obtint le numéro du *Houston Chronicle*, contacta la salle de rédaction, demanda à parler au journaliste qui couvrait les crimes. Les gros crimes. Assassinats, et tout.

Le reporter des faits divers, vous voulez dire, une petite minute.

Trois *quarters*[1] plus tard, un homme s'empara du combiné et dit, Ouais ?

Oui, dit Della, je suis une lectrice régulière du *Chronicle* et j'ai vu quelque chose à la télé que j'ai pas trouvé dans le journal alors je me demandais pourquoi. Je voulais lire un article dessus. Vous donnez toujours plus de détails et tout.

De quoi s'agissait-il ? Le type avait l'air de s'ennuyer ferme.

Ben, c'était un meurtre qu'a eu lieu dans un Holiday Inn, celui qu'est sur l'Insterstate 10, je crois, après le périphérique.

C'était quand ?

Della compta. Il y a trois nuits, peutêtre ?

Le journaliste parla en dehors de l'appareil. Il s'adressait à quelqu'un, à l'autre bout du fil. Elle écouta le murmure de sa voix. Puis il reprit la communication, dit, Je n'ai pas connaissance de ça. Mon

1. Pièce de vingt-cinq cents. (*N.d.T.*)

collègue qui fait la nuit non plus, il est assis juste à côté de moi. Qu'est-ce que vous pouvez me dire là dessus ?

Della garda le silence. Seigneur, c'était malin, elle fournissait elle-même la corde pour se pendre. Comme un assassin qui retourne sur les lieux d'un crime que tout le monde ignorait.

Ben, dit-elle, je le *sais* pas, moi, si ça a vraiment eu lieu. C'est pour ça que j'appelais. J'ai sûrement mal compris, j'étais dans l'autre pièce et j'entendais pas bien. Merci de m'avoir éclaircie.

Il me semble que vous avez parlé du Holiday Inn ?

Du bowling, corrigea Della, le Holy Bowling, vous savez ? Sauf que je me suis trompée. C'était pas important de toute façon, c'était juste par curiosité. Oh, on sonne à ma porte. Faut que j'y aille. Au revoir, merci.

Elle raccrocha. Merde.

Appel numéro deux :

Elle retéléphona aux renseignements et obtint le numéro des services de police de Houston, brigade criminelle. Un sergent Eastland lui répondit et elle lui dit qu'elle était journaliste pour une chaîne de télé.

Laquelle ?

Della ferma très fort les paupières, réfléchit à toute vitesse. KPRC, dit-elle.

Comment vous vous appelez ?

Stone, dit Della. Stone... Waters. Elle fit la grimace.

C'est un drôle de nom, dit le sergent. Un pseudo pour la télé ?

Della dit, Je suis de New York.

Vous avez pas l'accent.

J'ai été élevée au Minnesota, là haut, dans le Nord.

Pour moi, vous avez l'accent texan, dit Eastland. C'est quoi votre vrai nom ?

Della ne répondit pas tout de suite. C'est mon vrai nom.

Le sergent dit, Je vous ai jamais vue à la télé. Je regarde cette chaîne là. Mais je suppose que vous êtes nouvelle. Fraîchement débarquée de New York.

C'est ça, dit Della, je viens de commencer cette semaine. Il fait chaud par ici, hein ? Hou là là !

À qui le dites-vous. Bon, vous savez quoi, mademoiselle Waters, là, je suis plongé jusqu'au cou dans un homicide, un corps qu'on a repêché dans le chenal de navigation, un Vietnamien, alors à moins que ça soit une urgence, si vous me disiez où vous rappeler dès que je pourrai ? Ça vous va ?

Della vida l'air de ses poumons, se demanda ce qu'une véritable journaliste répondrait. Elle poserait probablement des questions concernant ce cadavre. Il lui vint à l'esprit que son interlocuteur savait sûrement. Qu'il la menait en bateau.

Quel est votre numéro de téléphone, mademoiselle Stone ?

Pas d'importance, dit Della d'un ton cassant, si vous voulez pas parler aux journalistes de la télé, je vais appeler le bureau du chef de la police directement. Peutêtre qu'il aura le temps, *lui.*

Elle raccrocha. Merde.

Appel numéro trois :

Elle composa le numéro du salon de beauté de Sugar Land et LeeAnne, qui travaillait sur le deuxième fauteuil, décrocha.

La Tête du Client.

LeeAnne, c'est Della. Est-ce que je peux parler à Ruby ?

Della, *où* tu es, ma fille ? Une seconde.

Elle entendit LeeAnne qui posait bruyamment l'appareil et qui disait à Ruby, Téléphone. Elle ajouta, C'est Della.

Un instant plus tard, Ruby prit la ligne, elle dit, Ça alors, je veux bien qu'on me les coupe, je te croyais morte et enterrée, ma petite. Où t'avais disparu ?

Je me sentais pas bien, Ruby. J'avais ce petit ami que t'étais pas au courant, et il m'a larguée sans raison. Ça m'a foutue en l'air. Je vais te dire, j'ai pas bougé de mon lit, même que je me sens *trooop* mal.

Oh, le sale enfoiré. Comment c'est, son nom ?

Laisse tomber, Ruby, c'est du passé, t'en fais pas pour ça.

Pourquoi tu répondais pas au téléphone ? Tu sais que j'ai pas arrêté d'appeler, chérie. J'étais malade d'inquiétude.

J'avais pas le courage, Ruby. C'est pour ça que j'appelle. J'ai besoin de continuer à pas venir pendant un petit moment. Et je me demandais, tu crois que je pourrais aller quelques jours dans la maison de LD ? Il faut que j'aie du temps pour réfléchir.

Et tes mômes ?

C'est ma mère qui les a. Seigneur, je sais pas ce que je ferais sans elle. Ils me crèvent complètement. Tu crois que ça l'embêterait, LD ?

Nan, chérie, il s'en fout de cette baraque. La seule raison qu'il a d'y aller, cet emmerdeur, c'est pour échapper au téléphone et pour boire. Sauf que pour ça, il peut tirer un trait dessus. Il est allé au docteur hier. Tu sais que sa pression sanguine, elle est à dixneuf cinq, quinze ? Je suis surprise qu'y se soit pas encore écroulé. LD, il est au régime sec. Comment ça se fait que tu m'en aies jamais parlé de ce petit ami ?

Je voulais pas te donner un faux espoir. Comme j'ai fait, moi.

Quel dégueulasse.

Alors ça t'embête pas ? insista Della. Que je prenne quelques jours ?

Nan, vas-y, y a pas tant de travail que ça. En plus, LeeAnne, elle veut des heures sup, elle se prépare un petit voyage à Cancun. Elle pense que Carl va la demander quand ils seront là bas. J'ai beau y dire de pas construire des châteaux au Mexique, elle m'écoute pas. Tu sais où est la clef ?

Della dit, En haut, sous l'escalier ?

C'est ça, chérie. Oublie pas ta crème solaire. T'as pas envie d'attraper un cancer de la peau.

Pendant une seconde, Della fut tentée de demander, Ruby, tu te souviens de ce couteau que tu m'as donné, celui de Nuevo Laredo ? En plaisantant, tu sais ? Ben tu devineras jamais ce qui lui est arrivé.

Mais au lieu de cela, elle dit, D'accord, merci un zillion de fois, Ruby. Je t'appelle bientôt.

Elle raccrocha. Alors comme ça LeeAnne se fiançait. Merde.

Appel numéro quatre :

Sa mère, à Missouri City. Ce fut Randy qui décrocha, ou Waylon, peutêtre, elle était pas sûre de savoir lequel, un des deux, il était là à respirer sans rien dire pendant qu'elle cessait pas de répéter c'est ta mère, va chercher Mamie. Elle gaspilla quatre pièces de suite, elle en était au deuxième rouleau. À la fin, sa mère arriva.

Allô ?

Ben dis donc, j'ai cru que t'arriverais jamais, dit Della, c'est moi.

J'étais dans l'autre pièce à regarder la télé, j'essayais de me reposer. Y a Oprah qui reçoit un petit jeune qu'a tué sa maman. J'ai même pas entendu le téléphone. Il a sonné ?

Bien sûr qu'il a sonné. Qui c'était qu'a répondu ?

Waylon. Tu lui as parlé ?

Ben, j'ai essayé. Tout ce qu'il a fait c'était respirer dans l'appareil.

Je crois que tu lui manques, il parle pratiquement pas. Il passe son temps à rester planté quelque part et à tellement sucer son pouce qu'il est à vif.

Dis-lui d'arrêter, dit Della. Mon Dieu, il va s'abîmer toutes les dents.

C'est juste qu'il est inquiet.

Je crois qu'ils le sont tous les deux, inquiets. Tu sais qu'ils mouillent encore leur lit ? Randy arrête pas de tousser.

Tu lui donnes ses médicaments ?

Ben, j'essaye, répondit sa mère. Il aime pas. Ce qu'est sûr, c'est qu'ils me lessivent complètement. Quand c'est que tu reviens ?

Je sais pas encore. Ça fait que trois jours, tu sais. Je commence seulement à me détendre. Y a quelqu'un qu'a appelé ?

Elle écouta sa mère réfléchir. Puis répondre, Qui tu veux qui te téléphone, ici ?

Della dit, Je sais pas. Enfin quoi, bon sang, *quelqu'un* pourrait. Peutêtre la compagnie de prêt, pour ma voiture. Tu prends juste le message, si ça arrive. Tu leur dis que je vais revenir.

Je peux pas faire autre chose, répondit sa mère, si tu me dis pas où c'est que t'es. Et si y a une urgence ?

T'appelles police secours, qu'est-ce tu veux faire d'autre ? J'ai pas le téléphone à l'endroit où je suis. De toute façon, les pensées négatives ça sert qu'à causer des catastrophes. Faut que t'aies des pensées positives.

Sa mère fit un petit bruit comme si elle aspirait l'air avec sa bouche. Elle dit, Je vois pas comment tu fais pour vivre sans téléphone.

Tu serais surprise, répliqua Della. Écoute, faut que je te laisse, j'ai presque plus de pièces. Embrasse Randy et Waylon pour moi. Dis-leur que j'ai dit que Maman les aime.

Sa mère garda le silence, elle n'abdiquait pas. Puis elle dit, Randy arrête pas de taper sur Waylon, le pauvre gosse.

Hé ben, colle-lui en une bonne, alors, et fous-le au coin. Je veux pas d'un môme qui profite de sa force.

Il me rend des coups de pied.

Hé ben, t'as qu'à prendre ta ceinture. Misère, tu sais ce qu'il faut faire, M'man, t'en as élevé quatre, des mômes.

C'est pour ça que je suis si fatiguée.

Faut que je raccroche, dit Della. Je te rappelle plus tard. Salut.

Elle reposa le combiné. Merde. J'ai oublié de lui redire de prendre son fer.

Elle resta là dans la chaleur, à attendre Eddie et Ray Bob à côté de l'appareil. Elle pensait à l'Homme Idéal, se demandait ce qui s'était passé. Ça ne tenait pas debout que le journal sache rien. Le policier, ce sergent Eastland, il lui avait pas laissé une chance de lui poser la question, un gros malin, celui là, à son humble avis. Peutêtre qu'ils gardaient le secret, rapport à ce que monsieur l'Homme Idéal était un décisionnaire important. Un bidule dans les relations publiques, ce genre de truc. Les grands groupes pouvaient commettre des meurtres impunément, elle l'avait vu à *Dateline*. Toute cette histoire, ça la rendait dingue. Au moins, c'était arrangé auprès de Ruby, pour la maison. Et pour son absence du boulot. Non pas qu'elle allait être *payée* pour pas y aller. La fin du mois venue, elle se dépatouillerait de ce petit problème. Chaque chose en son temps. Elle se demanda où était la Hyundai. Elle pensa à Waylon qui suçait tellement son pouce qu'il était à vif. Bon sang, y avait jamais moyen que ça s'arrête. Quand c'était pas un truc...

Elle entendit Eddie qui l'appelait, s'aperçut que lui et Ray Bob, ils étaient déjà dans la voiture. Là bas, sur le parking, à boire de la bière. Elle doutait qu'elle ait seulement raison de monter avec eux. Elle devrait rentrer chez elle à pied. Vu que Ray Bob était déjà à moitié blindé sur le trajet aller, avec la Caddy qui s'était déportée lentement vers la file d'en face jusqu'à ce qu'elle gueule. Ça l'avait foutu en rogne, ce con. Ils avaient échangé des insultes, avec Eddie qui faisait pas plus de bruit qu'une petite souris sur le siège avant. Comme s'il voulait pas prendre parti.

Pas question qu'elle marche avec cette chaleur.

Quand elle monta à l'arrière au milieu des sacs à provisions, Ray Bob la fusilla du regard dans le rétroviseur, cigarette non allumée entre les lèvres. Encore en colère, ce connard. Sans se retourner pour la regarder, il dit, Le putain d'allume cigare du tableau de bord a disparu. C'est toi qui l'as pris ?

Quelle question, dit Della. Je suis pas une voleuse. Mais si jamais tu le trouves, tu peux te le carrer dans le cul. Elle croisa les bras et regarda sur le côté. Elle ajouta, en aparté, Mes excuses pour les gros mots.

Ray Bob, les yeux toujours fixés sur le rétroviseur, dit, Quand les gens qu'ont l'habitude de mentir sont accusés de petites choses qu'ils ont pas commises, ils se mettent plus sur la défensive que les gens normaux le feraient.

On en apprend des choses, ici, dit Della.

C'est Dashiell Hammett qui l'a dit, continua Ray Bob en allumant sa cigarette avec son briquet. Il l'a écrit dans un livre.

Della répondit, Ben ça me fait bien plaisir pour lui.

Ray Bob fit couiner les pneus en engageant la Caddy sur la route de la plage. Eddie se cramponna au tableau de bord afin de ne pas renverser sa bière. Quand la voiture se rétablit, il tendit la main et tira sur son anneau d'oreille. C'était pas vrai, il détestait vraiment ça, quand Della et Ray Bob se bouffaient le nez. C'était pas comme si c'était pour rigoler. Toute cette colère lui nouait les tripes.

Il inclina la tête sur le côté face au vent, ferma les yeux. Se dit qu'il avait déjà entendu ce nom là quelque part, celui du type qu'avait écrit le truc cité par Ray Bob. Hamlet. C'était quasiment sûr, qu'il l'avait déjà entendu quelque part.

Il se retourna pour demander à Della si elle savait qui c'était, histoire de faire la conversation, ça pouvait pas faire de mal. Comme elle répondait pas, sans se décourager, il lui demanda si elle avait eu assez de pièces pour ses coups de fil. Elle refusait toujours de le regarder, alors il finit par lui demander si elle était inquiète pour ses enfants. Ce coup là, elle répondit.

Elle lui dit, À ton avis, trouduc ?

DEUXIÈME PARTIE

33

Le septième jour, Dieu s'était reposé, et plus jamais il ne s'était remis au travail. Mais pas Ray Bob. Rester assis à regarder, à attendre, ça le faisait bondir au plafond.

La différence, c'était que Dieu était parti d'un plan. Il avait donné une impulsion dans le sens voulu, ensuite il avait croisé les bras, peinard, pour observer ce qui se passait. Alors que Ray Bob, lui, il n'avait pas de dessein global, à moins qu'un besoin insatisfait procure une motivation. Il n'avait rien d'autre : un besoin, urgent et insatisfait, insatiable. Un besoin de bouger, d'aller. Nullepart de manière précise, le mouvement se suffisant à lui-même. Le mouvement dans le vide, oublieux de sa cause, aux effets non pertinents. En avant, en arrière, qui pouvait en avoir quelque chose à foutre ? C'était pas son problème.

Une cosmogonie simple : la Création étant surgie de rien, le rien était le but de Ray Bob.

Et donc, en ce jour réputé de repos, il se tenait sur la terrasse de la maison, sur la plage qui dominait le golfe, il fumait une cigarette. Milieu de matinée, ciel clair comme une vitre teintée de bleu, air encore léger, presque vif après les pluies. Quelque chose de présent là, dans l'air. Quelque chose en suspens, une énergie, perceptible, revigorante. Provoquant la conviction distincte qu'il pourrait vivre éternellement, qu'il pourrait le vouloir. Journée d'ennui routinier pour un gamin, certes, mais à son âge, pareilles journées se produisant plus rarement, Ray Bob s'en imprégnait, il s'en remplissait les poumons. S'en emparer et foncer, sourire esquissé.

Il se dit que c'était le jour pour, aucun doute là dessus.

Au bout d'un moment il rentra dans la maison, s'arrêta une fois franchi le seuil, renifla l'arôme résiduel des œufs et du bacon cuits sur le plat. L'ample pièce ouverte était baignée d'une ombre douce, le soleil matinal filtrait à son pourtour par les baies occultées. Il resta sur place à observer. Della dans le fauteuil inclinable, elle parcourait le *Chronicle*, elle avait le front plissé. Pas désagréable à regarder, comme belette.

Les yeux trop rappochés, passable autrement. Mais quelle garce. Putain, lui, il l'aurait butée après un tour de manège. Mais pas Eddie. Son associé, c'était rien qu'un connard qui se laissait tenir par les couilles. Assis au bord de son lit, là bas, à gratter sa guitare en remuant les lèvres. Pas mauvais, d'ailleurs, meilleur qu'il aurait pensé, sauf qu'il jouait que de la vieille musique de nègres, le genre blues à la con.

Ray Bob se dirigea vers le coin opposé, il ramassa son sac marin, commença à enfourner ses teeshirts et son jean de rechange, déposa une boîte de munitions fédérales neuf millimètres. La guitare s'arrêta. Il sentit le regard d'Eddie.

Qu'est-ce tu fais ?

Il ne répondit pas. Renifla un teeshirt, le fourra dans le sac de toile. Sortit son Walther, enveloppé dans un autre teeshirt, le glissa dans sa botte. Il entendit Eddie poser sa guitare, entendit ses pas s'approcher sur le linoléum. Debout à côté de lui, maintenant.

Qu'est-ce tu fais, mec ?

Il ne leva pas les yeux. Il dit, Ça y est, gars, je me casse.

Eddie ne répondit rien.

Il secoua le sac pour en tasser le contenu, le posa à la verticale sur le matelas, tira sur les cordons, fort. Après, il se tourna vers Eddie qui ne le lâchait pas d'un œil. Il dit, T'es avec moi, collègue, ou t'es contre ? Ray Bob, il avait dit ça d'un ton égal, il avait présenté les choses comme elles étaient.

Eddie répondit, Merde, mec, c'est très bien, ici. On fait profil bas un petit moment, on se la coule douce. Eddie qu'essayait de gagner du temps.

Ray Bob dit, Ça, pour te la couler douce, tu te la coules douce, c'est pour ça que tu veux rester. Tu penses qu'à queuter. Les vacances c'est fini. T'es avec moi ou t'es contre ? Comme Eddie ne répondait pas, il ajouta, Et c'est de toi que je parle, mon gars. Pas d'elle.

Eddie lança un regard à Della, elle avait le nez dans le journal, elle écoutait pas. Il s'assit lentement au bord du lit, les épaules voûtées, et se gratta l'avant bras.

Ray Bob dit, Je vois que tu sais toujours pas. Faut que tu te décides, tête de nœud. Je serai en bas. T'as cinq minutes.

Merde, dit Eddie, tu me fous la pression, mec.

Je viens de te le dire, je serai en bas.

Ray Bob jeta le sac sur son épaule, il descendit les marches. Eddie ne bougea pas, il entendit le moteur de la Caddy démarrer sous ses pieds. À l'autre bout de la pièce, Della avait son journal posé sur les genoux, elle l'observait. Elle dit, Où il va, ce coup là, monsieur Tête-Brûlée ? Il va se trouver quelqu'un d'autre à tabasser ?

Elle se référait aux pêcheurs de crevettes, deux sur trois encore à Galveston, dans une chambre d'hôpital, à John Sealy. Sans oublier deux ou trois autres, ces derniers jours, dans des bars du bord de mer, au nord comme au sud. Monsieur Tête-Brûlée qui s'occupait.

Eddie dit, Nan. Enfin, peutêtre. Il part.

Della le fixa intensément. Sérieux ?

Eddie tira sur son anneau. Il dit oui. Sérieux comme le cancer.

Dieu soit loué, dit Della, j'aurais jamais cru. Et bon débarras, parce que je te ferais dire, à cause de lui, je suis à bout de nerfs. De ses paumes elle frappa les accoudoirs, souffla sur sa frange. Elle dit, Sa façon qu'il a de me reluquer, comme si ce qu'y veut c'est me tabasser aussi, sauf que c'est après m'avoir fait des trucs horribles que j'ai même pas envie de les dire. Elle parlait vite. Et me dis pas que tu comprends pas, parce que t'as vu tout comme moi, Eddie. Tu serais pas là, j'aurais retourné à Sugar Land à pied, rien que de savoir qu'il était dans la même proximité.

Eddie dit, Tu l'as fait travailler, ta petite boîte noire.

Della dit qu'il pouvait pas savoir. Elle dit qu'il avait pas idée. Elle dit que la boîte, elle était quasiment pleine, qu'elle en enfournait de tous les côtés, qu'elle pouvait presque plus refermer le couvercle.

Eddie, assis au bord du lit, les yeux sur le plancher, reconnut que c'était pas une surprise pour lui. Entre ce qu'elle lui balançait, à Ray Bob, et ce qu'elle gardait pour elle, elle chômait pas plus que lui. De la rancune dans la voix d'Eddie, de l'indécision. Contraint de faire un choix.

Elle perçut le ton employé, laissa retomber le siège bruyamment, étonnée soudain, comme si pour la première fois cette possibilité l'effleurait. Elle éprouva un petit choc à l'estomac, sentit presque la tête lui tourner. Elle repoussa le journal, se leva en tanguant, traversa la pièce pieds nus et s'immobilisa juste devant lui, les mains sur ses épaules. Il avait les yeux à la hauteur de son nombril, posé en équilibre entre le bouton pression de son jean et le haut du maillot de bain. Elle dégrafa le bouton, baissa la fermeture Éclair, ouvrit la braguette, attira à elle le visage d'Eddie. Rien en dessous, juste la douceur des poils du pubis qui se blottirent contre son menton et sa bouche. Il ferma les yeux, inspira. Elle sentait bon, comme un savon et pourtant différent. Puis elle baissa la main et ouvrit davantage son jean, elle le fit descendre légèrement sur ses hanches, elle écarta ses lèvres gonflées avec ses deux mains, ses ongles rose vif, jeta son pelvis en avant. Une odeur forte et musquée, maintenant il en avait la tête pleine. Il ouvrit la bouche, la lécha. Elle était mouillée. Un goût légèrement aigre, mais bon. Il en avait le ventre qui tremblait. Elle noua ses mains derrière sa tête, l'attira tout contre elle. Il joua avec son clito, le caressa à petits coups de langue rapides. Elle gémit, son pelvis commença à trembler.

À ce moment là, il la repoussa et se leva. Il s'essuya la bouche avec le dos de la main, dit, Ça va pas, ça, faut que je parle avec Ray Bob. Et il la frôla pour s'engouffrer dans l'escalier, fonça, descendit les marches deux par deux. Il la laissa plantée là comme une statue d'Ève tenant la pomme. Elle s'effondra sur le lit, eut conscience que c'était celui de Ray Bob, mais elle s'en moquait. Elle mit la tête dans ses mains et pleura.

Au bout d'un moment elle se releva et traversa jusqu'à l'autre lit, le leur, à Eddie et à elle, s'allongea et pleura encore en se raccrochant à sa Bible. Des flots de larmes. Toute seule, abandonnée, traquée par la police pour un truc qu'était pas de sa faute, ses gosses parqués chez sa mère, pas de travail, pas de véhicule, pas d'argent. Coincée dans cette saloperie de maison de chiotte. Et toujours aucune nouvelle nullepart de monsieur l'Homme Idéal. Elle pensa à Eddie, son unique meilleure chance, qu'était en bas, là, maintenant, avec ce reptile, ce monstre. Elle pensa que la vie, c'était qu'un ramassis de merde, que leurs pensées positives ils pouvaient se les carrer dans le cul, pareil pour ce qu'était d'exprimer ses sentiments et pour la petite boîte noire, toutes ces conneries de conseils de merde genre souriez ça ira mieux qu'on trouvait dans *Redbook* et tous les autres magazines, c'était rien d'autre que de la colle pourrie qu'on se servait pour essayer de rafistoler les morceaux pendant que la vie faisait tout son possible pour les séparer, et la vie, c'était elle la plus forte, elle allait gagner au bout du compte, quoiqu'on fasse. Même pas l'amour, même pas l'amour. Qu'elle avait essayé dernièrement. Y avait qu'à voir le résultat. Et lui, où il était ? Elle recommença à pleurer, avec des sanglots. En bas, avec son copain de cavale. En bas, à se préparer à tracer, à mijoter un nouveau crime.

Sauf que c'était pas ça.

Il se tenait à côté de la Caddy, il tirait sur son anneau tout en écoutant Ray Bob qui continuait à parler sur un ton égal, mais la colère couvait en dessous, on en sentait la chaleur, il disait, T'es vraiment un enculé comme équipier, gars. La première cramouille qui te reluques, t'envoies chier les engagements que t'avais pris.

Eddie secoua la tête. Nan, mec, c'est pas comme ça.

C'est comment alors ?

Eddie continuait à secouer la tête, il réfléchissait. À la fin, il dit, il regarda Ray Bob et il dit, T'es pas assez souple, mec, c'est tout, tu veux accepter personne d'autre.

Ray Bob dit, Oh ouais, je vois, nous on est Butch et Sundance [1], et cette salope, là haut, c'est je sais plus comment elle s'appelle, l'instit. C'est ça ?

Eddie eut un grand sourire. Il avait pas envisagé les choses de cette façon, mais ouais, ça lui plaisait. Il dit, Pourquoi pas ?

Ray Bob lui retourna son sourire, dents en avant, yeux froids comme l'acier. Parce que je suis pas Sundance, collègue. Je suis Johnny Ray Matthews, et tu peux courir pour que je reste assis le pouce dans le cul à vous regarder, toi et mademoiselle Belles Nipes, rouler sur une bicyclette fabriquée pour deux en chantant qu'y a des gouttes de pluie qui tombent et en te comportant comme si ton couillon de copain il existait plus, comme si t'avais jamais entendu parler d'un vrai pacte à la vie à la mort de deux mecs qui taillent la route ensemble.

Une sacrée tirade, pour Ray Bob.

Eddie hochait la tête, écoutait. Puis il s'appuya contre la portière de la Caddy, croisa les bras sur sa poitrine et sourit. Il dit, Sans déconner, c'est ton nom ? Johnny Ray ? Ben merde. Tu veux connaître le mien ?

Mais Ray Bob ne l'écoutait pas. Toujours debout, le visage empourpré, les clefs de la voiture dans le poing crispé, il dit, Tu parles d'un compagnon inséparable que tu fais, gars. La première fois que je surveille pas mes arrières, tu me la colles dans le cul. Cette virée, elle te branche, mais tu veux l'avoir gratos. T'aimes l'excitation, tu craques le fric, mais tu mouilles trop pour accepter les risques. Tu m'écoutes ?

Eddie fit oui de la tête, il dit que oui. Il dit que personne était obligé de prendre des risques pour apprécier la virée, n'empêche, ou pour aimer l'excitation, ou encore pour récupérer du fric. Il dit, Bordel, on est en Amérique, non ?

Ray Bob le dévisagea. Qu'est-ce que ça veut dire, putain ?

Ça veut dire ce que ça veut dire. Eddie haussa les épaules. C'est tout.

T'es vraiment paumé, comme enfoiré, dit Ray Bob, allez, dégage. Eddie s'écarta et Ray Bob ouvrit la portière, se pencha à l'intérieur. Il fouilla une seconde dans la boîte à gants, en ressortit un bout de papier et un stylo. Il dit, C'est quoi le nom de l'empaffé qui t'a balancé ?

Le nom de qui ?

Ray Bob dit, Ce coonass, celui qui t'a mouchardé.

DeReese ?

Comment t'épelles ça ?

---

1. *Butch Cassidy and the Sundance Kid, Butch Cassidy et le Kid* de George Roy Hill (1969) version cinématographique très romancée de la vie de deux redoutables membres de la célèbre Horde Sauvage. (*N.d.T.*)

Eddie regarda Ray Bob se pencher sur le capot, le stylo sur le papier, en attente. C'est pas vrai, qu'est-ce qu'il allait pas inventer maintenant ?

Accouche, dit Ray Bob, épelle, j'ai pas toute la journée.

Alors Eddie épela. Puis il dit, Qu'est-ce tu veux en faire ?

Ray Bob fourra le papier dans sa poche de jean, fit voler le stylo vers le siège arrière, contre son sac. Il se redressa, nez à nez avec Eddie, si près que ce dernier dut reculer d'un pas, et il dit, Parce que je vais l'effacer, ce gusse, je vais te montrer, mon gars, ce que c'est qu'un mec avec qui tu fais *vraiment* équipe. T'apprendre ce que c'est que la vraie loyauté. Quelque chose que tu devrais réfléchir dessus.

Tu sais, le problème pour DeReese, commença Eddie mais Ray Bob l'interrompit, il était déjà à moitié installé au volant, il pointait un index massif sur lui. Il dit, Et je laisse pas non plus les choses en plan sans les finir, collègue, encore un truc que tu ferais bien d'y réfléchir. T'as un choix à faire. Parce que je te garantis que tu me reverras.

D'accord, d'accord, mais pour DeReese, recommença Eddie en agitant maintenant les bras, sauf que Ray Bob avait déjà enclenché la marche arrière et reculé, il projetait sable et terre dans les airs en s'élançant vers la route, chassant de l'arrière, laissant une traînée de poussière de sable qui flottait dans son sillage. Laissant Eddie planté là en spectateur.

Ce qu'il était.

Il resta sur place à regarder disparaître la Caddy, sentit les grains de sable qui se logaient entre ses dents, tout en pensant, Le voilà parti.

En pensant, Ben au moins, il m'a pas descendu.

En pensant, Sauf que pour DeReese, il risque d'avoir du mal à le trouver.

34

Elle était allongée dans le lit avec la brise de minuit qui lui chatouillait la pointe des seins, Eddie qui ronflait. En inclinant la tête en arrière, elle pouvait voir à travers la moustiquaire une lune nacrée à son troisième quartier qui flottait dans le ciel, une voie lactée qu'esquissait un semis d'étoiles. Des nuages ici et là, pas beaucoup. Elle écouta le reniflement régulier d'Eddie, entendit le déferlement des vagues sur le rivage. C'était drôle, c'était la première fois qu'il ronflait. Ou alors elle avait pas remarqué. Il grogna et se retourna.

Elle aurait remarqué.

Au moins, monsieur Tête-Brûlée était parti. Un poids en moins, sans rire. Un type qui tire dans les yeux d'un ado, il est capable de n'importe quoi. Ruby disait qu'elle avait jamais rencontré un homme qu'elle pourrait pas apprendre à haïr. En général, elle disait ça à une cliente qu'avait des problèmes avec un mec. Y en avait plein, y avait qu'à regarder. Madame Patterson avec son mari qui la battait, les marques qu'elle avait au cou. Patty qu'était tombée enceinte mais le gusse niait que c'était lui. Sans oublier madame Helms, qu'était mariée à un type qu'avait perdu toute son énergie et qui restait au lit à longueur de journée. Et LouAnn Groves, elle, c'était pas rien comme situation. Quatre mômes et un ex mari riche avocat qui refusait de verser la pension alimentaire pour ses enfants, alors que LouAnn, elle, elle était serveuse chez Bennigan. Essayez un peu de trouver quelqu'un qu'avait une relation de couple correcte.

Elle essaya mais ne parvint à trouver personne, à l'exception de Kim Basinger, elle semblait heureuse avec comment il s'appelait déjà? Alec, l'acteur. Alec Baldwin. On le voyait partout sauf dans les films. S'il en sortait pas un bon bientôt, leur relation, elle allait se casser la figure, elle aussi, rapport à ce que Kim, ça marchait superbien pour elle.

C'était vrai, n'empêche, ce que Ruby disait. Sauf qu'en général, ça prenait du temps, pour haïr. Dans le cas de monsieur Tête-Brûlée, elle avait fait une exception. Il lui avait fallu peutêtre trente secondes, une minute en tirant au maximum. La première fois qu'elle avait vu ses yeux dans le rétroviseur. Des fois tu sais, juste comme ça. Ce type, c'était un serpent à sonnette. À l'imparfait, Dieu merci. Fallait espérer que cet enculé allait pourrir en enfer, mes excuses pour le gros mot.

Elle inclina la tête en arrière, regarda à nouveau la lune, ne réussit pas à distinguer le visage de l'homme qui s'y cache. Eddie avait arrêté de ronfler mais les vagues déferlaient toujours avec la régularité d'un battement de cœur. Elle ne pouvait pas dormir. Trop de trucs en tête. La brise se renforça un peu, lui glaça le bout des seins, alors elle remonta le drap sur elle. Elle repensa à toutàl'heure.

Elle repensa au moment où elle avait entendu la voiture qui partait à fond la caisse, puis Eddie qui grimpait l'escalier, qui la trouvait en larmes, qui montait sur le lit à côté d'elle. Allons, allons, il avait dit en se penchant à quatre pattes au dessus d'elle, t'as rien du tout, t'as eu peur, c'est tout. Mais ça va aller, maintenant.

Elle avait roulé sur le côté et l'avait attiré à elle. Elle avait dit, J'ai besoin de toi, Eddie, j'ai vraiment besoin de toi. Et lui il avait répondu, Moi aussi, j'ai besoin de toi, ma loute, pareil qu'une fleur a besoin de la pluie.

C'était pas mignon, ça?

Alors, à ce moment là, elle avait retiré son fute (vu que la fermeture Éclair était déjà baissée, c'était facile), elle lui avait ouvert la braguette et elle avait sorti sa queue. Dure déjà, et chaude. Des fois, c'était pas comme ça, avec beaucoup d'hommes il fallait faire le nécessaire. Elle s'interrompit, réfléchit. Ben, c'était pas qu'elle en avait connu tant que ça. Enfin bon, en l'occurrence, elle lui avait même pas enlevé son pantalon, juste baissé en dessous de la taille, juste assez, elle avait écarté les jambes et elle l'avait introduit en elle direct, elle était déjà mouillée. Des fois, c'était pas comme ça pour elle non plus. Mais voilà, quand t'aimes quelqu'un et qu'il t'aime aussi.

Après ils l'avaient fait pendant à peu près une heure. Peutêtre plus, ça donnait l'impression. Assez longtemps pour que ça brûle. Quelque part en plein milieu elle s'était aperçue qu'elle avait même pas enlevé son haut, alors elle l'avait fait. Il avait souri et lui avait dit qu'elle avait les plus beaux nénés de la galaxie. Et mes chevilles ? elle lui avait demandé. Il lui avait répondu qu'elles étaient parfaites, qu'elles allaient très bien avec ses pieds. Elle avait dit que lui, elle aimait tout son corps, surtout ses fesses. Et ainsi de suite. Ils avaient continué à parler comme ça pendant qu'ils baisaient. Comme un vieux couple marié. *T'as pensé à sortir les ordures, chéri ? Oui, mon cœur, tiens, laisse-moi passer dessous. Ohhhh, c'est bon, et le sac dans le garage ? Bien sûr, là, tu vois, oups, remets-moi dans toi.*

C'était excitant, de parler comme ça, avec lui qui poursuivait son va et vient sans s'arrêter, qui la comblait, qui lui donnait l'impression d'être la partenaire rêvée, douce et sensuelle. Après, pendant un moment, c'était elle qui avait été sur le dessus, elle avait remué ses hanches d'avant en arrière, à cru au grand galop, avec ses mains à lui qui malaxaient ses fesses, qui caressaient son ventre, qui jouaient avec la pointe de ses seins, la touchaient partout. Puis, hop là ma jolie, retour à plat dos, il s'était vraiment mis à la besogner, fort, la respiration haletante et précipitée, avec ses couilles qui lui battaient les fesses, *plaf-plaf-plaf,* un peu qu'il y allait, et à la fin il avait gueulé et tremblé comme s'il avait une attaque cardiaque, il lui avait collé une trouille d'enfer l'espace d'une seconde, juste avant qu'elle jouisse elle aussi. Et qu'elle jouisse encore. En tout, trois fois, un record. Ça lui avait donné l'impression d'être la reine de Saba. Jusqu'à ce qu'elle sente quelque chose de bizarre sous son dos, qu'elle tende la main et ramène un livre.

Seigneur, ils avaient baisé sur la Bible.

Après, elle avait eu l'impression d'être Bethsaba. Ou quelqu'un comme ça, elle se rappelait plus les détails. Quelqu'un de mal, en tout cas.

Eddie, ça lui avait fait ni chaud ni froid, alors elle avait fait comme s'il s'était rien passé. Elle avait posé la Bible par terre. Après, ils étaient restés allongés sur le lit pendant peutêtre une demi heure à dériver chacun dans ses pensées avant de reparler. À la fin, Eddie avait dit, Il va me manquer, ce vieux Ray Bob, ça c'est sûr.

Elle avait dit, C'était rudement bon, tu sais.

Il avait dit, C'est pas tous les jours que tu te trouves un mec avec qui tailler la route.

Elle avait dit, C'était la fois la mieux que j'aie jamais eue.

Ou que t'en perds un, il avait dit.

En tout cas, t'es encore vivant.

C'était mon meilleur ami.

Elle avait dit, Y a combien de temps que vous vous connaissez ?

Il avait dit, Trois semaines.

Ben merde, alors.

35

Le jour de son retour, il s'en prit une belle. Il arriva en milieu d'aprèsmidi avec l'intention d'inviter Katie à dîner. Puis il ramassa l'*Austin American-Statesman* devant sa porte et vit qu'il avait raté l'enterrement de Bernie Rose. Grande manchette : L'ASSASSIN DU POLICIER IMPLIQUÉ DANS LE MEURTRE DU 7-ELEVEN. Bernie parti. *Rosie*. L'instant d'après, il se retrouvait devant une bouteille de Jack Daniels à moitié vide.

Il ne comprit pas qu'il était ivre avant d'essayer d'aller de la cuisine aux toilettes. Le plancher n'arrêtait pas de se soulever soudain, de se vriller sur le côté. Il se retint au mur, s'assit sur le siège pour pisser. Ça lui rappela la fois où il s'était réveillé saoul, une nuit, ayant perdu ses repères, et où il avait uriné dans un des tiroirs de sa commode, celui qui contenait ses sous vêtements et ses chaussettes.

En repassant par la cuisine, il attrapa la bouteille de whisky par le goulot, se posa sur les marches de derrière. Lefty vint s'insinuer entre ses jambes, s'y allongea. Rule joua avec les oreilles du chien, lui frotta le ventre. Il dit, Comment tu vas, mon vieux Lefty, j'ai vu ton père, Jim Dandy, il va bien. Lefty roula un œil dans son orbite, ne fit aucun commentaire.

Rule acheva la bouteille juste après minuit, au moment où une fraîcheur descendait sur les collines crépusculaires et où les oiseaux de nuit lançaient leurs appels. Il s'endormit sur les marches, sortit du sommeil un peu avant l'aube. Encore le rêve du Vietnam. Une jungle, en patrouille dans les ténèbres. Une voix qui gueule, Putain de merde ! Où vous êtes ! Puis l'explosion, un hurlement. Le sien, qui le réveilla. Il avait mal au dos à cause des marches, pouvait à peine bouger. Mais il parvint à atteindre son lit, tout habillé.

Ça, c'était le premier jour.

Le deuxième jour commença avec un mal de tête et l'estomac nauséeux. Il essaya de guérir ces maux par le travail en tondant l'herbe sur l'arrière, abandonna quand le soleil du milieu de la matinée lui causa des vertiges. Il s'allongea pour un petit somme, dormit durant l'heure du déjeuner, se réveilla à nouveau au milieu du rêve. La jungle par une nuit sans lune, une pluie de mousson. Il avala un sandwich au beurre de cacahuètes, but une bière. C'était l'aprèsmidi. Décida de se balader dans les environs, se prépara un de ces bidons aux parois isolées par du tissu prévu pour les opérations militaires dans le désert, escalada à l'ouest les collines basses couvertes de mesquites et de genévriers cendrés, franchit la barrière pour pénétrer sur les terres d'Elmore Westland tandis que Lefty vagabondait en quête de traces et d'odeurs, revenant au pied quand il en recevait l'ordre. Ils contournèrent un escarpement pentu jonché de lamelles de roches, suivirent un chemin incurvé descendant vers un affleurement de calcaire qui culminait au dessus des pâtures, au sud, où Elmore élevait plusieurs têtes de bétail, des santa gertrudis. Il s'assit là, s'épongea le crâne avec un bandana. À ses pieds, Lefty surveillait la pente. La partie basse des herbages frangeait un ruisseau bordé de saules nains et de fleurs sauvages qui s'élargissait en un endroit pour procurer un point d'eau au bétail. Elmore s'y trouvait, monté sur un cheval bai, et il gravit la pente pour lui souhaiter le bonjour.

Rule le remercia de s'être occupé de Lefty.

Elmore dit, C'est un plaisir.

Ils tournèrent leurs regards vers le vallon, Elmore au pied de la roche, toujours en selle, son quart de sang paissant les pousses éparses. Venue de l'est, une buse à queue rousse se laissa dériver, glissant sur un courant, surveillant les marges herbeuses du ruisseau piquetées de lupins soyeux bleus et de panaches écarlates. Une compagnie de cailles s'envola et s'égailla soudain, la buse poursuivit son chemin. C'était une journée limpide, chaude, la terre était verte et indolente. Un mois encore et elle serait brunie par la brûlante sécheresse de la canicule estivale.

Elmore se pencha et cracha. Tu les as pas eus, ces lascars, dit-il. Il n'avait pas regardé Rule en prononçant ces mots, ce n'était pas une question. Davantage une observation concernant le bleu du ciel, l'humidité de l'eau. Il posa les mains sur le pommeau de sa selle, changea de position, le cuir craqua. C'était un petit homme aux jambes courtaudes affublé d'un pied bot, mais il avait fière allure à cheval.

Rule dévissa le bouchon du bidon, tendit le bras pour l'offrir. L'autre refusa d'un signe de tête. Rule remplit sa bouche, fit tourner le liquide à l'intérieur, recracha puis avala une gorgée. Il remit le bouchon, posa le bidon sur la roche.

Juste une question de temps.

Exactement, dit Elmore. Comme tout le reste.

T'as sûrement pas tort.

Ils étudièrent tous deux les herbages en contrebas et les collines qui s'élevaient plus au sud vers le lit de la Blanco, un paysage de broussailles sur sol crayeux pommelé de genévriers. Au dessus, un ciel de pastel lapis. Dans le ciel, un soleil safran pâle dont la descente s'incurvait vers l'ouest. Plus loin, rien d'autre que l'espace vectoriel dépourvu de pesanteur, privé de couleur et de bruit, sans amplitude ni mesure. Au sein duquel pouvait se trouver la vérité, si pareille chose existe. Certainement pas dans les mots. Elmore ôta son couvrechef, un panama maculé de sueur orné d'un cordon noir, baissa les yeux, fit courir un doigt dans la fente. Il s'en recoiffa, réunit les rênes, obligea le bai à décrire un quart de tour et l'engagea sur la pente d'un coup de talon. Il leva une main en signe d'aurevoir. Rule le regarda partir.

Une heure plus tard, rentré chez lui, il téléphona à Katie pour l'inviter à dîner. Quand le répondeur se déclencha, il raccrocha. Il ouvrit une boîte de haricots pinto sauce chili qu'il fit réchauffer en même temps qu'un morceau de saucisse de Bologne et qu'il mangea avec des crackers. Dana appela à deux reprises avant qu'il n'en termine et il lui raccrocha au nez les deux fois. Puis il alla s'allonger, la fenêtre ouverte sur la moustiquaire, et quand le téléphone sonna une nouvelle fois il ne répondit pas. Un moment il pensa à sa première épouse, la mère de Katie, puis à la deuxième. Il eut une pensée fugace pour la femme de Freeport, mais Dana la chassa de son esprit, et il pensa à elle. Il n'y avait pratiquement rien qui lui plaisait, en elle, à l'exception de cette unique chose, mais elle le tenait bien. Jusqu'à tout récemment il avait envisagé de se procurer de ce Viagra, mais avec elle il n'en avait pas l'usage. C'était vraiment une situation impossible quand un homme avait besoin de mépriser une femme pour la posséder dans l'étreinte. Il en était encore à retourner cette question quand il s'assoupit.

C'était la fin du deuxième jour.

Le lendemain matin il se réveilla tôt. Il en termina avec le jardin sur l'arrière puis téléphona au labo et s'entretint avec Moline. Toujours rien de neuf. Alors il appela Katie et elle lui répondit, il parvenait à peine à le croire. Elle donna son accord pour déjeuner avec lui au Magnolia Cafe, sur Lake Austin Boulevard, un nouveau choc. Il arriva par le Highway 290, remonta au nord par le MoPac Expressway, traversa le fleuve pour gagner la sortie donnant sur le boulevard, se présenta en avance. Il choisit une table sur la terrasse, sous l'ombrage d'un chêne vert. Puis Katie apparut sur sa bicyclette, en retard et de mauvaise humeur, repartit de plus mauvaise humeur encore. Elle refusa obstinément de lui confier quel était le problème, et tout ce qu'il dit ne fit qu'aggraver les choses.

Je lis le livre de citations que tu m'as offert, dit-il. Il est rudement bien.

J'en suis heureuse, répliqua-t-elle.

Puis rien, à piquer dans sa salade d'épinards, le front plissé. Il attendit, observa. Elle portait un teeshirt Austin Lounge Lizards et un cuissard moulant, des chaussures de course à pied Asics sans chaussettes. Mains délicates, plus fortes qu'elles n'y paraissaient. Cheveux châtains bouclés coupés court sous un béret bleu. Étrange tenue. Et une série d'anneaux et de clous alignés sur le lobe externe d'une oreille percée en une demi douzaine d'endroits.

Il fut assez stupide pour commenter : Tu vas pas te faire planter un de ces pendants d'oreille dans la langue, hein ? Essayant d'être drôle.

Coup d'œil meurtrier, silence.

Il la regardait toujours, elle non. La stratégie de l'esquive. Peau claire, yeux bleu foncé. Lentilles colorées. Les taches de rousseur presque disparues. Plusieurs kilos gagnés, surtout en muscles, avec tous ces parcours à vélo, toujours jolie cependant.

Ça va, la fac ?

Bien.

T'as assez d'argent ?

Oui.

Silence, à nouveau. Des écureuils dans le chêne à ample ramure, qui poussaient de petits cris. Des oiseaux qui sifflaient au bord de la terrasse. Les gens qui bavardaient à proximité. Rires discrets, francs éclats, tout le monde mangeait, buvait. Mais une atmosphère pesante à leur table, comme pour la mort de quelqu'un ou de quelque chose, la nourriture qui refroidissait. Rule se sentait en porte à faux. Langue liée. La situation lui échappait. Dire quelque chose, vite. Voyons...

Lefty va bien.

Chouette.

Profonde aspiration, pâle sourire. Vas-y, dis-le : Tu me manques, ma chérie.

Elle répliqua, voix mordante : Si seulement tu voulais me laisser un peu respirer.

Respirer. Comment le lui dire ? Tu exiges de pouvoir respirer. Personne n'est prêt à pareille concession. Ou bien on lutte parce qu'on est concerné, ou bien on tourne les talons parce qu'on s'en fout complètement.

Soudaine prise de conscience : Son existence même pèse à sa fille.

Dire quelque chose : Comment va ta mère ?

Elle jette sa fourchette, le lui dit clair et net : Maman t'a quitté parce que tu la traitais comme une *chose*. Comme si elle était ta *propriété*. Alors qu'elle est un être *humain*.

Il la regarda, ressentant chacun de ces coups dans ses os, attendant.

Et elle ne pouvait plus le supporter. C'est pour *ça* qu'elle est partie. Comment tu crois que je me sentais, moi ?

Il respira à fond. Une supposition juste et honnête : Mal. Sauf que ce n'était pas ça. Vieille histoire, bien connue. Tout le monde se sent mal. Autre chose. Quoi ? Demande.

Tu crois *tout* savoir, lui renvoya-t-elle. Tu crois me connaître. *Tu ne me connais pas*.

Il acquiesça. Pas de tromperie dans ces mots, pas de fierté. C'était vrai, il ne la connaissait plus. Elle se leva brusquement, mit son sac à dos sur l'épaule.

Il faut que j'y aille.

D'accord.

Déception majeure. Il paya l'addition, essaya de la serrer contre lui. Elle se figea, le laissa faire, *tout juste*, n'offrit rien en retour. Expression corporelle : un mauvais moment à passer. Comme pour une tâche odieuse. Il la lâcha, elle s'éloigna.

Au revoir, Katie, c'était agréable de te voir. Je t'appellerai.

D'accord.

La voilà partie. Pédalant dans la rue ensoleillée, courbée sur le guidon, jambes actives. Rapides.

Partie.

Il grimpa dans son camion, déboîta en arrachant la gomme, reprit le MoPac vers le sud. Frustration, incommensurable douleur. Il se sentait pire qu'avant. Qu'est-ce qui se passait ? Là, juste devant lui, mais il ne la voyait pas. Il ne *le* voyait pas.

Il ne voulait pas.

Ne te laisse pas démolir par ça. Ça n'interdit pas les spéculations. Quelque chose qui la tracasse, c'est clair. Ça pourrait être la fac ou ça pourrait être des problèmes de garçons. Ça pourrait être le temps, pour ce qu'il en savait. La seule chose qu'il savait vraiment, c'était qu'il ne connaissait plus sa propre fille. S'il lui restait quelque chose d'autre à perdre, il ne savait vraiment pas de quoi il pouvait s'agir.

Il se faisait vieux.

Flashback : Elle ressemblait chaque jour un peu plus à sa mère. Il se souvint alors qu'il avait oublié de mentionner le rêve. Il voulait lui demander quels liens les rêves peuvent entretenir avec des prémonitions. Il prit le portable pour l'appeler mais le reposa. Fiche-lui la paix.

Il ralentit sur l'autoroute qui traversait la ville, prit le Highway 290 sans foncer, roula encore plus lentement sur les petites routes. Plus rien ne pressait maintenant. Mais il était furieux, anxieux. Les choses lui échappaient, il ne les voyait pas. Passé imparfait, futur. Mélancolie.

Cette histoire de relation père fille, Seigneur, c'était dur. Trop dur.

Quand il quitta la route goudronnée pour sa longue allée qui traçait une boucle, il jeta un regard en arrière et vit la dépanneuse verte monter sur l'herbe de l'accotement et s'arrêter. Lomax l'avait suivi en ville et sur le trajet du retour, il se garait précisément à l'endroit où il était resté garé ces deux dernières nuits. Sur l'accotement, un genévrier fourni entre lui et la maison. Rule l'avait dépassé en partant, n'avait même pas eu un petit geste de la main. Ce type avait perdu la boule. S'il tenait à vivre dans son camion, c'était son problème. Il n'y avait pas de loi pour l'interdire, aucune en tout cas qui vaille la peine d'être appliquée. Tant qu'il ne mettait pas le pied sur ses terres.

Il se rangea le long de la maison, s'immobilisant à côté de la Buick Regal bleue. Dana était assise sur les marches du perron, elle attendait. Ils ne parlèrent pas mais il l'entraîna à l'intérieur et ils ne parvinrent jamais jusqu'à la chambre. Là, sur le plancher du séjour, sans prononcer une parole. Elle mordit, elle griffa, elle l'insulta et il eut l'impression quand il jouit qu'il venait de s'exploser les couilles. Une heure plus tard ils remirent ça, dans le lit cette fois, après quoi il la flanqua à la porte. Elle s'en alla en poussant des hurlements mais elle s'en alla. Puis il se doucha, effectua une nouvelle promenade avec Lefty, rentra au crépuscule, mangea une seconde boîte de haricots recette cowboy, se coucha avec une sensation de fatigue. Il éteignit la lumière en pensant à Katie, ralluma, s'empara du livre de citations. Il l'ouvrit à la page du jour et lut :

« C'est à moi de faire justice, c'est moi qui rendrai à chacun ce qui lui revient, dit le Seigneur. Mais si ton ennemi a faim, donne-lui à manger ; s'il a soif, donne-lui à boire : ce sera comme si tu entassais sur sa tête des charbons ardents. Ne te laisse pas vaincre par le mal, mais sois vainqueur du mal par le bien. Lettre aux Romains, chapitre douze, versets dixneuf à vingtetun. »

Il posa le livre en pensant, Il faut être un connard foutrement généreux pour y arriver. Puis il éteignit la lumière et sombra. Il dormit longtemps, à poings fermés, et il ne rêva pas, mais il fut tiré du sommeil juste après le point du jour quand le téléphone sonna.

C'était Moline. Ils avaient frappé à nouveau. Enfin, peutêtre pas à deux. Le Rouquin, en tout cas. À Beaumont, à la RaceTrac, sur la I-10, une station service qui n'acceptait ni cartes de crédit, ni chèques. Un employé mort au moins, et cette fois, il y avait un témoin. Les forces de police locales viennent d'appeler. J'ai pensé que tu voudrais être mis au courant.

Rule dit qu'il y avait intérêt, que ça l'intéressait, que c'était ce qu'il attendait. Il dit, Obtiens-moi toutes les précisions que tu peux, Moline, je te rappelle en chemin dans une heure. Je pars tout de suite.

C'était le début du quatrième jour.

36

Juste au nord de Beaumont, dans le grondement du gros moteur V8, Ray Bob aborda à cent trente le pont qui enjambait Pine Island Bayou. Il laissait la prairie côtière derrière lui, remontait plein nord vers l'Est Texas. Un endroit qu'il connaissait. L'autoradio était réglé sur l'émission matinale de KLVI, deux bouffons lève tôt, des faux barytons qui balançaient des plaisanteries achetées au prix de gros. Il écoutait au cas où ils interrompraient leur badinage jovial assez longtemps pour parler de ce qui s'était passé. Du braquage.

Du foirage.

En traversant le pont bas, il vit l'aube qui fendait le ciel à l'est au dessus des cyprès chauves et des gommiers noirs des marais dans le lit du bayou. Traînées ambre au dessus des frondaisons vert foncé parsemées de boucles de mousse espagnole telles des mèches de veuves éplorées, points blancs des aigrettes perchées sur les branches basses. Le niveau du bayou était haut, ses eaux couleur café engloutissaient les racines aériennes des cyprès et la végétation dense près du sol, progressaient à travers bois détrempés et fatras de fourrés. Des lambeaux de brume fumeuse flottaient à la surface fuyante des flots. Un lieu sinistre et menaçant où la beauté épousait la mort. L'air, même jusqu'à la route, imprégné de l'odeur des boues pourrissantes et de la végétation corrompue remuée par la montée des eaux. Il engloba le tout d'un coup d'œil habitué, puis la route plane s'étira droit devant lui, chaussée enserrée de part et d'autre entre les arbres, en majorité pins des marais et pins à encens.

Il pensait au foirage. Parce qu'il avait travaillé seul, c'était à cause de ça et pas autre chose. Le voilà, le résultat, et la raison.

Il monta le volume de la radio. Les types de l'émission matinale se moquaient du président, ils lançaient des vannes d'un goût douteux, s'esclaffaient et ricanaient. Ils parlaient vite et fort, ravis de leur propre connerie comme si c'était ce que les gens avaient envie d'entendre à peine réveillés. La radio, elle vous chasse du lit, si elle vous impose pareils connards. Ray Bob alluma une cigarette, il écouta, il dit, Alors, bandes d'enculés débiles, ça vient, oui ?

Il s'approchait de la fourche Silsbee-Kountze quand l'émission s'arrêta pour laisser la place au bulletin d'informations. Le journaliste paraissait tout excité, comme s'il avait personnellement assisté aux événements. Un vol à main armée au cours de la dernière demi heure, à la RaceTrac de College Street, à la sortie de la I-10, annonça-t-il, apparemment une victime décédée, un employé, une autre personne blessée. L'agresseur qui a agi seul a pris la fuite en emportant une somme d'argent non spécifiée. L'employée blessée avait fourni aux policiers une description du malfaiteur, durant le trajet qui la conduisait aux urgences de Baptist Memorial, où elle recevait des soins pour une blessure par balle à la jambe.

À la jambe ! s'écria Ray Bob. Merde !

Mon Dieu, quelle façon de commencer la journée, dit un des DJ matinaux, celui qui se prénommait Dan. Épouvantable, épouvantable. Il demanda au présentateur si les victimes avaient été identifiées. Le journaliste répondit que leur nom était gardé secret jusqu'à ce que les proches aient pu être informés. Ce que nous savons c'est que l'homme qui a été tué est un Noir, ajouta-t-il, et l'employée blessée également. Mon Dieu, dit Dan le DJ, une femme. Oui, poursuivit le reporter, et la police pense disposer d'une piste, pour l'agresseur. Il correspond à la description faite de l'un des deux hommes armés qui ont récemment attaqué un certain nombre de commerces entre Austin et Houston, tuant au moins cinq personnes, dont un enquêteur de la police d'Austin.

Dans sa putain de jambe ! Bordel ! Ray Bob martelait le volant avec son poing. Enfoiré !

Il y eut un bref silence puis Dan dit, Sacré nom, mes amis, où en est arrivé le monde ? Je vous dis pas. Ce meurtrier doit donc être considéré comme armé et dangereux ? Le journaliste chercha ses mots un instant, il dit, Ben, ouais, on dirait bien, il y a un mort, ici. Puis il se reprit et dit, Absolument, Dan, aucun doute là dessus, armé et dangereux. Puis il donna la description : Blanc, cheveux roux coupés court, un mètre quatrevingts environ, costaud, vêtu d'un teeshirt blanc et d'un jean.

Ray Bob grimaça un sourire. Un mètre quatrevingts, super. Il donnait probablement l'impression d'être aussi grand que ça quand il tenait un flingue.

Dans quel véhicule se déplace-t-il ? demanda le deuxième DJ. Il faut que nous prévenions nos auditeurs.

Le présentateur répondit désolé, la police garde cette information secrète pour l'instant. Il dit qu'un avis de recherche à toutes les unités avait été lancé, cependant, parce que l'agresseur n'avait pas pu aller loin. Il dit que la police connaissait apparemment la marque et la couleur du véhicule mais ne voulait pas qu'un citoyen lambda tente d'appréhender le meurtrier.

Mon cul, dit Ray Bob.

Le journaliste affirma que s'il obtenait l'information, néanmoins, il reprendrait le micro afin de la communiquer.

Mon cul, dit Ray Bob. Impossible.

D'abord, l'employé qui avait pu voir la Caddy était mort. Ça, il le savait pertinemment. Une balle de neuf millimètres dans la tête, une autre dans la poitrine, ça laisse personne en état de décrire un véhicule qui prend la fuite. C'était l'autre employée qui l'avait vu, lui, celle qui était sortie des toilettes en se dandinant après qu'il avait eu tiré les coups de feu. Là bas, derrière l'étagère des boissons gazeuses, dans le petit passage où se trouvait le téléphone à pièces. Elle était sortie à toute vitesse, comme si elle avait aucune idée de ce qui se passait, tout en continuant à s'essuyer les mains sur une serviette en papier, cette espèce de connasse. Après, elle était repartie en courant dans les toilettes et elle avait fermé la porte au verrou avant qu'il ait eu le temps d'appuyer sur la détente. Une grande maigrichonne, la peau tellement noire qu'elle était bleue, toute maigrichonne avec une grande gueule et des tresses de cheveux plaquées en sillons sur le crâne. Il était resté planté sur place à pas en croire ses yeux, puis il était allé dans le fond et il lui avait ordonné d'ouvrir la porte.

Oh, non alors.

Ouvre-moi cette putain de porte.

Non, oh non. Qu'est-ce vous lui avez fait à mon frère ?

À qui ?

À mon frère Charles.

Où ça ?

Lui, dans la boutique, là.

Lui ton frère ?

Han-han.

Lui mort, avait dit Ray Bob. Bordel, voilà qu'il parlait comme elle. Il avait haussé la voix. Maintenant ouvre !

Cinglé, salenfoiré, elle avait hurlé. Fichez le camp !

Il avait baissé la voix, lui avait dit d'ouvrir sans ça il allait la descendre en tirant à travers la porte.

Elle avait dit, Allez-y, salenfoiré, elle est en acier ! Allez-y ! Allez-y ! Elle hurlait, elle semblait prise d'hystérie.

Alors il l'avait fait. Il avait tiré six balles avec le Walther. Deux dans le bas, deux dans le milieu, deux dans le haut. La porte était peutêtre en acier, mais c'était du mince, les balles étaient entrées comme dans du beurre. Il l'avait entendue gueuler et tomber, en plus. Puis le silence. Il lui avait crié d'ouvrir la porte. Rien. Il s'était dit qu'elle était morte. Il avait tiré deux balles de plus dans le bas histoire d'assurer puis il était parti, il avait raflé les billets dans le tiroir caisse, n'avait même pas ramassé la monnaie ni cherché des rouleaux de pièces, ça lui aurait pris trop de temps.

Elle l'avait donc vu. Pas longtemps mais quand même. Elle s'était pas trompée pour les cheveux roux et les vêtements. Il allait pas dire le contraire. Mais c'était impossible que cette salope de négresse ait pu voir la Caddy garée sur le côté du parking. Impossible. Ces enculés de flics, ils pétaient plus haut que leur cul, pour ça.

Ray Bob tira une dernière bouffée sur sa cigarette avant de faire valser le mégot à l'extérieur, écœuré. Huit balles, chierie de merde, et elle s'en goinfre qu'une. Peutêtre plus, qui sait, ils l'avaient pas dit. Mais dans la jambe, bordel ? Il frappa le volant avec la base de sa main. Bon Dieu de merde.

Le foirage total, putain, et pas autre chose. C'est ce qui se passe quand ton équipier te laisse tomber pour une pouffe.

Il arriva à la fourche où les bois s'écartaient de la route, prit la bretelle surélevée qui virait à gauche et traversait pour rejoindre le Highway 69 vers le nord en direction de Kountze. Une étroite chaussée à deux voies, l'itinéraire principal nordsud avant qu'ils construisent les autoroutes.

Les pins se refermèrent sur le bitume. Le soleil était haut maintenant, soulignant de vert vif la cime des arbres, le ciel à la verticale tacheté d'argent par des bouffées de nuages, tissé de spirales tracées par le vé double des ailes des rapaces. Le vent s'engouffrait autour du parebrise, alourdi par l'arôme de la résine de pin, il en était imprégné, un air qui possédait une haute teneur en oxygène et en humidité comme si la voiture venait de pénétrer dans une région tropicale.

Quinze cents mètres plus loin, il quitta la chaussée pour une clairière située en bord de route où il y avait une cabane de rondins sous un bouquet de chênes. Au dessus du perron, un panneau en bois de thuya géant proclamait ARTISAN ARMURIER en lettres rustiques. L'auvent à voiture proche de la cabane étant vide, il s'y gara et mit pied à terre. Il se soulagea derrière un arbre puis releva le toit de la Caddy, tirant brutalement sur le mécanisme jusqu'à ce qu'il cède, le moteur électrique émettant une protestation aiguë. Il fixa le toit au parebrise et reprit la route.

La circulation était très fluide en direction du nord mais au bout de quelques minutes, la voie qui se dirigeait vers Beaumont fut envahie de banlieusards matinaux qui partaient au travail. Enseignants et comptables, directeurs des ventes et infirmières, employés de banques, hommes de loi, bibliothécaires, tous Blancs, dans des Chrysler et des Buick, quittant leurs maisons de briques de la petite bougeoisie bâties à la campagne dans des lotissements sous les pins, en sécurité loin des Noirs et des Mexicains qui faisaient main basse sur la ville. Assez de couilles pour foutre le camp, pensa Ray Bob, mais pas assez pour agir.

Il roulait en deçà de la limite de vitesse autorisée, surveillant la circulation qui venait en sens inverse, un œil sur le rétroviseur. Aux aguets des flics, de la police des routes régulant le trafic matinal. Mais détendu désormais. Il reniflait les bois, inhalait cette densité d'un vert intense. Il remontait droit vers l'Est Texas, une terre de forêts infinies, de fourrés des bassins alluviaux, de rivières, de bayous et de bouseux qui vivaient en reclus dans leur campagne, des peaux de vache endurcies. Des gens comme lui, c'était de là qu'il était. Non pas qu'il ait eu prévu d'aller par là, n'empêche, ça c'était sûr, même s'il connaissait bien la région. Houston, c'était ça qu'il avait eu dans l'idée. Remonter du bord de mer en traversant Beaumont, boucler la boucle par l'intérieur des terres, éviter Galveston parce qu'il y était déjà passé. Il ne faut jamais revenir sur ses traces, question de bon sens, quelqu'un pourrait te coller au cul. L'idée, c'était de se braquer une boutique à Beaumont, et après de prendre tranquille plein ouest direction Houston. Dans l'intention de dénicher ce mouchardeur de merde de coonass, de le rayer des listes. Comme il l'avait promis à Eddie. Une question d'honneur, la loyauté c'était pas autre chose.

Jusqu'au foirage.

Merde, il l'avait su qu'il y avait quelque chose qu'avait merdé, il l'avait senti dans ses os. Il l'avait su que cette pouffiasse de négresse était pas morte. C'était comme une seconde vue. Il s'était enfilé l'autoroute vers l'ouest, mais il savait que ça craignait, il l'avait quittée à la première sortie. Des flics, il allait y en avoir partout dans cette direction, ils allaient patrouiller sur l'autoroute, peutêtre même qu'il y aurait un barrage routier. Trop risqué. Alors il avait repris vers le nord pour s'enfoncer dans les bois. Un endroit qu'il connaissait.

Pensant en permanence à cet enculé d'Eddie qu'avait pas de couilles. Quand t'alignes deux flingues sur un coup, des conneries comme ça, ça arrive pas. C'était parce qu'il avait travaillé en solo, c'était ça, la raison. C'était à ça que ça servait, un équipier. À cause de cette salope de Della. Un plan géant qu'ils avaient, jusqu'à ce qu'elle ramène ses fesses.

Une demi heure plus tard, les bois s'écartèrent et il traversa Kountze, petite localité peuplée de culterreux avec des scieries, quelques magasins et stations services délabrés, des cabanes de nègres alignées sur le côté est de la chaussée, des stands à barbecues et le restobar jukebox de Big Daddy, plus le poulet frit avec service au volant. Il continua, dans les bois à nouveau, dépassa la bifurcation qui menait à Honey Island. Traversa un bras de rivière en crue puis un autre, la route désormais aussi droite entre les arbres denses que le canon d'une carabine trente-trente, corneilles nichées sur les hautes branches, vautours décrivant des cercles dans le ciel. Il connaissait ce pays, il se sentait chez lui, ici.

L'Est Texas, une région de l'État dont on n'entend jamais parler. Le Sud profond en réalité. Toute la région qui s'étend jusqu'à la Louisiane à l'est et jusqu'à l'Arkansas au nord : bois sombres vert foncé, fourrés et enchevêtrements de plantes grimpantes, fondrières envahies de houx à baies noires, marais de cyprès chauves, tourbières et lits de rivières, lieu où la terre, en tous ses points, affronte l'eau. Une jungle. Une région cloîtrée, refermée sur elle-même, où règnent une chaleur humide végétative, des ombres changeantes le jour, des cris d'animaux la nuit, sans lune ni étoiles sous la voûte impénétrable des arbres. Pleine de zones ténébreuses reculées peuplées d'alligators et de mocassins d'eau, de ratons laveurs et de tatous, de lynx et de panthères. Et d'humains, peutêtre eux-mêmes issus des marécages en rampant, soit il y a très longtemps, soit très récemment : un lieu immuable.

Sa région, son domaine, ses proches. C'était là qu'il allait.

Pas pour y rester longtemps, néanmoins. Juste le temps qu'il fallait. Le temps que la fureur retombe. Après, il retournerait sur Houston, il ferait ce qu'il avait à faire. Et après, direction la plage où il donnerait une bonne leçon à son collègue.

Sauf qu'il commencerait par cette salope.

37

Dans la demi heure qui suivit, Rule était sur la route. Il avait fait son sac de voyage à la hâte, pris Lefty avec lui. Il ne savait pas trop pourquoi, une intuition. Le chien occupait le siège dévolu au convoyeur armé, regard braqué par la vitre sur les collines baignées d'ombre matinale, brindilles bruissant au déploiement des plumes dans les genévriers.

En banlieue d'Austin, il s'arrêta à un magasin d'alimentation et de services pour acheter burrito et café à emporter comme petit déjeuner. Quand il regagna la route, il remarqua ce qui manquait. Pas de dépanneuse en filature. Puis il se souvint qu'il ne l'avait pas vue garée sur la route, près de sa maison. Pas de Lomax. Envolé, l'ange exterminateur. Peutêtre la chance qui tournait. Même si cela voulait quand même dire effectuer tout le trajet jusqu'à Beaumont.

La ville se trouvait à quatre cents kilomètres au sudest, de l'autre côté de Houston et au sud des forêts de pins, dans le pays des bayous près de la frontière entre le Texas et la Louisiane. Là où le puits de forage Spindletop avait été le premier à cracher vers le ciel en 1901, amorçant le boum du pétrole. Elle ronronnait aujourd'hui, entourée de la ceinture d'industries du raffinage et de la pétrochimie qui longeaient la côte sur toute sa longueur entre Freeport et La Nouvelle Orléans. Une petite cité polluée où les ouvriers en col bleu s'acharnaient sur trois huit pour permettre à Texaco, Mobil et DuPont d'engranger les bénéfices, aimant argenté animé attirant les conseillers en assurances et les juristes indélicats qui se réclamaient de l'intérêt général. Beaucoup d'infractions à la loi, un sujet d'inquiétude publique, commises en majorité par des cols blancs, donc volontairement ignorées.

Contournant Houston par le nord, il s'enfonça dans les bois du Texas, traversa sans ralentir d'anciennes villes champignons surgies des champs pétrolifères et devenues bourgades à l'abandon. Il roulait vite mais n'était mû par nulle hâte. Retour à l'action, mouvement enclenché. Une matinée chaude et dorée, prés verdoyants parsemés de fleurs sauvages le long de la route. Bétail dans les pâtures, foin dans les champs. La raison d'être du mois de mai, le monde s'épanouissant dans sa jeunesse. Lefty se roula en boule sur le siège et s'endormit.

Quand la sonnerie du portable retentit, la voix de Moline lui signala les derniers développements relatifs aux coups de feu tirés à Beaumont. Il y avait deux employés sur place, dit-il, frère et sœur. Le garçon est mort, deux balles de neuf millimètres, tête et poitrine. La fille s'est réfugiée dans les toilettes. Le Rouquin lui a tiré dessus à travers la porte. Huit balles. Touchée une fois à la hanche, une fois au mollet, pas un seul os atteint. Veinarde, la fille.

T'es sûr que c'était le Rouquin ?

Oh, ouais. Je lui ai fait parvenir les images par l'ordinateur, elle l'a identifié formellement. Elle a dit, et je cite, C'est un cinglé salenfoiré.

Une psychologue.

Sa matière principale, confirma Moline. Étudiante à la fac. Son frère l'était aussi. Génie chimique, des A dans toutes les matières.

Et il travaillait de nuit dans une station service ?

Ce sont des Noirs.

Rule grogna. Quoi d'autre ?

Moline répondit que c'était tout.

Mon cul, dit Rule. C'est quoi sa bagnole ? Par où il est parti ? Allez, Moline, je veux quelque chose sur quoi je puisse travailler. Je veux une identification.

On essaye, se plaignit Moline. Seigneur, tu crois qu'on fait quoi ?

Je crois que t'as autre chose qui te préoccupe. T'es pas attentif.

Tu crois que c'est facile ? rétorqua Moline. Elle passe toute la nuit dehors, elle finit par se traîner à la maison au moment où je pars pour le travail. Pas une explication, rien. Comme si j'étais même pas là. Tu le sais, ce qu'elle fait.

Je sais ce que tu fais, toi, et c'est ça qui compte, mon pote. Tu bois trop, tu te bousilles le cerveau.

Ma nana est dehors à se faire tringler. Qu'est-ce que tu veux que je fasse ? Moline qui gémissait maintenant.

Identifie-moi le Rouquin, c'est ça que je veux que tu fasses. Rule appuya sur la touche de l'appareil, le reposa. Lefty le regardait. Il tendit le bras, lui gratta la tête, lui dit qu'il avait de la chance. C'est quand, la dernière fois que t'as eu une chienne dans la peau ? lui demanda-t-il. Le chien agita la queue, retourna au sommeil.

Dix minutes plus tard le téléphone sonna à nouveau. Moline tout excité cette fois, disant qu'il avait une bonne nouvelle. Ils ont identifié le Rouquin.

Très bien, dit Rule, je t'écoute.

J'ai parlé avec un des gars de la criminelle à Beaumont, il s'appelle Kirkland. Il a passé son enfance dans les bois de l'Est Texas, un village nommé Woodville dans le comté de Tyler. La région du Grand Fourré. C'est pas de là bas, que t'es ?

Son nom, Moline ?

Johnny Ray Matthews. Kirkland dit qu'il est du comté de Jasper, ça touche le comté de Tyler.

Juste sur l'autre rive de la Neches, confirma Rule.

Moline dit que c'était ça, il avait une carte sous les yeux. Le clan Matthews est bien connu des représentants de la loi par là bas, à en croire Kirkland. Des clients réguliers, on pourrait dire. Tu les connais ?

Des Matthews, y en a dans tout le comté de Jasper, dit Rule. Mais m'est avis que je sais de quelle famille il parle. Kirkland croit qu'il retourne chez lui ?

Moline répondit que l'enquêteur n'était pas sûr. D'après lui, Johnny Ray est pas retourné dans le comté de Jasper depuis plusieurs années. Il a vécu un moment à Waco, un peu dans la région de Dallas, mais la plupart du temps dans le système pénitentiaire du Texas. Un récidiviste endurci.

Quel âge ?

Vingtsix.

Ça cadre, dit Rule. Qu'est-ce que DeReese est devenu ?

On en sait rien. Peutêtre qu'il a pris la tangente. Il était pas sur la vidéo de surveillance. Peutêtre qu'il a pas bougé de la voiture. Y avait pas de femme non plus cette fois.

C'est quoi, la voiture du Rouquin ?

On en sait toujours rien. J'interroge les immatriculations, là.

Bon, Moline, voilà ce que tu vas faire. T'appelles Kirkland, tu lui dis que je serai à Beaumont dans deux heures. Tu lui dis que je veux voir tout ce qu'il a sur le jeune Matthews. Clichés anthropométriques, casier, tout ce qu'il peut trouver. Contacte le comté de Jasper, demande les archives. Le shérif de là bas, c'est Stace Collins, on le surnomme Buckshot[1].

Moline répondit pas de problème, il allait tout se procurer, y compris son livret scolaire jusqu'à la terminale.

C'est un Matthews, dit Rule, il est pas allé jusque là.

Il raccrocha et s'engagea sous les bois de pins, maintenant le pickup Dodge à cent vingt. Il s'arrêta sur une aire de stationnement, plaça un

1. *Buckshot*, gros plomb, chevrotines. (*N.d.T.*)

bol en plastique sous un robinet, le remplit pour Lefty. Le chien lapa l'eau avant de s'enfoncer dans les arbres pour marquer son territoire.

Rule s'assit à une table de piquenique en béton afin de réfléchir. Alors comme ça, le Rouquin était un Matthews. Voilà pourquoi c'était un problème, de s'insinuer dans sa tête. Maintenant il en serait capable, mais il n'avait pas tellement envie. Dans son enfance il avait connu le clan, il en entendait tout le temps parler. Des gens rudes et durs, probablement les plus mauvais du comté de Jasper, ce qui n'était pas peu dire. Reclus, consanguins, des purs bouseux de l'Est Texas, voleurs et braconniers des lits de rivières, violents par nature, ignorants par choix. Le genre de gens à penser que les activités du Klan étaient sanctifiées. Les hommes fabriquaient leur propre alcool et buvaient sec, les femmes étaient encore moins commodes qu'eux. On disait que pour qu'une fille Matthews soit toujours vierge à treize ans, il fallait qu'elle soit coriace et rapide à la course. Le genre de famille qui engendre un Johnny Ray. Sauf que les Matthews, généralement, ils ne bougeaient pas de leur comté de Jasper. Celui là avait rompu les amarres.

Il siffla Lefty et ils reprirent la route, la chaussée s'incurvant légèrement à travers bois, enserrée entre les pins à encens qui oscillaient, même si Rule n'ignorait pas que derrière les arbres le sol restait stérile, vastes étendues de surfaces dénudées consacrées aux profits manifestes de Temple-Island, Weyerhauser, Louisiana-Pacific. Les voies de communication masquant les dégâts. Ce qu'on ne voit pas, on n'y pense pas, politique d'entreprise standard, stratégie de communication bien sentie. Tout le monde savait, personne n'agissait. Une des raisons qui l'avait incité à quitter la région.

Quand le portable sonna à nouveau, il faillit décider de ne pas répondre. Finit par décrocher.

Changement de plans, dit Moline. D'un ton de voix urgent. Il faut que tu t'arrêtes à Houston.

J'ai déjà dépassé. Qu'est-ce qui se passe ?

On a DeReese là bas, c'est tout.

D'accord. Rule attendit.

Il est mort, dit Moline.

Rule attendit la suite.

Au bout d'une minute, Moline dit, Ça a pas l'air de t'intéresser tant que ça. Un accent d'agacement.

Rule répondit qu'à son avis, c'était une bonne nouvelle, un développement positif. Sauf que le Rouquin est encore vivant. Qu'il continue à tirer sur les gens. Le médecin légiste a qu'à s'occuper de DeReese. Qu'est-ce qui s'est passé ?

Moline n'avait pas encore tous les détails. Ce qui s'est passé c'est que mon contact à la criminelle de Houston m'a appelé, il a eu l'information par la fréquence radio de la police. Il m'a dit que DeReese a été abattu de plusieurs balles, qu'ils ont placé quelqu'un en détention. C'est tout ce qu'on sait. J'ai pensé que t'aurais envie d'aller jeter un coup d'œil.

Ça sert à rien.

Ben, répliqua Moline, c'est pas ce qu'a dit le colonel. Il a dit qu'il fallait que t'ailles te rendre compte sur place.

Rule respira à fond. Il dit, Bordel, pourquoi tu me l'as pas dit tout de suite ? T'as encore la tête dans le cul, Moline.

Comment ça ? On obtient des résultats, ici.

Rule dit, Arrête tes conneries. Les flics de Beaumont obtiennent des résultats, les flics de Houston obtiennent des résultats. Tout le monde à part toi. Tu tripotes le standard. Reprends tes esprits, merde, mon pote. Trouve-moi la bagnole de Matthews. Préviens Houston que j'arrive.

Il coupa la communication avant que Moline ait pu répondre. L'ordre de revenir sur ses pas le faisait franchement chier. Ce n'était pas à Houston qu'il était utile d'aller. C'était dans le comté de Jasper que le prochain acte allait se dérouler. Il ne s'était pas insinué bien loin dans la tête de Johnny Ray Matthews, mais cela au moins, il le savait. Il devait se diriger vers les bois de l'Est Texas.

Il le sentait dans l'air.

38

Comment tu rationalises ça ?

Hein ?

Comment tu l'expliques ?

Faut croire que j'ai jamais essayé. C'est juste un truc que je fais.

Della et Eddie étaient assis dans la maison du bord de mer, il était midi, ils parlaient de sa carrière criminelle. Ou, plus spécifiquement, de sa récente activité de voleur. Elle n'était pas sûre de la façon dont il se situait à cet égard, de ce qu'il avait en tête. Eddie n'était pas le genre de personne à consacrer beaucoup de pensées à l'avenir. Un de ses défauts.

Elle dit, Ça ou autre chose.

Hum.

Comme d'aller à la galerie marchande.

Eddie la regarda.

Comme d'aller au Wal-Mart.

Il dit, J'y avais jamais réfléchi comme ça, ma loute, mais peutêtre bien. Écoute ça.

Adossé au canapé, torse nu, le pied gauche nu posé sur le coussin, la guitare en appui sur le ventre, il égrena quelques notes. La concentration lui faisait plisser le front. Tatouage musical perché au dessus du sein gauche sur sa poitrine blanche et lisse. Elle le regardait. Tout ce qu'il faisait depuis des jours, c'était gratter cette guitare, depuis qu'il l'avait trouvée. Il l'avait nettoyée, accordée, en souriant comme s'il avait découvert un nouveau jouet. Il avait déclaré qu'il s'agissait d'une Gibson acoustique, une guitare classique, chère, pas le genre de truc que tu trouves normalement cachée sous un lit dans une maison en bord de mer. D'où elle venait ?

Tu m'en demandes trop, avait répondu Della, LD sait pas en jouer.

L'occasion fait le larron, il avait déclaré, et la question avait été réglée. Le seul moment où il la posait c'était pour manger ou dormir. Comme s'il s'était fait un nouvel ami.

Au moins, il partait pas pour braquer des magasins d'alimentation générale.

Bon, dit-il en ajustant sa prise sur l'instrument, c'est parti. Écoute bien maintenant. C'est la structure du blues classique, on appelle ça une progression, ce qui veut dire des notes qui se suivent, des quartes, des quintes. T'as les ruptures de ton, c'est les notes bleues, l'influence africaine. Schéma appel contre appel dans la partie vocale, comme un cri dans la plantation, un chant d'esclaves.

Elle l'observa pendant qu'il drapait sa main autour de la tête de l'instrument, commençait à faire vibrer les cordes avec son pouce droit, pinçant des notes individuellement entre deux accompagnements. Sa tête bougeait d'avant en arrière, un de ses pieds battait la mesure sur le sol. Un drôle de rythme à temps faible. Il commença à chanter.

Assise dans le siège inclinable, le *Chronicle* du matin posé sur les cuisses, mâchant un sandwich au beurre de cacahuètes, Della écoutait à moitié, se disant qu'un air de blues, ça ressemblait à tous les autres. Son regard tomba sur le quotidien plié. Elle fronça les sourcils. Rien sur l'Homme Idéal. Une fois de plus. Pas un mot à la télé non plus. Pendant ce temps, Eddie était assis, criminel recherché, il était même pas inquiet, il s'amusait avec son nouveau meilleur ami. Pendant qu'elle pétait les plombs. Tous les jours pareil. Lever, petit déjeuner, un peu de lecture de la Bible, une tentative en tout cas, bon Dieu, qu'est-ce que c'était ennuyeux, tous ces « Et voici que », tous ces « engendra », il y avait de quoi vous endormir. Puis station allongée, elle travaillait à son bronzage. Bon sang, qu'est-ce que c'était excitant. Oprah qui constituait le clou de la journée, ou alors Jerry. Tu parles d'une vie. À se planquer sur la plage, à pas aller au boulot, à pas voir ses enfants, sans même être encore sûre de savoir pourquoi.

En se disant, Peutêtre que ça s'est tassé.

Bien tiens, t'as qu'à y croire.

Elle serait à peine de retour dans son appartement de Sugar Land qu'ils surgiraient de tous les coins, un commando d'intervention spéciale au grand complet. Ils lui passeraient les menottes en gueulant : On te tient ! Seigneur, elle voyait ça d'ici...

Les bras tordus derrière le dos, les flics sérieux à mort. T'es en état d'arrestation pour le meurtre de monsieur Machinbidule, super-important décideur de la société Trucchose. Voilà tes droits devant la loi, etcetera, etcetera. Lesquels se résumeraient à pas grand chose, comme de bien entendu. La voiture de patrouille, le trajet jusqu'en ville, l'escorte pour l'entrée au poste. Les caméras de télévision en pleine figure, les journalistes qui lui crieraient leurs questions : Pourquoi vous avez fait ça ? C'était une dispute d'amoureux ? Un jeu érotique ? Vous êtes une prostituée, miss Street ? Misère, une prostituée. Elle garderait la tête baissée, n'empêche, elle dirait pas un mot. Non pas que ça ait de l'importance. Quand on te conduit au poste les menottes aux poignets, t'as forcément l'air coupable. Après, c'est la salle d'interrogatoire. Une toute petite table avec deux chaises en bois, des taches sur les murs, une seule ampoule électrique nue. Assise là à te frotter les poignets, le maquillage qui coule à cause de la sueur. Et un policier gras vêtu d'un costume pourri, de l'autre côté de la table, qui te fixe. Un autre, maigre, avec de l'acné, appuyé contre le mur. Sans prononcer un seul mot, pas plus l'un que l'autre, pour faire monter la pression. Puis, au bout du compte : Où étiez-vous la nuit en question, miss Street ? C'est le gros qui parle. Qui, moi ? Non, votre grandmère. Très sarcastique, le rictus méprisant. Quelle nuit c'était, lieutenant ? La nuit en question. Oh, celle là ? Voyons voir. Elle roule des yeux, réfléchit. Jusqu'à ce que le gros finisse par émettre un bruit ironique et dise, C'est bon, Hank, tu me l'enregistres et tu me la colles en cellule avec toutes les autres. Gros sourire satisfait. Une nuit là dedans, il dit, et elle va coopérer. Hank le silencieux qui arbore un large sourire, il attendait que ça, ça se voit. Dans la cellule maintenant. Sol en béton sale, cuvette de toilettes sans couvercle, odeur d'urine. Un cafard, là. Crasseux, crasseux avec des graffiti sur les murs : SUCE-MOI LA MOULE. LÈCHE MON CON QUI PUE. BOUFFE-MOI LA TOUFFE. Comme ça, en grandes lettres gribouillées, pas de préambules. Et la faune, là dedans, en plus. Seigneur Jésus, regardez-les un peu. Putains mexicaines tatouées, filles à motards fumant des clopes. Femmes noires avec des perruques de cheveux blonds bouclés et des shorts mini, des bottes à talons hauts en cuir vernis. Tout droit sorties de *L'Inspecteur Harry*. Plus deux lesbiennes hommasses en chaussures de chantier et chemise de flanelle qui la reluquent. Qui lui font des clins d'œil. Seigneur. Et là bas, recroquevillée dans un angle, la tête contre le mur, sanglotant en silence, une ravissante jeune femme dans une jolie robe rose Laura Ashley, doubles volants et manches bouffantes, déchirée sur tout le devant. Le collant autour des chevilles. Cheveux et visage ravagés, marqués, mains enfoncées entre les cuisses. Elle y a déjà eu droit, on dirait. À qui le tour, alors ? Seigneur, on en reste là. On arrête tout. Il avait raison, l'inspecteur, je vais parler. Je vais vous dire tout ce que je sais, vous dire des trucs que je sais pas. Jésus Marie Joseph, j'inventerai des conneries. Sortez-moi de là *tout de suite*.

Dis-moi la vérité.

Della sursauta. Quoi ?

Eddie sur le canapé, qui parlait. Qui tirait sur son anneau, guitare silencieuse. Il tendit la main et mordit dans son sandwich à la gelée et au beurre de cacahuètes, il parla la bouche pleine. Je t'ai demandé de me dire la vérité, mon chou, qu'est-ce que t'en penses ?

Della fit bouffer sa frange, elle dit que c'était chouette, très chouette. Elle joignit les mains, doigts entrecroisés, leur imprima une torsion. Tout en pensant à cette jolie robe Laura Ashley avec ses volants, en lambeaux. Ces trucs là, ça coûte un argent fou.

Ouais ? Eddie sourit. Et les dernières paroles ? « Ma queue traîne derrière moi dans la poussière, chérie, j'efface les traces de mon passage. » Tu piges ? C'est Howlin' Wolf.

Della dit qu'elle comprenait. Sauf que s'ils la reconduisaient dans cette salle d'interrogatoire, elle risquait pas de recommencer à jouer les andouilles. Pas après avoir vu leur cellule.

Eddie dit, C'est de la poésie, pas vrai ?

Della hocha la tête. Non, pas question, le truc à faire c'est reconnaître tout de suite qu'elle l'a tué et plaider la légitime défense, voilà, et demander à voir un avocat.

Eddie secoua la tête, il dit que le Wolf, c'était un des meilleurs. Il dit que le Wolf était passé à la guitare électrique mais que la Gibson était acoustique. Il dit que s'il rejouait jamais de la musique en public, ce qu'il envisageait de faire, il jouerait rien que du blues acoustique.

Della calcula qu'avec un bon avocat elle pourrait négocier avec l'accusation un de ces arrangements qu'on entend parler sans arrêt, peutêtre même bénéficier d'une libération sous condition. Si c'était un bon avocat. Sauf que la plupart de ceux qu'étaient libres, ils l'étaient pas.

Bien sûr, ça serait pas du blues pur, continuait Eddie, rapport à ce que je suis Blanc. En plus que j'ai trop de rock et de country du Sud derrière moi, c'est forcé que j'aie des influences. Y a juste la harpe qui me manque, dit-il.

Ce qui retint l'attention de Della. Elle le regarda, sourcils froncés. Il lui semblait l'avoir entendu dire harpe. Elle demanda, Tu veux dire, comme ce machin que les anges jouent ?

Eddie dit, Nan, ma loute, la harpe du joueur de blues. L'harmonica. Un Hohner Golden Melody. Ce que les anges, ils *voudraient bien* avoir. Il avait un grand sourire.

Ce qui donna une idée à Della. Si elle devait se trouver un avocat, un bon, elle allait avoir besoin de plein d'argent. Sauf que si t'es en prison, tu peux pas travailler pour en gagner. Sans compter qu'il y avait le futur d'Eddie qu'il fallait tenir compte, il fallait bien que quelqu'un s'en occupe. Alors elle dit, Peutêtre que tu devrais t'en acheter un. Tu pourrais apprendre des chansons, le genre que les gens aiment bien, et trouver du travail comme musicien. Dans un club, genre. Comme ça tu serais découvert.

Il eut un vague hochement de tête, commença à gratter la guitare.

Elle mordit dans le sandwich et dit, Après, tu pourras enregistrer des disques. À ce que j'ai lu, l'industrie du spectacle, c'est top pour gagner plein de fric, Eddie. Les musiciens, ils gagnent plus que les mannequins de mode. Tu me fais penser à Stephen Tyler, je te l'avais pas dit ? Et il est plus riche que Cindy Crawford. Après tu pourrais laisser tomber les braquages comme moyen de gagner ta vie.

Eddie la regarda. Il se demandait qui était Cindy Crawford. Pareil pour ce mec, Tyler, d'ailleurs. Elle en connaissait un paquet, de gens. Il gratta la guitare, disant, Ben, j'y pense sérieusement depuis un moment.

Parce que je peux te dire tout de suite qu'y a pas beaucoup d'avenir dans l'autre, là, dit Della. Le crime, je veux dire.

Eddie réfléchit. Puis il mentionna Robert Johnson qui était mort à vingtsept ans, assassiné. King Curtis mort à trentesept, assassiné lui aussi. Il en mentionna plusieurs autres, morts d'un truc ou d'un autre. Janis Joplin, Jimi Hendrix, Jim Morrison, une longue liste. Il dit qu'ils étaient tous partis très tôt, avec toute la vie devant eux. Il dit que tout bien considéré, il était pas certain que ce soit si sûr, de faire de la musique.

Della roula des yeux.

Ni d'un bon rapport, d'ailleurs, ajouta-t-il. À moins que tu joues à guichets fermés. L'art authentique étant pas vraiment très prisé. Il gratta la guitare, souriant.

Della mordit à nouveau dans son sandwich, elle dit, Qu'est-ce tu veux dire par là exactement ?

Ben, dit Eddie, on est en Amérique, non ?

39

Rule revint sur ses pas, prit l'U.S. 90 pour descendre au sud à travers le bassin alluvial de la San Jacinto, faubourgs boueux pour buggy des marais. Destination Houston. Destination erronée mais il ne pouvait faire autrement.

Le soleil chauffé à blanc s'approchait du zénith, un banc blanc de hauts cumulus dérivait du golfe vers le continent. Il retrouva la I-10 plein ouest en direction du centre. Lefty dormait, allongé sur le siège.

La circulation en ville était infernale, heure de pointe à longueur de journée. Foncer puis freiner, Rule jurait en regardant cette brume bronze jaunâtre de particules de carbone, en suspens au dessus du paysage. Il méprisait cet endroit. Un fait : la ville la plus polluée de la nation. Capitale mondiale du cancer. Saleté, crasse, un tas de fumier en ciment suppurant. Trop de gens, trop de bruit. Barrios, ghettos, quartiers à loyers élevés avec gardes et grilles de sécurité. Pauvreté et richesse joue contre joue. Une ruée folle sans fin, le rugissement humain de l'excès. Un désastre latent. Houston : une ville horslaloi, l'Ouest sauvage.

La raison pour laquelle il habitait à la campagne. Un univers, là bas, en dehors de l'homme.

Il dépassa la brasserie Anheuser Busch au niveau de l'échangeur avec la 610, vit droit devant lui un fatras de formes géométriques dérangeantes jaillissant à la verticale, se reflétant à travers la brume. Des lignes cryptiques s'élevant au dessus d'un océan de brouillard. Les tours de verre et de pierre du centre. Il se saisit du portable et composa le service des homicides au quartier général de la police, demanda à parler au sergent Eastland. Des crépitements sur la ligne, un silence de mort, puis la voix du policier.

Clint, Rule à l'appareil.

Mon vieux. Ça fait un temps fou. Comment ça se passe pour toi, collègue ?

On a vu mieux. Je suis à Houston.

Eastland rit. Il dit, Ça nous occupe. J'en ai un, là, il a pas de tête et il lui manque les deux bras. Devine pourquoi.

Rule se représenta son vieil ami dans un box, les pieds sur la table, fumant une cigarette. Vas-y, dit-il, je t'écoute.

On l'a trouvé à côté du chenal de navigation. Les alligators sont arrivés avant nous. Ils se sont offert un buffet bouffe à volonté. Eastland rit à nouveau, commença à tousser. C'était un gros fumeur, obèse, il buvait trop. Divorcé deux fois, il cachait son sentiment de solitude en lançant des vannes.

Écoute, dit Rule, si tu peux te libérer un moment, tu pourrais me donner un coup de main. Il lui parla de l'assassinat de DeReese. M'est avis qu'ils doivent toujours travailler sur les lieux, je sais même pas où c'est. Tu veux venir avec moi ?

Où t'es ?

J'approche du centre ville.

D'accord, je me renseigne pour savoir où c'est, je t'attendrai en bas. On n'est plus sur le bayou, à la criminelle. Ils nous ont rapatrié dans un gratteciel rénové. On domine le centre, maintenant, au coin de Travis et de Polk.

Je te remercie beaucoup, collègue.

Tu peux.

Quinze minutes plus tard, ils roulaient vers l'est, quittaient le centre par Navigation Boulevard, parallèlement au cours de Buffalo Bayou, un fossé aux berges vertes étouffé par rejets et déchets. Eastland lui indiqua plusieurs tournants à prendre, puis ils suivirent les rails du South Pacific en direction de Galena Park. Le détective flattait Lefty de petites tapes amicales inconscientes avec sa main gauche, il agitait une cigarette dans la droite, soufflait la fumée par la fenêtre. L'air humide s'engouffrait à l'intérieur. Eastland dénoua sa cravate, déboutonna son col. Superbe journée, dit-il. Putain de sauna.

Rule le regarda. Il était plus corpulent que jamais, son ventre débordait sur sa ceinture, boutons prêts à craquer. Visage rougeaud, nez barbouillé de veines violettes éclatées, costume en crépon de coton chiffonné, bottes Justin éraflées. Cheveux blancs frisant sur les oreilles, descendant dans le cou en boucles serrées.

Tu fais vieux, dit-il.

Eastland grimaça un sourire. Je t'emmerde, collègue, et ça vaut aussi pour le cheval qui t'a amené en ville. Je le suis, vieux. Un alcoolique obèse qui fume trois paquets par jour et travaille trop. Je pourrais claquer demain de six causes différentes, ça surprendrait personne. Il tira une bouffée de sa cigarette. Je te parie une bouteille d'Old Crow que je vivrai plus longtemps que toi, n'empêche.

Et tes couilles ? demanda Rule. Elles pendent ?

Eastland rit, fut pris d'une quinte de toux. Il se pencha en avant, les épaules secouées de tremblements, tendit le doigt sur la droite. Rule s'engagea dans une rue latérale en franchissant des voies de chemin de fer, dépassa un dépôt de matériaux de récupération, vit une voiture de police et une camionnette de médecin légiste garées devant une bâtisse de plainpied en bordure du chenal de navigation. Il se gara sous un catalpa derrière une conduite intérieure banalisée. Plus loin, il vit une deuxième voiture aux couleurs de la police, une dépanneuse. Ils mirent pied à terre. Rule ordonna à Lefty de rester dans le camion, baissa les deux vitres afin qu'il ait de l'air.

Debout dans la rue, ils observèrent le décor. Des mouettes criaient au dessus de leur tête, un choc métallique régulier résonnait dans un lointain chantier naval. Rule passa le bras derrière lui, décolla sa chemise. Trente secondes dehors et il était déjà trempé de sueur. Eastland retira sa veste, la jeta sur une épaule en s'essuyant le visage avec le bras. Superbe, dit-il.

C'était une zone industrielle délabrée, avec de hauts grillages arborant des pancartes DÉFENSE D'ENTRER, des parkings en coquillages envahis de végétation, remplis d'embarcations à fond plat rouillant sur place et d'un bricàbrac de matériel marin. Des ordures dans les fossés, l'odeur envahissante du diesel imbibé par la chaleur, plus un fort effluve de fer ancien et un soupçon de corruption marécageuse. La zone semblait abandonnée à l'exception d'un point d'activité proche du bâtiment solitaire. Composé essentiellement de parpaings striés de moisissure verte, partiellement de plaques métalliques décolorées. Au dessus de la porte d'entrée, un panneau publicitaire à la gloire de la bière Miller annonçait : PETITE CHOPE BRUNE.

Le genre d'endroit que j'adore, dit Eastman en allumant une cigarette. Environnement de première classe, clientèle huppée.

Rule lâcha un grognement.

Il n'y avait pas foule et cela n'avait rien de surprenant. Un agent se tenait à côté de sa voiture, il buvait du Gatorade. Les portes arrière de la camionnette du médecin légiste étaient ouvertes, un brancard en aluminium monté sur roulettes touchait le parechocs. Un homme et une femme jeunes étaient assis à l'intérieur, à l'arrière, ils attendaient dans l'ombre dilatoire. Un grand gaillard musclé aux épaules carrées et au crâne dégarni, debout sur le seuil du bar, fumait un cigare en regardant.

Le cadavre gisait dans un périmètre de hautes herbes sur le côté du bâtiment. Tout ce qu'ils pouvaient en distinguer étaient deux jambes de bluejean et deux bottes marron, les pointes dirigées sur le sol. Un jeune homme mince avec des cheveux blonds qui portait une veste sport en soie beige sur une chemise sombre et une étroite cravate abricot le tout avec un pantalon de lin au pli impeccable se tenait au milieu des herbes, penché sur le corps.

La gravure de mode, c'est Charles Phelps, dit Eastland. Une de nos récentes recrues. Ou confrère, comme on dit maintenant. Il tira longuement sur sa cigarette et eut un sourire forcé. Éducation supérieure, en psychologie, il prépare un diplôme de droit. Un dingue de la procédure. Il mémorise le code pénal pour se distraire. Il parle comme un des acteurs de *Nightline.* Un type sympa, t'as qu'à lui demander. Sauf que tu dois pas l'appeler Charlie. C'est *Charles.* Eastland frotta son nez enflé avec une phalange.

Je vais être poli, assura Rule.

Ils s'avancèrent vers Phelps et Rule se présenta, dit à l'enquêteur qu'il travaillait depuis quelque temps sur une affaire impliquant DeReese, qu'il était à sa recherche. Concernant plusieurs assassinats et un meurtre de policier.

Ce type ? Phelps eut un geste en direction du corps, l'incrédulité peinte sur son visage étroit.

Faut croire, dit Rule. Si c'est lui. Ça vous ennuie que je jette un coup d'œil ?

Le jeune homme se raidit. Il lissa sa cravate abricot d'une main maigre, écarta la veste de soie avec l'autre qu'il posa sur sa hanche. Il portait un étui en lézard contenant un Beretta neuf millimètres. L'étui était assorti à la ceinture. Leur propriétaire ne transpirait même pas.

Vous réalisez bien que ce type est la victime d'un homicide apparent, dit Phelps. Il se trouve sur notre domaine de compétence. Sous ma responsabilité.

Rule leva les mains, paumes ouvertes. Votre plaque, sergent. On veut juste confirmer son identification. S'assurer que c'est bien lui.

Phelps pinça les lèvres, recula d'un pas. D'accord, mais je peux vous le dire, qui c'est. Son nom est DeReese Ledoux. Il avait son permis de conduire dans son portefeuille, avec sa photo.

Entendu, ça vous ennuie de me le montrer ?

L'enquêteur respira à fond, posa son autre main sur son autre hanche. Vous vous rendez bien compte que nous sommes en train de boucler, ici. Ses possessions sont déjà rangées dans des sacs.

Rule se pencha au dessus du cadavre, les mains sur les cuisses, sans regarder Phelps, et dit, Parfait, fiston, comme ça vous savez où le trouver. Il étudia le corps étendu sur le ventre dans l'herbe haute. Longs cheveux châtain foncé, jean délavé, teeshirt noir, bras d'une pâleur maladive, disposés en croix. Au milieu des herbes, sur le côté, les chaussures de Phelps (mocassins fantaisie en cuir de Cordoue tressé, claque basse) se tournèrent lentement et s'éloignèrent.

C'est le gars que tu cherchais ? demanda Eastland.

Rule ne répondit pas. Il s'accroupit davantage. La tête reposait avec la joue droite dans l'herbe. Il y avait un clou, reprenant la forme du Texas, dans le lobe de l'oreille gauche. Il va falloir qu'on le retourne, dit Rule. Prends-le par les pieds. Il tint la tête pendant qu'Eastland se saisissait des bottes et leur imprimait une rotation avec un sifflement asthmatique. Le corps pivota, visage vers le ciel.

Hé ben dis donc, fit Eastland.

Rule compta quatre impacts de balles dans le teeshirt, tous centrés dans un rayon de cinq centimètres par rapport à la ligne médiane du sternum.

Y en a qui savent tirer mieux que moi, remarqua Eastland.

C'est pas un exploit.

Eastland ricana. Ça, c'est sûr.

Le regard de Rule remonta vers le haut du corps. Un visage hâve aux traits osseux, à la peau jaunâtre, imberbe, les yeux ouverts. Marron foncé. Pommettes saillantes, lèvres charnues.

Au bout d'une minute, Eastland dit, Je l'ai déjà vu, ce type. Ouais, je l'ai vu à la télé, dans un des groupes de rock à *Entertainment Tonight* ou une émission de ce genre.

Ben tiens, fit Rule, et moi je suis Porter Wagoner. Il désigna les bras livides étendus de part et d'autre. Des traces de seringues sur les deux. Ce mec était un drogué.

Eastland dit, Je viens de te le dire, que c'était une rock star.

Rule avança la main, prit le bord inférieur du teeshirt entre deux doigts, le releva jusqu'au cou. La poitrine était maigre et plate, les pectoraux sans chair, couverts d'un sang noir presque coagulé. Il courba la tête pour y voir de plus près. T'as un mouchoir ?

Eastland plongea la main dans sa poche revolver, en tira un chiffon gris roulé en boule. Le tendit à Rule qui essuya le sang au dessus du sein gauche.

Bordel, dit Eastland, c'est mon mouchoir.

Rule ne dit rien, il continua d'essuyer jusqu'à ce qu'il voie le contour bleu terne d'un tatouage. Un logo Harley-Davidson, du travail exécuté en prison.

C'est lui ?

Je sais pas. Rule secoua la tête. J'ai pas souvenir qu'on m'ait parlé d'un tatouage. En plus, le gars que je recherche, c'est un anneau qu'il porte à l'oreille, pas un clou.

À l'oreille gauche ?

Ouais.

Ben quoi, merde, c'est rien de se mettre un truc à l'oreille à la place d'un autre, dit Eastland. Ces mecs, c'est comme les filles, ils en ont une dizaine, de boucles d'oreilles, une pour chaque tenue.

Rule leva les yeux, vit Phelps qui revenait. Il marchait vite à travers l'étroit parking, la main sur son revers de veste. Visage fermé. Dur. Il s'approcha et présenta le permis de conduire d'un geste brusque. Il dit, Je le fais strictement par courtoisie, Ranger Hooks. Vous devriez savoir que je viens de m'entretenir avec mon lieutenant, lequel m'apprend que vous n'avez pas demandé l'autorisation en respectant la voie hiérarchique. Il jeta un regard sévère sur Eastland qui haussa les épaules.

Rule inspecta le permis. Même figure que le défunt. Nom, DeReese Ledoux, domicilié à Dallas. Il sortit son calepin, nota les détails. Regarda Phelps. Dit, Racontez-moi le reste. Il était armé ? Vous avez un suspect ?

La victime portait un automatique, un H&R calibre trentedeux, répondit le détective d'un ton distant. Point final. Si vous souhaitez davantage de renseignements, passez par les circuits officiels. Bon, si vous voulez bien me rendre le permis de conduire. Il tendit la main.

Rule le lui remit. Pas de problème, fiston, c'est vous qui commandez. Merci de votre aide.

Il se tourna et s'éloigna, Eastland sur les talons. Puis, tout à coup, il s'arrêta et pivota sur place, arma sa main droite et pointa l'index sur Phelps. En disant, À propos, votre confrère ici présent, le sergent Eastland, dit le plus grand bien de vous. J'ai pensé que ça vous ferait plaisir de le savoir... Chuck.

L'enquêteur rougit. Je m'appelle Charles, répondit-il d'un ton cassant.

Comme vous voudrez, dit Rule. J'adore la façon dont votre étui est assorti à la ceinture.

Ils se détournèrent et partirent, Eastland secouant la tête, un grand sourire aux lèvres. Rule dit, Au moins, je l'ai pas appelé Charlie.

Hé, c'est pas ça qu'est drôle. Je viens de m'apercevoir que tu lui ressembles vraiment, à Porter Wagoner.

Qu'est-ce que ça a de si drôle ? Rule s'immobilisa en plein élan, leva la main. Je reviens tout de suite. Il traversa le parking en coquillages en direction de l'homme qui se tenait sur le seuil, le cigare à la bouche. L'intérieur, derrière lui, était noir comme une grotte, humide et moisi. C'est vous le proprio ? demanda-t-il.

Le gros homme acquiesça en silence.

Vous avez vu ce qui s'est passé ?

L'homme coinça son cigare entre ses dents, il passa une main sur sa tête presque chauve. Y a pas grand chose à raconter, dit-il. Sa voix était étonnamment haute, un ténor. Ce type (il pointa le doigt vers le cadavre), il est à l'intérieur, y a un autre type qui entre, ils se disputent. Après ils sortent tous les deux. J'entends des coups de feu, j'appelle la police. J'en sais pas plus. Il fixa Rule, haussa les épaules avec indifférence. Le genre de connerie qui se produit dans le coin. On est pas à Université Ouest, ici.

Vous connaissez la victime ?

L'homme s'appuya pesamment contre le montant de la porte. Il secoua la tête. Jamais vu avant aujourd'hui. Pas plus l'un que l'autre.

Rule se tourna et partit. Une perte de temps, de poser des questions ici, sur le chenal. Personne n'avait ni nom, ni passé. Personne n'en voulait, personne ne voulait savoir. Il lança le moteur, régla la clime sur maximum, laissa les portières grandes ouvertes et attendit dehors pendant que Lefty pissait contre le catalpa, reniflait le long du fossé. Dans l'herbe, des insectes vrombissaient sur une note haute.

Tu crois que tu peux m'obtenir les détails, pour cette histoire ? demanda-t-il à Eastland. Le policier alluma une cigarette, dit, Pas de problème, je m'en occupe après le déjeuner. D'ailleurs, c'est l'heure. Il dit qu'il connaissait un endroit qui servait le meilleur gumbo de crevettes au riz coloré à l'ouest de Lafayette.

M'est avis que c'est moi qui invite, dit Rule. Son portable sonna dans la cabine du pickup et il tendit la main pour s'en saisir, répondit.

C'était DeReese ?

Moline qui s'enquérait.

Ça dépend. On dirait. Sauf qu'il se trimbalait avec un trentedeux, pas un vingtdeux.

Il s'est probablement débarrassé de l'autre, dit Moline, moi, c'est ce que j'aurais fait.

Peutêtre. Il a déjà porté un clou qu'a la forme du Texas, à l'oreille, à la place d'un anneau ? Il a un tatouage ?

Rule entendit Moline qui tournait des feuillets. Au bout d'une minute il revint en ligne en disant qu'il y avait rien sur des boucles d'oreilles, ni d'un genre ni de l'autre. Il a un tatouage sur la poitrine, par contre.

Où ça ?

C'est pas écrit.

Quel genre ?

C'est pas indiqué non plus, répondit Moline, ça dit juste un tatouage. Hé, mon vieux, on pourrait penser que ces trouducs sauraient remplir une fiche.

Rule répondit par un grognement. Quelque chose sur le Rouquin ?

Non, dit Moline, mais écoute, si j'appelle, c'est parce que quelqu'un a téléphoné pour signaler qu'il avait peutêtre aperçu DeReese. Un correspondant anonyme dans le comté de Galveston. Il a dit qu'il avait vu quelqu'un qui ressemblait à DeReese dans une épicerie de la péninsule Bolivar. Pas plus tard que ce matin. Ça doit être des conneries.

Rule garda le silence. Posa le téléphone sur son genou, pensa à Galveston, à l'intuition qu'il avait eue. Puis il porta l'appareil à son oreille et dit à Moline de se faire communiquer les empreintes du cadavre le plus vite possible par les services de police de Houston. Il lui dit de passer par les canaux officiels mais de se magner le cul. Assure-toi qu'elles correspondent bien à celles de DeReese.

Tu repars pour Beaumont, là ?

Rule dit, Je vais déjeuner. Procure-toi ces empreintes, Moline, et quand je te dis de te magner le cul, ça veut dire de te magner le cul. Il coupa la communication, sourcils froncés.

Font chier, dit Eastland, viens te bouffer du gumbo.

Rule enclencha la première et s'engagea dans la rue, roulant au ralenti entre les véhicules garés. Il dépassa la deuxième voiture de patrouille et la dépanneuse puis s'arrêta. Dit, Le con.

Quoi ?

Il dit à Eastland de l'attendre, descendit, retourna sur ses pas en longeant la voiture de patrouille, courbé en avant pour distinguer à travers la vitre. L'agent assis au volant mangeait un sandwich à la mortadelle cuite avec des lardons. Il baissa lentement sa fenêtre, regarda le Ranger avec une expression interrogative. Rule ne le remarqua pas. Il avait les yeux rivés sur Harvey Lomax, assis à l'arrière.

Ça vous ennuie si je pose quelques questions à cet individu ?

L'agent haussa les épaules et remonta sa vitre, il continua de manger. Rule ouvrit la portière arrière, se pencha à l'intérieur.

Monsieur Lomax.

L'autre le dévisagea en silence puis se détourna, visage décharné impénétrable. Sa haute carcasse était bien droite, rigide sur le siège, bras ramenés en arrière et menottés derrière le dos Il portait la même salopette crasseuse, les mêmes chaussures de chantier. Ses cheveux raides comme du crin partaient dans tous les sens. Il ne s'était pas rasé depuis des jours, ni lavé. L'odeur aigre de la sueur rance imprégnait l'air. Au bout d'une minute, il racla ses pieds sur le plancher et lança un regard à Rule, le menton jeté en avant. Ses yeux gris plomb brillaient triomphalement.

Hé bien, monsieur Lomax, dit Rule, je vois que vous avez exécuté le travail de Dieu. Ça vous ennuierait de me dire comment vous l'avez trouvé ?

Lomax se tourna sur le côté, parla tranquillement, d'une voix qui vibrait de fierté. Les voies du Seigneur sont impénétrables, et l'homme prudent ne révèle pas son savoir.

Rule hocha la tête. Hé bien, m'est avis que vous n'avez pas été aussi prudent que vous le pensez, monsieur Lomax. Vous vous êtes trompé de gusse. C'est l'autre qui a tiré. Je crois que vous allez devoir en répondre devant le tribunal.

Celui qui garde le silence garde la vie, entonna le prisonnier, mais celui qui ouvre grandes les lèvres connaîtra la destruction. Proverbes, chapitre treize, verset trois.

D'accord, collègue, c'est vous qui voyez, répondit Rule. Invoquez le cinquième amendement. Mais vérifiez celui là. C'est à moi de faire justice, dit le Seigneur. Si ton ennemi a faim, donne-lui à manger. S'il a soif, donne-lui à boire. Ce sera comme si tu entassais sur sa tête des charbons ardents, et sois vainqueur du mal par le bien. Je crois que c'est plus ou moins exact. Lettre aux Romains.

Lomax accusa le coup, puis il détourna lentement le regard. Il dit, Foutaises.

Rule haussa les épaules et ferma la portière. Qu'est-ce qu'il pouvait répondre à ça ? Lomax avait raison, aucun doute là dessus. Mais ces mots étaient dans la Bible.

Alors bon.

40

Dans l'aprèsmidi, Eddie se doucha, se lava la tête et enfila un teeshirt blanc propre. Il peigna ses cheveux en les tirant fort en arrière, utilisa un cordon rouge pour nouer sa queue de cheval. Comme il n'y avait pas de glace dans la maison, il sortit sur la terrasse où Della s'exposait au soleil, se campa devant elle en frappant plusieurs fois sur ses cuisses, dit, Comment tu trouves ?

Della dans son maillot deuxpièces, occupée à lire la Bible, plissant les yeux. Elle porta une main à son front, regarda. Très bien, dit-elle, sauf que ton jean est un peu crade. Je commence à cuire. Est-ce que t'avais réalisé que les juifs, ils sont comme les mormons ? L'homme peut avoir autant de femmes qu'il peut s'en offrir. Où tu vas ?

Eddie fit un bruit de ventouse avec sa bouche, les yeux fixés sur la plage au delà des dunes et sur les vagues marrongris qui roulaient au delà de la plage. Une brise humide venue du golfe, le ciel éblouissant, d'un bleu de cobalt vif sans un nuage. Il rentra alors dans la maison, sortit son deuxième jean de son sac militaire en toile et se changea. Retirant les taies d'oreillers blanches, il en recouvrit chaque extrémité de la Gibson de telle sorte qu'elles se chevauchaient, les lia à l'aide d'une ficelle. Il passa la tête par la porte moustiquaire, annonça à Della qu'il la verrait plus tard.

Elle dit, Sans rire, Eddie, tu savais que Salomon avait sept cents femmes et trois cents concubines ?

Il inclina la tête. Il chômait pas.

Et c'est pour ça que Dieu l'a puni.

Comment ?

J'en suis pas encore là, dit-elle. Tu m'as pas répondu. Où tu vas ?

Trouver du travail.

Avant qu'elle ait pu lui demander des précisions, il disparut à l'intérieur. Elle l'entendit faire *clip-clop* dans l'escalier avec ses bottes. Mit ses lunettes de soleil et resta allongée sur la terrasse en se demandant ce qu'il mijotait.

Mon Dieu.

Elle se leva d'un bond, rentra en courant, ouvrit le sac de toile et plongea la main à l'intérieur. Le chercha, le toucha. Seigneur. Le pistolet était encore là. Elle sortit un Coca du frigo et retourna sur la terrasse, la respiration haletante. S'étendit avec un sentiment de soulagement. Au bout d'une minute, elle repensa à Salomon. Se demanda comment un homme pouvait bien y arriver avec autant de femmes. Fallait qu'il soit salement riche, déjà. En plus, elle avait une assez bonne idée de ce que devait être une concubine. La Bible était pleine de trucs qu'on évitait de parler dans les cours de catéchisme.

En bas, Eddie marchait à grands pas sur l'allée sableuse plane en direction de la route côtière, la guitare emballée dans ses taies, posée sur l'épaule. Il pensait aux femmes de Salomon. Bien sûr, c'était à une époque où les femmes écoutaient, obéissaient aux ordres. Si elles la ramenaient, elles goûtaient du fouet. T'essayes un truc comme ça aujourd'hui, tu te retrouves en taule, ou avec une balle dans la peau. Il s'interrogea sur Della qui lisait la Bible. Probablement une bonne chose, peutêtre qu'elle apprendrait des trucs. C'était pas que ça se soit tellement vu jusque là.

Elle faisait rudement bien les pipes, n'empêche. Seigneur, elle suçait vraiment bien. Hier soir sur la plage, avec le vent soutenu qui soufflait du golfe, les nuages qui filaient devant les étoiles, les vagues qui déferlaient, elle l'avait fait allonger sur le sable, comme ça, là, et elle lui en avait taillé une. Comme un rêve, à part le sable qu'elle avait entre les dents. Ça râpait un peu, ça. Et ces putains de moustiques. Maudites saloperies de bestioles. Ça valait le coup, n'empêche.

Il continua de marcher. Soleil brûlant à la verticale, joncs oscillant de part et d'autre, carouges à épaulettes rouges voletant au dessus des algues aux alligators et des herbes aux huîtres. Silencieux, à l'exception du vent sur le marais et du cri occasionnel d'une aigrette. La transpiration commença à ruisseler. Le temps qu'il atteigne la route principale, son teeshirt était trempé. Il tendit le pouce et un solide jeune homme qui se rendait à Galveston, au volant d'un camion de la Southwestern Bell, le prit et le déposa devant L'Épave. Le parking en coquillages était vide à l'exception d'une vieille Buick Electra garée sur le côté.

À l'intérieur du bar à bière, sombre et moite, régnait une odeur de fumée froide et de bière tiède. Ses yeux s'adaptèrent instantanément. Il vit l'homme debout derrière le bar, bras écartés, paumes à plat sur le comptoir. Il s'approcha, lui souhaita le bonjour. Lui dit qu'il cherchait le propriétaire.

C'est moi. L'homme grimaça un sourire. Qu'est-ce que t'as dans ton sac, un banjo ?

Le visage d'Eddie s'éclaira. Hé mec, c'est ma gratte.

L'autre sourit à nouveau, montrant ses dents. Il devait avoir cinquante ans, portait une chemise en polyester à manches courtes, crème avec de grosses fleurs jaunes, et un pantalon marron clair qui flottait sur ses hanches. Il avait une petite pastèque en guise de ventre, portait une grosse chaîne en or autour du cou. De sa peau pâle irradiait la translucide luminescence d'une personne qui est soit en bonne santé, soit macérée dans l'alcool.

Le proprio dit, Une gratte. C'est toi, le mec qu'on voit dans les films ?

Qui ? demanda Eddie en fronçant les sourcils.

Pas d'importance. L'autre secoua la tête, amusé. Son visage était plat. Cheveux peignés en arrière, avec du volume, maintenus en l'état à l'aide de laque. Il ressemblait à George Jones [1], décida Eddie, au tout début du Noshow Jones. Il avait la même voix, en plus, avec cet accent nasillard de la campagne.

Eddie tenait la guitare enveloppée de ses taies sur l'épaule, il avança un pied, glissa le pouce dans la poche de son jean. Je suis musicien, dit-il, je cherche du travail.

L'autre hocha la tête, il dit que c'était bien ce qu'il pensait. Sauf qu'on prend pas de musiciens ici, fils. Y a un jukebox. Quel genre tu joues ?

Du blues, dit Eddie. Pareil que ton juke.

Le type fit la grimace. Il dit, C'est ma grosse qu'a eu décidé ça. Elle aime la musique de nègres. Sauf qu'ici ça déclenche des bagarres. J'en ai eu une la semaine dernière.

Eddie dit qu'il était désolé de l'apprendre. Il remarqua que les bagarres, c'était jamais bon pour le commerce. Il demanda ce qui s'était passé.

Je saurais pas dire exactement, répondit le propriétaire, j'étais pas là. Il appuya son dos contre une glacière à bière, croisa les bras. Il portait un bracelet en or assorti à la chaîne autour de son cou. J'étais parti chez ma sœur, à Houston. Mais ça a fait du vilain, à ce qu'on m'a raconté. Deux gars du coin se sont retrouvés à l'hôpital, y a un gars qui y a laissé une oreille. Ça serait que moi, je la virerais, cette musique de nègres, j'aurais rien que de la country. De la vraie. George, Loretta, Tammy, les deux Hank.

Pas Willie ?

---

1. George Jones (né en 1931), talentueux chanteur et compositeur texan de musique country, qui effectua de nombreuses tournées avec les Jones Boys. (*N.d.T.*)

Willie c'est un hippie, il fume de l'herbe. Il a les cheveux longs. Le patron remonta son pantalon dans son dos, fit une autre grimace pleine de dents qui tint lieu de sourire. Il dit, Je vais te dire, n'empêche, tu pourrais tenter ta chance plus haut sur la plage, au Stingaree. Le type qui le tient, c'est un ancien hippie, il pourrait marcher.

Eddie se caressa le menton. Où c'est ?

Au nord, en direction de Gilchrist. Il pointa le doigt derrière son épaule. Tu peux pas le rater, y a des panneaux partout, tu croirais qu'il vend de la Burma Shave [1]. Il se fait appeler Bubba Bear.

Bon, merci beaucoup, dit Eddie, et bonne chance.

Pareillement.

Il transféra la guitare sur son autre épaule, sortit dans la lumière blanche aveuglante. Ébloui à nouveau. Il se posta au bord de la route dans la chaleur d'étuve et le même jeune homme, au volant du camion de la Southwestern Bell, le prit très vite, retournant vers la péninsule. Le conducteur souleva sa casquette à la gloire des Astros [2] et passa le poignet sur son front. Je devrais commencer à faire payer, dit-il.

Si tu le fais, répondit Eddie, tu perds ma clientèle.

L'autre gloussa. Où c'est que tu vas ?

Au Stingaree, dit Eddie, et le réparateur de téléphones lui répondit qu'il passait juste devant. Il dit que le Stingaree servait les meilleurs crabes cuits au barbecue de toute la péninsule. T'as déjà goûté ?

J'y ai jamais mis les pieds, répondit Eddie. Ils dépassèrent un panneau composé de planches, au bord de la route, disant DÎNEZ SUR PILOTIS AU STINGAREE. Une minute plus tard ils en passèrent un autre en tous points identique. Des gros panneaux peints à la main qu'il n'avait jamais remarqués. Eddie alluma une Camel, en proposa une au conducteur qui secoua la tête. Expliquant, J'ai arrêté ça fait trois ans. Y a pas un jour que ça me manque pas, bordel. Il se tapa sur le ventre. À la place, je fais que manger. Mangeons, bouffons, vache ou mouton, nous crèverons de toute façon.

Eddie répondit qu'il avait entendu dire ça. Qu'il avait l'intention de mourir, pareil que tout un chacun. Un jour. Ils dépassèrent un autre panneau : STINGAREE, VENEZ-Y. Sauf que je ferais mieux d'essayer ce Stingaree avant, dit-il, il a l'air d'avoir sa petite réputation.

Le conducteur sourit. Dit que oui, qu'il y avait du monde. Bien situé, planté juste sur la rive du canal de navigation, avec vue sur la baie est.

---

1. Burma Shave, crème à raser dont les nombreux panneaux publicitaires disposés le long des routes allièrent, des années vingt aux années soixante, conseils de prudence et incitations à présenter des joues nettes. (*N.d.T.*)

2. Équipe de baseball de Houston. (*N.d.T.*)

Grande salle de restaurant plus bar, terrasses extérieures, bonne nourriture, bière froide. Tu t'installes à l'étage pour contempler le coucher de soleil, tu vois les remorqueurs qui poussent les barges le long du canal, parfois une vedette rapide remplie de nanas en bikinis.

Eddie dit que ça avait pas l'air mal.

C'est ce que je dis. Va essayer leurs crabes, mon gars.

Tu connais le proprio ?

Le jeune homme fit non de la tête. Mais il paraît qu'il est spécial. Enfin bon, te voilà arrivé. C'est juste là, en bas. Il se rangea sur l'accotement couvert d'herbes et, le doigt tendu vers l'ouest, montra une route étroite qui s'enfonçait dans le marais. Tu continues, dans les deux kilomètres. Elle se termine en cul de sac au canal. Tu peux pas le rater, une grosse bicoque à l'ancienne, y a que ça, là bas, à part une rampe à bateaux. Je t'emmènerais bien mais je suis sur un appel, là.

Pas de problème, dit Eddie en mettant pied à terre, merci pour le trajet.

Il regarda le camion des téléphones disparaître sur la route puis se mit en marche. Le soleil rouge ocré était posé droit devant lui, vingt degrés au dessus de l'horizon, une sphère terre cuite de chaleur fulgurante. Ses pieds transpiraient dans ses bottes. Une ampoule se forma à son talon droit. Il continua d'avancer. Chevaliers des sables et hérons pêchaient dans les eaux saumâtres, parcouraient les fossés sans profondeur qui bordaient la chaussée étroite. Deux pélicans prirent leur envol un peu plus loin, passèrent à la verticale en décrivant un large arc de cercle, puis disparurent. Partis. Il insista, boitant, ménageant son pied droit.

Il s'arrêta une fois pour se déchausser, inspecter les dégâts. Sortit son canif de sa poche, insinua la lame sous le bord de l'ampoule pour la vider. Il avait remis sa botte et recommencé à avancer quand il entendit un véhicule qui arrivait derrière lui. Il s'écarta. Le grondement grave des gaz d'échappement se rapprocha, s'arrêta à sa hauteur. C'était un pickup Ford bleu, assez récent, éclaboussé de boue, haut perché sur de gros pneus extralarges.

Je t'emmène ?

Eddie se tourna. Un labrador doré aux yeux tristes avait le museau posé sur le rebord de la fenêtre. Il caressa la tête du chien et regarda à l'intérieur, étudia le conducteur, hésita. C'était un individu massif avec une barbe noire, des cheveux noirs en broussailles et des yeux foncés, qui portait un teeshirt vert avec plusieurs grands trous et une salopette Dickies décolorée. La masse bronzée de ses bras tendait les manches au point qu'elles donnaient l'impression de devoir se déchirer. Son énorme panse venait appuyer contre le volant, débordait par les côtés de la salopette. Le regard inquisiteur d'Eddie finit par se poser sur les pieds du conducteur. Et là, comme par pure dérision de tout le reste, il vit qu'il portait une paire immaculée de bottes rouges Larry Mahan taillées sur mesure, en peau de python, bouts pointus, talons de cowboy, surpiqûres décoratives dessinant des flammes. Ça représentait un sacré paquet de fric. Eddie ne pouvait en détacher son regard. Il n'en avait encore jamais vu une paire en vrai.

C'est mes bottes de boulot, annonça le géant. Sa voix monta de son torse imposant avec le roulement lent des pierres sur la roche. Il dit, C'est mes bottes de tous les jours. Puis il eut un large sourire. Grimpe, l'ami, Walter va te faire de la place.

Eddie ouvrit la portière et monta dans la cabine en prenant appui sur le marchepied. Il plaça la guitare entre ses jambes. Le chien s'assit au milieu, le bréchet en contact avec la masse du conducteur. Le moteur ronfla et le camion effectua un bond en avant.

Je vais au Stingaree, dit Eddie. Il pointa le doigt en agitant la main devant eux.

C'est bien ce que je pensais, répondit le conducteur. Y a pas autre chose. Qu'est-ce que t'as dans ton paquetage ?

Eddie tira la guitare à lui. Il tripota son anneau, le front plissé, étudia le marais sur le côté. Ma guitare, dit-il.

Ouais ? Le type semblait intéressé. Quel genre de guitare t'as ?

Une Gibson acoustique.

Pourquoi tu l'apportes au Stingaree ?

Je cherche du travail, dit Eddie. Je suis musicien.

Quel genre de musique tu joues ? Du rock 'n' roll ?

Nan, répondit Eddie, je joue du blues.

Tu veux dire de la musique de nègres ?

Eddie regarda par la fenêtre. En pensant, Merde, c'est reparti.

Les gens de par ici, reprit le conducteur sans attendre de réponse, la plupart, ils aiment Vince Gill, Shania Twain, ce genre de musique de bastringue plutôt chicos. Et Mark Chesnutt, ça marche d'enfer, un gars du coin. Tu vois le genre ?

Eddie lui jeta un regard et hocha vaguement la tête, il vit le gars baisser le bras et, de quelque part entre ses cuisses monstrueuses, sortir une bouteille ambrée de soixantequinze centilitres. Enfoncer le goulot dans sa barbe et avaler une lampée. Eddie regarda de plus près. C'était de la *root beer*[1] IBC. Le conducteur agita la bouteille et dit, Putain

---

1. *Root beer* : boisson sans alcool à base de sucs extraits de différentes racines et mélangés à du sucre et de l'eau gazeuse. (*N.d.T.*)

qu'est-ce qu'elle est bonne, l'ami. Je suis accro. Elle a le bon vieux goût de celle qu'on trouvait dans le temps. T'en veux un coup ?

Eddie leva la main pour dire non.

Enfin bon, comme je disais, les gens d'ici, ils écoutent pratiquement pas de musique de nègres. Ray Charles peutêtre, mais lui, il sait pas qu'il est Noir. Qu'est-ce qui te fait croire qu'ils sont prêts à dépenser leur fric pour en entendre ?

Eddie garda le silence.

T'es bon, au moins ?

Eddie aspira à fond et ferma les yeux. Seigneur, tu te donnes la peine de sortir en quête d'un boulot honnête et tu te récoltes ce genre de conneries. Quand y en a plus, y en a encore, genre. Il s'apprêtait à dire au gars de s'arrêter, qu'il allait terminer à pied, quand il se souvint de l'ampoule. Alors il fixa le paysage vert et plat en disant, Écoute, mon gars, moi je la critique pas, ta musique. Pourquoi tu lâches pas la mienne ?

Le type haussa les épaules. Je t'ai demandé si t'étais bon, au moins.

Ouais, je suis bon, dit Eddie d'une voix monocorde, et je vais devenir encore meilleur.

Alors d'accord, t'es engagé.

Eddie laissa tomber sa tête en avant, la secoua, ferma les yeux, les deux. J'hallucine. Ce bouseux est taré, y a pas moyen de prévoir ce qu'il va faire. Il regrettait sérieusement d'avoir laissé le pistolet en partant.

Le conducteur but une nouvelle gorgée à la bouteille. Il dit, Tu peux commencer ce soir. Comment tu t'appelles ?

Eddie ouvrit un œil, le regarda. L'autre avait un grand sourire. Il bloqua la bouteille d'IBC entre ses cuisses, tendit une énorme main tannée aux articulations grosses comme des noix. Dit, Serre-m'en cinq, l'ami. Mon nom c'est Guidroz, mais la plupart des gens m'appellent Bubba Bear.

Eddie fixait la main, incrédule. Il était incapable de bouger, paralysé. Puis il fut secoué d'un frémissement et accepta la main du conducteur où la sienne disparut complètement. Il dit, Ben merde alors, ça c'est trop, mec. T'existes pour de vrai ?

L'autre rit, un grondement grave et tonitruant. C'est un monde d'apparences, l'ami, dit-il, ça c'est sûr. La plupart du temps, j'en crois pas mes propres yeux. Comment tu t'appelles ?

Eddie ouvrit la bouche, la referma. Il mit ses mains en protection pour allumer une cigarette, tira une longue bouffée, rejeta un jet de fumée. S'adossa au siège, le coude droit sur le rebord de la portière, parla enfin. Dit, Mon nom de scène, c'est Rufus Slim.

Bubba Bear rit à nouveau et posa un bras sur le labrador, le rapprocha de lui. Le chien baissa la tête et, d'une longue langue rose, lécha l'avant bras massif.

Hé ben, Rufus Slim, je te présente Walter. Comme dans Little Walter. Comme dans Muddy Waters et Willie Dixon, Junior Lockwood, Otis et toute la bande. Parce que tu vois, Rufus, j'aime la musique de nègres. Pour moi, y a pas meilleure musique que le blues.

Eddie l'écoutait, se disant, C'est pas vrai j'y crois pas, ça marche. C'est tout bon. Se disant, J'ai même pas demandé pour le cachet et il en a pas parlé mais ça fait rien. Se disant, Bon Dieu, va falloir que j'en apprenne d'autres et *vite*, des chansons.

... trois soirs par semaine pour commencer, disait Bubba Bear, après, peutêtre qu'on pourra dire plus, faut voir comment ça se passe. Qu'est-ce que t'en dis ? Tiens, voilà, c'est là.

Ça me paraît bien, dit Eddie. Il leva les yeux vers le Stingaree, devant eux, une énorme bâtisse d'un étage, en bois, qui s'étalait sur la rive du canal d'où elle dominait la baie est. Il regardait, sa tête oscillait de haut en bas comme un jouet sur un tableau de bord. Ça me paraît vraiment bien, murmura-t-il, ça me paraît très correct.

Alors ça marche. Le colosse tendit sa grosse patte et ils échangèrent une nouvelle poignée de main. Il me reste qu'une toute petite question, dit-il.

Eddie attendit. Seigneur, il savait bien qu'il allait y avoir une merde quelque part.

Est-ce que tu crois à la réincarnation ?

Quoi ?

La réincarnation, dit Bubba Bear de sa voix tonnante. Un concept spirituel, ça vient des hindous, là bas aux Indes.

Oh, ouais, ça. Eddie réfléchit.

Les vies antérieures, tout ça, quoi, ajouta Bubba Bear pour l'aider.

Eddie hocha la tête, tira longuement sur sa cigarette. Il dit, Hé mec, y a intérêt.

41

Le restaurant cajun, situé sur South Main Street près de l'Astrodome, servait un gumbo gras accompagné d'un riz coloré qui avait un aspect plus sale encore que d'habitude. Rule sirota sa bière, dit qu'il n'avait pas faim. Eastland dit que lui, si. Il sauça son bol avec un morceau de pain français, tendit la main vers celui de Rule. Ce qu'y a de bien avec la graisse, déclara-t-il, c'est que ça lubrifie les soupapes.

Rule écouta Eastland manger bruyamment et regarda passer la circulation, le soleil du milieu de journée se réfléchissant sur verres et chromes. Il se dit que le cadavre était forcément celui de DeReese, trop d'indices pointaient clairement en ce sens. Pourtant, quelque chose semblait clocher. Il ne parvint pas à mettre le doigt dessus. Une de ces impressions qu'on ne peut expliquer. Eastland avait mauvaise mine et semblait n'en avoir rien à fiche. Il avait versé le riz sale sur le gumbo et ajouté une tonne de sel.

Il se trouve juste que j'ai une bouteille d'Old Crow chez moi, dit Rule. M'est avis que je vais te prendre au mot.

Pari tenu, répondit Esatland. Il essuya son large visage rouge avec une serviette en papier et alluma une cigarette. Parce que les gens sousestiment le pouvoir de la génétique.

On vit vieux dans ta famille ?

Bon Dieu non, tout le monde casse sa pipe avant soixante ans. Il tira sur sa cigarette et fit signe à la serveuse de lui apporter une autre bière.

C'est qu'une question de temps, collègue.

Je sais. Eastland haussa les épaules.

Rule ne le pensait pas. Il pensait que la mort nous environne de toutes parts mais qu'on ne regarde jamais. Sachant qu'un jour c'est elle qui va venir à nous.

Après le déjeuner, il déposa le sergent au quartier général de la police, dit qu'il allait s'accrocher au cocotier et attendre le rapport sur le corps. Eastland l'assura qu'il l'appellerait dès qu'il aurait quelque chose. Que ça ne devrait pas prendre longtemps. Il referma la portière du petit camion, traversa le trottoir à pas pesants et entra dans l'immeuble.

Mais l'aprèsmidi touchait à sa fin quand Rule reçut les renseignements. En attendant, il tua le temps, il ne tenait pas en place. Il appela Katie, laissa un message sur son répondeur : Salut, c'est ton père. J'ai repris la route. Désolé pour l'autre jour. Il n'entre pas dans mes intentions de te mettre la pression. Je suppose qu'il y a des trucs qu'il faut qu'on règle tous les deux. Appelle-moi si t'as besoin de quoi que ce soit. Il marqua un temps d'arrêt, dit, Ça fait un moment que je veux te demander ce que tu penses d'un rêve que j'arrête pas de faire. Je t'aime.

Il raccrocha, essaya de décider si un coup de téléphone, ça pouvait l'empêcher de respirer. Probablement. Trop tard de toute façon. Pas moyen de l'effacer maintenant. Passé révolu. Le temps ne s'écoule que dans un sens. Tellement vite que ça rend tout flou, même.

Il suivit Main, s'arrêta à un 7-Eleven, acheta une boîte de bœuf Alpo et roula jusqu'à Hermann Park. Il nourrit et abreuva Lefty, s'accroupit à l'ombre. Il avait la bougeotte. Il se dit que DeReese ou pas, il fallait qu'il aille dans l'Est Texas, qu'il y arrive avant le Rouquin. Ce jeunot se sentait des ailes. Ça ne pouvait qu'aller en empirant, en plus. Pas besoin d'une girouette pour s'en apercevoir.

Il fit monter Lefty dans le camion, prit Westheimer Road, trouva une boutique spécialisée dans la littérature policière et le suspense. Il parcourut les rayonnages et acheta deux livres de poche, un James Lee Burke et un Walter Mosley. Deux écrivains qui savaient y faire, qui faisaient bouger l'histoire. Quand il paya, l'employé lui suggéra un roman d'Elmore Leonard. Une bonne oreille pour les dialogues, lui dit-il.

Est-ce que c'est le bon qui gagne ?

L'employé fronça les sourcils. Ben, chez Leonard, c'est difficile à dirc qui cst bon ct qui cst mauvais.

Ça se passe comme ça, des fois, dit Rule. Donnez-m'en deux.

Ensuite, il alla dans la boutique de disques à prix réduits d'à côté, se procura une cassette des meilleurs titres de Porter Wagoner. Il était assis dans son camion à s'escrimer pour en retirer la cellophane quand le téléphone sonna.

Bonjour, mon chéri.

Dana, dit-il.

Qu'est-ce tu fais ?

J'écoute Porter Wagoner.

C'est vieux, ça.

Il entendit presque son nez se plisser. Elle dit, Pourquoi t'essaies pas Vince Gill ? Il vient d'en sortir un nouveau. Où t'es ?

À Houston.

Quand est-ce que tu reviens ?

Je sais pas trop, dit-il. Je suis sur la piste de quelqu'un.

Comme un vieux chien. Puis, Pourquoi tu viens pas me renifler autour ?

Ça pourrait m'égarer, toutes ces odeurs inconnues.

Oh, s'insurgea-t-elle, qu'est-ce que ça veut dire, ça, exactement ?

Ça serait comme de renifler une borne à incendie, tu sais.

Espèce de salopard, arrête un peu. Elle hésita, puis dit, Rule, mon gros loup, devine ce que je porte, là. Elle ronronnait.

Il garda le combiné contre son oreille, sans rien dire. Elle lui demanda s'il était toujours là, alors il dit, Tu me fatigues, tu sais.

Elle gloussa. Hummm, j'aimerais bien, n'empêche. Je suis allongée sur le lit, cul nu. Je viens de faire mes ongles en rose vif. La teinte que tu aimes, tu sais ? Et j'ai mes mignons petits tétons qui pointent, ils sont tout durs. Ils réclament un massage avec ta bouche.

Rule grogna.

Et maintenant, j'ai les cuisses grandes ouvertes. Parce que je pense à toi. Écoute un peu.

Il n'entendit rien. Elle revint en ligne. Tu sais ce que c'était ?

Aucune idée, dit-il.

Je frottais le téléphone entre mes jambes. Elle baissa la voix dans un murmure. Je suis mouillée, je te dis pas.

Il regarda les gens qui entraient et sortaient du magasin de musique. En se disant, Bon Dieu, elle peut pas s'en empêcher. La luxure en action, absolument aucune honte. Il pourrait la plaquer, mais à quel prix ? Elle savait y faire, c'était indéniable. Elle était douée. Il bandait et ça ne se calmait pas.

Bien sûr, poursuivit-elle d'un ton neutre, je pourrais m'habiller et venir à Houston. Je vais me raser d'abord. Tu sais... là.

Rule dit, Je suis pieds et poings liés par le travail, pour l'instant. Sa voix se brisa.

C'est peutêtre exactement ce que j'ai dans l'idée. Elle ronronnait à nouveau. Ou toi, tu pourrais m'attacher. Tout ce qui te fait envie, mon loup, tu me connais.

Ça c'est sûr, dit-il, mais il faut que j'y aille. Je te rappelle plus tard. Il coupa la communication, se frotta la joue. Seigneur. Quoi qu'il fasse ou qu'il dise, elle rappliquait. Comme une mauvaise herbe. La seule façon de tuer une mauvaise herbe, c'est à la racine. Il avança le bras, caressa son zob à travers son pantalon. Gros, dur comme une traverse de voie ferrée. Un moment plus tard, le téléphone sonna à nouveau. Il répondit tout de suite, disant, Écoute, bordel de merde, lâche-moi la grappe, tu veux bien ?

Ben mince alors, qu'est-ce que je t'ai fait ? La voix d'Eastland.

Rule se racla la gorge. Désolé, Clint. T'as quelque chose ?

Ouais. C'est pas ton gars.

Merde. Rule fit la grimace.

Mais ce qu'y a d'intéressant, c'est que c'en est pas loin. Ce gusse, c'est un Ledoux, y a pas à chier. Sauf que c'est Wade Ledoux.

Rule dit, Ça alors.

Hé oui, et si ça te plaît, tu vas adorer la suite. Il se trouve qu'il a un cousin qui s'appelle DeReese. J'ai contacté un type que je connais à Lafayette, la paroisse d'où Wade est originaire. Il m'a tout expliqué. Il dit que tous les deux, c'étaient des fauteurs de troubles, surtout des intrusions avec effraction, des vols de bagnoles, des conneries comme ça. Le dernier truc qu'ils ont fait, c'était piquer des voitures de luxe pour répondre à une commande spécifique. Tu les connais, ces grosses caisses rapides qu'ont plein de place à l'intérieur ? Les métèques de L.A. et de l'Est, ils en veulent tous pour leurs mômes. Ça leur faisait un travail régulier. Sauf que nos gaillards se sont fait poisser et que Wade a chargé son cousin. DeReese écope de la taule, Wade sort libre. C'est un camé, il sait qu'il peut pas survivre derrière les barreaux. Ce qu'y a de drôle, c'est que DeReese, il lui en a pas voulu. Il paraît qu'ils étaient très proches, comme des frères.

On dirait des jumeaux, dit Rule.

Idem, un autre truc qu'est intéressant dans l'histoire. On me dit qu'ils l'étaient peutêtre.

Tu te fous de ma gueule.

Nan, mon vieux pote de Lafayette, il me dit qu'ils sont nés le même jour, dans le même hôpital. Sauf qu'ils ont été élevés séparément. Ils ont grandi comme des cousins sur un de ces bayous au fin fond de nullepart. Ce qui se dit c'est que le grandpère était peutêtre le vrai père. Grande famille de coonass. Ces rats des marais, ils sont aussi pires que les bouseux arriérés des Appalaches.

C'est sûr que ça me fout tout cul par dessus tête, observa Rule. Il sait où est DeReese ?

Aucune idée. Il dit qu'ils ont eu tous les deux franchi la frontière de l'État après que DeReese, il ait été libéré sous condition. Ils pourraient se servir du même nom. Ou avoir échangé. Ils se faisaient souvent passer l'un pour l'autre. Ce qui soulève une question.

Mais encore ? dit Rule.

Comment tu sais que c'est DeReese, celui que tu cherches ?

Rule resta silencieux, rappelant ses souvenirs. Aucune empreinte lors du meurtre d'Abe Krishna, ni pour aucun des autres. Juste les images vidéo. Et l'identification visuelle de Moline concernant DeReese. C'était tout. Nom de nom.

Bordel de merde, dit Rule. Faut croire que j'en sais rien.

Eastland ricana. Y a rien de tel qu'un bon petit mystère, collègue. C'est pour ça qu'on touche une paye d'enfer. Écoute, faut que je te laisse. J'ai mon corps sans tête qu'est toujours à la morgue et qui réclame un patronyme. Tout ce que je sais, c'est que lui, c'est pas un Ledoux.

Comment ça ?

Il est Vietnamien. Eastland rit. Reste en contact, d'accord ? Il raccrocha en toussant.

Rule demeura assis dans la cabine, à frapper sur le volant. Au bout d'une minute, il téléphona à Moline au labo. Moline dit, Tu dois avoir un don de seconde vue, j'étais sur le point de t'appeler. Au ton, il se la jouait un peu. On a l'identification de ton cadavre.

C'est pas DeReese, dit Rule.

Ouais, exact. Moline, descendu en vrille, vexé.

Et c'est pas tout, poursuivit Rule. Il lui raconta le reste, puis la question soulevée par Eastland. Moline avait l'air maussade, il concéda que les identifications vidéo pouvaient être erronées, et Rule reconnut qu'une erreur de ce genre pouvait se produire. Peutêtre que c'était DeReese, peutêtre pas. Mais ce que je veux savoir, mon pote, c'est pourquoi Wade Ledoux est sorti de nullepart pour venir nous mordre le cul. On savait même pas qu'il existait. Comment ça se fait ?

Ben merde, rétorqua Moline. Il bredouilla des choses sur le système informatique, le NICI, le Triple I, le fonctionnement des réseaux, les canaux officiels, les contacts informels, les requêtes appropriées pour obtenir des données et des réponses, la façon dont ça fonctionnait. Il se défendait.

Ce que tu me racontes là, c'est que les demandes sont parties et que le retour a eu lieu, répondit Rule. T'as obtenu des réponses à tes questions. Le problème c'est que t'avais pas posé les bonnes. C'est ça ?

Moline garda le silence.

C'est bien ce que je pensais, dit Rule.

Silence à nouveau, des deux côtés.

Quand Moline finit par parler, il le fit doucement, d'une voix lointaine, sur la défensive, comme s'il était tombé tout au fond de lui-même. Tu me fais vraiment pas de cadeau, Rule. Alors je vais te le dire, comment c'est. Dana a vu un avocat. Je crois qu'elle va aller en justice. Je suis déjà à la limite, me pousse pas davantage.

Rule relâcha la pression. D'accord, Moline. Qu'est-ce que tu vas faire ?

J'ai un flingue. Si ça arrive au point que je peux plus le supporter, j'abrégerai les souffrances.

Les tiennes ou les siennes ? demanda Rule d'une voix égale.

Ça marche dans les deux cas, dit Moline. J'ai pas encore décidé.

Bon. Rule se tut un instant. C'est ta vie, collègue. C'est toi qui vois ce que t'en fais. Tant que ta décision est pas prise, n'empêche, oublie pas ce que je t'ai dit.

C'est à dire ?

Accepte le divorce. Elle vaut rien.

Il entendit Moline respirer. Puis, Comment ça se fait que tu en saches autant sur elle, Rule ?

Je connais le genre, répondit-il. Y a pas besoin d'en savoir plus.

Et c'est quoi son genre ?

Femme fatale.

Je m'en fous.

Rule dit, Je suis content de l'entendre. C'est le truc le plus proche de la vérité que t'aies dit de toute la journée. Bon, terminé pour moi, mon pote. Faut que j'y aille.

Très bien, parfait, répliqua Moline, t'en as marre de m'écouter. Pas ton problème, d'accord. Où tu vas, maintenant ?

Beaumont, et après l'Est Texas. En faisant le grand tour par le sud, par Galveston et la péninsule Bolivar.

Tu vas vérifier le tuyau sur DeReese.

On va appeler ça une intuition, répondit Rule. On ne sait jamais. Je vais passer par là, renifler un peu ce que ça donne.

Qu'est-ce que tu veux que je fasse ? J'ai interrogé les immatriculations pour le jeune Matthews. Zéro sur toute la ligne.

Alors trouve ce que tu peux sur Wade Ledoux. Toutes les photos que tu pourras dénicher. Compare-les avec les images de DeReese. Après, tu regardes à nouveau les vidéos. Tu vois ce que tu peux en tirer.

C'est tout ?

Non, touche plus la bouteille ou bazarde le flingue. Ou les deux.

Moline resta silencieux. Puis il dit, Je crois pas que je vais faire ça, Rule, je crois que je vais en avoir besoin.

Peutêtre que t'as trop de besoins.

T'as fini ?

Laisse-la partir, Moline.

Mais il avait raccroché.

42

En approchant de Woodville, le siège du comté de Tyler, il ralentit l'allure. La chaussée étroite serpentait un peu sur un terrain plus élevé, des bois verts de part et d'autre, tantôt épars, tantôt denses. Des camions de transport de grumes passaient à toute allure, leurs moteurs diesels agressifs grinçaient en montant les vitesses, les énormes troncs de pins empilés sur les remorques formaient des tas imposants. Des caravanes d'habitation, entourées de poulaillers et de dépôts d'objets jetés au rebut occupaient des petites clairières de terre le long de la route. Davantage de pickups que de voitures. Des ornières sableuses partaient vers des fermes invisibles, des offres peintes à la main étaient clouées aux arbres : TIRAGE DE SOUCHES, ŒUFS FRAIS, BOIS DE CHAUFFAGE, DÉFRICHAGE DE PARCELLES.

Tire-moi la souche, mon amour, murmura Ray Bob, défriche-moi la parcelle.

Il poursuivit sa route. Dépassa une découpe de bois tenue par un seul homme, des herefords en stabulation libre dans une pâture clôturée par des poteaux de chêne, une mule, une petite église blanchie à la chaux penchée sur des piliers de briques. Le Tabernacle des Évangiles de Jésus Christ Notre Sauveur. Peu après, une entreprise de distribution de propane sur un terrain grillagé, avec des préfabriqués en alu. Les arbres rasés sur l'arrière du parking. Un magasin d'alimentation pour bestiaux avec brides et selles en promotion, un concessionnaire de tracteurs. Des maisons basses style ranch, sous les pins. Des bâteaux pour pêcher le black bass, posés sur des remorques en bordure de chaussée, avec des pancartes à vendre.

Il entra dans Woodville, quatre mille habitants, cinq mille peutêtre.

Puis une autre église, celle là avec un panneau amovible en façade : *Celui qui se lève tôt, le soir n'en peut plus, n'oublie pas le Christ Jésus mort pour ton salut. Es-tu prêt ?* Suivie d'autres églises. Nazaréenne, Assemblée de Dieu, Église de Dieu, Apostolique, Pentecôtiste. Des temples, des confréries, des sanctuaires. Et une multiplicité de confessions baptistes : Première, Shiloh, Zion, Ebenezer, des Missionnaires, des Pèlerins. Des églises dans toutes les directions. Sacrément religieux, comme patelin, pensa Ray Bob, pour qu'il y ait autant de méchanceté partout.

Il passa le signe indiquant la limite de l'agglomération. Les commerces périphériques commencèrent pour de bon. Le siège administratif du comté, là où tout le monde venait faire ses courses. Il freina pour pénétrer sur le parking du Wal-Mart, se dérouilla les jambes. Fin d'aprèsmidi, un soleil rouge accroché bas, à l'ouest, dans le ciel. Encore chaud quand même, mais sur le point de se rafraîchir. Des quiscales des marais nettoyaient le sol, charognards prétentieux fourrageant en quête de gourmandises. De la ligne d'arbres provenait la stridulation des cigales et des criquets.

Il entra dans le centre commercial, acheta une bouteille de deux litres de Dr Pepper et un sachet géant de Cheetos. Dans le passage menant à la sortie, il prit le dernier numéro de l'*East Texas Peddler* et parcourut le panneau des petites annonces. Poissons chats frais à vendre, un fusil à pompe Remington calibre douze. Des fiches en carton proposaient terrains, vêtements d'enfants d'occasion, saillies d'animaux. Un prospectus annonçait un concert de gospel à l'école secondaire, avec Clouds of Glory et le True Light Gospel Trio. Ses yeux vagabondèrent sur le côté, s'arrêtèrent sur un bout de papier marron prélevé dans un sac d'épicerie : *Gelé d'aubépine de mai, juste mise au beaucal, $2 le pot. Ethel Matthews, Jasper. Aplez moi toudsuite.*

Ray Bob sourit. Pas de numéro de téléphone. Tante Ethel. La sœur de sa mère. Qui en était à son quatrième mari, aux dernières nouvelles. Elle avait mis le premier sous terre avec une intoxication alimentaire, le second avec un pic à glace. Le troisième avait disparu. Elle obligeait le mari actuel, oncle Hardy, à demeurer constamment sur ses gardes. S'il était toujours vivant.

Il démarra et roula vers le nord, s'approcha du feu rouge où la route croisait le Highway 190. Centre ville. Palais de justice et banque sur la gauche. Tourner à droite, dépasser la boutique du prêteur sur gages, la route qui partait à l'est vers Jasper. La ville où habitait sa tante Ethel. Tout le clan, dans les fonds alluviaux.

Une Honda Civic au moteur gonflé s'avança sur sa droite, s'insinua entre la Caddy et le trottoir, essayant de tourner de ce côté. Deux jeunes Noirs avec des chaînes en or et des casquettes, la visière sur la nuque, posées sur leurs sillons de blé, la voiture tressautant sur ses amortisseurs, amplificateur stéréo diffusant un rap tonitruant. Ray Bob leur lança un regard, brandit le majeur vers eux. Ils le dévisagèrent puis tournèrent doucement. Le feu passa au vert et il continua tout droit, dépassa le Sonic Drive-In et la Woodville Inn, bifurqua pour s'engager sur le Highway 287, plein ouest. Une route étroite à deux voies à travers les beaux quartiers de la ville. Demeures en brique nichées dans les magnolias d'un vert intense, barrières couvertes de chèvrefeuilles et jardins d'azalées sous les branches basses des cornouillers en fleur. Plusieurs kilomètres plus loin il ralentit, prit une allée à flanc de colline qui donnait sur un petit parc en bord de route. Kirkland Springs, œuvre de la WPA [1]. Il se gara sous un hêtre vénérable, au dessus de la source, s'assit à une table de piquenique en béton avec son sac Wal-Mart.

Il faisait frais à l'ombre de cette colline, et le silence régnait à l'exception des geais bleus et du pépiement des passereaux. Personne d'autre dans le petit parc. Il but son Dr Pepper tiède et mâcha ses Cheetos en lisant l'*East Texas Peddler*, publication hebdomadaire gratuite pour les particuliers qui vendaient des biens personnels, rien que des petites annonces. Tout, depuis le véhicule quatre roues motrices jusqu'à la bague de fiançailles avec diamant authentique encore dans son écrin, garantie. Beaucoup de pickups d'occasion et de bâteaux de pêche en fibre de verre. Sans compter outils, têtes de bétail, chiens pour la chasse au raton laveur, chaînes servant au transport des grumes, sofas et canapés pour deux assortis comme neufs, tout y était, le monde entier en vente. Il lut attentivement les annonces concernant les bateaux de pêche. Ça lui déplairait pas d'en avoir un. La Neches entre ici et Jasper, avec la réserve du lac Dam B, en plus, et les autres grandes retenues d'eau à proximité, Sam Rayburn et Toledo Bend, toutes deux réputées pour leurs tournois de pêche. On pouvait passer une semaine entière sur l'eau, là haut, si on disposait du matériel qu'il fallait pour ça. Il n'avait jamais mis les pieds sur un de ces bateaux. Pas sur un de ces gros engins de six mètres de long en fibre de verre avec un Merc V6 à injection directe à l'arrière, pupitre de commandes double, réserve d'appâts vivants, volant inclinable, sondeur Lowrance haute performance, moteur électrique à l'avant. Dans les trente mille dollars, équipé comme ça. Peutêtre dix mille d'occasion, ça pouvait se trouver dans le *Peddler*, quelqu'un qui venait de perdre son boulot et qui ne parvenait plus à rembourser les traites de sa maison.

Il était tellement occupé à penser à ça qu'il n'entendit pas la voiture approcher. Ce ne fut que lorsque les portières claquèrent qu'il remarqua les types de la Honda Civic. Garés juste devant lui, les deux Noirs qu'il

1. WPA, *Works Progress Administration*, programme d'aménagements publics instauré par le président Roosevelt pour lutter contre le chômage dans les années trente. (*N.d.T.*)

avait envoyé chier. Leur musique, ils l'avaient pas fait gueuler en arrivant, ça c'était sûr. Ils restaient postés là, à lui adresser leur regard vaudou lance sagaie. Entre lui et la Caddy. La Caddy où se trouvait son flingue. Il leur retourna leur regard, engloba la scène. Tous deux vêtus de pullovers amples, de pantalons informes et de Nike qui en jetaient. Un grand, l'autre petit, le premier avec la peau ébène, le second café au lait clair avec des taches de rousseur, ni l'un ni l'autre particulièrement costauds. Pas très musclés non plus, deux gusses plutôt maigrichons aux épaules tombantes. Dans les dixneuf ans, la petite vingtaine, difficile à dire. Probablement pas si rapides que ça, lestés qu'ils étaient par toutes ces chaînes en or. Il pourrait prendre son pied. Il avait pas foutu sa branlée à un Noir depuis la prison, ça faisait trois ou quatre mois maintenant.

Puis le grand se pencha et tendit le bras à l'intérieur de la Honda derrière lui, en sortit une batte de baseball en aluminium. La posa sur son épaule.

Ray Bob regarda la batte, regarda le Noir. Dit, Je croyais que c'était le hulahoop, le sport préféré dans ton groupe ethnique.

Pourquoi tu viens nous provoquer, connard ?

Je vais vous poser une question, dit Ray Bob, juste parce que je suis curieux. C'est rapport à l'acoustique sociale. Ce que je veux savoir, c'est pourquoi vous croyez que le monde entier a envie d'entendre Run XYZ et Snoopy Dogshit gueuler cette merde de bamboulas que vous appelez de la musique.

Le plus petit glissa la main dans sa poche revolver, en sortit un cutter en acier inoxydable. Il fit jaillir la lame. Hé-hé, fit-il, il se croit malin, ce plouc, Lionel.

Ray Bob dit, Tu ferais bien d'aller foutre le nez en dehors de ce trou paumé, mon frère, histoire d'apprendre un peu le parler branché. Ou regarder la télé, une des chaînes qui passent de la musique coonass. Ça fait un bail qu'on est plus des ploucs. Même plus des bouseux. Il fit un large sourire. Ça serait comme si moi je vous traitais de négros.

C'est monsieur, que tu vas m'appeler, dans une minute, dit le petit.

C'est sa mère qu'il va appeler, cet enculé, dit l'autre.

C'est une ambulance, que je vais vous appeler, si vous vous tirez pas d'ici, bande de trouducs. Vous avez dix secondes.

Mais ils ne partirent pas, et ils étaient plus rapides qu'il ne le pensait. Il arracha tout de suite le cutter au plus petit et lui expédia un violent coup de pied dans les couilles, le gars poussa un cri aigu et s'écroula sur place, mais l'autre qui s'appelait Lionel lui assena sa batte sur le haut du crâne. Un coup porté de près, méchant. Cela fit un bruit mat métallique, Ray Bob s'effondra et roula dans la poussière. Le tonnerre dans sa tête, et les éclairs. Il se releva en titubant et plongea en avant, esquiva le coup suivant de telle sorte qu'il le reçut de plein fouet sur l'épaule gauche, à l'oblique. Ça lui fit un mal de chien, n'empêche, pire que le premier. Il s'effondra sur les genoux, le bras gauche paralysé, évita le troisième coup en se baissant et entailla la cuisse droite de son adversaire avec la lame au moment où il passait devant lui, entraîné dans sa rotation. Il l'entendit hurler, mais avant qu'il n'ait pu se lever ou se retourner, la batte revint le frapper violemment en travers du dos, lui coupa la respiration et il tomba sur le ventre. Il resta allongé par terre à attendre le coup qui allait l'achever.

Sauf qu'il ne vint pas. À la place, le grand qui s'appelait Lionel le retourna comme une crêpe, s'assit sur sa poitrine, se pencha sur lui le souffle court, la batte de baseball serrée dans une main, comprimant sa cuisse de l'autre. Pas beaucoup de sang, remarqua Ray Bob, j'ai juste dû l'effleurer. Il ferma les yeux, les rouvrit en grand. Sa vision était brouillée, il voyait toujours des étoiles mais il retrouvait sa respiration. Il resta là les yeux fixés vers le ciel, la main crispée sur son épaule. Des douleurs fulgurantes la traversaient. Puis le Noir se pencha très bas, son visage couleur d'ébène tout près du sien. Il lui parla doucement, presque dans un murmure.

Montre un peu de respect la prochaine fois, espèce de plouc, ou c'est mort que tu vas être.

Ray Bob sourit. Pas terrible comme sourire, il s'en rendait bien compte, mais c'en était un. Il leva la main droite, brandit à nouveau son majeur.

L'autre fit un bruit de mépris, se redressa complètement, secoua la tête et s'éloigna. Ray Bob l'entendit aider son copain à regagner la voiture, entendit le moteur démarrer. La stéréo retentit à plein volume, rien que des basses comme si les aigus n'existaient même pas, distortions et baragouinages seulement. Allongé là à fixer les branches hautes du hêtre, au dessus de lui, jusqu'à ce que les vibrations des graves s'atténuent en descendant la colline puis disparaissent. Il resta à scruter le ciel bleu marine de la fin de journée entre les feuilles vert sombre, à écouter les cigales chanter. Il se dit que son épaule allait lui faire mal pendant un bon moment. Se demanda pourquoi il s'était éloigné de sa voiture sans prendre son flingue.

Encore un foirage.

Il se dit, C'est le genre de merde qui t'arrive quand tu travailles en solo, quand le gars avec qui tu fais équipe, y a une pouffe qui le tient par les couilles.

Elle va voir, cette salope.

43

T'aurais pu croire qu'elle serait contente, en fait, qu'il ait un boulot. Et à la place, elle s'était mise à gueuler.

Rufus ? *Rufus ?* Plus con, comme nom, tu meurs.

Pas Rufus, il avait corrigé, Rufus Slim.

Oh, super. Et moi, alors, qu'est-ce que je deviens ? Madame Slim ?

Il s'était appuyé contre le dossier du canapé, se frottant sous l'aisselle. L'avait observée du coin de l'œil, avait souri. Disant, Ça veut dire que tu veux bien qu'on se marie, ma loute ?

Elle avait fait voler sa frange en soufflant avec exaspération, était allée d'un pas furieux dans la partie cuisine se verser un verre d'eau. Il l'avait entendue qui prenait l'eau au robinet en grommelant, Rufus, Rufus.

C'est Rufus Slim, il avait lancé. En un seul tenant, comme Tampa Red ou Big Bad Smitty.

Elle était revenue avec un verre qui avait autrefois contenu de la gelée, s'était campée la hanche en avant, face au canapé. Elle portait un haut de bikini et un short découpé dans un jean. Big Bad Smitty ?

Ouais, c'est cool, hein ? C'est un nom de scène. Comme Gatemouth ou Pine Top. Ou Jelly Roll.

Jelly Roll[1] ? Ses sourcils étaient montés sur son front, ses lèvres s'étaient pincées, elle avait allongé les syllabes, les rendant ridicules.

Il avait réagi par un large sourire. Tu sais ce que c'est, pas vrai ?

Ben, j'imagine. *Sotto voce*, en secouant la tête de droite à gauche, les yeux fermés.

Tout cela se passant en début de soirée, juste après le coucher du soleil. Juste avant qu'il n'ait pu endosser la personnalité scénique qui allait avec le nom.

---

1. Si certains noms de musiciens sont inventés par l'auteur, les pianistes Clarence « Pinetop » Smith (1904-1929) et « Jelly Roll » Morton (1885-1941), notamment, ont véritablement existé. Par ailleurs *a jelly roll* peut être, entre autres, un gâteau roulé fourré à la gelée. (*N.d.T.*)

Il faut que je me prépare, il avait dit, le temps m'est compté. Il avait retiré son teeshirt, lui avait emprunté son miroir de sac à main, un petit truc rond de rien du tout, avait disparu derrière le rideau de la douche. Elle l'avait entendu qui s'agitait et riait sous cape là derrière. Une demi heure plus tard, il avait écarté le rideau d'un geste ample. Et voilààà.

Elle était restée interdite sur une chaise à dossier droit, bouche bée. N'avait dit qu'une seule chose : Mon Dieu.

Il avait cligné de l'œil et souri, passé une main au dessus de sa tête. Cheveux gonflés très haut sur le devant, aplatis sur le dessus en partant vers l'arrière, coupe courte par paliers sur les côtés. Le tout se rejoignant, se chevauchant, se terminant à l'équerre sur la nuque, finie la queue de cheval. L'Elvis des débuts. Il avait enfilé une paire de lunettes de soleil, Roy Orbison. Retiré son anneau d'oreille qu'il avait remplacé par un clou orné d'une petite étoile dorée au bout d'une chaînette. Qui, maintenant ?

Un méchant chat errant, il avait annoncé, tout droit sorti du delta du Mississippi. Big Bad Rufus Slim. Il avait levé le menton et poussé un hurlement.

Elle avait redit : Mon Dieu, Eddie. Wade. Je sais plus.

Alors, ça te plaît ? Il avait décrit un cercle sur lui-même.

Elle avait agité une main plutôt molle, une question non résolue.

Ouais, moi aussi, il avait dit.

Puis il avait retiré pantalon et caleçon pour aller sous la douche. Là, il avait chanté des histoires de forçats enchaînés, de *sweet sugar mamas* et de *backdoor hoochie coochie men* jusqu'à ce que l'eau devienne froide. Assise à la table, Della écoutait, se demandant combien d'argent il allait gagner. Beaucoup, elle espérait.

Et donc, deux heures plus tard, il était perché sur un tabouret dans un angle, à l'étage du Stingaree, avec vue sur le canal de navigation et sur la baie est de Galveston. Le bar se composait d'une longue salle avec des fenêtres à moustiquaires sur trois côtés, un éclairage diffus. Un air nocturne chaud, fleurant le fertile océan et les marais, s'infiltrait par les grillages des fenêtres, apportant une senteur saline soutenue. Il était assis sur le tabouret, sa Gibson acoustique dans les bras, à deux centimètres du micro. Lunettes de soleil et coupe des années cinquante, cigarette coincée derrière l'oreille. Plaquant les accords, travaillant les notes, grondant qu'il venait d'endurer re-proches et re-jets. La chanson prit fin et, sans aucun temps d'arrêt, il opéra la transition avec une autre qu'il intitula *Black Cat Bone*...

My baby got a black cat bone,
She think everything I do is wrong...

Della, assise à une table proche, se raidit. Misère, c'était horrible de dire ça. Comme si c'était la seule rime qu'il avait pu trouver. En plus, elle était pas du tout comme ça. Elle porta la main à son visage, se cacha derrière. Juste au cas où quelqu'un irait se mettre dans l'idée qu'elle était madame Slim.

Down to Dallas, Texas, down to Wichita Falls,
Got a thing about that greatlegged woman...

Elle en croyait pas ses oreilles. Voilà qu'il disait qu'elle avait des grosses jambes, maintenant, vraiment sympa de sa part. Avant qu'il soit longtemps, il allait s'attaquer à ses yeux, elle y croyait pas, il allait dire qu'ils étaient trop rapprochés. Elle garda la main devant son visage, souleva sa boisson rafraîchissante à base de vin parfumé à la fraise et avala une gorgée. Se disant qu'il allait falloir qu'elle ait une petite conversation avec Rufus, toutàl'heure. Il avait besoin de quelques conseils musicaux.

Quelqu'un s'assit à sa table. Della regarda. Bubba Bear. Il cligna de l'œil, tendit le bras pour lui appliquer une tape d'encouragement sur l'épaule. Coucou. Bon sang, qu'est-ce qu'il était massif. Elle avait fait sa connaissance toutàl'heure, quand il était passé les chercher à la maison, qu'il les avait ramenés au Stingaree. Il avait parlé tout du long, leur racontant l'époque où il habitait à Haight-Ashbury [1], à la fin des années soixante, avant que le fascisme ne fasse son retour. Les gens n'avaient pas peur alors, il leur avait dit, tout le monde était ton ami. L'amour était gratuit, l'existence facile, l'été de la vie comme l'avait dit Janis. Janis Joplin, qui était de Port Arthur, à deux pas d'ici, tout comme lui. Sauf qu'il l'avait connue que plus tard, à San Francisco. Une femme qui n'acceptait aucune contrainte, qui aimait boire et parler mal. De l'excès en toutes choses, comme l'a dit Blake. William Blake, le poète du dixhuitième siècle, le visionnaire mystique. La route de l'excès mène au palais de la sagesse ? C'est de lui. Et aussi : Je dois créer un système sans quoi je me retrouverai esclave de celui d'un autre. Un type profond. Probablement accro aux hallucinogènes, il le criait pas sur les toits. Les portes de la perception ? Blake. Et après, Huxley. Aldous Huxley, écrivain célèbre. *Le Meilleur des*

1. Carrefour de San Francisco, considéré comme le centre mythique de l'Amérique progressiste dans les années soixante. (*N.d.T.*)

mondes, etcetera. Il carburait au LSD, il en a parlé dans ses écrits, il citait Blake. Aujourd'hui, on le jetterait en prison. Huxley, je veux dire. Blake aussi, d'ailleurs. Vue la façon qu'ont les fascistes de détester toutes les déviances. Le gouvernement, pas autant. Pas en ce moment. Le fascisme dans l'économie, la nouvelle tendance. Sous l'apparence de la libre entreprise. La mondialisation, aussi, y a qu'à regarder.

Bubba Bear racontant tout cela entre les lampées qu'il buvait à la grosse bouteille de soixantequinze centilitres de root beer IBC nichée entre ses cuisses.

Ce n'était qu'en arrivant au Stingaree qu'Eddie était parvenu à placer un mot. Bubba Bear, il avait dit, je te présente Della, ma grosse. D'une voix qui semblait fière.

L'énorme gaillard barbu lui avait alors fait le baisemain, avait dit qu'il n'avait que du respect pour une femme qui était capable de, et prête à, supporter un musicien de blues. Souriant en le disant. Della lui avait rendu son sourire, sauf que c'était en réfléchissant à ce qu'Eddie avait dit. En la présentant comme sa grosse. Elle était pas sûre d'apprécier, même s'il l'avait fait pour se vanter. Ça faisait un peu crados, comme si elle était rien qu'une fille à motard.

Elle regarda Bubba Bear, de l'autre côté de la table, sa corpulence. Et sa tenue. Teeshirt déchiré, vieille salopette. Pas l'image qu'elle se faisait d'un patron de restaurant à succès. Tous ces poils noirs hirsutes, sur la figure, la tête et les bras, il en avait probablement le dos couvert aussi. Comme un homme des cavernes. Sauf pour sa façon de parler. Et ses bottes.

Il se pencha vers elle, agita la tête, dit, Il est vachement bon, Rufus.

Oh ouais, dit-elle. Ce Rufus Slim, c'est un gars plein de surprises.

Bubba Bear répondit que c'était bien l'impression qu'il avait. La vie de musicien étant tellement indépendante, soumise à aucune règle.

Della fronça les sourcils, se demandant ce qu'il entendait par là. C'était difficile de concevoir comment un musicien pouvait obéir à moins de règles qu'un voleur, mince alors.

Et vous ?

Moi ? Della porta la main à sa frange pour lui donner du volume. Ben, je suis mannequin. Sauf que j'ai pas beaucoup travaillé ces temps derniers, rapport à des... *trucs*, vous savez. Ma situation. Elle fronça à nouveau les sourcils, se demandant si elle avait dit ça avec le ton qu'il fallait.

Bubba Bear hocha la tête comme s'il comprenait, son regard s'était déjà reporté sur Rufus. Eddie, perché sur son tabouret, qui chantait une autre mélodie. Della se fit attentive, croyant avoir reconnu l'air.

C.C. Rider, see what you have done,
You made me love you, you made me love you...
The blues ain't nothing but a good woman on your mind.

Ben celle là, elle était mieux. Si seulement il voulait bien en rester à des chansons comme ça.

Bubba Bear ferma les yeux pour écouter. Il remuait ses épaules charnues au rythme de la musique. Au bout d'une minute, il commença à claquer des doigts, à agiter son énorme tête de haut en bas. Monsieur La Transe. Della regarda alentour. Le bar était envahi de fumée, de gens qui mangeaient des crevettes cuites à l'eau bouillante et des crabes en barbecue, les plateaux de céramique blanche débordant de frites et de rondelles d'oignons. Les tables jonchées de bouteilles de ketchup et de sauce tabasco, de paniers de pain en tranches, avec des cannettes de Lone Star à long col et des boîtes de Bud vides. Les clients qui riaient, parlaient et fumaient en écoutant Rufus Slim. Quelqu'un dans le fond lança, Vas-y Rufus, éclate-toi !

Sur son tabouret, Eddie mit le frein et termina sur trois notes lentes en descendante mineure. Tout le monde applaudit. Eddie murmura merci merci merci et marqua une pause. Il vint s'asseoir avec Della et Bubba Bear, ôta ses lunettes de soleil et demanda à la serveuse de lui apporter un Coca.

T'es bon, mon gars, dit Bubba Bear. Si on passait à quatre soirs ?

Eddie acquiesça, s'essuya le visage avec une serviette. Il transpirait. Il faut que j'apprenne de nouvelles chansons, n'empêche.

Della dit qu'elle pouvait en suggérer plusieurs, des biens. Eddie lui répondit que ça allait, il avait une liste. Ce qu'il lui fallait c'était un magnétophone. Et des harpes de différents tons.

J'en ai un jeu complet, dit Bubba Bear, il est à toi. J'ai aussi un de ces bidules qu'on se passe autour du cou pour les tenir. J'ai tout, sauf le talent, l'ami. Et ça, toi, tu l'as.

Eddie dit merci. Il dit que c'était rudement généreux. Il dit, J'hallucine, j'arrive vraiment pas à le croire, que c'est vrai. Je croyais que tu m'avais dit qu'ils aimaient pas le blues, dans le coin.

Bubba Bear eut un grand sourire. J'ai dit qu'ils aimaient pas la musique de *Nègres*. En tout cas, c'est ce qu'ils s'imaginent. Mais si tu leur en donnes ? Sans leur dire ce que c'est ? Regarde-les vibrer, l'ami, ils adorent. Ils ont une âme dissimulée sous cette épaisse couche de connerie de petits bouseux du Sud.

Y a toujours un chieur, n'empêche, dit Eddie. Il avala un peu de Coca. C'est juste qu'on l'a pas encore vu.

S'il se pointe ici, il va se faire vider vite fait, affirma Bubba Bear. Même qu'il reviendra pas. Ça se sait, qu'il faut pas venir emmerder l'ours dans sa tanière. Il sourit. Je vais aller te chercher les harmonicas dans une minute. Mais ce qu'il te faut vraiment, c'est quatre roues pour te déplacer. Il se trouve que ça aussi, j'ai.

Eddie le dévisagea. Sans déconner ?

Sans déconner. J'ai un vieux camion Chevy, enfin, il est pas si vieux que ça, il en a juste l'air. Il tourne bien, n'empêche. Il est devant, là, sur le parking. Un Silverado. C'est mieux que de jouer les chauffeurs de taxi.

Au dehors, un remorqueur s'approcha sur le canal, poussant des barges. La cabine du pilote arrivait au niveau de l'étage du restaurant. Les moteurs diesel grondèrent, le capitaine actionna sa corne à trois reprises. Le bateau passa, écume bouillonnant dans son sillage au clair de lune. Eddie s'appuya sur les coudes et se frotta le visage avec les mains. Disant, Mec, je suis pas habitué à ça. Tout est trop facile.

Tu trouves ? Tu veux que je te complique les choses ? Bubba Bear avait l'air sérieux. Parce que si ce que tu veux, si ce dont t'as besoin, c'est de souffrir, on peut t'arranger ça. Si ça te fait te sentir mieux, de souffrir. Il souleva ses sourcils broussailleux, dit que c'était possible.

Eddie jeta un coup d'œil à Della. Elle avait le regard braqué derrière lui, le front plissé, l'attention fixée ailleurs. Il se retourna vers Bubba, disant, Nan, m'est avis que j'en ai eu assez pour me durer un moment.

Qui c'est ? demanda Della.

Ils se tournèrent pour voir de qui elle parlait, virent un grand type élancé en Stetson et cordelière, portant pantalon de toile et bottes, l'arme sur la hanche, qui se tenait sur le seuil entre le restaurant et le bar. Il inspectait la pièce. Étoile en argent sur la poitrine. Un Texas Ranger, d'après l'allure.

Bubba Bear haussa les épaules. Il dit, On voit passer de tout, ici, du trafiquant de drogue au représentant de la loi. Produits de la mer frais et bière froide, les dénominateurs communs de l'existence. T'es pas recherché, hein ?

Qui, moi ?

Eddie et Della qui avaient parlé tous les deux en même temps.

Ils se regardèrent, surpris. Puis Eddie prit ses lunettes de soleil et les mit. Della se pencha et tripota sa chaussure, la tête sous la table. J'ai l'impression que je suis en train de perdre un talon, dit-elle en restant là bas dessous. Bubba Bear posa un regard sur Eddie, un autre sur le sommet de la tête de Della, revint sur Eddie. Il ne dit rien, se contenta de se lever et d'annoncer qu'il ferait mieux d'aller guider le Ranger vers une table, qu'il avait l'air perdu, cet homme. Il s'éloigna d'un pas tranquille.

Au bout d'une minute, Eddie dit, Tu peux remonter à la surface, maintenant. Della leva la tête, scruta la salle. Où c'est qu'il est parti ? demanda-t-elle.

Pourquoi tu te caches ?

Je me cache pas, rétorqua-t-elle, je fais juste ça pour te protéger... *Wade*.

Sous la table ?

Elle se redressa bien droite sur sa chaise et fit voler ses cheveux d'un geste indigné. Ses mains tremblaient. Alors moi, je pense à toi, et c'est tous les remerciements que j'en retire. Espèce de... espèce de... *Rufus*.

Eddie dit, Il va me falloir beaucoup plus qu'un talon cassé, à moi, si je retourne sur ce tabouret. Il nous faut une diversion. Peutêtre que tu pourrais te mettre à poil et danser.

Elle le dévisagea, essayant de déterminer s'il était sérieux, conclut que non. Elle dit, Ce que je vais faire, c'est descendre au téléphone à pièces et appeler ma mère. Voir comment ça se passe avec les mômes.

Eddie alluma une cigarette et sourit. Ben et moi, alors ?

Le gros type barbu vint lui proposer une table. Un ancien Bandido, à voir sa dégaine, avant qu'il prenne trop de volume pour suivre le gang sur sa moto. Vêtu de cette salopette, en plus, il lui rappelait aussi quelqu'un. Le garçon énorme dans *Hee-Haw*, l'émission de variétés : le crétin des Appalaches avec sa face de lune. Junior.

À l'exception des bottes Larry Mahan. Rule leur jeta un regard, surpris. Du python rouge comme ça, ça valait une petite fortune.

Il suivit le gars à travers la salle bondée, à travers la fumée, s'insinuant entre les tables jusqu'à une qui était vide, dans le fond. Il s'assit, posa son chapeau sur la chaise d'à côté. Le type lui tendit un menu, lui dit qu'il était Bubba Bear Guidroz, le propriétaire des lieux. Comment vous avez entendu parler de nous ?

J'ai vu les panneaux. Rule eut un geste du pouce en direction de la route de la plage. Vous en avez une tripotée, collègue. On en voit partout. Qu'est-ce que vous me conseillez ?

Mon ami, ce que vous commandez, on va vous le pêcher, répondit Bubba Bear. On vous le cuit, on vous le grille, ou on vous le frit. Tout sauf le marsouin. Il a un cerveau plus gros que le nôtre, il est probablement plus intelligent. Les gens apprécient les crabes au barbecue. Le vivaneau campêche cuit sur le gril est bon.

Rule commanda un plateau de fruits de mer. Poisson, crevettes, huîtres frites, deux trois crabes. Salade de laitue, frites. Une Bud froide.

Une serveuse lui apporta tout de suite sa bière, la nourriture un peu après. Il avait faim. Les crevettes frites étaient grosses et juteuses, il les arrosa de tabasco et mangea lentement, en se détendant, essayant de déployer ses antennes. À nouveau livré à ses propres moyens. Aucune force de police sur la péninsule, juste deux ou trois adjoints du comté, aucune aide à attendre. Alors il avait suivi sans se presser la route de la plage depuis le débarcadère du ferry, laissant son esprit vagabonder, s'en remettant à l'intuition. Sachant que si DeReese était par ici, ce n'était pas en le cherchant des yeux qu'il allait le trouver. Trop d'espace, pas assez de temps. Il faudrait qu'il se fie à son nez, peutêtre qu'il flaire une piste.

Il orienta son regard de l'autre côté des moustiquaires, vers le canal et la baie, aperçut les lumières des raffineries de Texas City qui clignotaient au loin sur l'horizon ténébreux. En 1947, un cargo français chargé d'engrais aux nitrates d'ammonium y avait explosé. Déclenchant incendies et déflagrations en chaîne, un enfer, l'accident le pire de toute l'histoire industrielle américaine. Six cents personnes avaient péri, parmi lesquelles deux des frères de son père. Ils étaient venus des bois de pins pour gagner un peu de fric, juste après la guerre. Les corps n'avaient jamais été retrouvés. Incinérés. Les fantômes étaient encore là, ils flottaient au dessus de la baie. Il acheva sa bière, se demanda où s'en allaient les morts. Entendit une mouette crier au dessus de l'eau.

Il ressentit la solitude à ce moment là et sut qu'il était fatigué. Son cerveau fonctionnait à rebours, conjurait les morts. Dans le goulet entre le canal et la baie, un unique petit bateau roulait d'un bord sur l'autre dans l'eau boueuse. Quelqu'un qui pêchait à la lumière d'une lanterne. Combien de fois il avait pêché le bar blanc dans l'Est Texas, quand il était gosse ? Dans les lacs peu profonds parsemés de chicots d'arbres et riches en bancs de bars. Des bons moments, entre lui et son père. Il n'avait pas beaucoup pêché depuis. Les rivières et les lacs autour d'Austin, là haut dans les collines, ne contenaient pas autant de poissons.

Trop propres, trop profonds.

Flash : appeler Katie. Non, la laisser respirer comme elle le réclame. On ne peut pas donner ce qu'on ne possède pas. Conclusion : lâcher prise.

Prémisse suivante : le passé échappe à toute reconstruction, aller de l'avant. *Maintenant.*

Bon sang, c'était dur. Regrets accumulés, une ancre qui se prend dans quelque chose et refuse de lâcher.

La serveuse le fit revenir au moment présent. Il commanda une deuxième bière et décortiqua un crabe, mâcha la chair blanche et écouta le type, là bas, sur le devant, qui grattait sa guitare et qui chantait. Ça ressemblait à du blues. Beaucoup de Blancs donnaient dans cette musique maintenant. Ce jeunot, il y allait à fond, il avait un cadre en acier autour du cou avec un harmonica. Rule l'observa, inclina la tête. Quelque chose, chez ce gars là. Il lui paraissait vaguement familier.

Il but sa bière et mangea, étudiant le musicien sur son tabouret avec la coiffure et les lunettes à la Roy Orbison. Et la boucle d'oreille. Rule avait du mal à distinguer de quoi il s'agissait. Un petit bidule doré qui pendait à son oreille gauche. Beaucoup de types en avaient. Pas de queue de cheval, mais une coupe, ça ne coûte pas cher. Il aurait bien voulu voir ses yeux. Une bouche large, de grosses lèvres. Comme DeReese.

Rien, dans le dossier, concernant une guitare.

Peutêtre une question de plus que Moline n'avait pas posée.

Il avait fini son plateau quand le Bandido gigantesque aux bottes taillées sur mesure revint lui demander si tout allait bien. Rule hocha la tête. Il dit que c'était parfait, vraiment très bon, surtout les crevettes. Il s'essuya la bouche avec une serviette, montra l'autre bout de la salle. Qui c'est, le petit jeune qui chante ?

Rufus Slim. Vous aimez le blues ?

Rule haussa les épaules. J'écoute surtout de la country.

Bubba Bear posa une main sur le dossier d'une chaise, rentra l'autre sous la bavette de la salopette. La country, ça marche bien. Vous aimez plutôt les airs un peu anciens, n'empêche, je dirais. Les racines. Le Kentucky, les chansons à boire des bars pas franchement très reluisants. C'est pas une insulte, ces vieux airs, ils avaient leur intégrité, comme le blues. En fait, vous me rappelez un de ces musiciens là.

Porter Wagoner, dit Rule.

Bubba Bear fronça les sourcils, se gratta la barbe. Nan, je pense plutôt à Randy Travis, le gars qui chante *Digging Up Bones* ?

Rule dévisagea cet individu. Bordel, il ressemblait pas du tout à Randy Travis. D'abord, la majeure partie de sa figure, à Randy, elle était mangée par le front et les sourcils. Ou la mâchoire. Tout le reste, bourré au milieu comme si ça avait été ajouté au dernier moment.

Rufus Slim, dit Rule. Ça sonne comme un nom de scène. Son vrai nom, ça serait pas Ledoux, des fois ?

Bubba Bear secoua la tête. Ça, c'est un nom de coonass. Rufus vient du Mississippi, du delta. Au sud de Memphis, pas loin de Clarksdale. C'est de là qu'était Robert Johnson, et Muddy Waters, son vrai nom c'était McKinley Morganfield. Je parie que vous avez jamais entendu parler de lui.

Rule secoua la tête. Je peux pas dire le contraire.

Hé bien, vous ratez quelque chose, l'ami. C'est une légende, ce musicien. Il avait grandi sur une plantation, dans une famille de métayers. Quand t'as eu ton compte de terre noire et de coton blanc, tu chantes le blues. Si t'es bon, tu prends la route. Muddy, il est monté à Chicago, ils en sont tous tombés sur le cul. Tous les musiciens blancs l'ont copié. Clapton, Stevie Ray, Johnny. Johnny Winter est de Beaumont, à deux pas d'ici, lui et son frère Edgar. Le nom des Rolling Stones vient d'une des chansons de Muddy. Même si ça s'entend pas à l'oreille.

Mais Rule ne l'écoutait pas. Il désigna Rufus Slim de la tête, dit, Ça fait longtemps qu'il est dans le coin ?

Lui ? Bubba Bear mit les deux mains sous sa bavette. Il fait que passer, il va de L.A. à Memphis. Il aime bien la plage qu'on a ici, n'empêche. Sa femme et ses gosses aussi. Je vais lui trouver de quoi l'occuper, s'il reste. Il est rudement bon.

Il est marié ?

Bubba Bear haussa les épaules. Ça, j'en sais rien. Mais il a une grosse et deux gosses. Je peux vous amener autre chose ?

Une autre bière.

Comme si c'était fait.

Quand la serveuse la lui apporta, Rule la but lentement. Il ferma les yeux, laissa œuvrer son intuition. Se demandant s'il se l'était inventée ou pas. Il l'inspecta sous toutes ses coutures, vérifia. Non, elle était authentique. Ça cadrait, en plus, c'était indéniable. Mais rien de tout le reste ne tenait debout. DeReese qui jouait de la guitare, de l'harmonica, qui chantait. Une femme et deux gosses. Ça ne correspondait pas. Son gaillard n'était pas aussi complexe que ça, c'était un bandit de petite envergure. C'était le Rouquin, le vrai. Capable de faire n'importe quoi, en plus. Probablement là haut en ce moment, dans l'Est Texas, à préparer un nouveau braquage.

Cette pensée déclencha l'action. Il appela la serveuse, paya l'addition. Prit son chapeau, traversa la salle, attendit. Quand Rufus Slim termina sa chanson, Rule s'approcha et lui dit qu'il avait apprécié sa musique.

Hé, mon gars, ça me fait plaisir, dit Eddie. Il alluma une cigarette, tira une bouffée. C'est pour ça que je suis là.

Camel sansfiltre, nota Rule. D'où vous venez ?

D'ici et là, d'un peu partout.

Du Mississippi ?

Down at the crossroads[1].

Rule hocha la tête, fit tourner le Stetson entre ses mains. Il aurait bien aimé réussir à lui faire retirer ses lunettes de soleil. Il voyait que dalle.

Vous êtes déjà allé à Austin ? Une question sous l'impulsion du moment. Alors que ce qu'il voulait demander c'était, Vous auriez pas descendu un hindou nommé Abe Krishna d'une balle entre les deux yeux ? Ou peutêtre, Quand avez-vous vu Johnny Ray Matthews pour la dernière fois ?

Non, jamais, répondit Eddie, mais j'ai bien l'intention d'y aller. Ils ont des bons clubs de blues, à Austin. Antones, le Black Cat. Écoutez, ça a été sympa de discuter le coup avec vous. Mais faut que je reprenne le collier. Content que vous soyez passé.

Il commença à pincer les cordes de la guitare. Rule hésita puis poursuivit son chemin vers la porte. Il s'arrêta sur le palier du premier étage d'où il dominait le parking et la marina plongée dans l'ombre à côté du Stingaree. Une petite cabane d'articles de pêche avec une pompe de carburant, là en bas, des canots à moteur attachés à des poteaux d'amarrage. Dans le ciel, une flottille de nuages bas qui progressaient du golfe vers l'intérieur des terres, amas de formes sombres qui fichaient la pagaille dans les étoiles. Le vent s'était levé. Annonçant la pluie.

Il se retourna brusquement, posa la main sur la porte d'entrée, s'immobilisa, puis il la relâcha et descendit les marches sous les piliers enduits de créosote, passa à côté du téléphone à pièces accroché au mur sous la lumière vive d'une lampe à mercure. Une femme était appuyée contre le mur qu'elle empêchait de tomber avec le pied tout en parlant dans l'appareil. Elle se détourna quand il s'approcha. Elle portait un chemiser, un bluejean serré, des talons hauts rouges. Joli petit cul. Et une masse de cheveux blonds qui lui tombaient sur les épaules. Le genre de femme qu'il draguait, dans le temps, pour une partie de jambes en l'air. Et qui en valait presque toujours la peine, en plus. Ça pourrait se faire encore, si elle avait dix ans de plus. Ou si lui en avait dix de moins. Ou n'était pas aussi fatigué, bordel.

Il poursuivit son chemin. C'était cette lassitude qui le tracassait. Il n'était pas sûr de savoir d'où elle venait, pourquoi elle perdurait.

---

1. *Down at the crossroads*, Là-bas au carrefour, chanson des années trente dans laquelle Robert Johnson prétendait avoir rencontré le diable à un carrefour et lui avoir vendu son âme en échange du talent musical. (*N.d.T.*)

Mauvais signe. Une inquiétude qui le rongeait, ensevelie là dessous : il perdait la main.

Sur le parking, il s'arrêta à côté du camion, dans l'obscurité. Lefty à l'intérieur, roulé en boule sur le siège. Il ouvrit la portière, l'appela pour qu'il sorte pisser un coup. Le chien souleva une paupière, la rabaissa, refusa de se déplacer. Rule resta là à tenir la portière, le regard tourné vers le Stingaree derrière lui, vers les lumières diffuses du bar, en haut. Il ferma les yeux, respira à fond. Il la ressentait à nouveau. Il n'entendait pas la musique, trop loin pour ça. Mais mêlée aux arômes âcres de la mer et aux effluves fétides des marais, il perçut l'odeur. Il y avait bel et bien quelque chose, ici. Mais quoi, ça, impossible de le dire. Il pouvait être à côté de la plaque.

Se concentrer.

Le gibier, dans l'immédiat, c'était le Rouquin. Il s'installa au volant, lança le moteur, repartit vers la route côtière, destination Beaumont. Traquer le Rouquin au plus vite.

Quand même, demain, à la première heure, il allait appeler Moline, lui demander de se renseigner sur Rufus Slim.

Della était au téléphone avec sa mère...

T'es tellement *méchante*. Comment tu peux dire ça ? C'est pas vrai. Je suis pas du tout en train de prendre du bon temps ici et là...

Écoute, c'est pas si terrible que *ça*...

Je le sais pas, quand...

C'est *trop* la vérité. Si j'avais un numéro de téléphone, je te le donnerais. Non, c'est pas vrai. Pourquoi je me cacherais de mes propres enfants ?

T'es sûre ? Je m'imagine pas Waylon faisant ça. Les deux oreilles ? Il a dû voir ça à la télé...

C'est parce que t'as encore arrêté de prendre ton fer. Comment ? Parce que si t'es fatiguée à ce point, c'est que t'as arrêté de prendre ton fer, c'est pour ça...

Pour ma voiture ? La compagnie de crédit ? Ben, t'as qu'à leur dire qu'ils ont qu'à la reprendre. Ce tas de tôles vaut pas ce que je dois dessus...

Je te l'ai dit, je le sais pas, quand...

Hé ben, appelle la poste alors. Ça arrive, que les facteurs volent les chèques de pension. Je sais pas *comment* ils font, ils le font, c'est tout. Je l'ai vu dans une émission...

Maman, écoute, t'es sûre que c'était la compagnie de crédit ?

Ça ressemble pas à Alzheimer. Moi, j'oublie des trucs tout le temps...

Bien sûr qu'ils sont pas sages, ils sont petits. Tu te souviens pas quand j'étais petite ? Que j'avais cette habitude de mentir ? Quand j'avais quatre ans, peutêtre cinq, sauf que je l'ai perdue depuis. Ben, c'est juste que tu te souviens pas...

Je doute que ça soit un infarctus, maman. Vraiment. Quand tu vieillis, tu perds ton tonus musculaire. En plus, t'as *toujours* eu le visage qui s'affaissait un peu de ce côté. Si, je t'assure. Bien sûr que je te le dirais...

C'est Randy que j'entends tousser ? Tu lui as donné ses médicaments ? Alors tiens-lui la bouche ouverte et *oblige*-le à avaler. S'il te mord tu lui en colles une...

Maman, t'es *sûre* que c'était la compagnie de crédit ?

Je le sais pas, quand, je t'ai déjà dit...

... quand elle leva les yeux et vit le Ranger venir vers elle. Elle tourna le dos et attendit, le doute ne l'effleurant pas une seconde : cette fois, elle y avait droit. Sa mère à l'autre bout du fil qui recommençait à parler de son visage, qu'il avait une drôle de façon de s'affaisser d'un côté, qu'elle était sûre qu'elle avait eu une attaque pendant son sommeil. Les pas du Ranger qui se rapprochaient. Della se tenait sous la lampe à mercure, avec les yeux fermés, elle sentait déjà les menottes. Elle pensait à ces lesbiennes hommasses. Elle se souvenait de la ravissante jeune femme qui sanglotait dans la cellule, de sa jolie robe rose Laura Ashley réduite en lambeaux. Dieu du ciel.

Peutêtre que si elle disait la vérité.

Oui.

Peutêtre que si elle suppliait.

Ce fut à ce moment que les pas du Ranger continuèrent leur chemin. Que leur bruit décrut.

Au bout d'une minute elle tourna la tête, jeta un coup d'œil par dessus son épaule dans la direction du parking, le vit qui se tenait à côté d'un pickup. Qui regardait vers elle. Oh là là. Elle garda le dos tourné, l'appareil collé à l'oreille. Tout en le surveillant discrètement. En écartant de la main les moustiques qui vrombissaient autour de son visage. Un instant plus tard, il grimpa dans le véhicule, démarra et partit. Elle relâcha lentement sa respiration.

Alors quand est-ce que tu viens récupérer tes mômes ? lui demanda sa mère.

Mais sacré bon sang, dit Della, combien de fois il faut que je te le dise ? J'en sais *rien*, quand.

44

La pluie à laquelle il s'attendait ne survint pas, même si peu après avoir quitté le Stingaree il s'enfonça dans le brouillard et regretta sa décision de ne pas passer la nuit dans un motel du bord de mer. La route étroite filait vers le nord à travers la péninsule, s'enfonçait devant lui dans un voile d'ardoise où elle disparaissait, le faisceau de ses phares s'égaillant comme les plombs qu'on utilise pour la chasse aux oiseaux. Le brouillard planait au dessus du sol plat, se refermait sur Rule, devant lui et sur les deux côtés, de telle sorte qu'il avait l'impression de ne pas bouger, d'être suspendu dans la brume.

Le repas lui pesait sur l'estomac. Il était gagné de somnolence. La brume grise toute proche jouait avec sa vision. Il voyait des formes sur la chaussée (un lapin, un cheval, une silhouette humaine au dessus du sol) et appuyait le pied sur le frein alors même qu'elles se dissipaient dans la nuit lactescente, dans le néant d'où elles avaient surgi.

En traversant Rollover Pass, il faillit entrer en collision frontale avec une voiture qui franchissait la ligne médiane. Ça le réveilla. Il ouvrit sa vitre pour laisser entrer de l'air frais, actionna les essuie-glaces afin de dégager le parebrise. Mit la cassette de Porter Wagoner pour se tenir compagnie et roula lentement, serrant le côté droit de la chaussée. Au bout d'un court moment il coupa Porter, sa voix était trop solitaire, trop brisée.

Le brouillard se leva à High Island où la péninsule rejoignait la côte principale. Juste devant, le long du golfe, la route du littoral était fermée à la circulation, l'asphalte effondré et défoncé, la terre en dessous rongée par les fortes marées et les tempêtes. À la barrière, il bifurqua sur la chaussée qui partait plein nord, un passage sinueux à travers laîches et joncs, des étendues de marécages veinés de bayous, sans un seul arbre. Les phares balayaient les vastes marais aux berges d'encre, et il pensa qu'il n'avait jamais vu terre aussi désolée. Puis à nouveau il rencontra du brouillard.

Quand il atteignit la I-10, il fit halte à une station service ouverte toute la nuit, prit de l'essence et but un café éventé. Il marcha à la périphérie crépusculaire de la zone bétonnée en étirant son dos dans l'air glauque, chaud et étouffant. Plus loin, dans l'obscurité trouble, un chœur nappé de nuit, celui de grenouilles moites, s'enflant, se contractant. Il finit son café, prit l'autoroute vers l'est, franchissant les plaines côtières dans la direction de Beaumont. Champs de riz de part et d'autre, pâtures parfois, jetées à plat dans les ténèbres humides.

À hauteur de la sortie sur Fannett il buta contre un nouveau banc de brouillard, ralentit. À l'écart de la route apparaissaient des silhouettes voilées, hautes et massives. Des bouquets de pins à encens et de chênes vénérables. La frange sud des bois de l'Est Texas. Lefty remua et se réveilla. Il commença à s'agiter dans la cabine et Rule se gara sur une aire de stationnement. Pendant que le chien reniflait le sol et marquait son périmètre, son maître s'appuya sur l'aile du camion, appela Eastland chez lui. Il avait l'air ivre.

Je regardais les infos, expliqua le sergent, et je buvais du whisky. Ils continuent à se battre au Kosovo. Un joueur des Mets a été arrêté pour détention de cocaïne. Un môme de Milwaukee a sauté d'un pont en utilisant une corde en nylon à la place d'un élastique. Il s'est arraché le pied. C'est ce qu'ils appellent les nouvelles régionales.

Éteins le poste.

Je peux supporter, j'ai les reins solides. Eastland rit, commença à tousser, ne parvint plus à s'arrêter. Rule l'entendit poser l'appareil. Il patienta. Un moment plus tard, Eastland revint en ligne, il dit, Je crois que je suis en train de me choper un virus.

Tu pourrais aller voir un docteur, dit Rule. Tu pourrais faire une révision générale.

Merde, et moi qui croyais que tu la voulais, cette bouteille d'Old Crow.

Pas à ce point, collègue.

Je l'ai déjà bue, de toute façon. C'est pour ça que j'ai les couilles qui pendent.

Mets un caleçon, alors, dit Rule. T'as autre chose, pour Ledoux ?

Lequel ?

Celui qu'est mort. Wade.

Ouais, mon petit copain Phelps vient d'engager une procédure contre moi. Il me l'a mise profond. Mais j'ai quand même appris comment ce gugusse s'est dégommé le mauvais Ledoux. Comment c'est son nom, à ce justicier hors la ville[1] ?

Lomax.

Ouais, cet enculé fana de religion. Ce permis qu'il avait, Ledoux, c'était un faux, c'est pour ça qu'il était pas dans l'ordinateur. Sauf que Lomax a un vieux copain d'armée qui travaille aux stupéfiants ici, à Houston. Un type du nom de Myers, ils sont tous les deux dingues d'armes à feu. Myers a eu affaire à Ledoux deux ou trois fois, il savait qu'il revendait mais il arrivait pas à lui coller une accusation qui tienne. Quand il a entendu ce qui s'était passé à Brookshire, il a appelé Lomax, il lui a dit où il pouvait trouver ce connard. Et y en a qui parlent du respect de la procédure, putain.

Échange de service entre pros. Il s'est dit que le Seigneur allait faire ce que la loi ne pouvait pas faire.

On est très orienté résultats, ici, à Houston.

Sauf que c'était pas le bon suspect. Matthews est toujours dans la nature.

Peutêtre, mais y a personne qui pleure. Lomax va plaider la légitime défense. Pas de témoin, Ledoux était armé. En plus, c'était un camé. Merde, le jury de mise en accusation va même pas l'inculper. Ton gusse, là, il a déjà été libéré sans avoir eu à verser de caution.

M'est avis que j'ai pas fini de le voir. S'il sait où je vais.

Ça, j'en sais rien, dit Eastland. Mais demain matin, à la parution du journal, ça va devenir un héros, tu peux en être sûr. Le citoyen droit et honnête protecteur de la communauté.

Charles Bronson.

Ouais, sauf que Bronson, il avait une pétoire calibre trentedeux. Ce type là se balade avec un Sig Sauer trois cent cinquantesept. Et un fusil Weatherby quatre cent soixante avec lunette de visée Leupold dans son camion. Un truc pour chasser l'éléphant.

Rule émit un grognement. Quelque chose sur le vrai DeReese ?

J'en sais foutrement rien. Le lieutenant m'a collé trois jours de mise à pied. Peutêtre que son équipier l'a refroidi. Tu sais comment ça se passe. Où t'es ?

Près de Beaumont. Écoute, Clint, je suis désolé.

Seigneur, et dire que pour toi Houston est une pissotière.

Communication coupée. Rule siffla Lefty qui remonta dans le camion. Dès qu'il eut regagné l'autoroute, il téléphona à la police de Beaumont, demanda à la standardiste de contacter Kirkland, le sergent

---

1. Allusion à *Death Wish*, roman de Brian Garfield (1972) et film de Michael Winner (*Un justicier dans la ville*, 1974) avec Charles Bronson. (*N.d.T.*).

des homicides, en lui demandant de le rappeler. La sonnerie retentit dix minutes plus tard. Ils se mirent d'accord pour se rencontrer le lendemain matin au poste de police du centre ville.

Il était sur le point de raccrocher quand Kirkland lui dit, Vous vous souvenez peutêtre pas de moi, depuis Woodville. James Kirkland. On me surnommait Scooter.

Rule ne dit rien.

C'est bien ce que je pensais, dit l'autre. Aucune raison de vous souvenir, j'étais qu'un gosse. Je vous ai vu jouer ailier rapproché dans l'équipe des Eagles. Moi, je suis arrivé huit ans plus tard, je jouais au même poste, avec le même numéro.

Qu'est-ce que ça a donné ?

Le policier gloussa. Vos stats étaient meilleures que les miennes. Mais j'ai réussi à intégrer la défense de l'équipe régionale. Votre père était contremaître à la scierie, si je me rappelle bien. Le mien coupait du bois pour Kirby.

Je me souviens de votre famille, dit Rule. Les Kirkland se sont installés très tôt ici. Il y une aire Kirkland Springs sur l'autoroute. Un cimetière Kirkland après l'aéroport.

C'est nous.

Qu'est-ce que vous savez sur le fils Matthews ?

Pas pire que les autres jusqu'à maintenant, mais ils sont tous mauvais. De la vermine blanche de la cambrousse. Avant que j'arrive dans la police locale, j'étais adjoint au shérif du comté de Tyler. Je connaissais le père et les oncles de Johnny Ray, cette tranche d'âge. Ils vivaient dans les bassins alluviaux, toute la bande. Ils venaient de Jasper, foutre le bordel, après ils retraversaient la limite du comté comme si c'était une frontière internationale. Comme s'ils pensaient qu'on pouvait rien contre eux là bas. Ils passaient une bonne partie de leur temps en cage. Pas très finauds, mais comme je vous le disais, ils sont vraiment mauvais. La totale, du cambriolage à la contrebande d'alcool. Agressions, assez fréquemment, ils aiment se battre. Adroits le couteau à la main. La plupart des hommes ont un revolver sur eux. Les femmes sont coriaces elles aussi, elles ont du poil sur la poitrine. Vaut mieux pas leur tourner le dos.

D'après mes souvenirs, dit Rule, ils restent entre eux. C'est un clan. Ils ne s'éloignent pas beaucoup des bois.

C'est exact. Rôle actif dans le Klan, aussi, au cas où je ne l'aurais pas mentionné. Il y a deux ou trois homicides non résolus, dans le coin, les victimes sont des Noirs, les Matthews les suspects numéro un, mais personne ne peut rien prouver. Des pourritures, peutêtre, mais ce sont des Blancs.

Alors qu'est-ce qui lui est arrivé de spécial, à celui là ?

Johnny Ray ? D'après ce que j'ai entendu, il a tué sa mère. Il n'y a pas eu d'arrestation. La famille a disposé les chariots bâchés en cercle et s'est retranchée derrière. Procédure habituelle. Ils règlent ça entre eux. Sauf que cette fois, ça a causé une vraie scission, à ce qui se dit. Ils ont voulu zigouiller Johnny Ray. Plusieurs femmes surtout, à commencer par sa tante Ethel. C'était la sœur de sa mère. Une vieille pas commode. Elle a trois fils et ils se sont lancés aux trousses de Johnny Ray. Il a pris le large pour une destination inconnue. C'est la première fois que j'entends parler de lui depuis. J'ai lu dans son dossier qu'il a purgé une peine à Huntsville, pour agression sexuelle.

Ça cadre, dit Rule. On a peutêtre une récidive. Lui et un copain, à Austin, il y a deux semaines de ça. Deux filles de l'université.

Kirkland observa un instant de silence. Dit, Ça serait différent, alors. L'autre fois, c'était un homme.

Rule resta muet, attendit des précisions. Comme rien ne venait, il demanda, Vous avez des détails, sur ça ?

Juste ce que j'ai vu dans le rapport, répondit Kirkland. Il a agressé un type à Houston, du côté de Weistheimer Road, là où les homos vont traîner. Pédérastie, avec pénétration anale. Après, il a tabassé le type à coups de revolver. En pleine rue. Il se trouve qu'une patrouille à bicyclette a entendu les hurlements de la victime. Ils lui sont tombés dessus.

Il le connaissait, ce type ?

Vous voulez dire, est-ce qu'ils étaient copains comme cochons ?

Si vous voulez.

Je ne me souviens pas avoir rien lu qui allait dans ce sens, dit Kirkland, mais vous pourrez jeter un coup d'œil sur le rapport demain à la première heure. Foutue manière de traiter un ami, si c'était le cas. On en voit pas beaucoup, des trucs comme ça, ici, à Beaumont. Les pédés sont très prudents dans l'Est Texas. Question de survie, je suppose. Vous vous souvenez de Gerald, à Woodville ?

Gerald ? Rule réfléchit. Gerald qui ?

Ce vieux mec qui circulait en ville dans une Buick citron vert avec des pneus à flancs blancs. Il était convoyeur postal. Très sympathique, il faisait bonjour de la main à tout le monde ? Nous, les mômes, on savait qu'on devait garder nos distances. Ma mère me l'avait dit, elle m'avait dit, Scooter, t'en vas pas monter dans sa voiture, à Gerald, jamais au grand jamais. J'avais même pas besoin de lui demander pourquoi, le ton de sa voix me suffisait.

Faut croire que j'ai jamais fait gaffe, dit Rule. Qu'est-ce qui lui est arrivé ?

Kirkland répondit que Gerald était toujours là, à sa connaissance. À moins qu'il soit mort du sida. Il y en avait plein, ces temps. Sauf que personne l'avait jamais emmerdé, on lui foutait la paix. Dans une petite ville, c'est comme ça que ça se passe, vous savez. Il y a de la place pour l'ivrogne du coin, pour le pédé du coin, tant qu'il en fait pas étalage. Aussitôt qu'il y en a deux, les problèmes commencent. C'est comme ça.

Faut croire, dit Rule. Écoutez, Kirkland, j'arrive à Beaumont, là, je vous laisse.

Vous allez voir tout un tas de motels. Essayez le Hilton.

Je vous remercie.

Rule raccrocha. Se souvint alors qu'il avait oublié de demander pourquoi le Rouquin avait tué sa mère. Poser la question demain matin. En savoir plus sur cette agression de Houston, également. Ça lui apprenait, concernant le Rouquin, quelque chose qu'il n'avait pas envisagé. Non pas que l'Est Texas ignore toute activité homosexuelle recensée. Gerald, par exemple. Pas plus loin qu'à Woodville, petite localité de trois fois rien. Ça lui avait complètement échappé.

Puis, sans signe avant coureur ni avertissement, les champs et les bois le long de la chaussée cédèrent la place, et il se retrouva à Beaumont. Des marchands de voitures, neuves et d'occasion, bordaient la route rehaussée, serrés les uns contre les autres avec des enseignes de restauration rapide et des magasins de soldes, des immeubles de bureaux en brique de deux étages, un entrepôt Sam's, des galeries commerciales, des stations services. Une armée de néons fluorescents. La luminescence morne des lumières embrumait la moiteur nocturne. Et l'odeur. Une âcre senteur de sulfure et de méthane qui lui piquait les narines, lui tirait des larmes. Pas mieux que Houston. La masse nuageuse dense formait sans doute une sorte de couche d'inversion, retenant près du sol les rejets provenant des cheminées de raffineries et d'usines pétrochimiques. Lefty se redressa sur son arrière train, colla le museau sur la vitre. Il gémit.

Bienvenue à Cancerville 2, mon pote, dit Rule. Sauf que tu vas pas y rester longtemps.

Il emprunta une sortie qui enjambait des voies de chemin de fer, quitta la rampe pour entrer sur le parking d'une La Quinta Inn où il prit une chambre. Une fois dedans, il donna un bol d'eau à Lefty, se déshabilla et se doucha, s'allongea. Il avait mal au dos. Lefty se roula sur le tapis entre le lit et la fenêtre, il s'endormit.

Rule alluma la télé, surfa sur les chaînes avec la télécommande. Rien de neuf. Il mit le poste en veilleuse, roula sur le lit, fouilla dans son sac fourre tout. En sortit un des livres de poche qu'il avait achetés à Houston et le volume de citations de Katie. Il ouvrit d'abord le roman, un titre de James Lee Burke. Ce type savait vraiment écrire. Rule aimait son personnage principal, un flic cajun nommé Robicheaux qui portait un Colt quarantecinq réglementaire exactement comme le sien. Inhabituel. Il lui vint alors à l'esprit que Robicheaux ne cessait d'avoir des résurgences rêvées relatives à une fusillade survenue au Vietnam. Sauf que lui, il y était allé.

Il lut le premier chapitre. Robicheaux arrêtait un homme pour conduite en état d'ivresse, un acteur de cinéma. Le type parlait de fantômes, il avait eu vu un cadavre dans les marais, un Noir. Bonne scène d'ouverture, qui situait bien l'action, mais il referma le roman, il se sentait épuisé. Puis il prit le livre de Katie. Comme il ne se souvenait pas de la date, il se référa à sa montre avant de se rendre à la page correspondante. Citation de Shakespeare. Le barde d'Avon, disait le livre.

Si ma quête le succès rencontre, quel en est le gain ?
Un souffle, un rêve, l'écume d'une furtive gaieté.
Pour ur instant de joie qui un mois se plaint ?
Qui pour un plaisir fugace vendrait l'éternité ?

Il la lut à plusieurs reprises, le livre posé sur sa poitrine, essayant d'en déchiffrer la signification. Rudement dur. Les rimes étaient bonnes, mais l'ordre des mots cul par dessus tête. Pas un seul, dans le lot, qu'il ne connaissait pas. Mais assemblés comme ça, ils paraissaient incompréhensibles. Il finit par conclure qu'il s'agissait de quelqu'un qui avait quelque chose qu'il aurait préféré ne pas avoir.

Des remords, peutêtre.

Il baissa le menton pour lire la note de l'éditeur en bas de page. La citation était extraite d'un long poème intitulé *Lucrèce*, c'était d'un personnage nommé Tarquin, le fils d'un roi. Comme Salomon, il trahissait un ami pour s'approprier sa femme. Qu'est-ce que cela signifiait ? Le sexe, supposa Rule.

Il posa le livre et se frotta les yeux. Fatigués par la conduite, le brouillard, la tension. Son corps tout entier était las. Il se caressa les couilles et la bite d'une main, se souvint brièvement de la blonde devant le téléphone, à l'extérieur du Stingaree, tout à l'heure. Celle qui avait les talons rouges, le jean et un beau cul. N'empêche que si on la lui amenait ici, pas plus tard que maintenant, à poil, il y réfléchirait même pas à deux fois. Il s'endormirait tout de suite. Il n'était même pas sûr que Dana puisse l'empêcher de baisser pavillon. Triste situation.

Il referma le livre, grimpa sous le drap, éteignit la lampe. Resta allongé dans la chambre noire en sachant qu'il allait bientôt glisser dans le sommeil. Il remonta le drap sous son menton, fut secoué d'un tremblement, ferma les yeux. Une image du Rouquin enculant un type dans une rue au clair de lune clignota fugitivement sur l'écran sombre. Puis l'écho lointain de la voix de Kirkland : copains comme cochons. Suivie d'une impression infime liée à une idée éphémère dont il perçut l'importance mais qu'il ne parvint même pas à saisir au moment où il la laissa lui échapper et s'enfonça dans les ténèbres.

Une intuition concernant la raison pour laquelle le Rouquin s'était mis en cheville avec DeReese.

45

Il crut qu'il pleuvait quand des perles d'eau tombèrent sur son visage et le réveillèrent à l'aube, mais ce n'étaient que des gouttes de rosée qui se fondaient les unes dans les autres sur les frondaisons hautes du hêtre, faisaient ployer ses feuilles nervurées et dégringolaient vers le sol. Il s'était endormi au cours de la nuit avec le toit de la Caddy ouvert. Il s'extirpa du siège arrière, déplia ses jambes, regarda alentour. Les bois encore assoupis. Hêtres immenses, noyers noirs et épines. Une brume fantomatique flottait dans les arbres, s'épaississait au dessus du bourbier du bras mort.

Il suivit le chemin jonché de feuilles jusqu'au bord de l'eau, au milieu des palmiers nains et des racines de cyprès, se courba pour s'asperger le visage. Une douleur sourde dans son crâne, une ecchymose derrière l'oreille, à l'endroit où la batte de baseball l'avait frappé. Une raideur dans l'épaule gauche. Il ausculta muscles et articulation avec sa main droite, cherchant en profondeur. Puis il s'avança le long de la rive basse, contourna un marais envahi de houx noirs dont les eaux sans profondeur recouvraient, sombres et stagnantes, un fond teinté de tanin. Un gommier des marais se dressait au dessus de ses rives détrempées, entremêlé de plantes grimpantes au cœur des cyprès et des titis. Sur les bords, lapant l'air imbibé d'humidité, des orchidées lavande pâle. Un peu plus loin il atteignit une passerelle de planches, s'y engagea au dessus d'une vasière pour prendre pied sur une petite île sans arbres couverte de saules nains et de ronces. De part et d'autre, une allée étroite suivait ses berges frangées de fourrés de joncs. Il tourna à gauche. Les herbes lui mouillèrent bottes et jean jusqu'aux cuisses. Arrivé à la pointe, il s'immobilisa et contempla un vaste plan d'eau, gris comme le plomb, immobile.

Le barrage. Dam B.

C'était ainsi qu'il l'avait toujours appelé, en tout cas. Le lac artificiel de Steinhagen, à en croire panneaux et cartes, le nom que les gros bonnets d'Austin lui avaient octroyé en l'honneur d'un des leurs. Ce qui n'empêchait pas les gens du coin de lui donner celui que lui avait conféré le corps du génie. Le lac B. Une ancienne retenue d'eau artificielle au confluent des rivières Neches et Angelina, qui, en amont, remontait vers les terres alluviales couvertes de feuillus entre des crêtes sableuses dominées par les pins à encens, avec ses chicots d'arbres dépassant à la surface, ses hauts fonds envahis de vase, étouffés en surface par hydrillas et jacinthes d'eau sous lesquelles des crapets arlequins gros comme des poêles à frire et des crapets de roche ventilaient l'eau de leurs nageoires fuyantes. Soixantecinq kilomètres carrés peutêtre, en incluant tourbières et marais à houx noirs, quatrevingts kilomètres de rivages découpés, un grand lac jusqu'à ce qu'ils créent Sam Rayburn au nord, dix fois plus étendu. Puis étaient venus le lac Livingston sur la Trinity à l'ouest, et Toledo Bend sur la Sabine à l'est, encore plus immenses. Ensevelissant les basses terres fertiles sous des masses d'eau. Les terres alluviales où autrefois s'activait une vie sauvage. Transformant l'Est Texas en une exploitation forestière privée subventionnée par des fonds publics, parsemée de lacs artificiels baptisés zones de détente pour les touristes du weekend. Appelant cela la gestion des ressources naturelles. Le régiment du génie de l'armée U.S. saccageant tout, obéissant aux ordres, toute rivière non coupée par un barrage étant considérée comme une insulte. Les politiciens se bagarrant pour savoir lequel donnerait son nom à tel ou tel lac.

Il resta là, sur la pointe, jusqu'à ce que le soleil dépasse la cime des arbres derrière lui et qu'un souffle d'air chaud bondisse à la surface ridée du lac, puis il reprit la piste pour retourner à la voiture. Quand il arriva, un garde du parc se tenait à côté, le regard plongé à l'intérieur.

Vous êtes le propriétaire du véhicule ?

Ray Bob hocha la tête.

Le garde jeta un coup d'œil sur la planchette à pince qu'il tenait dans sa main gauche. Un type mince d'une trentaine d'années, avec un nez pointu et des favoris. Derrière lui était garé un pickup dont les portières s'ornaient de l'insigne du Service de la protection des parcs et de la vie sauvage du Texas.

Vous savez que vous vous trouvez dans un parc de l'État.

Une affirmation, pas une question. Le garde se tenait côté conducteur et Ray Bob s'approcha lentement de l'aile arrière droite, s'y appuya. Il hocha à nouveau la tête. Se disant que ce gusse avait un accent du Middlewest, du Michigan peutêtre, ou de l'Illinois.

Ce n'est pas non plus un emplacement de camping.

Je n'ai pas campé ici.

L'autre fit un pas en avant et posa la main sur le capot de la Caddy pour en vérifier la chaleur. Afin que Ray Bob ne se fasse pas d'illusions.

Monsieur, il y a un droit d'entrée de deux dollars et un droit de séjour de neuf dollars pour chaque nuit passée sur le site. Il montra sa planchette. Je ne vous vois inscrit pour aucun des deux.

Ray Bob dit, Je suis arrivé tard hier soir. Il n'y avait personne dans la guérite, pour payer.

Il y a un panneau indiquant comment s'inscrire après les heures ouvrables. Vous glissez l'argent dans une enveloppe, l'enveloppe dans la boîte. Il y a toutes les enveloppes qu'il faut, monsieur.

Il était règlement-règlement, ce type, il n'allait pas céder d'un pouce. Comme un professeur du secondaire qui s'adresse à un enfant. Ray Bob le regarda, sentit la présence du Walther dans sa botte droite, le canon au contact de sa cheville.

Je n'avais pas de monnaie. Tout ce que j'avais, c'était un billet de vingt.

Le garde secoua la tête, donna un coup dans la terre avec le talon de sa botte, le regard rivé sur le sol. Signalant clairement que cette explication ne tenait pas la route, qu'il l'avait entendue une centaine de fois. Le silence destiné à donner au contrevenant le temps de réfléchir aux conséquences. Un gardien de parc en uniforme, investi du pouvoir officiel. Dans les faits, un flic. Laissant l'inquiétude gagner du terrain, un moyen facile de faire la leçon.

Ray Bob avait le coude gauche appuyé sur l'aile, il attendait, le pouce droit enfoncé dans sa poche revolver. La position imposait une contrainte à son épaule douloureuse mais il n'y prêtait pas attention. De la sorte, il pouvait se pencher pour se gratter la jambe, un geste naturel, se redresser avec le pistolet avant que l'autre ait compris de quoi il retournait. Simple, un seul geste. Sauf que si quelqu'un entendait les coups de feu, il serait coincé dans le parc qui ne disposait que de cette seule et unique route d'accès. À moins qu'il parte à la nage avec son épaule abîmée. Ou qu'il patauge à travers la boue des marais, évitant alligators et mocassins d'eau. Dans ce cas, il se retrouverait à pied. Tout compte fait, il prendrait le risque de la route. D'ailleurs, il était possible que les bois étouffent le bruit de la détonation. Même si c'était rudement silencieux, vu qu'ils parlaient pas plus l'un que l'autre. Rien que le doux murmure de la forêt, la brise qui secouait le faîte des arbres.

Le garde finit par lever les yeux et par fixer Ray Bob bien en face, les traits fermés comme s'il avait soupesé ce dilemme suffisamment longtemps et pris sa décision. Ray Bob baissa le bras et se gratta négligemment le genou. Puis, tout à coup, le flic cingla sa cuisse avec la planchette et dit, C'est bon, ça ira pour cette fois, mais payez à la sortie. N'oubliez pas. Il repartit d'un air détaché vers son pickup, faisant osciller l'écritoire dans sa main, s'installa au volant, recula pour effectuer un demi tour puis s'éloigna sur l'allée ombragée.

Ray Bob le regardait en se frottant le ventre sous son teeshirt. Il aurait dû le descendre, ce type. Il avait tout fait pour, cette espèce de salopard prétentieux. Et con, en plus. Même pas armé. Il écouta le ronronnement sourd du camion qui décroissait à travers bois. Un geai bleu poussa son cri discordant dans le fourré, un poisson gifla la surface de la vasière. Son estomac protesta sous sa main. Il avait faim.

Quand le moteur se tut tout à fait, il ouvrit le coffre de la Caddy, en sortit un chiffon et un petit bidon d'huile. Il s'assit sur une racine de magnolia noueuse, éjecta le chargeur du Walther, retira la balle qui se trouvait dans la chambre, graissa l'arme et l'essuya. Durant tout ce temps, il pensa au petit déjeuner que sa mère servait chez lui. Sirop de canne sur biscuits beurrés, gruau de maïs avec sauce, œufs frais pondus, cuits sur le plat, bacon salé maison et saucisse fumée. Le tout accompagné d'une tasse bouillante de café parfumé à la chicorée.

Un pic à poitrine jaune traversa la clairière, se posa sur un févier et entama, *tac-tac-tac*, son incursion creusée dans l'écorce. Le choc sec et insistant se répercuta dans le fourré. Sinon, silence. Ray Bob ferma les yeux, respira l'arôme doux des bois humides, l'air au parfum de chèvrefeuille. Jamais il ne se sentait aussi détendu qu'ici, cloîtré avec la terre féconde, le murmure vert foncé de la forêt, le gonflement des eaux proches, au sein de cette étreinte fertile, bien loin des autres représentants de son espèce.

La sécurité, ici.

Au sein des hommes, aucune.

Il quitta le parc une demi heure plus tard sous les pins à encens qui s'élançaient vers le ciel et les platanes d'Occident perchés sur les pentes. Le sol de la forêt, jonché d'aiguilles de pins, offrant des échappées châtaines entre les troncs à l'écorce rêche. L'odeur suave des résineux en suspens dans l'air qui se réchauffait. Des écureuils au faîte des arbres, dans les plantes grimpantes, des passereaux dans les buissons. Une corneille croassant dans l'épaisseur des bois. Une bifurcation bitumée vers le terrain de camping, une autre vers la rampe de mise à l'eau des bateaux. Un panneau officiel de mise en garde contre le danger qu'il y avait à nourrir les alligators. Il prit son temps, roulant lentement dans le matin moucheté de soleil et, quand à l'entrée du parc il dépassa le bâtiment avec sa guérite, il ne la regarda pas, ne s'arrêta pas.

À l'intersection avec le Highway 190, il enclencha le point mort, alluma une cigarette. Il regarda la route du côté ouest, sur sa droite. Elle menait à la chaussée surélevée qui franchissait le lac et, vingtcinq kilomètres plus loin, arrivait à Woodville, la ville qu'il avait traversée la veille. Il avait quitté le comté de Tyler au moment où il avait emprunté le vieux pont à poutrelles métalliques qui coupait le cours de la rivière au milieu du lac, quelque part vers minuit. Depuis, il était dans le comté de Jasper.

Il resta encore un peu à l'intersection, la cigarette à la bouche. Scruta la route à deux voies qui partait de l'autre côté, vers l'est. Le panneau, là, indiquait Jasper dixhuit kilomètres. Quand il eut fini de fumer, il laissa tomber le mégot par la fenêtre et enclencha une vitesse, relâcha le frein. Il tourna à gauche.

Vers chez lui.

46

Rule en termina tôt à Beaumont. Il avait retrouvé Kirkland au bureau des enquêteurs et étudié les archives concernant Johnny Ray Matthews, plus nombreuses qu'il ne l'espérait. Au milieu de la matinée, il roulait vers le nord dans la direction de Jasper, réfléchissant à ce qu'il venait de lire.

Plusieurs surprises, dans ces documents. Il se trouvait que le Rouquin connaissait l'homme qu'il avait agressé à Houston. Un biochimiste de cinquante ans nommé Gary Arnold, célibataire, ancien scientifique de la Louisiana-Pacific, qui avait abandonné l'industrie du bois afin d'œuvrer pour la défense de l'environnement dans les rangs du Sierra Club. Il avait rencontré le Rouquin dans une discothèque sur Weistheimer, l'avait hébergé dans son appartement d'Université Ouest. Avec pour intention de l'aider à trouver ses marques parce qu'il était intelligent. Un intérêt purement altruiste, à en croire Arnold. Un humanitaire. Jusqu'au soir où le Rouquin s'était jeté sur lui. Sans aucune provocation, avait prétendu la victime. « Pédérastie avec pénétration anale » ne rendait pas franchement compte de l'étendue des faits. Quatrevingtquatre points de suture au total, plus de trente à l'anus, causés par l'insertion réitérée du canon d'un revolver. Dans un premier temps, Arnold avait refusé de porter plainte, puis il avait fait volteface, expliquant qu'il avait peur de Matthews.

Autre surprise : le fait que le Rouquin ait obtenu son diplôme de fin d'études secondaires, qu'il ait suivi les cours d'un institut universitaire durant sa détention à Huntsville. Deux cours d'écologie, un de psychologie et un truc intitulé communications de masse. Avec des notes décentes, qui plus est. Il était loin d'être inculte.

Je l'apprends, je suis comme vous, avait dit Kirkland. Ce n'est pas le Matthews de base, vous pouvez me croire. Intelligent, à ce qu'on dirait. Son seul problème, c'est qu'il est sociopathe, enfin, je ne sais pas quel nom on leur attribue maintenant. Le démon dans la peau, prêt à exploser en permanence. De ce point de vue, c'est bien un Matthews.

Peutêtre que sa famille n'a pas pu faire face non plus, avait répondu Rule en remettant le dossier dans la chemise. En se demandant dans quelle voiture se déplaçait le Rouquin. Il avait pu la voler, l'emprunter. C'était invraisemblable que personne ne l'ait vue, étant donné toutes les occasions qu'il y avait eu. Foutrement frustrant.

Un autre trou noir : rien dans le dossier sur la mère du gosse, comment elle était morte et pourquoi.

Avant de partir, il avait appelé Austin pour demander à Moline de lancer une recherche sur Rufus Slim. Absent. La technicienne du labo lui avait dit qu'il n'avait pas téléphoné pour signaler qu'il était malade, qu'elle l'attendait d'un instant à l'autre. Elle ignorait quels progrès il avait faits, s'il en avait fait, en ce qui concernait les vidéos de surveillance, la comparaison entre DeReese et Wade. Rule avait dit qu'il rappellerait plus tard.

À la fourche où se divisaient les routes menant à Silsbee et à Kountze, au nord de Beaumont, il envisagea d'effectuer le grand tour en passant par Woodville. Pas d'autre raison que l'intérêt ressenti pour sa ville d'origine qu'il n'avait pas revue depuis un bon moment. Peut-être passer devant l'endroit où il habitait autrefois, à Dogwood, s'arrêter au cimetière, rendre une petite visite à sa famille. Sauf qu'il ne pouvait pas se permettre ce délai. Impossible de deviner ce que le Rouquin avait en tête, ce gars là était lâché dans la nature, il était certain qu'il allait bientôt frapper à nouveau. Il prit la route qui conduisait à Jasper.

De l'autre côté de Silsbee, il se gara au bord de la chaussée sous le pont de la Neches, fit sortir Lefty. Il se campa sur la rive haute du cours d'eau d'où il contempla la force marron du courant qui s'enfonçait vers l'aval dans les terres alluviales couvertes de feuillus. Les bois étaient denses, par ici, pleins d'arbres couchés et de broussailles, au contraire des plantations de pins tracées au cordeau, le long de la route. Des bois dans leur état naturel, avec troncs sur le sol et souches pourrissantes, couche de boue végétale montant à hauteur de chevilles, envahie par muscadine et pawpaw, sombres et humides. Lui revint une histoire que son père avait coutume de raconter. Un chasseur braconnant le cerf, perdu dans le fourré, en était sorti au bout de deux jours, à quatre pattes. Je sais pas comment que je m'en suis tiré, avait-il dit à sa femme. Elle avait répondu, Le Seigneur était avec toi. Ça, c'est possible, il avait rétorqué, sauf que je sais pas comment qu'il s'en est tiré, *lui*. Son père racontait l'histoire et riait doucement, puis il se penchait sur le côté et crachait son jus de tabac. Un gros mollard marron.

Quand Lefty se fut soulagé, ils sortirent du lit de la rivière pour remonter vers le nord à travers jeunes pins, champs de plants et de semis récents paressant au soleil, dépassèrent l'usine de pâte à papier Temple-Inland à Evadale, avec sa puanteur à vous couper la respiration, franchirent les villes fantômes vestiges de l'industrie du bois et les minuscules bourgades où les trains sifflaient pour signaler qu'ils allaient s'arrêter, tombées en décrépitude. Il scruta les caravanes d'habitation posées au bord de la route, cabanes de location des temps modernes, les prés privés d'herbe dans lesquels des vaches tavelées broutaient la terre. Il vit un gros semi remorque et une voiture de la police de Silsbee garés sur l'accotement, le chauffeur secouant la tête pendant que le policier parlait. Quinze cents mètres plus loin, il chassa dans les airs trois vautours qui se repaissaient du cadavre d'un tatou écrasé. Les grands oiseaux s'envolèrent et s'égaillèrent à l'approche du pickup, déployèrent leurs ailes et revinrent dans le rétroviseur.

Du tabac à chiquer Red Man. C'était ça que son père mâchonnait. Ça qui avait fini par le tuer, un cancer de la bouche.

Il se saisit du portable, composa le numéro de Katie à Austin. À la troisième sonnerie, le répondeur s'enclencha et il coupa la communication, reposa l'appareil sur le siège. Message à soi-même : *Laisse-la respirer.* C'était dur. Seigneur, il voulait juste lui dire bonjour, entendre sa voix. *Et alors ?* Et alors, ce n'est plus une gamine. Lâche-la. Elle a sa vie à elle maintenant.

Il respira à fond, rejeta l'air. Il allait peutêtre apprendre, après tout.

Une minute plus tard, il reprit l'appareil, appuya sur les touches. Un autre numéro. Dana répondit.

Ça alors, j'y crois pas, t'appelles jamais. Ta petite chatte te manque ?

Je me suis dit que j'allais te téléphoner avant que tu le fasses. Il hésitait, pas trop sûr de ce qu'il allait dire. Pas trop sûr de la raison pour laquelle il avait appelé. L'impulsion l'avait emporté sur le jugement.

Où est Moline ?

Au travail, qu'est ce que tu crois ?

Il a bu ?

Tu plaisantes ? Moline ?

Il est instable en ce moment, peutêtre dangereux. Rule se tut un instant. Tu devrais envisager d'aller vivre ailleurs.

Non, dit-elle, il est hors de question que j'abandonne cette maison. Sérieuse, la voix dure comme le roc. Elle est autant à moi qu'à lui.

Pas si t'es morte.

Elle rit. Ressaisis-toi, mon chou. Moline, c'est tout du flan. Où tu es ?

Dans l'Est Texas, là où j'ai grandi.

T'as été gamin un jour ? Sa voix était légère maintenant, moqueuse. C'est pas un truc qu'est facile à imaginer.

Je sais.

Je parie que t'étais pas commode. Je parie que t'arrêtais pas de t'attirer des ennuis.

J'étais un gosse très comme il faut, dit-il, mon père y veillait. Il m'a régulièrement fait goûter du fouet jusqu'à l'âge où j'ai été baptisé. Rule changea la position de l'appareil et fronça les sourcils. Sans parvenir à déterminer ce qu'il était en train de faire, à lui parler de la sorte. À se raconter. À aborder des choses auxquelles il n'avait pas pensé depuis des années.

T'as été baptisé ? gloussa-t-elle. Hé ben, on peut dire que ça a pas pris.

Dans une rivière, précisa-t-il. Turkey Creek, il y avait un banc de sable. Par un pasteur baptiste strict et intransigeant qu'a bien failli me noyer.

Rule, t'es fou à lier. Tu me manques, mon loup. Pourquoi je viendrais pas te rejoindre ? Tu me montreras où c'était. Je parie que c'est pour ça que tu veux que je quitte Moline.

Comme il ne répondait pas, elle dit, J'ai pas cessé de penser à toi depuis l'autre jour. Tu sais ce que je fais, là ? J'enlève mes vêtements. Absolument. Il me reste plus que ma culotte. *Hop là hop*, elle y est plus. Voilà, mon chéri, je suis prête. Prête et consentante. Regarde mes petites pointes de sein roses, elles sont tout excitées. Dis-moi quelque chose.

Rule tenait le récepteur contre son oreille, il ne disait rien.

Allez, viens vite, mon chou, je t'attends.

Ce n'est pas ça que je voulais.

Quoi ?

Fais gaffe avec Moline.

Il écarta le téléphone et coupa la communication, conduisit en gardant l'appareil dans sa main. Quand il sonna un instant plus tard, il l'arrêta et le posa sur le siège. Il jeta un regard vers Lefty, roulé en boule sous la fenêtre du passager, qui le regardait. Il dit, Collègue, ce que tu contemples là, c'est un gros tas de merde. J'ai intérêt à retrouver mes esprits. Si je veux pas finir comme Jedidiah, là bas sur le Rio. Qu'est-ce que t'en dis ?

Lefty cligna un œil, le ferma, s'endormit.

C'est bien ce que je pensais, dit Rule.

Il mit la cassette de Porter Wagoner dans le lecteur, l'écouta, mais il n'aimait toujours pas, trop déprimant, bordel. La voix aux accents du Sud avait ce ton rural nasillard qu'il n'avait jamais remarqué avant la veille. Comme si Porter se laissait aller à l'apitoiement parce que la vie se révélait trop dure et que l'amour était inévitablement triste. Ce dernier point exact, peutêtre, mais l'apitoiement était la réaction du faible. Rule pensa à Moline. À lui-même. Il arrêta la bande et conduisit en silence.

Peu avant midi, il arriva à Jasper dont il traversa le centre commerçant pour entrer dans la vieille ville et se garer devant le palais de justice du comté, une cathédrale victorienne inondée de soleil. Le ciel déployait son bleu layette sans nuages derrière la tour de l'horloge. Il fut à la porte avant de se souvenir que le bureau du shérif avait été déplacé. Il y avait un petit moment de ça, dans les quinze ans. Une chose qu'il savait. Il revint sur ses pas, prit le pickup et se rendit au nouveau bâtiment, tout près des installations de Jasper Creosote, en face de la vieille usine de conditionnement de poulets. À l'intérieur, il apprit que Stace Collins, le shérif, était parti à Austin pour raison professionnelle.

Mais vous en faites pas pour ça, lui dit la jeune femme de l'accueil, parce qu'il a dit à Booker Wright, le premier adjoint, de s'occuper de vous. Une petite seconde.

Elle sortit par une porte latérale, revint suivie d'un grand adjoint noir qui portait un chapeau de cowboy jaune d'or en jute avec calotte haute et fente canadienne. Hanches minces, épaules larges dans son uniforme marron clair, il franchit d'un mouvement fluide la demi porte battante pour lui tendre une main qui avait la taille d'un gant de joueur de baseball.

Ranger Hooks, dit-il, tout le plaisir est pour moi. Je suis l'adjoint au shérif Wright. Buckshot vous fait dire qu'il est désolé de ne pouvoir être présent. Il m'a demandé de vous traiter comme un des nôtres, mais je suppose qu'en fait, c'était dit dans une bonne intention. Il sourit.

Je vous remercie de votre aide, dit Rule. Il était contraint de lever le regard. Ce type devait frôler les deux mètres. Pas particulièrement charpenté, mais élancé et bien musclé. Et jeune. Il sentit la main du policier qui se refermait sur la sienne, l'englobant totalement. Il dit, Je suppose que vous avez fait du basket.

Tout juste. J'ai joué à Baylor assez longtemps pour obtenir mon diplôme, et après je suis revenu chez moi. Ça fait cinq ans maintenant. Je me suis dit que le travail de représentant de la loi, ça avait davantage de sens que de réussir des paniers, à longue échéance au moins.

Il sourit à nouveau. Un visage fin, un front large et une peau amande foncée avec une nuance bronze. Des yeux amicaux. Le genre d'homme, pensa Rule, à avoir du succès auprès des femmes. Une voix grave et naturelle. Si en cinq ans il avait réussi à atteindre le poste de premier adjoint sous les ordres de Stace Collins, c'était qu'en plus il était intelligent.

Buckshot vous a expliqué sur quoi je travaille ?

Wright hocha la tête. Johnny Ray Matthews, l'un de mes êtres humains préférés. J'étais avec lui à l'école. Il paraît qu'il est lancé en plein délire, là ?

On peut dire ça comme ça. Et il vient continuer ici, à ce que je crois.

Le député referma sa main sur sa nuque, l'y laissa. On ne l'a pas vu. Mais on a transmis l'information hier, comme vous nous l'aviez demandé. Les forces de police locales et les services des shérifs ouvrent l'œil. On a contacté les médias, la radio en parle. Le journal est hebdomadaire, aucune aide à attendre de ce côté là dans l'immédiat.

Qu'est-ce que vous pouvez me dire sur lui ?

Il aime pas les Noirs, ça je peux vous l'assurer. Mais il faut dire que c'est un Matthews. Wright repoussa son chapeau en arrière et consulta sa montre. Qu'est-ce que vous diriez d'en parler tout en déjeunant, monsieur Hooks ? C'est moi qui invite.

D'accord, du moment qu'on prend mon camion. J'ai mon chien. Et du moment que c'est moi qui invite. M'est avis que l'État doit payer l'aide qu'il reçoit.

Wright écarta les deux bras. Je voulais juste vous témoigner notre esprit d'hospitalité, dit-il, faire en sorte que Buckshot soit content. Qu'est-ce que vous diriez d'un petit café que je connais et qui sert du foie de poulet frit et des tripes, avec en dessert des pieds de cochon macérés ?

Rule hésita, regarda le grand Noir. Cherchant un moyen de refuser sans l'offenser, embarrassé par sa propre répugnance à le lui dire tout simplement. Il n'était pas lui-même. Inquiet à cause de Katie, à cause de la conversation inepte avec Dana. De son oubli concernant l'emplacement du bureau du shérif. Trop préoccupé par ce qu'il ne fallait pas. Trop de petites erreurs. Il fallait qu'il reprenne ses esprits.

C'était juste pour vous faire marcher, Ranger Hooks, dit l'adjoint. Son visage se fendit d'un large sourire et il tendit son grand bras vers l'extérieur, la paume vers le ciel, pour indiquer à Rule le chemin de la sortie. En disant, Pourquoi on irait pas au Golden Corral ? Quantités de salades et légumes à la vapeur en buffet, poulet frit si cela vous tente. Il appliqua sa main sur son ventre à plusieurs reprises. Plat comme un fer à repasser. Disant, Je surveille mon régime. Nous avons des adjoints, ici, qui n'ont pas vu leurs pieds depuis dix ans. Il rit.

Une demi heure plus tard, Rule en était à la moitié d'une assiettée où s'entassaient poissons chats frits, purée de pommes de terre avec sauce, navets fourrage et haricots noirs. Panier de pain et bouchées de pain de maïs frit dans la graisse, grand verre de thé glacé. Il engloutissait. Regardait l'adjoint qui mangeait une salade romaine composée et une petite tranche de cantaloup. En buvant du jus d'orange.

Ça va, votre bouffe ? interrogea Wright.

Rule hocha la tête. M'est avis que Lefty dirait pas non à ces bouchées.

Content que ça vous plaise. Buckshot m'avait dit que vous apprécieriez manger la cuisine du pays. L'adjoint porta un quartier de tomate à sa bouche avec sa fouchette. Vous pensez que Johnny Ray est de retour à Jasper ?

Rule fit à nouveau oui de la tête, s'essuya les mains sur sa serviette. J'ai l'intuition qu'il a un peu pris peur. Travailler seul comme ça, il se sent pas à son aise. Un mauvais garçon, ça se comporte pas différemment des autres, ça reprend le chemin du bercail quand c'est inquiet.

Johnny Ray, on peut pas dire qu'il ait un vrai foyer, répondit Wright sans hésitation. Vous connaissez la famille. Ces gens, ils habitent sur le fleuve, ils vivent des produits de la terre, plus ou moins. Ils braconnent le cerf et le cochon sauvage, le bétail à l'occasion. Les femmes s'occupent des potagers, les hommes distillent un peu de whisky. Ils volent ce qu'ils peuvent pas acheter, s'éclatent en s'étripant entre eux. Ça tourne surtout en vase clos, sauf pour les vols. S'il y avait pas le Klan, ils feraient partie de rien. Personne ne voudrait d'eux. S'il y avait pas les Noirs, ils sauraient ce qu'ils sont vraiment.

Non pas que tous les membres du Klan soient pauvres et ignorants, dit Rule.

Wright haussa les épaules. Pas pauvres, en tout cas, pour ça vous avez raison. Il y a des représentants des classes moyennes qui sont impliqués dedans, quelques personnes qui exercent de hautes fonctions et qui contribuent au financement. Ils gardent profil bas, ils ne prennent aucun risque, ils laissent la racaille effectuer le sale boulot.

Certaines choses ne changent jamais, dit Rule. Mais je me souviens des Matthews. Ils sont les deux à la fois, pauvres et ignorants. Des petits Blancs minables comme il y en a tant.

Wright leva son verre de jus de fruit à hauteur de poitrine, s'appuya sur le coude et dévisagea Rule. Sauf que Johnny Ray est pas pareil, lui.

Rule plongea un filet de poisson chat dans le ketchup, mâcha lentement. Attendant la suite.

Le problème, avec Johnny Ray, c'est qu'il sait ce qu'est sa famille, continua l'adjoint, et il sait ce qu'il est.

Rule demanda, Et c'est quoi ?

Le plus en colère de tous les types intelligents que j'aie jamais vu.
Qu'est-ce qui le fout en colère ?

D'où me vient la haine de mon prochain ?[1] Wright leva un sourcil. On n'en sortirait pas. Je ne suis pas sûr qu'il le sache lui-même. Il s'est toujours bagarré, à l'école déjà. Il se mesurait à n'importe qui, le nombre lui faisait pas peur. Et il ne lâchait pas. Il ne s'avoue jamais vaincu. Je crois pas qu'il ait peur de quoi que ce soit. Pas même de mourir.

Rule but un peu de thé glacé, étudia son interlocuteur. On dirait presque que vous l'admirez. Ou que vous le plaignez.

Vous avez sans doute raison, pour le deuxième point en tout cas. J'ai toujours éprouvé de la pitié pour Johnny Ray.

L'adjoint se tut un instant, fit une grimace. Comme s'il prenait soudain conscience qu'il y avait eu une époque à Jasper, il n'y avait pas si longtemps, où, étant Noir, il n'aurait pas dit ça, pas même concernant des ordures du fin fond des terres alluviales comme les Matthews. Peut-être surtout les concernant. Aujourd'hui encore, c'était un endroit où trois jeunes Blancs pouvaient s'attaquer à un Noir qui marchait le long d'une route de campagne, lui lier les jambes et le traîner au bout d'une chaîne derrière un pickup jusqu'à ce qu'il soit déchiqueté, membres arrachés, décapité, masse de chairs sanglantes déchirées abandonnée dans un fossé. Telle était Jasper, petite ville de province, amicale en apparence mais réticente à creuser en profondeur ou à exorciser les démons qu'elle incubait.

Comme n'importe quelle localité d'Amérique.

Rule l'interrompit dans ses pensées. Moi, c'est pour les gens qu'il a tués, pour leurs familles, que je ressens de la compassion.

J'entends bien, répondit l'adjoint. Il s'exprimait avec calme. Ça donne l'impression qu'il y a toujours assez de chagrin sans avoir à en rajouter. C'est pas comme si Johnny Ray et moi on avait jamais été proches. Déjà à l'époque, il était sérieusement avarié, il passait le plus clair de son temps seul dans son coin. On a discuté plusieurs fois à la grande école. Je crois qu'on avait des idées identiques sur certains sujets, aussi bizarre que ça puisse paraître. L'optique de celui qui se trouve à l'extérieur du système, on pourrait dire. Mais je suis Noir et Johnny Ray est un Matthews. Il a eu tôt fait de reprendre ses distances. Après, il me regardait en se tenant à l'écart. C'était un truc bizarre à voir. Comme si son esprit allait dans une direction mais le

1. D'où me vient *l'amour* de mon prochain ? Phrase extraite d'un poème de l'Anglaise Elizabeth Barrett Browning (1806-1861), bien connu outre-Atlantique. (*N.d.T.*)

reste refusait de suivre. C'est quelqu'un d'intelligent, monsieur Hooks. Peutêtre même ce que vous appelleriez un être doué de sensibilité. Et il vous tuerait sans un regret en moins de temps qu'il n'en faut pour le dire.

Comme il l'a fait pour sa mère ?

On n'a jamais pu le prouver, répondit Wright, mais on sait que c'est lui. Tout le monde le savait. Ella Mae Matthews était la vieille femme la plus mauvaise qui ait jamais vécu. Une femme détestable. Elle était née Wiggins, ils ont tous des liens entre eux, dans les deux sens. Son mari avait peur d'elle. Ça doit être de famille, sa sœur Ethel Matthews terrorise les hommes, elle aussi. Ses maris ont une curieuse façon de mourir ou de disparaître. Mais Ella Mae était pire, à ce qu'on raconte. Comme cette déesse grecque, Méduse, avec ses serpents dans les cheveux, qui vous changeait en pierre quand on s'approchait trop. Ses propres enfants ne pouvaient pas la supporter, à l'exception de Johnny Ray.

Comment ça se fait ?

Je ne sais pas. Peutêtre qu'elle avait quelque chose dont il avait besoin. C'était sa maman. Tout ça, ce sont juste des bruits qui courent, vous comprenez. C'est comme ça qu'on sait que c'est lui qui l'a refroidie. C'est pas qu'il y ait beaucoup de gens que ça ait dérangé. Vu que vous êtes du coin, vous savez comment ça se passe. Quand quelqu'un se fait tuer, la première question qu'on pose c'est s'il l'avait cherché. Vous seriez surpris du nombre de gens qu'en ont pas voulu à Johnny Ray.

Il paraît qu'il y en a d'autres qui lui en veulent, eux.

Une partie de la famille, c'est vrai. Ethel et ses fils.

Il paraît que c'est pour ça qu'il est parti de Jasper. Qu'ils l'en ont chassé.

L'adjoint joua avec sa fourchette, les sourcils froncés. Vous savez, c'était ce que je pensais, moi aussi, avant. Mais je ne crois pas que Johnny Ray ait jamais fait la moindre chose qu'il n'avait pas envie de faire.

Ça lui est arrivé d'avoir une petite amie ?

Pas à ma connaissance, mais comme je disais tout à l'heure, c'était un solitaire. Les filles avaient peur de lui, pareils que les garçons.

Il est pédé ?

Wright lâcha sa fourchette et s'appuya au dossier de sa chaise en souriant. Surpris, semblait-il, puis songeur.

J'avais jamais entendu dire ça.

Rule haussa les épaules. Des raisons de penser qu'il l'est ?

Comme je viens de vous le dire, c'est une idée qui ne m'était jamais venue. Complètement nouvelle. Vous disposez d'éléments allant dans ce sens ?

Rien qui fasse la moindre différence. Pour moi, c'est du pareil au même. Je vais le trouver, et après je vais l'expédier à l'ombre. Si le système fonctionne, il finira dans le couloir de la mort. S'il ne meurt pas de vieillesse avant, on l'endormira. Vous avez déjà entendu parler d'un jeune nommé DeReese Ledoux ?

Ça ne me dit rien. Un ami de Johnny Ray ?

Ça dépend de ce que vous entendez par ami. D'après ce que vous me dites, il pourrait être mort. Pourquoi le jeune Matthews a-t-il tué sa mère ?

Wright secoua la tête. Je crois qu'il va falloir que vous lui posiez la question directement.

Rule dit, Ce n'est pas exclu.

47

Tout en roulant vers l'est sur le Highway 190 en direction de Jasper, à travers les bois de pins, Ray Bob fumait à la chaîne et observait les points de repère familiers gravés dans le paysage : églises de campagne, caravanes d'habitation délabrées, cabanes de location à l'abandon. La journée promettait d'atteindre la canicule dans l'aprèsmidi, mais pour l'instant elle demeurait clémente au dessus des terres forestières, claire et agréable, les rayons solaires baignant une mer bucolique aux ondulations vertes.

Il dépassa des pâtures ondoyantes taillées dans les bois, des troupeaux de vaches santa gertrudis piquant un somme sous les amples ramures des chênes, des chevaux quarts de sang paissant le long des clôtures. Dépassa la route secondaire qui coupait au nord à travers la forêt nationale d'Angelina, une autre qui partait au sud vers Beech Grove. En bordure de chaussée, lupins bleus vivaces et panaches indiens, ainsi qu'un gigantesque platane d'Occident qu'il avait vu toute sa vie, dont il était impossible de deviner l'âge, pas davantage les événements auxquels il avait assisté, les ouragans qu'il avait endurés.

Il observait ces choses et, en elles, il se reconnaissait. Il remontait le temps, y découvrait une profonde et permanente nostalgie qui frôlait le chagrin, mais aussi l'assurance que le monde n'avait pas changé.

À l'approche de la ville, il observa les maisons de brique style ranch recluses sous des bosquets de chênes et de pacaniers. Des demeures immaculées, soigneusement entretenues. Avec des pickups neufs garés sur les allées. Des haies de lauriers roses en fleurs autour des habitations, près de bateaux de pêche montés sur remorques et de jardins maraîchers clôturés contre lapins et cervidés. Sur un de ces terrains, un homme ratissait les feuilles en un tas où couvait un feu, la fumée blanche et épaisse s'incurvant vers le ciel. Ray Bob sentit l'odeur des feuilles qui brûlent et il eut l'impression d'avoir dix ans à nouveau, un temps antérieur à celui où il avait appris ce qu'il y avait à apprendre pour faire de la vie ce qu'elle était devenue pour lui ainsi que pour toutes les autres personnes qui osaient seulement y réfléchir. Une lutte incessante pour repousser certaines choses et faire en sorte que d'autres se produisent, une épreuve solitaire ni par choix ni par désir mais par décret de nature, le monde entier en opposition hostile.

Il arriva au panneau annonçant qu'il pénétrait dans la localité, population plus de sept mille, vit la Compagnie d'Équipements de Jasper avec ses tracteurs et motoculteurs alignés sur le devant en rangs rutilants, le pavillon du bétail du comté avec son odeur de fumier âcre, et très vite la chaussée s'élargit à quatre voies et il entra dans la zone commerciale qui bordait la route. Un panneau proclamait, BIENVENUE À JASPER, GRANDE ARTÈRE COMMERÇANTE. La grande artère étant la route. Un hypermarché Wal-Mart, les Pneus Michelin, un salon mortuaire, l'hôpital. Des magasins pour les médicaments, le mobilier, l'électroménager. Des stations d'essence, des points de vente de restauration rapide, des motels, des églises. Une boutique de location de cassettes vidéo. Le progrès dans la consommation, la civilisation en marche. Les billets verts qui tournaient en boucle. Ce pour quoi tout le monde vivait.

Il roulait à vitesse réduite et régulière, essayant de déchiffrer l'écran d'affichage mobile devant la Chiropractie de l'Est Texas (un bidule concernant les invalidités du travail) et il s'en fallut d'un rien qu'il ne les voie pas. Juste là, de l'autre côté de la route, deux hommes qui grimpaient dans un pickup Dodge rouge devant le Golden Corral. L'un connu, Booker Wright. L'autre, un Texas Ranger qui aurait eu l'air grand s'il ne s'était trouvé en compagnie de l'adjoint. Ray Bob porta rapidement sa main en écran devant sa joue, se massa le front, dissimulant son profil. Il poursuivit son chemin, franchit l'intersection au feu vert, vérifia dans son rétroviseur et pénétra sur le parking du Kentucky Fried Chicken, se garant à l'extrémité opposée afin de pouvoir surveiller la route d'où il venait. Le pickup Dodge s'approcha mais s'arrêta à l'intersection et tourna vers le nord, Booker installé sur le siège du passager. Le véhicule disparut derrière le Dairy Queen.

Ray Bob patienta une minute, mit pied à terre et releva le toit, le bloqua en position fermée. Dépité de ne pas l'avoir fait avant, une erreur stupide. Puis il repartit vers l'est jusqu'au Sonic Drive-In, se gara sous l'auvent, commanda deux burgers numéro un avec *jalapenos*, rondelles d'oignons et frites, et un milkshake au chocolat parfumé au malt. La serveuse était une blonde grassouillette à queue de cheval et fard à paupières violet foncé. Quand elle lui sourit et dit qu'elle trouvait sa Caddy super, lui faisant du rentre dedans, il répondit qu'il ne faisait que passer, qu'il se rendait à Leesville en Louisiane. Quand elle lui affirma qu'elle avait toujours rêvé d'y aller, il dit qu'en fait il allait plus loin, à Alexandria, et quand elle dit qu'elle n'était jamais allée là bas non plus, il lui demanda d'aller lui chercher du ketchup. Les épaules bien rondes de la fille se voûtèrent mais elle se hâta de partir et de revenir avec plusieurs sachets, lui souhaitant une bonne journée comme si elle était habituée à ce genre de chose.

Ensuite, il alla jusqu'au supermarché H.E.B. où il s'acheta des provisions. Pain et beurre de cacahuètes, boîtes de haricots recette cowboy, maïs sucré, crackers, saucisses de Francfort en boîte, grand bocal de cornichons à l'aneth. Assez pour lui durer un moment. Il ajouta un grand sac de gâteaux d'avoine et un large pack de Budweiser. En remontant l'allée des ustensiles de cuisine, il glissa un ouvre bouteille dans son jean, sur le devant. Acheta une cartouche de Marlboro à la caisse.

Il était sur le parking, occupé à charger les paquets dans le coffre de la Caddy, quand quelqu'un l'appela par son nom. Il fit comme s'il n'avait pas entendu. Il sentait le Walther qui appuyait contre sa cheville dans sa botte, mais l'appel ne fut pas renouvelé. Quand il referma le coffre et se retourna, néanmoins, son cousin Donnie Ray se tenait à trois mètres de lui et le regardait.

Il me semblait bien que c'était toi.

T'as toujours été dur à tromper, dit Ray Bob, c'est que ça tourne à toute vitesse, là haut.

Et toi tu démarres toujours au quart de tour.

Parce que j'arrête jamais.

Ils se tenaient là sur le parking brûlant, attendant de savoir ce qui allait se passer. Cousin Donnie Ray, le plus jeune des fils de tante Ethel, dixneuf ou vingt ans, vêtu d'une salopette tachée de cambouis et de tongs en caoutchouc usagées, une casquette Red Man sur la tête. La chique à l'œuvre sous sa joue gauche. Il inclina la tête sur le côté et cracha, ne quittant pas un instant Ray Bob du regard. Un garçon mince, avec un cou de dindon de bassecour, pas de menton, des yeux bleu clair qui tiraient sur le gris. Les mains dans les poches arrière où il rangeait un rasoir.

Surpris que tu sois revenu, dit-il. J'aurais pas cru que t'aurais les *kay-honies*.

Ray Bob dit, Tu tringles toujours ta sœur Wanda ?

Donnie Ray dit, Tu sais qu'on va venir te régler ton compte.

Apporte-moi un peu de la gelée d'aubépine de mai de tante Ethel, quand tu viendras.

Ça sera pas une visite de courtoisie dans ce genre là.

Ray Bob eut un large sourire. Comment il va, le vieux ?
Lequel ?
Le mien.
Donnie Ray cracha à nouveau, essuya avec le dos de sa main le jus de tabac qui maculait sa lèvre. La main gauche, la droite restant enfoncée dans la poche revolver. Où se trouvait le rasoir.
M'est avis qu'il a pas changé, il s'est eu mis à la colle avec une fille de Holly Springs. Elle a déjà un polichinelle dans le tiroir. Y a pas moyen de le tenir, ce vieux cochon, il est toujours en manque. Il en a rien à foutre de te voir ou pas, ça, je peux te l'affirmer.
Il se peut qu'il ait pas le choix.
Hé ben, t'as qu'à y aller, va te rendre compte par toi-même. Je te le dis clairement, personne veut de toi nullepart. T'as la loi aux trousses, à ce qu'y paraît. Ça vaudrait mieux que t'attires pas les mouches à merde par ici.
Ray Bob dit, C'est pas la raison.
C'est vrai.
Ray Bob sourit à nouveau, porta une cigarette à sa bouche, tendit la main vers sa poche de jean. Donnie Ray se pencha en avant, le bras droit prêt à jaillir. Ray Bob dit, Du calme, mon gars, le moment est pas venu pour ça. Il sortit son briquet.
Où c'est que tu crèches ?
Tu le sauras quand je serai prêt.
On s'en fout, alors. On trouvera, de toute façon. Billy Ray il a rêvé de toi. M'man lui a dit que t'étais mort.
Oublie pas sa gelée.
Il lui a répondu que c'était pas vrai. Il lui a dit, Tu vas voir qu'on va encore avoir notre chance. Billy Ray et Ronnie Ray et moi, on va venir
Je serai là. Il tira une bouffée, rejeta la fumée. Il dit, Enfin, à moins que ce soit moi qui me pointe en premier. T'as déjà vu un film qui s'appelle *Délivrance*, dis, couille molle ?
Donnie Ray le dévisagea un moment, un bref éclair perturbé traversa ses yeux vides, délavés. Puis il dit qu'il était pas trop amateur de cinéma.
T'as raté une occasion de te voir, alors, dit Ray Bob, d'entendre ce que ça donne quand tu causes. Certains de ces gars du fin fond des Appalaches, ils sont drôlement cosmopolites.
Je vois pas en quoi que ça pourrait m'intéresser. Donnie Ray hocha la tête en direction de la Caddy. C'est ta bagnole ?
Qu'est-ce que tu crois ?
M'est avis que tu l'as volée. Rudement belle, en plus. J'ai toujours voulu en avoir une, de décapotable. Faudra sûrement que je me bagarre

avant avec Billy Ray et Ronnie Ray, le moment venu. Je vais dans le magasin, là. M'man m'a envoyé chercher du sucre.

Il s'éloigna dans la travée du parking, marchant en crabe sans quitter Ray Bob des yeux. Quand il fut à une dizaine de mètres, sans cesser de regarder, il ajouta, On lui a dit, à M'man, que t'étais pas mort. On va venir. Puis il se tourna et partit vers l'entrée du magasin en traînant les pieds, ses tongs claquant sur le béton.

Ray Bob attendit qu'il soit à l'intérieur, puis il quitta le parking en prenant la mauvaise direction, bifurqua quelques rues plus loin, contourna plusieurs pâtés de maisons avant de retrouver le Highway 190 bien plus bas que le supermarché. Juste au cas où Donnie Ray l'épierait. Il remonta en direction de l'hôpital, s'arrêta au Wal-Mart. À l'intérieur, il acheta une lampe à propane et une bonbonne de gaz de quatre litres, un sac de couchage, le moins cher qu'ils avaient. Quand il eut fini de tout payer, il lui restait un seul billet de dix dollars. Il rangea ses achats dans le coffre et repartit.

Juste après le Wal-Mart, il prit le Highway 63, une route étroite à deux voies qui partait à l'ouest vers la forêt nationale d'Angelina. Un panneau de l'État indiquait Zavalla, cinquante kilomètres. Il écrasa l'accélérateur, passa le temple des Témoins de Jéhovah. Il prenait encore de la vitesse quand il aperçut l'annonce sur un carton cloué au tronc d'un noyer, à côté d'une allée qui s'enfonçait entre des mimosas vers une maison de brique d'un étage. Imprimé au marker indélébile : DONNE CHIOTS. Il écrasa le frein, recula, tourna dans l'allée. Quinze minutes plus tard, il roulait à nouveau, un chiot croisé au poil court sur les genoux. Grosses pattes, pelage noir et blanc avec des oreilles molles, blotti sur son entrejambe. Il retourna d'une main l'animal qui se tortillait et le leva à hauteur de poitrine. Ventre doux et rose piqueté de taches grises, un mâle. Le produit antipuces, sur son corps, lui donnait une odeur poivrée. Le chiot gémit et Ray Bob le déposa sur le siège passager. Comme il revenait vers lui à pas maladroits et tentait d'escalader sa cuisse, il le posa sur son ventre et continua de rouler. Au bout d'une minute, l'animal se calma et s'endormit.

Il franchit les limites de la ville, traversa Sandy Creek. La route filait droit devant lui par dessus les collines arrondies, à travers les pâtures et les pins qui poussaient dans ce riche terreau, entre les accotements aux pentes herbeuses parsemées de chardons violets et de renoncules qui avaient la teinte du vin. Peu après avoir dépassé la station de la Tennessee Gas Pipeline, la chaussée franchit la rivière Angelina. Bras principal d'une trentaine de mètres de large, petites cabanes de pêcheurs bordant les hautes berges de part et d'autre, arbres courbés au dessus de l'eau couleur tabac. De taille moyenne à haute, les branches des troncs engloutis, au milieu du courant, ployaient paresseusement. Quinze cents mètres plus loin, après une église baptiste en bardeaux, il tourna sur une route secondaire qui partait à l'ouest. Il bifurqua encore à gauche peu après, s'engagea sur une piste sablonneuse creusée d'une ornière double, en suivit le tracé ombragé qui menait droit à la rivière au milieu des bois touffus du versant. Dans un pré envahi de végétation, sur un côté, était perché un affût pour la chasse au cerf, penché sur ses jambes torses vers une cabane de rondins, elle-même depuis longtemps affaissée dans son déclin désespéré et dont les murs, couverts de mousse, étaient devenus la proie du chèvrefeuille et des plantes grimpantes. Une remise proche contenant des vestiges de sellerie était à demi engloutie dans les ronces. Une éclosion de fleurs sauvages jaunes encerclaient entièrement la parcelle, survolées par des nuées de grands portequeues et de demoiselles. Il dépassa la ferme abandonnée, inhala à pleins poumons l'air odorant.

Ensuite, de chaque côté et au dessus, les bois se refermèrent sur l'étroite voie et le sol descendit encore plus bas. Tout autour se dressaient des feuillus, liquidambars et chênes, et leurs compagnons d'habitat, houx et frênes, qui layaient ce tunnel vert sombre jusqu'au bassin alluvial. La terre éclipsée entre les troncs ombrés, verticaux et tordus, gisait étouffée sous les feuilles mortes, veinée en surface par des vignes vierges aux tiges grosses comme le poignet. L'atmosphère était suffocante, imprégnée d'une odeur de corruption, les insectes fredonnaient fort un mantra midiurne. Une mésange siffla dans les buissons, lui revint l'écho d'une de ses semblables huppée. Les doubles ornières désormais tapissées de boue végétale contournèrent brusquement un hêtre massif, perdirent momentanément leur orientation entre les contraintes pressantes des broussailles resserrées, les terminaisons digitales des nerpruns éraflant les ailes de la Caddy tandis que Ray Bob ne progressait plus qu'au ralenti. L'étroit sentier reparut, une allusion, les ornières à peine suggérées à travers bois, insinuées sous une cascade de plantes rampantes et de tiges. Comme s'il se déplaçait dans un rêve ténébreux et inquiétant. Il avançait à vitesse extrêmement réduite, frôlant un méandre mort envahi d'eau et bordé de saules. Levé de sa cachette, un jeune cerf aux bois droits bondit sur la piste, s'évanouit au cœur du fourré dans un éclair de queue blanche. Les roues s'enlisèrent presque dans un bourbier sans profondeur, trouvèrent leur prise, propulsèrent la voiture dans un nouveau virage serré, puis il s'arrêta. Elle était là, devant lui. Une autre cabane de rondins, semblable à la précédente, mais toujours debout, celle là. Les murs, qui portaient la trace des eaux, moisis et gauchis en raison de la hausse et de la baisse du niveau du lit majeur, la toiture de fer blanc décollée aux avant toits, mais intacte. L'endroit où il avait l'intention de s'installer.

Un lieu où personne d'autre ne venait.

La rivière se trouvait juste derrière un fouillis de végétation, sur l'arrière de la cabane, et il y avait une tourbière au delà du fourré. C'était la rive ouest de l'Angelina, ici, en aval et sur l'autre berge par rapport aux terres basses où habitaient tante Ethel et sa troupe. Suffisamment loin de leurs bicoques, en descendant le cours d'eau, pour qu'ils ne puissent pas le voir, suffisamment près pour qu'ils ne s'en doutent jamais. Sa famille, du côté de son père, était plus en amont, plus près du déversoir sous le barrage Sam Rayburn.

Il mit le levier au point mort, coupa le moteur, scruta la construction. En mauvais état, mais elle ferait l'affaire. Une vieille cabane de pêche que son grandpère lui avait montrée quand il était petit, aussi âgé en années homme, alors, que le chiot l'était aujourd'hui en années chien, lequel chiot s'agita sur ses cuisses, plaintif. Il le souleva, posa le ventre de l'animal sur le volant, lui fit regarder l'extérieur par le parebrise. La masse de chair chaude se tortilla entre ses mains.

Tout doux, le beau, tout doux.

Il le retourna et étudia ses yeux marron larmoyants. Il dit, Comment tu t'appelles, mon gars ?

Le chiot lui rendit son regard, sa langue recourbée sortit de sa gueule et lécha.

Je vais t'appeler Eddie.

Il secoua le chien dans les airs et répéta le nom.

Dit, On est en sécurité ici, copain.

48

Della passa la tête par la portière du camion pour lui demander quel était le problème. Deux fois, il ne l'entendit pas. Elle regarda alors à travers la section inférieure du parebrise, essayant de voir par la longue fente horizontale entre ce dernier et le capot levé. Elle vit Eddie dans cet espace, une partie de sa tête et de son dos. Il était penché sur le moteur, pratiquement la tête la première et les pieds en l'air, plongé dans la mécanique. Son bras se releva brutalement et une clef vola dans les airs.

Della l'entendit hurler.

Il descendit du parechocs, disparut sous l'avant du camion, réapparut en tenant la clef et en suçant une de ses phalanges, teeshirt taché de graisse et de sueur, cheveux dans un état lamentable. Il replongea dans le moteur.

Della s'adossa contre le siège en similicuir où adhéra son chemisier. Elle gonfla ses joues, rejeta l'air. Oh là là, ce qu'il faisait chaud. Pas loin des quarante degrés, peutêtre, un taux d'humidité proche de cent, une vraie saloperie. Plus chaud qu'un gril de snackbar, et ils se retrouvaient en rade sur le Highway 6 au milieu de nullepart, entre Hitchcock et Alvin, c'était tout ce qu'elle savait, herbes des marais jusqu'à l'horizon dans toutes les directions.

Merci beauuuu*couuuup*, monsieur Bubba Bear. Le Chevy Silverado était un tas de rouille, exactement comme sa Hyundai. Troisième fois qu'il tombait en panne depuis Bolivar. Sans compter la clime qu'était morte.

Elle descendit et fit le tour par l'avant, talons hauts vacillant dans l'herbe aux crabes, demanda à Eddie si elle pouvait l'aider. Ouais, dit-il, pourquoi tu te glisses pas en dessous avec une clef à rochet pour desserrer l'écrou qu'est le plus bas sur le générateur. Après tu tires d'un coup sec et tu resserres la courroie.

Non merci.

Elle retourna s'asseoir dans la cabine. Décidée à conserver sa bonne humeur quoi qu'il advienne. Quand elle avait suggéré qu'ils aillent à Missouri City chercher Randy et Waylon, Eddie avait tout de suite répondu oui. Elle en était restée sur le cul. Hors de question, je touche du bois, de gâcher ça maintenant.

L'idée lui était venue au milieu de la nuit, après qu'ils s'étaient tous les deux réveillés au même moment avec l'envie de baiser, et elle avait roulé sur le ventre en écartant les jambes, Eddie la prenant par derrière. Ça avait été bon, la façon qu'il l'avait agrippée avec ses deux mains pendant que ses couilles lui battaient les chairs, elle avait remarqué ça autant que le va et vient de sa bite. Ça lui avait fait prendre conscience que ce sont les petites choses qui comptent. Elle avait joui deux fois.

Après, comme elle ne pouvait pas dormir, elle s'était levée et assise à la table de la cuisine avec un stylo et du papier. Ce qui avait entraîné l'idée, c'était qu'elle avait repensé à un article paru dans *Working Mother*, au salon de coiffure, celui qui conseillait *Comment organiser votre vie*. Une chose que tout le monde avait besoin de faire, si on avait la présence d'esprit pour ça. Sa vie à elle, par exemple, était actuellement dans un grand état de désorganisation. Alors elle s'était assise à la table et avait suivi les recommandations de l'article au mieux de son souvenir.

D'abord, elle avait écrit la liste des problèmes majeurs : monsieur L'Homme Idéal, son travail, la voiture, l'appartement, ses mômes. Cinq, c'était le maximum qu'on devait marquer, ce qui correspondait à son cas personnel, un signe positif.

Après, elle avait réfléchi à chacun de ces problèmes et les avait évalués sur une échelle de un à dix en raison de leur importance, ce qui voulait dire, supposa-t-elle, en raison de l'urgence avec laquelle ils risquaient de vous sauter dessus pour vous bouffer le cul. Elle avait établi ses priorités ainsi. Quand elle en avait eu terminé et qu'elle avait regardé ses notes, elle s'était aperçue qu'elle avait inscrit les problèmes dans le bon ordre dès le début, encore un signe positif. Non pas que les enfants arrivent *vraiment* en cinquième par ordre d'importance, naturellement, mais sa mère la soulageait de la pression, pour eux.

Après ça, elle était restée assise à la table, à analyser sa liste, commençant par le haut et descendant pas à pas, envisageant des solutions. Ce que le magazine appelait confronter les options. Bordel, là, elle était restée en rade. Monsieur L'Homme Idéal lui bouchait toujours l'horizon quoi qu'elle confronte. C'était une situation démoralisante, et ça l'avait tellement déprimée qu'elle s'était mise à genoux devant le fauteuil inclinable, la Bible serrée sur sa poitrine pour adresser des prières à cause de ça, en s'assurant quand même d'abord qu'Eddie dormait.

La seule chose qui en était sortie, c'était l'idée d'aller chercher les enfants. Ce qu'ils essayaient maintenant de faire. Sauf qu'elle commençait à se dire qu'elle avait mal interprété le message. Soit ça, soit Quelqu'un d'Important avait négligé de tenir compte de l'état du véhicule.

Elle s'éventait avec le *Houston Chronicle* qu'elle avait plié en quatre (*encore* une journée sans nouvelles), quand Eddie claqua le capot avant de grimper au volant. Il lui adressa un large sourire, alluma une cigarette.

Une chance que j'aime bosser sur les moteurs.

Hum, fit Della, et une bonne chose que ce tas de tôles nous ait pas coûté un dollar.

Point de vue prix, c'était difficile de faire mieux, acquiesça Eddie. Il démarra, quitta l'accotement. Le camion secoué de hoquets et de vibrations tandis qu'ils prenaient de la vitesse. Aux alentours de soixantedix à l'heure, il cessa de trembler, ce qui signifiait, expliqua-t-il, que le train avant souffrait d'un défaut d'équilibrage, rien de grave. Le générateur avait peutêtre besoin qu'il le bricole un peu, rien de bien ennuyeux. Et la clime, vraisemblablement, tout ce qu'il lui fallait, c'était un peu de fréon.

C'est toi le mécano, dit Della en se demandant brièvement combien gagne un bon mécanicien. Pas un comme Ralph qu'était même pas capable de réparer une Hyundai mais qui te faisait payer quand même, ce con. Un bon mécanicien. Ils devaient mieux gagner leur vie que tout le monde le croyait, à son avis, vu la façon que les voitures arrêtaient pas de tomber en panne.

Je t'ai jamais raconté que j'ai grandi dans l'église pentecôtiste ? dit Eddie.

Il avait sorti ça comme ça, sans prévenir. Della fronça les sourcils.

C'est vrai, poursuivit-il, ma mère s'est convertie, elle a abandonné le catholicisme même si on était des coonass français, parce qu'une nuit elle s'est réveillée avec le don de glossolalie. Elle savait pas ce que c'était jusqu'à ce que la vieille madame Grimes qu'habitait dans la rue lui explique qu'elle avait le Saint Esprit. C'est dans la Bible quelque part, ce que ça veut dire. Un truc sur une chambre haute, y a tous ces gens qui prient et ils commencent à parler dans des langues qu'ils ont jamais entendues. Ça veut dire qu'ils ont le Saint Esprit, comme ma mère. J'avais à peu près cinq ou six ans à l'époque. Et toi, c'est quoi la religion dans laquelle t'as grandi ?

Baptiste, répondit Della. Enfin bon, à Noël et à Pâques.

Tu vois, la vieille madame Grimes, elle, elle était pentecôtiste, c'est pour ça qu'elle était au courant, sauf qu'après que ma mère elle est entrée dans cette église, il fallait dire Sœur Grimes. Elle avait les cheveux longs, ramenés sur le sommet de la tête, ils croient pas à la coupe des cheveux, pour les femmes. C'est dans la Bible, ça aussi. Ils vont à la messe à peu près six fois par semaine, c'est pas des blagues. C'est parce qu'ils regardent pas la télé et qu'ils ont pas de distractions.

Il s'arrêta pour expédier son mégot de cigarette par la fenêtre et écouter le bruit du moteur, penché en avant, alors Della demanda, Pourquoi ?

Parce que c'est un péché, dit-il. Me demande pas pourquoi, je te dis seulement les règles qu'ils ont. Tu regardes pas la télé, tu fumes pas, tu bois pas, tu danses pas, tout ce à quoi tu peux penser, ils sont contre.

Il pencha la tête sur le côté, écouta à nouveau. T'entends quelque chose de bizarre ?

Seigneur, j'espère bien que non, dit-elle, on va jamais arriver.

Eddie haussa les épaules. Probablement juste le joint de cardan. Il a un peu de jeu, c'est pas grave. Enfin bon, ma mère, elle disait que du jour où elle a eu le Saint Esprit, ça lui a changé la vie. Elle était capable de te la citer, la Bible, je te raconte pas des conneries. Mon père il y allait jamais, ce qu'était normal vu que les pentecôtistes, c'est surtout des femmes. Celles qui sont pas veuves, elles sont généralement mariées à des ivrognes et à des bons à rien, et elles témoignent contre à l'église, chacune leur tour. C'est triste à entendre, toutes ces histoires. T'y croirais pas.

Della répondit, T'es jamais entré dans un salon de beauté.

Il reconnut que c'était vrai, admit que c'était peutêtre pareil, sauf que les vrais pentecôtistes, ils allaient pas dans les salons de beauté et ils se maquillaient pas, rapport à ce que ça aussi, c'était des péchés.

Pourquoi tu y allais ?

Parce que ma mère m'obligeait, dit-il comme si la réponse était évidente. En tout cas, jusqu'à ce que je sois ado et qu'elle y arrive plus, avec moi. Mais c'était pas si pire que ça. Ils ont de la supermusique. Leurs airs de gospel remplis de sainteté, c'est du rock 'n' roll pur, ma loute, tu peux me croire, ils vibrent vraiment. Elvis a grandi pareil, tu savais ?

Elle fit non de la tête.

Je t'assure, et Jerry Lee Lewis aussi, Little Richard, tous ces mecs qu'ont du rythme.

Ce qu'y a de sûr, c'est que ça se voit pas, dit Della.

C'est parce qu'ils sont renégats et qu'ils vivent dans le péché. Ça arrive à plein de musiciens, c'est le côté artiste.

Il essaya d'allumer une autre cigarette, les coudes posés sur le volant. Il n'y parvint pas tellement il flottait et fut obligé de conduire avec les genoux. Il pensait à Leadbelly, aux trente ans qu'il avait purgés à Huntsville pour le meurtre d'un homme. À Son House, pareil, emprisonné à Parchman. Et à plusieurs autres. C'était pas vrai. Il repensa à l'A-rabe mort d'Austin, à la fille dans le parc, repensa à tout le reste avant, comment le temps pouvait pas arranger ça, quelle que soit la façon qu'on le passe, en prison ou ailleurs, pas plus que le regret ou le chagrin, le sien ou celui de personne. Toutes ces conneries, il arrêtait pas d'y penser, maintenant, même quand il y pensait pas. Plus moyen de les fuir, plus moyen de s'en débarrasser.

Regarde, moi, par exemple, dit-il. Je suis le plus grand pécheur qu'ait jamais vécu. Les choses que j'ai faites, je crois pas qu'y a rien qui pourrait me sauver, pas même Jésus en personne. Et j'ai essayé de lui parler, tu peux me croire, il m'a pas accordé une seule parole. C'est pas que je lui en veuille. Il en a probablement eu ras la caisse, il a décidé de couper le robinet, point barre. Il paraît que ça arrive.

Ben, voler, c'est une mauvaise habitude, dit Della avec tact, et braquer un revolver sur les gens, ça arrange rien, mais au moins t'as jamais tué personne.

Il ne répondit pas.

De toute façon, à ce que j'ai compris, t'es déjà pardonné, ajouta-t-elle, même si tu t'es pas excusé. T'es sauvé par avance, que tu le saches ou pas. À cause du Christ.

Ah ouais ? fit Eddie avec une grimace. Ben, on peut pas vraiment dire que ça se sente. Peutêtre que j'aurais besoin de me servir de ta petite boîte noire. On arrive à Alvin, tu veux un burger ?

Il entra sur un Sonic Drive-In et se gara à l'ombre de la marquise, lui demanda ce qu'elle voulait. Il passa la commande, rappelant à la voix qui lui répondait de ne pas mettre de mayonnaise sur son burger, juste de la moutarde. Disant, Je déteste la mayonnaise.

Della le regarda d'une drôle de façon. Elle n'avait jamais remarqué qu'il détestait la mayonnaise, et elle s'aperçut à ce moment là qu'il y avait plein de choses sur lui qu'elle ne savait pas. Pas encore, en tout cas. Elle en éprouva un sentiment étrange, mais chaleureux, aussi, plein d'espoir. C'était agréable, qu'on ait besoin de temps pour connaître quelqu'un.

Sauf qu'à ce moment là, il dit, Ray Bob, j'y pense beaucoup, à lui. Il me manque, ce mec.

Della exprima son mépris par un bruit.

Il est pas si mauvais qu'il le montre, dit Eddie, et c'est la vérité vraie, mon chou. Il a ses bons côtés.

C'est un tordu, rétorqua-t-elle, un accident qu'attend que l'endroit propice pour se produire. Sauf qu'avec monsieur Tête-Brûlée, c'est pas un accident. Un individu comme lui c'est une cause perdue, ça me fait douter qu'on soit présauvés.

Il haussa les épaules, se disant que c'était un sujet qu'il ferait aussi bien d'oublier. La serveuse leur apporta alors leur commande, ils disposèrent la nourriture et mangèrent en regardant la circulation défiler. Des vagues de chaleur montaient de la chaussée asphaltée de telle sorte que les véhicules ressemblaient à des reflets dans un miroir déformant. Il fit une nouvelle tentative avec la radio du camion, mais elle ne voulait toujours rien savoir, il n'y avait que des parasites. Un fil débranché au niveau de l'antenne, sans doute, facile à réparer.

La raison que je pensais à lui, dit-il au bout d'un moment (il parlait de Ray Bob, sauf qu'il ne prononçait pas son nom), c'est que j'avais un autre meilleur ami, et que je pense beaucoup à lui, aussi. C'est mon cousin, en réalité, mais on était aussi proches que des frères. Le problème c'est qu'il est devenu camé jusqu'aux yeux et que ça a tout fait foirer. Il s'en est voulu et il a pris ses distances, c'est une longue histoire.

Il mordit dans son burger, regarda une minute par la fenêtre ouverte, tira sur son anneau. Della lui trouva l'air mélancolique.

Le problème, poursuivit-il, c'est que maintenant il habite à Houston et que je pensais que j'allais essayer de le trouver, voir si peutêtre je pourrais pas le convaincre de décrocher avant que ça le tue. La coke, le crack, les amphètes, ça a tôt fait de te faire disjoncter pour de bon. Sauf qu'avec le camion qu'est tombé en panne, je crois pas qu'on aura assez de temps, pas aujourd'hui.

C'est quoi, son nom ?

Wade.

C'est ton nom à toi, dit-elle. Elle semblait surprise.

Merde. Il préleva une nouvelle grosse bouchée et agita la main en l'air, indiquant qu'il allait lui expliquer plus tard, quand il aurait plus la bouche pleine. J'y crois pas, ce coup là, il avait foutu le pied en plein dedans. Il avait complètement oublié, ça. Il mâcha longtemps, très longtemps, comme s'il en finirait jamais.

Della attendait.

Ben, en fait, dit-il enfin, sans cesser de mâcher, en fait ce qui se passe c'est qu'on s'appelle tous les deux Wade, ça vient du frère de ma mère, Oncle Wade.

Comment vous faisiez la différence entre vous deux ? demanda-t-elle.

Cette question le prit de court. Ben, dit-il, maintenant que t'en parles, c'est vrai qu'on se ressemblait beaucoup.

Je veux dire, pour les noms.

Il plongea une frite dans le ketchup, nonchalamment. Puis il dit, Hé ben, lui, en général, il se servait du nom de sa mère, DeReese.

Je vois.

Della retourna à son hamburger, préleva l'oignon. Elle avait oublié de signaler qu'elle n'aimait pas les oignons.

Eddie l'observait. Au bout d'un moment, il finit son burger, roula le papier en boule, le jeta sur le plateau en plastique rouge fixé à la vitre. Se disant, C'est pas vrai, il allait falloir qu'il fasse davantage gaffe à ce qu'il racontait, s'ils restaient ensemble, elle laissait *rien* lui échapper.

49

La percée décisive se produisit le lendemain.

Après le déjeuner avec l'adjoint au shérif, Rule avait passé son premier aprèsmidi à parcourir les petites routes qui partaient du Highway 63 depuis la rive du Dam B située dans le comté de Jasper jusqu'à la ferme piscicole de l'État, au nord. Des routes de campagne à deux voies quadrillant la région, même si la plupart s'étiraient, en gros, parallèlement aux crêtes qui, à l'est, bordaient le lac et le lit de la rivière Angelina. Des voies locales non goudronnées partaient des routes macadamisées pour s'enfoncer dans les bois de pins, d'étroits chemins de terre et des routes forestières bifurquaient à leur tour. Les compagnies d'exploitation du bois procédaient à des coupes franches et réensemençaient les terrains sablonneux en hauteur, plantant sur des hectares des rangs rectilignes de pins des Caraïbes industriels séparés par des champs dénudés, arasés jusqu'à la couche d'humus.

Le soleil était haut, blanc comme une perle enrobée d'albâtre. Rule ne voyait pas beaucoup d'animaux sauvages, quelques oiseaux. Mauvaise heure de la journée, mais ni petit matin ni crépuscule n'auraient fait une grande différence. Les écureuils ne pouvaient prospérer sur les cônes de pins, les cervidés et les dindons préféraient eux aussi les feuillus.

En continuant à s'avancer dans les terres tôlondulées par le ruissellement, après ces plantations, les routes forestières s'estompaient. Des pistes de terre creusées d'ornières continuaient vers les bassins des rivières, si ravinées ou envahies de végétation qu'il avait l'impression de passer autant de temps en marche arrière qu'en marche avant. La journée était torride, moite, l'atmosphère lourde, sous les frondaisons de la forêt, rappelait un sauna surchauffé. Il roulait toutes vitres baissées, transpirait dans la cabine. De temps à autre il faisait halte pour laisser Lefty vagabonder dans les bois.

Il ne savait toujours pas quel était le véhicule du Rouquin et n'était pas sûr de ce qu'il cherchait, mais il cherchait. On ne sait jamais, il pouvait tomber par hasard sur quelque chose. C'était mieux que d'attendre. Il avait l'impression d'être tout près, néanmoins, sentait que cela approchait.

Vers le soir, il abandonna, retourna à Jasper. Le soleil se couchait à l'ouest, rouge sang. Les cigales se renvoyaient leurs chants de magnolia en platane d'Occident. Les lumières au dessus des portes d'entrée s'allumaient sur le devant de maisons nichées dans des clairières remplies d'ombres le long de la route. À leurs fenêtres brillaient la chaude lumière jaune des lampes et le clignotement bleu des postes de télévision à l'heure où les gens s'installaient pour passer la soirée.

Il s'aperçut que Moline et lui ne s'étaient pas parlé de la journée. Qu'ils s'étaient évités. Ce n'était pas bon, en termes de travail (il se demandait si c'était DeReese ou Wade qui figurait sur les enregistrements vidéo, et Rufus, là bas sur la péninsule Bolivar, méritait une vérification poussée), mais dans l'immédiat, ça ne le gênait pas beaucoup. Moline trop nerveux, bituré et proférant des menaces, il valait mieux garder ses distances. D'autant que le Rouquin représentait la priorité numéro un. Il s'occuperait du problème entre DeReese et Wade ultérieurement, ou alors il obtiendrait la réponse du Rouquin, ce serait le plus facile.

Il descendit au Best Western, sur le carrefour principal, à côté du Cotton Patch, un café campagnard, et appela l'adjoint Wright de sa chambre. Aucune nouvelle de Matthews, pour l'heure, mais les agents en patrouille avaient la truffe collée sur le sol. La police locale avait appelé deux auxiliaires en renfort. Rule lui indiqua où il logeait et sortit dîner au café.

En entendant mentionner les auxiliaires, il réalisa : il n'avait pas vu Lomax depuis Houston. Les menottes aux poignets dans une voiture de police, l'ossature dégingandée raidie par le triomphe et la rage retenue. Mais il avait été libéré sous caution quelques heures plus tard. À nouveau lâché dans la nature, coordonnées actuelles inconnues. Rule se dit qu'une mort satisfaisait peutêtre la soif de sang d'un ange exterminateur. Œil pour œil. Un, pas deux. À moins qu'au milieu de toute cette agitation il n'ait réussi à lui faire lâcher prise. Il revoyait les flammes de l'Ancien Testament dans le visage grisonnant de l'individu, dans sa mâchoire crispée. Il en tira la conclusion qu'il était sur la route, que ce n'était qu'une question de temps. Comme une attaque d'urticaire tenace.

Il mangea peu, un sandwich steak haché avec accompagnement de frites, alla au supermarché H.E.B. acheter un sac de nourriture canine pour Lefty. Il passa la soirée dans sa chambre à lire le roman de Burke.

Ou à essayer. Son attention ne cessait de décrocher. Il envisagea d'appeler Eastland à Houston pour lui demander de vérifier le statut légal de Lomax, abandonna cette idée. Il se demanda ce qu'il pouvait faire, par rapport à Katie, s'il y avait quelque chose à faire. À part laisser tomber, mais cet aspect de la situation le concernait lui, et non pas elle. Alors il laissa tomber.

Un moment, il se représenta Dana nue au lit, cuisses écartées, jambes lisses, mince touffe de poils blonds, se caressant, se tortillant. Il eut une semi érection, se toucha un peu, mais elle aussi lui échappa. Il ne parvenait pas à se concentrer. Son esprit n'arrêtait pas de partir dans une autre direction, tentant d'entrer en contact avec le Rouquin, tentant de s'insinuer dans la tête de ce garçon. Il s'assoupit alors qu'il s'y efforçait toujours, mais il ne fit pas le rêve et se réveilla tôt.

Il se doucha, retourna au Cotton Patch pour le petit déjeuner. Une armada de nuages gris étain annonciateurs de pluie était arrivée de la côte durant la nuit. Éclairés à contrejour par le matin, ils diffusaient une brume de néon vaporeuse, stagnaient bas, empêchaient l'air lourd et humide de monter.

Le café avait une nombreuse clientèle d'hommes portant chemise à manches courtes cravate prénouée pantalon en polyester, l'uniforme de l'homme d'affaires de la petite ville de province. Le genre à être au Lions Club ou aux Kiwanis. Pour la plupart, bruyants, le verbe haut, la panse ample. Les serveuses plaisantaient, échangeant au passage des remarques badines avec les clients, les bras chargés d'assiettes, lançant les commandes. De la cuisine provenaient le grésillement de la viande plaquée sur le gril, l'odeur et la fumée de la cuisson, les accents bas et pressés des Noirs qui s'activaient aux fourneaux. Rule s'installa près de la porte et commanda, but son café à petites gorgées.

Il mangeait une pile de crêpes au sarrasin avec des saucisses quand Jude Bevil fit son entrée. Ben ça alors, aboya Bevil, si je m'attendais à ça, vise un peu c'que l'chat il vient d'nous rapporter.

Rule se leva pour échanger une poignée de main et Jude s'assit à la table en face de lui. Mince, rose de peau, des poussées de cheveux blancs au dessus des oreilles, il approchait de sa quatrevingtdixième année et était voûté, mais il marchait sans canne et ses yeux bleu foncé étincelaient comme un courtcircuit dans une prise électrique. Éditeur, directeur de rédaction et unique reporter du journal hebdomadaire avant de le vendre à une grande chaîne de publications d'Atlanta. Il s'était fait tirer dessus par la fenêtre de son bureau en raison de ses engagements politiques, tabasser sur les quais de chargement en raison de ses prises de position sur le problème racial et attaquer en justice un nombre de fois infini en raison de ses commentaires éditoriaux acérés. Rien de tout cela n'avait marché. Quand on essaie de te museler, se vantait-il, gueule encore plus fort. Un iconoclaste né, qui veillait à ce que le fumier local prenne bien l'air. La devise du journal, à l'époque, avait été, « Au début il y a eu Dieu, puis Shakespeare et après FDR [1]. » Maintenant, prétendait-il, c'était devenu, « Achetons chez nos annonceurs. » Il commanda un bol de flocons d'avoine avec des toasts au blé complet et du café.

Vous avez l'air en forme, remarqua Rule. Comment ça se passe, cette retraite ?

Mieux que l'autre choix qui me reste. Le cimetière, je veux dire. La tribune des lecteurs, c'est ça qui me manque. Quand je suis suffisamment en rogne, je leur envoie une lettre, mais ils la publient pas. Tu te tiens au courant de ce que font ces têtes de nœuds, à Washington ?

Les yeux de Jude brillèrent d'un éclat féroce et il poursuivit sans attendre la réponse.

Les Démocrates ont tous viré Républicains, résultat les Républicains savent plus de quel côté se tourner. Le métissage politique. On se retrouve avec un seul parti et il y a de quoi tourner schizophrène. Les Démocrates s'en prennent aux petites filles, les Républicains se font prendre avec de jeunes garçons dans les toilettes des gares routières Greyhound, c'est la seule différence que je vois. C'est la Table ronde des décideurs [2] qui mène la danse. Il leur reste plus rien à faire, à ces minables de Washington D.C. qui se pavanent avec leur petit pois à la place du cerveau, à part tremper leur biscuit et se faire réélire, garder la main tendue vers la bonne soupe. Ils ont tous des conseillers en communication. Quand ils voient une caméra de télé, ça les fait bander. T'es sur les traces du jeune Matthews ?

Rule fit oui de la tête et mangea ses crêpes.

En tout cas, c'est pas sa famille qui va t'aider, dit Jude en versant du sucre dans son café avec une cuillère, mais elle va pas l'aider non plus. La bande de débiles par excellence. Voleurs et idiots congénitaux. Pratiquement les seuls prédateurs naturels qu'on ait encore dans ces bois, maintenant que même les bois le sont plus, naturels. Tous les arbres à feuilles caduques ont disparu, les sols sableux et les prairies ont été

1. Franklin Delano Roosevelt (1882-1945), président des États-Unis sans interruption de 1933 à sa mort en 1945, il préconisa le *New Deal* pour sortir le pays de la Grande Dépression et représenta les USA à la conférence de Yalta. (*N.d.T.*)

2. *Business Roundtable*, une organisation regroupant l'« élite » de l'Amérique des affaires, qui consacre ses efforts à la promotion et la protection de ses intérêts nationaux et internationaux. (*N.d.T.*)

replantés. Les gros exploitants forestiers s'attaquent au lit des rivières à l'heure qu'il est. Les barons du vol organisé dans la grande tradition américaine. Ils nous dévalisent sans vergogne et ont droit à des portraits dithyrambiques dans *Fortune* et *Newsweek*. La seule différence entre eux et le clan Matthews c'est qu'ils s'habillent mieux. Le temps qu'ils s'estiment satisfaits, il restera plus un seul noyer à balais ni un seul pacanier dans tout l'Est Texas. La musique des joueurs de harpes et d'autres instruments chez toi ne s'entendra jamais plus, pourtant tes marchands étaient les grands de la terre, et tes sortilèges égaraient toutes les nations ! Apocalypse. Je suppose que t'es déjà allé voir le lit de la rivière.

Rule hocha à nouveau la tête, mâcha un morceau de saucisse. Un truc bien, quand on parlait avec Jude, c'était qu'on ne perdait pas une bouchée si on était à table.

Le vieux monsieur versa du sucre en poudre sur ses flocons d'avoine et remua le tout. Il dit, Je suppose que tu es surtout resté de ce côté ci, là où habite la famille, si on peut appeler ça une famille. Je n'ai jamais préconisé le génocide sélectif, mais ce cloaque consanguin contraint à s'interroger. Les trois garçons d'Ethel Matthews ont volé une niveleuse le mois dernier. Ils voulaient raser des cabanes de nègres avec, à ce qu'ils ont expliqué à Buckshot, ils en étaient fiers, comme s'ils rendaient un service à la communauté. Tu as déjà vu dans quoi ils vivent, eux ? Johnny Ray est le seul qui ait la moitié d'un cerveau et il n'y a qu'à voir où ça l'a mené. Mais c'est pas de ce côté ci de la rivière qu'il sera. Tu es allé voir les zones alluviales de la rive ouest ?

Rule dit que non.

Bon, dit Jude, ben maintenant que voilà une question de réglée, qu'est-ce qu'on va faire concernant les crétins de Washington ?

Rule réfléchit à ce que Jude lui avait dit, et quand, après son petit déjeuner, il passa par le bureau du shérif et que tout se résuma à un zéro pointé, il prit le Highway 63, dépassa la station Tennessee Pipeline. Il traversa le pont sur la rivière Angelina, jeta un bref regard à la petite église baptiste qui se trouvait juste de l'autre côté et poursuivit en direction de Zavalla à travers la forêt nationale d'Angelina. La couverture nuageuse masquait entièrement le ciel et enveloppait le sol d'une douce patine satinée bleugris. L'air restait immobile, collait comme une brume brûlante surgie d'un fer à vapeur. Les pins prospères élancés étreignaient la chaleur et exhalaient leur myrrhe résineuse.

Il roulait la vitre baissée avec le vent qui se ruait à l'intérieur. L'air sentait la sève de pin chaude, le chèvrefeuille, la peau, juste sous l'oreille des femmes. Lefty était assis à côté de la fenêtre opposée, la tête dressée pour inspecter le paysage en quête de mouvement.

Une quinzaine de kilomètres avant Zavalla, à Boykin Springs, il prit la route du parc et la suivit vers le sud au milieu des arbres, franchit une grille à bétail, dépassa des génisses malingres qui cheminaient par les bois clairsemés et un panneau revendiquant la zone au nom d'un club de chasse. La route s'achevait en cul de sac en atteignant les petits affluents et un lac de huit hectares. Il se gara et se tint sur la digue du lac, observant un héron qui traquait le fretin dans les hauts fonds, son long cou égyptien dessinant un S incurvé jusqu'au moment où, vif et bref, il se déroula dans une attaque brutale. Le grand oiseau blanc leva le bec vers le ciel et avala.

Le regard de Rule s'orienta vers la rive opposée où une balançoire, constituée d'une corde de chanvre épais, était accrochée aux branches hautes d'un hêtre séculaire, au dessus de la surface. Sa mémoire remonta le temps. Il s'était jeté de cette balançoire lorsque dans son oscillation elle avançait au dessus du lac, lâchant prise pour une chute de quatre mètres, infinie lui semblait-il, bras et jambes fouettant l'air, tombant dans l'eau de source glaciale, le souffle coupé, remontant à la surface dans un cri hoqueté. Plus d'une fois il était venu, à cette époque lointaine. Il n'arrêtait pas de le faire par les journées torrides comme celle ci. Là bas exactement, même arbre, même corde peutêtre. Tout semblait inchangé, et pourtant ce n'était pas le cas. Une vague différence agaçante. Le passé juste une sensation nostalgique liée à une image floue. Puis évanouie. Au bout d'un moment il se retourna et sortit du parc, reprit la grand route vers l'est en direction de Jasper.

Alors qu'il approchait du pont de l'Angelina, il vira brusquement à droite pour s'engager sur une voie secondaire, partant vers la Neches, qui parcourait le bassin enserré entre les deux rivières au nord du point où elles confluaient dans le lac Dam B. Les cours d'eau coulaient presque parallèles à cet endroit, séparés par plusieurs kilomètres. Beaucoup d'espace inserré entre les deux, peutêtre un Rouquin à l'intérieur. Rule suivit la petite route pendant trois kilomètres environ, compta une demi douzaine de pistes de sable qui s'éloignaient vers les rives ouest de l'Angelina. Il pouvait être quelque part le long de n'importe laquelle, ou d'aucune. Ayant effectué un demi tour sur l'accotement étroit, il revint à vitesse réduite vers la grand route, l'oreille tendue. Un frémissement à la cime verdoyante des arbres, les croassements mornes d'une corneille, une réponse lointaine, le silence. Là haut, le ventre des nuages strié de bleu enflait et s'écartait pour se rejoindre à nouveau et se fondre dans une chatoyante danse ozonée.

Ça sentait la pluie.

Il fit halte et mit pied à terre, se tint à côté du camion dont le moteur tournait au ralenti, la main sur la carrosserie. Les bois chuchotaient, il prêta encore plus l'oreille. Puis Lefty gémit dans la cabine, il voulait sortir, et il laissa le chien fureter en bordure du fourré pendant qu'il continuait d'écouter, menton levé, yeux fermés, narines dilatées. Au bout d'une minute il marcha jusqu'à la lisière des arbres, ordonna à Lefty de venir au pied. Il s'accroupit à côté de l'animal, lui gratta le crâne.

T'entends ce que j'entends, fils ? Tu sens ?

Il parlait bas, à peine un murmure. Le chien de chasse, la tête levée bien haut, roulait les yeux sur le côté pour voir Rule qui caressait de la main le poil soyeux de son dos tricolore, descendait le long du flanc frémissant, appliquait de petites tapes d'encouragement.

Juste là, fils. Tout ce qu'on a à faire, c'est le lever de son trou.

Il flatta Lefty d'une ultime caresse, tira sur une de ses oreilles veloutées, se redressa. Sortit le quarantecinq de son étui, vérifia le chargeur, introduisit une balle dans la chambre.

Ou y aller, le traquer dans son repaire.

50

Ray Bob franchit la tourbière des houx noirs ombragée par les cyprès chauves et suivit une piste parsemée de fondrières qui s'éloignait de la rive, émergea du fourré dense à demi penché vers le sol, les bras levés, la hache dans une main, le pantalon dans l'autre, bras couverts de taches de rousseur et jambes nues lacérés de vilaines zébrures, d'égratignures sanguinolentes, torse inondé de sueur comme s'il avait installé des traverses de chemin de fer en plein soleil de midi, au mois d'août. Il cheminait sur l'étendue d'herbes et d'orties parsemées de fleurs sauvages, entre la zone de végétation dense et la cabane, quand il s'arrêta au milieu d'une enjambée.

Il se figea sur place, la tête inclinée sur le côté.

À ce moment précis, il ne savait pas si c'était quelque chose qu'il avait entendu ou un bruit qu'il aurait dû entendre mais ne percevait pas. Il leva les yeux en l'air vers les nuages plombés changeants qui s'accumulaient depuis le point du jour, masses basses et ventrues, grosses d'un tonnerre grondant, proches du terme, bilieuses, menaçant d'écarter leurs replis et de perdre les eaux dans un déluge imminent.

Au bout d'une minute il fit le tour vers le devant de la cabane et écouta encore, le regard intensément fixé sur les ornières sableuses qui sortaient des bois derrière la Caddy. La brise moite qui froissait la cime des arbres, le murmure stridulé des insectes en dessous, les gazouillis d'oiseaux. Rien d'autre. Ce qui l'avait alerté n'était plus là.

Il se tourna, entra dans la maison où le chiot s'était endormi, posa la hache. Retira son teeshirt mouillé, ôta ses bottes, s'essuya avec une serviette éponge sortie de son sac de toile. Les écorchures de ses bras et de ses jambes le cuisaient mais n'étaient pas profondes. Il enfila un teeshirt sec et son jean humide. Pieds nus, il réveilla le chiot, le porta sur le perron où il demeura avec l'animal dans ses bras, frottant sans y penser le ventre rosé dépourvu de poils.

L'oreille aux aguets, à nouveau.

Le premier bruit qu'il avait entendu, ça avait été la veille au soir. Il était assis sur le plancher de bois brut, occupé à nourrir le chiot de saucisses de Francfort et de beurre de cacahuètes pendant que lui-même avalait une boîte de haricots froids sauce chili avec des crackers, qu'il faisait descendre en buvant de la bière tiède. Le halo vacillant de la lampe à propane jetait des ombres dans les angles enduits de terre et, au plafond, le long des chevrons de pin couverts de toiles d'araignées. Il écrasait les moustiques en une pâte noire sur ses bras, sentait la moisissure poussiéreuse étouffante et le bois pourri d'humidité qui lui rappelaient un grenier entrouvert soudain après des années de désuétude. Lorsque les abois distants d'une meute avaient pénétré par la porte ouverte de la cabane.

Les bois étouffaient le bruit, mais les chiens étaient lâchés et donnaient de la voix. Il avait écouté. Les clabauds s'étaient tus, puis l'un d'eux avait réattaqué et ils avaient repris leur course aux jappements réguliers, de plus en plus proches. Sur les traces d'un raton laveur, sûrement, se dirigeant par ici. Il s'était levé et avait soufflé la cheminée en verre de la lampe, était resté assis dans l'odeur de moisi et les ténèbres noires comme le charbon, tenant une heure durant le chiot dans ses bras tandis que la meute venue de l'aval décrivait un cercle vers l'ouest et le nord, aboyant sans retenue, hurlant, l'un des chiens doté d'une voix harmonieuse, un rouge et fauve peutêtre, difficile à dire. Il avait entendu le changement quand ils avaient contraint leur proie à se réfugier dans un arbre. Les glapissements plaintifs et exacerbés venus du fond de la gorge lui avaient fait dresser les poils sur la nuque, le chiot avait tremblé et geint dans le noir. Puis les clameurs claironnantes s'étaient calmées tout à coup, il avait perçu le claquement d'une détonation, une seule, suivie du silence. Il avait attendu une heure encore avant de rallumer la lampe.

Après, il était sorti devant la maison pour regarder les lucioles qui éclairaient les bois proches. Les criquets craquetaient dans l'herbe, tout près de lui une chouette avait envoyé son signal, une, deux, trois fois. Un chœur nocturne de rainettes et de crapauds buffles montait et retombait en harmonie au dessus de la tourbière, au clair de lune. Ces jacasseries ne lui avaient pas paru aussi fortes que dans le souvenir qu'il avait gardé des années lointaines, et il avait conclu à un nombre réduit d'individus. Les insecticides, il avait entendu dire, et les herbicides, cela anéantissait leur subsistance, les abandonnait sans maillon voisin dans la chaîne alimentaire, obligeant les survivants à subir une mutation. Aussi simple que ça, aussi simple que ça. Un moment il avait écouté un tatou qui reniflait dans les broussailles, fouissant en quête de vers et d'insectes. Il avait suivi cette fouille à l'oreille, écrasant les moustiques jusqu'à ce qu'ils l'obligent à rentrer.

Il avait dormi par courtes périodes dans le sac de couchage en nylon bon marché doublé d'un mélange flanelle coton. Il avait oublié d'acheter du produit antimoustiques et, s'il restait allongé dessus sans le fermer, les insectes pullulaient, leurs aiguillons agressifs aussi douloureux que des piqûres d'épingles. Il avait remonté la fermeture Éclair, s'était glissé à l'intérieur mais n'avait pu dormir à cause de la chaleur suffoquante, la doublure de flanelle étant semblable à un four et son corps baigné de sueur. Il avait fini par trouver le repos à l'approche du matin, quand la température avait été absorbée par la buée. À son réveil, le chiot était roulé en boule près de sa tête.

Dans l'aube indécise, il s'était frayé un chemin à travers le fourré et la tourbière pour se poster sur la berge et observer le courant couvert de gaze grise entre les rives qui se dévoilaient à l'aurore. Des hirondelles battaient des ailes au dessus de tourbillons teintés d'ocre foncé entre les branches de chicots dansant au dessus de l'eau, plongeaient sous la voûte des feuillages en surplomb, de leur vol vif et furtif. Des poissons piquetaient la surface sous les saules à la recherche de nourriture. Il avait fermé les yeux, senti le picotement des vibrations dans ses bras et ses jambes se mêler au rythme naissant de la journée, en quête de synchronisme avec le bruissement du courant et le soupir des feuilles, le cycle lent de sa respiration tel un soufflet échangeant la vie contre la vie comme à travers la membrane perméable d'un être surnaturel.

Lorsque la sphère ascendante rouge terne avait percé sa brèche entre une flotte de nuages ventrus et les ramures faîtières, et consumé les ultimes filaments de brume, il était revenu vers la vasière, avait enlevé d'abord ses bottes puis son jean avant de s'avancer en caleçon et tee-shirt dans la nappe stagnante tannisée. Il faisait encore nuit en ce lieu envahi de pénombre, sous les branchages denses des feuillus. Il avait progressé prudemment, l'œil aux aguets des mocassins d'eau, avançant sous les lauriers des marais, les houx, vers le gommier noir et les cyprès au delà. Une brume argentée filtrait d'en haut tandis que le soleil occulté par les nuages traçait son arc dans le ciel, et une marque d'un bleu pastel avait attiré son regard sur le tronc d'un nyssa des forêts. Puis une autre sur un cyprès d'allure malingre drapé de mousse espagnole. Et encore une autre. Les mollets dans une eau aussi foncée qu'un thé infusé, il s'était interrogé sur ces traces bleues. Puis il avait compris.

Les bûcherons qui marquaient les arbres à abattre.

Il avait poursuivi alors sa progression, plus vite, éclaboussant à travers hauts fonds et tourbières jusqu'à ce qu'il atteigne l'arbre solitaire qui l'attirait à lui. Comme il l'avait attiré dans le passé, à maintes reprises, depuis cette époque de son enfance où son grandpère l'avait pour la première fois conduit en ce lieu. Il s'était enfin trouvé devant lui, la respiration haletante. Un cyprès chauve très grand, culminant à soixante mètres au dessus du sol, dont la base atteignait presque neuf mètres de circonférence, environnée de racines aériennes aussi hautes qu'un homme. Une flèche colossale qui n'était pas uniquement un arbre mais un être massif, un léviathan dressé, témoignage inviolé du passage des siècles, des ouragans, tornades et tempêtes de glace innombrables. Du déluge biblique, des flammes apocalyptiques et de la sécheresse. D'une douzaine de générations d'arbres inférieurs, d'une centaine de générations de bêtes inférieures. Des Indiens chaussés de cuir s'avançant dans le silence partagé de leur ruse, des Espagnols de l'empire incapables de garder cette terre, des Français arrogants qui devaient l'abandonner, et des sombres vagues de colons anglais qui n'en avaient rien fait, qui s'y étaient cramponnés et devaient finalement se l'approprier en droit et en titre sinon dans l'esprit, qui devaient s'y fixer et la conquérir ou la tuer dans cette tentative.

Ce qu'ils étaient précisément en train de faire.

Il s'était tenu devant l'arbre et avait vu la marque bleu pastel sur l'énorme tronc gris qui ressemblait à une chair tendre musculeuse.

Ne s'octroyant pas un instant de répit, il avait retraversé la tourbière, en avait émergé ruisselant, sans bottes et sans souffle, avait regagné la cabane où il avait retourné un angle jonché d'objets jusqu'à ce qu'il trouve la hache à un seul tranchant et une lourde barre de fer d'un mètre vingt de long. À nouveau il avait pataugé péniblement dans les hauts fonds jusqu'au cyprès et enfoncé le javelot de métal dans la chair du tronc avec le talon de la hache, l'y faisant pénétrer à grands coups, centimètre par centimètre, insensible à la douleur qui irradiait son épaule, transpirant et pantelant sous l'ombre suffocante de l'organisme même qu'il s'acharnait à tuer.

Ça lui avait pris la majeure partie de la journée. Quand il en avait fini, la tige de fer était implantée dans sa totalité, perforant le cyprès jusqu'au cœur. Il s'était reculé, avait essuyé son front avec un avant bras en sueur, levé les yeux vers les frondaisons lointaines de l'arbre gigantesque. Il avait envie de dire quelque chose mais l'arbre était seul pour l'entendre et il se mourait. Il avait parlé néanmoins.

Celui qui a dit que du mal sortira le bien s'est trompé. Qu'ils aillent tous se faire foutre.

Puis il était ressorti du marais, la hache posée sur sa large épaule bûcheronesque, et était remonté à travers le fourré pour regagner la cabane, sans souffle mais avec ses bottes, et c'était à ce moment là qu'il avait cru entendre quelque chose. Puis il s'était changé, enfilant des vêtements secs, et avait pris le chiot pour sortir sur le pas de la porte et écouter encore. Il n'entendait plus. Juste le grondement des nuages bleunoir qui apportaient la pluie. Mais il y avait autre chose.

Autre chose, là bas.

51

Il décida d'y aller, de le traquer dans son repaire.

Il aurait été prudent de téléphoner au bureau du shérif, de demander à l'adjoint Wright de le rejoindre avec une douzaine d'hommes armés de fusils, de gilets pareballes en Kevlar et d'une paire de chiens de chasse. Sans oublier des cirés. Ou de retourner à Jasper, d'aller voir l'adjoint et de mettre au point un plan détaillé. Prudent, conforme au manuel, certainement plus sûr. Mais il travailla seul, comme il l'avait toujours fait, parce que c'était ce que faisaient les meilleurs Rangers, et que Ranger il l'était, puisque c'était de la sorte qu'il aimait procéder.

Une urgence, un Ranger. Un mauvais garçon, moins qu'une urgence.

Ce qui fit définitivement basculer les choses, ce fut le vieux monsieur qui sortit des bois à quatre cents mètres de l'embranchement, juste au moment où Rule revenait sur ses traces en essayant de décider par quelle piste de terre il allait s'enfoncer vers le lit de la rivière. Un instant le bas côté était désert, les bois qui le frangeaient formant un long mur de feuilles griffantes, de troncs noirs et de brindilles terminées par des doigts sous les nuées grises menaçantes. Et tout à coup, comme une apparition subitement cristallisée sous forme charnelle, l'homme se trouvait là. Un visage ratatiné de la couleur d'une noix, des mains noueuses qui pendaient dans le vide le long de ses cuisses, simiesque, genoux ployés, portant feutre informe décoloré, salopette bleue décolorée, chemise de jean à manches longues décolorée et gros souliers.

Rule freina, y regarda à deux fois. L'homme restait là, à la limite des arbres, sans bouger, il ne regardait pas le Ranger mais le considérait néanmoins sous le bord rabattu de son chapeau, visage parcheminé, sombre et impassible. Très vite, deux chiens de chasse de races différentes, un noir et feu et un bleu, sortirent lentement des bois et vinrent se positionner de part et d'autre du vieil homme. Eux aussi semblaient surveiller sans regarder, comme si leur corps entier captait davantage que la seule vision n'en pouvait saisir, posture et attitude abstruses comparables à celle du vieillard aussi impénétrable qu'un sphinx.

Rule passa au point mort et mit pied à terre, ordonna à Lefty de rester dans la cabine. Un grondement de tonnerre sourd roula, venant du sud, la fourche d'un éclair veina l'horizon couleur platine et un souffle d'air frais et humide s'enfla au moment où il contournait l'abattant arrière et s'immobilisait à l'endroit où la voie touchait l'accotement, portait la main à son Stetson.

Bien le bonjour.

Le vieil homme eut une inclinaison de tête, un mouvement presque imperceptible, puis il expédia sur sa droite un jet de salive marron qui frôla le sommet tacheté de la tête du chien bleu au cours de sa trajectoire descendante, atterrit dans l'herbe jonchée d'aiguilles de pin tout près de lui.

Vous habitez par ici ? demanda Rule.

L'homme hocha à nouveau la tête, ou en donna l'impression.

Rule ne pouvait distinguer ses yeux à cause du rebord du chapeau mais, en dessous, les rides et les cannelures chanfreinées de l'âge et du temps plus souvent passé dehors que dedans creusaient profondément son visage. Les poignets, plus bas que les manches de chemise boutonnées, ainsi que les deux mains, étaient marron foncé, patinés comme un parchemin durci par le soleil. Rule étudia les chiens un instant. Tous deux possédaient cage thoracique ample, souffle inépuisable, ossature forte, grande puissance musculaire. Les points marron au dessus des yeux du bleu avaient la même couleur que les rehauts fauves prononcés sur le pelage de l'autre animal, aux fanons trop développés mais aux pattes solides, comparables à celles d'un chat avec leur ergot très haut. Rule reporta son regard sur la route.

Beaux chiens que vous avez là, dit-il. Pour le raton laveur, sûrement.

Le vieil homme baissa alors les yeux, à droite et ensuite à gauche, comme surpris d'y trouver ce qu'il voyait. Puis il leva la tête pour regarder Rule en face. Son nez était un bec étroit entre deux petits yeux très écartés, jaune pâle piqueté de vert clair. Des yeux de panthère. Même si l'orientation qu'il leur donnait ne changea pas, Rule sentit que le point d'attention du vieillard se déplaçait.

Je me demande bien quel âge qu'il peut avoir, ce walker, dit-il.

Sa voix coulait comme l'eau douce sur les rochers, portait les accents chantants du Sud dans les fonds alluviaux de l'Est Texas. Une manière de s'exprimer semblable à celle qu'avaient les gens lorsqu'ils étaient venus dans leurs chars à bœufs et leurs chariots tirés par des mules, arrivés de la Géorgie, de l'Alabama et des Carolines, il y avait de cela presque deux siècles, des confins de l'Irlande et de l'Écosse auparavant, le parler vernaculaire campagnard des petits propriétaires fonciers en quête d'une terre grâce à laquelle ils pourraient perpétuer les traditions de subsistance aisée, de chasse illimitée et de pâturage en liberté, de sols riches dégagés et de forêts sans fin, parce qu'ils avaient épuisé ce qu'ils possédaient avant et voulaient plus, le trouvant ici dans l'Est Texas jusqu'à ce qu'à leur tour ces ressources se tarissent, puis plus rien.

La tête de Rule pivota, repéra Lefty dans la cabine du camion, le museau à la portière, scrutant les autres chiens. Il va sur ses trois ans, dit-il.

Une fois de plus l'homme sembla faire oui de la tête, comme si Rule avait confirmé un fait déjà connu. Un bon walker, ça a du cran, dit-il après un temps, ça lâche pas la piste.

Il se débrouille très bien, il m'a jamais déçu.

Il doit chasser au près, m'est avis.

Nan, il sait garder ses distances, dit Rule. Mais il marque bien et il signale par des jappements brefs et clairs. Le descendant d'une lignée qui vient du comté de Brazoria.

L'inconnu n'offrit aucun commentaire. Son expression restait aussi indéchiffrable que le code secret d'un autre univers. Il savait peutêtre où se trouvait le comté de Brazoria ainsi que tous les bayous capillaires et les tertres coiffés de chênes, ou il n'avait peutêtre jamais entendu parler de cet endroit. Il cracha à nouveau, rasant cette fois le large crâne du noir et feu. Son regard sembla revenir se poser sur Rule, qui comprit instantanément que c'en était fini de la discussion sur les chiens, échange achevé.

Il enfonça les deux pouces dans ses poches revolver, s'aperçut que le vent avait forci. La pluie proche, dans l'air, avait le goût métallique et froid du canon d'une arme à feu.

Je m'appelle Hooks, dit-il. Je suis du comté de Tyler, d'Austin maintenant. Je cherche un homme, un homme mauvais. Il a tué cinq personnes à ma connaissance, peutêtre plus. S'il est par ici, il est arrivé durant ces deux derniers jours.

Il observa le vieil homme, tenta de glaner des indices montrant s'il avait vu ou entendu quelqu'un. Un effort futile. Il avait connu des personnages comme lui, dans sa jeunesse, des habitants des zones rurales reculées qui traversaient le temps en ne laissant pratiquement aucune perturbation qui ne fût volontaire, et qui, néanmoins, là où ils le voulaient, prenaient tout ce qu'ils souhaitaient sans se soucier de ce qu'ils abandonnaient derrière eux. Sauf qu'ils ne souhaitaient pas souvent grand chose, et qu'ils allaient le prendre alors en des endroits où peu de gens oseraient s'aventurer. Dans les bassins alluviaux, et généralement seuls. Soit cet homme savait quelque chose, soit il ne savait rien, soit il le dirait, soit il ne le dirait pas, cela se situait bien au delà du périmètre englobant les besoins de Rule.

Plusieurs minutes passèrent. Rule toucha à nouveau son chapeau, dit, Bon, j'y vais. Il se tourna pour partir.

Le vieil homme parla, voix à peine audible dans les rafales du vent.

Cinq hommes.

Rule s'immobilisa. Précisa, Quatre hommes, et une femme. Un vieux monsieur et un adolescent, un policier et un étudiant noir.

Trois hommes, corrigea le vieillard, une femme et un nègre.

Je ne peux pas vraiment affirmer, moi, comment lui, il fait son décompte, répondit Rule d'un ton égal, tout ce que je sais, c'est qu'ils sont morts. Et que ce ne seront pas les derniers. Il est enragé.

Vous allez le tuer.

Seulement si j'y suis obligé.

Le vieillard détourna alors le regard, vers la piste et l'endroit où elle disparaissait dans les bois bien avant la route goudronnée à deux voies. Au bout d'une minute il parla, d'une voix douce possédant la texture d'une peau de biche. Rule se pencha vers lui pour l'entendre.

On a eu forcé un lynx dans un arbre, hierausoir. Près de la rivière, par chez Grover. Je l'avions dépiauté ce matin. Le seul que j'ai eu vu depuis je sais point quand. Le dernier, m'est avis. Il en reste plus. Avant y avait des ours, il en reste plus. Les loups, ils s'en sont partis. J'ai eu vu une petite lumière de par là bas dans le fond. Une voiture.

Il se tut, le silence dans le sillage de ses paroles telle une inflection persistante indiquant la fatigue que lui avaient causé tous ces mots prononcés d'un seul coup, un courant hâtif de bruit empreint de regrets, beaucoup trop.

C'est par où, chez Grover? demanda Rule.

Dernier chemin avant la grand route.

Là dessus, l'homme tourna les talons et se fondit dans les bois comme s'il s'était glissé par la fente d'un voile, et il y disparut avant que Rule n'ait pris conscience qu'il était parti. Un fantasme enfui dans l'instant. Les deux chiens évanouis aussi, la lisière du fourré redevenue un mur irrégulier de feuillages vert et ocre et de branches sans entraves. Rule tendit l'oreille pour percevoir un bris de brindille, un bruissement de feuilles mortes froissées sous le pied, n'entendit rien.

Parti.

Il monta dans la cabine et s'avança jusqu'au dernier sentier de sable, avant la route, qui menait vers le bassin du cours d'eau. Là, il marqua un temps d'arrêt, envisagea d'appeler le bureau du shérif, de rameuter Wright et les adjoints. Décida de n'en rien faire. Quand marchent les fantômes, orientant les recherches, les augures prévalent. C'en était terminé de l'attente. Il allait y aller seul.

Il allait traquer le Rouquin dans son repaire.

52

Il se trouvait dans la cabane où il enfilait ses bottes quand il entendit le bruit. Il ne l'aurait pas perçu à ce moment précis à cause du grondement du tonnerre qui montait du sud, mais les roues avaient dû s'embourber dans une fondrière près du bras mort, et le moteur gémit un instant avant de retomber en régime. Il sortit sur le pas de la porte, une botte au pied, aux aguets, repéra le ronronnement bas dans les bois. Une voiture, ou un petit camion. Impossible de dire dans quelle direction il allait, mais comme il n'y avait que l'unique chemin creusé d'ornières, il venait forcément vers lui.

Il remua la mâchoire, tendit l'oreille. La pression barométrique était tombée et il lança un regard vers la cime des arbres qui oscillait et le ciel bleunoir foncé, sachant que le plafond allait bientôt crever dans un déferlement estival prématuré. Il rentra dans la cabane, enfila sa deuxième botte, assis par terre. Quand le chiot s'approcha en se dandinant et en geignant pour lui lécher la main, il le repoussa, se saisit du pot de beurre de cacahuètes dont il dévissa le couvercle pour plonger les doigts à l'intérieur. Il en préleva un maximum, étala la masse grasse sur le plancher. Le chien se jeta dessus, fouettant l'air de sa queue avec frénésie.

Il s'essuya la main sur la serviette humide et, debout dans la pièce qui sentait le moisi, au milieu des grains de poussière, inspecta son Walther automatique, s'assura qu'il y avait une balle dans la chambre avant de le glisser dans le creux de son dos. Il retourna sur le seuil, écouta à nouveau. Le moteur progressait toujours à travers bois.

Sortant au milieu des herbes hautes et des orties, il se glissa sur le côté de la cabane puis sur l'arrière et attendit, caché là, surveillant la façade, posté à l'angle formé par les troncs de pins superposés et entrecroisés. Le ventre aux contours changeants des sombres nuées orageuses frémit dans le ciel, les fûts supérieurs des arbres s'agitèrent et tremblèrent par anticipation, mais le vent ne parvenait pas à s'engouffrer dessous et, au niveau du sol, l'air était lourd, immobile et collant.

Son teeshirt était mouillé, avec des tâches de sueur foncées sous les bras ainsi que le long du ventre. Des gouttes de transpiration perlaient à son visage et il s'essuya les yeux dans le creux du coude.

Il se demanda de qui il s'agissait. Ça pouvait être ses cousins qui venaient comme Donnie Ray le lui avait promis, mais ce n'était pas très vraisemblable. Ils n'arriveraient pas dans un véhicule, ou dans ce cas, ils l'auraient laissé sur la route et se seraient approchés à pied, silencieusement, en se cachant. Plus vraisemblablement, ils seraient venus par la rivière, auraient traversé la fondrière et le fourré, mais cela uniquement au petit matin ou au crépuscule, quand il faisait plus frais. Ils ne viendraient pas non plus au milieu d'un orage, ils resteraient chez eux, bien au sec. De toute façon, ils ne s'annonceraient pas, ne feraient pas le genre de bruit qu'il entendait là. Donc, c'était quelqu'un d'autre. Ça pouvait être quelqu'un qui connaissait l'existence de la cabane de pêcheur, qui s'en servait, mais il en doutait, il n'avait jamais vu personne ici, aucune des nombreuses fois où il était venu. De toute façon c'était quelqu'un qui avait une raison bien précise d'être là parce que personne, sinon, ne s'enfoncerait aussi loin dans les terres alluviales, au bout d'un chemin qui n'était rien d'autre que deux ornières, surtout par ce temps.

Il attendit, l'oreille tendue. Au sud, un éclair zébra l'horizon de ses ramifications brisées incandescentes, déchira le ciel meurtri. Le tonnerre lui succéda rapidement, son vacarme tonitruant éclata et roula au dessus du paysage puis tomba et ébranla la terre, s'insinua dans son corps en transitant par ses jambes, trembla dans ses os. Mais la pluie s'obstinait à ne pas déferler et le grondement s'apaisa bientôt, puis cessa.

Le bruit du moteur se rapprochait. Il aperçut brièvement du rouge à travers sousbois et feuillages. Un moment plus tard, cela se reproduisit, puis une fois encore. Il vit qu'il s'agissait d'un camion, sut que c'était le pickup Dodge vu en ville, avec le Ranger et Booker Wright. Il recula lentement vers la limite du fourré à travers herbes et fleurs sauvages, maintenant l'angle de la cabane entre lui et le véhicule qui émergeait à cet instant complètement des bois, s'avançait derrière la Caddy et s'arrêtait. Il vit alors que le Ranger était seul. Sauf si d'autres arrivaient derrière. Mais le moteur du pickup se tut aussitôt et le silence s'installa, pas un seul bruit dans les bois à l'exception de ceux qui étaient ordinaires, puis le tonnerre gronda à nouveau et la pluie commença à tomber, hésitante encore, chute éparse de grosses gouttes chaudes.

Le Ranger descendit du camion et repoussa son Stetson en arrière, se tint à côté de la portière ouverte, le regard posé sur la Caddy d'abord, sur la cabane ensuite. Soit il était imprudent, soit il savait ce qu'il faisait, car une seule balle bien placée tirée de l'intérieur aurait suffi à le tuer. Grand type mince au visage long et au menton étroit, un cowboy en cravate lacet. Il lui fit penser à un chanteur de country, un grand gars maigre qui passait souvent à la télé avant, il portait des vestes à paillettes. Sauf qu'il restait là à contempler la cabane comme s'il savait qu'elle était vide, comme s'il l'avait prévu. Ce cowboy savait ce qu'il faisait.

Ray Bob progressa au bord du fourré vers l'entrée presque imperceptible du sentier qui menait en bas à la fondrière et à la rivière. Il resta là un instant à découvert, se retournant pour s'assurer que le Ranger l'avait vu, puis s'enfonça sous le sureau et disparut.

Rule étudiait la cabane, une construction ancienne en troncs de feuillus écorcés dont les fibres longitudinales se prêtaient au sciage, protégés contre la pourriture par de la poix, le genre qui résiste et dure, lorsque le mouvement attira son regard, du blanc qui se déplaçait sur fond vert derrière la petite habitation, et il vit le Rouquin qui s'arrêtait, se retournait, se glissait dans le fourré. Ce gars jouait au chat et à la souris, il voulait l'attirer comme s'il s'agissait d'un jeu.

Il ne prêta pas attention aux gouttes de pluie qui tombaient éparses, même s'il percevait, là bas dans les bois d'où soufflait le vent, un crépitement persistant sur les feuilles, et savait que cela allait bientôt tourner au déluge. Il referma la portière, contourna le camion vers celle du passager, fit sortir Lefty, lui ordonna de ne pas bouger. Il se pencha à l'intérieur, prit le gilet pareballes en Kevlar, l'enfila. Il allait faire sacrément chaud dans ces bois, avec le gilet qui rendrait les choses pires encore, surtout s'il portait le blouson de pluie Gore-Tex qu'il décida de mettre quand même. Il valait mieux avoir chaud que de se retrouver trempé.

Il ôta son chapeau, le posa sur le siège, porta la main au Colt quarantecinq dans son étui, tendit le bras pour s'emparer de son fusil, un Ruger deux cent vingtrois à crosse repliable. Il s'activait, mais sans un geste de trop. Ce n'était pas la première fois, il ne servait à rien de se précipiter. Il déplia la crosse, marqua un temps d'arrêt, la replia, rangea l'arme derrière le siège et décrocha du râtelier le fusil à pompe Remington calibre douze. Une carabine robuste, sans accessoires ni courroie, excellente pour le travail de près, plus efficace qu'un fusil dans les bois touffus. Il en vérifia le chargeur, fit monter une cartouche dans la chambre. Des cartouches de sept centimètres cinq chargées de plombs double zéro.

Se livrant à un inventaire, il parcourut la cabine du regard, retira les clefs du contact, se demanda s'il prenait le portable, décida que non. Un truc de plus à traîner, qui ne servait qu'à faire du bruit, inutilisable de toute façon sous l'épaisse couverture des arbres. Les clefs, ça faisait du bruit aussi. Il les sortit de sa poche de pantalon en même temps que ses pièces de monnaie, déposa le tout sur le plancher puis referma la portière.

Il s'agenouilla près de Lefty, lui parla en lui caressant le garrot. Parlant doucement, calmement, disant, Écoute bien, le beau, tu dois travailler sans me lâcher, c'est pas le moment de t'écarter ou de foncer loin devant. C'est pas un raton laveur, là. C'est du vilain gibier auquel on a affaire, il court mais il va pas se réfugier dans un arbre. J'ai besoin que tu colles à la trace et que t'aboies pas.

Lefty dressait sa large tête, attentif. Il le flatta de la main, sachant que cela ne servait à rien, que le chien foncerait de toute façon quand il aurait levé sa proie, qu'il n'y avait pas moyen d'y changer quoi que ce soit. Lefty agirait à sa manière, la seule qu'il connaissait.

Rule s'enfonça dans les hautes herbes, dépassa la cabane, Lefty tout près de lui. Quand ils atteignirent la lisière des bois plus denses, il s'agenouilla au niveau du sureau où le Rouquin avait disparu, mit Lefty sur la trace. Il était en train de rappeler au chien qu'il devait rester avec lui quand le ciel explosa dans un coup de tonnerre assourdissant et les nuages libérèrent leur fardeau en gémissant. La pluie déferla de manière si torrentielle que lorsqu'il tourna ses regards vers la cabane, la Cadillac et le camion, il ne distingua que le rideau gris argent d'une cascade de lanières tombant vers la terre fumante.

Il se pencha, écarta de l'épaule l'arbuste feuillu et pénétra sous le couvert, Lefty devant lui. Le temps qu'il fasse deux mètres et se redresse, le fusil niché sur le bras gauche, le chien avait disparu. Il se demanda s'il n'aurait pas dû le laisser dans le camion. Se disant qu'un individu qui est capable de tirer une balle dans la tête d'une femme ou dans l'œil d'un adolescent a toutes les chances de ne pas hésiter avant d'abattre un chien. Un risque qu'il détestait courir, mais il ne pouvait se passer de Lefty. Il représentait son unique avantage, dans ces fonds alluviaux, à la poursuite d'un homme armé. Autrement, le Rouquin pourrait l'attendre derrière n'importe quel arbre et l'abattre au moment où il le voudrait. C'était le rôle d'un bon chien, quand on en arrivait là.

La pluie martelait le faîte des arbres qui en recueillait la plus grande partie, elle ne tombait que légèrement en contrebas. Il s'avança sur la piste esquissée, sous les branches, traversa plantes rampantes et broussailles dans la direction des aboiements, tendit l'oreille pour l'entendre, là bas dans le fourré où il suivait l'odeur du Rouquin, sa voix familière s'élevant, brève et nette, un jappement sec, aisé, insistant, qui montait du fond de la gorge. Il en eut la chair de poule.

Un son magnifique.

Il avait prévu de suivre le sentier qui contournait la fondrière puis de virer brusquement sous un bouquet de noyers amers qui bordaient un ruisseau sablonneux peu profond à l'endroit où il se jetait dans la rivière. De l'autre côté se dressait une berge abrupte de deux mètres de haut, les racines d'un vieux chêne à glands cupulés dépassant de la pente à l'endroit où le cours d'eau en crue les engloutissait. Il voulait se hisser en s'aidant des racines et s'allonger en haut derrière le tronc, attendre l'arrivée du cowboy. Une cible proche et sans danger, impossible à rater. S'il la manquait, il s'évanouirait dans les bois en amont avant que l'autre ne puisse le suivre. Un plan sensé.

Alors était survenu le craquement sec d'un éclair proche, la foudre avait ébranlé le sol et il avait entendu le bruit de la pluie fouettant le faîte des arbres. Et à ce moment là, il avait entendu le chien.

Putain de merde.

Juste un, à en juger à l'oreille, mais c'était suffisant. Un chien de chasse, qui le suivait à la trace. Il ne l'avait pas vu quand le Ranger était arrivé, il devait se trouver à l'arrière.

Il décrivit un petit cercle en élaborant un nouveau plan. La clameur de l'averse résonnait sur le parapluie des ramures enchevêtrées au dessus de lui, la pluie s'y accumulait et gouttait au travers, un crépitement discret sur le sol. Assez pour transformer d'ici peu le bassin en un vaste marécage, pour changer la terre en boue sous la couche spongieuse de feuilles mortes. Pour faire de la marche à travers bois une progression ardue et glissante. Impossible de distancer un chien, de toute façon. La seule chose qui avait un sens, désormais, c'était la tourbière aux houx noirs. Une progression lente, mais l'animal ne pourrait pas flairer sa piste.

Il retira ses bottes, les prit à la main, entra dans l'eau stagnante peu profonde au même endroit que le matin. L'étendue marécageuse menaçante s'avançait parmi les troncs d'arbres et la muscadine qui pendait des branches, disparaissait au milieu des ombres, de la mousse espagnole et des troubles ténèbres. Parallèle à la rivière, la fondrière couvrait peutêtre huit hectares en tout, elle était plus longue que large. Il pouvait la suivre sur toute sa longueur ou s'arrêter en chemin et revenir vers le fourré. Plus court, comme ça. Après, il contournerait le reste, suivrait la rivière vers l'aval en collant à la berge, la traverserait à la nage et frapperait à la porte de tante Ethel, lui souhaitant bien le bonjour, à elle et à ses fils, surprise, surprise, ferait ce qu'il avait à faire puis s'emparerait de leur bateau. Il réfléchirait à la suite ultérieurement.

Sous lauriers et houx, il pataugea dans l'eau qui lui montait aux mollets, s'efforçant d'avancer vite, entendant le chien qui se rapprochait à travers bois, son aboiement clair et sonore. Mais plus il tentait d'accélérer, plus ses pieds s'enlisaient dans le fond, épaisse couche de vase gélatineuse entassée au cours des millénaires, composée de feuilles corrompues et de limon de rivière qui, lorsqu'on le brassait, sentait la souille surie, les cantaloups pourris et la chair rance du poisson putréfié. Il ralentit, adopta un rythme régulier, progressant par petits pas, levant chaque pied juste assez haut pour effleurer la surface, réduisant ainsi le poids de son corps.

Il avançait mieux, de la sorte, dépensait moins d'énergie, couvrait une distance supérieure. Il débattait en lui-même pour le chien, pencha pour un rouge, changea d'avis. Il en avait le timbre mais pas le volume pulmonaire, conclut-il. Un noir et feu peutêtre, ou un walker. Il s'enfonça jusqu'au genou quand son pied rencontra un endroit mou, récupéra son équilibre. L'eau qui avait la couleur du thé était chaude, sa surface piquetée de rides circulaires précises là où les gouttes transperçaient la futaie dense. Il pleuvait fort, là haut, il l'entendait parfaitement, mais en bas, dans la tourbière sombre et cloîtrée, régnait le calme, une atmosphère écœurante, chaude et humide, léthargique. Le teeshirt collait à son corps comme s'il s'était douché avec.

Il avait parcouru moins de trente mètres lorsque le chien se tut soudain puis entama bientôt un abois soutenu sur la rive de la tourbière. Il ne le distinguait pas à cause des arbres et des plantes tombantes, et poursuivit sa marche, s'obligeant à aller de l'avant, la respiration précipitée. Puis le chien se tut et il entendit l'appel de l'homme. Il s'immobilisa, s'abrita sans bruit derrière le large tronc d'un gommier noir des marais.

Tu ne vas nullepart comme ça, le Rouquin, dit la voix, tu ferais aussi bien de sortir de là.

Le Ranger ne parlait pas fort. Il s'exprimait avec lenteur, presque avec détachement, comme s'il savait que Ray Bob l'entendait, et comme s'il savait où il était. Ray Bob ne répondit pas.

T'es pas le premier pédé à être sorti de ces bois, fiston, mais c'est pas une raison pour tuer les gens. Allez, sors.

Ray Bob essaya de voir de l'autre côté du gommier, ne distingua rien. Il sortit le Walther de son pantalon, s'écarta dans l'eau peu profonde, les bottes dans une main, l'arme dans l'autre, soulevant à peine les pieds pour ne pas faire de bruit.

La voix insistait, toujours naturelle, presque sur le ton de la conversation. Mais elle posait des questions maintenant.

Qu'est-ce t'as fait de DeReese ? Mais c'était peutêtre Wade ? Vous vous défoncez la pastille, tous les deux ?

Ray Bob dépassa en silence le gommier et des cyprès chauves, s'éloignant progressivement. Il essuya la sueur qui coulait dans ses yeux tout en réfléchissant. Ce que racontait ce type n'avait aucun sens. Le seul DeReese qu'il connaissait c'était ce coonass de merde qui avait donné Eddie. L'autre nom ne lui disait rien du tout. Qui c'était, ce Wade, putain ? Wade comment ? Pourtant, si, ça lui rappelait quelque chose, et c'était récent. Il poussa un grognement. L'oncle d'Eddie, celui à qui lui avait fait penser le vieux de la station service d'Austin. Le vieux qu'il avait descendu parce qu'Eddie avait pas de couilles, sauf que ça, il le savait pas encore à ce moment là.

On a déjà Wade, à condition que ça soit lui, continua la voix. Toujours détendue, comme s'il discutait de tout et de rien.

Il est mort. C'était lui qui te faisait bander ? Peutêtre que c'était DeReese.

Ray Bob s'arrêta pour chasser de son visage un essaim de moustiques. Il se demanda de quoi ce mec pouvait bien parler. Il reprit sa marche. L'eau teintée de sombre était plus profonde maintenant, elle lui arrivait aux genoux. Il coupa en diagonale vers la droite sous un rideau de mousse espagnole pour dépasser un cyprès en tournant le dos à la rivière. La tourbière prenait fin quelque part par là, dans le fourré.

Le cowboy avait recommencé à parler, sa voix était plus lointaine, moins distincte. Sauf que ce qu'il racontait n'avait toujours aucun sens. Peutêtre qu'elle ne venait pas du même endroit, en plus, c'était difficile à dire, étant donné la façon dont les voix portent sur l'eau, à travers bois.

... soit l'un soit l'autre, disait-elle, on sait au moins ça. On a des vidéos. On est juste pas sûr duquel.

Ensuite il cessa de parler pendant un moment et Ray Bob arrêta de bouger dans l'eau. Il se figea à côté d'une racine aérienne de cyprès, prêtant l'oreille. Peutêtre allait-il pouvoir déterminer si le Ranger essayait de se déplacer sans qu'il le sache. C'était sûrement le cas.

Il n'entendit rien. Il fit un nouveau pas, eau plus profonde, lui montant à l'entrejambe, lorsqu'un mocassin d'eau gros comme son bras apparut derrière la racine du cyprès, ondula à la surface en venant droit sur lui, sa tête triangulaire orientée vers le haut, sa gueule blanche béant. Il en repéra l'odeur musquée presque avant de le voir, sa puanteur mêlant boue noire et viande pourrie, crochets pointés en avant, yeux fendus par la fureur, il serpentait vers lui, monstre de vengeance viscérale. Ray Bob partit en arrière, s'enfonça jusqu'à la poitrine, décrivit un arc de cercle devant lui avec ses bottes au moment où le reptile frappait. Les crochets pointus rencontrèrent le haut d'une botte en cuir où ils restèrent plantés, le grand corps sinueux oscilla dans les airs, retomba en travers de son bras, froid et mouillé, se tordit de toute sa longueur et de tout son poids, sa peau reptilienne se contorsionnant au contact de la sienne. La masse du reptile était secouée d'une puissante énergie, et l'odeur pestilentielle qui s'en dégageait le surprit davantage que sa taille ou son poids. Il lança brusquement son bras en l'air vers l'arrière, libérant les crochets de la botte, et l'épais corps délové s'envola. Le mocassin retomba contre une racine de cyprès voisine. Ray Bob bascula dans l'eau et tenta de reprendre pied aussitôt, le Walther tendu à bout de bras. Il vit le long serpent couleur de boue qui s'éloignait en sinuosités paresseuses, d'une grâce surprenante, la tête décrivant un mouvement d'oscillation au dessus du corps immergé.

Pris de vertige, il eut le sentiment que ses jambes allaient le lâcher et qu'il allait tomber à nouveau. Il était comme les amortisseurs sans ressorts d'une Jeep à bout de course. Il vacilla, retrouva son équilibre, resta sur place à panteler pour reprendre son souffle pendant que les frissons s'estompaient. Puis il reprit sa marche.

Quand la voix se manifesta, la fois suivante, elle lui parut plus proche.

N'empêche que j'arrive pas à comprendre pourquoi un pédé irait violer une fille à Austin. À moins que les deux te branchent. Peutêtre même que t'as besoin que ça soit violent pour jouir. C'est pour ça que tu l'as frappé à coups de pistolet, le gars de Houston ? Que tu lui as carré dans le cul ? Ça t'a fait bander ?

Ray Bob écoutait intensément, concluant que le cowboy était toujours là bas, de l'autre côté de la tourbière, dans la direction d'où il venait. Il avait avancé, mais pas beaucoup. Peur de se mouiller les pieds, peutêtre. Probablement effrayé par les serpents, ou les alligators. Eux, ici, il n'y en avait pas beaucoup, en plus. À moins qu'il espère que le chien l'oblige à sortir de sa cachette, qu'il fasse le gros du travail.

Il reprit sa progression. C'était moins profond maintenant et il avançait plus vite, déplaçant peu d'eau pour ne pas faire de bruit. Au bout d'une minute, il marcha dans la boue, l'épaisse glaise noire aspirant ses pieds, puis juste au dessus de lui il vit un bouquet de noyers aquatiques et un grand magnolia qui laissait traîner un voile enchevêtré de muscadine, et il sut qu'il était presque au bord. Il insista, ses orteils s'agrippant à la tourbe jusqu'à ce qu'il parvienne enfin à gagner la terre ferme et s'appuie tout haletant contre l'imposant tronc vert olive du magnolia. Il s'assit sur une racine formant une boucle afin d'enfiler ses bottes. Elles glissèrent facilement sur ses pieds souillés de boue.

Il s'aperçut alors à l'oreille qu'il pleuvait toujours. Se démancha le cou pour regarder en l'air vers la tonnelle de branches, détecta par endroits le ventre bleunoir de la tempête tourbillonnante, le déluge soutenu qui se ruait vers l'est.

Il se tenait encore là un moment plus tard quand il entendit un bruissement soudain dans les broussailles proches d'où le chien jaillit tout à coup dans un grondement pour se jeter sur lui. Il leva le Walther, lui tira en pleine poitrine. L'animal partit sur le côté en roulant sur lui-même à cause de l'impact, retomba sur le flanc à un mètre de lui, sur la terre spongieuse, avec un bruit sourd. Il le regarda. Tête large, long museau carré, oreilles ovales repliées dans le haut, robe lisse au poil court, tricolore, blanc, noir et fauve. Surtout blanc.

Un walker pour chasser le raton laveur. Ce qu'il avait pensé.

C'étaient de bons chiens. Il se souvint que son père en avait une meute, cinq, parfois six, qu'il leur donnait les noms de marques d'alcool, qu'il disait qu'ils étaient plus rapides et plus tenaces que les autres races, les bleus ou les rouges.

Courbé en deux, Rule progressait sous les petits arbres et les plantes grimpantes qui bordaient la rive de la tourbière quand il entendit la détonation, très près.

Lefty.

Il s'immobilisa. Un instant, paralysé. Une forme noire prit naissance dans son ventre, monta en vrillant sur elle-même et en tressautant comme la navette qu'il avait vue un jour à la télévision s'incliner en direction de l'espace de manière incontrôlable en même temps que la prémonition inévitablement engendrée par ce mouvement, sachant que quelque chose d'épouvantable venait de se produire et que rien ne pouvait rattraper une trajectoire qui ne pouvait que culminer dans une boule de feu rougeorange et de fumée, une explosion aussi atroce que celle qui éclatait maintenant derrière ses yeux et lui fendait le crâne.

Mais pas sans bruit. Un crissement semblable à celui d'une articulation déchirée, cartilages et tendons arrachés.

Il avait su que ça pouvait se produire mais n'y était pas prépare, et il se rua à travers l'épais fourré en trébuchant, la pluie ruisselant sur son crâne et son visage, écartant branches rugueuses et ronces avec le canon du fusil, presque aveugle, mû par l'indignité et l'amertume de cet unique coup de feu, appréhendant désormais ce qu'il avait pressenti au fond de son être depuis le début mais n'avait pas voulu admettre.

Il était hors de question qu'il prenne le Rouquin vivant, il n'en avait jamais eu l'intention.

Cela faisait dix jours qu'il le traquait, depuis Austin, en comptant les journées d'attente, depuis le soir où il avait appuyé son pistolet sur le visage de Bernie et tiré. Sans fin, il avait attendu. Et il l'avait traqué implacablement, de la région des collines arrondies aux plaines côtières vertes, le long du littoral du golfe avec ses marais d'eau de mer, au milieu des rejets empoisonnés venant des raffineries et des usines chimiques pour remonter dans les bois de pins et les bassins alluviaux de l'Est Texas. Au milieu d'une chaleur de haut fourneau, d'une humidité de forêt tropicale, et maintenant de l'orage et du déluge, en dépit de la solitude, de l'ennui et des intermèdes angoissés liés à la diminution de sa virilité, il avait suivi à la trace la rage gratuite du Rouquin, hommes et femmes, jeunes ou vieux, et un adolescent, morts, pour rien, si ce n'était l'inexplicable violence d'un unique individu.

Il ignorait ce qui avait pu se passer pour en être cause, mais c'était l'univers que le fugitif avait fabriqué lui-même, celui auquel il allait mettre un terme. La vie qui décrivait son cycle complet. Une justice exécutée en proportion du méfait. Comme l'avait dit l'adjoint, à la fin la question n'était pas de savoir ce qui était bien ou mal, mais de savoir si on l'avait cherché. Il ne savait pas ce que le Rouquin pourrait exiger comme son dû, en termes de sommes et de calculs associés à une vision plus large, mais dans la configuration des actes par lui accomplis et les coordonnées circonscrites à ce lieu où il s'était réfugié, il ne méritait pas de vivre.

Il allait l'abattre, l'arracher à ces terres basses et le hisser à l'arrière du Dodge, sous forme de cadavre.

Rule se reprit très vite, se refréna. Ça ne servait à rien de se faire descendre. Le Rouquin était là, tout près, à moins qu'il n'ait fichu le camp. Il ne l'avait pas entendu dans les broussailles mais n'avait pas fait d'effort pour ça, trop occupé qu'il était à laisser sa tête lui échapper, une erreur. Il s'avança prudemment, progressant pas à pas, avec la pluie qui tombait plus dense maintenant, la boue spongieuse qui amortissait le bruit de ses bottes, les épais titis et amas de ronces aussi hauts que sa tête sous le couvert sombre des nyssas et des magnolias. Il écarta une branche de myrte cireuse et aperçut devant lui, sur le sol au milieu des feuilles détrempées, une petite forme blanc et marron. Il cligna des yeux.

Lefty. Oh, Seigneur.

Le walker était couché sur le côté près de la racine tordue d'un vieux magnolia à large ramure. Au début, il crut que le chien allait se lever et marcher s'il l'appelait, puis il vit la tache cramoisie recouvrant la large poitrine blanche, le sang collé au pelage lisse et formant une flaque sur les feuilles mortes mouillées. Il fixa son regard sur l'animal puis parcourut des yeux les ombres denses du fourré au delà.

Il n'y avait rien à voir ni aucun bruit sinon la pluie incessante au sommet des arbres, sa propre respiration rauque quand il s'avança et leva la tête, la forme noire grotesque qu'il sentait à nouveau sourdre de son ventre, une sensation nauséeuse, hésitante, qui montait à sa gorge, de telle sorte qu'il se cambra en arrière et hurla dans les ténèbres noyées de pluie.

Salopard ! Où t'es !

Les réverbérations éraillées de son cri barbare n'étaient pas encore retombées lorsque le claquement sec d'une détonation partit sur sa gauche et que quelque chose de lourd le frappa à la cuisse, le projetant sur le côté. Une ardente lumière éblouissante passa derrière ses yeux. Sa jambe céda et s'écroula sous lui. Une douleur fulgurante le transperça jusqu'au pelvis. La pensée fugace que tout cela lui était connu le traversa tandis qu'il titubait et s'effondrait sur sa droite en relevant et braquant la carabine Remington, mais la plaque de couche de la crosse accrocha la poche de sa veste imperméable et, quand il tira, les plombs taillèrent en pièces une grosse branche lointaine.

Il atterrit sur le côté droit, le visage enseveli dans les feuilles détrempées. L'impact l'avait privé de souffle et, quand il le retrouva, le parfum fécond des feuilles et la terre noire imbibée, sous lui, le ramenèrent à des journées d'autrefois, comme dans un rêve, où il parcourait les bois denses, seul après l'ondée estivale, et où la terre riche ruisselante de pluie enflait et exhalait les promesses de tout ce qui l'attendait, assurances adolescentes fertiles d'une existence profonde et prolifique. Qu'il savait maintenant n'avoir pas connue.

Qui avait abouti à cela.

Le Ranger était étendu sur le flanc, la joue collée à la terre boueuse.

Il ramassa sa carabine, plaça une jambe de chaque côté du blessé, le fit rouler sur le dos, s'empara du Colt quarantecinq. Il recula d'un pas, le regard rivé sur le grand policier prostré. Le long visage étroit crispé par la douleur, les cheveux trempés plaqués sur le crâne, les feuilles mortes qui y adhéraient.

Tu sais à qui tu ressembles ? dit Ray Bob. À Porter Wagoner dans un mauvais jour.

Il eut un large sourire.

Comme Porter après qu'il se serait pris une balle de neuf millimètres dans la jambe.

Va te faire foutre, dit Rule.

Peutêtre que c'était ce que t'avais dans l'idée, mais je crois pas que ça soit le scénario, maintenant. Qu'est-ce t'en penses ?

Rule ne dit rien.

Ray Bob contempla le gilet en Kevlar sous la parka, il dit, Tu sais que c'était ta poitrine que je visais ? Une chance que je sois mauvais tireur. Œil gauche dominant.

Il fit un pas en arrière et s'accroupit dans la position du forestier, pieds à plat, fesses frôlant le sol, coudes ramenés sur les deux genoux, poignets souples, le fusil dans l'espace libre, appuyé contre son épaule. Il tenait le Walther dans une main, le Colt dans l'autre. Il étudia Rule un moment.

T'aurais pas dû amener le walker, n'empêche. C'était stupide, ça, Porter. Un bon chien bousillé pour rien.

Rule se souleva précautionneusement sur les deux mains, les traits grimaçants, jusqu'à ce qu'il soit sur son séant. Sa cuisse gauche l'élançait comme si quelqu'un frappait dessus avec un marteau à panneboule. La balle avait touché l'os, semblait-il, une vilaine blessure. Son visage ruisselait de pluie et de sueur mais il avait froid. Le choc qui s'installait.

Venir contre moi seul, c'était stupide, ça aussi. C'est toi le Justicier solitaire [1] ?

Rule ne répondit pas. Il examina sa cuisse, appuya dessus avec sa main gauche, comprima l'écoulement du sang. Il était surpris qu'il y en eût aussi peu. Il supposa que la majeure partie de l'hémorragie était interne. Sa jambe enflait.

Ray Bob dit, T'as donné ta langue au chat, là, mais ce qu'est sûr c'est que tu l'avais bien pendue toutàl'heure. Qu'est-ce que c'est que toutes ces conneries sur DeReese et Wade ?

Rule le regarda. Trapu, épaules massives, bien musclé. Cheveux roux coupés court, large visage à la peau claire avec des taches de rousseur, et des yeux froids, gris ou verts. Une boucle d'oreille en or à chaque lobe. Exactement comme sur les vidéos.

Lequel c'était ? demanda-t-il.

Ray Bob haussa les épaules. Ça veut rien dire ce que tu racontes. Lequel c'était quoi ?

Qu'était avec toi, à Austin, sur la route.

Mon équipier, tu veux dire. Il s'appelle Eddie, ce con.

Rule secoua la tête. Son nom c'est Ledoux, soit DeReese, soit Wade.

1. *The Lone Ranger*, sorte de Robin des Bois de série télévisée évoluant dans les grands espaces de l'Ouest. (*N.d.T.*)

Ray Bob fronça les sourcils, essayant de mettre de l'ordre là dedans. Tous ces noms lui étaient connus, mais pas dans une configuration identifiable. Il s'essuya le visage avec le dos de la main. La pluie continuait de s'abattre violemment sur la cime des arbres, gouttait à travers le feuillage avec un crépitement soutenu. Il entendit un grondement de tonnerre qui venait encore du sud.

T'es complètement largué, Porter. Son nom, c'est Eddie.

Rule respira à fond, rejeta l'air. Le sang battait dans sa jambe, c'était un marteau piqueur maintenant. Il se laissa lentement descendre sur un coude. La tête lui tournait, il était pris de vertige. Il ne parvenait pas à réfléchir correctement, à cause de la douleur. Il ferma les yeux, les ouvrit, se sentant faible. T'as violé cette fille, à Austin, dit-il, moi je te croyais pédé.

Ray Bob ricana. T'es complètement à côté de la plaque, connard. J'ai baisé qu'une seule femme dans ma vie, et c'était pas elle. Tu t'imagines que j'irais tremper ma pine dans une pouffiasse que je connais pas ?

Il brandit le Walther, remua le canon de l'automatique.

Je l'ai baisée avec ça. Je parie qu'elle l'a pas dit, ça. Elle a cru que j'allais lui exploser la chatte.

Il sourit largement.

T'aurais dû voir ses yeux comme ils roulaient, juste avant qu'elle perde connaissance.

Rule dit, T'es sérieusement perturbé, mon gars.

C'est ce que les gens me disent. M'est avis que c'est ma façon de m'intégrer dans ce monde. Une alliance paradisiaque, tu pourrais dire. Ou infernale, je m'en fous, à toi de voir, c'est du pareil au même.

Rule s'allongea sur le dos, ferma les yeux. Il avait froid, il tremblait de tous ses membres. L'autre le regarda puis se leva et posa le fusil, s'avança vers l'endroit où le Ranger gisait sur la terre détrempée. Il se campa, un pied de part et d'autre de ses hanches, dit, Il faut que j'y aille avant que l'eau inonde complètement la route. Je suppose que tu sais que j'ai tué ma mère.

Rule hocha la tête. C'est ce qu'on m'a dit, murmura-t-il.

Le Rouquin se pencha tout près, les deux pistolets dans les mains, le visage à trente centimètres de Rule. Une expression étrange s'empara de ses traits, tordit sa bouche environnée de taches de rousseur pâles, attira le regard sans expression de ses yeux grisvert en lui-même avec une lueur démente.

Crois-le ou pas, Porter, je l'aimais, cette vieille femme. M'est avis que c'est sûrement la seule que j'aie jamais vraiment aimée. Mais comme ça s'est passé, j'avais vraiment pas le choix. La façon qu'elle m'a traité, ce qu'elle a fait...

Sa voix se cassa, les mots ravalés.

Les yeux clos, Rule écouta sa respiration, ses reniflements lents haletant, il perçut le choc amorti de la pluie sur les feuilles proches de sa tête, sentit les gouttes chaudes qui lui tombaient sur le visage. Il eut l'impression de sentir la langue de Dana sur sa joue, puis se souvint de la mère de Katie, combien il aimait ses baisers. Il avait oublié. Une femme bien. Alors il se vit avec elles dans le séjour, à Noël, une famille. Katie âgée de trois ans, par terre près de l'arbre, occupée à ouvrir un cadeau, serrant une poupée Barbie sur sa poitrine et se balançant, lui chantant une berceuse. La plus jolie petite fille qu'il ait jamais vue. Il se demanda ce qui la tracassait depuis quelque temps, espéra que ce n'était pas un problème de garçon. Elle ne saurait jamais, maintenant. Ne saurait jamais qu'il avait accédé à sa demande, qu'il essayait. Qu'il comprenait pourquoi il ne la connaissait pas, et ne le pouvait pas. Elle n'était pas *lui*, et c'était très bien comme ça. Son monde, pour en faire ce qu'elle voulait. Seul regret : ne plus avoir la possibilité, maintenant, de lui dire qu'il l'admirait, qu'il était fier d'elle. Sa petite fille... une femme. Indépendante. Encore sa petite fille chérie, néanmoins. Toujours. *Son* secret. Moment où il entendit à nouveau les paroles du Rouquin.

... s'est vue se faire flinguer, avec ce revolver que j'ai là et pas un autre. Et après je l'ai baisée pendant qu'elle était encore chaude. M'est avis que ça lui a servi de leçon.

Il leva le regard vers le visage du Rouquin. Il y avait des larmes dans ses yeux.

Je vais te dire autre chose. C'est la seule fois que cette vieille femme elle m'a jamais tenu contre elle. C'est délire, non ?

Rule ferma les yeux. Une bien triste histoire, mon gars.

Le Rouquin rit, montra les deux pistolets.

C'est sûr. J'ai vu des psys adultes, chez les fous, qui en sont restés sur le cul à chialer. Lequel tu préfères ?

On tue pas un homme avec son propre flingue.

C'est chouette, ça, comme dernières paroles, dit Ray Bob, je crois que je vais les noter. Il se redressa de toute sa hauteur, pointa le Colt entre les yeux du Ranger. Il dit, Sauf que c'est pas toi qu'a le rôle principal, Porter, et il appuya sur la détente.

53

Fin d'aprèsmidi, assis à la table de la cuisine à boire de la bière, la télé en arrière fond sonore. Randy et Waylon vautrés devant à regarder *La Famille Pierre-à-feu*, Fred qui criait sur Wilma. Eddie avait envie d'y aller aussi mais Della était d'humeur à s'épancher sur sa carrière de mannequin.

Si tu veux la vérité, disait-elle, je commençais à en avoir assez de toute façon, de cette tension en permanence.

Il acquiesça de la tête, dit, J'imagine. Il prenait un ton intéressé mais surveillait le temps qu'il faisait par les fenêtres à moustiquaires. Il avait plu à verse durant toute la nuit et la plus grande partie de la journée, ça se calmait un peu maintenant, une petite bruine. Au dessus des cabanes, le long de la plage, le ciel s'éclaircissait. D'un orange roussi, strié de larges lanières bleu marine, quelques fragments de nuages épars fermant la marche.

Tu m'écoutes, *au moins* ? demanda Della.

Eddie se retourna. Bien sûr, ma loute. Tu parlais de la tension.

Parce que abandonner une carrière de mannequin, c'est une décision drôlement sérieuse, même si c'est que temporaire. C'est pas comme d'arrêter de bosser au Taco Bell. Tu sais combien de temps ça prend, pour se faire des contacts ?

Ben, je sais que c'est une décision importante, mon chou, dit Eddie, je t'assure.

Absolument. Et après, du soir au lendemain, ils t'oublient. Les gens du milieu de la mode, ils ont une mémoire aussi longue que mon petit orteil.

Il hocha la tête, prêtant l'oreille à Fred qui hurlait sur Barney, l'accusait d'être une vraie cata. Et Barney qui répondait, Ben euh, ben heu. Ce pauvre Barney, il était tellement paumé qu'il savait même pas que Fred était débile, grave. Eddie, ça le tuait, leur façon de faire. Il avala une gorgée de bière, se demanda ce que Ray Bob fabriquait, où il était.

Della disant, C'est un grand risque, mais passer la journée d'aujourd'hui avec les enfants, ça m'a fait réfléchir sérieusement.

Elle poussa un soupir.

Il la regarda. Elle portait un bluejean et son chemisier de coton à carreaux rouge et bleu, noué à la taille, ses cheveux blonds tombant en longues vagues, mais torsadés légèrement de manière délibérée, la frange dotée de volume sur son front. Elle prenait soin de son apparence, ça, on pouvait pas dire. N'empêche qu'il arrivait pas à comprendre pourquoi elle continuait d'insister sur cette idée qu'elle était mannequin. Sauf qu'une fois qu'on est lancé dans ce genre de truc, c'est difficile de s'en débarrasser. Il en savait quelque chose.

Tiens, fit-elle, qui voilà qui vient nous voir ?

Contournant la trouée de la cage d'escaliers, Waylon s'approcha de sa mère en traînant les pieds, s'appuya contre elle, le pouce dans la bouche. Il le retira, l'examina. Tout fripé et rouge comme s'il l'avait plongé dans une friteuse.

Eddie regarda les oreilles du gamin. Elles étaient rouges, elles aussi, avec des croûtes qui s'en allaient par plaques. Il n'arrivait pas à comprendre où Waylon était allé piocher l'idée de les enduire de Préparation H en pommade, mais ça avait l'air rudement douloureux. Ce gosse était dans un piteux état.

Della entoura de son bras son fils de trois ans, lui appliqua de petites tapes d'encouragement sur l'épaule. Il posa la tête sur ses cuisses.

Je pourrais être une meilleure mère, si je passais davantage de temps avec Waylon et Randy. Les gosses, ça demande beaucoup d'attention. Elle plissa un œil. Tu veux bien regarder cette oreille ?

Elle s'empara du lobe rouge qui pelait et le tordit afin qu'Eddie puisse le voir. Waylon piailla et s'éloigna brusquement. Il resta planté un moment à l'écart, remit le pouce dans sa bouche, l'air pas content du tout, puis retourna à la télé.

Il va s'abîmer toutes les dents, dit Eddie. Tu devrais te procurer ce machin qui brûle qu'on vend aux gens qui se rongent les ongles.

Ça va pas lui brûler le pouce ?

Je crois pas que ça peut être pire.

Ouais, bon. L'agacement lui fit froncer les sourcils. D'accord, je vais en acheter. Peutêtre que ça calmera leurs angoisses. De toute façon, je devrais passer plus de temps avec eux, prendre un peu de recul par rapport à mon métier de mannequin.

Eddie alluma une cigarette, bascula sa chaise en arrière sur deux pieds, se gratta l'aisselle. C'est ta carrière, dit-il, ta décision.

C'est exactement ce que je me disais. Et tu sais...

Elle s'interrompit au milieu de sa phrase. T'entends Randy, là ?

Eddie hocha la tête. Le garçon toussait comme un mineur de fond, il n'avait pas arrêté depuis qu'ils l'avaient récupéré à Missouri City. Un bruit de ferraille qui venait du fond de la poitrine, comme si ses poumons étaient munis d'un silencieux de tuyau d'échappement pour semi remorque au moteur gonflé.

Il faut que je lui donne ses médicaments, dit Della, fais-moi penser à pas oublier. Enfin bon, tu sais quoi ? Tu vois cette maison, Eddie ? Hé ben, Ruby m'a dit que LD en avait plus rien à fiche parce que les docteurs lui défendent de boire. Je suis sûre qu'on pourrait lui louer pas cher, presque rien. Vu que c'est des vrais amis.

Elle s'interrompit, attendit.

Il avança la lèvre inférieure, agita la tête de haut en bas, fixa le dessus de la table. Il soupesait l'idée tout en écoutant Fred qui gueulait *yabba-dabba-doo*. Le problème, c'était que la plage ne correspondait toujours pas à l'idée qu'il se faisait d'un endroit super où habiter, avec tout ce sable, la chaleur, trop d'humidité et pas d'arbres. Surtout le sable, bordel, il s'insinuait partout, si tu faisais pas gaffe il te rentrait direct dans le trou de balle. À part son boulot au Stingaree, ça, c'était super. Exactement ce qu'il lui fallait pour retrouver le doigté. C'était pas que Bubba Bear le payait au tarif fort, mais qu'est-ce qu'il en avait à foutre, il chantait en public. D'autant qu'il était généreux à d'autres égards. Le fait que le Stingaree signifie habiter sur la plage, il pouvait rien y faire, un musicien, il va là où il trouve du travail, c'est comme un plombier.

Les mômes se mirent à hurler, des cris aigus stridents. Della se leva d'un bond et se précipita vers le coin télé. Il l'entendit ordonner à Randy de ficher la paix à Waylon, plusieurs coups claquèrent sur ses fesses et Randy pleura tandis que Waylon riait. Un nouveau coup et Waylon se mit à beugler lui aussi. Ben dis donc, ça traînait pas avec elle. Il était pas trop sûr de savoir qui il plaignait le plus, elle ou eux, vu que les deux garçons étaient des suceurs de pouce angoissés confrontés à des problèmes de santé. C'était pas de la tarte, d'être un môme, il se souvenait au moins de ça.

Della revint en lissant son chemisier et en roulant des yeux exaspérés. Disant, Tu vois ce que je veux dire ? Il leur faut plus d'attention.

Eddie dit, Pour ça, je leur demanderais pas ce qu'ils en pensent.

Elle s'assit, chassa ses cheveux en arrière avec ses deux mains et lui demanda ce qu'il voulait dire par là. Parce que s'il voulait dire ce qu'elle croyait qu'il voulait dire, il avait quelques petites choses à apprendre sur la discipline à inculquer aux enfants. Il concéda que c'était probablement le cas, même s'il avait jamais vraiment aimé prendre des baffes quand il était gosse, et qu'entre son père et sa mère il avait passé pas mal de temps à feinter et à esquiver, en général sans grand succès. Ils visaient tous les deux rudement bien, dit-il.

Bon, si tu connais un meilleur moyen, rétorqua-t-elle, c'est quand tu veux.

C'est pas la peine d'être tout de suite sur la défensive.

Il écrasa sa cigarette dans le cendrier, étudiant la fumée qui montait en volutes. Surpris d'avoir dit ça, mais satisfait de l'avoir fait.

Je suis pas sur la défensive, dit-elle calmement, j'explique, c'est tout.

Je sais, répondit-il, et c'est pas moi qui te jugerais. C'est dur d'élever seul des enfants. Je me sens pas bien placé pour juger les autres, de toute façon. Quoi qu'ils fassent, je peux toujours m'imaginer faisant pire.

Elle en resta sans réaction. Puis il posa un regard sur l'horloge murale et annonça qu'il ferait bien de prendre le chemin du Stingaree. Pour arriver en avance, comme ça Bubba Bear et lui pourraient parler affaires. Il regarda par les fenêtres latérales, vit que le ciel se colorait de rose orangé soutenu avec le crépuscule. Il avait cessé de pleuvoir. Au dessus du golfe, l'horizon avait disparu, les lumières des plate-formes de forage scintillaient, à peine visibles.

Alors, qu'est-ce que t'en penses, de mon idée de louer cette maison ? Della continuait à s'exprimer avec calme, les mains maintenant croisées sur ses cuisses.

Je pense que ça pourrait marcher, dit-il, au moins pendant un temps, jusqu'à ce que je décroche un cachet plus important, dans une ville. Il va nous falloir de l'argent, pour aller nous installer dans un endroit comme ça. Il faut d'abord que je ramène davantage de thunes. On a les gamins à penser.

Della faisait lentement courir son ongle sur la table tout en le suivant des yeux. Se disant qu'elle avait encore jamais vu Eddie sous cet angle, autoritaire et tout, l'attitude qu'un homme, ça devrait avoir. C'était très agréable, elle en ressentait une chaleur dans tout le corps.

Ben, dit-elle, je me disais que je pourrais contribuer, pour ça. Elle leva les yeux vers lui. Tu vois la boutique d'esthéticienne qu'est sur la route de la plage ? Le salon de beauté Hair du Temps. Je pourrais peut-être me rabattre sur mes talents d'esthéticienne, demander s'ils ont besoin de quelqu'un. Juste à temps partiel, je veux dire, comme ça je pourrai encore m'occuper des enfants.

Eddie dit qu'à son avis, c'était une bonne idée. En plus que comme il travaillait le soir, il serait là dans la journée pour donner un coup de main. Leur faire passer cette habitude de sucer leur pouce, pour commencer.

Elle en ressentit une chaleur encore plus intense, qu'il lui propose de faire ça. Les enfants avaient besoin d'un modèle masculin positif, elle avait lu assez d'articles dans tous les magazines existant pour savoir au moins ça. Non pas qu'il y ait besoin d'une revue pour ça. Le bon sens suffisait pour comprendre qu'un papa c'était aussi important qu'une maman. Enfin, presque.

Elle dit alors qu'elle était vraiment très heureuse qu'ils aient discuté, c'était comme ça que les adultes devraient aborder les problèmes, même si c'était pas toujours facile. Elle était bien décidée à se fournir le truc pour les ongles le plus tôt possible, ajouta-t-elle, se souvint à ce moment là qu'elle n'avait pas donné à Randy son sirop pour la toux. Elle l'appela, prit le flacon sur l'étagère, se munit d'une petite cuillère. Il contourna la cage d'escalier qui donnait sur la table. En suçant son pouce. Waylon sur les talons, idem.

Della se rassit et attira Randy tout près d'elle, lui arracha brutalement le pouce de la bouche, fixa Waylon avec les sourcils levés jusqu'à ce que lui aussi retire le sien.

Eddie regardait. Il alluma une cigarette, se gratta le ventre, dit, En plus, on peut pas savoir, peutêtre que je pourrais même faire un papa correct pour ces garçons. Personne peut savoir, putain.

Ouais, ben tu pourrais commencer par surveiller ton langage, fit Della en tenant la mâchoire de Randy tandis qu'elle portait la cuillerée de sirop à sa bouche. Elle serra plus fort, disant, Allez, ouvre la bouche, mon chéri. Parce que tu sais, Eddie, les enfants, ils ont vite fait de copier les adultes.

T'as sûrement raison, dit-il.

À ce moment là, Randy libéra sa mâchoire de l'étreinte de sa mère qu'il mordit entre le pouce et l'index, refermant énergiquement les dents sur la chair tendre qui se mit à saigner, tenant bon comme un pitbull.

Della hurla et sa main fendit l'air, claqua son fils à pleine volée à deux reprises avant qu'il ne lâche prise. Il se laissa tomber à terre où il resta assis en silence, comme apaisé, et recommença à sucer son pouce.

Della le fixa un moment, ébahie, puis elle dit, Bordel de Dieu, Randy, recommence ce genre de connerie seulement une fois et tu vas t'en manger une, je te dis même pas.

54

Au moment où Ray Bob sortait du fourré, le fusil de chasse et les pistolets à la main, il vit un camion vert garé derrière le pickup du Ranger. Il s'accroupit sur les talons au milieu des herbes pour l'étudier. Une dépanneuse.

Chierie de merde. C'était en train de devenir un véritable parking, ici.

La pluie tombait en chaudes nappes argentées sur la cabane et la clairière. Il recula sous couvert du sureau en chassant l'eau de ses yeux sans cesser de surveiller. Pas un mouvement. La cabine de la dépanneuse était vide.

Enfonçant les armes de poing sous sa ceinture, il actionna lentement la section nervurée du Remington vers lui, éjectant la douille, actionna le mécanisme en sens inverse pour insérer une nouvelle cartouche dans la chambre.

Il s'approcha de la cabane par l'arrière, se plaqua contre le mur de rondins pour atteindre la façade, le fusil au présentez armes. Quand il passa la tête dans l'encoche formée à l'angle par les troncs entrecroisés, il vit un homme en salopette qui se trouvait à trois mètres de lui sur le seuil, tenant dans une main une carabine pour la chasse au cerf, un petit livre dans l'autre. Une Bible, semblait-il. Un prédicateur de campagne armé de son fusil qui s'en venait lui rendre une visite, un petit porte à porte évangélisateur dans un quartier dangereux de la ville. Ray Bob n'en croyait pas ses yeux.

Il abaissa le canon du calibre douze et s'avança à découvert au moment précis où le prédicateur pivotait sur lui-même, visage grisonnant aussi fou et désespéré que celui d'un prophète de l'Ancien Testament. Une expression indiquant qu'il le reconnaissait s'y peignit aussitôt, expression que Ray Bob ne put s'expliquer, il l'avait jamais vu, ce vieux con. N'empêche que dans ces yeux de dément il perçut la fureur de Jéhovah quand l'individu brandit sa Bible et entonna d'une voix puissante, C'est à moi de faire justice, dit...

Ray Bob appuya sur la détente et le fusil se déchargea dans un rugissement, la voix se tut. L'homme partit à reculons en titubant, son visage raviné par le temps tordu dans un désespoir incrédule tandis qu'il abaissait son regard vers la tache rouge qui s'évasait sur sa salopette. Ray Bob fit monter une nouvelle cartouche dans la chambre. L'homme tomba à genoux, tenta de braquer son arme avec un bras, un effort surhumain, ses traits hâves se concentrèrent farouchement sur cet ultime acte de volonté. Ray Bob tira à nouveau, se disant qu'il avait eu un sacré coup de chance de mettre la main sur ce fusil de chasse, même que la zone d'impact des plombs était drôlement resserrée. Ça devait être des chevrotines. Il se souvint alors qu'il avait toujours été meilleur tireur avec les armes à canon long, c'était plus facile de viser avec.

Le deuxième projectile renversa l'individu en arrière, à plat dos sur les planches. Il resta là sans bouger. Ray Bob enjamba ses membres inférieurs tendus et franchit le seuil. Le chiot se cachait dans un coin, sous un fragment d'étain, tout tremblant. Ray Bob le souleva de terre et le serra contre lui, il dit, T'es prêt à tracer, mon gars ? Faut qu'on s'arrache.

Ensuite, il agit vite. Le chemin creusé de ses doubles ornières qui permettait de quitter le lit de la rivière était vraisemblablement sous les eaux aux endroits les plus bas, réduit à l'état de bouillasse et de fondrières, et il était totalement exclu que la Caddy puisse passer, elle n'avait ni une hauteur de roues suffisante, ni assez de traction. La dépanneuse, avec ses rapports bas et sa double motricité, offrait une meilleure option mais était trop facile à identifier sur la route. Il décida de prendre le pickup Dodge, s'aperçut qu'il n'avait pas fouillé les poches du Ranger. Ces putains de clefs étaient là bas, dans la tourbière. Il avait probablement négligé de prélever quelques billets dans ses poches, aussi, alors qu'il était déjà raide, il lui restait plus qu'un billet de dix. Mais il avait de la chance et il trouva les clefs sur le plancher du camion avec un peu de monnaie.

Sous la pluie battante, il déplaça la dépanneuse pour libérer le passage, retira la plaque d'immatriculation avec un tournevis, l'échangea contre celle du pickup, exactement comme il l'avait fait pour la Caddy quand il l'avait chauffée sur le parking d'un Wal-Mart à Dallas, et encore à deux reprises depuis. Il retourna vers la maison, fit les poches du prédicateur, y trouva près de deux cents dollars en liquide. Au dernier moment, il vérifia ses papiers d'identité. Il n'avait jamais entendu parler de lui, ne l'avait jamais vu, n'avait aucune idée de l'endroit d'où il était venu ni du pourquoi de sa présence. Le monde était rempli de dingues.

Dans la cabane, il mit de côté son jean et le seul teeshirt secs qu'il avait encore. Il roula le sac de couchage, le porta jusqu'au pickup ainsi que la lampe propane, la cartouche de gaz, les articles d'épicerie et ce qu'il lui restait de bière. Il revint chercher le Remington et, au moment où il ressortait sur le perron, s'empara du fusil du prédicateur et s'arrêta un instant, surpris, les yeux rivés dessus. Un Weatherby quatre cent soixante gros calibre équipé d'une lunette de visée, une arme extrêmement chère. Il la rangea dans le petit camion en même temps que le fusil, se dirigea vers la dépanneuse, repoussa la couverture qui couvrait le sol et découvrit un Sig Sauer trois cent cinquantesept. Il l'emporta également dans le pickup. Puis il sortit de son pantalon le Colt réglementaire du Ranger, le déposa sur le siège.

Il resta là une minute sous la pluie torrentielle et chaude à regarder dans la cabine du pickup. Un véritable arsenal, putain.

Il ferma la portière, retourna à la cabane, pataugeant dans la boue avec ses bottes. À l'intérieur, il ôta ses vêtements détrempés par la pluie, se changea. Ensuite il s'assit sur le sol, démonta le Walther neuf millimètres, le sécha, le graissa, libéra la culasse mobile. Il l'enveloppa dans un sac plastique pour le garder au sec, le glissa dans sa botte. Puis il prit le chiot et partit.

Il s'en fallut de peu qu'il ne parvienne pas à s'extraire des terres alluviales. Le pickup s'embourba jusqu'aux jantes à proximité du bras mort. Dans la quasi obscurité, sous les arbres, les roues patinèrent, projetant de la boue dans les airs, le châssis regimba et dérapa sur le côté jusqu'à ce que les pneus trouvent une prise, que le véhicule avance lentement, progressivement, et poursuive sa route dans le bassin fluvial ruisselant de pluie. Par la suite, chaque fois qu'il s'approcha des zones situées en creux, il emballa le moteur pour passer grâce à son élan, soulevant un panache de vase tandis que les broussailles denses rayaient les ailes du véhicule avec des crissements aigus et brefs. Le chiot geignait, roulé en boule sur le siège à ses côtés.

Il acheva d'émerger quand il escalada la crête devant la ferme décrépite aux murs affaissés couverts de mousse et drapés de chèvrefeuille et devant l'affût à cerfs monté sur échasses qui penchait de côté telle une ombre amorçant sa chute. Parvenu sur la route locale, il prit vers l'ouest. De part et d'autre, la forêt étendait son vert foncé détrempé, puis elle s'estompa dans le crépuscule quand le ciel envahi de bancs de nuages gris s'assombrit et que la pluie s'atténua, devint presque une bruine. Il conduisait avec les phares, essuieglaces réglés sur vitesse lente. Quand il atteignit le Highway 69, il les arrêta et roula vers le sud à travers l'obscurité nuageuse sans lune ni étoiles, franchit Woodville en direction de Beaumont dans l'intention de bifurquer et d'emprunter des routes rurales reculées pour quitter les bois de pins et rejoindre les prairies du littoral, de franchir l'autoroute 10 puis de suivre la route à deux voies jusqu'à High Island et celle de la plage qui coupait en deux la péninsule Bolivar. Où se trouvaient Eddie et la salope. D'où il était venu trois jours plus tôt.

Il roulait dans la nuit humide, pourchassant les faisceaux de ses phares sur la chaussée luisante à travers des bois murés dans le silence. Il essaya le Stetson du Ranger, mais comme il était trop grand, il le tendit au chiot afin qu'il le mordille. Le camion était superéquipé et il inspecta le matériel à la lumière du plafonnier en écoutant une station de musique country de Houston sur la modulation de fréquence. Des jumelles, un Nikon, ce qui ressemblait à un ordinateur portable. Une radio avec soixantequatre chaînes réglables, un mobile. Il songea à l'utiliser mais n'avait personne à appeler. Il examinait le Nikon lorsque le téléphone commença à sonner. Il ne répondit pas. L'appareil s'arrêta après une douzaine de sonneries, puis recommença. Il le prit en disant au chiot, On sait jamais, ça pourrait être M'man.

D'une voix basse, il fit, Ouais, un grognement bref qui aurait pu émaner de n'importe qui.

Pour l'amour de Dieu, Rule, j'ai essayé de te joindre tout l'après-midi, où c'est que t'es ?

Une voix de femme. Il garda l'appareil contre son oreille.

Rule, réponds-moi, bordel de merde. T'amuse pas à jouer à ce genre de petit jeux avec moi et t'avise pas de raccrocher. J'en ai vraiment plus qu'assez de supporter tes façons de faire, chéri.

Il ne dit rien. N'empêche qu'il venait d'apprendre le nom du Ranger.

Rule ?

Silence.

Rule, je sais que t'es là, dis-moi quelque chose.

Ray Bob parla alors, il dit, Il peut pas venir au téléphone là, tout de suite.

C'est pas Rule. De la surprise dans sa voix. Qui c'est ?

Je m'appelle Booker Wright, je suis Noir. Vous êtes sa petite amie ?

Vous occupez pas de qui je suis, où est Rule ? Elle avait l'air désorientée, maintenant.

Il se sent pas au mieux, là. Hors service, on pourrait dire. Il saura qui l'a appelé ?

Qu'est-ce qu'il a ? La voix était devenue urgente, effrayée.

Migraine ophtalmique, dit Ray Bob. Juste entre les deux yeux. Mais si vous restez en ligne un petit moment, il est pieuté avec une pouffe et il dit que ça va aller mieux bientôt. Vous savez qu'il ressemble à Porter Wagoner ?

Il appuya sur le bouton d'arrêt, reposa l'appareil sur son socle, baissa la lumière dans la cabine. Il tendit la main, souleva le chiot, le blottit contre sa poitrine.

Quest-ce que t'en dis, gars ? C'était la gravosse du cowboy ?

L'animal gémit. Il le garda tout contre lui, poursuivit sa route en réfléchissant à ce que le Ranger avait dit, dans la tourbière toutàl'heure. Sur DeReese Ledoux. Et quelqu'un qui s'appelait Wade, qu'était mort, il avait dit que c'était un Ledoux aussi. Il essaya de retrouver les paroles du Ranger, de reconstruire ses propos. Soit DeReese soit Wade sur les vidéos, sous entendant, pensa-t-il, les vidéos des endroits qu'ils avaient braqués. Sous entendant qu'Eddie était l'un ou l'autre. Quel faux cul, cette tête de nœud. Ça devait être Wade, alors, parce qu'il avait dit que l'autre, c'était le fumier qui l'avait balancé.

À moins qu'il ait menti pour ça aussi. Mais dans quel but ? Ça n'avait aucun sens.

Peutêtre qu'Eddie était Wade, auquel cas il était déjà mort.

À moins que le Ranger ait menti, sur ça ou sur la totalité. Ou qu'il ait été complètement ravagé.

Merde, tout ça, c'était pire qu'une devinette à la con.

Il fonçait dans la nuit sous les nuages que le vent poussait vers l'intérieur des terres, qui s'écartèrent et s'éclaircirent jusqu'à ce que le ciel fût parsemé d'étoiles, et il vit alors qu'il était sorti des bois et avait pénétré sur les vastes prairies côtières, que le paysage s'étalait devant lui, plat et solitaire. Il écrasa l'accélérateur, fit donner la pleine puissance du moteur V-8 qui ronronna avec régularité au dessus de la route sectionnant rizières et pâtures, la radio en sourdine, un cowboy sentimental chantant qu'un rêve, c'est comme un cours d'eau, toujours changeant, et que le rêveur est tel un vaisseau, il va où l'emmène le courant. Comme si la vie était liée au destin et qu'il n'y avait rien d'autre à faire que de se soumettre et de chanter des conneries romantiques.

Il avança le bras et coupa le son. Il n'avait jamais pu blairer Garth Brooks, ce type ignorait ce que c'était que la honte. Il approchait de la I-10 quand le portable sonna à nouveau. Il décrocha.

Ouais.

Rule, c'est Moline. Je peux pas te dire si c'est DeReese ou son cousin Wade sur les bandes vidéo, sauf que j'en ai strictement plus rien à foutre. J'ai eu découvert...

Ray Bob dit, C'est un faux numéro, mon pote, et il coupa la communication. À l'entendre, ce type était ivre, il avait l'élocution pâteuse.

Tout compte fait, conclut-il, le Ranger n'avait pas raconté n'importe quoi. Soit DeReese, soit Wade, des cousins nommés Ledoux. Eddie, l'enfoiré. Cette lopette lui avait menti. Ça ne tenait toujours pas debout et il ne savait pas pourquoi, mais d'ici une heure à peu près, il allait le savoir.

Si cette fiotte et sa conne de blondasse étaient là.

En supposant que oui, la première chose qu'il ferait serait d'obtenir des faits. Après il s'occuperait de tous les deux, en prenant son temps. Il commencerait par elle, obligerait Eddie à regarder. Puis il s'occuperait de lui. Il lui montrerait ce qui se passe quand un gusse entube le mec avec qui il fait équipe.

Mais la salope d'abord.

Il tendit la main et caressa la tête du chiot en souriant. Il allait vraiment prendre son pied.

55

C'était si *bon*, là, à cet endroit. C'était drôle qu'elle l'ait encore jamais remarqué. Ou peutêtre que c'était un truc nouveau, lié à cette sereine sensation de féminine chaleur, d'avoir quelqu'un qui veille sur vous, en rapport avec la nouvelle attitude d'Eddie. C'est comme ça qu'une femme devrait toujours se sentir, c'était pas des blagues, même que ça serait le cas si les hommes étaient vraiment des hommes. Ce qu'était généralement pas le cas. Des petits garçons ou des brutes épaisses, pour la plupart, ou trop gentils, ou indifférents, et des profiteurs égoïstes, d'une façon ou d'une autre, comme s'ils y connaissaient rien à rien.

Là encore. Juste là. *Superbon*. Hummmmm.

À ce moment précis, Randy se retourna dans le lit et détourna son attention.

Elle le repoussa, près de Waylon qui dormait en suçant son pouce. Tous les trois dans un seul lit parce que les garçons n'arrivaient pas à s'endormir, l'angoisse de se trouver dans un nouveau lieu. Alors elle s'était couchée avec eux, elle leur avait raconté l'histoire du petit garçon qui allait au lit tôt et qui rêvait d'une bicyclette, et quand il se réveillait le lendemain matin, il y en avait une près de son lit. Randy avait protesté, il préférait avoir un poney, ou au moins un chiot, alors elle la lui avait racontée à nouveau avec le chiot.

Oh là là, elle espérait bien qu'il allait pas se réveiller demain matin en espérant en avoir un. Il allait être grognon toute la journée.

Ça avait marché, n'empêche. Ils s'étaient bel et bien endormis, après. Elle avait pas remarqué exactement à quel moment, vu qu'elle était allongée dans le noir comme ça à attendre, avec les bruits des criquets et des grenouilles dans les marais dehors, les vagues qui se brisaient sur la plage. Mais surtout occupée à penser à Eddie, à son nouveau comportement responsable.

Après, elle avait perdu le fil de ses pensées en explorant par là en bas, elle avait trouvé ce point super. Elle glissa à nouveau la main dans sa culotte à sa recherche.

Tout en se disant que ce qu'il y avait de bien chez Eddie, c'était qu'il possédait un bon fond. Il était tellement décontracté qu'au début ça l'avait trompée, elle avait cru qu'il avait pas de but dans la vie. Il correspondait assurément pas au type A des articles qu'elle avait lus, le jeune cadre dynamique conquérant. Ces hommes là, ils monopolisaient l'attention, ils avaient des exigences impossibles. Alors que quelqu'un comme Eddie suivait son chemin tranquillement comme s'il avait ni projet, ni envie, et tout à coup on s'apercevait que si.

Il y avait beaucoup d'argent à faire, comme musicien, à condition de jouer ses atouts comme il fallait et d'être découvert.

Monsieur l'Homme Idéal, lui, ça avait été le genre conquérant. Bien obligé, si on veut diriger une entreprise. On s'habille comme dans le magazine *GQ*, on arrive tôt à son bureau du centre ville, dans un gratte-ciel avec vue, on lit le *Wall Street Journal*, on s'assoit derrière une immense table de travail toute la journée, à parler au téléphone, à prendre des décisions, à ordonner à des secrétaires d'apporter du café parce qu'on est trop occupé pour aller se le chercher soi-même. Quelqu'un comme ça, ça perd de vue la réalité.

Ou ça devient malsain.

Comme monsieur l'Homme Idéal avec sa ceinture et ses menottes. Le père des garçons, lui au moins, il se servait de ses poings, il avait pas besoin d'aller chercher une ceinture. Ou des menottes, ça c'était vraiment pervers. Eddie était peutêtre pas parfait (autant le reconnaître honnêtement, c'était pas lui qu'allait prendre une assurance vie un jour ou investir dans un fonds de retraite), mais au moins il frappait pas les femmes. Mais bon, monsieur l'Homme Idéal, il était pas vraiment l'Homme Idéal, lui non plus, les faits avaient montré que c'était rien qu'un sale vicelard. Alors bon.

Elle s'interrompit dans ses réflexions quand elle trouva l'emplacement exact comme il fallait avec son doigt, et ses jambes commencèrent à être prises d'un tremblement. Ahhhh, c'était pas croyable qu'elle ait jamais trouvé cet endroit là avant.

Encore un truc positif, concernant Eddie : c'était un bon coup.

En plus, il s'intéressait à ses garçons. C'est pas tous les jours qu'on rencontre quelqu'un qui s'intéresse aux gosses de quelqu'un d'autre. Le mari d'une amie, ou un amant, il pourrait manifester de l'intérêt dans son comportement, leur montrer des tours, les taquiner, leur dire qu'ils étaient vraiment des mômes super, sauf qu'il allait repasser la porte en sens inverse quand sa visite serait terminée. Comme un oncle, genre. Mais des hommes disponibles ? Peutêtre qu'ils allaient faire comme si ça les intéressait assez longtemps pour tirer leur coup, mais après, c'était, Chérie, je t'aime beaucoup, mais les gosses, c'est pas trop mon truc, *adios* et *sayonara*.

Alors qu'Eddie, lui, il voulait être papa. Un peu bizarre, quand même.

Elle s'interrogea une minute.

N'empêche, c'était un bon coup. En plus de quoi il la respectait, un autre élément important pour toute relation saine. Tous les magazines qu'elle avait pu lire là dessus plaçaient le respect au sommet de la liste, avec la capacité à communiquer et à exprimer ses sentiments. Et un autre truc qu'elle oubliait. Ah ouais, la confiance. Bon, évidemment, ça dépendait de tout le reste. N'empêche qu'Eddie lui faisait confiance et qu'elle lui faisait confiance aussi, enfin, pour presque tout en tout cas, et c'était un signe positif pour le reste. Si on regroupait tous ces éléments, ça ressemblait à une situation qui possédait du potentiel.

À condition que la police l'arrête pas et la jette pas en prison.

À cause de monsieur l'Homme Idéal.

Oh là là, ça ferait une jolie douche froide.

Elle le perdit à ce moment là. Ses jambes redevinrent inertes et la sensation disparut, absolument plus aucune excitation, rien du tout. Alors elle ferma les yeux et ouvrit la petite boîte noire, et elle y enferma cette idée, rabattit le couvercle hermétiquement. Et elle recommença à penser à Eddie. La façon qu'il la tenait, la façon qu'il remuait ses miches.

Elle retrouva très vite le point sensible, ses jambes recommencèrent à trembler et à s'agiter, la chaleur descendit dans ses cuisses et remonta lui picoter le ventre. Ses doigts s'activèrent davantage, ils prirent de la vitesse, rapprochant l'instant, encore, encore, presque, et elle sut que ça allait être superbon...

Se disant que cet endroit, il faudrait qu'elle lui montre, à Eddie.

56

Quand il franchit le sommet de la côte à High Island, il dépassa un motel minable dont l'enseigne était éteinte, une station service fermée et un bouquet solitaire de chênes verts endormis sur l'accotement. Puis la route plongea dans la nuit noire au dessus des marécages encroûtés de sel et des étendues herbeuses planes jusqu'à la plage, quinze cents mètres devant lui. Le golfe au delà. Le seul moyen de discerner l'horizon de la houle océane étant le lot d'étoiles qui apparaissaient en formation lointaine tout au long de la démarcation scintillante marquant leur ascension dans le ciel. Flottant parmi elles, les lumières nocturnes des plateformes de forage.

À l'endroit où la route rencontrait celle de la plage menant à la péninsule Bolivar, une jetée brisée par les tempêtes, au delà des dunes, s'avançait vers le large au milieu des vagues. Une rampe de bois qui partait de la plage montait jusqu'à une cabane délabrée posée sur des poteaux enduits de créosote. En prolongement, la jetée luttait dans sa progression au dessus des rouleaux et du ressac jusqu'à ce qu'elle disparaisse, qu'il ne reste plus que des piliers décimés cheminant vers le Mexique en deux files rectilignes tels des vagabonds accablés de malchance.

Il traversa la route de la plage, s'insinua dans une brèche entre les dunes et se gara sur le sable au pied de la rampe. Portant quatre boîtes de bière séparées alignées sur l'avant bras, il gravit le plan incliné et entra dans la cabane en faisant grincer la porte moustiquaire. Un jeune homme maigre qui se tenait entre un comptoir en contreplaqué, présentant barres chocolatées et cacahuètes, et un mur maculé de pluie où était accroché du matériel de pêche, hocha la tête. Ses longs cheveux décolorés par le soleil étaient gras, sa peau avait la couleur d'une boîte en acajou poli. Il portait un teeshirt sans manches moulé sur son torse, avec l'inscription JETÉE DE PÊCHE DE SALTY SID, un short coupé dans un jean taille basse et des bottes blanches en caoutchouc.

Ray Bob s'avança sur le plancher en contreplaqué gondolé, déposa les quatre boîtes de Bud sur le comptoir. L'air humide, à l'intérieur de la baraque, sentait les algues, le poisson crevé et la marijuana. Un radioréveil, sur une étagère, passait *In-A-Gadda-Da-Vida.* Une musique obsessionnelle pour camés.

T'as de la bouffe pour chien en boîte ?

Le type le regarda comme s'il était cinglé. Pourquoi on aurait de la bouffe pour chiens, mec ?

Je croyais que c'était ce qu'on utilisait comme appât pour les requins.

C'est possible qu'on prenne un chien, comme appât, sauf qu'on va pas le nourrir avant. Le type rit avec ses dents mais sa tête partit en arrière dans un mouvement brusque avant de revenir le fixer de ses yeux vitreux injectés de sang.

J'ai dû mal comprendre, dit Ray Bob. J'ai ces bières chaudes à échanger contre des froides.

Le type posa un regard sur les boîtes et dit, J'ai pas l'usage de bières qu'ont été chaudes.

Elles l'ont pas été, chaudes. C'est juste qu'elles sont plus froides.

Je sais pas où elles sont allées, moi, ces bières. Je peux pas le savoir.

Ray Bob prit deux petits sachets de cacahuètes salées et posa un dollar sur le comptoir. Je vais te le dire exactement, où elles sont allées et où je peux les mettre si tu continues à me faire chier.

Le type fronça les sourcils, cligna des yeux, comme s'il n'était pas sûr d'avoir bien entendu. Hé là, une petite minute, mon gars, tu peux pas rentrer comme ça dans un lieu de négoce...

Il se gratta un bras nerveusement. C'est illégal, de toute façon, le troc des cigarettes et de la bière.

C'est toi, Salty Sid ?

Nan.

Alors qu'est-ce que t'en as à foutre ?

Il avait l'air paumé. Ben, tu peux pas rentrer comme ça dans un lieu de négoce.

Y a de l'écho, ici, dit Ray Bob. Tu sais quoi, je vais faire comme si je sentais pas l'herbe, et toi tu vas faire comme si tu me voyais pas échanger les bières.

Merde, enfin, mec. Il avait le doigt planté dans l'oreille.

Ray Bob emporta les quatre bières vers l'armoire réfrigérante rouillée, les rangea à l'intérieur, préleva des boîtes froides. Quand il sortit, il jeta un coup d'œil en arrière et le type était toujours là à se gratter le bras avec une expression ahurie, le Iron Butterfly martelant son solo de batterie à la radio. Il était à mi rampe quand il entendit le type ouvrir la porte moustiquaire et dire, Tu ferais mieux de pas revenir, mon gars. C'est un lieu de négoce ici.

Ray Bob lui fit au revoir avec la main.

Il alla prendre le chiot dans la cabine, baissa l'abattant à l'arrière du pickup, s'y assit et ouvrit une boîte de saucisses de Francfort. Il les lui tendit une à une pendant qu'il vidait une bière rapidement, puis une autre lentement. Le chiot engloutit les saucisses tendres en agitant la queue jusqu'à ce qu'il s'étrangle.

Tout doux, collègue, on croirait que t'as peur qu'elles s'échappent.

Assis à l'arrière, les jambes oscillant dans le vide, il but de la bière et mangea des cacahuètes, sentant la brise qui montait du golfe, saumâtre et chaude, et qui apportait de faibles effluves de pétrole brut. Il sortit le Walther de sa botte, retira l'emballage plastique, remit l'arme à sa place. Au dessus d'eux, le ciel était piqueté d'étoiles qui grimpaient et tournaient, et quand le chiot en eut terminé, il le déposa dans la cabine puis reprit la route du littoral. Il lança le moteur et fila sur l'étroite chaussée entre herbes des salines et roseaux.

Moins de dix minutes plus tard, il dépassa en coup de vent la cabane de pêche de Moody battue par les intempéries. Les lumières étaient éteintes. Ce vieux cul de jatte borgne de Moody. À cause d'un requin marteau. Avec un perroquet nommé Jim. Chassant un trésor enfoui laissé par John the Feet, un pirate. Trouvant à la place un cadavre dans un cercueil. Le visage de Ray Bob se fendit en un large sourire. Ce vieux chieur bourru.

Puis il franchit le pont de béton bas qui enjambait Rollover Pass et sut qu'il serait arrivé d'ici quelques minutes.

L'heure des retrouvailles. Il avait même gardé une boîte de bière froide pour Eddie, pendant qu'il regarderait.

57

Della, assise sur le lit qu'elle partageait avec Eddie, se faisait les orteils à la lumière de la lampe quand elle entendit le camion arriver et se garer sous la maison. Elle avait choisi un rose nacré qui allait avec sa culotte et le rose soutenu de son teeshirt *J'adore ma maman*. Elle jeta un coup d'œil sur l'horloge. Il rentrait tôt.

La Bible était ouverte sur le lit à côté d'elle : elle avait lu par petits passages ce qui se rapportait au fils prodigue, comment l'autre fils tombait jaloux parce qu'il s'était vraiment bien amusé et qu'il avait même pas à souffrir à cause de ça. Elle souffla sur ses ongles, entendit claquer la portière.

Se dit qu'il avait pas dû y avoir beaucoup de monde au Stingaree.

Elle s'attaqua à l'autre pied, l'approcha d'elle, se pencha dessus, plissa les yeux dans la lumière faible. Elle écoutait ses pas qui montaient l'escalier. *Boum, boum, boum*. Plus fort que d'habitude.

Elle s'interrompit, fronça les sourcils, prise d'un pressentiment.

À ce moment là il atteignit le sommet des marches, tourna l'angle, sortit de l'ombre et elle vit que ce n'était pas Eddie. Monsieur Tête-Brûlée. Oh Seigneur.

Il vint vers elle, une bière à la main, s'arrêta près du pied du lit, le pouce enfoncé dans sa poche, le sourire aux lèvres.

J'adore le teeshirt, dit-il. Où il est, Eddie ?

Il est pas là.

Ça, je vois bien.

Oh là là, qu'est-ce qu'elle aimerait qu'il y soit.

Où il est ?

Il a un travail. Sauf qu'il va rentrer d'une minute à l'autre. Ça elle l'ajouta vite, elle voulait qu'il le sache.

Il se fait toujours appeler Eddie ?

Elle le dévisagea. Comment il avait fait pour savoir ?

Ou alors c'est Wade, maintenant ?

Là, elle en resta sur les fesses. Ça lui flanqua un peu les boules, aussi. C'était un secret, Eddie lui avait confié, c'était juste entre elle et lui. Ça prouve ce qui se passe quand on fait confiance à quelqu'un. Elle allait lui dire ce qu'elle en pensait, à ce pouilleux, aussitôt qu'elle en aurait l'occasion.

À ce moment, monsieur Tête-Brûlée se laissa tomber au bout du lit, s'étira, et ça l'interrompit dans ses réflexions. Elle revissa le bouchon du vernis nacré, le posa sur la table de nuit, ramena le teeshirt avec ses deux mains entre ses jambes. Se sentant soudain toute nue.

Elle dit, Pourquoi t'es revenu ?

Ray Bob s'appuya sur un coude, regarda les mains agrippées au teeshirt et grimaça un sourire. J'étais dans le coin, je me suis dit que j'allais passer voir comment Ozzie et Harriet [1] se débrouillent. Apporter une bière froide à Ozzie. Il leva la boîte. Comment il va, Ozzie ? À moins qu'il se fasse appeler DeReese, maintenant ?

Elle le dévisagea, commença à avoir un peu peur. Elle savait qu'il était dingue, mais là, ce qu'il disait, ça n'avait plus aucun sens. Il avait l'odeur de quelqu'un qui a bu. Elle ne répondit rien. Puis elle regarda l'horloge et dit, Il va rentrer d'une minute à l'autre et tu pourras lui demander toi-même.

M'est avis que c'est ce que je vais faire.

Il la fixa à son tour, un sourire amusé aux lèvres, mais ses yeux gris-vert étaient aussi froids et mauvais que la toute première fois dans le rétroviseur, cette nuit là. Ça lui flanqua la trouille. Ces yeux qui se portaient brièvement sur la Bible ouverte puis revenaient sur elle.

T'es pas mannequin, dit-il. C'est quoi, que tu fuis ?

Elle ramassa le livre, le ferma, le posa sur ses cuisses. Espérant que, pour de vrai, il y avait peu de monde au Stingaree et qu'Eddie allait rentrer bientôt, tout de suite par exemple. Parce que monsieur Tête-Brûlée lui foutait une trouille d'enfer.

Il dit, Qu'est-ce que t'as fait de mal ?

J'ai tué quelqu'un, répondit-elle, un homme qui m'avait attaquée.

C'était sorti comme ça tout seul, une surprise, mais elle comprit pourquoi, elle sut que ce n'était peutêtre pas une mauvaise information à lui faire passer, au cas où. Elle serra la Bible sur son ventre, scruta le visage de monsieur Tête-Brûlée. Il regardait ailleurs.

C'est tes mômes ?

Elle tourna les yeux dans cette direction, vit qu'il observait Randy et Waylon, dans l'autre lit. Ils étaient recroquevillés l'un contre l'autre

---

1. *Ozzie and Harriet*, émission de télévision qui mettait en exergue les valeurs familiales parfaites de la fin des années cinquante. (*N.d.T.*)

sous le drap, endormis, tous les deux avec le pouce dans la bouche. Elle fut tentée de dire, Non, je les ai empruntés à quelqu'un, mais elle décida d'éviter la bagarre. Elle contempla le drap fin qui montait et redescendait tandis que les garçons respiraient à l'unisson et que la chair de poule envahissait ses bras.

Ray Bob se releva tout à coup en faisant basculer ses bottes sur le sol, traversa la pièce jusqu'au lit des enfants et se pencha, les étudiant de près pendant qu'elle disait, Les réveille pas. Au bout d'une minute, il dit, Ouais, ils ont toujours l'air aussi anxieux, et il revint s'asseoir au bout du lit.

Alors comme ça t'as tué un type.

Elle fit oui de la tête.

Qu'est-ce qu'il voulait, te bourrer la chatte ?

Elle ne répondit pas.

Ta chatte, elle est toute serrée ? demanda-t-il.

Comme elle ne répondait toujours pas, il dit, Ou alors elle est toute distendue parce que t'as eu tes mômes, et elle dit, Demande à Eddie, il sera là d'une seconde à l'autre.

Il eut un nouveau sourire. Je croirais entendre le mec de toutàl'heure, à la jetée, il en connaissait peutêtre une, de phrase entière, et il arrêtait pas de la répéter. Je crois qu'il avait peur. T'as peur, toi ?

Non. Elle serra la Bible très fort. Elle avait les mains qui transpiraient. J'ai le Seigneur pour me protéger.

Il eut un bref éclat de rire et secoua la tête, amusé. Peutêtre bien que c'est vrai, reconnut-il, mais la mauvaise nouvelle c'est que s'Il te protège toi, Il me protège moi aussi. Ce mec, Il est pour l'égalité des chances. C'est vraiment con, hein ?

Je crois pas qu'Il protège quelqu'un comme toi, répliqua-t-elle d'un ton sec. Il faut la vouloir, Sa protection.

Peutêtre que je la veux.

Il faut la mériter.

Sans doute que t'es bien placée pour juger.

Elle ne dit rien.

Une femme qui a tué un homme.

Elle dit, Il m'avait attaquée. Et j'ai imploré le pardon.

Superpratique. Lui, il est quand même mort, mais toi, tu te sens mieux. C'est ce qui m'a toujours plu, chez Jésus.

Je vais pas discuter religion avec toi, dit-elle, quelqu'un qui fait pas d'effort.

Il inclina la tête et se gratta derrière l'oreille tout en disant, Et voilà, tu recommences à juger. Je vois ça partout, les gens qui se servent de leur connerie de religion qu'à moitié. Ils veulent le pardon mais ils sont pas prêts à l'accorder. J'aimerais bien que cette tête de nœud rapplique. On va pas commencer la fête sans lui. N'empêche que c'est pas une raison pour laisser cette bière se réchauffer.

Il arracha l'opercule, avala une gorgée. Quel genre de boulot il fait ?

Il joue de la musique.

C'est vrai ?

Elle hocha la tête, reprenant un peu espoir en y pensant. Elle dit, Il a changé. Il en veut plus, de ton genre de vie. Pourquoi tu passes pas ton chemin et tu nous laisses pas vivre en paix ?

Ray Bob dit, Tu regardes jamais les westerns ? On dirait exactement une réplique tirée d'un western. T'as le horslaloi qui débarque pour voir son vieux copain et y a la petite dame qui lui dit, Il a changé. Il en veut plus, de ton genre de vie. Pourquoi tu passes pas ton chemin et tu nous laisses pas vivre en paix ? Et si c'est un bon horslaloi, il comprend et il s'en va sur son cheval et t'as pitié de lui parce qu'il se retrouve à nouveau tout seul. Mais si c'est un méchant horslaloi, il reste là à attendre, il joue tout le temps avec son flingue, et elle, elle a une trouille bleue. T'as jamais remarqué, ça ?

Elle ne prit pas la peine de répondre.

Sauf que de nos jours, les gens trouvent que ce genre de scène, ça fait un peu cucul, un cliché rebattu. Pas assez d'action, là dedans. Ce qu'ils veulent, c'est voir le horslaloi (sauf que maintenant c'est un trafiquant de drogue, ou un psychopathe), ils veulent le voir baiser la petite dame et après tuer son équipier quand il se pointe. Ou mieux encore, attendre et baiser la petite dame avec son collègue qu'est obligé de regarder, et le tuer après. Peutêtre effacer les enfants aussi, s'il y en a. Plein de sang qui jaillit et des corps qui se tordent de douleur, un peu de torture extrême, des hurlements avec le volume monté bien haut, et des halètements bruyants, le tout entrecoupé de gros plans exprimant la rage et la peur. Parce que les gens s'ennuient autrement, tu vois ce que je veux dire ?

Pendant une minute, ni l'un ni l'autre ne parla et elle écouta les vagues déferler sur la plage et les grenouilles dans les marais, puis Randy renifla et se retourna dans son sommeil. Ray Bob se leva, dit, Ce qui me rappelle que j'ai quelque chose en bas que je ferais bien d'aller chercher avant qu'il pisse partout dans mon camion. Il s'éloigna, descendit les marches de son pas lourd.

Dès qu'elle l'entendit disparaître, elle jaillit du lit et commença à fouiller dans le sac d'Eddie, la respiration précipitée, agitant ses mains partout à l'intérieur jusqu'à ce qu'elle le trouve. Elle le sortit et le regarda, espérant qu'elle saurait comment s'en servir. Puis elle alla vers le coin télé et alluma la lampe du plafond. Elle se posta un peu en arrière du fauteuil de détente inclinable et attendit, tenant à bout de bras le pistolet braqué sur le haut de l'escalier.

Quand il réapparut, il portait un chiot et, durant un court instant, ça lui fit tellement bizarre de se rappeler ce que Randy voulait et elle qui lui avait raconté l'histoire, et qu'était inquiète qu'il se réveille de mauvaise humeur à cause de ça (sachant qu'une coïncidence pareille avait forcément un sens même si elle savait pas vraiment lequel), qu'elle baissa à moitié les bras avant de se reprendre. Elle les releva alors à l'horizontale et visa, le doigt sur la détente.

Il s'immobilisa, le chiot dans les bras, la regarda. Il dit, Regarde ce que j'ai. Comme s'il avait même pas remarqué le pistolet.

Elle dit, Fais pas le malin et pose-toi sur le canapé, on va attendre Eddie. D'un mouvement des bras, elle indiqua la direction en prononçant ces mots.

Il passa devant elle et s'assit avec le chiot, s'adossa contre les coussins et croisa les jambes, le sourire aux lèvres.

Qu'est-ce que je te disais ? dit-il. Je le savais bien que tu l'avais vu, ce film.

58

Au Stingaree, le bar était enfumé et bruyant, Rufus se sentait bien. La Gibson au mieux de sa forme, avec une sonorité parfaite. Main gauche dansant sur les frettes, doigts de la main droite pinçant les cordes. Et en plus, dans sa voix, ces sons particuliers, rauques et brisés. Cela n'arrive que certains soirs. Comme aujourd'hui. Rufus qui s'éclatait.

Il acheva le *Hellhound on My Trail* de Robert Johnson, s'essuya le visage avec un torchon de bar, ajusta ses lunettes noires Roy Orbison. Puis il remercia pour les applaudissements, les commentaires criés, répondant par un hochement de tête appréciateur et les accents las et indistincts du bourlingueur des rues, fidèle à l'image de son personnage, surtout à l'intention de la table sur le devant, près des vitres.

Trois femmes y étaient installées, fringues relax mais classe pour soirée entre nanas, sirotant des Bud froides et essayant d'avoir l'air branché. Cheveux courts lustrés, ongles manucurés, peau soyeuse. Maintien impeccable, aussi, comme si elles avaient une tige en fer enfoncée dans le cul. Divorcées, estima-t-il, et pas prêtes à faire la même erreur deux fois, en tout cas pas avant d'avoir dépassé les trente-cinq ans et de se choper la trouille. Pour l'heure, goûtant à la vie. Elles n'avaient pas arrêté de lui faire de l'œil de toute la soirée. Des groupies de base.

Il avala un peu de bière, alluma une cigarette, s'approcha à deux centimètres du micro, le regard tourné dans leur direction. Il dit, Ouais, poupée, je viens de recevoir des nouvelles de mon copain Ray qu'est dans le Sud, à Nuevo Laredo, il a ouvert un bar et une volière là bas.

Parlant d'une voix basse, retenue, intime. Il marqua une pause, fixa directement les trois femmes qui souriaient et hochaient la tête, puis il enchaîna.

Ouais, mon vieux copain Ray il me dit que son bordel, à l'étage, il rapporte gros, cinq mille dollars par mois, mais qu'il a été obligé de fermer le bar, en bas. Ça baisait trop, juste au dessus.

Il plaqua un seul accord sonore, le coup de cymbales ponctuant une blague de music hall douteuse, regarda l'effet produit sur les trois femmes. Yeux vitreux, mains tendues vers les bières, légère contraction sur le pourtour de la bouche, mais sourire toujours de rigueur. Les nanas qui s'explosent en se frottant à la vie. Il leur adressa son sourire Rufus blasé.

L'instant d'après, Bubba Bear était à ses côtés et lui disait, Doucement, l'ami, c'est un bar familial ici, bon Dieu.

Pas de problème, c'est l'heure de la pause, de toute façon. Il appuya la Gibson dans l'angle et s'approcha du bar, vérifia sa coiffure dans le miroir, il adorait son nouveau look, aplatit les côtés. Puis il se tourna et appuya ses coudes sur le bar, à côté de Bubba Bear qui mangeait une platée de crabes au barbecue en buvant une bouteille d'IBC. Le géant en versa un peu dans un verre, le tendit à Eddie qui le regarda, dit, Merci.

De nada.

Comment tu me trouves ce soir ?

Bubba Bear secoua la tête, caressa sa barbe de montagnard. Rudement bon, Rufus, en dehors de ta dernière petite plaisanterie, rudement bon. Ça me rappelle des gusses comme le Wolf et Lightnin', Sonny Terry, les racines. Tu as ce *je ne sais quoi*[1]. Avec un côté dur et brut en plus. Un blues de Blanc avec un zeste de rockabilly, une sorte de blues *noir*[1] psychobilly, tu vois ce que je veux dire ?

Tu parles, dit Eddie. Qu'est-ce que ça veut dire, *noir*[1] ?

C'est du français. La couleur de minuit.

Eddie but une gorgée de root beer. J'avais oublié que t'es un coonass.

Bubba Bear suça une pince de crabe, s'essuya les mains sur une serviette et sourit largement. Il dit, Pur pedigree authentifié. Grandpère de Vermilion Parish, pilote de pirogue. Père qui travaillait à la raffinerie Gulf, à Port Arthur. Tout part en couille maintenant. Une politique démographique de merde, l'exode des Blancs. Les compagnies pétrolières ont tout pillé avant de se tirer. C'est plein de mecs défoncés au crack et de rappeurs gangsters qui sont incapables de faire la différence entre le blues et Liberace. Pas de racines, pas de futur. Tiens, prends-toi un peu de crabe.

Nan, merci. Eddie alluma une cigarette, entendit un remorqueur qui remontait le canal en poussant des barges devant lui. Par la vitre laté-

1. En français dans le texte. (*N.d.T.*)

rale, il voyait les lumières de l'autre côté de la baie. Les derniers vestiges de pluie avaient été chassés vers l'intérieur des terres.

Écoute, dit-il, tu sais ce que ça veut dire, Ledoux ? En cajun ?

Bubba Bear suspendit son geste, un crabe dans les mains, carapace ovale bleu clair sous la couche de sauce. Il haussa les épaules. Pour autant que je sache, c'est un nom. Ça pourrait vouloir dire deux, peut-être, ou agréable. Mais je ne suis pas linguiste. Tout ce que je sais c'est que tu nais, on te donne un nom, on te dit, Vas-y mon petit gars, le reste, ça dépend de toi, bonne chance, chie pas dans ton froc, fais gaffe en traversant la rue. Et touche pas à la drogue.

Le gros homme avala une longue gorgée de root beer et rota, ajusta une des bretelles de sa salopette puis ajouta, Bon, je peux te dire ce que Bubba Bear signifie, ce nom, je l'ai choisi moi-même. Je te raconterai l'histoire un de ces jours. Ça remonte à l'époque Haight-Ashbury et aux buvards d'acide dans le Golden Gate Park pendant un concert de Santana. Il y a une histoire derrière ce nom. Comme pour Rufus Slim. Je parie qu'il y a un sens derrière, je me trompe ?

Eddie dit, Absolument. Il eut un vague hochement de tête, tripota son anneau. Bon sang, il en avait pas la plus petite idée, ce nom lui était venu à l'esprit comme ça.

Ben, c'est ce que je dis. Un nom, ça a un sens, si on connaît les détails. Mais ce que Ledoux veut dire ? Ou Guidroz ? Ça veut dire que dalle, ça a été américanisé. Le boxeur qu'est joué par Bruce Willis, il parlait de ça à une femme chauffeur de taxi dans *Pulp Fiction*. Bon film, tu l'as vu ?

Eddie secoua la tête négativement, il dit qu'il voyait pas beaucoup de films. En pensant qu'une discussion avec Bubba Bear, c'était comme d'écouter son cousin Wade bourré d'amphètes, en plus délirant encore. Le cerveau qui partait dans tous les sens, qui opérait des connections bizarres, des cercles et des boucles, un riff de jazz défoncé.

Parce que t'es un homme de racines, mec, dit Bubba Bear, parce que t'es pas moderne, postmoderne, avant pop, toutes ces foutaises intello à la con. Le monde a viré théorique, mon gars, conceptuel et abstrait. L'image prend le pas sur la substance. Les gens sont blasés par l'authentique, non pas qu'ils le voient beaucoup. Déconnectés de la nature. Mais pas toi. Je me trompe ou pas ?

Eddie répondit qu'à son avis il était d'accord, que c'était soit l'un, soit l'autre.

Bubba Bear rit. T'es un rapide, Rufus, tu possèdes cette profonde intelligence innée. Ça vient du fait que t'as les pieds rivés au sol. Toute cette boue noire du Mississippi que t'as entre les orteils, la sagesse des tripes. T'es pas un spectateur, mec, t'es un créateur. J'ai bâti pour mon âme une auguste maison de plaisirs, où à jamais, dans la paix de l'esprit je réside. C'est de Tennyson. Je me glorifie et je me chante. Whitman, un autre homme de racines. Ce que je te dis là, mon ami, c'est que t'es trop occupé à créer l'univers pour te préoccuper de conneries accessoires. T'es ancré dans la terre. Sinon tu vivrais par procuration en te nourrissant de télé et de pop music, tu lirais le magazine *People*, t'aurais une âme aussi grosse que ma couille gauche. Tu sais ce que tu serais ?

Eddie admit qu'il en était pas certain mais qu'il en avait une petite idée.

Exactement, continua Bubba Bear, un consommateur. Un sujet de la libre entreprise. Quelqu'un dont la seule allégeance va à l'argent. Quelqu'un qui vit en deçà des limites de ses dettes dans un exil politique permanent. Gagnant, dépensant, finançant la différence, il vit à tempérament. Mange ce qu'on lui jette, dit *miam-miam*. Sa seule création, ses ordures.

Bubba Bear lança une main dans les airs en disant, Mais il ne faut pas me lancer là dessus, Rufus, l'important, c'est que ce quelqu'un pourrait être toi. Mais ça ne l'est pas. Tu l'as rejeté, ça. À la place, t'es un musicien de blues. T'es un artiste.

Eddie se caressa le menton, surpris, souriant à demi. La plus grande partie de cette tirade lui était passée au dessus de la tête, mais pas la fin, là, sur le fait qu'il était un artiste. Ça alors, il y croyait pas, jamais personne lui avait donné ce titre d'artiste, personne d'autre, personne qui s'y connaissait. Il en avait la chair de poule.

Moi, j'en suis pas un, d'artiste, poursuivit Bubba Bear, je connais mes limites. Qu'est-ce que je fais, ici, au Stingaree ? Je nourris un peu le corps, je fournis bière et ambiance pour détendre l'esprit, j'offre un peu de musique pour l'âme. Je ne connais pas les réponses, Rufus. Je ne suis qu'un ami qui aide les gens à continuer. Je suppose qu'on pourrait m'appeler un intermédiaire, tu vois ce que je veux dire ?

Eddie hocha la tête, but de la root beer. Il dit, Être un artiste c'est comme être un criminel. Il étudia le fond du verre. En pensant, Ça alors, d'où ça sort ?

Bubba Bear rit de bon cœur, brisa une nouvelle pince de crabe et dit que c'était vrai. Il dit que vraiment vivre pour l'art c'était comme vivre une existence de criminel ou de moine en quête de visions de Dieu. Il dit que toutes ces activités, ça vous mettait à l'extérieur, ça vous mettait face à face avec votre fragilité et votre corruption inhérentes. Il dit que toutes impliquaient la rencontre avec le besoin de rédemption.

Eddie, qui écoutait, souriait maintenant, sachant qu'il ne comprenait pas tout mais que l'essentiel était là, la vérité dans la construction globale de mots qui individuellement lui échappaient, mais aussi réelle que le parfum du jasmin par une nuit sans lune où l'on ne peut voir les fleurs. Se disant que c'était vraiment étrange la façon dont toutes les choses étaient reliées entre elles, selon des manières qu'on n'avait jamais imaginées, comme le crime, le salut et l'art. Pensant néanmoins qu'il n'allait peutêtre pas soumettre l'idée à Della, en tout cas pas celle de l'artiste en tant que criminel partiel. Soudain, pourtant, l'idée lui vint que Ray Bob comprendrait peutêtre. Il n'était pas sûr de savoir pourquoi mais quelque chose le lui disait.

Faudra que tu t'intéresses à Jean Genet, un de ces jours, disait Bubba Bear, c'était un Français, ce type, un voleur professionnel qui a écrit quelques beaux livres, sauf qu'il était homo alors il n'a pas eu beaucoup de succès dans nos bons vieux États-Unis d'Amérique, vu que l'homophobie est autant *de rigueur*[1] ici que le gâteau fourré à Noël.

Eddie ne dit rien, il n'écoutait même pas, pour dire la vérité. Il se sentait un peu abasourdi, comme si quelque chose de remarquable venait de se produire, un changement d'équilibre intérieur qui était en devenir depuis un certain temps sans qu'il en ait pris conscience, mais qui maintenant débouchait sur une restructuration épanouie de qui il était. Quelque chose qu'il n'avait pas vu arriver et que, rétrospectivement, il ne pourrait même pas repérer dans l'idée, ni décrire par les mots. Mais c'était bien là. Comme s'il était quelqu'un d'autre. C'est pas vrai, j'y crois pas. Ajoutez encore Della et les enfants, le fait qu'il soit devenu un papa, et le monde tout entier était un endroit différent, de même que la place qu'il y occupait. Un truc rudement dur à piger.

Il se sourit à lui-même une nouvelle fois, remarqua à peine quand les trois femmes de la table de devant passèrent avec leurs sacs à main et lui dirent qu'elles avaient apprécié sa musique, ne reluqua même pas leurs fesses quand elles franchirent la porte. Trop stupéfait.

Se disant que le trou du cul qu'il était avait peutêtre obtenu le pardon. Se disant qu'il avait peutêtre le Saint Esprit alors qu'il en savait même rien, exactement comme sa maman.

Puis il entendit la voix de Bubba qui disait, Peutêtre que tu vas vouloir remettre ta guitare en bandoulière, Rufus, les gens commencent à s'impatienter un peu. Alors qu'est-ce que tu penses du Stingaree

1. En français dans le texte. (*N.d.T.*)

jusqu'à maintenant ? On a un bon public, ici, ils aiment ce que tu fais. Tu vas rester avec nous un moment ?

Eddie hocha la tête, il dit, M'est avis que oui.

Ça me fait plaisir de t'entendre dire ça, l'ami. On ira pêcher dans mon bateau.

Tant que l'océan est calme, dit Eddie. Moi, j'attrape le mal de mer dans une baignoire.

59

Il se sentait toujours bien une heure plus tard quand il boucla la dernière partie de son tour de chant, essuya la Gibson, la rangea dans son étui (il l'avait trouvé pour trois fois rien à Missouri City, c'était du carton de piètre qualité mais il remplissait son office) et prit le chemin de la maison. Il dit bonsoir à Bubba Bear, empocha sa paye, regagna son camion. Il s'attarda une minute sur le parking à s'imprégner des étoiles et des appels lointains lancés par les oiseaux de nuit dans les marais.

Puis il démarra et s'engagea doucement sur la route qui rejoignait celle du littoral. Il abaissa sa vitre, passa le coude à la portière, alluma une cigarette. Air nocturne chaud, brise douce s'insinuant de l'océan. Il roulait lentement. Nullement pressé d'arriver quelque part parce qu'il était déjà arrivé. Où qu'il aille, c'était là qu'il était.

Un artiste.

Imagine. Les mots résonnaient dans son cerveau, illuminant ses pensées comme des éclairs de chaleur, se répandant comme une fumée d'été. Il sourit.

Attends un peu que Della entende ça.

Il quitta la route et, en approchant du bout de l'allée de sable où se dressait la maison sur fond de dunes, il vit un véhicule garé sur la dalle en dessous. Se demanda qui c'était. Ça pouvait être les propriétaires, il y avait des chances, le type qu'avait des initiales en guise de nom, LD, et l'autre, Ruby, l'amie de Della. Peutêtre que ça les avait pris comme ça de descendre, de rester deux ou trois jours. Amplement la place, avec tous ces lits. Il s'avança sur les herbes aux crabes et se gara, les phares du Silverado illuminant le véhicule, un pickup Dodge rouge d'un modèle récent. Lui vint alors à l'idée que ça pouvait être Ray Bob qui se serait chauffé une nouvelle caisse. C'est pas vrai, ça serait le pied de revoir son vieux copain de cavale. Prendre son temps, écluser quelques bières et se tenir au courant de ce qui s'était passé, lui parler de son contrat de musicien.

Et en plus, c'était lui, bordel.

Il arriva en haut des marches et le vit, assis sur le canapé à caresser un chiot, Della dans le fauteuil inclinable avec ses deux fils sur les genoux, même qu'ils étaient debout rudement tard. Della qu'avait l'air un peu bizarre, crevée peutêtre. Tout excité, il posa l'étui de la guitare et leva le pouce.

Ray Bob.

Qu'est-ce tu dis, gars.

Della avertit, Il a un flingue, Eddie.

Bien sûr, qu'il en a un, ma loute, Ray Bob en a toujours un, de flingue.

Il s'approcha avec un grand sourire et lui serra la main. Il dit, Ben ça, mec, où t'étais, putain de merde ? Il remarqua alors le Walther sur le canapé près de sa cuisse droite et le petit Police Positive calibre vingtdeux à côté de la gauche. Le pistolet qui était rangé dans son sac à lui. Il le fixa, intrigué.

Elle m'a braqué avec, dit Ray Bob, c'est dingue, non ? Je rentre ici avec un chiot pour les mômes et elle me braque ce pétard de poche dessus.

Il va nous tuer, Eddie. Della qui avait parlé, sa voix tremblait.

Ray Bob fit la grimace. C'est vraiment une accro des films à la télé, collègue, tu savais, ça ? Les gens qui regardent tous ces trucs qui passent tard la nuit, ça leur fout plein de conneries dans la tête, ça les rend paranoïaques.

Eddie regarda Della. Elle avait les traits pâles et tirés. Randy était recroquevillé d'un côté, Waylon de l'autre, ils suçaient tous les deux leur pouce en le regardant. Il s'approcha, lui posa un baiser sur la joue, ébouriffa la tête des garçons. Disant, Tout va bien, chérie, c'est juste que t'as eu peur, vu que t'étais toute seule ici comme ça et que tu t'attendais pas à voir Ray Bob. Tu lui as vraiment braqué le pistolet dessus ?

Elle ne répondit pas.

Ray Bob dit, J'ai cru qu'elle allait me flinguer, c'est pas des blagues. J'ai failli chier dans mon froc. Il a fallu que je lui prenne.

Ben, vous vous êtes jamais entendus, tous les deux, dit Eddie. Tu veux une bière, mec ? Il contourna la cage d'escalier qui ouvrait sur le coin cuisine, revint avec une chaise et deux bières. En tendit une à Ray Bob, s'assit en face du canapé, tira sur son anneau. J'ai vu que tu t'étais dégotté un nouveau bahut. Où c'est que t'as eu le chiot ?

Au même endroit que j'ai eu le camion. Dans les bois de pins, au nord.

Je croyais que t'allais à Houston.

Un petit changement de direction. Il tira sur les oreilles du chiot. Devine comment je l'ai appelé ?

Comment ?

Wade.

Eddie dit, Sans déconner ? Il jeta un coup d'œil à Della, haussa les épaules. Puis il dit, En pensant à mon oncle Wade, c'est ça ?

À ton cousin, gars.

Eddie haussa les épaules. J'ai pas de cousin qui s'appelle Wade.

C'est pas ce qu'on m'a dit.

Où c'est qu'on t'a dit ça ?

Un type sur qui je suis tombé. Il dit que soit t'es Wade, soit t'es DeReese.

Eddie dit, L'autre soir y a un type qui m'a raconté qu'il avait été kidnappé par des extraterrestres. Qu'ils l'avaient embarqué dans un vaisseau spatial. Je lui ai demandé comment c'était, il m'a répondu qu'il en savait rien, qu'ils lui avaient effacé complètement la mémoire.

Della dit, Il va nous tuer, Eddie.

Ray Bob fit une mimique. Écoute un peu ça.

Eddie étudia Della, yeux écarquillés fixés sur lui, et il secoua la tête en souriant. Allons, ma loute, calme-toi, Ray Bob, c'est mon équipier. Mec, t'as dû salement lui faire peur, fit-il en se retournant. Qu'est-ce que t'as fait ?

Je suis entré. Ray Bob leva les deux mains, les paumes vers le plafond, comme si c'était tout. N'empêche qu'elle m'a dit qu'elle a déjà tué un type. T'es au courant de ça ? C'est pour ça qu'elle est en fuite. Si tu veux mon avis, tu t'es mis à la colle avec une veuve noire.

Elle dit, L'écoute pas, Eddie, il ment.

Ray Bob finit sa bière et joua avec l'oreille du chiot. Il dit, Me mettez pas au milieu, cette histoire, c'est votre problème. T'en aurais pas une autre, de bière froide ?

Un peu, que j'en ai. Eddie alla en chercher une deuxième à la cuisine, disant, Qu'est-ce que j'aimerais que vous arrêtiez, tous les deux, ça me fout les boules. Puis Ray Bob arracha l'opercule et dit, Alors comme ça, il paraît que tu fais de la musique ?

Eddie hocha la tête. C'est génial, mec. Je joue quatre nuits par semaine, je sens que ça revient. Je prends mon pied, Ray Bob, sans déconner. Le type qui m'a engagé, il m'a dit ce soir que je suis un artiste. Il dit que j'ai un son unique.

Non ?

Si, et après le voilà qui rentre dans un délire sur la musique qu'est comme une religion, et après, que toutes les deux c'est comme le crime, mec, je peux pas t'expliquer. Mais je savais que t'aurais compris si t'avais pu l'entendre. C'était vraiment profond, ses conneries.

Ray Bob hocha la tête. Tout le monde est dans la religion, d'une façon ou d'une autre.

Eddie dit, Tu vois ? Qu'est-ce que je te disais ?

Ben, pour commencer, tu m'as dit que tu taillais la route avec moi, fit Ray Bob au bout d'un moment, après t'arrêtes parce qu'elle te tient par les couilles. Maintenant t'es autre chose. Tu sais pas ce que c'est que la loyauté, c'est ça ton problème.

Mec, commence pas. Je croyais que tu serais content pour moi.

T'as raison. Seigneur, mais à quoi je pense ? Alors, gars, c'est quoi, le nom que t'utilises par les temps qui courent ?

Eddie sourit, sortit son Zippo. Il dit, Mon nom de scène, c'est Rufus Slim. Il continuait à ouvrir et fermer le capot du briquet avec une seule main. Ça m'est venu comme ça.

C'est quoi, ton vrai nom ?

Il alluma une cigarette et s'adossa à la chaise. C'est Wade, dit-il, toujours souriant. J'ai essayé de te le dire avant mais tu m'écoutais pas.

Ray Bob fit non de la tête. Disant, Je le tiens de source sûre.

Mais encore ?

D'un Ranger.

Un Texas Ranger ?

Ouais. Un qui ressemblait à Porter Wagoner.

Tu déconnes, dit Eddie, surpris. Je le connais.

Oui, ben, il est mort.

Seigneur, tu vas tuer tout le monde ?

Ray Bob eut un grand sourire. Je t'ai dit que c'était pas exclu.

Pendant une minute, ils ne parlèrent pas. Ils burent de la bière, avec Eddie qui fumait, Ray Bob qui caressait doucement les oreilles du chiot endormi. Dans le fauteuil inclinable, les gosses s'étaient assoupis. Della avait les yeux fermés, elle aussi.

Eddie dit, Pourquoi tu veux faire ça ?

Ray Bob dit, Donne-moi une raison de pas le faire.

Parce que c'est mal.

Et depuis quand ça a empêché quelqu'un ?

Durant un bon moment ils gardèrent à nouveau le silence, puis Eddie lui demanda où il irait après. Ray Bob leva une main et l'agita dans les airs en la faisant serpenter et en disant, Là où la route voudra bien me conduire, comme toujours. Tu veux venir ?

Nan, j'ai mon spectacle. Plus eux. Il désigna de la tête Della et les garçons.

C'est toi qui vois, dit Ray Bob, si tu veux jouer au père de famille, c'est ton problème. Qui c'est, DeReese ?

Le type qui m'a balancé, comme je t'ai dit.

Ton cousin.

C'est le Ranger qui t'a dit ça, aussi ?

Il a dit que soit t'es DeReese, soit t'es Wade Ledoux. Sauf que Wade est mort.

Mon cul.

C'est ce qu'il m'a dit.

Comment ?

Il me l'a pas dit, je lui ai pas demandé.

Eddie fronça les sourcils. Au bout d'une minute, il parla, doucement, il dit, J'hallucine, je lui avais dit de pas se servir de mon nom.

Les sourcils de Ray Bob étaient froncés, maintenant. T'es Wade ?

C'est une longue histoire. Eddie se pencha, les deux coudes sur les genoux, se frotta le visage avec ses mains. Dehors, le vent s'était renforcé et il l'entendait souffler sous l'avant toit, gémir, il entendait les vagues se briser sur la plage et les bruits nocturnes des marécages. Il repensa à son cousin, ressentant son absence à nouveau, se demandant si en fin de compte c'était la drogue qui l'avait eu.

C'est quoi ton nom, au juste, Eddie ?

Della qui parlait.

Il se tourna vers elle. Les garçons étaient à nouveau réveillés et tous trois le regardaient. Il ouvrit le Zippo et le referma d'une seule main. *Clic, clac.* Il dit, Pourquoi tu mets pas les mômes au lit, ma loute ? Il est tard. Prends le chiot, aussi, ils se feront un câlin. T'es d'accord, Ray Bob ?

Pourquoi pas. Il se frotta le côté du nez avec le pouce, observa Eddie de ses yeux grisvert froids. Autant que la fête commence sur des bonnes bases.

Della se leva lentement sans rien dire, elle emmena les enfants vers le lit, dans l'angle opposé, les borda, revint chercher le chiot. Elle garda ses distances, tendit les bras pour le prendre sans croiser les yeux de Ray Bob. Quand elle eut fini, elle regagna le fauteuil inclinable et s'assit, penchée en avant, le regard sur Eddie.

Il lui adressa un clin d'œil, dit, Ça te dirait, une chanson, mon chou ? Je vais jouer doucement, ça réveillera pas les enfants. Histoire d'en chanter une pour mon équipier, pour lui montrer que le rythme revient bien.

Elle garda le silence.

Fais ça pour moi, dit Ray Bob, trouve-m'en une triste. Sur ta nana que t'as perdue, tu l'as surprise avec un autre homme, quelque chose comme ça. Chagrin et cœur brisé, la totale. Il adressa un rictus à Della.

Eddie sourit, il dit, M'est avis que je dois pouvoir y arriver.

Il se mit debout, posa l'étui de la guitare sur la chaise, l'ouvrit. Se saisit de sa vieille Gibson avec douceur et la retourna, la tenant à deux mains par le bout du manche. Puis il recula d'un pas, la leva à hauteur de poitrine, prit beaucoup d'élan comme il l'aurait fait avec une batte de baseball, la large caisse de l'instrument fendant l'air à l'horizontale. Le bord d'attaque cueillit Ray Bob en plein front, avec un bruit de bois qui se fragmente et éclate, les cordes vibrant violemment. La tête de Ray Bob vola en arrière, cogna le mur derrière le canapé avec un bruit mat puis repartit en avant, ses yeux clignant follement pendant qu'il essayait de s'emparer du Walther à côté de sa cuisse.

Della se jeta sur le revolver calibre vingtdeux, cafouilla dans ses gestes, tomba sur les deux genoux, finit par refermer sa main sur la crosse et l'index sous le pontet juste au moment où Ray Bob levait le neuf millimètres en visant Eddie qui se tenait là, guitare pulvérisée au bout du bras. Elle appuya sur la détente au jugé et l'arme se cabra avec le recul. Ray Bob eut un soubresaut, son bras droit retomba. Il baissa les yeux vers le petit trou foré dans sa poitrine, son visage piqueté de taches de rousseur se crispa dans une expression de stupéfaction, puis de rage abjecte. J'ai merdé ce putain de scénario, dit-il doucement, j'aurais dû m'occuper de la salope avant. Puis il redressa le menton et leva à nouveau le Walther en direction d'Eddie et elle tira encore. Son globe oculaire gauche explosa et il s'affala sur le canapé.

Ils le regardèrent tous deux fixement.

Au bout d'un moment, elle dit, Voilà que ça fait deux fois maintenant.

Il dit, Ma guitare est foutue.

Elle commença à dire, Je lui ai dit, je lui ai demandé de nous laisser tranquilles, mais à ce moment là ils entendirent une voix d'enfant insistante, et ils regardèrent de ce côté pour découvrir les deux garçons assis dans le lit, Randy qui frottait son poing sur son œil, le chiot dans les bras, en disant, Maman, c'était quoi le bruit ? Regarde un peu ce que j'ai trouvé.

60

On peut pas le laisser ici comme ça.
Ça, je sais bien, ma loute.
Faut qu'on positive.
Ça nous aiderait.
Parce que tu sais ce que la police va faire.
Poser plein de questions.
Me mettre en prison.
Ça, on veut pas.
Eddie et Della, assis dans le coin cuisine, buvant du café instantané, fumant à la chaîne. Della des Camel sansfiltre parce qu'elle était à court, ça faisait déjà plusieurs jours même qu'elle pensait s'arrêter, sans en parler à personne. Eddie qui s'en était pas aperçu jusqu'à ce qu'elle allume une des siennes.
Je t'ai pas vu fumer depuis un bon moment, il lui avait dit.
C'est dingue, elle avait répondu, il t'a fallu le temps pour remarquer.
Je savais bien qu'y avait quelque chose.
Une chance que je me sois pas teint les cheveux.
Ça, j'aurais remarqué.
Ou que je les aie pas coupés.
Je préférerais que tu le fasses pas. Je les aime bien, longs.
Tous deux parlant pour ne rien dire jusqu'à ce qu'ils en arrivent au sujet urgent : que faire.
C'est pas comme si j'avais tué quelqu'un de bien, elle avait dit.
Ce à quoi il avait répondu, T'as jamais su voir ses qualités.
Et ce qu'y a de sûr, c'est que c'est pas maintenant que je vais commencer à chercher, alors me le demande pas.
Enfin, il avait observé, je suppose que c'est trop tard de toute façon.
Toujours réticents à aborder le sujet, fumant à la chaîne, buvant du Sanka tiède, tournant autour du pot.
Jusqu'à ce qu'Eddie finisse par dire, Bon, je sais ce qu'il faut qu'on fasse. Faut qu'on se débarrasse du corps.

C'était pas vrai, ça faisait bizarre de parler de Ray Bob en disant le corps. Il était plus rien d'autre, n'empêche. Ray Bob qu'était là, bien vivant, et la minute suivante, plus là. Là, plus là. Mort, mec. *Parti.* Comme ça, là.

Della dit, Ça, j'avais trouvé toute seule, Eddie. La question, c'est comment.

Il fit la grimace.

Quoi ?

C'est horrible à dire, bon Dieu.

Quoi ?

Les alligators. Ou les requins, sauf qu'on a pas de bateau.

Della fit la grimace, elle aussi. Seigneur, elle avait pas du tout envisagé ce genre de chose. Je croyais qu'on allait juste l'emmener et le laisser quelque part.

Ben, y a ça aussi.

Ils burent encore un peu de café presque froid et fumèrent en réfléchissant. Les deux garçons étaient endormis dans le lit, blottis avec le chiot. Ça avait surpris Della, la façon qu'ils s'étaient rendormis tout de suite. Oh là là, elle allait pas dormir pendant une semaine, elle, avec toute cette adrénaline. Eddie avait l'air drôlement calme, lui, n'empêche. Ou assommé.

Elle dit, Désolée pour ta guitare.

Il n'entendit pas, il était déjà en train d'annoncer, Bon, j'ai trouvé, je viens de me souvenir. En remontant plus haut que High Island, y a un parc qu'appartient à l'État, juste à l'écart de la route de la côte, en dessous de Sabine Pass, presque en arrivant à Port Arthur. Ils ont des promenades en bois qu'avancent dans les marais pour que tu puisses regarder les alligators et les ragondins, sauf que c'est surtout des gens qu'observent les oiseaux qui y vont. Ça s'appelle le Parc d'État du Littoral. Le type qui m'en a parlé, il y braconnait des loutres.

Della hocha la tête, attendant la suite.

Le problème, tu vois, c'est que la route de la plage qu'y a, au dessus de High Island, elle est fermée à cause des tornades et de toutes ces saloperies, elle est complètement pourrie. Mais ce type, il me disait que tu peux contourner la barrière, si t'as un camion. On peut l'emmener là bas, aller sur cette promenade qui s'avance dans le marais et trouver un trou d'alligator.

Elle frissonna. Pourquoi on le laisse pas simplement sur le parking d'un bar ? L'Épave ou autre. Ça serait plus facile.

Plus facile pour les flics. Il secoua la tête. Après ils viendraient frapper à toutes les portes, ils seraient dans le coin à poser des questions.

En plus que là haut, c'est un autre comté, au cas où ils le trouveraient. Ils commenceront à Port Arthur, cette ville, elle croule sous le crime, c'est Bubba Bear qui me l'a dit.

Ben, si tu penses vraiment que c'est ce qu'y a de mieux.

Oui.

Okayd'accord, c'est toi qu'a l'expérience de ces trucs là.

Le problème, n'empêche, c'est qu'il va falloir qu'on prenne les deux camions.

Elle y avait déjà pensé. Seigneur, elle croisait les doigts pour que le tas de rouille de Bubba Bear, il tombe pas en panne.

Eddie roula le corps dans le bout de carpette extérieure effrangée que LD et Ruby avaient utilisé comme tapis de séjour, trébucha et manqua de tomber en le portant dans l'escalier, la respiration haletante. Il le déposa dans la benne du Dodge rouge, revint, entoura les deux armes de poing d'une serviette après avoir essuyé le calibre vingtdeux. Il les descendit dans la cabine, prit le temps de contempler tous les fusils qui s'y trouvaient. C'est pas vrai, il avait pris le matos pour chasser l'ours, Ray Bob. Sans compter un ordinateur, une radio, d'autres trucs encore. Ça ressemblait à un véhicule de flic, celui du Ranger, peutêtre. Y avait pas moyen de savoir ce que Ray Bob avait fabriqué. Ce qu'y avait de sûr, c'était que lui, il avait pas envie de le savoir.

À l'étage, Della enveloppa chacun des garçons dans un drap, puis il l'aida à les porter dans le Chevy Silverado, les allongea par terre sur des coussins. Et le chiot ? demanda-t-elle.

Eddie en resta les bras ballants. Je crois pas que je pourrais faire ça, Della.

Quoi ?

Le jeter aux alligators.

Pour l'amour du ciel, je veux dire, tu veux le laisser ici ou l'emmener ?

Oh.

Il remonta chercher le chiot, le déposa entre les garçons. L'animal remua à peine. Quand Eddie tendit les clefs du Silverado à Della, elle hésita, roula des yeux dans leurs orbites.

Et s'il tombe en panne ?

Je le réparerai. Tu préfères conduire Ray Bob ?

Elle prit les clefs et monta sans attendre. Il remarqua alors qu'elle avait emporté la Bible. Elle la posa sur le siège à côté d'elle. Il lui dit de le suivre de près, qu'il irait lentement pour la garder dans son rétroviseur. Elle répondit qu'elle espérait bien et il lui dit de ne pas s'inquiéter.

Pourquoi je m'inquiéterais ? Juste parce que je roule dans un vieux tacot déglingué derrière quelqu'un qui trimbale un cadavre au milieu de la nuit ?

Eddie dit, C'est bien, ma grande.

Il y avait vingtcinq kilomètres de route avant la barrière qui fermait la route de la plage, une trentaine encore jusqu'au parc. La seconde partie du trajet leur demanda plus d'une heure.

À l'exception d'une section, de temps en temps, où le bitume était juste déformé et creusé de nids de poule, la chaussée, au mieux, présentait un désordre de débris composé de fragments d'asphalte éparpillés jetés au milieu d'amas de sable, de coquilles d'huîtres, d'algues laissées par les vagues, de bouteilles en plastique, de déchets et de bouts de planches en bois torturé, rejetés par les plateformes de forage et les bateaux d'activité commerciale, charriés par la mer. Au pire, elle disparaissait complètement, comme la plage, engloutie sous la houle du golfe. À ces endroits là, les phares éclairaient faiblement un chemin spéculatif s'incurvant entre le clapotis des vagues et les terres inondées d'eau, une étroite bande de sable meuble couverte de carex sur lequel le camion glissait et dérapait.

Il conduisait prudemment dans les ténèbres, les feux jumeaux de l'autre véhicule juste derrière lui. Un vent fort soufflant du golfe s'engouffrait par la fenêtre du passager, lourd et moite, apportant une odeur d'eau salée, de poisson crevé et de diesel. Les lumières des plateformes lointaines scintillaient à tribord sous les étoiles basses. Il se demanda alors comment il avait fait pour leur échapper. Tous ceux avec qui il avait grandi, presque sans exception, travaillaient sur les champs de pétrole, en mer ou à terre. Ouvriers de construction ou d'entretien, foreurs, manœuvres sur les puits. Il les avait observés : mains coupées, dos cassés et tordus, boitant sur des jambes difformes, lentement cannibalisés. Une vie rude. Différente de celle des raffineries et des usines. Pas autant de risques de développer le cancer, mais les puits vous dévoraient par petits morceaux.

À mi parcours, les phares disparurent dans le rétro et il s'arrêta, rebroussa chemin à pied avec une lampe torche qu'il avait trouvée sous le siège, jusqu'à l'endroit où le Silverado avait rendu l'âme. Il lui fallut quinze minutes pour découvrir qu'un fil était arraché. Il lutta contre les nuées de moustiques pour le raccorder puis ils repartirent, dépassèrent des machines à laver et des réfrigérateurs jetés le long du chemin, une pile de pneus de voitures abandonnés, une pleine benne de vieux bardeaux de toits qu'on était venu décharger là.

Dans le faisceau des phares, il compta trois opossums vivants et quatorze lapins à queue blanche, une douzaine de paires d'yeux rouges supplémentaires qui s'évanouirent rapidement dans les marais sombres avant qu'il n'ait pu les identifier.

Puis la chaussée commença lentement à réapparaître, elle se déroula devant lui, lisse et régulière dans la nuit humide éclairée d'étoiles et, tout à coup, ils y étaient.

Le parc se divisait en deux zones. Côté golfe, au delà du bâtiment servant à l'accueil des visiteurs et du complexe réservé à la direction générale, il s'étendait sur plusieurs kilomètres de plage basse balayée par les vents. Vers l'intérieur des terres, il s'enfonçait telles des pinces de crabe dans les marais d'eau salée soumis aux marées, ensablés par la vase qu'apportaient les courants littoraux, aire de jeux et de développement pour la vie marine et les oiseaux aquatiques migrateurs. Là où l'essentiel de la vie sauvage se concentrait. Les alligators.

Ils se garèrent sur le parking vide destiné aux visiteurs. Eddie mit pied à terre, s'approcha du Chevy.

Tu attends là, dit-il.

T'en fais pas pour ça.

C'est pas la peine que tu sortes.

Qui parle de sortir ?

Bon.

Il repartit vers le pickup, s'arrêta à mi chemin et fit demi tour. Il dit, Je reviens tout de suite.

Ouais, ben, t'as intérêt.

Je te jure.

Où c'est que j'irais ?

Il emplit ses poumons d'air, regarda de l'autre côté de la route les immenses marais ténébreux où les passerelles de bois devaient se trouver et dit, C'est pas facile.

T'as dit que c'était ce qu'y avait de mieux.

Ouais, c'est vrai.

Bon.

Je reviens.

Il ouvrit l'abattant du pickup, tira à lui le tapis roulé qui contenait le corps, le jeta en équilibre sur son épaule et, la lampe torche dans l'autre main, traversa la route. Le petit rayon jaune balaya le côté opposé, de droite à gauche, puis se fixa en un point et s'éloigna. Au bout d'une minute, il disparut.

Comme les moustiques étaient très agressifs, elle remonta les vitres et sua à grosses gouttes. Elle resta là, la Bible entre les mains, à se demander comment quelqu'un qui essayait aussi fort de faire ce qui était bien pouvait se retrouver à tuer deux personnes sans même l'avoir prémédité. Se disant que la vie était pleine de surprises et que certaines d'entre elles étaient pas franchement agréables. C'était pas que ça soit nouveau, mais on arrêtait jamais de l'apprendre, ça revenait tout le temps.

Puis elle vit réapparaître la lumière et Eddie traversa la route avec le bout de tapis, prit plusieurs objets dans le camion rouge, repartit. Elle attendit. Se disant que ça faisait vraiment pas le même effet de voir ce genre de truc à la télé et d'être en plein dedans.

Quand il revint la deuxième fois, elle le vit essuyer le volant du Dodge avec une serviette avant de venir la déposer ainsi que le tapis dans la benne du Silverado. Quand il monta dans la cabine, elle se glissa sur l'autre siège, ils firent demi tour et repartirent sur la route défoncée.

Ils ne parlèrent pas beaucoup. À un endroit il fit halte à côté d'un tas de sacs à ordures en plastique noir remplis d'allez savoir quoi, et d'un sofa défoncé aux ressorts rouillés et sans coussins, lança le tapis et la serviette dans les herbes hautes derrière la pile. Ils repartirent.

Elle dit, Est-ce qu'on a pensé à tout ?

Il dit, J'espère.

Je vois pas quoi d'autre.

Moi non plus.

Bon, ben alors, c'est fini.

Il la regarda avec un drôle d'air.

Quand ils contournèrent la barrière, à High Island, et regagnèrent la route autorisée qui suivait la péninsule, elle dit, Tu crois qu'ils vont le trouver ?

Ça me surprendrait.

J'espère que non.

Y a pas grand risque.

Ils roulèrent encore en silence pendant un moment, la route déserte s'étirant devant eux entre des dunes herbeuses du côté de la plage et les étendues planes paludéennes qui s'enfonçaient dans l'obscurité en direction du canal de navigation et de la baie est de Galveston. Elle posa un regard sur la Bible qu'elle tenait à la main et dit, On aurait sans doute dû prononcer quelques mots et tout, ça aurait été bien.

Il répondit qu'il l'avait fait.
Quoi ?
Il alluma une cigarette, fixa la route à travers le parebrise. Je connaissais pas les versets qu'il fallait alors j'ai juste cité une chanson que je connais.
Tu veux me dire ?
Si tu veux savoir.
Je serais pas contre.
Il tira sur sa cigarette, fit tomber la cendre par la vitre et précisa, sans se tourner pour la regarder, C'est du blues. Les paroles c'est :

Les gens d'expérience m'ont dit y a longtemps
De faire confiance à personne que je connais pas
Je fais confiance à personne
Pas même à moi
Maintenant que j'ai plus confiance en toi
J'ai plus confiance en personne d'autre

Au bout d'une minute elle plaça son bras sur le siège, derrière lui, posa la main sur son épaule gauche. Elle dit, Tu le crois pas vraiment, ça, hein ?
Non, dit-il, mais en réalité, si.

Ils roulèrent sans parler, franchirent Rollover Pass, traversèrent Gilchrist, parvinrent à Crystal Beach, les garçons endormis sur le plancher avec le chiot blotti entre eux. Quand ils quittèrent la route pour s'engager sur l'allée de la maison, elle dit, Est-ce qu'y a autre chose qu'il faut qu'on discute entre nous ?
Tu penses à un truc, là.
Je me demandais, dit-elle, quel est ton vrai nom.
Il se tourna et la regarda. Il dit, Mon nom, c'est DeReese Ledoux.

Ils se garèrent à l'emplacement prévu à cet effet sous la maison et il coupa le moteur. Il n'y avait pas un bruit à l'exception du déferlement des vagues sur la plage et du vent qui murmurait dans les laîches. Elle dit, Bon, j'ai quelque chose à te dire, moi aussi.
C'est quoi ?
Ben, je suis pas vraiment mannequin.
M'est avis que je le savais déjà, dit-il.

Mince alors, elle en resta toute surprise.

ÉPILOGUE

Les rayons dorés du matin sur le golfe. Ils se déversaient du ciel où s'empilaient à l'est des nuages lavande éclairés en contrejour, baignaient l'arrière baie, illuminaient la surface platine surmontée de crêtes de vagues blanches. De la finition métallique du bateau jaillissaient de minuscules étoiles étincelantes. L'embarcation se cabrait plein nord vent de face en direction de Smith Point.

Bubba Bear relâcha les gaz.

Le vent du nord va chasser l'eau des marais, cria-t-il. Elle commence à redescendre, les petits poissons aussi. Ombles et ombrines vont arriver pour la curée.

Eddie était assis sur le banc bas, devant le pupitre de commandes, il portait une casquette publicitaire, la visière sur la nuque. Il leva la main. Pour indiquer qu'il avait entendu. Il n'avait pas compris, mais il avait entendu. C'est pas vrai, il avait l'estomac qui se soulevait. Le bateau ne cessait de tanguer.

Randy et Waylon étaient contents, eux, n'empêche. Assis, les yeux grands ouverts, ils n'en manquaient pas une miette, la vaste surface de la mer qui dansait, le ciel tendu au dessus des marécages qui touchaient l'horizon, le vent... le mouvement du bateau. C'est pas vrai. Bubba Bear remit les gaz et la coque bondit, l'avant se redressa avant de redevenir plan puis retomba, écrêtant la houle. Randy et Waylon avaient de grands sourires.

Ils dépassèrent la pointe, suivirent la frange marécageuse puis ralentirent, s'immobilisant presque avec le bateau qui se soulevait sur la vague de son propre sillage. Bubba Bear mit le cap sur l'embouchure d'un étroit goulet en disant, La marée tourne, en plus. Les mulets et les petits poissons arrivent à la poursuite des crevettes. Les ombles à leurs trousses. On va juste rajouter un maillon à la bonne vieille chaîne alimentaire et se procurer notre déjeuner. T'as déjà pêché des ombles ?

Eddie fit non de la tête.

Tu sais pas ce que tu rates. Ils se défendent drôlement. Renifle un peu ça.

Eddie leva le nez et huma. Ça sentait la végétation pourrissante et la boue fétide. Ça sentait le marécage.

C'est l'arôme de la fertilité, affirma Bubba Bear. Ce qui se passe dans un marais où pénètrent les marées. Les vivants qui se nourrissent des morts. Un cycle qui n'aura jamais de fin.

Le bateau remonta l'embouchure de la vasière où l'eau était plus calme. L'estomac d'Eddie s'apaisa. Bubba Bear coupa le moteur, jeta l'ancre. Disant, Tu vois le goût qu'a une femme quand elle ovule, Rufus ?

Il répondit qu'à son avis, c'était un peu aigre.

Hé bien, c'est ce que je veux dire. La fertilité, mon ami.

Bubba Bear lui tendit une canne équipée d'un moulinet, en prépara deux plus petites pour Randy et Waylon, et ils pêchèrent tandis que le soleil se montrait, rouge sang au dessus des nuages, les deux hommes tirant hors de l'eau des ombles de trois livres suffoquant dont les flancs argentés scintillaient, les garçons ramenant des tambours croca et des poissons chats de mer appâtés par des crevettes surgelées. Le bateau roulait d'un bord sur l'autre, explosait sous les cris et le rire tonitruant du colosse. Au bout d'une heure, Eddie posa sa canne et s'appuya contre le pupitre, au soleil, gagné par la somnolence. Bubba Bear abandonna son matériel de pêche, ouvrit deux bières, lui en tendit une.

C'est vraiment dommage pour ta vieille Gibson, dit-il.

Eddie secoua la tête, les yeux clos. Tu connais les gosses.

Enfin, si tu veux mon avis, la nouvelle a un plus beau son. Elle est belle à regarder, en plus.

Eddie se la représenta en esprit. Finition d'un vermillon éclatant sur un dessus de caisse Sitka en épicéa, flancs et fond de caisse en acajou, plaque de protection gravée. Une Gibson Hummingbird, une vraie merveille. Il l'avait dénichée d'occasion une semaine plus tôt dans une boutique de Galveston. Bubba Bear avait cosigné la transaction.

T'as entendu parler de ce camion de Ranger qu'on a retrouvé au Parc du Littoral ?

Eddie hocha la tête, les yeux toujours fermés. Ça fait des jours maintenant que les infos parlent plus que de ça. Ils ont découvert son corps dans le lit d'une rivière de l'Est Texas, en même temps que celui d'un autre type, et son camion complètement au sud, près de Port Arthur. Tout le monde avance des hypothèses. Ils disent que ça pourrait bien être l'œuvre de Johnny Ray Matthews, qu'est actuellement en fuite pour une destination inconnue, il fait l'objet d'une chasse à l'homme.

Ray Bob.

Parti.

Les infos télé disant qu'il avait participé à une débauche de crimes perpétrés par deux hommes qui avaient laissé derrière eux une traînée de meurtres et d'actes de violence à travers la moitié du Texas, son complice étant présumé mort.

Sous entendant le cousin Wade.

Parti.

C'est pas vrai, j'y crois pas.

Enfin bon, c'est un monde vraiment très moche très vilain, dit Bubba Bear, mais c'est celui que nous avons fait. Il compacta la boîte de bière dans sa main. Qu'est-ce tu dirais de lever l'ancre et de rentrer ?

Ça me convient, murmura Eddie.

C'est des chouettes mômes que t'as là, Rufus.

Il ouvrit les yeux pour voir Randy et Waylon dans leurs gilets de sauvetage orange, debout dans le bateau, la canne à pêche au dessus du bastingage, les yeux plissés face au soleil éblouissant qui se reflétait sur l'eau, scrutant la pointe en fibre de verre de leur canne pour y détecter un frémissement. Ni l'un ni l'autre ne suçant son pouce, trop occupés pour ça.

Ouais, dit-il. C'est vrai. C'est on ne peut plus vrai.

Deux pélicans déployèrent leurs ailes au dessus d'eux sur fond de ciel bleuvert foncé, et les enfants pointèrent le doigt pour les montrer, se tournèrent vers lui, tous les deux, la bouche ouverte.

On fait équipe, eux et moi.

À ce qu'il paraît, tu peux commander les *burritos* à la purée de haricots et mettre toute la sauce *picante* que tu veux.

Faut juste éviter la crème aigre.

Exactement. Chez McDonald, tu prends le junior burger, pas le Big Mac.

D'accord.

Ça fait dans les cinq cents calories en moins.

Della et Melinda Crane au salon de beauté, milieu d'aprèsmidi, discutant de la manière de manger rapide sans grossir, Della affirmant que c'était la taille des portions qui se retrouvait, et les produits laitiers. Melinda était sur le fauteuil, elle se faisait faire une permanente, elle demanda, D'où tu tires tes informations ?

Della fronça les sourcils. De *Cosmo*. Je crois qu'on est prêtes à rincer, là

Elles allèrent au lavabo. Susie Green, la propriétaire de la boutique qui s'occupait de madame McFaddin sur l'autre fauteuil, dit qu'elle avait entendu que bouilli ou grillé, on pouvait, mais que frit il fallait éviter.

Tout ce qui est frit, c'est absolument épouvantable, dit madame McFaddin, les mains accrochées aux accoudoirs, c'est à cause de la graisse fondue. Mais comment on peut manger des produits de mer autrement ? Elle eut une grimace d'impuissance et secoua ses bajoues.

Au Stingaree, on met de l'huile végétale, déclara Melinda. Elle servait au restaurant, le weekend. On ne met absolument pas de graisse animale.

Hé, seigneur Dieu, je n'ai pas dit que vous le faisiez, lui répondit la cliente.

Della détourna la conversation, demanda à Melinda où en étaient ses amours. Celle-ci expliqua que son petit ami Larry Lee travaillait sur un chantier à Fort Worth. Elle dit qu'ils ne s'entendaient jamais aussi bien que quand il travaillait ailleurs. Tu sais pourquoi ?

Pourquoi ? s'enquit madame McFaddin.

Parce qu'à ce moment là, il est pas tout le temps là à me rappeler que c'est rien d'autre qu'un trouduc.

Elles rirent et Della dit que Rufus et elle, ils en étaient pas encore arrivés à ce stade de leur relation. Elle disait Rou-fusse parce qu'elle était pas encore très sûre de la façon qu'elle devait le prononcer, elle continuait à trouver ça idiot quelle que soit la façon qu'elle le disait, alors.

Les garçons ne sont pas de lui ? s'enquit Susie.

Non, madame, de mon premier mari. Sauf que Rufus est deux fois meilleur papa qu'il l'a jamais été, lui. Vous savez qu'il les a emmenés pêcher ? Je peux pas m'imaginer leur vrai père faisant ça. Faudrait qu'il s'arrache à sa télé et à son Jack Daniels.

Les hommes, dit madame McFaddin.

J'en ai jamais rencontré un que je pourrais pas apprendre à haïr, ironisa Della en ajoutant, C'est juste un truc que dit une de mes amies. Je suis pas forcément d'accord.

Madame McFaddin dit, Enfin, vous êtes jeune.

Oh, merci. Et Rufus m'a dit que les garçons ont même pas sucé leur pouce quand ils étaient sur le bateau. Je vous ai dit qu'ils ont un problème avec ça ? Alors on leur a acheté ce truc qui brûle qu'on donne aux gens qui se rongent les ongles, et ça marche, mais il avait oublié de leur mettre. Sauf que ça a rien fait. Sa théorie, c'est que tant qu'ils sont occupés, ils ont pas le temps d'être angoissés. Parce que c'est quand ils le sont qu'ils le font.

Qu'ils font quoi ? demanda madame McFaddin.

Ben moi, j'ai un seul truc à dire, dit Melinda, sa musique, je la trouve rudement bien. Bubba Bear jure que c'est un tout bon.

Ça, c'est sûr, dit Della. Il se donne vraiment à fond. On a parlé de repartir s'installer à L.A., vous savez, dès qu'il aura écrit d'autres chansons. Davantage d'opportunités, là bas, pour ce qu'est d'être découvert et tout. C'est son rêve.

Madame McFaddin remarqua que les rêves, c'était très bien, mais que vivre dans un endroit comme la Californie c'était cher payer, et Della reconnut que c'était probablement vrai, sauf que la célébrité, elle vous tombait pas dessus gratis. Quand madame McFaddin lui demanda combien ils étaient vraiment prêts à payer pour ça, Susie pointa le peigne sur le miroir et annonça, Je crois que nous avons fini, là, alors, vous ne vous trouvez pas mignonne ?

La grosse femme scruta son image en fronçant les sourcils, disant, Je sais pas si c'est le mot que j'emploierais.

Quand elle partit, Susie souffla bruyamment en disant, C'est toujours une épreuve de la voir, la pauvre. Puis Melinda s'en alla aussi et les deux femmes commencèrent à nettoyer. Susie dit qu'elle était heureuse d'avoir Della pour l'aider. C'est difficile de trouver des esthéticiennes capables, par ici, dit-elle, ce n'est pas vraiment trépidant, comme quartier.

C'est pas si mal que ça, répondit Della. C'est un endroit très bien pour se détendre, pour recharger ses batteries. Elle sourit, excitée. En plus, vous savez quoi ?

Quoi ?

Susie souriait, elle aussi, à la voir comme ça.

Vous pouvez garder un secret ?

Arrêtez vos bêtises, ma petite, vous le savez bien.

Je crois que je suis peutêtre enceinte.

Début de soirée et la plage était paisible à l'approche des premières étoiles. Dans les marais vespéraux les grenouilles chauffaient leurs gorges canoniques, Eddie se préparait à partir au travail. Della annonça qu'elle avait besoin de faire un saut au magasin d'abord, acheter du lait pour les garçons.

Elle monta dans le camion pour aller au Gulf Coast Market, prit une bouteille de deux litres, échangea cinq dollars contre des pièces de vingtcinq cents. Dehors, au téléphone, elle appela les renseignements de Houston pour obtenir le numéro du Holiday Inn qui se trouvait sur la I-10 près de l'échangeur du Highway 6, le composa, demanda à parler à l'accueil. Un jeune homme lui répondit.

Bonsoir, dit-elle, madame Green à l'appareil, je vous appelle de Kalamazoo.

Mensonges, mensonges, mensonges. Elle détestait ça, mais comment apprendre la vérité autrement ?

Oui, madame ?

Hé bien, je vous téléphone parce que mon mari et moi, on a dormi dans votre hôtel récemment (on allait rendre visite à de la famille qu'on a à Houston), et il y a eu un incident inhabituel. Et comme je suis curieuse, je vous appelle pour savoir ce qui s'est passé.

L'employé attendit, s'éclaircit la gorge. Oui, madame ?

C'était il y a, oh, environ trois semaines, dit-elle, et vous avez eu un client qu'a été poignardé dans sa chambre. Je crois qu'il a été tué ? Après on est revenus chez nous le lendemain. Ce qui fait que j'ai jamais su de quoi il s'agissait. C'est pour ça que j'appelle, parce que je suis plutôt curieuse.

L'employé resta silencieux.

Enfin bon, je me demandais juste qui avait fait ça, et pourquoi ? Est-ce que vous étiez de service, cette nuit là ?

L'employé hésita, puis il dit, Oui, madame, sauf que je ne suis pas sûr que je devrais parler de ça. Il n'est pas mort, n'empêche, ça je peux vous l'assurer.

Seigneur. Della faillit en lâcher le téléphone.

Il a pas été tué ?

Non, madame, mais il était dans un état critique.

Qui c'était ? Puis, comme l'employé ne répondait pas, elle dit, Je vous appelle de Kalamazoo, vous savez, à qui j'irais le répéter ?

Ben... c'est juste ce que j'ai entendu dire, parce que tout ça a été sérieusement étouffé, finit par répondre l'employé. C'était monsieur Delahoussaye, de La Nouvelle-Orléans. Ce sont deux de ses... je suppose que vous diriez *associés*, qui l'ont trouvé. À ce que j'ai entendu dire, ils seraient de la Mafia, ce genre de chose.

Mon Dieu, dit Della.

Oui, madame, et ils ont appelé une ambulance pour le conduire à l'hôpital. Ils ont dit qu'il était tombé sur son coupe papier, et qu'on ne devait pas appeler la police. Mon patron, il n'était pas trop d'accord avec ça, à cause de l'assurance et tout. Les plaintes en justice, vous voyez.

Ça, je comprends. Et vous l'avez fait ?

Quoi ?

Appeler la police.

Oui, madame, et notre barman leur a dit qu'il y avait une femme avec lui. Mais ça n'a abouti nullepart. Comme j'ai dit, ses associés ont prétendu que c'était un accident. Et mon patron a dit que de toute façon on n'avait pas besoin de ce genre de publicité. Alors ça s'est comme qui dirait retrouvé balayé sous le tapis, je ne devrais probablement pas vous raconter tout ça.

Avec moi, vous ne craignez rien, le rassura Della, j'évite toujours soigneusement le crime organisé. Alors monsieur Delahoussaye est vivant ?

Non, madame. Je veux dire, je n'en sais rien. D'après ce que j'ai entendu dire, ils l'ont fait transférer dans un hôpital de La Nouvelle-Orléans, il est mort là bas. Sauf que peutêtre qu'il n'est pas mort, parce que tout ça c'est des rumeurs. Avec les gens qui sont dans ce milieu là, on ne peut jamais être sûr de rien. N'allez pas répéter que je vous ai dit ça.

Bien sûr que non, dit Della.

N'empêche que cette histoire, c'était vraiment bizarre. Comme les trucs qu'on voit à la télé.

C'est stupéfiant ce qui peut se passer juste sous votre nez, dit Della. Écoutez, je ferais mieux de pas avoir une trop grosse note de téléphone, sans ça mon mari va me tuer. Merci pour ces explications.

Je vous en prie, madame, sauf que je n'ai rien dit.

Motus et bouche cousue.

Elle raccrocha. Resta là, tenant à la main le sac qui contenait le lait et les clefs de voiture, se disant qu'elle pouvait pas y croire. Monsieur l'Homme Idéal vivant, peutêtre. Ou mort. Enfin bon, tout là bas, à La Nouvelle-Orléans. Oh, là là, ça allait lui libérer pas mal de place dans sa petite boîte noire.

Même que c'était un gangster, mince alors. Après tous ces bobards comme quoi il était un Important Décideur. Dément, non ? Monsieur l'Homme Idéal, un menteur. Il lui avait paru tellement bien, en plus. Sauf pour ce qu'était de la fin, là.

Della songea que, pour les gens, on peut vraiment jamais savoir. Ce sont de vrais personnages, pires que dans un livre entièrement inventé. Qu'elle devrait bien écrire, un de ces jours. Peutêtre qu'elle le ferait, en plus. Sauf que personne voudrait le croire.

La preuve. C'était pas la vérité ?

Une autre soirée avancée dans le bar du Stingaree. Dehors, le sillage bouillonnant d'un remorqueur qui passe, les lumières de la baie au milieu d'étoiles qui roulent, une brise salée qui souffle de la mer houleuse. Dedans, un tourbillon croissant de fumée et de bruit, de bouteilles de bière qui s'entrechoquent, l'odeur forte et juteuse des crabes au barbecue, les gens qui se tiennent coude à coude et genou à genou, la bruyante assemblée festive.

Au centre de ce décor, Bubba Bear planté au bar, tout à sa dévotion bienheureuse, Rufus sur son tabouret d'angle, transpirant sur sa Gibson, travaillant les notes, soufflant dans l'harmonica, chantant de toutes ses tripes.

Chantant l'amour perdu, l'amour qui a mal tourné, l'amour non partagé, volé en secret ou révélé dans toute l'ampleur de son imprévisible désir. L'amour et le plaisir, l'amour et la souffrance. L'espoir face à l'abandon, la confiance et la trahison. L'amour néanmoins, l'amour encore, l'amour encore et toujours.

Autour de quoi tout tourne. Tout ce que nous faisons.

Et la rédemption, là, sur son visage torturé, dans sa voix brisée, les notes bleues travaillées et les gémissements.

Chantant...

Il avait été quelqu'un de mal, de très mal, un voleur et un menteur, il avait tué un homme d'une balle entre les yeux et il avait échappé aux conséquences. Il avait été au contact d'individus mauvais, pires que lui, il les avait vu payer de cela même dont ils ne reconnaissaient pas la valeur.

Pas quelqu'un de bien, non. Pas quelqu'un de bien. Quelqu'un de mal, rien d'autre.

Écoutez...

Un chanteur de blues, un chanteur de blues, un braqueur artiste volant un fragment du temps qui passe, le poète éternel payant pour les crimes de tous. Contemplant la face de la face et ce qui habite en elle, sans cligner des yeux mais en chantant, en chantant le péché et le salut. Le sien, et celui de chaque homme.

Et souriant.

Il sourit dans sa joie angoissée et transpire, ferme les yeux et chante. Vers après vers, le refrain qui exprime l'envie, les ultimes paroles, les notes qui persistent. Un instant de silence alors, les échos au milieu du non dit.

Le barbu géant au bar boit sa root beer, les yeux fermés, il écoute. Il entend l'histoire de sa vie et de la vôtre. Il sait que le chanteur sait ce que nous savons tous mais que le chanteur parle et ose. Ce chanteur là, tout seul dans son coin, et tous les autres, les poètes du temps, intemporels.

Nulle signification là dedans... aucune, absolument... sinon celle que nous lui donnons.

Le gros homme écoute, prend note, entend la chanson qui touche à sa fin, sachant qu'après viendra une autre, simples instants de répit posés entre les histoires sans répit toujours changeantes, chaque scène connectée à toute autre, sans fin.

Et pourtant, entre, est un silence.

Alors il sourit dans sa barbe de barde, et il lève son verre à Rufus, il sait que lui aussi, en cette heure de minuit tardive, a atteint un moment de repos, doit en terminer tel le cygne... en douceur, avec grâce, si bas... fondu en musique.

Parti.

Dans la même collection

Cesare Battisti, *Terres brûlées* (anthologie sous la direction de)
Cesare Battisti, *Avenida Revolución*
William Bayer, *Labyrinthe de miroirs*
William Bayer, *Tarot*
Marc Behm, *À côté de la plaque*
Marc Behm, *Et ne cherche pas à savoir*
Marc Behm, *Crabe*
Marc Behm, *Tout un roman!*
James Carlos Blake, *Les Amis de Pancho Villa*
James Carlos Blake, *L'Homme aux pistolets*
Edward Bunker, *Aucune bête aussi féroce*
Edward Bunker, *La Bête contre les murs*
Edward Bunker, *La Bête au ventre*
Edward Bunker, *Les Hommes de proie*
James Lee Burke, *Prisonniers du ciel*
James Lee Burke, *Black Cherry Blues*
James Lee Burke, *Une saison pour la peur*
James Lee Burke, *Une tache sur l'éternité*
James Lee Burke, *Dans la brume électrique avec les morts confédérés*
James Lee Burke, *Dixie City*
James Lee Burke, *La Pluie de néon*
James Lee Burke, *Le Brasier de l'ange*
James Lee Burke, *Cadillac Juke-Box*
James Lee Burke, *La Rose du Cimarron*
James Lee Burke, *Sunset Limited*
Daniel Chavarría, *Un thé en Amazonie*
Daniel Chavarría, *L'Œil de Cybèle*
George C. Chesbro, *Bone*
George C. Chesbro, *Les Bêtes du Walhalla*
Robin Cook, *Cauchemar dans la rue*
Robin Cook, *J'étais Dora Suarez*
Robin Cook, *Le Mort à vif*
Robin Cook, *Quand se lève le brouillard rouge*
Tim Dorsey, *Florida Roadkill*
Wessel Ebersohn, *Le Cercle fermé*
James Ellroy, *Le Dahlia noir*

James Ellroy, *Clandestin*
James Ellroy, *Le Grand Nulle Part*
James Ellroy, *Un tueur sur la route*
James Ellroy, *L. A. Confidential*
James Ellroy, *White Jazz*
James Ellroy, *Dick Contino's Blues*
James Ellroy, *American Tabloid*
James Ellroy, *Crimes en série*
James Ellroy, *American Death Trip*
Barry Gifford, *Sailor et Lula*
Barry Gifford, *Perdita Durango*
Barry Gifford, *Jour de chance pour Sailor*
Barry Gifford, *Rude journée pour l'Homme-Léopard*
Barry Gifford, *La Légende de Marble Lesson*
Barry Gifford, *Baby Cat Face*
James Grady, *Le Fleuve des ténèbres*
James Grady, *Tonnerre*
James Grady, *Comme une flamme blanche*
Vicki Hendricks, *Miami Purity*
Tony Hillerman, *Le Voleur de temps*
Tony Hillerman, *Porteurs-de-peau*
Tony Hillerman, *Dieu-qui-parle*
Tony Hillerman, *Coyote attend*
Tony Hillerman, *Les Clowns sacrés*
Tony Hillerman, *Moon*
Tony Hillerman, *Un homme est tombé*
Tony Hillerman, *Le Premier Aigle*
Tony Hillerman, *Blaireau se cache*
Craig Holden, *Les Quatre Coins de la nuit*
Thomas Kelly, *Le Ventre de New York*
William Kotzwinkle, *Midnight Examiner*
William Kotzwinkle, *Le Jeu des Trente*
Terrill Lankford, *Shooters*
Michael Larsen, *Incertitude*
Michael Larsen, *Le Serpent de Sydney*
Dennis Lehane, *Un dernier verre avant la guerre*
Dennis Lehane, *Ténèbres, prenez-moi la main*
Dennis Lehane, *Sacré*
Dennis Lehane, *Mystic River*
Elmore Leonard, *ZigZag Movie*

Elmore Leonard, *Maximum Bob*
Elmore Leonard, *Punch créole*
Elmore Leonard, *Pronto*
Elmore Leonard, *Beyrouth-Miami*
Elmore Leonard, *Loin des yeux*
Elmore Leonard, *Viva Cuba libre!*
Bob Leuci, *Odessa Beach*
Bob Leuci, *L'Indic*
Jean-Patrick Manchette, *La Princesse du sang*
Dominique Manotti, *À nos chevaux!*
Dominique Manotti, *Kop*
Dominique Manotti, *Nos fantastiques années fric*
Tobie Nathan, *Saraka bô*
Tobie Nathan, *Dieu-Dope*
Jim Nisbet, *Prélude à un cri*
Jack O'Connell, *B.P. 9*
Jack O'Connell, *La Mort sur les ondes*
Jack O'Connell, *Porno Palace*
Jack O'Connell, *Et le verbe s'est fait chair*
Hugues Pagan, *Tarif de groupe*
Hugues Pagan, *Dernière station avant l'autoroute*
David Peace, *1974*
Andrea Pinketts, *La Madone assassine*
Andrea Pinketts, *L'Absence de l'absinthe*
Michel Quint, *Le Bélier noir*
John Ridley, *Ici commence l'enfer*
Édouard Rimbaud, *Les Pourvoyeurs*
Pierre Siniac, *Ferdinaud Céline*
Les Standiford, *Johnny Deal*
Les Standiford, *Johnny Deal dans la tourmente*
Richard Stark, *Comeback*
Richard Stark, *Backflash*
Richard Stratton, *L'Idole des camés*
Paco Ignacio Taibo II, *À quatre mains*
Paco Ignacio Taibo II, *La Bicyclette de Léonard*
Ross Thomas, *Les Faisans des îles*
Ross Thomas, *La Quatrième Durango*
Ross Thomas, *Crépuscule chez Mac*
Ross Thomas, *Voodoo, Ltd*
Jack Trolley, *Ballet d'ombres à Balboa*

Andrew Vachss, *Le Mal dans le sang*
Y. S. Wayne, *Objectif Li Peng*
John Wessel, *Le Point limite*
Donald Westlake, *Aztèques dansants*
Donald Westlake, *Faites-moi confiance*
Donald Westlake, *Histoire d'os*
Donald Westlake, *361*
Donald Westlake, *Moi, mentir ?*
Donald Westlake, *Le Couperet*
Donald Westlake, *Smoke*
Donald Westlake, *Le Contrat*
Donald Westlake, *Au pire, qu'est-ce qu'on risque ?*
J. Van de Wetering, *Retour au Maine*
J. Van de Wetering, *L'Ange au regard vide*
J. Van de Wetering, *Le Perroquet perfide*
Charles Willeford, *Miami Blues*
Charles Willeford, *Une seconde chance pour les morts*
Charles Willeford, *Dérapages*
Charles Willeford, *Ainsi va la mort*
Charles Willeford, *L'Île flottante infestée de requins*
Daniel Woodrell, *Sous la lumière cruelle*
Daniel Woodrell, *Chevauchée avec le diable*

Cet ouvrage a été réalisé par

FIRMIN DIDOT

GROUPE CPI

Mesnil-sur-l'Estrée

pour le compte des Éditions Payot & Rivages
en mars 2002

Imprimé en France
Dépôt légal : mars 2002
N° d'impression : 58486